端鼓腔

范金泉 著

山东文艺出版社

图书在版编目（CIP）数据

端鼓腔／范金泉著 . —济南：山东文艺出版社，
2023.4

ISBN 978-7-5329-6834-3

Ⅰ . ①端… Ⅱ . ①范… Ⅲ . ①长篇小说—中国—当代
Ⅳ . ① I247.5

中国国家版本馆 CIP 数据核字（2023）第 026711 号

端鼓腔
DUANGUQIANG
范金泉　著

主管单位　山东出版传媒股份有限公司
出版发行　山东文艺出版社
社　　址　山东省济南市英雄山路 189 号
邮　　编　250002
网　　址　www.sdwypress.com

读者服务　0531-82098776（总编室）
　　　　　　0531-82098775（市场营销部）
电子邮箱　sdwy@sd press.com.cn

印　　刷　山东临沂新华印刷物流集团有限责任公司
开　　本　710 毫米 ×1000 毫米　1/16
印　　张　26　插页／2
字　　数　407 千
版　　次　2023 年 4 月第 1 版
印　　次　2023 年 4 月第 1 次印刷
书　　号　ISBN 978-7-5329-6834-3
定　　价　68.00 元

目　录

第一章

1

很多年后，在娃爷排成一艘圆形木船的第七天，他的预言成真了。

这天，微山湖上空，一个炸雷响过之后，洪水说来就来了。波涛汹涌，恶浪滚翻，像一匹脱缰的野马，奔腾咆哮。吃一袋烟的工夫，洪水又像一团乌云，将微山湖中的昭阳岛裹进去。此时，昭阳岛上一片狼藉。榆树、乌桕树、银杏树上，落满了麻雀、鹧鸪鸟、蓑羽鹤、白鹤。鸟们叽叽喳喳，惊叫声如同一阵紫色的雾。湖面上，灰茫茫浑浊一片。鱼鹰、鱼雁、野鸭子、灰雁，黑压压的，带着岁月黄褐色的光泽，带着鱼群对藻类植物的向往，在湖面上滑翔。湖中渔民不幸的往事，像绿苲草一样，在湖面上漂浮。风来了，飒飒声四起，在金菖蒲、罗布麻、碱蓬草的记忆里，随着雷声，葫芦丝一样的触须，大麦芒一样，刺扎着昭阳岛人的神经。昭阳岛人害怕了，他们没听过这么响的炸雷，也没见过这么汹涌的洪水。他们心里想着，这次昭阳岛恐怕保不住啦。网帮渔民、罱帮渔民，从渔船上连滚带爬上了岸，他们嘴里发出像螃蟹一样的喘息声，祈求红鲤鱼保佑。住在岸上的枪帮渔民、载帮渔民，从破旧的砖瓦房里跑出来，一窝蜂挤进鱼骨庙，人们一起跪下，焚香祈祷，祈求红鲤鱼再次拯救昭阳岛。在昭阳岛人的记忆里，鱼骨庙东厢房里面的两口红漆棺材，带着黑鱼的腥味，发出咕噜咕噜的叫声，依旧在天上飞来飞去，向南，再向南。

昭阳岛附近的几个村庄，孔雀台、凤凰台、银杏洲、野狼沟、老渔洼、西渡口、火头湾、老牛湾、南淀子等，全消失在洪水中。洪水撞击着昭阳岛岸边的芦苇和剑茅草，它像一只猛兽，粗犷的手臂裹着泥沙，用力拍打着岸边的泥土，巨锤落地一样，发出沉闷的咣当声。

洪水里，漂浮着树枝、木头、猪、牛、羊和人的尸体。大红枣、麦秸、高粱秸、各种死鱼，以及死猫烂狗，堆积在昭阳岛岸边。

以前，每遇这种灾难，昭阳岛人必到鱼骨庙和河神庙烧香磕头，不过，鱼骨庙更灵验一些。七七四十九炷大香过后，奇迹出现了。水涨，昭阳岛也涨，而且比洪水涨得快，一户人家也没淹着。四周逃难的人，乘着木船、门板、竹筏子，有的抱住一根木梁，疙疙瘩瘩，鱼群般涌向昭阳岛。

湖中的芦苇，洪水过后不见了。杨树、槐树、柳树等，在水里摇曳着稀疏的树梢，像疯女人凌乱的长发。

这样的洪水，昭阳岛经历过无数次，每次昭阳岛都平安无事。

这天，一群人在鱼骨庙前议论。

这次我们还能躲过去吗？

看天意，我们躲不过去。这次，洪水与几十年前不同。

洪水过去，谁知道地震会不会来。微山湖一带，每隔三百年会发生一场毁灭性的大地震。现在，离上一次的地震，远远地超过三百年了，再发生地震，谁知道是个啥结果。

啥结果，我知道。杂七配喝三憋十，听输，不听赢。我们输定了。昭阳岛上岁数最大的人娃爷发话了。此时，娃爷八十八岁。他是昭阳岛上一个传奇人物。

他说，洪水、大雨，不知道发生多少次，昭阳岛从没被大水淹过。你们知道为什么吗？一条数丈长的红鲤鱼精在昭阳岛下面托着。这个事儿，昭阳岛三岁的小孩也知道，他保护着昭阳岛。水涨，他把身子抬抬，昭阳岛跟着水位升高，无论啥时候，昭阳岛也不会被洪水淹没。这是红鲤鱼的功劳哩。这次不保把，最好各人准备好后路。红鲤鱼现在不是我们的保护神了，有人说挖煤，挖断了他的脊梁，挖瞎了他的眼。红鲤鱼恼了，一摇尾巴，走了。他走啦，谁还会保护我们。大伙想想，谁还有这个本事。大家赶紧收拾东西走人，走晚了，可是有生命危险哩。这话不是我说的，是红胡子老头在梦里给我说的。他老人家的话，比谷子碾米都准。再想让他老人家保护咱，大富富家的坑，谁也别想那瓜子藕。

在昭阳岛，没人怀疑娃爷的话，渔家人知道，他老辈里和一个红胡子老头有关系。那个红胡子老头是微山湖里的红鲤鱼精。

娃爷从娘胎里一落草，不是落在家里炕头上，也不是落在船舱里。他娘挺着个大肚子，到湖里捞菱，回来时，一下船感到肚子疼，急忙躲到鱼骨庙，一腚拍在廊檐下，随着一阵乌鸦的叫声，把娃爷生了下来。

有人骂她在庙里生孩子，说她弄脏佛门净地。她没恼，把生下的孩子取名儿叫鱼娃。

鱼娃长大后，到昭阳岛定居，娶妻生子，他会唱端鼓腔，又是昭阳岛上唯一会排船的人。他还有一样绝活，会孵鱼鹰，因此昭阳岛人对他颇为尊敬。他是昭阳岛四思堂朱家的后人，辈分高，喊他鱼娃不雅，人们就喊他娃爷。其实，娃爷有个响亮的大号叫朱庆馀，昭阳岛人喊他大号，感觉不如喊娃爷气派，反正他辈分高，喊他娃爷也显着亲切近乎。

红鲤鱼为啥祖祖辈辈一直呵护着昭阳岛？娃爷又说，我先人读书做官那阵子，曾到戴州东北的山阳古城当过郡守。现在的山阳古城，在昭阳岛北面五里的茫茫湖底。说这话早啦，也有年数了。那一年秋天，山阳古城，铺着青石板路的官道上，突然从天上掉下几条红鲤鱼，活蹦乱跳的，鱼嘴里发出嘟嘟声，有的像芦苇丛里蝼蛄在叫，有的像寡妇哭坟，有的会唱渔家人的端鼓腔。我先人，你们知道不？明嘉靖年间的工部尚书朱衡，他老人家正坐在衙门里的大堂上读《诗经》。刚读到兴头上，侍候他的仆人告诉他天上掉下红鲤鱼。

我先人一听，吃惊不小。马上意识到，天降异兆，恐有不祥。他老人家掐指一算，立马大叫，快把这些鱼捡起来，扔到湖里去。另外，别忘了烧上几炷大香，说上一馍馍筐子好话，圆因圆因[①]。

数日后，我先人乘三截杆船到湖东探访民情，在微山湖最深的地方，剑茅滩那儿，遇上一艘奇怪的木船，这木船是圆形的，像野鸭子似的，在湖面上飞起飞落，桅杆上挂着一条破烂不堪的黑布帆。圆形木船在雾气里时隐时现，无数的乌鸦在桅杆上鸣叫。两条船靠近，只见一个身穿红袍、满脸透红、留着红胡子的老头，独自一人在船上饮酒。老头目光深邃，他的眼睛像夜空

---

① 圆因圆因：祷告的意思。

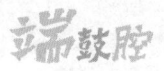

里的星星一样。我先人朱衡见这个老头和自己一样，生有长长的红胡子，心中惊讶，不知说什么，两眼望着那艘圆形木船发呆。

不等我先人发话，红胡子老头先说话。

承蒙阁下有好生之德，且素怀仁厚，今山阳城将有一场灾难，到时候，天塌地陷，大雨洪水，无力可挽。

这山阳城众人逃往何处才妥？

茫茫微山湖，只有昭阳岛可躲。念你在昭阳岛筑堤建坝，造福一方生灵，山阳城的人迁往昭阳岛吧。

什么时候躲？

天机不可泄露，这微山湖底石磨转动的声音响起，快逃便是。时辰一过，逃命就来不及了。你是这微山湖中红鲤鱼家族的一员，百年之后，你会变成一条红鲤鱼。

红胡子老头言讫不见了，圆帆船也没了，天上的乌鸦群渐飞渐远。浩瀚的湖面上鱼群出现，是一大群红鲤鱼，它们像一条火龙，在湖面上燃烧。红鲤鱼飞起飞落，唧唧哇哇，浪花四溅。从北向南，几十里的湖面上，全是红鲤鱼。

我先人大惊，知道这老头是红鲤鱼精所化，随即掉转船头，回到山阳城张贴布告，劝说城中居民赶紧逃生。数日后，有人听到湖底石磨转动的声音。那声音，像是有人唱柳琴戏，又像是有人在湖底唱端鼓腔。山阳城的人害怕，立即奔走相告，扶老携幼，逃到昭阳岛。

人们逃走的这天深夜，随着一声巨响，石破天惊，微山湖一带地震了。

山阳城塌陷成湖。灾难发生时，凡是逃往昭阳岛的山阳城居民都活了下来，其余的人不知所踪。

这个事儿发生在明嘉靖十六年秋。

2

这天，一大早，昭阳岛上空蒙星着细雨。湖中的鱼群洄游在水葱的睡梦中。大明王朝工部尚书朱衡的第二十五代孙——朱庆馀，也就是娃爷，在渔船上，把十年前剩下的一大碗炖糟鱼，放在船甲板上面的铁锅里，他又舀了两瓢湖水倒进去，咕嘟了半个时辰。他炖的鱼香味浓起来，熏得襄羽鹤、斑嘴鸭、鸳鸯、灰雁、鱼鹰，在芦苇丛上空乱飞乱叫。娃爷将炖鱼盛在一个瓷盆里。他吃下这些炖鱼，喝了半斤地瓜干子酒，又喝了一碗黄鱼粥。他已是耄耋之年，牙掉光了，凭着坚硬的牙床，在嘴里咀嚼一阵子，他能将鱼骨头鱼刺嚼碎嚼烂。娃爷手里握着一根竹杖，背也不驼，步子慢些。他带着香来到鱼骨庙，先拜红鲤鱼神，烧上香，退到庙院里，趴在一棵银杏树旁的石碑下，用耳朵在石碑上磨，磨得有些出血。那血一滴一滴，在石碑上放出酱油一样的幽光。一群兔喳子①围在他身边，叽叽喳喳乱叫。娃爷的思绪在兔酸子草的气味里漂移不定。岁月的轮回，让娃爷的白胡子飘起来。失去亲人的痛苦，像发黄的柳树叶一样，枯萎了，飘逝了。发生在他身上的故事，如同雨季来临之前爬满了蚂蚁的黑魆魆的树枝。

我的娘啊。风平浪静这些年，昭阳岛要出大事，这微山湖底下的石磨转动啦，真转动啦。谁说瞎话不是人，是螃蟹、癞蛤蟆、土鳖子。躲过初一，躲不过十五啊。这个地方待不住，大伙儿准备逃吧，该走的走吧，不能再拖了。附近岛上的渔民全走了，该逃命的赶紧逃命。望乡台子上打莲花落儿，咱们别当不觉死的鬼。

娃爷最近老是这样说，昭阳岛人听呆了。没人怀疑娃爷的权威。

去年重阳节，昭阳岛上会唱渔鼓腔和端鼓腔的黄松龄，说听到湖底石磨转动的声音，三天后他死了。临死前，他的脸色有些翠绿，被他三十多年前吃掉的两只螃蟹，又从他胃里爬出来，变成一只赤麻鸭飞走了。

黄松龄临咽气前，将生前喜欢的东西，端鼓腔、渔鼓腔、柳琴戏的戏词，凡是他编写的都拿到鱼骨庙里烧了。以后，昭阳岛没人需要这玩意儿，我带着吧。也许红胡子老爹用得着，他喜欢端鼓腔，也喜欢柳琴戏，八成还要我做个剧团的团长哩。下一步，到那边，我就是一个有品级的官员了。这红胡子老爹是微山湖里的红鲤鱼精，我要去侍候红鲤鱼精。跟着红鲤鱼

---

① 兔喳子：蟋蟀。

精，我才能得到赏识，昭阳岛人没谁把端鼓腔当件事了。端鼓腔是葫芦藤上一颗葫芦，根死叶烂，玩蛋啦。

他说完这句话，躺在木床上，目光落在飘着白醭子的屋梁上。一只燕子从湖中飞过来，在屋梁上叽喳叫着，它的尾巴上沾满了红鲤鱼的眼睛，在整个屋子里，烛光般摇曳着。黄松龄经历的旧事，鱼鳞一样在屋墙上碰撞，形成无数个昭阳岛村庄的图案。这天夜里，昭阳岛上的青石板路，每块石板都变成一块硕大坚硬的鱼鳞。无数颗篮球般大小的鱼眼，在上面滚动。在昭阳岛人的梦中，鱼眼上长满了黄松龄的胡须。

今年七月七日这天，昭阳岛上会做渔家虎饰的黄素秋，听到湖底石磨转动的声音，她把二十多年前准备好的送老衣穿好，然后来到昭阳岛的东西大街上。一群蝴蝶跟在她身后，围着她的送老衣飞舞。黄素秋脚步轻盈，她踏在有花椒粉气息的地面上，咒骂着记忆中的一个又一个夜晚，咒骂着夜间唱歌的猫头鹰。她挨家挨户串门，向所有帮助过她的人道别。

昭阳岛上的一些人家，有的给过她几条晒干的鳊鱼，有的给过她一些湖虾和螃蟹，有的给过她一些鸡头米、莲心、莲子之类的，也有人送给她三个憨巴孙子一些旧衣服。

几颗金谷豆的种子，跟在她身后乱跳。她思绪中的鸡冠花，在湖边的风雨里开始凋零。死亡的阴霾笼罩着她，像湖中一望无际的残荷。

她是黄松龄的姑姑，有个害人精儿子叫鞠汝耕，小名叫有德。一九五九年春天，在大饥荒的日子，鞠有德吃掉了娃爷的孙子小蝼蛄。鞠有德在昭阳岛上做下的缺德事太多，他是个恶人。黄松龄和鞠有德有仇，便不和她姑姑黄素秋搭腔。虽是亲戚，但不来往。

我要走，要到那边缠小龟孙。他作大恶，却让我落报应。黄素秋走在昭阳岛的青石板路上，对着两边的店铺，对着卖干鱼、莲蓬子、湖虾、鸡头米的熟人说，我这一辈子过的啥日子？我作啥恶？我还不如湖边上一棵金谷豆呢。我连湖边上一棵猪芽子草、一棵臭蒿也不如哩。她有些迂了，说累了之后，从布兜里掏出一颗砂姜往嘴里填，如今她啃不动砂姜，只能捂在嘴里漱漱。

几十年来，砂姜、生鱼子的气味，像一阵飞过来的乌鸦，在她记忆里翻滚，使她的躯体变成了一条风干的鱼。

这天，在昭阳岛火头湾渡口，黄素秋遇见了娃爷。

你那一泡瞎熊害我，不然我早抬身哩。我真后悔，咋和你这样一个人在一起学端鼓腔，我不该学端鼓腔。

娃爷没敢和她搭腔，耷拉着头，从她身边走过。娃爷感觉到当初那条渔船，依旧在湖滩的淤泥中滑行。爱情像荷叶，总有干枯的一天。当岁月抽空人的躯壳，你还能想起来曾经的爱情吗？

黄素秋骂完娃爷，她在回家途中从状元桥上跳下去。在跳下去之前，她傻愣愣地在桥上徘徊一阵子。天上，几只白鹤从她头顶上飞过，带走了她心头一缕又一缕痛苦的往事。

这是命。数天前，在梦中，一个红胡子老头告诉她，你要到状元桥上看看。黄素秋知道，让她看看，意味着在生命的尽头能看到另一扇门。

状元桥是老运河上的一座石拱桥，建于清康熙二十六年，康熙下江南时，在一棵大楸树下乘凉。他说，别小看这鸭子屎地儿，这儿有灵气，该建一座桥，将来二湖崖上的村庄，有望出能人。果然，桥建成后第十八年，昭阳岛出了状元。从此，这座石拱桥改名叫状元桥。

黄素秋站在状元桥上，看到荷叶间、芦苇丛里成群的红鲤鱼在聚会，每个红鲤鱼的眼睛里都充满黄褐色的饥饿，来自水下梦幻般的呼唤，弥漫着水葱和金菖蒲的气息。粉红色的荷花下面，打开了一道通往天堂的青石板路，路上嵌满了绿色的莲子。人影幢幢，金谷豆花开得正旺。黄素秋看见她哥黄海秋在前面一棵木瓜树旁边，他背褡裢，提着烟袋，走在青石板路上。他一个人孑孓独行，补着补丁的褡裢上，滚动着鱼雁和水鳖子的叫声。黄素秋不忍心看她哥一个人在前面走，她想喊住他，但黄海秋不理她。灰褐色的土路在昏黄的天空中越来越细，像一条死去的长蛇。等等我。她扯破喉咙喊一声，从桥上跳下去。

湖水清澈，她在一片水葫芦和野菠菜丛中，变成了一条红鲤鱼。

黄素秋变成红鲤鱼之后，撇下三个呆头呆脑、憨了吧唧的孙子。

三天前，洪水还没来，昭阳岛上的老民兵连长王爬虾魔道了。他也说，我听到石磨转动的声音啦，这磨好大，像一个村庄，磨眼里有一群鱼，它们长着像人一样的手臂，拿着昭阳岛人的名单在念。它们点娃爷的名，骂娃爷这个熊人，点几次名不来，他的架子好大哩。王爬虾到鱼骨庙里，给

红鲤鱼磕三个响头，唱着一首很多年前湖上人家的渔歌：

> 多见芦苇少见天，
> 船底无根漂人间。
> 筋骨累断难活命，
> 苛捐杂税如蛇缠。

唱罢这首歌，第二天，他死了。他喝了半桶地瓜烧之后，从四爪船上的席篓子里爬出来。他手里攥着一块地瓜，头上顶着一个鱼篮，一头扎进开满荷花的湖中。他去年在剑茅滩附近捕鱼，抓上来一条红鲤鱼，这条鲤鱼长着四条腿，有着人一样的眼睛和鼻子，他的头上戴着鱼篮。这条红鲤鱼在渔网里向他作揖，嘴里发出哎呀哎呀的叫声。这是一条会说话的鱼。他说，给袋烟抽吧，我好久没抽烟啦。你给我袋烟抽，我帮你从湖里捕鱼，保管你有吃不完的鱼虾。丝光片子鱼、铁片鱼、小鲤鲷鱼、草鱼板子，你要这些玩意做什么。不值大钱头子，我帮你捉大的贵的，甲鱼、鳜鱼、鲟鱼、鲈鱼、黄颡鱼、大鲤鱼，这些鱼值钱。我能让你发财。这微山湖中，所有的鱼都听我的号令哩。不光是鱼，湖里八千个水鬼也是我的兵，我想让他们干什么，他们就干什么。今天，咱俩有缘，你听我的，准没错。我能让你向南，再向南。你别装着不认识我，我是那年被你枪毙的通匪户，我给土匪一块地瓜，你就把我毙了。

我不想发财，也不想再向南的事。您老人家别吓唬我了。枪毙通匪户不是我的错，你别老是怨我。

王爬虾害怕，扔下渔网，操着尖头划子跑掉了。

今年，他临死前说，不要把死亡当一回事，死亡是来年盛开的荷花。我留恋这个世界。昭阳岛上，有一股青玉米的气息。昭阳岛北面，山阳古城出现了，山阳古城是未来昭阳岛的镜子。你们不信，到昭阳岛最北头，站在鱼骨庙后面的土坡上看看，准有你们意想不到的发现。

人们马上忘了他，迅速冲出村子。古镇上的青石板路，在众人脚下发出螃蟹一样的喘息声。人们站在昭阳岛北端，在鱼骨庙后面的土坡上，向茫茫微山湖遥望。果然，从湖面的烟雾中慢慢升起一座城池，正是山阳古城。城中高高的鼓楼上，悬挂着一面破旧的旗帜。城墙垛子清晰可辨，城门箭楼上的题词在阳光里看得清清楚楚。南门名思忠门，匾题"野入清徐"；北门名思敬门，匾题"云连海岱"；东门名绥华门，匾题"疏影暗香"；西门名翠成门，匾题"观鱼古道"。城墙上，驻守士兵的人影在晃动，有的手拿牛角号在吹。一大群乌鸦从城墙上飞过，乌鸦的翅膀子划破空气的声音，像湖中的鱼群在叫。成群的乌鸦吐出青皮苦瓜的气味，在湖面上滚动，像漂浮的莲子壳。湖边上，地瓜花开，带走了所有鱼鹰的眼泪。

湖中太阳升起，昭阳岛人看到山阳古城里面，推车的、卖菜的、说唱的、耍猴的、算卦的，他们衣着朴素，面色忧郁，在青石板铺成的路面上，来去匆匆。路两边是几十米高的银杏树，一片又一片孤独的落叶飞起飞落，飞向城外的谷子地。山阳古城四周种满金谷，谷穗饱满，像一个个低着头的金色香蕉。谷穗摇曳起来，又像是成群的金鲤鱼飞过。鱼雁和鹧鸪鸟，带着松花蛋发霉发臭的黄褐色忧伤，在人们散发着尿骚味的记忆中滑翔。

一个货郎走出思忠门，这个人头戴红方巾，穿着一件蓝袍子，货郎后面还跟着一个光脚的孩童。这货郎出城，却成了一副骷髅，那个孩童也成一副骷髅。他们走到一棵千年糠椴树下，在糠椴树的阴影里，他们俩又变成了人。他们有说有笑，步子不紧不慢，悠闲地往前走着。他们在散发着鱼腥味的日光里，像两片银杏树的叶子。湖边，野鸭粪、鱼鹰粪、鸽子粪的气息，将他们的脚步声包裹在一条红鲤鱼的梦中。

一阵风，山阳古城倏地不见了。湖面上，几只鱼雁和鹧鸪鸟在飞。空气里一条黑鱼的腥味，带着冬天残荷的紫色，像无数条渔船从芦苇荡里钻出来。

微山湖上空，每隔三五载会出现山阳古城，有学问的人说这是海市蜃楼。

娃爷看过海市蜃楼之后，他知道一场灾难要来。他的思绪像一条在几十度的热水里滚来滚去的鲫鱼。空气的颜色像灰鸽子身上的羽毛一样，里面有股子芝麻盐的气味。娃爷揉揉鼻子，他的几缕白胡子撅起来，像几只细小的蜻蜓飞过。

我听到湖底石磨转动的声音啦，这声音像一群鱼鹰在叫，又像一群猪在叫。石磨转动时，有股子青玉米的味道。这种味道从昭阳岛铺着青石板的路面上，像绿色的糖稀一样流淌。我看见了，你们是不是看见啦？你们看看，这糖稀像一群青蛙在跳哩。这群青蛙跳到荷叶上，想吃天上的青玉米。青蛙会说话，它们说向南再向南，谁知道这句话是啥意思？

我还看到卖鱼油丸子和苲草丸子的杨守业。他卖的苲草丸子，也不难吃，五八年没饿死他，因他家里窝藏了一甏子鱼油。老家伙精得像狐狸，靠着这一甏子鱼油，他炸薯苗秧、炸马蜂菜、炸萋萋芽，一家人没饿死一个，全活了下来。可我，却是个傻子，快要挨饿了，我咋没预感。我孙子小蝼蛄，在挨饿的年头被鞠有德吃掉啦。小蝼蛄要活着的话，该娶妻生子了。哎呀，我在梦里，总感到一条鱼衔着我的胡子，把我往水里拽。看来，我的大限要到了。不说这些难过的话，好死不如赖活着。我又在杨守业家门口看到红鲤鱼，他变成一个红胡子老头，站在屋檐下东张西望，像是在等人，也许是等我，也许是等瞎子王半仙。他老人家是微山湖里的红鲤鱼精，法身在鱼骨庙里享受香火。别看他穿得破烂不堪，他手里烟袋不错，米黄色的玉烟嘴像鱼鹰蛋那样滑腻。吃上一锅烟，舒服得像蹦在荷叶上晒鳞的铁片鱼。我早晚也要变成一条鱼，昭阳岛上死去的人，多半会变成鱼，它们眷恋着这昭阳岛不走，想念亲人时会跑到荷叶上晒鳞。你们要是抓到晒鳞的鱼，用放大镜看看鳞片，上面有他生前的姓名，也有他亲人的名字。我抓到过一条晒鳞的季花鱼，它尾巴上就有我爹朱世年的名字。这事可是奇怪哩。

娃爷胡言乱语，没人反驳他。谁都知道，他说的这个鲤鱼精在昭阳岛上喜欢听端鼓腔，也喜欢听渔鼓腔和柳琴戏。

那一年发生了一件怪事，红胡子老头从火头湾渡口来昭阳岛，他一上岸，岛上所有店铺里悬挂的干鱼——黑鱼、鲤鱼、草鱼、鲂鱼、噘嘴鲢子等，在红胡子老头身后，又变成了活蹦乱跳的鲜鱼。有的鱼，挣断穿鱼鳃的绳子和铁丝，嘴里发出像野鸭子一样的叫声飞走了。从那时起，红胡子老头成了昭阳岛上一个让人敬畏的人物。

昭阳岛上年纪的人记得，三十年前，在昭阳岛一棵老槐树下，娃爷嘴里噙着烟锅。鱼腥味像一团蒲草缠绕着他。

娃爷说，我听到湖底石磨转动的声音了。

　　这话可不是说着玩的，听到石磨转动的声音，就意味着他将要死去。亲朋好友会找来几条大船，将他拉到微山湖深处的芦苇荡，给他举行一次葬礼。葬礼过后，这个人就在船舱里慢慢等死。这是微山湖里一个铁的事实，谁也改变不了，像太阳每天从湖东升起落到湖西一样。

　　昭阳岛人听到湖底石磨转动的声音会死，娃爷听到却没有死。上年纪的人把娃爷的不死，归结为他命硬、命毒。还有人说，他是红鲤鱼精的后人，那个会魔法的红胡子老头护着他，要不然他早死了。

　　娃爷不死，没人知道真正的原因。他成了昭阳岛上一个奇人。他把冬瓜说成茄子，岛上的人都信。

　　我敢肯定，昭阳岛将有大事发生。娃爷说着，耳朵上酱油一样的血，呱嗒呱嗒，滴在地上，吱吱几声，像几条青竹蛇，有的钻进墙脚旁的蓄子棵中，有的钻进金谷豆绿油油的叶子里。

　　娃爷头发稀疏，扎着一根细草绳般的小辫，眉毛灰白，像路边霜降节之后枯萎衰败的艾草。干牛粪的气味笼罩着他，像一群黑色的蝴蝶，围着他翩翩飞舞。湖中芦苇根在淤泥里呻吟着，呼唤着他的名字。襄羽鹤哀鸣的声音掉在湖面上，变成了一望无际的残荷与菰草。

　　湖底下，山阳古城里居住着一条红鲤鱼，突然出现在铺着青石板路的大街上。这条红鲤鱼抖掉身上的湖水，变成了笑容可掬的红胡子老头。他手里摇着一把荷叶，荷叶晃动，成了一杆烟袋。红胡子老头和瞎子王半仙是朋友，也和娃爷是朋友。他喜欢听娃爷的端鼓腔。

　　戴州城北，一望无际的旷野里种着望不到边的谷子，谷穗沉甸甸地摇曳着。谷浪翻滚，芦苇浪如烟，野鸭子和鱼雁在谷浪和芦苇浪上，捕食着梦中的小黄鱼。

　　这一天，娃爷提着烟袋和红胡子老头走在一起。烟叶、烟油的气味，鱼鳞般从他们身上脱落。娃爷和红胡子老头去昭阳岛戏楼，在戏楼上，他们一锅又一锅地吃烟。

　　红胡子老头满脸皱纹。他的红胡子，如同牵牛花的触须。他的烟袋，米黄色的玉烟嘴，在懒洋洋的日光里，像青石板路上爬行的螃蟹吐出的梦。

　　娃爷将烟抽够，他说，就这，开始吧。没人回答他。娃爷亮开沙哑的喉咙唱起端鼓腔。康熙御膳房后面，端鼓腔的声音，随着老运河漂浮的莲子、菱角和死鱼，星星般向东流去。

只有一个人在听端鼓腔，这个人是红胡子老头。

在昭阳岛，这是我最后一次听端鼓腔了。红胡子老头告诉岛上的人说，昭阳岛剩下的日子不多了，大家按娃爷说的准备一下吧。他说完去了鱼骨庙，像从前一样，人们见他进去，不见他出来。

娃爷站在戏楼前面的一棵老槐树下，对着几个人说，昭阳岛死去的人集合在湖底下的山阳古城里，打造好一艘圆形木船。圆形木船我也会排。大家离开昭阳岛之后，我用岛上的木料排一艘。

娃爷说的圆形木船，在阴雨连绵的日子，在湖面上出现了九次。每一次，它黑油油的甲板上摆满了柳条筐，筐里全是鲤鱼、鲫鱼，它一点也不神秘，像一艘贩鱼的大船。昭阳岛活着的人，谁也不曾上去，谁也不曾靠近。圆形木船四周，鱼群像黑色的云朵，成群的鲤鱼在湖面上燃起一片红色的晚霞。鱼鹰、鱼雁、野鸭子的叫声，像纷纷扬扬的大雪一样，笼罩了昭阳岛。

事情像娃爷说的那样，娃爷家的一个人在圆形木船上出现了。黑色的帆被撕裂了无数道缺口，湖面上的阳光芦花般沾在发黑的缆绳上，一群乌鸦在桅杆上鸣叫。圆形木船四周的天空上，飞满了鱼雁、野鸭子、鹧鸪鸟。

圆形木船在昭阳岛渡口停下来，昭阳岛人怎么也没想到，船上下来的不是红胡子红脸的鲤鱼精，而是一个货郎，他挑着两个箱子，前面的箱子上放着一把破旧的油伞，后面的箱子上放着一把青铜制作的拨浪鼓。这个人带着一个少年，他们走近了，昭阳岛人大惊，他们不是人，是两具骷髅。货郎戴着红头巾，穿着蓝袍子，光着脚。他身后跟着的少年，头戴方巾。他们走到近前，来到碧霞宫。宫门口站着几个靠游客挣钱的道士，他们的眼睛忽上忽下地转动着。面对这两具骷髅，道士们都惊呆了。

两具骷髅见到人之后，嫌人害怕，他们恢复了肉身。

没人相信这是真的，大家知道，昭阳岛被红鲤鱼精施了障眼法。有时候，红胡子老头也喜欢恶作剧，他经常跟昭阳岛人开玩笑。

娃爷认出了他们俩是谁。

戴着红头巾的汉子叫贾凤雏。许多年前，他曾来过昭阳岛，在康熙和乾隆的行宫里出入过，在康熙御膳房里，独自一人喝过红高粱酒，他酒量大，一次喝两坛子。在马家中药店里，他抓过五服治疗痔疮的中药。在陈家开的嘉祥粗布店里，扯过几尺上好的布料。那天，下着蒙蒙细雨，红鲤鱼的咳嗽声，让湖面上的水江草和水葱全部死掉了。三棱子草和野葵花打着呼哨，在湖边疯狂地生长。野草古铜色的触须，刺疼了昭阳岛人的神经。

贾凤雉晃荡着，走在昭阳岛南北大街上，他吃着武大郎烧饼，一脸憨笑，走路的样子像一条青鲢鱼，呱唧一声，又呱唧一声，在青石板上跳动。没人知道，他身上的褡裢里能装多少东西。他在每一家的店铺前逗留，买鸡头米、莲心、莲子和虾仁。他的脸色发红，走在岛上，依旧像几十年前那样。湖畔，杞柳旁边的碱蓬菜、罗布麻、狗尾巴草丛中，长着四条腿的鱼精在偷窥着他。

他腰里别着一把蒲扇。不知道为什么，他在一家卖鱼篓和鱼叉的店铺前沉默许久。他掂起店里的一对鱼叉看看，这不是安装竹竿和木杆的鱼叉，是拴绳子的手叉，这对手叉沉甸甸的，上面锈迹斑驳。这对手叉不是新的，有年数了。当然了，店主说是从收废品的小摊上淘来的。当年，有人用这对手叉杀了我。是谁？店铺主人想知道答案，脸色憋得像下蛋的母鸡。这个人的名字不值一提，我能找到他，我会找到他。贾凤雉说完，掏出一张民国时期的纸币，递给店老板。店老板客气一番，说这是文物，我今天赚大了。

贾凤雉上岸，他腰间的蒲扇突然变成两把二十响的盒子炮。他来到昭阳岛北头鱼骨庙附近的一棵银杏树下，放下挑子，坐在草地上，将青铜拨浪鼓轻轻一摇。鼓点在昭阳岛人的记忆中，像是戴州城南方圆几十里的谷子和黍子，又像是数年前下的一场冰雹，也像发生在微山湖西岸的一场大火。那年冬天，一场大火，将微山湖西岸几十公里长、数公里宽的芦苇，烧得一干二净。十几里之外，也能看到红红的火焰，闻到芦苇烧焦的气息。

贾凤雉摇动拨浪鼓，摇出眼镜蛇一样的叫声。在这种叫声里，充满了一股子草木灰的咸味。昭阳岛上，大胆的人像鸟一样飞过来。他们的眼神像捕鱼的鱼鹰一样犀利，对贾凤雉买一对手叉感到莫名其妙，又对他腰间的盒子炮感到困惑。多少年了，昭阳岛人谁也没有见过这玩意，也不知道它们的威力，只觉得两块铁疙瘩，凉凉的，一点也没意思。他们哪里知道，

正是这两支盒子炮，才让贾凤雏丢了性命。

贾凤雏摇完拨浪鼓，将几根细线拴住小蝼蛄，两只木棍在他手里不停地晃动。他携带的那把破油伞有着昭阳岛人谁也不曾想到的妙用。

这伞是演幻戏的道具。我来昭阳岛是想让大家看幻戏。在湖里的船上，我告诉渔家人说是幻戏图。小蝼蛄把伞撑开，能看到昭阳岛的过去和未来。

这是失踪多年的骷髅幻戏。娃爷胆子大，走在最前面。我知道你的过去，也知道你是泗水圣水峪黑泥洼人。

你知道这小孩子是谁吗？是你孙子小蝼蛄。

小蝼蛄穿着一身破旧的麻衣，手里提着半袋子长生果。爷爷，我是小蝼蛄。

小蝼蛄，我的乖孙儿。娃爷上前抱住小蝼蛄，他脸上挂着两行浑浊的老泪。

小蝼蛄，别慌着给你爷爷拉呱，咱们演幻戏要紧哩。

3

昭阳岛人将贾凤雏围住，人们对这个穿着长衫，长着蒜头鼻、大眼睛，身材魁梧的人充满好感。娃爷和一些上年纪的人将着胡须，对他嘘寒问暖，好奇他的幻戏。

幻戏真能看到人的过去和将来吗？我们没听说过这玩意，天下真有这么神奇的东西吗？

这幻戏失传数百年，我是无意间跟一个老道士学会的。我们演幻戏谋生，让昭阳岛的老少爷们知道我们的故事。

让小蝼蛄打开那把油伞吧。

先从什么地方开始呢？贾凤雏说，想看到的全能看到，特别是那些被遗忘的岁月。这把油伞能把过去变成现实。遗忘的岁月像一粒沙子，还能找回来。时间像一条鱼，它不是消失了，它是游走了，是潜伏在湖底的淤泥里。半夜里，时间会从湖底浮出水面，发出野鸭子一样的叫声。

我们要看看人。看过去的人，他们以前做了什么事，吃的啥，喝的啥。现在有电视、冰箱、洗衣机，他们那时有什么，他们是咋过的。能把过去的场景找回来，这幻戏真是太奇妙了。

看看人是对的，人是万物的尺度，古希腊一个哲学家这样说。不过，这昭阳岛上，古往今来，有状元，有武林高手，能人有一馍馍筐子。这些人都能看到。哪个人做了伤天害理的坏事，或者做了好事，这把油伞一摇，能看到当初的景象，也能看到他未来的景象。

我们不想看大人物，看看草民的生活经历吧。

想看哪个人的过去，推荐一个人吧。

娃爷经历坎坷，他是昭阳岛上岁数最大的人，这老家伙成精了，别人听到湖底石磨转动的声音会死，他听到却不死。这里面不知有啥道道，我们想看娃爷的过去，看他的道道在哪儿。

对。看看娃爷。他是个吃了二亩地豆叶的老蛐子。

这句话有道理。娃爷身上有趣的事儿太多，他的过去比电影有意思。这昭阳岛上，娃爷是个传奇人物，他走过的桥比我们走的路还多。据说，娃爷年轻时还有过风流韵事哩。

一个会唱端鼓腔的名角，年轻时人才一表，没风流韵事，鬼才相信。

围观的人嘻嘻哈哈，都想着看娃爷的热闹。有些人起哄，想勾起娃爷的痛处，说，小蝼蛄是鞠有德吃掉的，他怎么吃掉的小蝼蛄，我们想知道细节。敢吃活人，这心太狠了。他被金瓜用鸭枪干了一次，可惜没干死他，便宜他了。他该被凌迟处死，千刀万剐。金瓜那个笨蛋，他当着鞠有德的面，用鸭枪没有打死他。你们说说，金瓜这小子咋那么笨，对着面开枪，竟然打不准，咋就失败了？这里面有古怪，说不准有啥精灵护着鞠有德。当初，鞠有德的爹鞠鲇鱼不也是这样吗？他用枪偷袭了娃爷三次，一次也没成。

小蝼蛄把破油伞撑开。他的手指纤细，肌肉透明，骨节细若芦秆。被人吃掉的痛苦，像成群的水黾在水面上飞速滑行。昭阳岛四周，每年夏天有成群的水黾，它们总是用爪子拖着小蝼蛄的头发和眼泪在跳。水黾身上的花纹里，流淌着小蝼蛄临死前的哭声。

我仔细看看，是我的经历吗？可不能有错。有时候，幻戏也邪乎，中华民国二十四年，昭阳岛来过一个演幻戏的人。他们演大清同治六年的事儿。这年年底，湖面结冰，有两米多厚，这下给老捻子机会啦，他们踏着冰攻打昭阳岛，仗打半月，捻子也没攻下昭阳岛。不过，那个演幻戏的人把这段历史搞错啦，他把场景演成民国的事儿了。您望望，我的娘，这错太明显了，幻戏也会出错。不过呢，幻戏也是戏，谁也别当真。

娃爷挤在人群前面。我又听到湖底石磨转动的声音，这回真快死了，我啥也不怕。有些事，记不清啦，正想看看。人死前，总想弄明白过去干些啥。当初的事儿不靠谱，现在弄靠谱的事儿。先前的勾当掺着鱼粥，喝到肚里，都拉成粪了，忘得屌蛋精光，没个熊影儿。贾先生有这把油伞演幻戏正好，它能唤醒我以前的记忆。有好些夜晚，我总是睡不着觉，想回忆过去，过去的记忆像一群野鸭子飞走了，再也没了踪迹。我想啊想的，想娘，又想爹，有时候想哭，我的爹娘死得好惨哩。

天上落下几滴雨，一群鱼雁从头顶上飞过去，带走了昭阳岛人粘在芦苇丛上所有的往事。几条红鲤鱼在湖面上游荡，它们的脊梁像望不到边际的红高粱一样，燃烧着火焰。湖底淤泥中的精灵和昭阳岛上死去的人，都浮出湖面，爬到残败的荷叶上晒太阳。他们个个脸色蜡黄，像入冬的干白菜叶子。

微山湖中有一条鱼怪。贾凤雏说，这条鱼怪害人多啦。

不慌啰啰鱼怪的事，先看看我的过去。啊，哈哈，我年轻时还荒唐过哩。娃爷笑笑，两片发黑的嘴唇相互厮打着。他的牙齿全掉光了，不说话时，把嘴一合，像一条大鲇鱼的嘴。几十年的烟草气味，带着他胃里的鱼虾腥味，在他脸上形成一片野葵花，又像一群蝌蚪游动着，在他走过的地方，变出了几条鱼在跳。

有人说，他是鲇鱼精托生的。他胡子也像鲇鱼的胡须，只有几根，已开始红了。按说，娃爷也是一条鱼怪，要不他咋那么熟悉水性。鱼怪和鱼怪也是有仇的，像人和人一样，恩怨情仇，钩心斗角，什么事都有。

破油伞下奇迹出现了。快看，这个人是娃爷。他年轻时长得不赖，大耳朵，是一对扇风耳。鞠有德也长着一对扇风耳，他是娃爷的种错不了。

一点没错，是娃爷的种。娃爷年轻时是个汉子哩，他高大威猛，绝对是个爷们。他的手和脚比正常人大一截骨子，是个标准的山东大汉，样子像《水浒传》里的武松。

4

娃爷十二岁这年，家中发生两件事，先是他娘死了。一个月后，他爹又死了。

他娘的死，令人不可思议，事先没有任何征兆。这天，一家三口进湖捕鱼，一切正常，娃爷的爹朱世年在湖中捕一船舱鱼，他开心地唱着一首渔歌。娃爷的娘看看天，日头过了中午。早晨，一家人喝一锅鱼粥，吃半筐子鱼油丸子。在湖上干了两个时辰的力气活，三口人都饿了，娃爷的娘到船尾甲板上做饭，娃爷和他爹在船头上说笑吃烟。天上的鱼鹰、鱼雁在飞。湖面上，漂浮着黄茳草和鸡头米的气息。爷儿俩说着话，突然听到娃爷的娘落水的声音。在湖上生活，掉进水里属于正常，爷俩一点也没慌张。娃爷拿竹篙去救他娘，等他到后甲板，哪儿还有他娘的影子，湖面上只留下几个漩涡，一条十几米长的黑鱼露着脊梁游走了。娃爷父子划船去追，追半天，毫无结果。就这样，一眨眼的事，娃爷的娘没了。娃爷不相信这是真的，但他娘确实被那条黑鱼吞到肚里了。

娃爷的爹朱世年，在昭阳岛人缘不错，他是一个黑得像锅底一样的大汉，浑身有使不完的力气，双手能举起碌碡。他力气大，去湖西卖鱼，一担鱼三百多斤，他挑着步行七八里地，歇也不用歇。正是他有力气，单打独斗，在昭阳岛谁也不是他的对手。因这一点，他对开鲜船的渔霸王仲珂不服气。王仲珂外号王麻子，这王麻子在昭阳岛是个人物，他穿着红绸长袍，左手举着鸟笼子，右边肩膀上落着一只老鹰，隔三岔五穿着这身行头在昭阳岛青石板路上来回走动，一趟又一趟，故意耍威风。渔民们捕了鱼，王麻子来收购，他大秤买，小秤卖。一筐鱼一百斤，用他的秤一撅，先撅去二十斤。另外，他说给多少钱，就给多少钱。外地的鱼贩子要买鱼的话，都要从他手里买，不能瞒过他的门槛，大船帮上的人都怕王麻子。朱世年偏不服王麻子的气，他经常将鱼卖到微山湖西岸的火头湾、老牛湾、鹿洼、老渔洼等地。王麻子多次给朱世年说，你打捞的鱼虾只能卖给我，别谝能，你斗不过用二拇手指头管劲的，不然有你好看。朱世年没当回事，后来湖上的老榷也恐吓他、警告他，不要坏了微山湖里的规矩，枪打出头鸟，别当愣头青，也别当拧筋头，鸡巴子上插羽毛，你啥鸟都不是哩。朱世年还是把他们的话不当蛋玩，依然我行我素。这天，朱世年去老渔洼卖完鱼，他回昭阳岛时，在离野狼沟村三里的芦苇荡里面藏着几支火药枪瞄准了他。一阵乱枪，把朱世年打成了马蜂窝。他被老榷杀了。昭阳岛人知道幕后黑手是王麻子，怕他斩草除根，有好心的网帮渔民带着十几岁的娃爷离开了微山湖，他们去了洪泽湖谋生。一晃数年，听说王麻子被湖上的另一帮老榷杀了，娃爷才敢回到昭阳岛。

娃爷有一条破船，茫茫微山湖是他的家。一年四季，他除打鱼，还是打鱼，偶尔到岸上走跳一两日，买些油盐酱醋、小米杂粮之类。

他喜欢去的地方是昭阳岛，大运河从昭阳岛中间穿过，南来北往的商船从这儿经过。明朝初期，昭阳岛成运河沿线的重镇，这儿商贾云集，店铺林立，从南到北是一色的明清建筑。昭阳岛成了一个有名望的古镇。

这天，娃爷吃完一大锅红烧泥狗，又喝二斤高粱酒，回到船上，一头倒在船舱里，迷迷糊糊进入梦乡。梦中，他遇到一个红胡子老头，这老头叼着一根米黄色的玉烟嘴，他告诉娃爷，昭阳岛是你的家，去昭阳岛北面，鱼骨庙附近，那儿有荒地，长满了芦苇和杂草，是你祖上留下来的。你在那儿盖房造屋，没人拦你。你爹一辈子也想在昭阳岛安家，他却没成功。昭阳岛上，有女人等着你哩。

娃爷醒来，感到红胡子老头说得对，他决定去昭阳岛安家。

昭阳岛上，有名的古建筑四思堂是朱衡建的。朱衡是明朝嘉靖年间的工部尚书，奉旨在昭阳岛治理运河，他博采多个方案，开挖一条新运河。这条新运河从昭阳岛到戴州七十余里。朱衡为官廉洁，在昭阳岛治理运河期间，深感渔民多年连遭水患之苦，他下令免除渔民的夫役。隆庆六年，又在昭阳岛修建二十余里长的石堤，昭阳岛从此免遭洪水溃决不说，漕运也畅通无阻了。朱衡相貌伟岸，长着长长的红胡子。传说，他死后变成红鲤鱼精，依旧看护着昭阳岛这一方水土。鱼骨庙里，供奉的红鲤鱼精塑像就是他的法身。

娃爷这天到昭阳岛上,他想到黄海秋,这人是网帮的,打鱼是个行家。娃爷两年前跟着网帮渔民去过一次太湖,在那儿娃爷认识了比他大五岁的黄海秋。两人一见如故,成了无话不拉的朋友。

娃爷找到他。我在湖上漂也不是长法,鱼骨庙西面的一片空地,是我们家的老宅基地,我想盖几间草房,定居下来。

你早该这样想。昭阳岛上好地段没有,鱼骨庙西面那片草滩是你祖上留下的宅基地,这事儿岛上的人都知道。那儿邪乎,晚上经常出现白兔子、火弹子之类的。三更半夜,有人在那儿听到湖中的大鱼爬上岸来,在鱼骨庙里哭。还有一个长着四条腿的鱼怪,也从那儿上岸,这鱼怪祸害了不少人。说得有鼻子有眼,你不害怕的话,在那儿建房子也成。还有一件让人头发梢竖起来的事,鱼骨庙东厢房有两口红漆棺木,里面是空的,也不知道哪辈子人放那儿的。有时候,那棺材里会发出奇怪的响声和哭声,半夜里这两口棺材会从鱼骨庙里飞出来,再飞回去。这事儿,你不害怕吗?

什么鬼啊怪啊的,我在湖上见到的多啦。我不怕这个。在一个夜晚,我亲眼看见过邪乎事。一个四条腿的鱼怪蹲在荷叶上,啃一个人的大腿。他不仅吃活人,还在荷叶上跳舞叫唤哩。

今天,戴州派来水上警察,他们有八艘炮船和几十号人,你若想在岛上落户,先给他们的头儿打招呼。他们一句话,这事儿就成了。管事的警察队长叫辛庆义,住在四思堂里,家是火头湾的。昭阳岛上,大小事儿都归他管。

娃爷得了这消息,领黄海秋到康熙御膳房,要了一份水煮虾、一份油炸天龙、一份清炒菱米,又要了一份微山湖焖大鱼。湖上的渔民能喝酒,他们俩要了一坛子地瓜烧酒。两人从中午喝到晚上,拉湖上的见闻、陆上的新鲜事。喝着拉着,不觉蓝月亮从湖上升起来。看看夜色渐晚,两人又喝数碗酒,方才各自散去。

第二天,娃爷提着两条红鲤鱼,每一条七八斤重,还有一兜螃蟹,他去四思堂见辛庆义。四思堂在老运河南岸,过了状元桥,再走一段河堤就到四思堂门口。看门的是一个歪嘴警察,他满脸疙瘩,长着一对乌鱼眼,眼角里满是眵目糊,他笑着问娃爷找谁。

我找辛警长。

这儿没有辛警长，只有水警队的辛队长。

对，对，我找辛队长。

四思堂院子里有两棵皂角树，这两棵树都一搂多粗，相传是当年朱衡种的。树冠有半亩多地，荫翳蔽日。树下一块石头旁边站着几个警察，其中一个大个子，手里还握着皮鞭。

有两个教匪被捆在树上，几个水警轮流用皮鞭抽他们。

空气里弥漫着湖底淤泥的腥臊味，两个教匪痛苦的声音，像闪光的银圆一般，悬挂在皂角树的叶子上。他们的舌头一片翠绿，沾满苦江草的叶子。一条又一条铁片鱼，从他们的鼻孔里游出来。地上的血欢快地叫着，顺着一缕阳光，爬向湖滩。

你们不招供，只能活三天，三天后砍头示众。这可不是说着玩的。你们两个人手里都有人命，自古以来，杀人偿命，欠债还钱。这样的道理，傻子也明白。杀人不偿命，欠债不还钱，你们想想，这社会是个什么样子。除邪教掌权，像文贤教、八卦教、大刀会之类的。这样的邪教掌权，啥恶都作，他们除祸害老百姓、掠夺女人和财富之外，什么也不会。邪教那帮人，没什么文化，靠暴力和歪门邪道起家。传播歪理邪说，帮洋鬼子传教，洋鬼子抢了咱们大清国多少土地，杀了咱多少中国人。他们的话你们也信，他们的迷魂汤你们也喝。咱们孔夫子的礼义仁智信，多好的信仰你们丢了，却信洋鬼子。这熊事，大清国也要灭你们，别说民国了。触犯民国的法律就得死，你们知道不？有什么同伙，快点说，说出来还能活命，不说真没命了。辛队长发话，这是你们最后的机会。

别把我们当教匪，我们是教徒，不是匪。

狗屁，你们咋和土匪一样，还不如土匪哩。

传播洋鬼子的洋教，比土匪都可恶。洋鬼子祸害中国，他们在中国没干过什么好事。等着吧，三天后咔嚓两刀，两道白光完活。世上少了两个害人精。我操，我要吸袋烟。洋教说信能得救，信要么有么，想啥啥成。我日有这好事？皇帝的媳妇长得俊，谁都想，这社会不乱套了吗？瞎胡想，最终猫咬尿泡空欢喜，这不憨吗？

一群鹧鸪鸟和鱼雁从皂角树上飞过，又一群蓑羽鹤从皂角树上飞过。

鸟从头顶上飞过的声音，像丝瓜须一样，缠绕着每个人的脸。

空气的颜色，像湖水一样泛着绿意。碧霞宫里，一个道姑倒夜壶的味道，蚯蚓一般，往每个人的鼻孔里钻。几个闲得蛋疼的光棍跟在娃爷身后，他们在四思堂大门口探头探脑，蛇一样窥视着院子里的秘密。

这小子的两条红鲤鱼真不小，每条十来斤吧。提来这么大的鱼，这么破储，下血本，肯定有事。你有什么事？你小子两个眼滑溜滑溜的，一看就心里装着个鬼，你瞒不了我，我老人家会麻衣相，看人能看到骨头里。哪能有跑？绝对没个跑。

我要找辛队长。

找我干啥？想着吃粮当兵吗？提着皮鞭的大个子走过来说。他右手提鞭子，左手夹着一颗洋烟。洋烟真好，散发着一股子薄荷味。洋鬼子可恶，日他老妗子，洋鬼子造的东西怪有意思。有话说吧，别给老子小猫钓鱼。

是这样，我想在昭阳岛落户。

你有保人吗？找个保人就成。

我和黄海秋是朋友，他是我的保人。

我也和他熟，你提他对。先在户口簿上登个记，让他画个押，你便落户昭阳岛了。

娃爷听了这句话，连忙道谢不迭，把红鲤鱼和螃蟹交到食堂。做饭的一个老头拿出钱来给娃爷。

我正要出去买鱼，今天中午的主菜想着做辣爆鲤鱼块，再弄上一个草鱼贴锅饼。小伙计，吃粮当兵吧，做个水警，这是个美差哩。五块钱，拿着吧。

娃爷坚持不收。要钱，对不起辛队长。娃爷给老头又说一阵湖上的事，便出来找黄海秋。日头从湖上升起，光线毛茸茸的，像兔子的毛贴在脸上。没想到这么顺当，娃爷心中有点畅。吉人自有天相，娃爷感到该走运了。

下午黄海秋来了，他给娃爷作保，画了押。娃爷从此成了昭阳岛人。

娃爷一上昭阳岛，很快受到欢迎，因为他会孵鱼鹰。

在娃爷来昭阳岛之前，岛上没人会孵鱼鹰。这事儿是个技术活。他找来落窝的老母鸡，把各家各户的鱼鹰蛋找来让母鸡孵。孵鱼鹰，只有落窝的母鸡能孵出来，一般的母鸡不能孵鱼鹰。娃爷会调教落窝的母鸡，关键是给母鸡喂食，这里面有道道。每天，必须给母鸡喂天龙，多了也不成，少了也不成，每天七只天龙、二十只水蚤、二两青虾，外加三条剁碎的鲤鲷鱼。落窝的母鸡吃了这些，蹲在鸡窝里，才会孵鱼鹰。娃爷能调教得老母鸡一动不动。

对昭阳岛人来说，谁家多养几只鱼鹰，是一种财富的象征。一年四季，鱼鹰是渔家人的摇钱树。

娃爷年龄虽小，昭阳岛人喜欢他，他说盖房子，就有人愿意帮助他。黄海秋和娃爷好，他出面一吆喝，召集几个网帮渔民和枪帮渔民。这些大船帮上的人，平时关系不错，刮风下雨不下湖捕鱼，便聚在一起，到娃爷船上喝酒。黄海秋一招呼，都愿意给娃爷帮忙。黄海秋主动去火头湾给娃爷买一船麦糠，其他人早在鱼骨庙附近把泥和好。泥巴里面掺上麦糠，再和，和得不稀不硬。娃爷从马家借几个坯框子，这些人帮着娃爷脱坯。一连脱七天，共脱了六百多块。

黄海秋说，差不多了，准备砖石吧。

娃爷亲自出面，到湖东九仙山买了两船三乘四的方山石，又买两船地顶片和木料。

在鱼骨庙西北角，娃爷选择一块茂密的芦苇和红茅草封住的地皮，用镰刀割去杂草。娃爷像他爹朱世年一样，有的是力气，他从洼地泥沟里撒出土，用泥兜子一兜又一兜，把土提到宅基地上。有时自己干，有时黄海秋帮着干。黄海秋帮着娃爷干活，他妹妹帮着做饭送饭。

黄海秋的妹妹叫黄素秋，乳名二妮，今年十八岁，她和昭阳岛上的大户鞠家轩之子鞠俊臣定了亲。这鞠俊臣小名儿叫鞠鲇鱼，好赌，也是个游手好闲的主，虽和黄家定亲，又嫌黄家就兄妹两个，没了父母，家境清贫，鞠家便不把黄家放眼里。转眼黄素秋长大，到该嫁娶的时候，鞠家却迟迟不肯下帖。

黄素秋第一次见娃爷，多看了他一眼。心里想到，我哥交的这个朋友，高大威猛，人才一表，看上去忠厚老实，可惜我和鞠家定了亲，其实这个才是我要找的人。

娃爷也多看了黄素秋一眼。这一看，娃爷感到心里热乎乎的。娃爷想，人这一辈子这么短，能娶这样一个女孩子做老婆，真是老辈子里烧高香了。

只可惜，我无父无母的，又穷，人家不会跟我的。娃爷知道她是有婆家的人，她婆家姓鞠，在昭阳岛上开着鱼行，是个大户。有钱才能娶好媳妇。

娃爷喜欢她的念头一闪，像条白鲢鱼一样游走了。自从娃爷见到黄素秋之后，娃爷暗下决心，一定要找一个像黄素秋一样俊的女孩。但娃爷心里明白，想有钱，靠着在湖里打鱼卖钱，一辈子也就混个肚儿圆。想过富人的日子，比登天还难。怎么样才能有钱，娃爷脑子好使，他想到第一件事是经商，经商需要有本钱，他没本钱，这条路走不通。二是学谋生的技术。娃爷曾想跟人背药箱子，走街串巷，又觉得自己文化浅，认字不多，也被他否了。他虽学会孵鱼鹰，也挣不到大钱头子。娃爷想到湖上有人捕鱼，水上运货，都需要船。排船是个手艺活，能挣钱，娃爷决定盖好房子之后，第一件事就是跟人学排船。

半年后，娃爷在鱼骨庙西面选的地基垫高了，也垫好了。数年前，娃爷在大船帮里跟着他爹打鱼，那时，娃爷的爹是罱帮的头儿，说话有分量，日子虽穷，却不忘让孩子们读书。大船帮便请私塾先生，教船上的孩娃读书，读《三字经》《百家姓》，读四书五经。娃爷陆陆续续读过三年书，粗略识得一些文字。

他相信书中的道理。他从昭阳岛王家大户那里，借来一本《杨氏阳宅相形歌》。娃爷把这首歌诀背熟，不明白的，又找岛上的瞎子王半仙。经王半仙讲解，娃爷对选宅基地有了认识。

他要建房，不是个小事。与人不睦，劝人盖屋。在盖房子这件事上，他一点儿也不敢马虎。一个十几岁的孩子，说要在昭阳岛上盖房，大伙认为是开玩笑，其实一点儿也不是玩笑。他爹朱世年在死之前，有一笔钱存在昭阳岛王家钱庄。他爹有个梦想，攒钱，在昭阳岛上安家落户。娃爷靠着他爹留下的家底，一共十块袁大头，盖几间泥巴屋，八个郎汪儿[①]足够。娃爷一到昭阳岛就准备。有道是盖房子要背山面水。俗语说，前高后低，主寡妇孤儿，门户必败；后高前低，多主牛马。娃爷对这一点深信不疑。岛上的人说，鱼骨庙这儿一到晚上就有古怪事儿出现。娃爷在鱼骨庙四周转了一圈。背阴、霉气潮湿的地方，容易有鬼怪作祟，实际上这种地方虫

---

① 郎汪儿：大约数目。

聚霉生，人居住时心里有不适。房屋应该建在地表清爽的地方。

在雨季来临之前，这天，娃爷找盖房的工匠拉了线，砸上橛子。

娃爷在鱼骨庙门口支起地锅，买来各种吃的，备好酒菜，又从岛上一些殷实的人家借来碗碟。选吉日破土动工。

地基上先铺设一层地顶片，摞一层石头，接着用黄泥巴挑墙，挑到一人多高。然后停工，等墙头晒干，又用土坯垒数层，屋山头全用土坯。两根一般粗细的榆木梁头，十几根杨木、槐木的梁团。梁团上面先铺上苇箔子，撒上芦苇和剑茅草，又涂上一层草泥，三间房屋算盖好了。

搭起三间草房，娃爷又用芦草泥巴盖厨房，从此娃爷有了岸上的家。

娃爷上岸定居之后，他跟人学会了排船，又跟黄海秋和黄素秋一起学会了端鼓腔。这天，娃爷把鱼骨庙收拾干净，他在鱼骨庙里烧了三炷大香。

传说，鱼骨庙是明代修建的。朱世年活着时，给娃爷讲过鱼骨庙的故事。早年，微山湖里有一条大鱼，湖中每个角落都有他的影子。这是一条吃人的鱼怪，他在微山湖里掀翻无数船只，也吃了数不清的人。这鱼怪成精了，长着四条腿。这天，他在湖里吞吃数人之后，爬到昭阳岛北端一处土丘上，也许是想闻闻银杏树叶子的味道，也许是想吃地上的银杏果。总之他一爬上昭阳岛，晴朗的天顿时变了。刹那，一块黑云压过来，雷电织成的网罩住昭阳岛。那鱼怪还想往湖里奔，雷电网铜墙铁壁一般，他哪能逃得了。这鱼怪想挖洞逃脱，洞还没挖成，一道闪电将他的头切掉了。

事后，湖里渔民中有不少人，大着胆子到昭阳岛北头去看结果。在一处芦苇滩，渔民们发现了鱼怪的尸体，四周散发着烧焦的煳臭气息。无数只苍蝇围着鱼怪的尸体嗡嗡乱转。

渔民们为感谢上苍，集资在昭阳岛北头建庙，用鱼怪的鱼骨做梁，用鱼鳞做瓦，盖起这座鱼骨庙。同时，人们为感谢红鲤鱼精对昭阳岛的庇佑，用上好的黄花梨刻了红鲤鱼，供奉在庙中，让他享受世代人的香火。

自从建成鱼骨庙之后，南来北往的商人纷纷来岛上安家落户。后来，这湖面上依然出现许多怪事。比如，大白天在湖里遇上鬼打墙，剑茅滩那边的芦苇荡里一到晚上就有人哭。微山湖底石磨转动的声音，像端鼓腔，又像渔鼓腔。昭阳岛人把这些奇怪的现象，归咎到鱼怪身上，或者是鱼怪的亡灵在作祟。也许，鱼怪的后代又成精了。

总之，昭阳岛人相信，在茫茫微山湖底，红鲤鱼精保护着这一方水土，作恶的鱼怪根本不是红鲤鱼精的对手。昭阳岛人还猜测到，鱼怪的后代也不是善茬，他们也许想着称霸微山湖哩。

5

每年正月十五是昭阳岛庙会。从上午到晚上，昭阳岛演数场端鼓腔。

晚上，端鼓腔更热闹，唱端鼓腔的主角是娃爷和黄素秋。娃爷、黄素秋、黄海秋三人，学端鼓腔只半年，已是昭阳岛上的名角。

这天夜里，昭阳岛上，端鼓腔开始唱了。为让枪帮、网帮和罱帮渔民看上端鼓腔，昭阳岛上的大户高万斗指挥着娃爷、黄海秋等人，在鱼骨庙附近的湖边，把两艘大船并在一起，在桅杆上挂起几盏大灯笼。

大红灯笼一挂，湖上的渔民知道要唱端鼓腔了，小船从四面八方向昭阳岛驶来。那些小船的桅杆上挂着鱼油灯，灯光若隐若现，密密麻麻，像漂在湖面上的星星。鱼油的香味像漫天飞舞的红蜻蜓。

端鼓腔有说有唱，边唱边舞，以唱为主，也和传统戏剧一样，有生、旦、净、末、丑之分，又与戏剧不同，演唱的人可以扮演几个角色。

两年前，从洪泽湖里来了一家端鼓腔戏班子，在昭阳岛一唱走红，昭阳岛附近的渔民都喜欢端鼓腔，端鼓腔便在昭阳岛热起来。

这端鼓腔班子的头儿叫丁前溪，是昭阳岛鞠鲇鱼的娘舅。丁前溪早年跟着大船帮上的渔民在洪泽湖打鱼，闲暇之余学会端鼓腔。他孤身一人跟船队在湖上漂，也没成家。到老年，投靠昭阳岛姐姐家。他没啥财物，一艘小木船为家，船舱里只有一把乌黑发亮的端鼓。他姐姐一看这光景，二话没说将他留下，让他在鞠家鱼行做帮闲。同时，又让家人给他做了笼袄的褂子、鞋袜和替换衣服。

鱼行老板鞠家轩是丁前溪的姐夫。他为人奸诈刻薄，对丁前溪还说得过去，衣食用度，没缺过丁前溪的。

这丁前溪有桩心事，他端鼓腔唱得好，但湖上人家学端鼓腔的并不多。他想把端鼓腔传下去，第一个选中了外甥鞠鲇鱼。

鞠鲇鱼学了两天端鼓腔，这天他摇端鼓玩耍，一不小心被端鼓上的铁环打中眼睛，虽无大事，却红肿了三天，鞠鲇鱼从此对端鼓腔失去兴趣。家人劝他接着学，他骂了句，我没鼻擤了，学这王八孙子玩意，一点意思也没有，我得空还不如看蚂蚁上树。好说歹说，他坚决不学了。

丁前溪无奈，闲暇之余又物色到黄素秋、黄海秋和娃爷。娃爷和黄海秋是朋友，看他家有个可意的妹子，心里喜欢，虽不敢说出口，他和黄家更铁了。一听黄素秋学端鼓腔，二话没说，也跟丁前溪学端鼓腔。

丁前溪教徒弟手段狠毒，为让黄海秋等人记住台词，夜里让他们睡在潮湿的地铺上，上面铺些谷秸。深夜，黄海秋、黄素秋和娃爷，他们睡不着，因地铺潮湿，他们浑身起疥，奇痒难耐。没法入睡，丁前溪让他们背端鼓腔的戏词。

丁前溪说，吃了苦中苦，才是人上人。我当年学端鼓腔，师傅也是这般手段。你们休要啰唆，除非不学。

黄海秋兄妹和娃爷都是网帮渔民的后代，家境贫寒，学端鼓腔是想多一种混饭吃的手段。当下无话，便咬着牙学端鼓腔。

娃爷是个心细的人，他看黄素秋腿上挠出了血，私下去马家中药铺子买一些止痒药水，偷偷送给黄素秋。黄素秋觉得娃爷对她一片真诚，免不了说些感谢的话。时间久了，黄素秋对娃爷有好感。两个人一来二往，彼此心中都有了对方。

好事往往天不作美。黄素秋对娃爷有好感，可她和鞠鲇鱼定了亲。昭阳岛谁都知道，她是鞠鲇鱼未过门的媳妇。

鞠家在昭阳岛开着鱼行，势力在昭阳岛并不小，日子过得殷实。鞠家条件好，对黄素秋并不待见。黄素秋学端鼓腔之后，这天她和娃爷一起唱《张郎休妻》，在昭阳岛立马叫响。在这之前，都说黄素秋是个美人，黄素秋学会端鼓腔之后，昭阳岛人又说，黄素秋定亲定错了。鞠鲇鱼是个夯货，他根本配不上黄素秋，她学端鼓腔时跟娃爷好上了。人多口杂，越传越邪乎。有些风言风语说，黄素秋和娃爷两个人偷偷跑到湖里，在芦苇荡里一条小船上弄那事。一传十，十传百，这话儿传到鞠家耳朵里。

鞠家轩听到这风声之后大惊，自己的儿媳妇让别人搞上，他鞠家不丢人吗？无风不起浪，这戏台上扮成夫妻，台下假戏真做，也是有的。婊子无情，戏子无义。鞠家轩对这门亲事有点后悔。

他对儿子鞠鲇鱼说，黄素秋的闲话一挎篮，这门亲退掉吧。街坊邻居嚷嚷得尘邓邓的。娃爷人长得不赖，高呱的个子，黑灿的大脸，有那个脯，黄素秋说不准对他动心了。这样的媳妇要她弄啥子，丢咱家的人，退婚吧。

黄素秋不是那种人。别望风扑影，你听谁说的，自个儿往头上扣屎盆子。我要娶黄素秋。你又没亲眼看见，凭啥瞎说。

你真想娶她，还是假想娶她？以前，你从来没提过她。

我不提她咋啦？一个没过门的媳妇，我能天天挂嘴上？

三个钱买个猪头，你就一张嘴。看日子下帖吧。儿大不由爷，你看中了，我也没办法。以后你管好她，这端鼓腔不唱也罢。不知道为什么，我一听端鼓腔，心里毛耸耸的，走起路来，脚上像扎了根黑鱼刺。

早等爹这句话。先把她娶家来，定这么多年娃娃亲，我不能白落个虚名。要看看她的成色，若让人睡了，休她也不迟。我也不想娶她，只怕等久了，她提退婚，咱脸上挂不住。这几年，我看上一个女人，这个女人不孬，叫李春梅。

你没鼻撅了，一个手指头和面捣起来了。这个女人，你能养住吗？她心高着呢。另外，这个女人克夫，你没看她面相，凸颧骨，长着克夫的脸，咱可惹不起。她是啥名声，篓搂着个男人厮混，尿布当围嘴臭一圈啦。你先把黄素秋娶家来，给我生下个孙子再说吧。咱家有钱，不行再给你续个小的。三个五个的媳妇，咱养得起。你不听我的，屎壳郎爬到扫帚上，结不了好茧。早晚，疥蛤蟆跳门槛，蹾腔又栽脸。

鞠家没看上黄素秋，但黄素秋父母在世时，这亲早定下了。鞠家顾及脸面，不好意思悔婚，鞠家轩也怕儿子学瞎，走了邪路，托人向黄海秋说要迎娶黄素秋之事。黄海秋也明事理，和鞠家定了婚娶的日期。他卖了二亩湖田，又拿出家中积蓄，给黄素秋添箱，又置办了嫁妆。

春天刚过，热热闹闹，黄素秋嫁到了鞠家。

　　本来黄素秋能过上好日子，但鞠鲇鱼不走正道，让她对未来充满了忧虑。

　　鞠鲇鱼这年二十三岁。当初，昭阳岛上成立水上警察大队时，鞠家轩为让鞠鲇鱼进水警队，他给辛庆义送了一份厚厚的人事——三十块袁大头和五十斤干鱼，并在康熙御膳房摆了一桌八八的大席。这八八的大席是湖上人家最讲究的，八个大件、八个大盘、八个大碗、八个小碟。八大件是微山湖上渔家大厨最拿手的菜，有鲤鱼跳龙门、麻鸭卧雪、霸王别姬、红运当头、微山湖焖大鱼、仙女散花、八宝鼋鱼、剁椒鱼头。

　　这八八的酒席，昭阳岛一般的人请不起。

　　鞠家想让鞠鲇鱼去水警队当差，不管怎么说，当上官差，这是体面的事儿。

　　鞠家轩为让辛队长喝高兴，又请高万斗作陪。高万斗酒量大，二斤不倒，三斤正好，再多喝点，也能撑。高万斗是昭阳岛上的富户，是个有头有脸的人物，威信也高。鞠家轩让他做副主陪，让辛庆义大队长做主宾。一桌十多个人，鞠家轩准备了三坛子济州玉堂家的冰雪露酒，还有三坛子老地瓜烧。

　　三杯酒下肚，辛队长夸了句鞠家轩。老鞠哥你的事我包了。树大不怕狂风摆，脚大不怕泥里歪。这事儿不难，明天让他去报到就是。

　　鞠家轩听了这话，恨不得跪下给辛庆义磕头。他放下杯子，用碗倒满一碗酒。谢谢辛队长，我先干为敬。他说罢一咬牙，咕咚一口干了，然后恭恭敬敬地给辛庆义端了三杯酒。

　　按照微山湖上的酒规，主陪鞠家轩敬四杯，副主陪高万斗敬三杯，共计七杯，那意思是七上，辛队长还能升。喝酒喝七个，不能喝八个。七上八下，喝八个不好。七杯酒过后，辛庆义感到鞠家轩会来事儿，酒喝到肚里，也感觉着舒坦，一桌人都巴结他，轮番给他敬酒，辛庆义更加得意，不知不觉这酒喝到后半夜。月亮落下去了。湖猫子在梦中的鼾声，像星星一样，在湖面上漂起来。

　　第二天，鞠鲇鱼去水警队报名，当上了一名水警。辛庆义对鞠鲇鱼有好感，想提携他有个前程，可鞠鲇鱼不知好歹，他的前程因一件事掰了。

　　鞠鲇鱼在调戏李春梅时，正好被辛庆义碰上。

李春梅住在昭阳岛状元胡同里，她是个寡妇，天生是个美人坯子，长着一双细眼，水蛇腰，在昭阳岛青石板路上走动，像湖中的荷花散发着清香，又像是荷花仙子下凡。

鞠鲐鱼结婚后，还一直惦记着她。

当初，辛队长来昭阳岛之后，一眼看上她。两人一见钟情，不久打得火热，膏药一般粘在一起。在水警队，李春梅和辛队长相好，谁都知道。鞠鲐鱼也知道李春梅是辛队长的人，但鞠鲐鱼也打李春梅的主意，这主意鞠鲐鱼打数年了。他比李春梅小五岁。数年前，鞠鲐鱼和李春梅一起去湖里打鸡头米，他无意中看到李春梅雪白的肚皮，从此他脑子里再也忘不了这个女人。那时，他和黄素秋已定亲，但他心里想着李春梅，也想着把李春梅弄到手。李春梅看不上他，她看上的人是在昭阳岛上挎着盒子枪的辛队长。辛队长在李春梅眼里啥都好，包括他走路的样子、说话的声音、擤鼻子的动作、抽烟的姿势，以及他斜着眼睛挥动马鞭子打人的凶样。总之，一想到辛队长，李春梅身上就有一种酥酥的感觉。她盼着辛队长天天抱着她，把她压成湖中的一摊黑汁泥。

这天，李春梅正盼着辛队长找她，一抬头却看到鞠鲐鱼走进院子。李春梅家的后院有一个小门，门口有一棵老柳树，树上有她喂养着的几只鱼鹰。老柳树下泊着一艘木船。天上有几只鱼雁飞过。一股水葱的味道，在院子里弥漫。李春梅此时想，辛队长若吃上两锅烟的工夫不来，她就带着鱼鹰下湖捕鱼。她院子里晾晒的干鱼，在潮湿的空气里沾满了辛队长的笑容。

李春梅没盼来辛队长，却盼来她最讨厌的鞠鲐鱼。鞠鲐鱼对李春梅好，可李春梅并不需要鞠鲐鱼的好。他越是对李春梅好，李春梅越烦他。因他不是李春梅篮子里的菜，李春梅根本不想吃。她喜欢当官的，鞠鲐鱼只是个大头兵，还入不了她的眼。有好几次，李春梅解溲，鞠鲐鱼从旁边偷看，这让李春梅心情刺挠。她感到鞠鲐鱼的眼光，像传说中的鱼怪，淫荡、邪恶。她想着把鞠鲐鱼偷看她解溲的事说给辛队长，想了几次又觉得不妥，便忍住了。

鞠鲐鱼像只青蛙，跳进李春梅的院子。春梅姐准备下湖吗？我陪你去好不？

我有人陪，不用你陪。你忙去吧。辛队长陪我下湖。

辛队长是个有家室的人，他并不想娶你。

他不娶我，碍你什么事？咸吃萝卜淡操心。你不也是有家室的人。

我想休了黄素秋娶你。

想娶我的人多了，我还能都答应？

我家有鱼行，你跟我，帮我开鱼行。吃香的，喝辣的，能享福呢。

我没那个福。

黄素秋土啦八叽的，我没看上。我看上像荷花一样美的春梅姐。

没事你可以走了，我下湖捞菱捕鱼，别耽误我的营生。别忘了你是个水警，是个吃官饭的人。和小老姓瞎理戏，鬼头蛤蟆腔的，影响你的身份，也显着辛队长管人不严。

我喜欢你，求春梅姐成全。鞠鲇鱼说完开始动手动脚，搂住李春梅要亲嘴。

李春梅挣开他，鞠鲇鱼又扑上来搂住她。李春梅恼了，伸手给他两个嘴巴。

鞠鲇鱼不死心，想玩硬的。我今天一定要尝你。

惹恼我，我去水警队吆喝你个孬屌日的。你个二流子瞎包货，看你那尖嘴猴腮的熊样，想占老娘的便宜，你再托生八辈子也没门儿。这是你最后一次到我家，不然，我告诉辛队长，让他砸断你王八孙子狗腿。

山东地邪，说谁谁到。李春梅一提辛队长，辛队长突然赶到了。

鞠鲇鱼调戏李春梅这一幕，恰巧让辛庆义看见。他二话没说，掏枪朝鞠鲇鱼就是一枪。砰一声枪响，子弹打偏了，扫着鞠鲇鱼的头皮穿过去。鞠鲇鱼吓得娘哎一声，抱头跪在地上。老爷饶命。他像捣蒜一样给辛庆义磕头。

辛队长要毙鞠鲇鱼，弄出人命不是小事。几个水警一看势头不好，忙拦住辛队长。

辛庆义指着鞠鲇鱼说，往自己脸上扇几个耳光。我的女人你也敢动，你头上长着几个脑袋。老鼠枕着毛蛋睡，你的胆不小啊。鞠家咋出你这样的坏蛋，既是恶人，又是小人。

呱唧一下，又呱唧一下。鞠鲇鱼往自己脸上扇两个耳光。我不是人，我喝酒喝晕了头。辛队长辛老爷，您饶我这次吧。以后，我再也不敢进李姐的门了。

到水警队去，把你东西收拾一下，枪交给值班的，你可以滚蛋走人了。水警队不需要你这个混蛋二流子。直娘贼。你爱跟谁干跟谁干，老子不留你这个小舅子孙子。不看你爹的脸上，一棍子揍死你。

鞠鲇鱼又磕了几个响头，哭丧着脸，用褂袖子擦一下鼻涕，灰溜溜地爬起来。多谢辛队长不杀之恩。他耷拉着脑袋，贴着墙根，像一只大肚子青蛙，一蹦一跳地蹿了。

从此，鞠鲇鱼离开了水警队。在昭阳岛，他的名声臭了。

鞠鲇鱼好赌，娶黄素秋第二年，他用鱼行做赌资，在康熙御膳房里推牌九，推一夜，把鱼行输给了高万斗，又把家里一百多亩湖田输给了辛庆义。

鞠家轩气不过，他又管不了。

这年冬天，鞠家轩和鞠鲇鱼终于翻脸了，翻脸的原因是鞠鲇鱼给黄素秋要钱去赌，黄素秋说我哪儿有钱，别说我没钱，有钱也不能让你去赌。这句话惹恼了鞠鲇鱼，他把黄素秋按在地上，用鞋底子打她的脸。鞠家轩虽然看不上黄素秋这个儿媳妇，但他还有点正义感，见鞠鲇鱼太不成气，上前给了鞠鲇鱼几个耳光。骂道，我咋有你这样一个熊儿，腌臜泼才，你还有人味不？鞠家的脸，让你丢尽了。鞠鲇鱼摸下脸，像被马蜂蜇过一样疼。鞠鲇鱼恼了，他攥紧拳头，瞪着狼一样的眼睛。

你瞪什么瞪，敢揍爹是不？鞠家轩骂完要给鞠鲇鱼撑架子。

鞠鲇鱼推他一把，又推他一把。鞠家轩理直气壮，他又靠上来。鞠鲇鱼恼了，他一用力将鞠家轩推倒。鞠家轩呱唧一声，摔了个四蹄子朝天。他在地上蹬歪一阵子，爬起来，咳一口痰，用力吐在墙上。就这吧，我也没大活头了。鞠家轩嘴里嘟囔着，唉，我昨天夜里听到湖底石磨转动的声音了。

你能听见个屁。好人不长寿，祸害眼子一百年。

好啦。我祸害眼子。鞠家轩拍了拍身上的土走了。

这天夜里，鞠家轩上吊死了。他吊死在湖堤一棵老槐树上。

鞠鲇鱼没了爹，他娘是个八不管六不问的人，平时过惯富裕日子，突

然家道衰落，过起缺吃少穿的日子，难免也有怨言和唠叨。鞠鲇鱼一听她唠叨，瞪着鱼眼骂，瞎老嬷子，嫌这嫌那，你咋不去死？鱼骨庙里有两口空棺材，要多邪乎有多邪乎，这两口棺材经常夜里飞来飞去的，哪天飞到咱家来，我把你这个瞎老嬷子装进去，埋到剑茅滩了事。

鞠鲇鱼的娘有点麻瞪眼，经常两眼眵目糊。她什么都不烦，就烦有人喊她瞎老嬷子。她怎么也没想到，她儿子今天会骂她，喊她瞎老嬷子。她用手指天，哭号道，我的孬命耶，鞠家轩你个好人，你一蹬歪走了，撇下我没人管没人问，谁来关心我呐。这一句哭完，呱唧一声仰倒，立马老牛大憋气没了声息。

黄素秋看到婆婆倒地，立即过来扶她，又是掐人中，又是给她喂开水。

鞠鲇鱼看他娘仰倒，点上一颗烟，吃一口，道，谁死埋谁的坑，还给我制这一套哩。他说罢披了夹袄，出门又找人赌去了。

鞠鲇鱼的娘醒来之后，愣了愣神，说声冤孽，前世里冤孽啊。

鞠鲇鱼的娘从此不吃不喝，几天下来就躺倒了。黄素秋托人去赌场找鞠鲇鱼，鞠鲇鱼不理，依旧在赌场里混。又过三天，他才进家，这时他娘还剩下最后一口气。见到鞠鲇鱼，他娘说，虎毒不食子，儿啊，甭赌了，我要跟你爹走了，他开着一艘大船来接我，船到了西渡口那儿，我们坐船上南去，向南，再向南。

鞠鲇鱼的娘说到这儿，咽下最后一口气。此时，鞠鲇鱼扑通一声跪倒，呜哇大哭起来。

鞠鲇鱼的娘死了，发罢丧，过了百天，圆罢坟，鞠鲇鱼的赌瘾又来了。这时候的鞠鲇鱼，更没人敢管他。他输成了穷光蛋，靠喝酒解闷。粗活笨活，他不愿意干，黄素秋想让他学排船，被他臭骂一顿。他觉得水警队鲜亮，还是一门心事想进水警队。托高万斗找辛庆义说情，说几次，辛庆义碍着面子，勉强答应，不给他水警身份，让他在水警队伙房里做饭，说等他立了功劳，再转成水警。辛庆义这么做，是看他把家底败光，从心里瞧不起他。但念着他爹鞠家轩给他送过人事，也不想把事做绝，于是又给鞠鲇鱼一个机会，让他混口饭吃。

有这点差事，鞠鲇鱼又觉得了不起，觉得在昭阳岛上还是个人物。他喝醉之后有个嗜好，打老婆，他经常把黄素秋打得鼻青脸肿，黄素秋脸上有几道血痕那是常事。

我养一个不下蛋的母鸡有啥用。揍跑你是早晚的事。

黄素秋挨了打，她也不吭声。有气只往肚里咽，她和鞠鲇鱼办那事也没啥心情。心情不好，她也怀不上孕。

黄素秋皮肤黝黑，高挑身材，长得端庄妩媚，大屁股和一对奶子折磨着昭阳岛男人的眼睛。

有人说，黄素秋屁股大，奶子大，腰细，床上的活不错，定能抱出好犊来。可她偏偏抱不出犊来，鞠鲇鱼那点水草种子在黄素秋身上水过地皮湿。他是个酒晕子赌鬼，他的种子被酒精泡坏了。他的家伙是个银样镴枪头，管看不管用。地是好地，种子不行，秕巴了，瞎了。吐出一馍馍筐子，也捏不出孩娃。

黄素秋受够了鞠鲇鱼的气。这天，她和娃爷好上了。

6

昭阳岛上会唱端鼓腔的人只有丁前溪教的几个徒弟，每次岛上唱端鼓腔，黄素秋喜欢和娃爷对唱。

这天夜里，昭阳岛一月一次的端鼓腔开唱，戏台设在鱼骨庙附近的湖面上。四艘木船并在一起做了戏台。

黄素秋和娃爷先对唱《张秀英打嫁妆》《对花枪》，唱完之后，网帮渔民、枪帮渔民都不肯散去，还嚷嚷着再来一出戏。

再来一出也行，这有什么难的，给大家伙助助兴，不就是一出戏吗。娃爷说，你们想听哪一出戏？

给大家用端鼓腔演唱《小放牛》吧。这出戏好，有味道。

娃爷扮牧童，黄素秋扮村姑。你们俩做搭档，是绝配。

湖面上，鱼腥味像一群鱼雁在飞。端鼓腔的声音，像兔儿瓜一般在湖面上漂。

看戏的三节杆子船、大划子、大榴子、小榴子，黑压压的，在湖面上挤在一起。每艘大船上悬挂着灯笼，灯笼照在湖面上，像大鱼的眼睛，也像秋天里湖边的鸡冠花一样火红。

《小放牛》开始了。炖鱼汤的香味驱赶走所有人的疲劳。

娃爷一溜磕拐，吹口哨打短鞭上场。我牧童是也，把牛赶到湖边吃草，不免要唱个山歌。咦，那边来了一个小媳妇，待俺耍她一耍。逗逗她开个心儿。免得俺整日放牛，看日出日落，需解解这烦闷哩。娃爷说完站在路中间背向来者。

黄素秋一溜跺子步上场。牧童哥哥这边有礼了。

还礼，还礼。敢问你从哪里来，要到哪里去？

我从娘家来，到婆家去。

婆家哪里？

杏花村。

杏花村的人都会唱端鼓腔，你唱一个好不好？

我不会唱。

你不唱，我不让你走。

我从这边走。

给你挡住。

我从那边走。

给你拦着。

我从当中走。

给你堵上。

你真的不让我走？

不唱端鼓腔，哪能让你走。

我唱，没人帮腔。

我帮腔。

你帮腔先唱。让姑奶奶听听。

娃　爷：姐儿桑园一株桑，我变桑枝园中藏。

　　　　姐儿来把桑叶采，桑枝扎破你裤裆呀咿呀嗨。

黄素秋：扎破奴裤裆，那个也无妨，
　　　　俺家的郎儿会木匠，三斧两斧砍下你，
　　　　将你扔到清水塘呀咿呀嗨。

娃　爷：扔到清水塘，那个也无妨，
　　　　俺变个鱼儿水中藏，单等姐儿来取水，
　　　　玩一个鲤鱼戏红娘呀咿呀嗨。

黄素秋：鲤鱼戏红娘，那个也无妨，
　　　　俺家的郎儿会撒网，三网两网撒着你，
　　　　吃你的肉来喝你的汤呀咿呀嗨。

娃　爷：喝了俺的汤，那个也无妨，
　　　　变个鱼刺碗中藏，单等姐儿往下咽，
　　　　鱼刺卡在你的嗓眼上呀咿呀嗨。

黄素秋：卡在嗓眼上，那个也无妨，
　　　　俺家的郎儿会开药方，一服药剂打下你，
　　　　将你拉在臭茅房呀咿呀嗨。

娃　爷：拉在臭茅房，那个也无妨，
　　　　变个蜜蜂藏一旁，等着姐儿来解溲，
　　　　蜜蜂成了采花郎呀咿呀嗨。

黄素秋：蜜蜂采花郎，那个也无妨，
　　　　俺家的郎儿会扎枪，三枪两枪扎死你，
　　　　叫你一命见阎王呀咿呀嗨。

娃　爷：叫俺见阎王，那个也无妨，
　　　　阎王殿上诉冤枉，阎王准了俺控诉，
　　　　终究咱俩配成双呀咿呀嗨。

　　娃爷和黄素秋本来两个人早有意，三唱两唱，一下子撞出火花，下戏船便假戏真做了。

　　《小放牛》唱罢，红月亮从湖面上带着湖中苲草的腥气，唧唧呱呱升起来。数不清的鱼儿带着梦中的菊花香，在红月亮上跳舞。天上一个红月亮，湖面上出现一大串红红月亮，带着鱼油丸子的香味，围绕着昭阳岛缠绕一圈又一圈。

这时，大船帮和枪帮渔船的人们，划着船唱着渔歌走了。昭阳岛上的人也走了，他们将青石板路上端鼓腔的声音，踢到黄芐草和野菱角的记忆里。这个晚上，渔家人心里都敞亮。他们的思绪被端鼓腔吸住，陶醉了。

娃爷打发走听端鼓腔的人，他心里想着，戏台上黄素秋对他的眼神可不一般，同往常大不一样，有一股火辣辣的暖意。一股炸花椒的气息，在他骨头里翻滚。欲望的泡沫，像湖底淤泥中的莲藕，在黑汁泥里疯狂地生长。娃爷心里有些痒。爱情像毒毒的日头，将他对黄素秋的思念，烤焦了，烤化了，剩下的只是身体内欲火焚烧的胶泥瓣子。他想用这些胶泥瓣子把黄素秋埋藏起来。

野鸭子飞过的弧线，鼓舞着娃爷和黄素秋骨头里的欲望。

人全走了，湖面上静下来。野鸭子的叫声，消失在湖边的荫柳丛中，变成一堆又一堆蜗牛壳。娃爷对女人的思念，在蜗牛壳子里，变得温柔细腻，如同湖底淤泥中呻吟的鱼卵。

黄素秋假意要下船，此时她想让娃爷抱她，拥有她，她表面上还装拒绝的样子。在昭阳岛，一个女人主动找男人，似乎有点伤风败俗，背后被人称为浪妇、荡妇、破鞋。走在大街上，被一大堆鱼眼、蛤蟆眼咬住，可不是丢人么。

娃爷明白她的心事，看懂了她，猜透了她，她日子过得不幸，娃爷经常关心她，开导她。黄素秋脸上曾经被鞠鲇鱼打得一片红肿。去年，一个晚上，在湖边一棵老柳树下，娃爷抚摸着黄素秋红肿的脸，这一刻黄素秋就想让娃爷拥有她。娃爷喜欢黄素秋，但娃爷对干水警的鞠鲇鱼有所顾忌，他没敢和黄素秋好。后来，娃爷后悔了。

今天，娃爷不想错过机会。他要做一次男人，敢想敢干。娃爷拉住黄素秋。我等这个机会好久了。

啥机会？你要做啥？你想学坏，当瞎包孩子。

今晚，我要和你做真夫妻。

俺不，男人知道，还不打死我。

怕啥，有我呢。娃爷说着，拉黄素秋走进后面的船舱。

我还没过瘾，咱俩要再来一段端鼓腔。

别魔道，这个点弄什么端鼓腔。娃爷眼睛里飞出成群的野鸭子。他一把将黄素秋揽怀里，张嘴吸住黄素秋的舌头。

娃爷吸了一阵又一阵。

我也需要你。她说完抓住娃爷的枪，像抓住一条温暖滑湿的鱼。娃爷像一条泥鳅，一个猛子拱进荷花丛深处。一种从来没有过的温热，像过电一般，飞过一片湿漉漉的芦苇地，成群的野鸭子飞起来。

大船上，灯笼摇晃着，黄素秋的呻吟声，如同黑夜迁徙的一群鹧鸪鸟，鸣叫着蹿入芦苇丛深处。

娃爷像一头雄壮的牛犊子，迷失在丰沛的水草里，不知道饥饱地啃食。船上弥漫起苦江草和葱蒲子的腥甜气息。成群的红鲤鱼吐着气泡泡，形成一团灰色的雾，将昭阳岛团团裹住，雾中的欲望弥漫着红鲤鱼数不清的胡须。

事后，娃爷说，比排一艘大船累人。你身上有股子青玉米的味道。

黄素秋穿好衣服，梳理好头发，她站在甲板上。我给你唱一首《渔家傲》吧。她唱道：

> 近日门前溪水涨，郎船几度偷相访。船小难开红斗帐，无计向，合欢影里空惆怅。愿妾身为红菡萏，年年生在秋江上。重愿郎为花底浪，无隔障，随风逐雨长来往。

这曲子满有情义，用端鼓腔唱更有味哩。

我改天用端鼓腔唱给你听。

娃爷和黄素秋有了这次，隔三岔五他们偷偷出来，在鱼骨庙附近的渔船上幽会。黄素秋大喊大叫的声音，像湖中游过来的鱼群，又像一群鱼雁在昭阳岛上空鸣叫。两人好过一段时间，娃爷要领着黄素秋私奔。跟我去闯关外吧。去关外可没这么容易，要有点积蓄，不然到了关外不喝西北风吗？两人说话时，芦苇丛中野鸭子的叫声，像下一阵秋雨。你跟我走，闯关外的钱我准备。我去跟人排船，这活来钱快。说死了，我等你，我跟鞠鲇鱼也过够了。他们说这话的时候，湖面上漂满蓖麻子的苦味儿。

这年，过了正月十五，转眼到二月初二。二月二龙抬头。过这天，微山湖上的渔民要排船。娃爷手上的活多起来。

微山岛上的大户马家，请娃爷去排船。

这天夜里，黄素秋划船去湖中找到娃爷。船停靠在一处浅滩。干鱼的腥味包裹着他们。

我去微山岛排船。几个月呢，见不着你，鞠鲇鱼这个狗熊，你要好好跟他周旋。别惹着他，他好赌让他赌，你别再管他，免得他打你。

我不管他。这个下踩烂、不走人路的货。你去给人干活，挣些钱，咱俩离开昭阳岛，我在这待够了。

我有个远房亲戚，在哈尔滨混得不错，咱们投奔他。

咱俩偷偷摸摸也不是常法，只能这样了。

两人商量好这事。第二天，娃爷收拾好行李，黄素秋给他买了十个武大郎烧饼，背着鞠鲇鱼偷偷送给娃爷。

娃爷把排船用的大锯、小锯、斧子、刨子、绳尺、三角尺、墨斗子等装船上，然后划船去了微山岛。

7

马家在微山岛上是大户，家有良田三千亩，渔船二十多艘，家里雇着几十口子用人，在微山岛上也有鱼行、茶馆、当铺。马家的大掌柜叫马老九，是个瘸子。早年和朱世年有交情，两人一起到徐州做过生意。有一次，朱世年请马老九喝酒，马老九喝醉之后回到自己船上，朱世年也摇着船走了。后来，朱世年发现马老九有一包东西忘在船上，他打开查看，见里面有三十块大洋和几个账本。第二天，朱世年又划船到微山岛，找到马老九，把包裹还给他。马老九拉着朱世年去了微山岛上最好的酒楼，给朱世年要下几个硬菜。一盆清炖甲鱼，一份清蒸鳜鱼，一份红烧微山湖四鼻孔大鲤鱼，一盆七八个卤熟的野鸭子，两坛子上好的地瓜烧酒。朱世年一见，眼睛放光。他身材高大，食量也大，酒量也大。

两个人拱手抱拳，客气一番，分宾主坐定。店伙计忙用黑老鸹碗倒满两碗酒放桌上。二人举碗，先敬天地与湖中水神，然后咕咚几声将一碗酒干了。

喝下三碗酒，两个人打开话匣子。这运河古道、微山湖中些许稀罕事，他们在酒桌上品评一番。当然，他们评价人物时，没少评价昭阳岛上的渔霸王麻子。马老九让朱世年一定要提防他，这个人什么事都做得出。朱世年没听出这句话的意思，后来吃了大亏。

说着拉着，不知不觉太阳落入湖中，月亮从湖中升起来。一轮金黄色的圆月挂在微山湖上空。月亮的圆润、夜空的浩渺，让两个人感到湖中所有的生命不过是这湖上的一株水草。

吃饱喝足之后，马老九打开包裹。他说，这三十个大洋送你了，这些账本子是我的命根子。

朱世年不要马老九的钱，马老九对朱世年更加敬重。随后，两人成要好的朋友。朱世年出事后，马老九一直关心着他的后人，听说朱世年的儿子娃爷在昭阳岛上是一名排船能手，就派人捎信，约娃爷到微山岛做活。

娃爷对马老九早有耳闻，知道他是父亲的旧交。但贫富悬殊，娃爷也不想高攀。他来到微山岛，见了马老九，磕头喊了伯父。

马老九坐在太师椅上受了礼，然后手握烟袋走下来，扶起娃爷，说，好样的，你爹二十郎当岁，就是你这个样子。可惜啦，他这个人太直。不说这些，咱去码头吧。

马老九说罢，和几个用人带着娃爷到三贤墓附近的码头。他们停在一棵老糠椴树下，那儿整整齐齐摆着一堆木料。

娃爷走过去，围着木料转一圈，看了木料的尺寸，说，伯父，这些木料能做出三艘大粮划，做四艘有些瓤呗。

你小子是个行家，我是进三艘船的料。你做三艘大粮划，工钱三十块大洋。

十块也不少。

我出三十块是看和你爹有一场交情。你该成家了。我多给一些，是让你成家用。

伯父如此厚爱，这船一定给伯父做好。您老人家放心。

你自己肯定忙不过来，这几个人给你做帮手。

太好了，我们现在动手干吧。

马老九吃一口烟。干吧。三艘大粮划下来，要三四个月哩。

从这天开始，娃爷在马家排船。早上鱼粥、咸鸭蛋、绿豆面条、包子随便吃。中午四个大卷子，一盆红烧泥狗或者炖大头鱼。晚上六样菜，鱼油丸子、麻辣黑鱼、湖虾、野鸭子、红烧鲢鱼、辣椒炒鸭蛋，另外加一坛子地瓜烧酒。马家在吃上不亏待雇工。没好有孬，饭能吃饱。

娃爷虽然年龄小，干活却是个行家。他说一不二，几个人吃饱喝足，也听他的，一切有条有理。干活累了，说说女人。他们说女人时，娃爷想起黄素秋的好。想见黄素秋的心情，像湖中的芦苇，一夜之间打着呼哨，节出来了，长高了。

一晃数月，转眼到夏季，娃爷给马家排好三艘大粮划。马老九也不食言，给娃爷三十个大洋的工钱，又额外送娃爷一匹嘉祥土布、两袋米面。娃爷磕头谢过，将物品装船上，然后起船，用了两个时辰，黄昏时他回到了昭阳岛。

娃爷划船唱着渔歌，船停在黄素秋家门口，他嗓子放大，故意让黄素秋听见。黄素秋家的院子空空荡荡，娃爷并没有看到黄素秋的影子。她没出来，也没动静，她家院子里的皂角树上有几只水鸟，听到娃爷的渔歌飞走了。

黄素秋家喂的一只黑狗，叫几声，没动静了。

娃爷的船路过状元桥旁边的马家钱庄。钱庄已经掌灯了。一个戴着眼镜的白胡子老头，正在灯下读《三国演义》。他摇头晃脑，读到高兴处，把书一放，手爪子一砸橡木柜台，来了句：古来冲阵扶危主，只有常山赵子龙。

娃爷吓一跳，褡裢里的银圆像蚯蚓一样，直往他裤裆里躲。

白胡子老头此时看见来了个青年后生。有事？白马银枪的赵子龙依旧在他眼前晃。我把挣的工钱存您这儿。从哪儿挣的？微山岛马家。能挣到我家的钱，你的抹子①不赖。多少？三十块。娃爷轻轻地将银圆拿出，放柜台上。月光斜射进钱庄，银圆像小银鱼一样，在橡木柜台上跳

---

① 抹子：本事大小。

动。白胡子老头用牙咬咬，又用耳朵听听。我家的货，成色足，绝对真货，就放我这儿吧。白胡子老头是钱庄的掌柜，夜色里他的眼睛像猫一样机敏。

把钱存入钱庄后，娃爷划船回了家。他从鱼骨庙附近上岸，这时候他看到鱼骨庙东厢房里两口棺材飞了出来，在月光下这两口棺材像野鸭子一样，飞向微山湖深处。

第二天早上，娃爷喝了一盆鱼粥。他扛着一团跳鱼缏出门时，太阳刚爬上湖中的芦苇梢。湖中水草的膻腥味，像开锅的水，在空气里弥漫。黄素秋的影子，像湖中的一群小鱼，在黄苲草的梦中游来游去。

娃爷路过状元桥，桥头一棵老柳树上有一群麻雀在叫，一群黑鱼从桥下游过。娃爷看一阵水下的黑鱼，他突然来了兴致，娃爷端鼓腔唱得好，每天不喊几声，觉得嗓子痒。有事没事，喊两嗓子，才觉得舒服。更何况，他又来到黄素秋家门口，想着亮亮嗓子，让黄素秋听见。

魁星楼那边，有人在打夯，娃爷想起《对十花》的夯歌。他放开嗓子唱起来：

俺说一来谁对一，什么花开在地皮？
您说一来俺对一，荠菜花开在地皮。
俺说两来谁对两，什么花开晒太阳？
您说两来俺对两，葵花开花晒天阳。
俺说三来谁对三，什么花开尖对尖？
您说三来俺对三，辣椒花开尖对尖。
俺说四来谁对四，什么花开一身刺？
您说四来俺对四，黄瓜开花一身刺。
俺说五来谁对五，什么花开过端午？
您说五来俺对五，石榴花开过端午。
俺说六来谁对六，什么花开像腊肉？
您说六来俺对六，鸡冠花开像腊肉。
俺说七来谁对七，什么花开无人知？
您说七来俺对七，苍耳花开无人知。

俺说八来谁对八，什么花开不在家？

您说八来俺对八，马莲花开不在家。

俺说九来谁对九，什么花开手牵手？

您说九来俺对九，眉豆花开手牵手。

俺说十来谁对十，什么花开在水里？

您说十来俺对十，莲蓬花开在水里。

此时，娃爷的端鼓腔吸引了一个人。

大运河里一艘官船路过，船头上一个穿红褂子的女人，吆喝着向他招手。

唱得好，再来一段。

娃爷又唱：

吃罢饭来把碗丢，后花园里看石榴。

石榴树上鹦哥叫，叫得三姐泪交流。

泪交流，泪交流，姊妹三人梳油头。

大姐梳个盘龙髻，二姐梳个绣花楼。

余下三姐没啥梳，梳个狮子滚绣球。

绣球落到东洋海，挡得海水水倒流。

是个角色，有两把刷子，欢迎去苏州唱。红衣女人手里摇着一方手帕，随着官船的嘟嘟声，她的身影渐渐消失在茫茫湖中。

红衣女人远去了，桥上的娃爷有些失落。这真是一个好女人，细皮嫩肉的，一想到这个女人的好，娃爷身上的一条鱼，像弓一样张开了，又像一只鱼雁从裤裆里要飞出去。

这时候不见黄素秋的身影，娃爷有点懊丧。想吃青玉米的心情，像湖中的一条鳜鱼游过来。这心事一来，真巧，一抬头，看见黄素秋站在桥对面。

在外野半年，认为你被湖里的鱼怪吞了呢，咋连个音信儿也没捎来？

干不完的活，每天累个半死，哪有心啰啰散事。

你啥时回来的，怎么不找我？

我昨天傍黑儿来的，在你门口唱了半天渔歌，你一点动静也没，我也不好明目张胆去你家。

你先去湖里下网箔吧，一停我去找你。

鞠鲇鱼这个坏熊，他又打你了吗？

别瞎说。他这些日子没怎么打我，他一天到晚忙着赌，没时间理我。他又赌输了，输的钱，三辈子还不起了。

这个赌棍，活该媳妇被人拐走。我去下箔，在剑茅滩那儿，一棵老柳树附近。半年多，不想你是鲐鱼生的。娃爷说着翻给黄素秋一个白鲢般的眼神。

熊样。黄素秋骂他一句，扭着像一轮满月般的屁股走了。她走几步，回头又说，一身臭烘烘的，找汪清水洗干净。

娃爷怔怔地看着她消失在一片竹林里，她的身影变成一堆翠绿的竹子。这时，娃爷醒过神，扛起几根竹竿子，提了网片，上木船，朝剑茅滩划去。

娃爷二十出头，在昭阳岛上已是渔家人的好把式。他除学会排船、孵鱼鹰、唱端鼓腔之外，还会拉网、推虾网、下箔、下钩、下篮、下须笼、扳罾、罩鱼、敲星、端把子、倒活头窝、踩鳖、抠蟹、打鸡头米、割芦苇、摘菱角、抹草种子、采莲崴藕、砸凌起草、使牲口耙地、扬场。这些活儿，他样样精通。

这天上午，天气炎热，太阳悬挂在卷曲的芦苇叶子上。湖面上，烟雾缭绕，白茫茫一片。天上，飞着黑压压的鱼鹰、鱼雁和鹧鸪鸟。在湖中的一处水滩上，娃爷正下箔。空气里，弥漫着西瓜秧的清甜气息。过去的记忆，像一串银圆在湖面上漂。

用茳草和淤泥垒起的水埂子上，堆满了蜗牛和海帕子。娃爷走在水埂子上，夏天的水温高，浅水里有些烫脚。水泡泡吱吱啦啦，散发着水草的腥甜气息，湖面上刮过来荷叶香、荷花香，各种清香的味道使娃爷有些晕。他的鱼翘起来，有种冲动想直插湖底，越过湖底的黑汁泥，直插到硬硬的胶泥瓣子深处。茳草梗四周，成群的大青虾和鲫鱼在游，水黾、水蛭在野葵花丛里，做着变成人的梦。又一阵热风吹过，无数的蜻蜓和野鸭子飞起

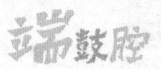

飞落，像他娘当年的粗布长袖，挥动一下，不见了。

娃爷站在水里，他的鱼依然翘着，他想当鱼叉用，去叉一条在湖面上飞起飞落的大鱼。娃爷的欲火在骨头里燃烧，他有些难忍。这时，娃爷想到打鱼的活不能耽误。他嘴里叼着一根长长的烟管，一边吃着烟锅，一边欣赏给鱼儿摆的迷魂阵。芦苇上，几只苇咋子在叽叽喳喳地乱叫。一群野鸭子在厚厚的黄苔草上，钻进去又蹦起来。水葫芦、黄金莲、马尿花，散发着樟脑丸的气味，漂在水面上，如同结了一层薄冰。荻花、杞柳、罗布麻上面，水鸟的鸣叫声像一团雾。太阳的光白花花的，空中像投放了无数个白磷弹。

娃爷的箔是用三米多长的竹子编成的。一般人下箔，下到大廓、二廓、三廓就行了。娃爷下到五廓，在五廓闭缝，摆成八卦阵、勾手、二郎担山、牛抵头、耙头和衩口等。二廓因像葫芦头，鱼儿进来便迷，再进三廓、四廓、五廓，这才发现迷路，鱼就是鱼，它们不知回路在哪儿。扑棱着向前游，迷迷糊糊进了闭缝。这闭缝是个阵眼，许进不许出，鱼儿闯进来，在闭缝里噼噼啪啪，乱蹿乱跳，大鱼小鱼怎么也逃不出。

娃爷这时候笑呵呵的，像是刚摆活了女人一般惬意。他嘴里叼着烟锅，划船过来，打开闭缝，将鱼倒进船舱。下箔，有十六旋、三十二旋、六十四旋。旋是胡同。昭阳岛人，只有娃爷会下六十四旋的箔，能围住方圆六十多亩的水域。

箔是昨天夜里下好的，有的地方随着水深需要调整一下。

插在水中的竹竿上，一只鱼雁在鸣叫。鱼雁衔来了黄素秋的身影。

娃爷干了一阵子活，他回到船上，站在船头上观望。他的鱼又想从身体里飞出来，娃爷有些兴奋，他盼着黄素秋早点赶到。他将小船绕过几处芦苇滩，又回到剑茅滩捕鱼地点。

黄素秋的屁股，在鱼雁的叫声里，折磨着娃爷的记忆。红鲤鱼吐出欲望的气泡泡，疯狂地燃烧着他的思绪。空气里，西瓜叶子和玉米叶子的青涩味儿，像一群泥鳅，在充满黄素秋身体的香味里，一阵又一阵乱拱。

太阳正毒，撒下一片热乎乎的斑点，湖面如同翡翠玻璃镜面。浅水处的稗子草、三棱子草，还有金菖蒲底下一群鲫鱼和鲂鱼游过。瞬间，又一群鲹鱼和红鲤鱼，梦一般来回穿梭。黄苔草上，漂满黄素秋的身影。湖面上有股子青玉米的气息，在芦苇丛中飘荡。

黄素秋来了。她划着船，唱着渔歌。太阳像一团火，湖面上也像一团火在飞舞。

她将两根粗辫子盘在头上，戴着草帽，光着上身。她皮肤黝黑，两个硕大的乳房在她胸前晃荡着，一甩一甩的，像两个巨大的紫茄子。上面燃烧着黑褐色的欲望，一股腥甜的青玉米气息在她乳房上，像萤火虫和小鲫鱼一般跳动。她两个乳房甩动时，黑黝黝的乳沟里偶尔露出一丝斑白，像灰鹨鸪鸟腹部一片白色的羽毛。渔家女人就这样，只要结了婚，成了媳妇，夏天在湖里捕鱼就可以光着上身，谁见了也不会笑话。

浓浓的青玉米气息，水蛇般从睡莲和黄苲草上游过来。隔着一片芦苇和清澈的湖水，娃爷嗅出黄素秋身上充满欲望的野豌豆味儿。

黄素秋微笑着，她划着小榴子从荷花丛里蹿出来。一只鱼鹰从她头顶上飞过，带走一团野菠菜的清香。

娃爷光着腚站在水里，看到黄素秋划船过来。他感到金菖蒲和芦苇丛中的小鱼向他游过来。水荷叶和金梳子草下面的虾，在他两腿之间寻找着什么，小银鱼叮咬着他。当他看到黄素秋硕大的乳房时，一条鱼在水草中，像鱼雁一样要飞出去。他瞄准猎物，蓄势待发。他要穿过眼前那层墨绿色的荷叶，拨开数米高的芦苇，直接钻入荷花丛深处的生命之门。那些荷花，白的、红的、粉的、紫的、藤黄色的，燃烧着青玉米的味道。在松软温柔的荷花梦中，一股子体液的生漆味，像鱼群的叫声，一层又一层，挤压在水草丛中。

一只蛤蟆蹲在荷叶上，它的嘴里衔着一片羊蹄子棵的叶子，它的眼神期盼听到野鸭子的叫声，还有苇咋子的叫声。这只蛤蟆在荷叶上等了无数个日子，它想吃掉一朵带紫罗兰香味的晚霞。

二妮你是真能磨叽，可把你盼来了。你再不来，恐怕一黑老鸹碗种子全撒湖里喂鱼鳖了。这些攒了半年的种子，都瞎个小罐子了，你不觉得可惜吗？这些日子，你不知道我多想你。想你时，感到月光的响声像狗叫，叫得我蛋疼。蛋疼的滋味，像螃蟹的爪子，抓破了我的心。

你别用那眼色看我，饿狗似的，你那种子适合喂湖中的鱼虾。螃蟹抓破你的蛋壳更好，你当太监，不用学坏了。

　　你那一对紫茄子，我吃一顿饱三天。那对小乳头像两粒紫红色的小枣，酥软，酸甜，有股子青玉米的香味。要不，我咋这样迷你。你是个迷人的狐狸精。两年前，咱们一起学端鼓腔时，你就该嫁给我。神使鬼差，你嫁给鞠鲇鱼这个赌鬼酒晕子。原以为你嫁给他能过上好日子，谁知你的日子一塌糊涂。婚姻就这样，攀高门头并不是好事。

　　胡说个啥。闭缝里的鱼多，你拾啊。

　　我想吃锅烟再拾鱼。

　　娃爷蹚开睡莲和水葫芦秧子，站到浅水处。他像一条打了胜仗、摇着尾巴、趾高气扬的公狗，大腿上挂着一只大青虾。大青虾晶莹剔透，它的爪子蠕动着。一缕鱼虾的残梦，从它爪子上滑落到女人的子宫里。

　　你不知道俺的馋虫像泥鳅，要从骨头里蹿出来。

　　两个铜镥买个羊架贱骨头，给你割了，谁让你馋。刚才，我打了些苦江草。湖面上苦江草鲜嫩肥美，牛羊爱吃，耽搁了一会儿。

　　黄素秋站在船上，看着娃爷。她的眼睛眯成一条线，红高粱一样的脸色出现一圈异样的红晕。

　　娃爷看见那只大青虾钳住他一缕汗毛，在大腿上晃荡。他揪下青虾填嘴里，咯喽几声嚼碎，一挺脖子咽进肚中。

　　空气里，青玉米的气息燃烧起来，像一片红色的郁金香漂在湖面上。

　　娃爷蹚着湖水，朝黄素秋走去。

　　黄素秋把船撑在一处芦苇滩停住。小船的木甲板像一张床，太阳在上面涂上一层温热。她躺下来，像躺在湖滩上一样。四周的芦苇叶子和两栖蓼，还有各种水藻，散发出呛人的薄荷气息。

　　黄素秋张着嘴，平静地呼吸着这些气息。突然，她被厚重的烟草味儿盖住，是娃爷趴在她身上，含住了她的舌头。她一向扁平的下身，感到被一条大鱼拱满了。这种拱满的感觉，鞠鲇鱼从来没有给过她。数月以来，她一直渴望娃爷的那条大鱼，在她身体里做窝子，她要钓住它，她的青春活力和充满青玉米气息的欲望，是最好的鱼饵。两个人的汗液，像下了一场小雨，又像泥鳅一样，从身体上滑落，游在甲板上，冒出带着烟草味儿的青烟。远处是望不到边的荷花，红红的一大片，在清风中摇曳着，如同一场熊熊的大火。成群的红鲤鱼在火焰里畅游，它们发出的吱吱声，使无边无际的芦苇荡巨浪翻滚。

　　黄素秋的叫声惊飞了芦苇荡里成群的野鸭子和苇咋子鸟。木船在浅水滩的淤泥中呻吟着滑行，滑行到充满黑褐色欲望的黄苲草中。芦苇在淤泥里思念着阳光的碎片，一如遥远逝去的红帆船。

　　这一次有了结果，黄素秋怀上了娃爷的种。她肚子鼓起来，一天比一天大。黄素秋没怀孕时，鞠鲇鱼每隔三五天打她一顿，自从她怀孕，鞠鲇鱼不打她了，开始呵护她。早上给她打鸡蛋水，熬鱼粥，再滴上几股子香油，又到康熙御膳房给她买油条。中午的菜也没重过样，除了各种鱼虾之外，猪牛羊肉，黄素秋想吃啥，鞠鲇鱼给她买啥。晚上，鞠鲇鱼也亲自下厨，给黄素秋做虾仁汤、莲子汤等。总之，鞠鲇鱼像变了一个人。没钱，鞠鲇鱼借钱也舍得给黄素秋吃。黄素秋被他的突然转变感动了，她觉得对不起他，有了这想法，她便不想娃爷了。

　　你给我生孩子，我再打你，是大闺女养的，是畜生，是小牲灵子。

　　你别发这毒誓。有道是为人君，止于仁；为人臣，止于敬；为人子，止于孝；为人父，止于慈；于国人交，止于信。这几样，难道你不懂？你有孩子了，为人父了，你要把赌戒了，给孩子留点家业。古人说得好，浪子回头金不换哩。

　　我改。我若不改，让人推倒湖里淹死，让水鬼拖走。

　　此时，黄素秋见鞠鲇鱼有了悔改之意，她也有了新想法，她不愿意跟娃爷私奔了。去关外，她觉得受罪不说，谁知道未来是个啥样子。鞠鲇鱼对她好一点，她就不愿意离开这个家了。只要把孩子生下来，她就守着孩子过。她觉得鞠鲇鱼无论咋打她，反正也打不死她。有了这种想法，娃爷几次约她出来，想到湖中的船上幽会，被她拒绝了。她告诉娃爷，我怀孕了，身上不方便，你找个媳妇吧，我不跟你闯关外了。咱俩的事不能没个完，以后断了吧。我若跟你跑了，我哥的名声也瞎了，你俩有味分①，你要替他着想对吧。

　　咱不是说好了吗？你跟我闯关东去，钱都准备好了。

　　关外啥样，咱也没底，现在好孬还能走路。况且我还怀着孕，万一有

---

① 有味分：关系好。

个三长两短的，对不起肚子里的孩子。也许，我就这命。咱俩断了吧。

娃爷听黄素秋这样说，抬头看看天上飞的蓑羽鹤和鱼雁，发了半天呆，只好划船离去。

在黄素秋怀孕期间，鞠鲇鱼对她是好的，也不赌，也知道过日子，他领到薪水就交到黄素秋手里。黄素秋见男人改好，她也收心了，她想跟着鞠鲇鱼踏踏实实过日子。嫁鸡随鸡，嫁狗随狗，跟人私奔，毕竟名声不好。她狠下心来，决定从此跟娃爷断。

黄素秋的心是硬的，她说断，就跟娃爷断了。

娃爷看到黄素秋绝情了，难过了几天，照样过他的日子。

数月后，黄素秋生下一个男娃，鞠鲇鱼喜得合不拢嘴。在昭阳岛康熙御膳房，鞠鲇鱼摆下几桌酒席，庆贺他得了儿子。鞠鲇鱼和娃爷一起学过端鼓腔，娃爷又和黄海秋是好味。所以，大请亲朋好友时，鞠鲇鱼给娃爷下了请帖。这天喝喜面时，娃爷给鞠鲇鱼送四条红鲤鱼，在账桌上娃爷又上了两个大洋的礼。在当时，两块大洋算是仁兄弟的级别。鞠鲇鱼对娃爷不免高看几眼。娃爷问鞠鲇鱼给孩子起的啥名字。鞠鲇鱼说祖上积德，让我得了儿子。吃馍馍喝汤，养老送终，今后指望这儿。这孩子的名儿叫有德。另外，瞎子王半仙给儿子起了个响亮的大号叫鞠汝耕。这名字好，小名有德。厚德载物，以德治国，以德服人，德行天下。这大号也有讲究，汝耕这名好听。看来这娃以后有大出息，将来准能做大官哩。空气里有股子干牛粪的气息。我日他老妗子，微子的后人能不牛逼吗？昭阳岛东南角，你鞠家的祖坟这几天青烟直冒，吉祥之兆啊。鲇鱼兄，你是茶缸子喝糊涂抖起来了。娃爷说鞠鲇鱼是殷微子的后人，其实一点不错。当年，鞠家轩本来是姓殷的，小时候送给鞠家，鞠家将他养大成人，他就改姓鞠了。

娃爷一时说漏嘴，感到不好意思，喜事上提人家的老皮根子，显着不懂礼数。恰好这时人多，乱哄哄的，鞠鲇鱼光顾着高兴，也没听清楚娃爷叨叨的啥。干牛粪的气味，像野兔子乱跑。当然，种瓜得瓜，种豆得豆，这是我的福报。

8

　　昭阳岛水警队第二年秋天调走，他们去了扬州。鞠鲇鱼作为伙夫，也跟着去了。鞠鲇鱼不在家，家里只剩下黄素秋和孩子。这个叫鞠有德的孩子毕竟是娃爷的，娃爷感觉黄素秋一个人带孩子生活不易，想着帮帮她。

　　第一次，娃爷提几条鱼到黄素秋家，她收了鱼，没说几句话，就让他走了。过数日，娃爷又去了。

　　黄素秋的脸立马冷了。我留下你的礼物，是看着你和我哥好的分上，你俩有味分，我给你个面子。人言可畏，你知道不？我有孩子，不想过风里雨里的日子。天下女人有的是，你咋不死心？咱俩的事，让鞠鲇鱼知道了，肯定没你的好。他有枪，你没有。我和你断了，是为你好。鞠鲇鱼毒，他什么事都能做得出。

　　娃爷听黄素秋说出这种话，知道再无法得到她的心。他吃了这次闭门闩，便不再到黄素秋家去了。他有一样想不通，黄素秋为啥这么无情。娃爷得不到答案，无趣时找瞎子王半仙聊天。

　　王半仙是个高人，对女人有一套理论。他说，你想留住一个女人的心，跟她好过，她会铁心跟你，这是一类。但不全是，有些女人，你跟她好过，她也跟你没真情。女人有女人的道理，你好不上的女人，她绝对跟你没真情。跟女人交往，好过才是硬道理。男女之事，有些人痴情，相信情能超越生死，问世间情是何物，直教人生死相许。这是说着玩的，甭信，于人于己都不利。自古多情空有恨，多情反被无情恼。这才是男女的正常情怀。赵子龙有句名言，天下女子不少，但恐名誉不立，何患无妻子乎？所谓细雨湿流光，芳草年年与恨长。烟锁凤楼无限事，茫茫。鸾镜鸳衾两断肠。不是说的这个道理吗？瞎子王半仙说完，又吃一锅烟。他脸上像是长满了鱼鳞，卤熟的野鸭子的香味在他脸上漂移不定。昭阳岛上的事，事无大小，都逃不过我的手掌心。风言风语，我有耳闻。你和黄素秋不要再交往了，这是一段孽缘。要想法断，当断不断，反受其乱。以后，不知道出啥幺蛾子哩。

王半仙这一通大论把娃爷吓出一身冷汗。他下决心从此跟黄素秋断了。

黄素秋和娃爷不来往，两人在湖面上遇到，娃爷的船躲着黄素秋的船。他们在大街上遇见，黄素秋装着没看见娃爷，低头走过。

娃爷为放下这段情想离开昭阳岛。这天，娃爷收拾了行李，一出门，呱唧一声摔倒。娃爷爬起来看看，见什么也没有。娃爷有点害怕，觉得这次出门不吉利，决定过几天再走。可他一想走，天就下雨，淅淅沥沥，没完没了，好不容易等到晴天，娃爷又收拾包裹行囊，他刚走出院子，又是呱唧一声摔倒。他爬起来一看，是一条泥鳅。娃爷迷信，心里沉思，这昭阳岛的泥鳅也想留我，我哪儿也不去了。想到这儿，他捡起那条泥鳅，一用力，远远地扔进湖中，转身回家，继续织他的渔网。夜里，他梦到排了一艘圆形木船，红胡子老头帮他用墨斗子拉线，教给他排圆形木船的方法。这圆形木船排成之后，他感到船上还有几个憨巴孩子，帮着他开船。这艘船在茫茫湖面上向南，再向南。娃爷醒来，用手挠一下脸。几个憨巴孩子长得像我，这算什么梦？

娃爷又找瞎子王半仙给他解梦。天机不可泄漏，日后自有应验。

9

水警队一年一换防。转眼间，一年过去。这天，水警队从扬州调回昭阳岛。鞠鲇鱼回来了，他瘦了许多，走路的样子像根晃动的麻秆。

鞠鲇鱼回到家，先喝了两碗地瓜干子酒。两碗酒下肚，他的眼睛里布满血丝。鞠有德这时已三四岁光景，眉眼鼻子酷似娃爷，也长着一对一大一小的扇风耳。

鞠鲇鱼看出端倪，提起鞠有德，想把他摔死。举了举，又放地下。这是个野种。黄素秋你被朱鱼娃干了，你跟他有一腿。你待在这个家弄啥，跟他过日子去吧。一只毛蟹爬过他的记忆，毛蟹的爪子抓住了他毛茸茸的神经。

你不要听人胡说八道，这孩子是你的。我跟娃爷啥关系没哩。

我日你先人，还骗我哩，这孩子一看就不是我的种。你现在还喊他娃爷哩，他鸡巴上带花把你迷住了？你等着，我早晚刀了他。

鞠鲇鱼骂完，朝黄素秋走过来，把她拉到里屋，伸手解她的裤子。

男人想弄那事，不会打女人。黄素秋这样想。我自己来。她退下裤子。

鞠鲇鱼让她把屁股翘起来。她翘半天，鞠鲇鱼并没要她，他吸着烟锅，端详着黄素秋的屁股，用烟锅在黄素秋屁股上敲了几下。让别人办过了，我再办还有啥意思。

黄素秋没吭声，只有紧张和屈辱。

鞠鲇鱼这时脱下脚上穿的布鞋，他将布鞋握在右手里，朝黄素秋屁股上呱唧呱唧地打起来。黄素秋被打的声音，像是一群野鸭子在叫。声音在充满苦江草和黄苲草的腥味里，一片黛蓝。

鞠鲇鱼朝黄素秋屁股上打了十几鞋底子，直到黄素秋下体流出一股猩红的血，他才住手。停一会儿，鞠鲇鱼抽一袋烟。他又朝黄素秋屁股上拳打脚踢。

黄素秋忍不住，哭喊起来。你打死我吧，打死我，谁给你拉巴孩子洗衣做饭。

直娘贼！还敢叫唤哩，你是个下九流戏子出身，有道是婊子无情，戏子无义。你做的好事，祖宗八辈的脸让你丢尽了。你有点尊严，要么投湖，要么上吊。说罢一拳砸在黄素秋脸上，黄素秋的一颗牙立马带着血飞出来。

你这是想杀我啊。黄素秋一手捂住带血的脸，一手提着裤子，夺门跑出来。她一溜小跑，朝黄海秋家跑去。

你就是跑到虬子身上，我也要把你抠出来咬死。

鞠鲇鱼摸了一把刀子攥手里，在后面追她。追一阵，看看追不上，一转身去了康熙御膳房。他从好友口里得知，娃爷在这里与高万斗喝酒。

殷鲇鱼感觉自己像武松，他不是去杀娃爷，而是去狮子楼杀西门庆。

他闯到康熙御膳房，见娃爷和高万斗确实在一起。他睁着一对黑鱼般的眼睛，握着刀子扑过来。他的杀气，像湖边的水柳花一样火红。

昭阳岛水警队回来，娃爷得了消息，这些天他为和黄素秋的事犯愁。黄素秋生的孩子鞠有德越长越像娃爷，明白人一看，就知道是娃爷的种。娃爷觉得鞠鲇鱼绝对不会咽下这口气。他不明算计他，也会暗中算计他。总有一天，他和鞠鲇鱼要有生死一搏。他对鞠鲇鱼十分警惕。

娃爷和高万斗是朋友，高万斗约他到康熙御膳房喝酒。娃爷提着一桶地瓜烧去了。两人刚喝了两碗地瓜烧，娃爷一抬头，见鞠鲇鱼提着刀子，像恶狼一样闯进来。娃爷大叫一声不好，一个蹲身，操一条短凳。先下手为强，后下手遭殃。娃爷不等鞠鲇鱼靠近他，举起木凳劈脸向鞠鲇鱼砸去。

鞠鲇鱼不承想娃爷还有这一手，闪得慢些，木凳砸在他肩膀上。他娘哎一声，倒在地上。

娃爷眼快，跳一大步，早已蹿在街上。慌慌张张，急得几乎要把睾丸扯出来扛在肩上。噌噌几个箭步，沿着青石板路向鱼骨庙狂奔。

鞠鲇鱼爬起来哪里肯放，叫骂着，朱鱼娃你个孬种、下贱坏子、瞎包孩子、二流子货。今天，我非砍死你个小舅子孙子。你别跑，有种你别跑，好汉做事好汉当，你跑啥。你跑是孬种。我不弄死你，我不姓鞠。老少爷们，你们瞧着。看我是咋杀这个瞎包货的。

娃爷机警，他蹿回家，跳上渔船。鞠鲇鱼眼见追赶不上，捡起篱笆墙边搁着的一杆鱼叉。我叉死你。他对着娃爷叉过去。

娃爷只顾逃命，躲闪不及，鱼叉叉在他屁股上，他惨叫一声，带着鱼叉划船从芦苇荡里逃掉了。

鞠鲇鱼仍不罢休，扬言一定要杀娃爷。他有几个赌场上的朋友，鞠鲇鱼请他们吃了一场大四八的酒席，即八个盘子、八个碗、四个瓷鼓子。又要了昭阳岛上的名吃，漂汤鱼丸、八宝鼋鱼汤、麻鸭卧雪、筒子鱼、老鳖靠河崖、乾隆玉面。这几个赌徒吃完喝完，借着酒力说愿听鞠鲇鱼的差遣。他们手里拿了刀叉棍棒，一天到晚在昭阳岛周围四处寻觅娃爷的踪影。

抓住这小子，要么活埋，要么沉湖。鞠鲇鱼咬牙切齿地说，弄不死朱鱼娃，我还姓啥鞠，我活着有啥意思。

娃爷在湖中芦苇荡里藏了三天，他拔掉屁股上的鱼叉，幸亏伤得不重，他在一处湖滩上找些姜姜芽，放嘴里嚼碎，捂在伤口上，止住流血。

这天，高万斗划船找到他。你别不觉死的鬼，也别在昭阳岛待了。拿着碾盘打月亮，别不识轻重高低。你到别处混吧，鞠鲇鱼找的这帮人，哪个都不好缠，他们全是湖里黑道上的老榷，手里有枪。你换个地方躲躲吧，等过了风头，再回来。高万斗说完，给了娃爷三个大洋。

娃爷也明白自己不是鞠鲇鱼这帮人的对手，他不敢在昭阳岛待下去。为避祸，他离家出走，划着小船，沿着大运河南下。

这天，他在湖中碰上一支溃败的部队，领头的叫杨振怀，二话没说，连船带人一块收编了他。

这支部队上岸后，驻扎在湖西岸老渔洼关帝庙。娃爷当兵没三天，杨振怀给他一把大刀。

杨振怀说，给你枪也是烧火棍，你不会用，先用大刀吧。你有把笨力气，大刀好使唤。听好了，你小子打起仗来要有种，你不杀敌人，敌人杀你，知道不？对敌人下手，要快，要准，要狠。

这天深夜，他们的队伍被敌人包围。消灭叛军，活捉杨振怀，不要让他们跑了。敌人在关帝庙外面，举着火把大喊大叫。

杨振怀提着盒子枪，从关帝庙里跳出来，扯着喉咙喊，不要慌，冲出村去。

但是，庙门口被敌人用机枪封住。杨振怀指挥人用手榴弹在关帝庙的后墙炸开一个洞，一大群人从洞里钻出去，各自突围。这时，队伍乱了。没有月光，四周一片漆黑，到处都是枪声和爆炸声。娃爷水性好，他从水塘凫水逃出去。随着爆炸的火光，他看到一个女人，这个女人是杨振怀的老婆，名叫柳叶，长得细皮嫩肉，像个大家闺秀。杨振怀是个彪形大汉，一只手拉着她，另一只手提着盒子炮。炮把上的红绸子，像红鲤鱼的尾巴，摇曳在夜色里。空气里弥漫着尸体烧焦的煳臭味。

敌人冲进老渔洼，黑夜里，刺刀像萤火虫般闪光，萤火虫的光缠住杨振怀，他的盒子炮响两声，放倒两个敌人，之后盒子炮便哑了。紧接着，娃爷听到女人的惊叫声，像毛毛虫一样，在他耳鼓上蠕动。他听到刺刀捅进胸膛的声音，带着冰冷的回声，像老牛的喘息。敌人的刺刀从杨振怀一条肋骨缝里，斜着向上刺进了他的胸膛。

敌人的刺刀拔出时，血液喷出来，发出欢快的嘶嘶声。

杨振怀像一捆红高粱秫秸，先是挪动几下，嗵的一声栽倒。

一个大个子端着刺刀对着柳叶，正要刺杀她。这时，不知娃爷从哪儿来的胆量和勇气，他挥舞着大刀扑上去，刀光在那个人的面门上划了一个弧，只听一声惨叫，那个人倒下了。

刀剁在那个人面门上，娃爷感到像剁掉一条黑鱼的鱼头。娃爷做饭，喜欢做剁椒鱼头，他感到人头和鱼头没什么两样，骨头碎裂的声音从颅腔里喷出，落在地上，形成几片灰暗的星光。血溅在他脸上，像糨糊一样，热乎乎的，黏黏的，有一股子浓浓的腥甜气息，像水葫芦秧子一样，疯狂地生长。那个被砍杀的人的眼珠子流出来，变成一只硕大的蟾蜍，在地上跳。蟾蜍说你把我杀了，我不会饶你。娃爷害怕，魂儿也没了。

我杀人了，我把他杀了。杀人偿命，快跑吧。

娃爷吓得丢下大刀，拉柳叶跳下村南的水塘。他水性好，凫水背着柳叶穿过一片芦苇荡，顺着一条河沟游进大运河。

天亮时，在一处码头正好有一艘木船。娃爷是使船的好手，他把船从运河里撑出来，一会儿工夫游进微山湖里。

娃爷在湖里藏了数天。昭阳岛一带，黑泥洼、银杏洲、八里井、罗汉村等湖上的渔村，娃爷都熟，也有几个要好的朋友，他带着柳叶，靠朋友接济，一晃在湖上漂了三个多月。

这天，娃爷带着柳叶回到昭阳岛。他从昭阳闸附近的鱼骨庙上岸。一进家，院子里银杏树上的喜鹊叫起来。几个月没进家了，他打开房门，屋里的霉味像一群鲫鱼游来游去。

柳叶找来一根竹竿，帮着娃爷除去屋内的蛛网。

娃爷和鞠鲇鱼成仇家，这事儿昭阳岛人都知道。娃爷在外当兵杀人，还领回一个漂亮女人。这消息很快在昭阳岛传开。经人一加工，添油加醋说娃爷在外杀了七八个人，抢了一个女人回来，更重要的是他带了一把盒子炮，还有一口袋子弹。这可不是玩的，他已开杀戒，鞠鲇鱼要报仇，娃爷敢用枪打他。

娃爷杀人是真，但没盒子炮。有盒子炮的消息，传到鞠鲇鱼耳朵里。鞠鲇鱼认为是为了对付他，娃爷才弄盒子炮。若再去找娃爷寻仇，盒子炮的威力，鞠鲇鱼在水警队见识过，一眨眼，放倒几个人跟玩似的。他对娃爷不敢造次。有时，两人在大街上走个碰头，娃爷低调转身躲避，鞠鲇鱼也装着没看见娃爷。

鞠鲇鱼不敢当面找娃爷算账，但背后算计过娃爷几次。第一次，娃爷从一处枫杨树林路过，鞠鲇鱼埋伏在那儿，他用的是一杆洋枪。娃爷走过去，鞠鲇鱼扣动扳机，但枪没响。等他把臭弹抠出来，娃爷早没影了。鞠鲇鱼回到水警队，他从布兜里掏出臭弹，看了又看。看半天，也没看出是哪里的问题，随口骂一句，便把臭弹扔进湖中。第二次，鞠鲇鱼又准备去杀娃爷。不过，这次他的举动被辛庆义发现了。辛庆义骂他，你一个火头军，无事无非的，背着杆大枪干熊吃，你诳什么能？这枪是水警队的枪，你不能随便拿，知道不？出了事谁负责？万一，你拿去杀了人，我咋交代？以后不准你乱拿枪，再乱拿枪，你就滚家去。咱是说好的，你在水警队只管买菜做饭。这个活，你愿干就干，不愿干明天卷铺盖回家。背杆大枪在岛上人五人六，你瞎晃个鸡巴啊。辛庆义这样一骂他，鞠鲇鱼不敢再偷拿洋枪了。最后一次，鞠鲇鱼决定不用洋枪，用鸭枪。经过两个多月的准备，他瞅准娃爷进湖捕鱼，他埋伏在一处芦苇荡，娃爷划船过去之后，鞠鲇鱼从后面扣动扳机。但这次更邪乎，鸭枪炸膛了，鞠鲇鱼被炸得满脸是血。他当场晕死过去。娃爷这次却救了他，划船把他送到岛上的医院，又捎信给黄素秋。

鞠鲇鱼醒来后，对着茫茫大湖叹口气。他命大，我的仇报不了啦。鞠鲇鱼像老牛一样，哞哞地哭了几声。

娃爷也认为，鞠鲇鱼没完没了地寻仇，也不是个法。这个事总要有个了断。他去找辛庆义和高万斗，这两个人和稀泥，鞠鲇鱼总要给他们一个面子。想到这儿，娃爷便邀他们在康熙御膳房喝了一场酒。席间，娃爷央烦他们摆平这事。辛庆义说，咋抹划平？高万斗说，要抹划平也不难，需些银两，十块大洋应该够。湖中的鱼腥味，飘过来，又飘过去。一群红鲤鱼吹着泡泡，向南，再向南。娃爷吸一口烟锅。我忘不了两位的帮忙，到时候我请个大场。

这场酒喝完，辛庆义回到水警队，他对鞠鲇鱼说，我的地盘上不愿意看到仇杀，你杀我，我杀你，没点意思。仇恨能解决啥事儿，啥也解决不了，不如把仇恨放下。当初，你调戏俺媳妇，我不是也饶你小子了。得饶人处且饶人。你和娃爷的事，昭阳岛人都知道，你想咋解决？鞠鲇鱼不语。赔你点钱吧。鞠鲇鱼又不语。杀人不过头点地，赔你十个大洋吧。鞠鲇鱼龇着牙说，我要三十个大洋，这案子才能了。割他的睾丸卖钱，难说卖三十个大洋。没三十个大洋，我不认，我这人在昭阳岛丢的，以后还能抬起头来？他和你媳妇没这事，你以为就能抬起头来？你指望啥？两人正说着，高万斗来了。保长来了，看看保长咋说。高万斗将烟袋锅在鞋底上磕磕。谈妥了吗？辛队长的话有道理，你得听。他操得一个熊劲，一张嘴给娃爷要三十个大洋。这样吧，我当家，讨二十个大洋吧。二十个大洋，娃爷出得起。他在微山岛排半年船，据说挣了二十个大洋，现在还在马家钱庄存着，一把给他磕干裂熊。你要得多，他死猪不怕开水烫，你啥法没有。你再暗下手，他哪能老不还手。他出去这些日子，把一个人的脑袋劈掉一半，这家伙也是个狠角色。你掂量掂量，就这吧，听人劝，吃饱饭，和为贵。黄二妮不差，你不要再打她了，你动不动就打媳妇，她早晚要跟别人跑。不发生在娃爷身上，也会发生在别人身上。咱这样，你们俩坐下来，让娃爷这小子认个错，献上二十个大洋算赔礼，这事就过去了。你要依我，这就去回娃爷，让他操兑好钱。晚上在康熙御膳房，让他弄个大场。姜还是老的辣，按保长说的办吧。鞠鲇鱼不语。你不反对，算答应了。鞠鲇鱼最近赌输多次，他欠下的赌债足有十个大洋。这时候，他也想着私了。让娃爷多出点血。二十个大洋，他觉得可以，心里同意了，嘴上不好说出来，憋到最后，骂了句娃爷，便宜这个小舅子孙子了。

辛庆义和高万斗两人这边和鞠鲇鱼讲妥。晚上，娃爷在康熙御膳房隆重摆了一桌席。娃爷免不了给鞠鲇鱼赔礼道歉，又把二十个大洋恭恭敬敬放到鞠鲇鱼脸前。鞠鲇鱼看到白花花的银圆，他顾及面子没有笑，但眼角的皱纹舒展了许多。娃爷给辛庆义和高万斗敬过酒，又给其他人敬了酒。娃爷心里五味杂陈，也觉得脸上挂不住，说几句客气话便离了席。

从此，鞠鲇鱼不再找娃爷寻仇，但他对娃爷的仇恨一刻也没忘，有时候，他靠折磨黄素秋解恨。

当初，鞠鲇鱼打掉黄素秋一颗牙，黄素秋躲在哥哥家不敢出来。鞠鲇鱼还没出完毒气，还想到黄海秋家里继续打黄素秋。这黄素秋和黄海秋兄妹，从小没爹没娘，守着家中几间草房和数亩湖田度日。兄妹俩相依为命，黄海秋对他这个妹妹疼爱非常。一看黄素秋满脸是血跑家来，知道事情不妙。这天，又看到鞠鲐鱼提着刀子闯家来，扬言要杀黄素秋。黄海秋恼火了。他小时候练过武术，操起一根白蜡杆子，对着鞠鲐鱼撩阴、盖顶，啪啪几竿子，打得鞠鲐鱼扔下刀子，跪在地上讨饶。哥，别打了，咱说理行不？

说理就说理，你先说。

她趁我不在家搞破鞋，怀的是娃爷的种，你说该打不该打？我若说错了，你看看有德这孩子，明摆着是娃爷的翻版，像一个模子刻的。我心里窝囊啊，这个气出不来，憋死我啦。

我妹妹该打，你打她，我没话说，谁让她犯错呢。但她不该死，你怎么拿着刀子跑我家要杀她。你要杀人，我不能不管。另外，你算个什么东西，也不撒泡尿自己照照，你把家业败坏光了，你除了赌就是赌，你是个熊人吗？你家的鱼行，你八辈子能挣出来吗？你什么时候能像个人，稳稳当当地过日子？我妹有错，你没错吗？你若走人路，我妹也不会错。你不往人路上走，我妹才出错。事情已这样了，她跟你几年，你们没孩子，不管怎么说，有德还是跟你的姓，给你传宗接代，你拉扯大了，和亲生的也没什么两样。你想想是不是？有闲话让别人去说，你就不能大度一点？你还在我这儿数冬瓜，道茄子，你是个过日子的人吗？鬼头蛤蟆眼的，我妹妹虽说不贤，但也没在你手里展过爪，刚过门那天夜里，新婚之夜你往死里打她。这些年，我一直压着火，没跟你一般见识。看你那德行，还嫌我妹妹，你还要什么脸面，你那张嘴，啄木鸟托生的，舌头伸出来比那身子还长一半。你还要杀人，还要找娃爷，这不是鼻涕往上流的事儿吗？你掂量掂量，我说的对不？家丑不可外扬，你还在大街上嚷嚷，这人丢到爪哇国去了，知道不？你打我妹妹，让她央央插插地哭号，你那脸上长狗毛了，不觉得差吗？我妹来娘家，你俩能过就过，不能过，拿休书过来，你们离婚。若想让我妹回家，咱还要有个说法哩。你再胡屙乱呲，当心我白蜡杆子不认人。

我要真杀黄素秋，早在家把她杀了。我要杀的人是娃爷，我要把他剐死。

杀人偿命，你剐死他，还要命不？

我丢这么大的人，还要什么命？活一百岁也是死，又不能杀肉吃。我活着还有啥意思？鞠鲇鱼说完，蹲在地上哭了。他的哭腔像娃娃鱼在叫。

刚才鞠鲇鱼如狼似虎，挨黄海秋一顿白蜡杆子后，镢枪头截石头，自个儿先卷回半截。哪里还有什么锐气？黄海秋对着他一阵狗血喷头，燥铁般的鞠鲇鱼不觉湿漉漉地软了半截。羞的心几乎从屁股眼里掉出来。

鞠鲇鱼嘴里无话，两眼直看着黄海秋。

这时候，黄海秋感觉出了这些年的恶气，但终归是他妹妹理亏。这么一想，便道，难听的话，我不多说了，你回去想想吧。你若再打我妹妹，当心我翻脸不认人。轻则砸断你的腿，重则让你终身残疾。

听了这些话，鞠鲇鱼灰溜溜地从地上捡起刮鱼鳞用的刀子，啥话没说，一瘸一拐，像头被群狼攻击过的野狗，一蹦一蹦地走了。他身后，一长串发臭的影子在湖边金谷豆的叶子上乱跳。

撵走鞠鲇鱼，黄海秋把黄素秋刺挠一阵，又是一阵臭骂，今天灰头土脸往家来了，以后呢？前些年，我劝你，娃爷对你好，你跟他走吧，远走高飞，你不听。这个鞠鲇鱼是个赌鬼，脾气又瞎，你跟他准没好。这下好啦，娃爷跑啦，一时半会他还敢回来？你是兔子烂蛋，两头不落。鞠鲇鱼不休你，你有短落在他手里，他会降你一辈子。

我不跟娃爷跑，是怕咱家名声不好，影响你说媳妇。再说，我也不想带着孩子四处漂泊。

你一腔稀屎，擦干净就不错了，别管我啦。以后，你撑出薄屎涝来，没人给你浆裤子。哪里黄土不埋人，你可以考虑一下以后的出路。

黄素秋不敢再说话了，她躲在屋里哭。我的命咋这么孬呢，若爹娘还在，啥事儿也能给我做主。

黄海秋对妹妹一顿臭骂，也感觉过头了。这哪儿是把她当人，简直把她当牲畜了。黄海秋后悔得不行，又听黄素秋哭死去的娘，心里开始怜惜她。别哭了，我明天去找鞠鲇鱼，不让他打你就是。

第二天，日子照过。太阳从东面湖里升起，落到西面湖里。野鸭子和鱼鹰的叫声，依旧带着黑色的风圈，在微山湖上空盘旋。黄海秋领黄素秋去了马家中药铺，让马大夫给黄素秋看了伤口，修好她的牙，又抓了几服中药。回到家，黄海秋一言不发，给黄素秋煎药。

这天，鞠鲇鱼把儿子鞠有德送来。他没停，接着又回了水警队。黄海秋和黄素秋两人都没跟他说话。他临走，从兜里掏出两块银圆，放在茶桌上的小碗里。

一个月之后，辛庆义队长带着两个水警抬着礼盒来了，他们身后还跟着高万斗。黄海秋不敢得罪辛队长，大老远迎上去。辛队长您大驾光临，您望望，我这破猪烂圈，不知道咋招待您哩。

别客气。无事不登三宝殿，我这次是专门为令妹而来。

黄海秋一听，猜出八九成，便请辛队长屋里续话。黄素秋也忙着端水倒茶。辛队长坐了上首。他一开始不说来意，东扯葫芦西扯瓢，扯他爹和黄海秋的爹是远房的老表，当然，他们也是老表亲。最后，话落在黄素秋身上。二妮在娘家长住，也不是办法。他和鞠鲇鱼有点小冲突，也是常事，年轻人谁能没个小过错。过而改之，善莫大焉。鞠鲇鱼这段时间也表现不错，水警队前些天遭到一股土匪的伏击，鞠鲇鱼表现的是个爷们，他一个人绕到土匪背后，干死两个土匪。前后夹击，土匪们吃了大亏。据说，领头的土匪叫老蚂蚱，一时半会他不敢来昭阳岛骚扰了。这个功劳可是鞠鲇鱼的，这不，我给他转了正式水警，又赏给他十个大洋。我给他也有过不睦，君子不念旧恶，没有过不去的火焰山。

我们是想让素秋回家，鞠鲇鱼那小子认错了，他认错，咱也别拉硬弓了，让素秋回家吧。

鞠鲇鱼保证不打她，我就让她回家。

我能管得住鞠鲇鱼，绝不让他动媳妇一个手指头。有事说事，你不能打人。民国现在讲究人人平等，国民革命政府绝对是一个为民众的政府，你要相信政府。

黄海秋点点头。他答应了辛庆义。

辛庆义作保，第二天，鞠鲇鱼接走了黄素秋。他虽然又成了水警队正式成员，但在水警队仍负责买菜做饭。狗改不了吃屎，他还是隔三岔五打黄素秋，只是不敢下死手，比原来打得轻了。

10

柳叶说来也是个苦人，她家是沛县的，出生在一个叫鹧鸪天的渔村，从小跟着她爹学唱柳琴。长到十五六岁时，跟着她爹走街串巷，靠唱柳琴戏为生。这天，他们父女北上，到微山湖韩庄一带唱柳琴戏，正好碰上一队兵马，领头的是一个高个子军官叫杨振怀，他喜欢听柳琴戏，邀请柳叶父女到军中唱柳琴戏。

他们找来桌凳，柳叶往凳子上一坐，她怀里抱着一个光绪年间制作的土琵琶。手指轻弹，先来一曲民间小调《十二条手巾》。

柳叶唱罢，杨振怀高声叫好。从此，杨振怀把柳叶留在军中。后来，柳叶的父亲感染霍乱去世，撇下柳叶孤苦伶仃，杨振怀同情她，娶她做了妻子。

杨振怀对她好，柳叶对丈夫也情深，感觉跟对了男人。天不作美，好好的日子被战乱打破。南方革命军北伐，杨振怀率领的一支队伍决定投靠革命军，因走漏风声，不得不提前起事。结果失败，杨振怀率残兵败将，向微山湖西部逃窜。最终，杨振怀在老渔洼战死。

娃爷救下柳叶，两个人生活在一起。晚上睡觉，柳叶不脱衣服。娃爷看她生得俊俏，也想和她弄那事，只是心疼她，不敢用强，也不忍心用强。

娃爷想娶柳叶做老婆。他看着柳叶，喜欢得没入脚处。喜欢归喜欢，娃爷相信天意，强扭的瓜不甜。娃爷理解她，她刚死男人，心里还难过着呢。娃爷带着她在湖里捕鱼，湖中的荷花望不到边。红的、粉的、黄的，她都不感兴趣。她面色忧郁，目光从一朵荷叶蹦跳到另一朵荷叶上。她的思绪随着荷花香，野鸭子一般在湖面上翻飞。

娃爷心里想，柳叶肯定是大户人家的女娃。不是出生在大户人家，怎么生得那样细皮嫩肉，一拍一股水似的，胳膊腿白得像藕瓜，又穿得新鲜。她能看上我这个土包子吗？

他不想乘人之危，不强人所难。

娃爷拿定主意，对柳叶说，你男人没了，先住我这儿，愿意跟我做媳妇就留下来，不愿意也不强求。

你是个好人，我不能跟你，我要回家。

你家在哪儿？

柳叶不回他。她说，我不能在这荒岛上待一辈子。

在岛上没什么不好，天天有鱼吃。我把你当神仙供着，天天侍候你。昭阳岛是个好地方，安静，外面的世界虽好，不过兵荒马乱的，一不小心，命就没了。昭阳岛安全，四面环水，弹丸之地，也没谁打昭阳岛的主意。

这是你的生活，不是我的。你想让我变成湖猫子，想憋死我啊。

我的话，你可以不听，但不要乱走。湖里有鱼怪，经常变成人在岛上的店铺里买东西，他喜欢吃武大郎烧饼。没准，看见小俊媳妇也动心，像你这么俊的人，可要小心。被他看上，把你背到湖底成亲，不是玩的。

骗人，哪有什么鱼怪，把我当三岁小孩哄啊。

不信你等着。咬着铁棍说牙齿硬，别强装有本事。

柳叶不信，她出来转转，站在湖堤上，远处白茫茫水天一色，数不清的帆船来来往往。她看看，把眼睛闭上。杨振怀的影子，像一群鱼游过来。想到这场景，柳叶的眼泪就流下来了。

柳叶一个人出来，娃爷不放心，在后面跟着她。人死不能复生，你哭，他也不能复活。

我也不想活了，也想跟他走。

别犯傻，好死不如赖活着。你没了男人，还有我呢。这一刻，娃爷从内心喜欢上这个女人。他决定保护她，给她安全，让她过上好日子。一切是命，也是缘分，你和杨振怀的缘分尽了，才会出事。这年头，兵荒马乱的，吃粮当兵，本身是把脑袋系在裤腰带上。从太平天国到现在，内乱就没停过，多少青壮劳力都死在战场了。没办法，人的生命像这湖边的一棵稗子草、一棵金谷豆，死了就死了，没人在意，活着的人要好好活着。蝼蚁尚且偷生，何况人呢？

娃爷一席话，柳叶听后不哭了。

你要心里还放不下，到鱼骨庙烧烧香，还还愿吧。

柳叶听了娃爷的话，从此信佛，昭阳岛上几家寺庙，鱼骨庙、土地庙、关帝庙、碧霞宫、正觉寺、河神庙，她一有空，便到庙里烧香拜佛。她常去的是鱼骨庙，在红鲤鱼塑像前一磕便是九个响头。柳叶每次磕罢头，她掉在地上的泪珠儿就变成几条小银鱼飞走了。

柳叶到鱼骨庙磕头时，鱼骨庙东厢房里两口棺木发出奇怪的响声，让她十分恐惧和困惑。娃爷给她解释，这两口棺材夜里飞出去又飞回来，昭阳岛上的人习惯了，不用怕这个事。

柳叶这时瞪大眼睛，说，会不会有一口是我的？

不会。这棺材有灵气，它不害人。

娃爷晓得，这样的女人，她心里苦着呢。娃爷天天给柳叶做饭，柳叶一点也没胃口，娃爷用小勺一口一口地喂她。岛上的蚊虫多，娃爷怕柳叶睡不好，除在屋里点燃一些艾草之外，娃爷还用蒲扇给她拍打蚊虫。娃爷想着慢慢感化她。他看到柳叶睡踏实之后，才出去睡在院子里银杏树下的石碑上。

第二天，昭阳岛人问娃爷，拐来个小俊媳妇，听说不跟你同床，什么时候能沾上腥气？

她刚死男人，咱强迫人家，传出去名声不好。好事多磨，慢慢来吧。打光棍又不是一天了，我还能攒不住一泡尿？

岛上的几个捣子^①不信，狗窝里能搁住油饼？他们斜着眼睛看娃爷。那年，你在康熙御膳房吃酒，鞠鲐鱼恨你勾引黄素秋，一个饿虎捕食，他坏了你的驴蛋，恐怕你想弄那事也弄不成，对吧？古时候，宫里有这个职业，叫太监。

你们这些熊货，歪嘴骡子卖个驴钱，全毁在嘴上啦。

那些人不再说。他们看着柳叶，看到柳叶跟娃爷进湖，看到柳叶学会撑船，还看到柳叶脸上慢慢有了笑容。这个女人绝了，她一笑，小脸粉红，像荷花。娃爷有这么个女人，他祖坟上放光，先人看来没少积阴德。

昭阳岛人对柳叶的羡慕，很快化为泡影。这天，柳叶趁娃爷不注意撑

---

① 捣子：流氓、光棍之类。

船走了。

她说话有点苏州口音，可能向南走了。沿着大运河往南追，也许能追回来。

娃爷马泡擦腚苦闷了，再想找这么个俊媳妇，寡妇死儿啥希望没哩。

有人这样一说，娃爷哇的一声哭了。

你哭有啥用，快点找人手，四处找找吧。死马当成活马医，也是人干的事，这微山湖方圆几百里，她万一遇上鬼打墙，白白送命，太可惜啦。你小子快点打起精神，别黄鼠狼驾辕子，一溜的小架。咱昭阳岛不是有水警队吗，让他们出人帮忙找，辛庆义这个人江湖，我看准行。他们有快船。

这时候，黄海秋来了。他并没因娃爷和黄素秋的事跟娃爷翻脸，有时候两人关系走得更近了。他告诉娃爷，你真心对二妮好，你们的事，我不反对。她和鞠鲇鱼的姻缘，本来是配错了的。

娃爷出去一年领来一个女人的事，黄海秋知道后也来看过，他见到柳叶后，第一感觉就是这可不是一般的女人，这女人生得端庄高贵，有点像戏里的王昭君。娃爷这个熊货，能找这么一个好女人，可是前世修来的福分。他对娃爷说，这是个好女人，可要善待她。这天，听说柳叶走了的消息，黄海秋第一个来到娃爷家。

找水警队帮忙吧，这是最好的方法。

水警队有鞠鲇鱼，我磨不开这个脸。

大丈夫能屈能伸，什么时候啦，你还死要面子活受罪。关键是湖上有危险，柳叶这个弱女子摆活不了。

娃爷点点头。他知道高万斗跟辛庆义是好味，他俩关系一等一地铁。他和黄海秋一起去邀高万斗。

高万斗家住在凤凰台村，他和黄海秋隔着运河相望。凤凰台村有两大富户，高万斗算一家，另一家是姓王。娃爷和黄海秋一点也不敢怠慢，他俩将烟袋插腰里，三步并作两步，一路往高家大院而来。过了状元桥，来到运河北岸，又走三里地，才来到凤凰台村。此时，高万斗正在家里看《三国演义》。他刚娶了媳妇叫韩水月，小两口日子过得有滋有味。韩水月是苏州一个茶叶商的女儿，她爹做着从苏州到济州贩运茶叶的生意。途中经常停靠在昭阳岛码头，因和高万斗的爹是生意上的朋友，两个人交情深，因此两家结亲。韩水月是个才女，读书识礼，会弹古筝。她爱穿从苏州带来的旗袍，高万斗喜穿丝绸唐装，两个人在院子里的香椿树下，一个读《三国演义》，一个弹古筝，郎才女貌，穿着时尚。这光景，昭阳岛人争先恐后地看，他们家墙头上时常爬满人。小两口走在昭阳岛青石路上，韩水月白色高跟鞋的咔嗒声，在昭阳岛人记忆里，像一阵荷花香，飘过整个古镇。一些光棍汉子看了这场景，像大烟鬼吸食鸦片，赌徒下色子，嫖客会妓女一样，心中火烧火燎。羡慕到极点，便生嫉妒之心，暗骂高万斗这个狗熊，哪来的福分，娶这么好的女人。他这辈子，算是享大福啦，死后该下油锅，该让湖中的鱼怪吃掉，吃上一百次，永远在鱼肚里轮回，再也不得超生。

高万斗在昭阳书院，跟着昭阳岛上最有学问的私塾先生王进上学。他和王进的侄儿王汉福一起读了十年圣贤书。家中本指望他科举成名，光宗耀祖，哪想民国政府也不恢复科举，读圣贤书没用了。新式学堂，男女同桌，这算哪档子事，不伤风败俗吗？因此，昭阳岛上有钱人家也不愿让孩子读新式学堂。昭阳书院只有一个学生去读新式学堂，这个人就是王汉福。他在昭阳书院读书时和周桐有味分，于是又拉周桐夫了洋学堂。可惜的是，很多年后，周桐劝说王汉福起义时，王汉福不但没听他的，还把他的双手砍去，又活埋了他。

高万斗从私塾下学，在昭阳岛当了保长，他吃上官饭。在昭阳岛，他的威信数一数二，他说一句话保准管用。

黄海秋和高万斗好，也有特殊关系，他们曾经是昭阳书院的同学，两个人一起读过三年私塾。在私塾里，黄海秋练武出身，没人能打过他。高万斗跟黄海秋好，因此也没有人敢欺负高万斗。

娃爷和黄海秋进了院子。你现在还这么用功读圣贤书，若我们大清国不亡，你早是状元了。有人说你是状元马西华托生的，我看也是，你的才分早高出马西华了。黄海秋知道高万斗有两个嗜好，一个是赌，昭阳岛无人能比，他从未输过；另一个是喜欢戴高帽，有高帽戴，找高万斗办事，准没跑。

高万斗见黄海秋这样夸奖他，心里美滋滋的，像五黄六月里的热天，喝了块甘甜清凉的西瓜。岛上今天没事，我在家看看闲书，我最喜欢《三国演义》。你俩坐，水月泡壶上好的龙井，这两个人是我老铁。海秋兄，咱俩是亲同学，你少在我面前献浅子，拍马屁，拍不好，要倒挨一蹄子。你今天到我家，想日喂啥？

高万斗这样一说，几个人都哈哈笑了。没啥可日喂的，无事不登三宝殿。

水月像画中人似的，停了古筝，嫣然一笑，去屋中收拾茶具。一转眼工夫，给娃爷和黄海秋端出两杯热茶。

咱们还有空喝茶？俺俩目的是想让您给辛队长说话，娃爷领来的媳妇柳叶不是走了吗，她是划船走的，这湖上的道道，你也知道，她一个女的肯定有危险。俺们的意思是想让水警队出面，水警队有快船，四下里找找，救人一命，胜造七级浮屠哩。

是这事，这个忙我帮。你们两喝完这杯茶，咱们去见辛队长。

两人哪有心思喝茶，嘴在茶杯边上吹吹，吸溜两下，将茶杯放在檀木茶几上。

不喝茶咱这就去。高万斗说完，他在前，三人一起穿过凤凰台附近的一大片竹林，吃两袋烟的工夫就来到了四思堂水警队驻地。

像往常一样，辛庆义坐在院中一棵黄连木树下，手里正捏着一条油炸咸鱼吃。树下一个木桌上面放着一桶地瓜烧，已倒好四碗酒。桌上还有一团荷叶，荷叶里包着六七个油炸的野鸭子。

四思堂门口，一个颇有姿色的小媳妇在做油炸徽子的生意。空气中有股油炸徽子的味道，像湖中成群的野鸭子飞起飞落。

馋猫鼻子尖啊，我正想找你喝点哩。一桶地瓜烧，厨房里还炖着个鲤鱼，放心喝，放心吃吧。

喝酒不是事，有件事要麻烦哥哩。

啥熊事比喝酒还重要？看你那赖态，屌毛扎腔似的一脸惶恐。咋啦？

娃爷领来的小媳妇，划船走了，一直没进家，怕她出事，想着让水警队出面找找，水警队的巡逻船不是汽船吗。

辛庆义听罢，吃口咸鱼，喝口酒，嘴一吸溜，笑笑，嘴里露出两颗黄门牙。我日您三熏熏，你小子可是艳福不浅啊，那个小娘们我见过，真绝，

奶子也大，屁股也大。这样吧，我出人给你找回来，你让这个小娘们跟我睡几天行不？也就几天的事，又摆活不死她。然后完璧归赵，我再送你小子五块大洋。

辛队长您可是吃着朝廷的俸禄哩，当官不为民做主，不如回家卖红薯。谁都知道辛队长廉洁自律，不忘初心，是个好官，也是个造福一方水土的好人。

吆喝，你嘴头子还行哩，我给你开玩笑。好啦，鞠鲇鱼呢，浪屄哪去了？

这时，鞠鲇鱼围着围裙从厨房里出来。他右手里拿着一块辣萝卜，咔哧咔哧地啃着，他两腮鼓着，像一只噙着一嘴黄豆的老鼠。

你这个熊货就知道吃。现在水警队缺人手，你带几个人去驾驶那艘快船，四处搜搜如花似玉的一个美人，别歪拽在湖上。这是我派给你的任务，你去把人给我找回来。我不管你们以前的过节，你若有一点私心，当面一套，背后一套，我的盒子炮可不认人。娃爷你也听好了，我出动水警，这年头，米贵，油也贵，你多少要出点血。要么两块大洋，要么在康熙御膳房好好办一桌酒席，你看行不？这个价也是看海秋和万斗的面子。你也别觉着我六亲不认，宰人，当初唐僧西天取经，如来不也收费吗？千里迢迢来做官，为的就是吃和穿。又不是我自个，大伙跟我沾光，一起抹抹嘴头子。

君子一言，驷马难追。我请大伙一桌，弄上五坛子地瓜烧。

水警队里，鞠鲇鱼年龄最大，他做饭打杂，现在是正式水警队员了。他和娃爷有仇，但在辛庆义的命令下，这事他也不敢怠慢，一声吆喝，一艘快船迅速出动，向南搜索。鞠鲇鱼站在船头上，嘴里叼着一颗烟。幸灾乐祸的心情，像密密麻麻的芦苇叶子堵塞了河道。朱鱼娃这个熊东西，最好一口湖水淹死他。

湖面上成群的野鸭子在飞。

搜索的快船从上午忙到黄昏，也没找到柳叶的下落，打听过往的船队，也说没见过什么女子。鞠鲇鱼率领水警队在湖上跑了一天，见太阳要落山，二话不说，便领人回昭阳岛。

娃爷信守承诺，从自家船上搬来五坛子地瓜烧酒，在康熙御膳房炖一锅鲤鱼、一锅泥狗、一锅草鱼，又蒸一锅螃蟹。辛庆义和鞠鲇鱼，以及水警队十多个人，吃得满嘴流油，喝得东倒西歪，喝到月亮从湖面上升起来，又落下去。散场时，辛庆义左手拉鞠鲇鱼，右手拉娃爷。

你们俩那点恩怨，从此一笔勾销吧。都在昭阳岛上混，别瞎操了，低头不见抬头见的，和为贵。别为一个娘们，影响兄弟们和气。人应该大度，是不是？

两个人都说，我们听队长的，队长让我们朝东，我们不敢朝西。

但是酒后娃爷从康熙御膳房出来，鞠鲇鱼又从后面跟过来。月光带着鱼腥味在地面游走。他郑重地对娃爷说，今天，我给辛队长干活，是卖给他一个面子，你小子，我不能饶你。有机会，我还收拾你。

没啥大不了的，我这条命不值钱，你看着办吧。来而不往非礼也，你暗算我三次了，命中注定，你那枪打不响。不过，以后没这么幸运了，我让你三次，是觉得对不起你。三次过后，谁也不欠谁了。你有快枪，我有鸭枪，信不信由你。你没我举枪快，也没我枪法准。我杀过人，把一个人的脑袋砍掉一半。你若再找我复仇，我可要还手了。这事儿，你想想。做人要有信，中间人说和的，我给你二十块大洋，打了不罚，罚了不打。这个事过去了，你别再纠缠了。黄二妮是个好女人，你有了大头儿子，还想啥？安心过日子吧，杀人偿命，欠债还钱。你算计了我，高万斗也饶不了你。国法也不是闹着玩的，你说对吧。

娃爷撂下一堆话，沿着古镇的青石板路往家去了。他身后月光的嗡嗡声，像一群蜜蜂跟着他。

鞠鲇鱼站在老运河旁边的河神庙门口，他在一棵黄檗树下发了半天呆。望着娃爷消失在运河岸边的灯影里，眼里的怨毒像黄苲草一样，在湖底疯狂地生长。他恨不得将那二十块大洋咬碎吞下。明明睡了我的女人，他还狗咬碟子满嘴里是词（瓷）。头勒勒的，还不服气，我早晚让你服气。

第二天，高万斗又去娃爷家，问娃爷是不是再找找。这么好的一个女人，我们连着找三天，找不到她也算尽心了。

活要见人，死要见尸。我下决心要找。

你小子是个有情人，这女人不跟你亏了。

天要下雨，娘要嫁人。留住人，留不住心，我这个笼子装不下她。

两人说话间，这时一个红胡子老头出现在娃爷家门口。他脚上穿着晚清时期男人穿的三尖子铲鞋，鞋前面有个洞，红胡子老头露着脚趾，他眼睛像鲤鱼的眼睛，肩膀上斜挎着渔鼓，一边用手拍着，一边唱：

渔鼓一响乒乒乒，
一乘花轿到了家。
下轿就得拜天地，
拜天堂，拜地堂。
拜完地堂拜高堂，
拜完高堂入洞房。
洞房站着个小儿郎，
站着和俺比高低，
头顶到俺"妈妈"旁。
说他是郎个太矮，
说他是儿不叫娘。
早上给他穿裤子，
晚上把他抱上床。
哎呀呀我的娘，
啥时才像丈夫样！

娃爷和高万斗在红胡子老头拍渔鼓时，看到他手臂上露出一块红鱼鳞，知道他是红鲤鱼精，一点也不敢怠慢他，马上把他请到堂屋正中，搬板凳让他坐下。他穿的鞋子上沾满了葫芦撇子和苲草。浓浓的鱼腥味在屋子里弥漫，像一群泥鳅四处乱拱。

高万斗知道，这个红胡子老头喜欢喝酒，马上倒一碗地瓜烧，恭恭敬敬地端给他。

不知道您老大驾光临，这会儿家里遭了件塌天大事，我女人划船不知道去了哪儿。家里也没啥酒肴，只有多半盘子油炸花生米，您老若不嫌弃，先将就着当酒肴，我到镇上给您老弄几只卤熟的野鸭子。

还好，你看得起我这个要饭的花子。吉人自有天相。你摊上这档子事，我也许能帮你渡过难关。

娃爷一听柳叶的事儿有救，呱唧一声给他跪下。在您老人家的地盘上，求您行个方便，看护她一程，让她平安离开这微山湖。这茫茫湖面，到处有危险，求您老人家保护则个。您的大恩大德，俺没齿难忘。

红胡子老头闭上眼睛。我算算她的去处。言罢，掐着手指头，说今日是上六之日，乘马班如，泣血涟如。哎，这卦象，泣血涟如，何可长啊。

高万斗一听大惊，他也扑通一声跪下。不等他说话，这时候凤凰台村的王汉福也来看望娃爷。他和娃爷也是有话说的朋友，王汉福在徐州读洋学堂，正好放假回家，听说娃爷有事，过来看看。他想安慰一下娃爷，再叙叙旧，另外一层意思是想讲讲他在徐州的见闻，顺便喷喷空，拉拉云，日日窟窿，捣捣棒槌。他在徐州读书期间，是有艳遇的，沛县一个剥狗屠户的女儿看上了他，经常偷偷去学校找他，还给他送狗肉吃。但是，王汉福没有看上这个女娃，也没占她便宜。他想把这件事讲给娃爷听。来到娃爷家，见娃爷和高万斗正跪在红胡子老头跟前。王汉福早听说红胡子老头是微山湖里的鲤鱼精，哪敢在他面前装憨卖呆。他来时，顺便从昭阳岛野鸭店要了几只卤熟的野鸭子。他将野鸭子放在案板上，也跟着高万斗和娃爷跪在红胡子老头跟前。

我正想找野鸭子下酒，你是算准的吧。野鸭子的香味，像地下活动的爬叉猴，一点一点地拱出泥土，爬到树上变成蝉。

老人家，您可不能见死不救啊。

这时，红胡子老头的朋友瞎子王半仙，拄着一根竹杖来娃爷家。他听说红胡子老头在娃爷家，挪过来和红胡子老头拉呱。在昭阳岛，红胡子老头最好的朋友是瞎子王半仙。

你们几个憨巴孩子，这事儿还用磕头吗？你们红胡子爷爷最喜欢吃野鸭子，喝地瓜烧酒。你们还不抓紧鼓捣，这事弄好了，还愁有求不应吗？

我用荷叶包来了几只野鸭子。

这才一顿，能到哪儿？不过瘾，还得再买些。红胡子爷爷手里有金刚钻，才敢揽你们的瓷器活儿，但有一样，看你们孝敬的啥样啦。

哎呀，我这就去办。不过，野鸭子有许多种，红胡子爷爷最喜欢吃哪一种？

别急，按我说的买吧。这野鸭子也是有讲究的，要一样一个。白眉子、红头、树鸭、六卷、章鸡子、花头、鸳鸯鸭、辫子东、鱼眼东、四卷、响翎子、红嗉子、蒲棒头、哈唧瓢、朱油子、黄脚雷、黑毛乔鸭、冠鸭，这些野鸭子康熙御膳房都有，他们卤的味道也好吃，一样买一只。你们所求的事包在我身上。那个女人该有此一劫，这一劫过后就没事了。

娃爷说，您开的这个条件不难。说罢，挎白蜡条篮子，转身往康熙御膳房跑去。到那儿，幸好红胡子老头开出的野鸭子名单，康熙御膳房里全有。娃爷不敢怠慢，一样买一只，装满一白蜡条篮子。回到家，把卤好的野鸭子全数交给红胡子老头。

红胡子老头吃了几只野鸭子，又喝了六碗地瓜烧。这还差不多，这两天多到湖边捡鸭蛋。但有一条，你这两天听不到湖底石磨转动的声音，你要救的人就没事。你若听到湖底石磨转动的声音，我是啥办法也没了。这微山湖底的世界，你们有所不知，也和上面的世界一样，有些坏东西想祸害人呢。

红胡子老头说完，将吃剩的野鸭子装进口袋，又拍下渔鼓。我还要赶着去微山岛给人看病，不便久停，先告辞。那边和这边一样，也有一个女人需要我救她。我去晚了，她也没命。

众人一听，都伸了舌头，汗不敢出，哪敢挽留他。

红胡子老头出来，走在像鸡蛋清一样的空气里。无数条小银鱼跟着他，在他水汪汪的脚印里，思念着远古。湖中，丝光片子鱼从水底拱上来，众多的鱼一起向红胡子老头作揖。湖面上全是鱼，白花花的，像下了一场雪。

湖中一艘圆形木船突然从芦苇荡里驶出来，船身上挂满了黄芐草。红胡子老头踏着水葫芦叶子，慢悠悠走上船。他向岸上的人招手。一群水鸟，鱼雁、花田鸡、瓦黑头、勺嘴鹬、白头鹤、长尾鸭、卷羽鹈鹕、蓑羽鹤、鹧鸪、遗鸥、疣鼻天鹅、震旦鸦雀、山斑鸠等水鸟，成群结队，黑压压的，在圆形木船四周盘旋。鸟们的叽喳声，像秋天的浓雾覆盖了昭阳岛。

圆形木船像头老牛，咳嗽几声，咕嘟咕嘟，慢慢消失在微山湖深处。

11

柳叶走后，娃爷心里一直牵挂着她。每当夜晚，露水打湿了他的衣服，他把耳朵贴到地面上，仔细听听湖底的世界。什么声音也没有，更没有石磨转动的声音。听不到石磨转动的声音，柳叶就不会死。娃爷呆呆地望着从湖中升起的月亮。岸边，黄菖蒲一阵响动，是一群黄竿鱼和鲢鱼在嬉戏，它们在黄苲草中做着变成鱼王的梦。这些潮湿的梦泛着绿色的气泡泡，在水葫芦和睡莲上乱跳，一如昭阳岛人的眼泪。这个晚上，昭阳岛人都做着同一个梦，他们都看到微山湖中最后的一艘圆形木船，带着娃爷和柳叶，还有鞠有德的三个憨儿子，以及贾凤雏、小蝼蛄等人，他们冒着风雨，向南，再向南。

天上下起细雨，空气中苦杏仁的味道，像张渔网罩住昭阳岛，折磨得人们在梦中像掉了魂似的东奔西走。

娃爷被这奇怪的梦缠歪得睡不着觉。他披了夹袄，坐在鱼骨庙前的石碑上发了一夜呆。他心里内疚着，想着这么好的女人，当然不愿意留在这荒岛上，她是一个见过世面的女人，昭阳岛留不住她。这方圆几百里的大湖，处处充满危险，她划船的抹子瓢，不知道会出啥样的幺蛾子。她该主动提出来，自己也会送送她，但愿她不会出什么事。一条马狼鱼从他的记忆里飞过。娃爷烦这条鱼，这种鱼据说是《梁山伯和祝英台》故事里的马秀才变的，因嫉妒两眼气成红色。娃爷感到飞走的马狼鱼，在白鳝苲和苦江草的缝隙里，窥视着柳叶的身影。

这天，天热得像个蒸笼。柳叶走了，娃爷的日子还要继续下去，这茫茫微山湖是他的家。他是这湖边上的一棵芦苇、一棵稗子草，或者是一棵金谷豆。他像湖中的一条小鱼，属于昭阳岛这片水域。

一大早，娃爷去看湖中的箱网，看看里面进了多少鱼。同时，到湖边走一走，散散心，他无论走到哪儿，湖边金谷豆和猪牙子草的叶子上都沾满了柳叶的影子，芙蓉树上飘落的香味追逐着她。

湖里的鸭群密密麻麻，那些放鸭子的有时候让鸭群在昭阳岛周边的湖

滩上过夜，第二天再把鸭群接走。鸭群在湖滩上住一夜，便丢在湖滩上几十个鸭蛋。没有鸭群住宿时，也有野鸭子在湖滩上落脚。早上起来，娃爷也能捡十几个野鸭蛋。娃爷用这些鸭蛋，换油盐酱醋茶之类。

红胡子老头的话，娃爷一点没忘，让他去湖边捡鸭蛋。他提着槐条篮子去捡，鸭蛋躺在湖边红茅草和稗子草中间泛着青光，像熟睡的鹅卵石。

他穿着短裤，光着膀子，步子走得有些歪，他的扇风耳在阳光里像野鸭的翅膀子。湖边上芦苇、臭蒿棵、蓖麻棵、艾草等，一夜之间又高了许多。在一人多高的秃妮子顶草丛中，几只野兔子在秘密地商议着什么，它们的表情像秋后发黄的苇叶。娃爷看着那些兔子，他心跳加快了，血管流动的声音在斑驳的日光里，像玻璃一样透明。

他来到剑茅滩，看到水里漂浮着几个死人。湖里淹死人是常有的事，特别是这剑茅滩附近，这儿水深，深得邪乎。大船帮上的人为测出剑茅滩的水到底有多深，花钱买了六两丝线，拴上几枚字钱放进水里，结果丝线用完了，字钱还没有到底。娃爷想不明白，这么深的水，有一年剑茅滩也见底了，湖底旱出裂缝。娃爷心里有谱，他在湖底开荒，将荒地深翻，锨翻地时碰到一块硬硬的东西，用锨挖不动，用力再挖锨上出现血迹。昭阳岛附近，凤凰台和孔雀台村的人闻讯赶来，人一多，胆大了，他们看清楚了，湖底黑褐色的淤泥下藏着一条黑鱼，大家一起挖，将这条黑鱼挖出来。好家伙，这黑鱼还活着，长十八米。有人说，是这条黑鱼用尾巴推动着湖底的石磨，这是一条成精的鱼。说不准，当年就是这条黑鱼吃掉了你娘。你今天抓住它，算替你娘报仇啦。娃爷诡谲地笑笑。他笑时，村里一个听到湖底石磨转动声音的人死了。这个人叫杨爬鱼，是昭阳岛上拉粮船的能手，他活着时，经常和娃爷一起在各个渔村合伙演出端鼓腔。他死前做了六十六对双鱼风筝。娃爷亲手剥了这条大黑鱼，黑鱼皮卖给昭阳岛上会做二胡的姚瘸子，娃爷将鱼肉切成鱼片，分给昭阳岛上每户人家一碗。开店铺的商户们知道黑鱼精的肉神奇，将鱼片制成了鱼干。在入冬后，第一场暴风雪来临之时，鱼干能变成会飞的康熙铜钱。这黑鱼精的骨刺成了修缮鱼骨庙的材料。但夜间这些骨刺在鱼骨庙里发出声响，有时像一群男女唱端鼓腔，有时又像蝼蛄的叫声。不知道为什么，娃爷一听到蝼蛄的叫声，他毛耸耸的心情就像湖边灌木丛中的蝴蝶，漫天飞舞。

昭阳岛附近有方圆几十里的荷花，每年有划船来采莲蓬的人。娃爷知道岸上的人缺粮食吃，莲蓬可以当粮食。另外，湖中的鲤鱼、鲫鱼、甲鱼、鳜鱼、大青虾、白米虾、麻鸭、田螺、菱角、芡米，岸上的人家也喜欢。前些日子淹死几个人，他们是采莲蓬的。那些淹死的人，无人来收尸，大水一冲，冲到昭阳岛，娃爷心眼好，吆喝几个大胆的人，比如剃头匠姚瘸子、泥塑匠杨金东、会打算盘的杨守业、端鼓腔名角黄海秋等，他们把淹死的人埋在剑茅滩一处高坡上。娃爷在他们的坟上插上几根柳枝。

这天，娃爷又见到淹死的人，他一点也不慌，将鸭蛋送回家，又拿铁锨，吆喝姚瘸子、杨金东、杨守业过来掩埋。

娃爷说，你们来昭阳岛送了性命，入土为安，我给你们收尸吧。

娃爷埋完淹死的第八个人之后，他有些累，四个人便蹲在一棵老柳树下抽烟。杨金东有些怨言，咱啰啰这事弄啥？以后再有这活，要让高万斗还有辛庆义他们出钱才。不给钱，也要给咱们场酒才对哩。姚瘸子也这样说。娃爷说这天太热，不能等，这尸体一旦发臭，引发了霍乱，不知道要死多少人。积德行善的事不宜讲价钱。杨守业也说，这话在理，勿以善小而不为哩。

湖底黑汁泥的腥味，铁丝般缠绕在剑麻和豌豆叶上。被淹死的人的灵魂在荷叶上跳动，变成了一只又一只水黾和鬼蜻蜓。

娃爷吃着烟锅，又围着湖滩转，远处还躺着一个人。娃爷走近一看，心吓得几乎从屁眼里掉出来。这被淹死的人是柳叶。她穿得鲜亮，娃爷上去拉她一下，感到她的身体还有一丝温热。如何救被淹死的人，娃爷是精通的，他将柳叶背到鱼骨庙附近的一棵银杏树下，那儿有他喂养的一头母牛。娃爷把她放到牛背上，头朝下一控。这头牛走动起来。牛一动，柳叶哇的一声吐出一摊绿水。不久，柳叶悠悠醒来，声细如丝，她的样子甚是悲戚。看她活过来，昭阳岛人惊喜地流出眼泪。一时间，湖中的荷花全开了。奇怪的是，往年的枯荷此时也变得一片嫩绿。荷花香如雾，将昭阳岛裹得严严实实。昭阳岛如同进入一个神话世界。

你醒来了，这就好。谢天谢地，谢谢红鲤鱼老爷爷。

此时，众人一起来到鱼骨庙，烧上香，大家对着红鲤鱼跪拜磕头。

娃爷磕罢头，将柳叶抱回家。截帮和罱帮渔民里，几个心眼好的妇女也主动过来，帮着娃爷照顾柳叶。这天，高万斗女人水月来了，她给娃爷送来一包草糖。柳叶身子虚，正需要喝些糖水。黄素秋也来了，她给娃爷送来一瓢绿豆面。当着众人的面，她几分钟光景擀出来一碗面条，煮熟之后，一根一根地往柳叶嘴里喂。只是黄素秋回到家，鞠鲇鱼因这事眼睛里直冒火星。你和他是狗肉汤子老味了是不？你还想着他，和他还藕断丝连。鞠鲇鱼骂罢，抬手给了黄素秋两个耳光。

娃爷这天买香，置办三牲供，又弄了水果和野鸭子。他来到鱼骨庙，对着红鲤鱼跪下磕了九个响头。

水月喜欢柳叶。水月劝柳叶说，娃爷是个好男人，渔家的活什么都会，孵鱼鹰、唱端鼓腔、排船，他是行家。听说你柳琴戏唱得好，这不是天生的一对吗？这世道乱了，昭阳岛还算是个安静地方。在这儿生活，没什么不好。你跟他过日子，他亏不了你。再说，你不想跟他，看不上他，让他送你出湖，你不能一个人下湖乱闯。听人讲，昨天夜里有个四条腿的鱼怪坐在荷叶上吃烟锅，它米黄色的玉烟嘴，像大鱼的眼睛一样闪着幽光，瞪得溜溜圆，这鱼怪不知道要祸害谁哩。

水月又说，实话告诉你吧，这次你能活下来，是红胡子老头救你，前些天他来了，娃爷请他吃野鸭子，喝好酒，他才答应救你。昭阳岛人知道，这红胡子老头是鱼骨庙里享受香火的红鲤鱼精，他是咱这一方水土的保护神。没他的保护，像你一个弱女子下湖早没命啦。前些天，俺当家的高万斗到湖里去摘鸡头米和打莲蓬，到湖中央荷花最密实的地方，高万斗看见那个四条腿的鱼怪。他的鱼鳞上挂满楼子苲和葫芦撇子，他头上顶着荷叶。这也没啥，出奇的是，他一边吃烟锅，一边用右手撸自己，他下贱，还知道想女人哩。高万斗说鱼怪的熊玩意跟人的一般大小，也一模一样。鱼怪见高万斗，朝他笑笑。高万斗胆大，先下手为强，一甩手，给那鱼怪一叉。鱼怪机警，一挥手，用烟袋杆打落高万斗的鱼叉。那鱼怪从这朵荷叶跳到另一朵荷叶，三跳两跳，消失在荷花深处不见了。这鱼怪还丢给高万斗一句话，早晚让你老婆孩子毁我手里。高万斗划船回来，不吃不喝，大病一场，喝了王半仙的十几副汤药才好。不是吓唬你，这湖里可不是女人乱闯的地方。这是高万斗的亲身经历，不信咱们喊来问他。讲到那鱼怪，高万斗现在还吓得脸色蜡黄哩。

柳叶不说话，她躺在一张竹床上，两眼望着屋梁上的燕子窝，窝里有几只小燕子在鸣叫。小燕子把头伸出窝，叽叽鸣叫，等着老燕子喂养。小燕子三角形的嘴儿闪着一圈藤黄颜色，柳叶喜欢那种藤黄，温暖诗意。她开始回忆那个叫鹧鸪天的渔村。在微山湖西岸的湖边，几十棵老柳树下，零零星星散落着一些用芦苇和泥巴建造的房屋。屋旁的码头停泊着驳船、大粮划、四爪船、三截杆子船、划子、撇子。老柳树之间拴满绳子，上面晾着风网、角网、虾托网、鸭网和箍滩网。每户渔民家门口都堆着蚂螂网、躺钩、座钩、泥绠、跳鱼绠、虾笼、鱼篮之类的物件。渔村上空，鱼虾的味道像夏天里火红的向日葵。柳叶还知道，她娘没把她生在船上，也没把她生在茅屋里，把她生在岸边一棵老柳树下。她一呱呱坠地，柳树上飘下无数的柳叶，将她娘俩覆盖住了。村里人为这事称奇，家人便给她起了名字叫柳叶。柳叶长到三岁，她娘被一个贩布的商人拐走了。她记不住她娘的模样，只听船上的女人说过，她娘脸盘像一朵荷花，腰是水蛇腰。那个贩布的男人是个麻脸。她娘跟人走了，像一条鱼，游进茫茫微山湖中，再也没了踪迹。她又想起她爹，领她出来唱柳琴戏谋生的诸多日子。那一年发大水，村庄没了，房屋没了，渔船也被冲走了。渔村的人一夜之间不知去向。那个晚上，幸好她爹带她去范家庄唱柳琴戏，他们侥幸捡条命。从此，父女俩四处漂泊，卖艺为生。在柳叶的记忆里，鹧鸪天这个渔村，像湖面上空的一朵晚霞，开始是清晰的，转眼间模糊了，没有了。一个人，失去了家园，失去了村庄，将会失去生命的根，未来的命运将会在两行清泪中畅游。家在哪儿，一个女儿家突然有了这思念，有了思念亲人的渴望，但她年纪轻轻却一个亲人都没了。对亲人和家的思念，像深秋的夜雨，一转眼的工夫便将路边的野菊花折磨得凋零了。所有亲人的影子在她记忆里只留下一股向日葵的清香气息。数日前，她还想走，现在娃爷撵她走，她也不愿意走了。这是命，她是娃爷的人。

湖里的水葱，岸上的矮雪轮、蓟罂粟、千日红，专治溺水的人，娃爷采来一些放锅里熬成水，给柳叶一口一口喂下。

娃爷每喂她一口，柳叶就落下一颗泪珠，小银鱼般在娃爷手上乱跳。

柳叶喝下草药，不久就能说话了。

谢谢你又救了我。柳叶挣扎着要坐起来。

别动，好好躺着。你身子虚，躺几天就好了。

这两天整个昭阳岛上的人都为你担心呢，水警队出动了，也没找到你。你大难不死必有后福。

我说说这两天的经历吧，说出来，你们别害怕。

湖里的邪怪事多着呢，大伙都经历过，没谁害怕。

我前天真想走，划船走十多里，在一片芦苇滩咋也转不出去，从白天一直转到后半夜。这时，月亮升起，起风了。我的小船翻了，我落水啦。这时候有个人救了我，他把我背出水面。我的娘啊，他背着我在荷叶上走，一点声音也没有，我害怕极了，也不敢问他。月光下，我没看清他的脸，我看见他的手满是鱼鳞。这是个怪物把我背到湖滩上，他发出怪异的声音，还会说话，他说我好久没吃过女人肉啦，女人的肉鲜嫩肥美，我一个月不吃一个女人就浑身发痒。今天要尝尝鲜。

当时我还清醒，我想反正是死，不如跟他拼一下，我拔出头上的钗子针，在他眼睛上狠刺一下。他哎呀一声，一脚把我踢晕。他又要对我动手时，一道红光击中他，他惨叫着跳到荷叶上，声音像是在杀猪。后来，他恶狠狠地说，你扎瞎我一个眼睛，我饶不了你。他说完没影了。

那个救你的，肯定是红胡子老爷。

谢天谢地，你总算活下来啦。不过，今后要小心，湖里不要轻易去了。我也不会让你下湖。那鱼怪是记仇的，你刺伤了他，他哪能善罢甘休。

你救我两次，赶我走，我也不走啦。

娃爷握紧她的手。我就等你这句话了。

娃爷心细，他知道湖里最好的东西是虾和季花鱼，他捕虾给柳叶炖着吃，将季花鱼给柳叶炖汤喝。半月后，柳叶恢复了健康。

柳叶爱说，她一天到晚叽里哇啦，天南地北，从苏州的刺绣、扬州的青花瓷、济州的土山杀人砍头。稀奇古怪的事，她知道的太多了。

娃爷心里感到温暖，像喝蜜一样甜。但心里又不踏实，想这么好的女人，她真愿意留在岛上吗？娃爷为这个事，心里常犯愁。

依旧像以前那样，娃爷晚上在屋里点上艾草，驱赶蚊虫，让柳叶睡屋里，他睡在银杏树下的石碑上。

娃爷躺在石碑上，银杏树的叶子被风刮得银铃般乱响，从树上掉下来他爹娘的影子，砸得他睡不着觉。他娘什么模样，他也没有任何印象了，也许像他搭救的柳叶。

娃爷睡不着，女人的到来使他在睡梦中那东西出奇地膨胀。

这天夜里，天上突然下起小雨。娃爷刚感到有一丝凉意，女人从屋里出来，她用手拉娃爷回屋。

女人身上的气息使娃爷有些晕，她抚摸娃爷的全身。娃爷有点不知所措，后来他体内最旺盛的青春活力，使他像一条船乘风破浪去一个未知的地方。女人的叫声随着月光的影子，一次又一次地跳动，随即化作数不清的鱼群，消失在茫茫苍苍的芦苇深处。

这时候，在娃爷的记忆里，天上一直下着蒙蒙细雨，湖面上水天一色，白茫茫一片。这是一个充满欲望的雨季，娃爷每天早上起来到湖边捡野鸭蛋。湖里那黑压压的蛤蟆蝌蚪，一片又一片，云朵似的罩住湖面，还有那疙疙囊囊的黑鱼子。湖边上野草尖尖的梢头，迎着日头，努力地将露珠甩向岸上缥缈的青烟。娃爷感到自己太有福，他不知道福是从哪里来，感到这是他前世修来的福分。柳叶是好女人，地是最好的地，一躺下来，他被地上燃起的火给熔化了，没有了，他感到变成一缕青烟飞出去，飞到银杏树上，飞到湖里的芦苇上、荷花上，还有那些野菠菜上。他希望柳叶像母蛤蟆那样，能生、能下子。他似乎看到有好多儿女。

柳叶身体康复之后，她和高万斗女人水月成了朋友。柳叶也没忘黄素秋那一碗绿豆面条。但柳叶是精明的，她知道黄素秋为她挨了打，心中有些内疚，便想将自己多余的衣服送她一件。数日后，这天她看到黄素秋的儿子鞠有德，一个几岁的孩子，柳叶一见，心中一惊，一种毛茸茸的恐惧在她血管里游走。她顿时明白了娃爷和鞠鲇鱼为啥不睦。从此，也就打消了和黄素秋交往的念头。娃爷是她的男人，她要护好自己的男人，不能让他再有外心了。

柳叶爱喂养小鱼鹰。当家里第一窝小鱼鹰孵出时，柳叶的肚子也鼓起来。这年，柳叶生下一个男娃，取名金瓜。两年后，柳叶又生下一个男娃，取名银瓜。娃爷有两个儿子，日子逐渐红火起来。

第二章

1

这年夏天，贾凤雏来昭阳岛，他跟鞠有德要枪，被鞠有德杀害了。

如今，他和小蝼蛄生活在另一个冰冷的世界里，对亲人的想念使他们的思绪如同湖边的向日葵一样火红。对活着的渴望，像湖边的豌豆花一样盛开。共同的遭遇使贾凤雏和小蝼蛄走在一起。

他们俩来到昭阳岛之后，拿出油伞演幻戏，目的是让昭阳岛人不忘历史。历史是一面镜子，任何忘记历史的人都愚蠢而可悲，任何篡改历史的人都有罪而可耻。

娃爷告诉贾凤雏和小蝼蛄，鞠有德早死啦，从湖底抓把泥，说不准里面就有他的肉。贾凤雏老兄，我们想看看你在昭阳岛的过去，看看鞠有德这个坏熊是咋害你的。

娃爷向贾凤雏提出这样的要求。

昭阳岛其他人也说，论年龄您和娃爷差不多，他老人家的事我们略有所闻，想看看您的事。您这幻戏用在别人身上行，用在自己身上是否还可以，我们想弄明白这个事。

这个不难。贾凤雏笑笑，挥下手，示意小蝼蛄打开破油伞。

这油伞真是个宝贝，它这么破，咋是个宝贝？

人不可貌相，海水不可斗量。这把油伞真正的主人是湖底山阳古城红胡子老头的，当年他见我死得冤，把随身携带的这把油伞借给我，嘱咐我靠这把油伞挣点钱，能养家糊口之后还他。他说带着这把油伞能找到鞠有德。看好啦，我的过去上演了。

小蝼蛄打开油伞，伞下出现了微山湖、芦苇、渔村、渔船、鱼群，还出现了打鱼人。

这时，有人惊叫，那不是剑茅滩吗？

就是那儿。

昭阳岛北面五里，山阳古城塌陷的地方，那块水域鱼虾成群。里面有块滩地，长着高大的剑茅草，故称剑茅滩。滩上有沼泽地，人称魔鬼沼。这块水域像迷魂阵似的，常有古怪发生，南来北往的商船稍不留神误入剑茅滩这块水域，十有八九要翻船沉没。

在昭阳岛，最大胆的是鞠有德，别人不敢去的水域他敢去。这天他划船来到剑茅滩附近捕鱼，船一进芦苇荡，他感觉有些异常，一种奇怪的声音从败毒草和鱼腥草的叶子下面传来，带着湖底疾病般淤泥的味道。

在鞠有德的思绪里，一只鱼怪的眼睛灯笼般在芦苇丛中漂移不定。微山湖上出现海市蜃楼时，昭阳岛青石板大街上留下一群人的眼泪。瞬间，那眼泪在青石板上变成会跳鲫鱼舞的河蚌。湖中，一群泥鳅爬上芦苇叶，跳起鲫鱼舞，它们也做着向南、再向南的梦。

鞠有德狐疑一阵，听到一个人在呻吟。他将船划过去，看到一个人趴在芦苇丛中，身后的芦苇、剑茅草被他压倒一片。这是一个大汉，穿着八路军军装，看上去像个军官，他浑身是血。奇怪的是，他腰里别着一根烟管，米黄色的玉烟嘴闪着幽灵一样的光，两只手里都握着黑黝黝的盒子炮。死神像几只泥古丁鱼，从他的枪筒里出出进进。

看到枪，鞠有德吓一跳，本想调转船头逃掉。大汉又呻吟一声，鞠有德看到他活着，愣愣神，胆大起来。他喜欢大汉的两把枪。他踩着草地上汩汩直冒的气泡泡，怀着一条泥鳅觅食的心情，走到那人身边。

昨天夜里，湖西老渔洼一带发生了一场战斗，驻扎在老渔洼的八路军一个连被鬼子包围了。经过激战，突围出来的人乘船逃到湖中，但鬼子有汽船，咬住这支八路军不放。枪炮声响一夜，直到天亮枪声才停下来。

鞠有德喜欢到打过仗的地方撒网。这样的地方鱼多，捕到鱼之外，有时候还能捡回来一些战利品。此时，天上有鱼鹰和鱼雁在飞。空气里火药味随着鱼群在湖面上漂游，像无数盛开的荷花。前些日子，日本人的一条

船在剑茅滩附近被八路击沉了，他捕鱼时捞上来一桶汽油，还有一支三八大盖，他把这些东西卖给高万斗，高万斗给他两块大洋。另外，还给他一斤烟叶、一桶地瓜烧酒。

鞠有德像一只长臂猿，来到大汉跟前，弯腰想摸他的枪。

别动我的枪，我还没死。那人说。枪里有火，当心走火。

我想救你。我是昭阳岛的渔民，到我家养伤吧。你流血太多，伤得不轻，不然会死的。

那个人点点头。

鞠有德将受伤的大汉背到船上。在船舱里，鞠有德用盐水给大汉洗干净伤口，又把遮舱门的一块布撕下来，给大汉包扎好。他怕人看见，直到太阳落入湖中的芦苇丛，鱼雁和鸥鸰鸟鸣叫着归巢，才悄悄地背着那个受伤的大汉上岸进家。

鞠有德把大汉放到床上。大汉问，你家还有什么人？我怕连累你们。

有个老娘，去微山岛给人做渔家虎饰去了，家里就我一个人。

鞠有德家在昭阳岛最西面，靠近湖边，正屋是几间砖瓦房，厢房是草房，用竹子和芦苇夹了篱笆院墙。他爹在他十五岁时死了，他娘在昭阳岛上靠唱端鼓腔和卖点渔家虎饰过活，有时也给人织渔网，做佣工。鞠有德背大汉进家，他娘黄素秋正好不在家。

她临走告诉鞠有德说，你最好在家老实待着，千万不要出门，外面正闹战乱，不安全。

黄素秋撂下这句话，背影消失在鱼雁的翅膀里。鞠有德对他娘的话不感兴趣，对他娘的一个动作感兴趣，那是他娘的一个秘密。她右手很少露在外面，总是放进斜大襟衣服的布兜里，里面有她从湖边捡来的几块砂姜，硬硬的，在她怀里揣着，像是揣着几块生姜。鞠鲇鱼死后，孤独感使她的胃依赖上砂姜。夜深人静时，她掏出一块来，慢慢品尝，痛苦的往事像鱼鳞一样落入湖中。只有在啃噬砂姜的餍足感里，她才能找到活下去的勇气。鞠有德不相信他娘吃砂姜，最初认为他娘半夜里偷吃东西，他不止一次地暗骂他娘是个可恶的糟鱼婆。他娘吃砂姜的声音，在他胃里螃蟹般四处乱爬，爬得他饥饿的思绪像水葫芦一样，在湖面上疯狂地生长。他悄悄地下床，来到他娘的床沿，一把按住他娘的手。

你这个混账东西，你要干什么？

我什么也不干，想知道你夜里偷吃什么。

我能偷吃什么。黄素秋点着鱼油灯，昏黄的光线下，黄素秋拿出几块砂姜。我吃的是这个。黄素秋怕鞠有德不信，又将一块砂姜放嘴里，她一咬牙，啃下一块，像花生米一样大小，咯喽咯喽，吃胡萝卜一样，将一小块砂姜吃掉。

不要吃砂姜，会吃死人的。

吃不死，砂姜是一种药，能治病。你以后也会吃砂姜的。

我情愿死，也不吃这东西。

话不要说这么满。我是为你好，给你提个醒。人喜欢上一种东西，会变得善良起来。你有喜欢的东西吗？

我喜欢枪。鞠有德说着，苦着脸离开他娘的床。我想有支枪，可惜前些日子打鱼捞出的一支枪卖给了高万斗。

你要枪干什么？还想去当大马子老榷吗？那样的话，我白养你了。

我不会再当土匪老榷了。

自从黄素秋去微山岛给人做渔家虎饰，家里剩下鞠有德一个人。他有吃有喝，在家待着，没有吃的便到湖上捕鱼。无聊时，他划船到高万斗家门口，停泊一阵子，装着等人或者有事，他喜欢看高万斗的女人，也喜欢看高万斗的女儿。高家的女人和女儿看到他，也不和他搭腔。高家的人知道，这个年龄不大的鞠有德曾经当过土匪，他手里有人命。这样的人在昭阳岛，他的同龄人都躲着他。鞠有德在昭阳岛没朋友，他有些孤单，孤单时就一个人躺在船上睡觉。

2

那个受伤的大汉看到鞠有德家中无人，感觉安全便住了下来。

数日后，鞠有德知道他叫贾凤雏。他的伤是刺刀挑伤和弹皮擦伤，过几天便恢复了元气。

这天，贾凤雉给鞠有德两块大洋，让他给自己做了身衣服，剩下的钱让他做酒资。这件事鞠有德办得非常利索。新衣服做成，贾凤雉换上，像个富商。

这天，他向鞠有德辞行。

有一句话，我不知道该说还是不该说。

你说吧，小兄弟。

你这身打扮很合适，可是呢，你带着两只盒子炮，无论到哪儿都太扎眼，明眼人一看就知道您是干啥的，这和穿着军装差不多。不带枪更安全。日本人查得严。

贾凤雉想了想。也好，反正枪里没子弹，我有枪和无枪是一个样。不过我告诉你，我是八路军的人，两只驳壳枪交你保管，过些日子我找到部队，再回来取枪，到时候搭救之恩和护枪之功，我一并感谢。如果你愿意，跟着我加入八路吧。我看你挺机灵的，是个当兵的好料子。你跟我当兵，我亏不了你。实话告诉你，我是个八路军排长。

当兵的事，我干不了，我怕死。好死不如赖活着。不过呢，救人一命胜造七级浮屠。以后八路有用着我的地方，我愿意效劳。

这天，鞠有德划船穿过微山湖，将贾凤雉送到湖东。贾凤雉从鸭子滩登岸，抱拳给鞠有德施礼。大恩不言谢，后会有期。说罢，背着褡裢，走进岸边的杨树林里。

鞠有德也抱拳给贾凤雉回礼。祝老兄保重，一路平安。

鞠有德晚上回来，家里没第二人，院子里撒下几片清凉的月光。他将苇席底下的两把盒子炮提出来，乌黑铮亮，沉甸甸的，咋看咋心里受用，咋看咋舍不得放下。插在腰间，揣在怀里，一手提着一支盒子炮，在院子里指东打西，嘴里啪啪地嘟囔着，惊飞了枣树上几只麻雀和张飞鸟。这枪在他手里攥着，把玩一阵，没玩出痛快，反而玩出恶念来。鞠有德后悔把贾凤雉送走了，该神不知鬼不觉在湖中芦苇荡里把他做掉，这样自己就可以稳稳当当落下这两把盒子炮了。

有这个念头，鞠有德吓出一身冷汗。敢杀一个八路军排长，天大的胆哩。

但鞠有德有这个胆。数年前，一个土匪头子是他亲手弄死的。

鞠有德从记事起没见过他爹笑，鞠鲇鱼对他打骂是家常便饭，张嘴闭嘴就是鱼虾日的。每天十次八次的，抬腿一脚，举胳膊一巴掌。对鞠鲇鱼来讲，打鞠有德，天天折磨儿子，是一件快乐的事，特别是喝醉酒。即使寒冬腊月，他也让鞠有德光了上身跪在船甲板上，一跪就是大半夜。鞠鲇鱼的老婆不求情还罢，一求情，鞠鲇鱼对鞠有德虐待得更凶了。

都是你这个贱人作的孽。他瞪着螃蟹一样的眼睛说。

这天，鞠鲇鱼喝了酒，带着鞠有德进湖打鱼。这一年，鞠有德十二岁。湖面上出现一条红鲤鱼，露着红色的脊背，在荷叶间游动。鞠有德鱼叉使得好，二十多米远，手一扬准确地插在鱼头上。他扑下水去，抱住这条红鲤鱼。这个功劳让他兴奋，他觉得他爹该夸上几句，最少给他一个笑脸。这时候，鞠鲇鱼不但没夸他，还站在船头上举起手叉瞄准他，嗖的一声插过去。鞠有德机警，转身躲过去，手叉挨着他的胸口飞过去，插在一团蒲草上。

鞠有德吓得脸色苍白。他不明白他爹为什么这样对他，他也不明白做错了啥。鞠有德的两只眼睛瞪得像鲫鱼。

你要叉死我？你真的想杀我吗？我得罪你了？你说早晚把我劈了，是今天吗？

胡说，混蛋，把手叉给我捞上来。我明明看到一条大鱼在你身边，原来不是，我看花眼啦。没事，你上来吧。

鞠有德捞出鞠鲇鱼的手叉，将那条大红鲤鱼抱上来。红鲤鱼放在甲板上，横着有一米半长，尾巴上下翻动，呱唧一下，又呱唧一下，拍打着甲板。红鲤鱼的眼睛里充满一个世纪的黑色怨恨，这种怨恨带着野鸭子叽哇叽哇的叫声，像雾一样弥漫在渔船周围。雾中，有成群的红鲤鱼在飞。

鞠有德将手叉递给鞠鲇鱼，满脸惊惧。

你怕啥？咱俩清了。我往后再打你，就这样。鞠鲇鱼说罢，举起手叉，对着自己的腿肚子咔嚓一下，叉齿从右边进去，从左边出来，酱油颜色的血从两边冒出来，像巨型蚂蟥的叮咬。

鞠有德帮他把叉拔出来，用嘴嚼几口苦江草，给他糊在伤口上止住血，又劈一些芦苇的叶子给他缠上。

傍晚，父子从湖里归来，黄素秋早做好饭，炖了一锅草鱼，还准备了一罐子地瓜烧。

鞠鲇鱼能喝，一口气啃三碗酒下肚，腿上的伤他一字不提，鞠有德平时被打怕了，饭桌上一句话也不敢说。

三口人谁也不说话，在院子里一棵老柳树下吃过饭，鞠鲇鱼和黄素秋进屋睡下。

鞠有德不睡，他坐在老柳树下望着湖面发呆。他明白，这个家待不下去了。湖底黑汁泥的气味，像一股子发臭的乌鱼内脏，又像是龋齿里的腐臭气息，这股臭味螃蟹般直往他脑子里钻。今天的事过去了，还有明天，他不相信鞠鲇鱼会罢手。明摆着的事，今天鞠鲇鱼想一叉结果他。这样的爹心如蛇蝎，他不明白世上为啥有这样心狠的爹，养个小狗也应该养出感情了。鞠有德感到，在家里多待一天，就多一分危险。他决定离家出走，但他需要盘缠，找谁去借呢？想半天，想到住在鱼骨庙附近的娃爷。他们家和娃爷有仇，在鞠有德记忆里两家从不搭腔，也从不来往。有时候，娃爷见到鞠有德和善地笑笑，鞠有德也对娃爷笑笑。在昭阳岛，娃爷日子过得还算殷实。除他之外，昭阳岛上有钱的人家多了，开药铺的马家有钱，但鞠有德不敢想。高家、王家有钱，他不敢去借。

鞠有德拾一块小石头扔进湖里。他决定找娃爷借钱。

他到娃爷家时，蓝月亮挂在树梢上。清凉的月光水银般泻在娃爷家的院子里。鞠有德见到娃爷时，娃爷正坐在院中一块石碑上吸烟。他见鞠有德进院子，主动先打招呼。

有德，你有事？

有急事。娃爷，你帮帮我吧。

啥事？

我爹想杀我，我在家没法待。

他咋想杀你？

今天在湖上打鱼，他用鱼叉想叉死我，没叉着。

有这事，我找人去说说，太不像话。

不要去说，我要离开这个家，您借我点盘缠吧。

娃爷想起以前金瓜、银瓜和他打过一次架，那场架把鞠有德打得鼻青脸肿。娃爷过意不去，说以后有事要帮他。现在鞠有德确实有事了，一个孩子也怪可怜的，娃爷决定帮他。他走进屋，过一会儿他和媳妇柳叶一起出来。

我们家也没啥积蓄，就两块大洋，你拿去做盘缠吧。

拿去吧，这个钱不用你还了。

鞠有德跪下给娃爷和柳叶磕头，被娃爷扶起来。谁都有困难的时候，你去吧。

鞠有德接过两块银圆。离开娃爷家，他划着数天前捡来的一艘破船，来到昭阳岛武大郎烧饼店，从店里赊了十个烧饼。从昭阳岛往东，跨过湖，他一上岸摸着布袋里的两块银圆开始发愁。这两块银圆花了怎么办？我拿什么做生计？我给人做干儿子，给人放牛，给人当长工，想来想去，这些活是寄人篱下的事儿。正感到无路可走，一抬头，望见前面有一座高山，这山叫九仙山。

九仙山是微山湖东岸一座大山，山势险要，易守难攻。这儿从明清时期就有土匪占山为王，现在也有土匪占据这座高山。一般没人敢上山。

鞠有德看看天，天空深邃邈远，又看看背后的微山湖，湖面上有一群野鸭子在飞。他突然下定决心，生活在狼群里就要做一只狼。我要当土匪，我要靠抢谋生。

他决心一下，走上山去。山路两边，古树参天。走半日，兀自不见土匪的影儿，正狐疑，突然他被绳索绊倒。树后闪出几个手持刀枪的强盗，他们先是用一块黑布蒙住鞠有德的眼睛，捆住他的胳膊，将他带到山上一处破庙里。破庙里古树参天，地面上全是乌鸦粪。

土匪们把鞠有德带到大厅，解下他的蒙眼布，又给他松绑。鞠有德看到一个黑瘦老头，吃着烟锅，黑老头吃罢一锅烟，将烟锅在地上磕磕。你小子胆不小啊，敢给官府当探子。

我不是探子，我是出来混的。想来山上，跟着你们混。

跟我们混，你给大老爷带来什么见面礼？有投名状吗？

我什么也没有，只有两块大洋。鞠有德说完，把两块银圆掏出来，双手交给黑老头。

黑老头接过银圆，放在耳朵上听听。

嗯，不错。这两块银圆是哪来的？

是昭阳岛上娃爷给的。

一提娃爷，黑老头朝鞠有德笑笑。看来你还蛮有孝心。你想留下，看你的胆子了。

我有胆。

有胆就好。敢杀人吗？

敢。

黑老头这时挥下手，一个土匪从里面屋里牵出一个人。这是一个女人，披头散发，她的嘴里塞着一只破袜子。

鞠有德看见有些怕。

你不是说敢杀人吗？把这个女人杀了吧。

黑老头说了这句话，一个瘦高个子土匪递给鞠有德一杆梭镖。

动手吧，不然你得死。九仙山上的人是说话算数的。

鞠有德双手哆嗦着，他握着梭镖，一用力，将梭镖捅进女人的肚子。女人惨叫几声，像一只虾，倒在地上不动了。

你小子是个料，以后杀人不用害怕了。好啦，带他后院吃饭吧，给他碗肉，给他碗酒，让他吃饱喝足。

从此鞠有德在山上当了土匪。他跟着土匪，杀人越货，胆也大，心也硬了。

3

那天，鞠鲇鱼和黄素秋起来喊鞠有德干活，却不见他的影子。他家的大船还停在湖岸边的一棵老柳树下，没人动过。鞠鲇鱼和黄素秋翻遍昭阳岛，也没见着鞠有德的踪迹。

黄素秋哭了几天，后来娃爷跟她说，别哭了，有德没出事，他到外地逃命去了，待在家里他怕鞠鲇鱼喝醉酒害他性命。他走时，跟我借了两块钱。

娃爷这样一说，黄素秋才不哭。她说你借给他钱，我却没钱还你。娃爷说这个钱，我压根儿就没想要。黄素秋不说话，她的日子照旧。

这天，鞠鲇鱼出事了，他在水警队的差使和当年一样，又因一个女人被开除。这个女人不是别人，是昭阳岛保长高万斗的女人水月。她在岛上的马家钱庄当会计，鞠鲇鱼喝醉酒去钱庄支钱，他看着高万斗女人貌美，淫心顿起，搂着水月强行亲嘴，被水月一把推开，把一壶开水砸在他头上。鞠鲇鱼的脸被烫伤，吃大亏不说，水警队知道这一节，以败坏军纪为由，要枪毙他。幸亏高万斗出面讲情，才饶他一命。最后，水警队把他开除回家了事。

鞠鲇鱼丢了差使，在昭阳岛他威风少了半截。他没别的本事，除喝醉酒打黄素秋之外，无事可做。以前，他还想着把娃爷做掉，离开水警队，他再没能力对付娃爷。昭阳岛上没谁看得起他，他名声在昭阳岛臭了。他成了一个酒晕子，喝醉酒在昭阳岛大街的青石板路上晃荡，像一条行走的鱼，没人跟他搭腔。

一晃三年，这天鞠鲇鱼喝醉酒再打黄素秋时，院子里突然多一个人站在那儿看着。这是一个粗壮的青年小伙子，脸膛黝黑，眼睛里放射出青蛙一样的绿光。他的出现像鸭群里多一只灰鹤。

鞠鲇鱼巨大的手掌在黄素秋屁股上、脸上，呱唧一声，又呱唧一声地歌唱。噼啪声像湖面上飞起的红鲤鱼，飞起飞落。他看到鞠有德，自己像霜打的茄子蔫了，但他嘴里依旧骂，几年没个消息，你去了哪儿？你还知道回家，回来就好，老子捕鱼正缺个帮手哩。龙生龙，凤生凤，老鼠的儿子会打洞。下湖捕鱼是咱的本行，明天继续跟着老子下湖。

我的儿，你是有德。黄素秋一声哭号，上前搂住鞠有德。此时的鞠有德外貌简直是当年的娃爷。

鞠有德光着脚，眼睛里透着一股寒气，他嘴里嗡着一棵苦江草。哭啥，我又没死，还活着呢。

黄素秋擦一下嘴上的血迹，抱住鞠有德不放。我的儿啊，可别走了，娘想你哩。鞠鲇鱼无论怎么样折磨她、揍她，她从没哭过。今天，她哭了。

哭啥，还不赶快给老子做饭。把我捕的一条大鳝鱼，拿来炖炖。这条大鳝鱼有四斤多，够吃的。炖吧。最近这湖里老出怪事，我一进湖，准碰上红胡子老头，他嘴里噙着烟袋，米黄色的玉烟嘴在阳光里要多好看就有多好看。他的船跟着我，他从怀里掏出一条红花蛇扔我身上，想吓唬我，俺啥时怕过蛇，这个老家伙戏弄俺之后，转眼不见了。这个熊老头子是个红鲤鱼精。

黄素秋听后，两眼有些发呆。湖里有些地方闹鬼，有条鱼怪出来害人。有古怪的地方最好别去，这湖上出事太多。

鞠有德吐掉嘴里的苦江草。我有钱，不白吃饭。他说完出去了。三年前，鞠有德赊过十个武大郎烧饼，他到街上把那十个烧饼钱还了。他又去娃爷家，想把当初借的两块大洋还给娃爷。走到离娃爷家一箭地的一棵杨树下，他突然看到娃爷的两个儿子金瓜和银瓜在银杏树下的石碑旁背《论语》。鞠有德不看便罢，一看心里便有一股恶气。数年前，鞠有德和金瓜、银瓜在昭阳岛上学，他们是一个班的同学。那时候，班里孩子谁也看不起鞠有德。但鞠有德年龄大，有把笨力气，他经常欺负其他同学。金瓜和银瓜看不过，两人联手，放学后在状元桥旁边狠狠揍了鞠有德一顿。这事娃爷知道后，也把金瓜、银瓜打了一顿，又到学校里找到鞠有德。娃爷说金瓜、银瓜也不能白打你，以后你有难处时，我帮你。娃爷有这个许诺，鞠有德才找他借钱。

三年过去了，现在的鞠有德已不是当初的鞠有德了。他看到金瓜、银瓜停下脚步不说，又突然变卦了。你俩合伙欺负我，那一顿打我不能白挨，这两块大洋不还了，早晚我还要报这个仇哩。金瓜、银瓜你俩小子等着。你们背《论语》有屁用，我会想出法来收拾你们。

他想到这儿扭身回头，去碧霞宫附近的王家酒铺，掏出钱来买了两坛子地瓜烧。两腋，一边挟了一坛。

鞠有德挟着两坛酒回家，鞠鲇鱼眼红了。这是渔家人喜欢喝的地瓜烧。这小子有点道道。

黄素秋不敢怠慢，切咸青皮，煮大虾和螃蟹端上来。做完这些，她又把往年的干鱼拿出两条，放在锅里蒸。吃锅烟的光景，院子里布满鱼香味，像一群黑色的蝴蝶在竹篱笆上空飞起飞落。

孩子回来了，也该说媳妇了，咱们三口人好好过日子吧。

该好好过日子了，我以前不是人，下一步看我的。我要把以前赌丢的家业再挣回来。

鞠有德不说话。父子二人，你一碗，我一碗，啃酒啃到躺下为止。

儿子回来，黄素秋心里又感到生活有盼头了。

第二天，下湖捕鱼，鞠有德又挟来一坛酒放船舱里。黄素秋脸色有些苍白，日头毒毒的，湖面上白茫茫的，跳动着一层云烟。鱼群在云雾里的喘息声，像树上的蝉鸣。黄素秋感到那个鱼怪变成红胡子老头，他嘴里叼着烟袋站在荷叶上，向他们招手。米黄色的玉烟嘴，像一群闪光的鲫鱼，在院子里游动。

早些回来，不要醉在湖上。不要去招惹那个红胡子老头，他是鱼怪。

一个也死不了。屁鱼怪，哪有什么鱼怪？这微山湖中只有一条红鲤鱼精，如果有鱼怪，红鲤鱼精早把他吃掉了。你也不想想，古话说得好，卧榻之侧，岂容他人鼾睡。

鱼怪闻见酒也馋，他要喝酒，还要巴结我们哩，还敢兴风作浪？

鞠鲇鱼和鞠有德说着上船，鞠鲇鱼站在甲板上吃烟，鞠有德划船。

湖面上起风了。湖底淤泥的腥味像一张大网，罩住了他们。有一种不祥，在黄素秋苲草般的思绪里，像干枯的荷叶，在风中乱响。野鸭子向痛苦的记忆深处飞去。黄素秋似乎看到湖边莩莩的叶子上，那个传说中四条腿的鱼怪在向她招手。湖岸边的金谷豆一夜之间似乎苍老了许多，金谷豆的叶子在自己悲惨的故事里凋零了。

今天，鞠鲇鱼运气好，船一进大湖就碰上鱼群。数不清的鱼鹰和鱼雁在湖面上盘旋。鱼鹰、鱼雁的鸣叫，像下一场暴风雪。

鞠鲇鱼将网撒下去，需要鞠有德帮着拉才能拉得动。鲤鱼、鲫鱼、鳊鱼、铁片鱼，在网里呼啦呼啦，一阵乱响。鱼们把记忆中的水藻全部吐在阳光里，将逝去的湖底岁月吐在木船的甲板上。离开水面的鱼眼，变成了很多年以后昭阳岛大饥荒时一粒又一粒的豌豆。

一条长着四条腿的鱼怪，从水下的山阳古城游来。他的眼睛，像掉在湖里的星星。他喘息的声音，像一群野鸭子飞过昭阳岛上空。

一袋烟的工夫，船舱里装满鲫鱼、鲤鱼、鲂鱼，还有丝光片子鱼。

把酒抱上来喝吧，今天打鱼真顺。鞠鲇鱼坐在甲板上吃着烟锅说。从来没这么顺过，也该老子走运了。在他的记忆里，辛庆义是个恶人，推牌九赢了他很多钱。高万斗也是个恶人，赢走鞠家的鱼行。鞠家鱼行是昭阳岛最大的鱼行，楼上楼下六间门面。鞠鲇鱼想着再赢回来，他没了赌本，高万斗不跟他赌了。鞠鲇鱼也想着以后不赌了，他要带着儿子捕鱼，每天都卖些钱，重整家业。

鞠有德把酒抱到甲板上。酒肴是一盘油炸花生米，还有几条鱼油煎的鳊鱼，一瓦罐鱼豆豉。三碗酒唛下肚，鞠鲇鱼擦下嘴，瞪着两只螃蟹般的眼睛，望着远处的湖面。有声音怪怪的，你听听，听到了吗？这是啥声音？像喘息，也像打呼噜。

是鱼群，一条红鲤鱼领着。你看看，在那儿，一片金菖蒲附近。

好家伙，它的脊梁十几丈长哩。我活到四十多岁，可算看见它了。

再唛两碗。

唛。我耳朵里听的，又不像是鱼群的叫声了，像是湖底有人敲鼓，这可不好。

这有啥？天下的事，还有你怕的？是福不是祸，是祸躲不过。你说对吧，爹。

鞠鲇鱼脸色有些阴沉。咕咚几口，又唛下两碗白酒。

湖底下，山阳古城衙门口，有条鱼怪在敲鼓。这个鱼怪的样子有点像李逵，我看清楚了。

敲呗，碍咱屁事。他敲他的鼓，咱喝咱的酒。

大堂上的红鲤鱼大老爷在点名哩，他点我的名哩。为啥点我的名？鞠鲇鱼想哭。他说出话来露出哭腔。我的娘啊娘，我活不了啦。

这不是个好兆头，爹，咱们回家吧。

湖面上起风了，一股旋风刮过来，旋风里有股子黄鼠狼的臊气。

我划船，你躲船舱里去，这风可不正常，湖里咋还有这风？

鞠鲇鱼说罢，把鞠有德推进船舱。

木船摇晃着向昭阳岛驶来。黑云压上来，湖面上顿时狂风大作，恶浪四起。

一阵大风过后，鞠鲇鱼掉进湖中。

湖水清清，水下靛蓝，布满鱼的眼睛。鞠鲇鱼钻进水藻中，又探出头来。水下冰死乍凉，拉我上来。我的儿，你爹的脚像被一条大鱼的胡须缠住啦，它要把我往湖底拉，救救我吧。爹还要给你娶媳妇呢。不然，爹煞戏了。

你这是啥话？给你鱼叉杆，抓结实，我把你拉上来。

好啦，我抓结实了，你拉吧。

鞠有德拼命拉他爹，但没拉动。

有人敲鼓点我的名，他们要让我做将军哩，他们用苲草缠住了我的脚。儿子再加把劲，我不想做将军。湖底下的黑汁泥腥臭难闻，我受不了，拉我上来，再拉不上来，爹没命了。

又一阵风，他们的船翻了，鞠有德也落入水中。

鞠鲇鱼嘴里吐出一大串气泡泡。他两只手在水面上想抓住什么，结果一只手抓一把鼠耳草，另一只手抓一把水葫芦秧子。

你们为啥往湖底下拽我？他喊这句话时，眼前出现奇怪的画面，湖面上刮起热风，有一艘木船停在浅滩上。天上，成群的麻雀、野鸭子、鱼雁，还有其他水鸟在飞，苇咋子在芦苇丛里，梦一般地叽喳着。各种鸟的叫声，像网一样从天上撒下来。古老的木船上有两个人，他们是黄素秋和娃爷。黄素秋半跪在木船的甲板上，她的屁股撅起来，鞠鲇鱼这时候才感到黄素秋是个有魅力的女人。她的屁股又大又圆，像是一轮满月。娃爷骑在黄素秋屁股上，一次又一次地撞击，他们做得开心，这对狗男女。鞠鲇鱼想到，他要杀掉娃爷一共是三次，他到死也没明白，洋枪打不响和鸭枪炸膛是咋回事。他沉到湖底之前，骂了最后一句，不骂娃爷和黄素秋，他骂洋枪。洋枪为啥打不响？洋鬼子不是熊，啥时候都坑中国人。

他骂完这一句，漂浮着黄苲草的湖水盖过了他的头顶。

鞠鲇鱼沉下去。有几个水花一圈一圈地放大，形成一条大鱼的眼睛。一条红鲤鱼从水花附近游走了，它吐出气泡泡，发出克咯克咯的响声。

鞠有德落水后，他的脚也被苲草缠住了。但他聪明，他潜入湖底，把苲草解开，一个猛子蹿出水面。幸好，他家的船还斜楞着，并没有沉没。他抱住船帮，将木船扶正，然后慢慢爬上木船。

这时，鞠有德看看湖面，只见黄菖蒲和凤眼莲上有几只骂婆鱼在跳舞。骂婆鱼从一片荷叶上跳到另一片荷叶上，带走湖上人家所有的痛苦往事。鞠有德心里急着想救他爹，可哪儿还有他爹的影子？像什么事也没发生，

湖面上又恢复平静。他喊几句爹，湖面上空除一群蓑羽鹤在飞之外，什么也看不到。

他在附近又找半天，也没找到他爹的影子。

鞠有德划船回家，黄素秋一看不见鞠鲇鱼，心中一怔。

我知道，你们载着一坛子酒下湖准没好。昨天夜里，我做一个梦，梦见我怀孕又生了，生下的孩子不是人，是一条鱼，一条爬虎鱼。这阵子，你爹在湖底变成一条爬虎鱼了。

他说山阳古城衙门里敲鼓点他的名，是红鲤鱼神仙让他去哩，做个啥将军。这时，湖面起了一股旋风，把我爹刮水里了。

有这事？我的娘，他再也回不来啦。他死了。呜哇。他虽脾气瞎，没他，这日子怎么过啊？

他没有死，是山阳古城敲鼓点他的名，让他报到哩，说不准我爹哪天还能回来。娃爷的媳妇柳叶当年不也经历过这样的事吗？

他这几天嘟囔着，说听到湖底石磨转动的声音啦，看来这是命里注定的。昭阳岛上每个人死都能提前知道。有的人看到四条腿的鱼怪，活不几天就死了；有的人听到湖底石磨转动的声音，也活不了几天。各有各的死法，天意吧。你爹这个没福的货，临走却没穿上件像样的衣裳，还有我给他做的一双新鞋。

不急，说不准哪天他就回来了。

他回不来了。黄素秋号啕大哭起来。

哭也没用，我去找本家的爷们，再去湖里找找我爹。

鞠家在昭阳岛上的人也不少，因鞠鲇鱼平时做的一些事情，骂老婆、打老婆、赌光家业，本族人认为，他把鞠家脸面丢尽了。他出事，鞠家的人也没谁出头，有些人还背后看他笑话。风言风语道，终于作死了，没心事了。

娃爷这时站出来。他喊上高万斗和姚瘸子，他们几个人召集了一帮人和几艘大船。

鞠家的族长鞠义这时出面。他本不想过问鞠鲇鱼的事，但碍着面子，寻思着别跟死人过不去。不看僧面，看佛面。我这个族长出来问事，显好看，更重要的一点是不让外人看着鞠家不团结。想到这儿，他带着两个儿子鞠旱瓜和鞠莨瓜，也找一帮子人和几艘大船。他们一起到鞠鲇鱼出事的地方剑茅滩打捞一阵子，也没能捞上来鞠鲇鱼的尸体。这时候，湖面上起风了，风中带着奇怪的响声。顿时，湖面上恶浪翻滚，一条大鱼打着呼噜游过来。鞠家的人害怕，忙对着大湖磕头喊着叔叔大爷，您一路走好，哭叫一通，然后划船从剑茅滩回来。

鞠鲇鱼死后，黄素秋悲伤了一阵子。渐渐地，她发现自己病了，没有什么药能治她的病。这天，在湖边她无意中捡到一块砂姜，掰下一块，放嘴里细嚼，有股子苦杏仁的味道。她吃下一块砂姜，顿时有精神，也有力气。从这天起，黄素秋在每天吃砂姜的岁月里，她的思绪逐渐变干再变干。

鞠鲇鱼死后，鞠有德一到晚上，眼睛里便漂移着乌鱼一样的幽光。黄素秋感到他比鞠鲇鱼更可怕。这天，黄素秋给鞠有德炖一盆泥狗，等鞠有德吃完，又喝数碗鱼粥和几碗地瓜烧酒之后，说，我的儿，娘问你一句，你天天喝酒，钱是哪儿来的？鞠有德斜着眼说，是我用命换来的。月亮从湖上升起来。黄素秋呆了半天。这些年，你去哪儿了？在外做些什么？我在九仙山上当土匪。前些日子，官兵进山围剿，大小头目被官兵打死不少，我侥幸逃出来。说一件事，你别害怕，我当土匪期间吃过一个活人，是一个大富富家的女娃，被绑票了，不给钱就撕票啦，那个女娃的肉真鲜。

黄素秋听到这儿，哇的一声吐了。你魔道了？这可是断子绝孙的事，会落下报应的。你回来了，要好好过日子，你爹死了，这个家是你的，没人再害你，改吧，放下屠刀才能得救。

鞠有德沉吟半晌。明天娘帮我去鱼骨庙烧烧香吧，我要做个好人。

我到鱼骨庙里上香，让红鲤鱼老爹保佑你。他老人家有时候在大街上溜达，这段日子却没上岛。

鞠有德说要做个好人。这天晚上他去找娃爷，他把娃爷约出来，两个人站在湖边。娃爷吸着烟锅。啥事？没大事。是用钱吧？我有钱。月亮升起来，湖边散发着浓浓的鸭粪、鹅粪，还有鱼鹰粪的气味。你爹没了，以后好好照顾你娘，跟你娘过日子吧，别出去闯了。我找你就是为我娘。呀，为她，有德你长大了，有孝心了。你们的事我知道，我想让你娶我娘。你这孩子咋说这话？我有家室，儿女也大了，这不让人笑话吗？我不难为你，我有个折中的办法，我娘愿意做小，你娶俩媳妇，两个家你都顾着。你这孩子，这可不是戏，我和你娘都年龄大了，不要让岛上的人笑话。你回吧，你需要我帮忙的，我一定帮。只要你娶我娘，我什么忙也不需要你帮。娃爷不语，他吸烟锅。我心疼我娘，我不想让她吃砂姜。我知道，只有你才能治疗她的心病。实话跟你说吧娃爷，你要不答应我，我以后也饶不了你，不会让你过好日子。你在外面闯荡了几年，还真成了狼。

这个晚上，娃爷和鞠有德没有谈出啥结果，鞠有德最后恨恨地走了。他走数步回头说，娃爷，咱骑驴看唱本，走着瞧。我娘苦，你也甜不了。我家的不幸都是你一手造成的。

鞠有德走后，娃爷望着他的背影。这个小黄黄，还怪毒的。

翌日，黄素秋梳洗打扮干净，提着瓦罐，里面装些水果当供品，她来到鱼骨庙。大殿上有红鲤鱼精的塑像，这塑像遍体通红，鱼头，人身，十分威严。黄素秋先是拜三拜，然后跪在红鲤鱼塑像前的一个蒲草团子上。

她嘴里念叨着，第一炷香，我先敬龙王，再敬大王，愿红鲤鱼爷爷保俺家平安。第二炷香，我儿作孽，让他浪子回头，重新做人。第三炷香，愿微山湖里鱼虾成群，龙王留下野鸭群充当冬粮。湖中的各路神灵归神位，各受俺三炷大香。我黄素秋这辈子不忘大恩大德啊。

黄素秋刚念叨到这儿，东厢房里两口空棺发出怪异的响声，像两只大鸟一样飞出来。这两口棺材落在院子中的菩提树上，一上一下地碰撞着，然后飞走了。这两口棺材经常飞来飞去的，啥因果，黄素秋也想不明白。

4

这年秋天的一个早上，成群的野鸭子鸣叫着，飞过昭阳岛。湖中的红鲤鱼在衰败的荷叶上跳来跳去，它们的眼睛散发着铜镜一样的光。鞠有德在家里修理鱼叉，他心里正念叨着要叉一条大鱼。一抬头，看见贾凤雏来了。贾凤雏肩膀上背着褡裢，他站在鞠有德家门口一棵老槐树下。

哎哟，哎哟，我的娘，您望望，可把您盼来了。

你年龄虽小，但仗义，我能不来吗？

鞠有德想，山东地邪，说曹操，曹操就到了。我昨天夜里梦到他，没想到他今天就到了。他揉下眼睛，无奈地放下手中的活计。

贾凤雏从湖东九仙山渡口，坐渔人的船上昭阳岛。他穿着一件干净的灰色布衫，面色清瘦，带着菜色，嘴唇起满火泡。数日前，鞠有德把他送往湖东，遗憾的是贾凤雏没找到湖东的八路军。他落单了。

这天，他决定回昭阳岛，找鞠有德要回那两把盒子炮。

贾凤雏背着褡裢，风尘仆仆，这些日子他没吃上一顿像样的饭，身体消瘦，有些驼背，眼睛深陷，让人一看就知道这是个饿极了的人。

贾凤雏走进鞠有德的院子，老槐树上的一只乌鸦啊啊两声，带着死亡的气息飞走了。

鞠有德本来要去湖里叉鱼，见贾凤雏来了，不用问，是要那两支盒子炮。他马上满脸露出笑容。看你的样子，饿得不轻，我家里有一锅炖熟的噘嘴鲢子，我炖的，放小茴香不少，鱼刺都炖烂了，先给你盛一碗吧。鞠有德说完，放下鱼叉去厨房。一转眼，他盛一瓷盆炖鱼，又提出一罐子地瓜烧。

先垫垫，吃饱喝足，跟我去湖里叉鱼。

贾凤雏也不客气，见到吃的蹲下来就吃，他吃完几条鱼，接着又大口喝几碗酒。此时，贾凤雏恢复元气，也有力气。你小子是个干八路的料，跟我干八路吧。贾凤雏想，这小子跟我干八路，两把盒子炮我送他一把。

八路走远了，他们不在这一带活动啦？

哪里话啊。湖西东鱼河一带有，明天或者后天，我去湖西准能找到。

我帮你找。鞠有德说完，扛上船桨提了渔网。我一直牵挂着你哩。吃饱后，先跟我去湖里打鱼。我们先吃几顿饱饭，再找八路军也不迟。

我这次来要把枪带上。贾凤雏说得干脆。

少不了你的枪，跟我屋里拿。鞠有德说着，又将船桨渔网放下，领贾凤雏进了屋，掀开床上的苇席，露出两把乌黑锃亮的盒子炮。

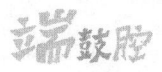

　　贾凤雏伸手提起来这两把枪，一用力插在腰间。

　　咱们见面不容易，好好喝一场吧，算我对你的心意。

　　听说单县有八路军驻扎，在东鱼河附近，好找。

　　鞠有德舒了一口气。看你憔悴的，这些日子没吃好喝好吧。在我这儿住上几天，吃几顿饱饭，补补身子吧。再说，我这儿安全。你住下来，我帮你打探消息，一旦有你们的人，我用船把你送过去。现在是捕野鸭的季节，你帮我捕野鸭子吧。我需要个帮手。

　　贾凤雏点点头，决定住下。我只能住两天。

　　两天也行，主要是歇歇腿脚，吃饱喝足，上路有力气。

　　这天，鞠有德带贾凤雏没去打鱼，他们到湖里去打野鸭子。

　　深秋的湖面上，寒气逼人。他们啃半坛子地瓜烧，每人啃了三大碗。

　　深秋一到，鸟儿南迁。这时候，湖面上野鸭群黑压压的，铺天盖地，野鸭子的鸣叫声像一阵黑色的风。昭阳岛附近的枪帮渔民出动了，他们个个是打猎的能手。

　　猎鸭的方式主要是枪打和网捕。网捕野鸭，所有渔网的网眼有松紧性，鸭头正好钻进来，上有浮子，下有坠子。

　　鞠有德的网三十多米长，十多米宽，他把网下在苲草稀疏的地方。野鸭觅食喜欢扎猛子，去吃蓤子苲和麦黄苲。一个猛子扎下去，狠吃一气，实在憋不住，急忙浮上来，鸭头钻进网眼里。想退，脖子上的毛卡住，想上，越蹿逮得越牢。

　　贾凤雏跟着鞠有德，第一次下湖逮野鸭子。野鸭子在网里扑棱扑棱乱蹿，将网片拧成一条粗绳，远远地看上去，像一株躺倒的榆树干。

　　鞠有德留贾凤雏帮他捕野鸭子是假，找机会做掉他是真。他实在舍不得那两只盒子炮。跟着土匪混时，过了今天，没有明天。明天在哪儿，谁也不知道，人生这么短，有两支盒子炮，买些子弹，能做几件大事。无毒不丈夫，做人就要毒。有了这想法，他害贾凤雏的信念更坚定了。

　　鞠有德手里握着手叉，他正想着对贾凤雏下手。枪帮渔民的船来了，他们有鸭枪，枪榴矮小轻快，船最后面的横梁是活的，下推时，横木卡上，在船上摇棹时，横梁木前移，刚好趴下，这样野鸭不易发现。枪榴的后舱，挖成弧形，以便封湖时榴下绑蒿，容易在冰上推行。鞠有德看着枪帮渔人的枪榴，见他们船上摆着一杆数米长的鸭枪，心里连骂几声。狗日的，不早不晚，这时候出来干熊，不是故意耽误老子的事吗？

鸭枪又名大抬杆，长三米多，发射时铁沙子做的子弹密集成扇形扫过去，威力极大，射程一里地，一百米以内指哪儿打哪儿。

鞠有德想划船过去，换个地方见机行事。他嘴里喊起来，借光，借光啦。

借啥光，跟俺们一起打野鸭子吧。

我没大抬杆哩。

不打紧。帮个人手，照样分一份儿。

秃子跟着月亮跑，我们沾光啦。

鞠有德和贾凤雏跟在枪帮渔民的枪榴后面。枪帮渔民熟悉野鸭的生活，哪些是爱吃苲草的水毛鸭，哪些是在崖上吃麦苗草种来湖里涮嘴的干毛鸭。这两种鸭子喜欢的水域不同，它们栖息的方式也不同。一听到动静，干毛鸭跳起来就飞，水毛鸭要先钻入水中停一会儿再飞。

十几只枪船很快做好准备，枪帮渔民的老大挥下满是老茧的手，喊声打。

十几杆鸭枪响了，一阵烟雾，扑向芦苇丛中的野鸭子。

贾凤雏和鞠有德两个人跟着枪帮渔民忙了一下午，猎鸭结束，枪帮渔民的头儿分给他俩六十只野鸭。

谢谢老大，你太够意思了。

鞠有德白天对贾凤雏没能下手，他决定在晚上下手。

这天晚上，鞠有德炖了十六只野鸭子，一坛子地瓜烧酒下肚之后，贾凤雏有点晕，他走路的样子有些东摇西晃。

你在家里歇会，我再去捕几十只野鸭，我夜里用灯捕。鞠有德说完，一手提了马灯，一手提了鱼叉。这鱼叉是拴了绳子的一对手叉。

我也去。捕野鸭子这活挺有意思。我也有必要熟悉一下湖上的生活，可也别说，这茫茫大湖还真是个好战场哩。

晚上捕野鸭子更有意思，咱们用灯捕。鞠有德说着上船，贾凤雏也跟着上船。

所谓灯捕，是用灯光照鸭。一船两人，一篙一叉即可。贾凤雏在前，竹篙上挑着马灯。刚上船，夜色灰白，进入芦苇荡之后，夜幕黑色的大手将万物抓瓷实了。他们悄悄地到鸭群栖息的地方，明晃晃的灯光突照，在睡梦中醒来的野鸭像炸了营，扑棱棱，一阵乱蹿乱跳，想飞却飞不起来，野鸭子在水上起飞，要二百多米长的跑道，不然的话无法起飞，更何况到处是芦苇。鞠有德手起叉落，一个又一个，野鸭子落下来。扑棱棱，嚓嚓嚓，随着一阵响动，鞠有德的手叉突然转个弯，他的手叉叉在贾凤雏的后心上。

贾凤雏大叫一声，挑着的马灯掉进水里，一缕脆弱的光摇曳着熄灭了。芦苇荡里又黑暗下来，野鸭群叽叽喳喳逃向远方。

你敢暗算我？贾凤雏说着，回过头来看着鞠有德，咬着牙，试图背过手把叉拔下来。

老子要亲手宰了你，没想到你小小年纪这么毒。

没那一说，你完了。拔出叉来，你必死无疑。

贾凤雏费力地拔出盒子炮，指着他说，老子早晚还要来找你。

你拔出盒子炮也没用，没子弹哩。鞠有德此时掏出烟锅点上吃。

老子饶不了你。贾凤雏说完这句话，他看到黑色夜幕中湖面上成群的红鲤鱼飞起飞落，红色的尾巴摇摆着，和成群的野鸭子一起消失在一股黑色的旋风中。漆黑的夜幕没有一颗星，只有鞠有德吃着的烟锅发出一丝微弱的光，像魔鬼的眼睛忽闪着。贾凤雏用尽全力，将两只盒子炮砸向鞠有德。盒子炮砸在鞠有德身上，嘭嘭两声掉在甲板上。

我会来找你的。贾凤雏说完这句话，扑通一声栽到水里。

我不想杀你，是你自己找上门来，你为什么来要枪？你不该要这两把盒子炮，这两把盒子炮该归我。我救你一命，你给我两把盒子炮，这买卖公平。这熊货、憨瓜，命都保不住，还要什么盒子炮？八路的人死心眼，这可怪不了别人。

他把船划走。在湖面上飞的爬虎鱼和骂婆鱼撞击着鞠有德的神经，他有些激动，嘴里唱起歌来：

　　　苇棵棵，乱晃晃，
　　　俺娘卖俺粮船上，

大米干饭鲜鱼汤。

端起碗，想俺娘。

放下碗，饿得慌。

张大爷，李大娘。

捎个信儿给俺娘，

俺娘是个花大姐，

俺爹是个打鱼郎。

　　那两把盒子炮每天半夜里会发出沙沙声，像响尾蛇似的，折磨得鞠有德浑身发麻。鞠有德没办法，一次又一次，到鱼骨庙里烧香磕头，东厢房两口空棺发出的响声缠绕着他的神经。最后，他把两支盒子炮涂上黄油，用塑料布包了，埋在庙院里菩提树下才算了事。

第三章

1

　　这年冬，日本鬼子占领昭阳岛。领头的日军首领叫加藤光一，他带领人马进驻碧霞宫。高万斗还是昭阳岛保长，辛庆义还是水警队队长，兼昭阳岛镇长。一切都是老样子，并没什么变化。

　　这天，辛庆义回家，家中一片狼藉。他的情人李春梅在家中被人奸杀。加藤光一得知消息，迅速赶来。他看一下现场，发现李春梅是被刺刀捅死的，一看就是日军的刺刀。加藤光一马上召集队伍。昭阳岛上，日军驻扎的人并不多，只有一个中队一百多人。上至队长，下至马夫，都集合在鱼骨庙前的银杏树下。加藤光一说，辛队长的夫人是谁杀害的，站出来吧。站出来领死，战报上给你写上是战死沙场。大大的光荣，不然军法处死，抚恤的没有。这时候，队伍走出两个士兵，他们俩来到加藤光一跟前。队长阁下，这事是我们做的。加藤光一朝他们两个脸上搧几个嘴巴。你们两个混蛋，我知道你们是高丽人，你们就是垃圾猪，根本不配加入皇军，皇军队伍里有你们高丽人，简直是耻辱。加藤光一说完，抽出军刀递给辛庆义。辛队长你亲手用刀劈了他们，给你夫人报仇吧。

　　辛庆义接过刀，犹豫半天，毕竟没有杀过人，也不敢杀人。这时候，一个高丽兵有些恼。你不动手，是蔑视我们。他说完，一步抢在辛庆义面前，夺过他的刀，一挥手，一刀劈在辛庆义脑门上，血溅他一脸。辛庆义当场被劈死。这个高丽兵然后回手，双手握刀，一用力，军刀插进自己腹腔。他抽搐几下，拔出刀，将刀递给另一个高丽兵。这个高丽兵接过刀，哇哇大叫一阵，他把刀扔在地上，朝湖边跑去。加藤光一掏出手枪，啪啪，对他开了两枪，这名高丽兵一头栽倒在湖滩上，他双手抓两把淤泥之后死了。

这天，加藤光一又派人把湖中的渔霸王四愣、昭阳岛的恶霸鞠牙狗两人五花大绑，拉到剑茅滩枪毙了事。有这两件事，加藤光一在昭阳岛的威信竖起来了，昭阳岛的治安也好了许多。可好景不长，这年夏天老鳊鱼的媳妇翠莲出事了。

在昭阳岛，柳叶和翠莲是朋友。去湖里捕鱼、捞菱采莲，她俩总是结伴而去、结伴而来。

这天，翠莲要去湖里采莲，她先邀柳叶。柳叶的二儿子银瓜发烧，满嘴里胡话，他嘴里嘟囔着向南，再向南。这句话，没谁知道是啥意思。娃爷和柳叶认为这句话不吉利。他俩相互看几眼，心里猜着，不知道要发生什么事。他们这样胡思乱想时，翠莲来了。咱们去湖里采莲吧。二娃发烧厉害，哪儿也不敢去。几天没进湖了，我自己去。这世道太乱，传说老渔洼一带日本人没少祸害女人，他们在昭阳岛对老百姓好是假的。你长得细皮嫩肉，万一碰上日本人可不是玩的。你用锅灰在脸上抹几把，这样会好些。

太脏了。翠莲说，我在湖上待不长。

翠莲不听，她打扮得有些光鲜。她在采莲回来的路上，没有碰上日本兵，途径银杏洲时碰上一个人，这人是银杏洲上的殷连举。他划着一条小榴子，看见翠莲之后，他追上翠莲，端着大枪拦住她。黑洞洞的枪口让翠莲害怕了。你甭拿枪吓俺，你想干啥？他说不想干啥，又啥都想干。翠莲听他话不怀好意，说，让我过去，不然我喊人。你喊人没用，我打一枪，谁也听不见。银杏洲上没人，人都跑光了，这个小岛上只有我一个人。实话告诉你，我加入了八路。我知道你在昭阳岛上住，你是老鳊鱼的媳妇，对吧？老鳊鱼那熊样，他凭什么娶你这个俊媳妇？好啦，这是玩笑。你在昭阳岛上住，鬼子在岛上的情况，你肯定知道一点。比如说，他们大概有多少人。咱们到银杏洲上去，你把情况跟我说说，我就放你。我是八路的侦察员。翠莲心里骂，你是八路的侦察员，八路咋要你这样的人？湖西的老百姓都知道，打着八路旗号的湖西纵队原来是一帮子土匪，比日本鬼子都坏。老百姓不怕日本人，怕这窝子假八路。日本人的特务队也经常化装成八路军，专门欺负老百姓。

翠莲知道殷连举是个坏人，他在银杏洲早坏得出名。当初，他带着他娘到湖东山区要饭。这天，他嫌他娘走得慢，找来一张铁锹，挖好坑，准备把他娘活埋掉。他娘哭着求他，你爹死得早，我一把屎一把尿把你拉巴大，不容易啊。你若烦娘，抛下娘不管就是了。从此，咱娘俩谁也不管谁，你走你的阳关道，我走我的独木桥。井水不犯河水，不好吗？你可不能生歹心害娘，天上老天爷爷可是看着你哩。

我还怕他看我？殷连举说罢，一把将他娘推坑里。活一百岁也是死，你死在我后面，谁给你收尸，我今天活埋你，这是你的福分，你哭个啥？这年头，饿死也是死，多活几天有什么好，又不能杀了吃肉。

他正要往坑中填土时，正好遇上一帮要饭的人。这帮人里面有他老娘村里的人，论辈儿还是殷连举的舅爷。这人大骂殷连举一通，把他娘救下。这殷连举有些羞愧，丢下他娘，到湖西单县一带投日本人的特务队，一支假八路去了。翠莲想不明白，为什么这样一个恶人，从小干土匪，当老権，八路却没杀他。一个土匪老権杀人放火的，八路为啥收留着他。其实，她哪里知道殷连举是个假八路。

殷连举是个聪明人，他从翠莲脸上看出了秘密。他说我当八路这些年，可是杀了不少人。

翠莲听殷连举一说，有些惊讶，她知道今天遇上魔鬼了。

殷连举说，你别害怕，我们到银杏洲上说上几句话，问问情况，我就放你，不然我开枪把你打死。

翠莲无奈，跟他上了银杏洲。岛上端的无人住。天上，有几只鱼雁在飞。日头毒毒的，翠莲脸上淌出汗来。他们在一棵老柳树下站住了。就这儿吧。这树下茅草多，软软的，像一张床，老鳊鱼这个小舅子孙子，平时是咋干你的？今天，我也要干你，我干得比老鳊鱼好。你是八路，八路有纪律，不准祸害老百姓。屁，八路也要吃饭，也要干人，你说是吧？更何况我干八路，不把八路的纪律当真，我是个假八路。这年头假八路多了，八路赢时，我跟八路干，日本人赢时，我跟日本人干，这叫识时务者为俊杰。快把裤子脱了，不脱我毙了你。翠莲害怕，开始脱裤子。你玩完后，要放我走。那还用说，我干你了，还能害你。

　　两个人说着话，正要办那事，突然湖面上出现鬼子的汽艇。汽艇上的鬼子看见荒岛上有人，便开枪了。殷连举麻溜，一个转身逃了。他跳上小船，迅速蹿入芦苇荡中。

　　一阵枪声之后，翠莲吓得不敢动了。

　　几个鬼子登上银杏洲，他们端起大枪，枪上的刺刀明晃晃的，上面流淌着残酷的岁月，一只牛虻从刺刀上飞过。翠莲望着他们的刺刀，有些惊讶。这几个鬼子什么话也没说，对着翠莲就是几刺刀。他们在翠莲肚子上戳了七个窟窿。翠莲的惨叫声，像一群蓑羽鹤在叫。随后，这叫声又像一群鲫鱼游走了，游到苲草深处，再也没了声息。

　　第二天，翠莲的男人老鳊鱼还有娃爷、高万斗等人，在银杏洲找到翠莲的尸体。老鳊鱼趴在翠莲尸体上，哭得像头挨刀子的老牛。

　　昭阳岛上的人都知道了，翠莲是被鬼子杀了。

　　高万斗把这事报告给加藤光一。他摇摇头，说，我的人一个也没离队，汽艇也没出动。这是济州的汽艇，他们只是路过，遇上可疑的人，他们就杀。这事我也没办法。

　　老鳊鱼哭了几天，却不敢找鬼子给翠莲报仇。他像傻子似的，围着昭阳岛打转转，有时候一转就是大半天，望着天上飞的蓑羽鹤和鱼雁发呆。

2

　　柳叶决定给翠莲报仇。翠莲是我的姊妹，不能让她白白死掉。柳叶把给翠莲报仇的想法告诉给娃爷。

　　娃爷有点怕，哆嗦着说，鬼子有洋枪洋炮，不是玩的，鸡蛋碰石头，你不要命了。

　　你不敢去，我去。鸭枪我会使，他们在明处，咱们在暗处，偷偷给他一枪，打死一个是一个。要给鬼子点厉害尝尝，不然他们在微山湖上祸害人多着呢。人活一百也是死，我豁出去了。

　　要去一起去。你敢干，我也敢干。不过要考察好，选好地方下手。

两人商量好，他们俩拿鸭枪上了小船，顺着河汊进湖。在湖中芦苇丛里，观察鬼子在岸上的动静。这天，机会来了。在昭阳岛西南角，远远地看到鬼子在火神庙院墙外训练，他们一队一队地站着，加藤光一挎着东洋刀在讲话。

他说，为实现大东亚共荣，皇军要军纪严明，不能滥杀无辜。最近银杏洲上出了命案，一个女人被杀。这事儿，我们不能做，不要轻易杀人。中国人好统治，只要对他们好点，就能征服他们。

娃爷和柳叶绕到鬼子背后，慢慢地向鬼子靠近。几只野鸭子鸣叫着飞走了。他俩在离鬼子几十丈远的地方停下。娃爷力气大，他提着大抬杆，这款鸭枪装药多，威力猛。柳叶用的鸭枪型号小。

我打那个当官的，那个是加藤。

好吧，要打准。我打那堆当兵的。

柳叶的枪先响了。枪一响，加藤光一迅速卧倒，他受了点伤，但他身边的一个鬼子被打死了。鬼子没想到有人偷袭，一群鬼子的脸上布满了黑褐色的惊恐。

娃爷的大抬杆威力大，他一放枪，七八个鬼子惨叫着倒下。

加藤光一反应快，他醒过神来，抽出军刀，指挥日军端着枪向湖中射击。

娃爷和柳叶迅速潜回到芦苇荡。他们划着小船跑了。

这事发生后，鬼子侦探在昭阳岛上开始调查，他们怀疑翠莲的男人老鳊鱼跟这事有关。

老鳊鱼是一个老实巴交的渔民，在昭阳岛最东头有三间草房。草房后面种着洋姜和甘蒌子，谁想吃都可以去扒。他家门前有一棵大棠梨子树，还有一棵白葚子树。这天，老鳊鱼在院子里晾晒干鱼，一抬头，看见娃爷从白葚子树下走过来。

风声不好。有人朝鬼子打枪，据说打死打伤了七八个鬼子。

你说这些干什么？

我从端鼓腔戏班黄松龄那儿得了准信，日本人怀疑是你用鸭枪打他们，你躲躲吧。要不然日本人抓住你，抽筋、扒皮、点天灯。前天，日本人用铡刀在老渔洼铡了两个八路。

刚才保长高万斗来了，他也劝我，让我走，我偏不走。这昭阳岛是我的家，我往哪儿去？

万一日本人来抓你，是个麻烦事。小六子和银瓜同岁，这样吧，让你儿子到我家去，你出去躲躲。

我出去躲，也要干完一件事躲。老鳊鱼说话有些阴阳怪气。他看着天，手里编着鱼篮。

要走，抓紧走，别拖泥带水，免得夜长梦多。鬼子说抓人就抓人，他们可不等，也许他们的探子正在搜捕你。

我自有道理。孩子托你照顾了。

娃爷想不出老鳊鱼有什么紧要事。第二天，老鳊鱼做了一件让昭阳岛人震惊的大事——他杀了一个鬼子。

这天，两个日本兵溜到康熙御膳房附近，那儿有一家剃头铺，剃头匠姚瘸子有一手刮脸的好活。一个鬼子刮完脸之后，出来站在鲜鱼行，看鱼贩子收鱼，他看得有滋有味。另一个日本兵刮脸时，老鳊鱼来了，他是哼着一首歌来的，来到剃头铺门口，老鳊鱼说我要剃头。

给皇军刮完脸再给你剃。心急不能喝热糊涂，烂巴眼子不能看铁老鸹。

老鳊鱼说，中。然后，站在门口哼小曲：

> 明明的月，蓝蓝的天，
> 湖中漂浮着窝篷船，
> 中间高来两头弯。
> 渔火点点映湖面，
> 暴雨打不沉哎，
> 狂浪也掀不翻，
> 窝篷船哎窝篷船，
> 浪迹湖中若等闲。

你甭瞎唱，唱得我心里烦躁。瞧你唱的，磨棋子压着狗耳朵，嚎哩没人腔。你若闲得蛋痛，帮我烧壶开水，我炊子壶里没水了。

帮你烧水我不干，帮你刮脸，我是个行家。我比你会刮脸，你信不？

你瞎能个鸡巴啊，皇军的脸是你随便刮的。日您三熏熏，你操啥，你还是找个地方看蚂蚁上树吧。惹皇军生气，你小子可成了满身粘油的老鼠往火堆里跑，哪有你的好处。不听老人言，吃亏在眼前。你还不快走。

我真比你刮得好，没有金刚钻，不揽瓷器活，我露一手给你看。

好吧，你给皇军刮刮看。姚瘸子把剃头刀递给老鳊鱼。

老鳊鱼接过剃头刀，说，要这样握剃头刀，你握剃头刀的姿势不对。

羊屎蛋钻天，能豆一个，莫刮破皇军的脸，不然皇军饶不了你。剃头匠姚瘸子说罢，转身拿着炊子壶去烧开水。他炊子壶还没放茶炉上，只听一声惨叫，声音像成群的黑毛乔鸭扑啦一下子飞起来。

姚瘸子还没反应过来，只见老鳊鱼一个箭步蹿出铺子跑远了。姚瘸子回头一看，日本兵躺在地上，他脖子被老鳊鱼割一刀，血冒着气泡泡往外流。这个日本兵瞪着眼，他嘴里嘟囔几声，再也没动静了。

姚瘸子意识到这祸闯大了，什么也没收拾，抓件衣服，将枕头底下的体己揣怀里，锁上门，顺着昭阳岛老街向北跑了。

日本人很快知道这事，派人去追老鳊鱼和姚瘸子，搜遍昭阳岛也没找到老鳊鱼和剃头匠的影儿。日本人一怒之下，将姚瘸子的剃头铺子烧了。

这天，娃爷在康熙御膳房门口撞上高万斗。

我正找你呢。日本人让我找你，你怕吗？怕就跑，不怕就跟我去。日本人挨黑枪，老鳊鱼又杀一个日本兵，咱昭阳岛上的男人要问个遍，看谁和老鳊鱼有瓜葛。

我和老鳊鱼没啥瓜葛，问就问吧。

你跟我去碧霞宫，加藤光一在碧霞宫里要审所有的男人。

康熙御膳房离碧霞宫有一段石板路，高万斗提着烟袋咔嗒咔嗒走在前面。你说说，谁这么大胆敢打日本人黑枪，不要命了？这个老鳊鱼看上去是个老泻熊，没想到他是个爷们，敢杀日本人，这小子有种着呢。日本人抓住他，非活剥他不可。前些天，湖里的土匪草上飞被日本人抓住活剥了。草上飞这家伙真厉害，听说他抢八路的东西，也抢日本人的东西。八路派人招安他，他死活不跟，他喜欢独来独往。

我觉得前几天袭击日本人的，不是咱昭阳岛上的人。微山岛离这儿近，那上面有八路，可能是八路干的。

有可能。加藤这个日本人就说在湖里打鱼见过一队八路，他们没带钢枪，人人背着鸭枪。你这样一说，加藤准信，他就不会在咱昭阳岛杀人了。不然，他们抓不到凶手，不知道要杀谁哩。比如说，那个老鳊鱼，日本人要抓他，他跑到哪儿去了？但愿他不回来。

娃爷到碧霞宫，加藤光一坐在太师椅上等他。他手里端着一把紫砂壶，一边喝茶，一边斜着眼看他。

有人在昭阳岛用鸭枪打死皇军，这事你知道不？

刚从高保长那儿听说。

你知道这是谁干的吗？

湖里有八路，他们背着鸭枪，两条大船，还有小船，几十号人哩。他们敢跟皇军作对，一般的人没这个胆哩。老鳊鱼投靠八路去啦。

有这事，你从什么地方见过他们？

昭阳岛正东五里，一大片芦苇荡里。

加藤光一看着娃爷的辫子问，什么时代了你还留着辫子，你为啥要留辫子？

我出生在大清朝，为什么不能留辫子？

大清朝早被推翻了。

我可不管，辫在人在，辫亡人亡。

高万斗接过话来说，这样的人魔道。

好啦好啦，咱先不说他的辫子，看看那些八路在哪儿？

他们打一枪换一个地方，不好找。

这样吧，从昭阳岛到火头湾也是重要的一段水路，让你女人给人摆渡，顺便留点意，看看能否发现八路，一有情况，要立即向皇军汇报。另外，你会排船，对于排船这个活，你可是吃了二亩地豆叶的老蛐子，微山湖一带谁也比不了你。你给皇军排几艘船，不能偷懒，皇军少不了你的好处。

娃爷点点头，说，只要有料，我现在就干。

加藤光一说，娃爷你真是个良民啊。

三个人说着话，不知不觉到了中午。娃爷和高万斗要回家吃饭。

加藤光一说，饭在碧霞宫吃吧。

两人不敢随便跟加藤光一吃饭，客气了几句，便各自回家。

平平静静地过了三个月，什么事也没有。娃爷一天到晚在渡口码头给日本人排船。他找了几个帮手，一个月排一艘船，三个月里他给日本人排了三艘大船。加藤光一没亏着娃爷，他付给了娃爷两倍的工钱，一共七十块大洋。有了这些钱，娃爷把二儿子银瓜送到了济南的洋学堂读书。

到晚上，娃爷睡不着觉，他感到那几个被打死的日本兵脸上涂满黑汁泥，他们舞动着双手，在湖边的杞柳下叫喊，是谁开枪杀我们？娃爷口里念叨，老日啊老日，你们侵略中国，死个把人算啥？你们在东洋有吃有喝，女人又俊，天天搂着日，比啥都强，放着好日子不过，跑中国来杀人放火，不是找死吗？我也不想杀生，你们也别找我了。初一、十五，我给你们烧香送钱成不？娃爷说到做到，他经常到鱼骨庙里为他杀掉的几个日本兵，还有二十年前被他劈死的那个人烧香。

这天，加藤光一带着队伍进城了，娃爷这才放下心。他把袭击日本人的事放在一边，一门心思给人排船。

日本人投降后，微山湖里的土匪老榷又横起来。他们不敢在日本人面前展爪，但对付老百姓，他们手中的枪绰绰有余。

3

这年春天，娃爷正给大儿子金瓜办喜事。结婚典礼刚开始，新郎新娘进行完夫妻对拜，正准备入洞房。这时候，昭阳岛四周突然炸豆般响起枪声，枪声像从昭阳岛上空飞过的野鸭群，黑压压的，从人们记忆里穿过。

微山湖一带，老蚂蚱率领的一帮土匪趁着昭阳岛上守军不在，打过来了。老蚂蚱率领一百多人马，乘坐十余艘大船，从凤凰台附近的老运河登岸。上岸后，在魁星楼下用鬼头大刀劈死两个守岛的水警队士兵。他们打着枪，将酒馆、饭馆、茶馆、商行、粮行、船行、鲜鱼行、烟店、布店、银铺、锡铺、盐店等里面的钱物，洗劫一空。

打死老虎同吃肉。老少爷们都别动，我们是要钱不要命。土匪们喊着号子一路北上，闯进昭阳岛北面鱼骨庙附近的娃爷家。

老蚂蚱听说昭阳岛上娃爷的大儿子金瓜娶媳妇，他抢完钱，决定把新娘抢回湖东九仙山做个压寨夫人。

这天上午下着细雨，娃爷家迎亲的队伍还没有出发，西山窝大青山送亲的队伍划着船就到了。

他们人不多，只五个人，船一靠上昭阳岛渡口，从木船上抬下来一顶单人小轿，这顶小轿残破不堪，一点也不像送亲的样子。

新娘到娃爷家，一下轿，娃爷看一眼，甩下辫子，到后院织渔网去了。

他嘴里嘟囔着，谁也没听明白嘟囔什么，好像在骂姚瘸子。

新娘下轿时露出一只脚，这不是一般的脚，像男人的脚一样大。一看就知道，她没裹过脚，只缠着裹脚布。

娃爷看一眼，心里凉半截，像经霜的柳树叶子，瞬间凋零了。我咋这命，我的命真孬，我咋娶个这样的儿媳妇。他感到这个女人没家教。这是个啥女人，她的脚咋会这么大。娶这么个女人当儿媳，娃爷感到他的脸在昭阳岛是丢尽了。闺女的脚这么大，做父母的还算人吗？

女人下轿之后，手里握着一根长长的烟管，她皮肤黝黑，身材高大，豹子眼，脸上还有几颗麻子。她的陪嫁不是细软体己，而是两麻袋烟叶，还有两封火柴。

婚礼主持人是保长高万斗。他看到新媳妇的大脚，先笑了。这是昭阳岛第一大脚，她的脚比二斤重的鲤鱼还长。脚大也好，站船上撒网捕鱼，稳当。

蒙蒙细雨带着凉意。这门亲事是姚瘸子做媒，早在数年前定下的。那年冬天，日本人还没投降。这天，下着暴雪，整个昭阳岛沉浸在呻吟之中。金瓜感染伤寒，高烧一直不退，嘴里老喊，我的枪，还我的盒子枪。娃爷觉得他发烧烧糊涂了，没在意。在昭阳岛有几家药店，方圆数百里闻名，比如普庆堂、同益堂、福临堂。娃爷带着金瓜，这三家药店都看了，吃他们的药，青丹也吃，散丸也吃，却不见效果，娃爷无奈去找瞎子王半仙。

你儿这病，找我找对了，啥药也不用吃，你去找凤凰台村的姚瘸子吧，他有法给你儿子治病。

娃爷听瞎子王半仙的，准备去求姚瘸子。在昭阳岛，娃爷和姚瘸子是有话说的朋友。姚瘸子是个能人，在街上有一间剃头铺子，他靠给人剃头度日。数年前，老鳊鱼在他剃头铺子里杀了一个日本人，姚瘸子害怕连累自己慌忙逃了，他逃出昭阳岛到泗水柘沟一家陶厂帮人做陶器，没事时给人剃头，挣点零钱。他在外躲两年，鬼子投降后，他才敢从泗水回来。

说来也巧，金瓜要说媳妇的事，姚瘸子早知道了。不等娃爷去请，姚瘸子自己来了。

姚瘸子也懂些医道，给金瓜看脉相，捋着山羊胡子吃了烟锅。

我看金瓜这病也没啥大碍，有点邪气缠身，他是招惹着鬼魂了。

有这个可能，金瓜前些天划船去剑茅滩，他在那儿捕鱼，捞上来一副人的尸骨，我听人讲，鞠有德数年前在那儿害死一个人，叫贾凤雏，是个八路军排长。他抢了那人的两支短枪。这个熊孩子，他敢杀八路的排长，胆真不小。

只是传言，谁也没亲眼看见他杀八路。这样吧，改天你去剑茅滩找找，把那人的尸骨找个地方埋了，让他入土为安。然后，烧上一炷香，念叨几句阿弥陀佛，超度他最好。金瓜十有八九碰上他了。这人是个大个子，文绉绉的，像个书生。

你不说，我想不起来，你一说，我全清楚了。我把他埋个好地方。

这样吧，再给他说上一门亲，冲冲喜，就能好。年轻人血脉旺，遇上喜事，百病皆除，准没个跑。明天一大早，你准备供品到鱼骨庙还个愿。还有一件事哩，湖里红胡子老头这两天老在昭阳岛街头溜达，他啥没买，有时候在马家包子铺前、武大郎烧饼店前看看，也许他褡裢里没钱了。咱要想平安，不能缺他老人家的钱花。一是冲冲喜，二是烧炷大香，三是把贾凤雏的尸骨埋了，这三件事做成，保你捋着胡子喝香油，没有不成的事。

娃爷点点头。现屙屎现找茅子的事，有点晚。你该早说。

啥是个早晚，不算晚，你明个儿依着我说的办呗。另外，我有个茬口。嘉祥大青山，我亲戚家有一个女娃还没婆家，须待明日我乘船去那边问话。

西山窝里闺女，太远吧。人家愿意嫁湖里吗？岸上的人说，咱是湖猫子，谁愿意把闺女嫁给猫子？

咱哪儿是湖猫子，咱有地种，既打鱼，又种地，旱涝保丰收，比他们岸上的人家强着哩。岸上的人穷，我见过的，光腚打凉席。咱们有饭吃，不亏他们，他们女娃嫁到昭阳岛算是福气。像你娃爷这样的人家，有手艺，会排船，端鼓腔唱得也好。除打鱼种地，还有进项，这可不是一般二般的能耐哩。

你去说媒，成不成酒两瓶，我咋好意思让你空手去。娃爷拿出一块大洋。这年月我也没有大钱可出，一块大洋吧。你去提亲，少不了备些人事，钱多钱少就这，算你这次去的花费。不够，我再给你补上。

咱哥俩，狗肉汤子老味了，肉烂在锅里，谁跟谁啊。你干吗给这么多钱？我还能割你的耳朵？一块大洋准花不完。

剩下的，你买几斤烟叶吧。

姚瘸子给娃爷又客气一番，把钱接过来。雪花在他狗皮帽子上没了踪影，他又看鞋子上的雪花，想着这雪花的来历。一条长着红翅膀的鱼，像野鸭子一般，从他记忆飞过。那个在他剃头铺子刮脸的日本人，在望不到边的荷叶上跳来跳去。姚瘸子决定，改天到鱼骨庙里给他烧炷香。

屋里散发着烟草气息，还有摊煎饼的气味，让姚瘸子感到舒坦，像伏天吃西瓜一样。成群的野鸭子鸣叫着，从昭阳岛上空飞过。野鸭子黑色的梦，洒落在娃爷家的院子里。

姚瘸子举起米黄色的玉烟嘴，哏哏地吃一口。他铜烟锅里烟叶在雪花的梦中，顿时明亮了许多。

这米黄色的玉烟嘴从哪儿弄来的？红胡子老头的烟袋也是米黄色的玉烟嘴。你的胆不小啊，敢和他老人家用一样的东西。

我这烟袋是从一个鱼贩子手里用二斤高粱酒换来的。你吃一锅尝尝吧，这烟嘴是个好东西，口感是味。用这样的烟嘴吃烟，真是味。多少年前，我想弄个好烟嘴，往嘴里一嗑，吧嗒几口，那才叫享受。无巧不成书，我从鱼贩子手里弄了这件好东西。

娃爷把米黄色的玉烟嘴接过来，嗅嗅。扔湖里算啦，这东西虽好，可来历不明，有一股子难闻的鸡糖烘①味。像夏天里的鲇鱼，拱啊拱的。

---

① 鸡糖烘：鸡屎。

姚瘸子听娃爷这么说，热身子滚到雪窟窿里，一下子凉半截。他不服气，胡子飘起来，两腮有些鼓。瞎掰，吃不到葡萄，说葡萄酸吧。你哪里知道这好东西的来历。说起这烟嘴，大有道道，这玉，我让人看过，是一块活玉，那鱼贩子说这玉原来在一个鲤鱼肚子里，杀这条鲤鱼时，杀出这块玉烟嘴。这可不是一般的鲤鱼，杀罢之后，取出玉烟嘴，这条鲤鱼还活着。刮下鱼鳞，还刮出这条鱼有四条腿，肯定不是一般的鲤鱼。最后，这鲤鱼没人敢吃，就把它埋在正觉寺和文昌阁中间的竹林里。有一次，那鱼贩子从那竹林里走过，埋在泥土中的鲤鱼突然喊他的名字，把他的魂几乎吓掉了。但这个玉烟嘴，我可当宝贝呢。

娃爷看着天上的落雪。这雪，一时半会停不了。别把那个劳什子当宝贝，你扔了吧，这个玩意不吉利。往手里一攥，我感到像条蛇。你说怪不？

我走到哪儿都夸我的玉烟嘴，你打我的破头血，安的啥心？想要这个玩意，用一头毛驴来换，也许我还不换呢。

你倒贴一头毛驴，我也不要。你去办说亲的事吧，办完正事儿，我用大大的壶请你。咱到康熙御膳房找几个有味分的，要上龙凤斗、乌龙戏珠、清蒸荷花、鲤鱼陪乌鱼、糖醋鲤鱼、生拌乌鱼丝、冰糖莲子，这几个硬菜行不？

这媒说成，你请我吃霸王别姬，另外再要个泥鳅钻豆腐和瓷鼓子。

你想吃，我现在也能请。

无功不受禄，这样不好。事成之后吧，不急。

三天后，姚瘸子回来了。他笑嘻嘻的，五官往一块挤，像面疙瘩似的。他右手握着烟管，米黄色的玉烟嘴像有一层油彩要往下滴。

女方同意了，还满意。那女娃姓刁，叫刁哥，是西山窝满垌村的。我见了，不丑，是你满意的儿媳妇，能给你生一窝孙子。换个帖吧。女娃比金瓜大三岁，大三岁是个好事，女大三，抱金砖哩。另外，这女娃会嘉祥剪纸，还会织嘉祥土布，摊煎饼也是把能手。当然啦，嫁到昭阳岛，学织渔网，她一看就会。这渔家的活对她来说绝对小菜一碟。

就定这门亲吧。

女娃的爹说，定亲要换帖子，需要五块袁大头，也是彩礼。不算多，三亩薄地钱。这点钱，还不是蚂蚁的小鸡鸡吗？

能治好金瓜的病，这点彩礼算什么。娃爷不再说什么，亲就这样定下了。

金瓜一定亲，说也奇怪，再到谱庆堂抓药，又吃了几服，金瓜的病慢慢好了。

金瓜娶亲这天，娃爷感到姚瘸子蒙他。这熊货，当初白给他一块大洋。他有些懊恼，他恼儿媳妇又丑、脚又大，脸黑，上面还有几个麻子。她的烟嘴比男人的烟嘴大，她吃烟袋的样子像个爷们。

金瓜看到女人的大脚和烟杆，心里凉半截，不想拜堂，想跑，女人一把抓住他，像老鹰抓小鸡一般，粗壮的大手一下子拧住金瓜的胳膊。金瓜怎么动也动不了，女人的力气比金瓜大。

你是我男人，我是你家媳妇，你敢不老实？我长得丑，但心眼好，会疼人，会持家。是个女人就会生孩子，我明年给你生一窝娃出来。

保长高万斗吃完一锅烟，将铜烟锅在布鞋底上轻轻磕一下，走到新媳妇跟前。你这是干啥？还没拜堂就打自己男人。好啦，好啦，别闹，金瓜你太不懂事，古人说，丑妻薄地破棉袄，这是人生三宝哩。准备好，拜堂啦。他提高嗓门。该拜堂了，谁去叫娃爷？

娃爷老婆柳叶赶紧跑到后院，一把抓住娃爷的辫子。这节骨眼上，你织什么渔网？你这破渔网值金、值银啊？她是瞎子瘸子，咱也要认这个儿媳妇。这媳妇丑是丑，她膀大身宽，腔大腰圆，生儿育女没心烦。

话是这样说，咋摊咱身上啦？我不是烦吗？你看她那脚，腰里还别着大烟袋。她是个男人，还是个女人？她娘家是啥人家，咋能把闺女弄成这个样子？

这有什么，成亲后咱慢慢给她立规矩。啥事不是个学吗？咱教给她。

娃爷不听，柳叶恼了，上前一把扭了耳朵，把他从后院拽到前院。看热闹的人见状，哈哈大笑。一物降一物，娃爷这个糟老头子还是有怕头的，他惧内。

忙事的把两把椅子放好。

娃爷和老婆柳叶坐好之后，高万斗扯破喉咙喊，一拜天地，二拜高堂，夫妻相拜。还没等高万斗喊进入洞房，四周响起枪声。

枪声蜜蜂似的追逐着四散奔逃的人。子弹像一群螃蟹，在昭阳岛青石板路上慢慢蠕动。

土匪老蚂蚱带着人打进昭阳岛，他在微山湖一带横行数年，嗜血成性，杀人如麻，谁也惹不起他。一听他的名字，不少人吓出尿来。

这天，娃爷娶儿媳妇，大家只顾热闹，寨墙上放哨的人放松警惕，土匪老蚂蚱偷袭成功。他率领人马，直奔娃爷家门口，他提着盒子炮闯进院子。

老蚂蚱朝天上放三枪。

谁也不准动，老子想抢个女人做压寨夫人。

几十杆枪一起对准娃爷一家人。土匪们将新娘按住带到老蚂蚱跟前。

老蚂蚱斜着眼，他手里提着大二把盒子炮，他用枪口指着娃爷的头皮。老杂毛，知道我今天为啥来找你吗？想想你当初做的那事，是你报案，二鲤鱼才丢了性命。我今天来找你，是为二鲤鱼报仇，知道不？

你要报仇冲着我。看你那点出息，不就是有几条枪吗？你厉害了是吧。想当年你在昭阳岛要饭，挨家挨户乞讨，有看得起你的吗？那年冬天，你差点冻死，是我给你一件破棉袄，又给你一双草鞋。做人要讲良心对吧，你的良心呢？你今天混大发了，有枪啦，你杀了我全家，也不算你有本事。想想你爹，他虽然死得早，但人家是条汉子。在咱湖上提到他，谁不大拇指竖着，啥原因，人家他仗义，是个爷们。兔子不吃窝边草，他做的事是保境安民，保护咱老百姓，杀的是外面的恶霸地痞，抢的是有钱的大户，那也叫英雄好汉。看看你，今天大伙听好了，老蚂蚱恩将仇报，他就这点出息。

老蚂蚱听娃爷一席话，先是一惊，他后退两步，把枪放下。心下沉思，娃爷这个老小子说得对，当年娃爷对他有恩。但大庭广众之下，娃爷揭他的老皮根子，老蚂蚱羞愧之余又板起脸来。他走到新娘跟前上下打量新娘。

你是新娘？我们这趟白忙活啦，新娘咋这样？娃爷，你老小子，还亏你家境殷实，原来驴粪蛋子一面光，这微山湖一带，你把俩眼闭上，随便摸个女娃做儿媳妇，也比这个黑李逵强吧，她真像李逵。老蚂蚱这样一说话，他心里已不想杀娃爷一家人了。

新娘挣脱两个土匪，从腰间抽出烟袋，捏一把烟叶放进古铜色的烟锅，随后划根洋火点着，慢悠悠吃一口。我是新娘，有什么事冲我来，不要拿枪对我婆家的人。新娘说话的语气有些沙哑，鸭子腔，也叫公鸭嗓。

好哩，老蚂蚱说，比我还像个爷们。不过你这样的婆娘，倒贴钱我也不要，看看你的脚，再看看你吃烟的样子，听到你说话的声音，我饭不吃也饱啦，你哪像个女人？我会抢你？我呸。不过，我这次目的是想杀娃爷给二鲤鱼报仇。让娃爷这老小子骂我一通，我今天放下屠刀立地成佛。不过呢，今天不杀人，我要抢人，动用百十号人不容易，空手回去，这赔本的买卖，老蚂蚱没做过哩。娃爷的两个儿子全是读书的好料子，我手下正缺个文书，老子是个睁眼瞎，让金瓜给老子写写画画。娃爷你这个老家伙，祖坟上啥时候冒青烟了，金瓜跟我混绝对混不差，你老小子福分哩，我没看上你儿媳，看上你大儿子金瓜，让他跟我走吧，到山寨里他坐前五把交椅没问题。

金瓜往地上吐一口。杀了我，我也不当土匪。

谁敢动我男人，我跟谁拼了。

老蚂蚱一抬手，对着新娘的脑门开一枪。新娘脑门上方的头皮，顿时出现一道血痕，她的头发被烧焦一绺。

我可不想崩你，枪往下打一寸，你脑袋就开花了。扫地恐伤蝼蚁命，爱惜飞蛾纱罩灯哩，我是个有善心的人了。把金瓜带上，谁也莫追，谁敢追，让他吃枪子儿，老子的快枪可不长眼。

金瓜大喊大叫，不跟土匪们走。一个土匪恼了，举起枪托子朝金瓜后背上砸几下子。金瓜哇的一声，吐口血。我日你先人。

吆喝，还敢骂老子哩。我劝你老实点，再不老实要你的命。老子的刀好久没砍人了，正想砍个人。这个土匪说完，抽出鬼头大刀，一用力，将娃爷家门口一杆鱼叉砍为两截。我不信你的脑袋比这鱼叉杆还硬。

老蚂蚱抢走金瓜。他们从昭阳岛上船，回湖东的九仙山去了。

4

过数月，姚瘸子又来到娃爷家。

　　他说，这兵荒马乱的，给银瓜也定一门亲吧。这个女娃是我一个朋友的闺女，长得喜人。儿子早娶媳妇，有孙子你早得记。娃爷说，你不瞎蒙吧，可别像上次。上次你啰啰的啥？你给我说儿媳妇，我要谢你。不过银瓜在济南读洋学堂，他还是个学生娃。以后他要窥不中，这不是害人吗？这次不是上次，这个女娃你一见保准能相中，十里八村的，谁也比不上她。你瞎吹吧，上次你把我坑了。

　　姚瘸子摆下手，示意不让娃爷说。他们说话时，刁哥在不远处织渔网。姚瘸子怕刁哥听见，不显好看，做手势止住他。

　　你要说哪儿的女娃？

　　西山窝罗汉峪，那个山村麻家大户的女儿，女娃叫麻妮。

　　刁哥听了这话，插嘴道，这个麻妮我见过，离俺娘家不远，仙女一般，咱朱家要把她娶来，这是烧八辈子高香了。

　　听了刁哥这话，娃爷和柳叶心里都乐开花，他们同意给银瓜提亲。

　　给人说媒也是积德行善的事，我乐意干。空口无凭，你给我点定金。

　　你问娃他娘要，钱在她手里攥着。我啥家不当，我是磨道里的驴听喝。

　　柳叶听到这话笑了。熊老头子你怪会踢皮球。要多少您说？

　　不多，一块银圆吧，多了算我酒钱。

　　你这个熊货就能抠摸我。好啦，给他一块大洋。我船舱里还有几坛子地瓜烧，你走时抱着一坛子。

　　在你这儿放着吧，反正你的酒就是我的酒。

　　姚瘸子去了。第二天，他到娃爷家说，女娃家答应得干脆，一块银圆定下了。

　　姚瘸子帮着给银瓜说成亲，这是个大喜事。当晚，娃爷让小六子叫来高万斗作陪。柳叶做一盆五香鲤鱼，一盆草鱼抹锅饼，又爆炒一盆黑鱼片，一盆鳝鱼段，另外又买来一盆卤熟的野鸭子和油炸花生米。不等开席，姚瘸子见到这些好吃的，口水就淌出来。

　　这个晚上，几个人边喝酒边拉天下大事和湖上的见闻。酒喝到鸡叫方休。

5

老蚂蚱把金瓜抓走后，一晃几个月，啥动静也没有。娃爷对刁哥看不上，想把刁哥撵娘家去。娃爷说老蚂蚱抓走金瓜，吉凶难测，要不你先回娘家吧。刁哥说，我是金瓜的人，他一年不来，我等他一年。十年不来我等他十年。金瓜的家就是我的家，你甭想撵我走。我不是撵你，是怕耽误你哩。爹的心思我知道，是嫌我丑对吧。我出力干活，孝敬公婆，样样是好手，没地方对不住朱家。娃爷无奈只好让刁哥留下。柳叶也说进了咱家的门，就是咱家的人，儿子不在家，咱当闺女养着。柳叶心善，把渔家的活儿一样一样全部教给刁哥。刁哥聪明，渔家的活儿很快便学会了。

转眼一年过去。这天，太阳从湖中刚跳出来，娃爷起床，他走出院子，感到天比以往热。一条红鲤鱼剥开阳光，在湖面上游动。空气里弥漫着水蔓菁和羊蹄子棵的香味。湖堤上有几只兔子在跑，兔子奔跑的身影像数条鱼在娃爷思绪里翻飞。

娃爷想做点事，他没想好做什么，是下湖捕鱼，还是排船呢？他吃袋烟锅，望望天。天上，老鹰、野鸭子、白尾鹞从他家院子上空飞过，娃爷想多看几眼白尾鹞。一抬头，看见姚瘸子走进他的院子。姚瘸子身上带着一股子豆腐乳味，还有酒糟气息。昨天夜里的梦境还弥漫在他身边。他梦到他爷爷三十八岁这年死在逃荒的路上，他还梦到他爹三十八岁这年也是死在逃荒的路上。他们在临死之前都说了相同的话，向南，再向南。昭阳岛人无论走到哪儿，他们在死亡之前有征兆，一是听到湖底石磨转动的声音，二是说向南再向南。今年，姚瘸子也三十八岁了，他孤家寡人，光棍汉子一个，但他闲暇时给人说媒。三十八岁是个坎，姚瘸子心里充满了恐惧。在幽暗的船舱里，他曾经发现自己恐惧的心情长满绿色的苔藓。

姚瘸子在昭阳岛上是个能人，他除了是个剃头匠，给人说媒之外，这些年又学会了做鸭枪，捕野鸭子。他擅长摸夜枪和打爬子。另外，姚瘸子也是放鸭子的高手。鸭子分麻鸭、白鸭、花鸭、黑鸭、眉鸭等，三百到五百只为一圈。早上敞开圈门，姚瘸子撑着小榴子，赶鸭到一尺深左右的水里，让鸭子掏吃水草根和各种蜗牛。除此之外，姚瘸子还会给鸭子治病，像鸭子常见的脖子细、脱绒毛，姚瘸子找来几样中草药，诸如淫羊藿、地丁、蛤蟆芷、金谷豆、臭蒿棵、兔酸子草，湖边这些野草多的是。姚瘸子采来一些，经他的手一混合，加点剁碎的小鱼小虾，让鸭子吃，鸭子的病三两天就好。

姚瘸子还有一个绝活。孵小鸭的主家最愿意买姚瘸子的鸭蛋。姚瘸子家养的每百只母鸭有两只公鸭配种，能保证每个蛋都受孕，出壳率在八成以上。

小鸭出壳后，主家备好一坛子地瓜烧酒，炖上一锅泥狗，把姚瘸子请来，让他分出公鸭和母鸭。

姚瘸子会捏刚孵出的小鸭腔门，他捏到腔内有小颗粒状的硬子，便是公鸭，没有的是母鸭。

昭阳岛上的人一般捏不出来，只有姚瘸子能捏出来。他这方面有天赋，一捏一个准。

公鸭价钱比母鸭低三分之一。养鸭为了下蛋，养母鸭是主要的。

姚瘸子有这个绝活，昭阳岛上的渔民家家户户离不了他。他在岛上人缘好，和每户人家有交往，谁家有几个孩娃，婚姻状况如何，他全清楚。

他没事时给人说媒，有时也喜欢扯罗散事。东家长，西家短，邻里闹个纠纷，便找他调停。在昭阳岛上，干这事的活儿叫大总理，也叫大拿。

这天一大早，娃爷看到姚瘸子左手拄拐，右手提着烟袋，米黄色的玉烟嘴闪啊闪的。

他一进娃爷的院子，歪着嘴吃一口烟，咧嘴朝娃爷笑笑，紧接着又吃一口烟。

你的好事来了。吉人自有天相，平日里没少积善果。好运来时，啥也挡不住。有道是一命二运三风水，四积阴德五读书，娃爷你占全了。

我占全个屁。金瓜让老蚂蚱掳走，还不知道啥样哩。

你不用担心金瓜，金瓜保准没事。

湖中红鲤鱼出现了，你看看那条红鲤鱼。

看也是白看，又没谁敢惹这条大鱼。你亲家让我传个话，他说麻妮要出嫁，最近几天把麻妮送过来，让你选日子哩。

你米黄色的玉烟嘴，咋还没扔啊。吃锅我的烟叶吧。我今年种几沟烟叶，收成不赖，烘烤得也好。我上一年的烟叶没晒好，被雨淋了，一吸到嘴里发苦、发黏。今年的烟叶就不同了，吸到嘴里，有股子芝麻香味。吸起来过瘾，比洋烟强得没倍。洋烟屙水拉气，没劲。

咱不谈烟叶。麻妮十七，不想等了。

你看湖里那红鲤鱼，他嘴里也噙着一支米黄色的玉烟嘴。

你扯罗什么玉烟嘴，你魔道了，说麻妮的事。你发个话吧，啥时迎娶？以后别劝我扔掉玉烟嘴，我不听你那一套。劝你剪掉小辫子，你干吗？你那小辫子像病猪的尾巴哩，你不觉得难看吗？

他疯疯癫癫，你能说清个啥？从那年，他跟着我给小六子的娘报仇，用枪打死日本人之后，他脑子受刺激，每个月给几个死鬼上香哩。

柳叶从里屋走出来。她脚大，弯下腰，用右手缠下裹脚布。这几天，他有些邪怪了。人老就想以前的事，还老是遇见鬼。咱们村南边那口古井，当年老蚂蚱杀了几个人就扔在那井中了。有时候，那几个被杀的人从井里走出来，手里提着煮熟的野鸭子，他们坐在井边的石头旁喝酒，没人能看见他们，娃爷说他能看见，这个老东西成精啦，阴阳眼。我听说狗是阴阳眼，没想到娃爷也是。

一点不错，娃爷是个阴阳眼。

当年，娃爷用大刀劈死一个大个子士兵，把那人的头削掉一半，那个被劈死的人的鬼魂就缠上了他。有时，娃爷去湖上捕鱼，总是看到那个被劈死的人站在荷叶上向他招手。那人说我来找你，不是为寻仇，是想闻闻湖面上青玉米的气息。他手里端着自己另一半头颅。娃爷吃着烟锅。我不砍你，柳叶会死在你手里。那个人从一个荷叶跳到另一个荷叶。岁月，在荷叶的摇曳中，滑入湖底淤泥深处，泥鳅一般冒几个气泡泡，便没了踪迹。娃爷为躲避这个死掉的仇家，他拼命织渔网，拼命给人排船，只有这样才能躲避这个人的纠缠。手头有干不完的活儿，他就不怕这个人。

四月六日。娃爷搓着手。你去罗汉峪找老麻回话吧。

6

这天，一条红鲤鱼从水中游上岸，随即化成红胡子老头，他褡裢里装着火睡莲，见到熟人就送给对方一枝。

这时候，他怀里还揣着一把渔鼓，边拍边唱，他渔鼓腔唱得不赖。昭阳岛上王汉杰的憨巴儿子，八岁的粑粑华跟着他。他挨家挨户乞讨，把乞讨来的食物全部送给憨子粑粑华。

红胡子老头褡裢里有掏不尽的干鱼，他在火神庙附近的当铺百草堂换成钱，又到昭阳岛杂货铺子，他给粑粑华买了一双崭新的布鞋。红胡子老头提着烟袋，走在昭阳岛青石板路面上，他目光深沉，有点驼背。昭阳岛人突然感到红胡子老头有些苍老了，他头发一片银白，像湖边齐腰深的艾草。昭阳岛人知道，长年累月生活在湖底的他，走上岸来，带着生铁销的味道，还有湖底黑汁泥呛人的腥味。

知道他底细的店主一般不要他的钱，他想要什么就给他什么，没多有少，真不给，红胡子老头也就笑笑。

哪个店主对他不恭，会遭到他的惩罚。他有奇怪的方法，在他走后，店主屋檐下的干鱼会变成一串活鱼。鱼们挣脱绳索之后，会鸣叫着向湖中飞去。

红胡子老头来到娃爷家，他走进院子。娃爷一看，哪敢怠慢，喊柳叶出来相见。

柳叶是个聪明人，赶集时和红胡子老头相遇，偶尔也搭上一句腔。见红胡子老头进家，先问了万福，行罢礼，到湖边的船上做酒菜。菜肴也不敢用湖中的水族，怕红胡子老头怪意。

一袋烟工夫，柳叶做了八个菜，香椿芽拌豆腐、青炒黄豆芽、梅豆炒粉条、辣椒炒青皮、水煮花生米、芹菜炒豆腐丝、咸鸭蛋，又上一盘卤熟的野鸭子。

娃爷见柳叶弄了八个小菜，他便从船舱里搬出一坛地瓜烧。在院子里银杏树下，放了矮桌，给红胡子老头拿条木凳，让他坐下。自己提半截树墩子当板凳，随便坐了。

娃爷满满地给红胡子老头倒上一碗酒。

红胡子老头一看，他喜欢吃的全上了，也不客气，端起黑老鸹碗，咕咚几声，将一碗地瓜烧喝下。

柳叶眼快，又迅速给他倒满一碗。

红胡子老头一坛子地瓜烧下肚之后，放开话匣子，天南地北，讲述一些稀奇的故事。一边讲，一边从口袋里掏出一块康熙元宝放桌上。

这酒不孬，知道你又要娶儿媳啦，这杯酒算喜酒，不过呢，喜酒我不能白喝，你们俩说是吧，我给你们添点箱。意思意思，没多，有少，可别嫌少啊。

柳叶和娃爷哪敢要他的钱。哪里敢让您老人家坏钞，您老人家放心喝酒便是。

这可不行，入乡随俗吗，一定要收下。这是我的喜礼。

娃爷和柳叶无奈，收了红胡子老头的钱。

这时候，姚瘸子来了，红胡子老头也和他熟。馋猫鼻子尖啊，你闻见酒味就来了。娃爷又要娶儿媳妇，我来道贺一下。

这酒喝得好，我是老媒红。

姚瘸子一来，喝酒又热闹许多。

大家喊红胡子老头红老爹。这样喊他，他高兴地用右手捋捋红胡子。

我不馋酒，遇上谁家有喜事，沾沾喜气。咱昭阳岛兴这个哩。

红老爹到谁家吃酒，是给谁面子。俺是天天想请红老爹吃酒，就是怕红老爹事多，不肯赏光哩。

红胡子老头喝一口酒，捋着胡子笑笑。他笑时，成群的鲤鱼、鳜鱼、乌鳊、鲂鱼、桃花鱼、猪耳鱼、爬虎鱼、翘嘴红、湖蟹、湖虾、黑鱼等，噗噗啦啦，一个劲儿往娃爷船舱里跳。

谢谢红老爹，这些鱼够了。别贪多，贪多可不好。鱼虾也是生命，喜事也不宜多杀生。

娃爷善心已成，定有福报。你家娃要娶亲，一锭金元宝之外，这些鱼虾也算是我另一份礼物吧。

红胡子老头又喝了几碗酒，拉一会儿家常，他抓一把花生攥手里，说有事，又告诉娃爷，今后无论什么时候听到湖底石磨转动的声音，也别害怕，有你的造化哩，前世今生，多重反复，见到贾凤雏，你会一清二楚。他有绝活，会幻戏，从幻戏里，你会知道一切的。

他说完又去鱼骨庙，几个人看着他进去，却没看见他出来。

院子里种的烟杆竹又发出几片新叶，散发着清凉气息，让昭阳岛人想起远古的先人，想起湖边青玉米的香味。

<h1 style="text-align:center">7</h1>

数天后，一个傍晚，姚瘸子来到娃爷家说，老麻同意咱定好的日子，四月六日。这日子好哩，请瞎子王半仙算过了，他说这天大吉。

麻家急着张罗婚事。娃爷这边麻爪了，他派人去找银瓜，没找到，一打听才知道，解放军攻打济南之前，银瓜跟着学生队南撤了。

麻妮嫁过来，多双筷子的事，吃饭养着她没的说，银瓜不在家，跟着学校南撤了。娃爷跟姚瘸子说，你去找麻家说话，能缓缓吗？

这话，我早就替你给麻家说了，麻家说不能缓。

银瓜才十六岁能干啥？他不会去当兵吧。跟着南撤，他们能撤到哪儿？

柳叶摇摇头。不会当兵，他跟着南撤了，也许是去了上海或者香港。

银瓜不在家，他照片有吧，用他的照片当新郎也行啊。

你可别说，这孩还真有一张照片。只好挡挡啦。

湖里又出现鱼群了，鱼群的叫声叽叽喳喳，发出的声音像竹子拔节。

姚瘸子虽然瘸，他却看不起娃爷的辫子。国共两党正在打仗，打完仗，会有人剪你辫子的，你把辫子剪了吧。这样，儿媳妇进家，看着你顺眼，不然把你当古董。你大儿媳妇不待见你，对吧？这个小儿媳再讨厌你，你这老家伙何苦呢？你的小黄辫真不咋的，看上去像秋天里发黄的丝瓜秧子，也像牛尾巴上的几根赖毛。

他那几根黄毛毛，主贵。

娃爷摸一下黄辫子。我还是那句话，我生是大清朝的人，死是大清朝的鬼，这辫子什么时候也不能动。我再告诉你们，一条成精的四条腿红鲤鱼，你们能看到吗？他脊梁几丈长，一到晚上他也会变成一个红胡子老头在荷叶上走来走去，也许是想吃锅烟。他喜欢你那米黄色的玉烟嘴，你最好小心点。

瞎说。红鲤鱼精是咱昭阳岛的保护神，你瞎说个啥。他老人家的法身在鱼骨庙里供着，你说什么，他能听得到，不能乱说。

我没乱说。娃爷吃着烟锅，斜着眼说。还有一条红鲤鱼也成精了，却作恶。

这事奇怪，微山湖里有两条鲤鱼精，那不乱套吗？

不要啰啰红鲤鱼精的事，咱们谈麻妮的事吧。按照咱这儿的风俗，银瓜不在，需要找一个年龄相仿的男娃，也是没结过婚的，拿着银瓜的照片拜堂，入了洞房，麻妮就是你娃爷家的儿媳妇啦。

我家银瓜南撤了，他不回来的话，不苦了麻妮？

这个没办法，周瑜打黄盖，一个愿打一个愿挨的事。

姚瘸子传完话要走，他米黄色的玉烟嘴在阳光里像一条游动的小金鱼。

那个四条腿的红鲤鱼变成红胡子老头等着您呐，他相中你米黄色的玉烟嘴。这两个红胡子老头长得一模一样，谁也分辨不出来哪个善哪个恶。《西游记》有两个孙悟空，咱微山湖里有两条红鲤鱼精。

闭嘴，湖里的红鲤鱼到处都有。成精的只有一条，哪有什么第二条？昭阳岛上传说有一条鱼怪是真的，当年不是让雷电劈死了吗？用他的鱼骨和鱼鳞建了鱼骨庙。

你能不能说点吉利的话。麻妮要来咱家，你一天到晚魔道个啥？

是这个鱼怪阴魂不散，还在作祟害人哩。这个时辰说不准见谁害谁，你在我这儿多待一会儿，咱俩喝几碗地瓜烧，你再离开，这样安全。

这几天，淮海战役正酣，仗天天打。湖面上，有一发炮弹炸响，水柱穿上去，一片鱼落下来，白花花的，雪片般撒落。

娃爷耳朵里全是炮弹的响声，像是葫芦和丝瓜的触须从他耳朵里伸出来，长长的，在他老婆脸前晃荡，绿色的汁水雨点般掉在地上，发出银铃似的响声。

找谁替银瓜呢？

村里没有太合适的人，只有老鳊鱼的儿子小六子。

小六子那模样能成吗？

咋不能成。拿着银瓜的照片走过场，这个事简单。明天是四月初六。

柳叶是个好客的人，不等姚瘸子走，他端上来几个油炸餐条和油炸螃蟹，半筐茳草丸子，还有一瓷盆凉拌藕。另外，她还炖了条大鲤鱼。

菜上来，娃爷给姚瘸子倒上地瓜烧。

前几天，刚在你家喝地瓜烧，今天又喝，我成酒晕子啦。

不能这样说，那天有红胡子老爹，今天没他，咱喝咱的。

红胡子老头太客气，他给你添箱，花的本不少，一锭金元宝，一船鱼虾。

幸亏他老人家照看着昭阳岛，不然不知道啥样哩。

一切都是定数。别管那么多，咱们喝酒吧。

那天喝酒，娃爷的大儿媳妇刁哥去湖里捞菱，她没在家，今天她主动陪姚瘸子喝酒。刁哥酒量大，一口气给姚瘸子敬三碗地瓜烧。

柳叶怕他们喝多，喊刁哥去厨房帮着做鱼粥。

姚瘸子和娃爷两人说着话，又喝两碗地瓜烧。刁哥和柳叶端上鱼粥。姚瘸子会意，按船上的规矩，上鱼粥就是吃饭，别再喝酒了。

月亮从湖中升起来。叮叮当当的，在荷叶上一阵乱响，月光掉在饭桌上，银鱼般跳动。

姚瘸子喝三碗鱼粥，酒足饭饱。娃爷又端出烟筐子，让他吸烟。姚瘸子也不客气，一袋烟接一袋烟，抽到月亮升到头顶。后半夜，湖面上起凉风了。

我走吧，就这呗，事儿说透了。

我送送你。

送啥？这一点路。

从古井那儿过，打个精神。我晚上经常看见被老蚂蚱害死的几个人坐在井边上喝酒，他们眉毛竖着，一脸凶相。

没事，我啥没见过。他们喝酒，我不搭腔就是。

　　这个时辰碰上谁都不要搭腔。娃爷不再说什么，看着他的背影。姚瘸子晃荡着，跨过二百多米长的木桥，娃爷看着他过了古井那块地，走到昭阳岛中心大街上，方才回屋睡觉。

8

　　这天，鸡叫头遍，娃爷起来，他所要做的事是织渔网。昭阳岛的寨墙上，打更的人正敲着梆子。这个晚上没有月光，每一声梆子响便敲掉了他记忆深处的一缕残片。痛苦的岁月，鱼鳞般从他身上脱落。

　　他织完一棒子线，想起该轮到他值班了。这些日子，世道依旧不太平。土匪老蚂蚱还在湖中转悠，说不准啥时候他就冒出来杀人放火。娃爷想着到寨墙上走走，或者到西渡口看看。昭阳岛的寨墙在微山湖一带远近闻名，上面能跑开一辆马车。

　　娃爷吃完一锅烟，披上棉衣，春天的夜里还是凉。他将烟袋掖腰里。院子外面的空气，潮湿而又浓重，弥漫着亘古不变的鱼腥味。

　　湖边上、河汊里，青蛙的叫声连成一片。青蛙打呱呱，四十五天喝上白疙瘩。娃爷不是岛上最富有的，但白面疙瘩还能喝上。麻妮到来，他不担心多一双筷子。渡口有几个老者在吃烟，他们都是高万斗家的雇工。

　　娃爷把一兜子烟叶拿出来，让那几个人吃。刚吃罢一锅烟，西渡口那儿信号炮响了。

　　快点跑，有土匪。娃爷划根洋火，点燃信号炮。炮声惊动岛上的人，民团快速上寨墙。有三十多个土匪乘船过来，洇过运河，用飞爪抓住寨墙跺子正偷偷往上爬。

　　枪响了，一个土匪被击中，一声惨叫，从寨墙上栽下去。

　　老蚂蚱手下的土匪一看这次岛上有准备，一声呼哨，趁着夜色撤了。

　　土匪们撤到湖边船上。昭阳岛的人，听好啦，底码是鞠有德。

　　底码是线人。微山湖一带有个风俗，给土匪做底码，提供的情报一定要准确，情报不实，土匪们吃亏，撤退时他们就把底码供出来。

数日前，鞠有德在夜里观察过昭阳岛的布防情况，寨墙上、四处的渡口都没人防守，他连着观察几天，觉得老蚂蚱带人偷袭昭阳岛，还不是小菜一碟。哪知道娃爷心细，上次娃爷的大儿子金瓜娶亲，老蚂蚱带土匪偷袭成功。这次娃爷家银瓜将要娶亲，娃爷心里老是圪蹴、烦闷，走在昭阳岛青石板路上，总感到脚下有条蛇要从水葫芦丛里蹿上来，湖边的稗子草和三楞子草上沾满蛇的眼睛。娃爷想，咋有这感觉呢，莫非是个不祥之兆？人无远虑，必有近忧。湖里的土匪虽说大部分被解放军消灭了，老蚂蚱的队伍也被打散了，但打散之后没多久他又召集了一帮地痞流氓，或者是硬绑架青壮劳力。娃爷想到这伙子土匪也要吃喝拉撒，没吃没喝肯定要出来抢粮，他们还是要提防的。可惜的是，金瓜让土匪老蚂蚱劫走后，一点消息也没有。想到这儿，娃爷把想法告诉给高万斗。他说，我琢磨着老蚂蚱这帮土匪好久没露面了，他们会不会突然杀出来？高万斗说，老蚂蚱对昭阳岛太熟悉，是要防着他。防好他，渔人就有好日子过。我说了不算，这事你去给民团说说比较好。一大群野鸭子从湖中芦苇丛里飞起来。没大了不起，夜里让巡逻的人警惕点就是。经娃爷一说，昭阳岛加强戒备，民团组织几十个人夜里值班。

这天深夜，昭阳岛民团打跑土匪后，在高万斗带领下决定收拾鞠有德。

这狗日的鞠有德，胆敢给土匪当底码。骂声响成一片。碧霞宫门口，汇集起几十只火把。

堵他去。制住他之后，把他活埋吧，不能给他留活路。

活埋他，一定要活埋他。鞠家咋有这样的孽种？！

一群人在高万斗的带领下，去捉鞠有德。到他家一看，哪里还有鞠有德的影子。鞠有德听到风声早吓跑啦，家里只有他娘黄素秋。她被闯进来的一帮人吓怕了，龟缩在墙脚的一张破苇席上。

她嘴里啃噬着砂姜。你们找有德做啥子？他犯了啥事？

他给土匪当底码。

你们不要下死手，饶他这次吧。

高万斗说，我们要饶他，除非饶了蝎子。

谁也不知道，给鞠有德报信的是娃爷。不管怎么说，娃爷和黄素秋当年有过一段情，虽说后来断了，但鞠有德毕竟是他的种。高万斗抓到鞠有德，他肯定活不了。鞠有德该死，娃爷也不想让他死。娃爷为黄素秋，决定救鞠有德，也算是报黄素秋那段旧情。他趁人不注意，偷偷溜出来，顺着一条胡同一溜小跑，来到鞠有德家。啪啪，拍几下门。

是我，快开门。

这么晚，深更半夜的，有啥事？

快开门，晚了来不及啦。

门开一条缝，黄素秋露出惊恐的眼神望着娃爷。你来弄啥？

高万斗带人要来捉有德，老蚂蚱把有德卖了，你让他快点出去躲躲，不然抓到他，他准没命。

娃爷说完扭身就走。他像一只猫消失在夜色里。

娃爷走后，鞠有德穿上衣服，带点零钱，出门来到湖边，划船跑了。

天亮时，人们从寨墙下的河沟里，捞上来一具土匪的尸体。

高万斗和娃爷等人把他埋在剑茅滩那边的乱葬岗子上。办完这事，娃爷急着往家赶。大街上弥漫着黎明前的火药味，还有牛粪、马粪、鱼腥的味道。芦苇和白芷草在墙脚里疯狂地生长，晨曦注满雾气和凉意。惊走的飞鸟和野鸭群又飞回来，太阳从湖里跳起，滴淌着红色的露珠，鱼群在一条红鲤鱼的蛊惑下出现，鸣叫着，拨动着水浪，向昭阳岛岸边撞来。像往常一样，昭阳岛热闹起来，人们拿着网、鱼叉、桶、盆之类的奔向湖边。

娃爷吃一锅烟，一抬头，看到院门口银杏树下站着两个人——一个穿着黑褂子的老人和一个女娃。女娃穿着一件小碎花的旧红夹袄。

大老远，娃爷看清是他亲家老麻。

怕你没起来，所以没敢喊门。亲家吃着烟锅说。

夜里土匪偷袭，被打死一个。娃爷若无其事地说。

闺女，这是你老公公。

爹。女娃银铃般喊一声。

娃爷看一眼这个十六七岁的女娃，他感到比大儿子金瓜媳妇强。一个天上，一个地下；一个是洋鸟，一个是地牦牛。

好，真我儿妇也。他看过《三国演义》，印象中曹阿瞒就说过这句话。

　　娃爷这句话使老麻父女千恩万谢了一番，因他第一次见这个儿媳，他看得上，他媳妇肯定没的说。

　　这时候，大门吱呀一声开了，娃爷老婆柳叶从屋里出来。这些年，她有些老了，背有点驼。清晨的雾气，裹藏着她无数个怀念金菖蒲的梦，一缕清凉的思绪，像野鸭子的翅膀，划开湖面上漂浮的水葫芦。无数岁月的残片，像蓑羽鹤的羽毛一样，顺着大运河漂走了。

　　是你们，快屋里坐。她说罢拉了麻妮的手。瞧这孩子多水灵，我正缺个闺女呢。

　　麻妮口甜，声音细细的，鸟似的喊娘。

　　几个人忙进院子，院子里树中间扯满绳子，绳子上晾满干鱼。鱼腥味像晨曦浓浓的雾。

　　老麻有些激动。闺女你好有福哩，再也不愁没饭吃啦，你望望这些鱼，我的娘哎。你咋这么有福分啊，摊上这样的婆家，你外头是个学生娃，将来说不准功成名就。爹是放心了。

　　咱俩需要多谢姚瘸子，这媒可是他的功劳哩。我大儿金瓜的媒也是他说的。

　　按老麻和娃爷定下的日子，婚礼如期举行。银瓜不在家，小六子拿着银瓜的照片临时代替。

　　湖中来了几艘喝喜酒的大船。几个穿蛤蟆皮、露裆裤的小孩，爬到屋顶上放起鞭炮。

　　时间仓促，娃爷也想着把喜事办体面些。在办喜事的过程中，刁哥表现得积极兴奋。她把家布置一番，墙壁上贴了吉利画《年年有余》《麒麟送子》等，又挂绣花门帘，铺好新被新褥。接着，刁哥将象征幸福的麸子，象征早生贵子的红枣，象征生活富贵的钱币撒在床上，她嘴里嘟囔着，一把麸子一把枣，明年生个大胖小。

　　按湖上渔家的风俗，寅时不露光，卯时出太阳，娶亲是越早越好。这湖中有土匪老蚂蚱横行，加上以往的教训，娃爷这次娶儿媳也就从简了。

　　要拜堂了，还不见新郎的影子。

　　刁哥有些躁，说，小六子这个熊货，节骨眼上咋撂挑子？

　　不急。我去喊他，他没走远。唱端鼓腔的名角黄松龄和娃爷不错，娃爷请他过来帮忙。他说完，一溜烟去了。吃一袋烟的光景，他和小六子一起来了。

黄松龄从湖边船上喊来小六子。他下手快，去湖里捕鱼，一个时辰，他船舱里的鱼已满了。

来到娃爷家，小六子认为是个过场，他没有像样衣服可穿，光着脚，腿上还满是泥巴和苲草，他裸露的脚脖子上还沾有一条蚂皮。

做新郎之前，把脚上的蚂皮打死吧。

娃爷和柳叶看着他把他脚上的蚂皮扯下来。蚂皮咬你，你不知道吗？这孩子，从小大大咧咧的。

你小子哪是当新郎的样子？看你头发长的，像驴尾巴似的，也要理一下。

小六子笑笑。叔，我不是没新衣服穿吗？

你先把脚洗好，可不能捣乱，你和银瓜是兄弟哩，我找身银瓜留在家里的衣服马上给你换上。

主持婚礼的是昭阳岛最有头脸的王汉福和高万斗，他们让人撒花生和枣。

小六子换好衣服，又洗了头脸。姚瘸子给他剃了个汉奸头，小六子样子像个汉奸，可人精神了许多。

汉奸头是最时髦的头型。小六子这狗日的，福分哩。

小六子双手捧银瓜的照片。高万斗在供奉着娃爷先人的画像下喊，一鞠躬，一拜天地。二鞠躬，二拜高堂。三鞠躬，夫妻对拜，进入洞房。

小六子认真地拜完，他从洞房里出来，脸色有些异样。

拜堂仪式结束，喜宴开始了。姚瘸子、王汉福、高万斗、黄松龄等几个忙人都坐媒人席。媒人席是十三太保席，十三个碗，称为大席。媒人席最重要的人物是姚瘸子。媒人席上花样多，大件是糖熘鲤鱼，这道菜一上桌，姚瘸子站起身来，撸两把袖子，眼睛像发情的公狗，先举着筷子，对着糖熘鲤鱼比画一番，嘴里念叨几句湖上渔歌。手腕子翻了花，说声下湖吧，一筷子下去，把腮花子里面形似小鲤鱼的软骨夹出来。

这时候，有人手拿小红绳递过来，将小鲤鱼系上，放在桌上。

娃爷和小六子用托盘端着四瓯子酒来给媒人敬酒。

姚瘸子接过四瓯子酒，一抬头，喝个精光，接着作为对主家的回敬，他唱起湖上渔家的喜酒歌。

一曲终了。娃爷和小六子每人喝两瓯子酒。

麻妮的婚礼，最热闹的是女席。在刁哥的支持之下，喜酒歌花样百出。这天的热闹，是昭阳岛最近几年第一次。

热闹过后，第二天，小六子出事了。

他到鱼骨庙里削发做了一名小和尚。娃爷和柳叶劝他，他只是哭，说这辈子是当和尚的命了。

9

麻妮嫁到娃爷家，天天想银瓜。

银瓜是个啥样子，麻妮从来没见过，家里只有他一张四寸黑白照片。每天晚上临睡之前，麻妮要拿出来看看。这是一个英俊少年，从学校里照的，穿着一身学生装，脸上有两个小酒窝。麻妮用手摸一下，感到一股暖流向心窝子里钻。这时候，麻妮感到脸红了。

能为他做什么？只有为他做鞋。做起鞋来，麻妮想到银瓜脸上那对小酒窝贴到她脸上了，心里又一热，针不听使唤，好像跟自己作对似的，往手指头上扎，血冒出来，她用嘴吸吮一下，血有些咸，也有些甜，但手指头不疼。

灯光那边，银瓜好像拿着一卷书在读，脸上一对小酒窝鼓鼓的，一张一合，过来将麻妮揽怀里，他管麻妮叫妮妮。疼吗，妮妮？你白天做活够累的，晚上还做啥针线？千万别把身子累坏了。麻妮说，没事，我不累，身体结实着呢。麻妮这样说时，煤油灯忽闪几下，银瓜影子不见了。夜色阑珊，空气里依然漂浮着银瓜脸上的小酒窝。这些小酒窝，像湖里的鱼群一样游过来，在房间里乱转。

此时，昭阳岛上的夜被蝼蛄、蛐蜒的叫声淹没了。

麻妮从小在西山窝大青山长大，他爹是个石匠，麻妮从七八岁跟着他爹在石场混，搬石头蒜臼子，搬盘子大小的石磨，搬小石狮子、小石人什么的，干的全是粗活重活。麻妮有的是力气。来到娃爷家，麻妮不惜力，见到银瓜的照片之后，麻妮心里踏实了，她喜欢上这个脸上有酒窝的银瓜。

几年前，麻妮扎着羊角辫，有一个算卦的老女人给她算一卦，说她一定能嫁一个读书的人家。那卦辞上还有一句，说什么千里东风一梦遥，算卦的老女人对这卦辞也没有说清楚。麻妮认为是吉卦，现在确实找个学生娃，麻妮心里满意，见不到银瓜心里也甜。来到娃爷家，她格外殷勤，给牲口出圈，往地里拉粪，洗衣做饭，晾晒干鱼，去湖边喂养鹅鸭，给娃爷洗头、盘辫子，这些活麻妮都揽过来。麻妮不相信银瓜不回来，人活着，哪有不进家的理儿。

麻妮嫁到娃爷家第二天，才知道喊高个子麻脸女人叫嫂。她丈夫金瓜在举办婚礼这天让土匪抓走了。土匪们把金瓜弄到哪儿，昭阳岛人一无所知，只知道金瓜在土匪队伍里。

娶了儿媳妇麻妮，娃爷的干劲也足了，他又盖了房，弄了前后两个院。

刁哥住在后院的厢房里，有时候也来到前院陪麻妮，夜里同麻妮说话，她吃上几锅烟，天南地北，扯罗一阵。说到半夜，也不走了，便睡在麻妮的房里。

刁哥睡到半夜，打呼噜像雷声。麻妮睡不着，在煤油灯下纳鞋底子。

第四章

1

一年前，鞠有德因给土匪当底码，高万斗领人没捉住他，娃爷给他报信，他划着一条小船跑了。他划船沿大运河往南跑，不知道跑了多少水路。一上岸，遇上一队解放军，此时淮海战役接近尾声。鞠有德说，我是昭阳岛上的长工，因得罪保长跑出来。你们管我饭吃，我给你们出力干活。一个军官模样的人说，现在抬担架正缺人手，你抬担架吧。鞠有德便留在解放军队伍上抬担架。有时候，鞠有德帮着炊事员做饭，他从小在湖里长大，炖一手好鱼。有时候，部队停下来学政治，鞠有德也在一旁听，鞠有德聪明，听几次就听明白了，也学会不少。他心里想，国民党败局已定，以后是共产党的天下，要将革命进行到底，我必须赶上最后一班车，跟他们闹革命，他们让干啥就干啥。一转眼，鞠有德在部队上打杂半年。第二年春天，部队要过江打仗。这天，一个带兵的连长问他，你是跟着部队干，还是回家？因为你还没有办理入伍手续，还不算一名军人，去留随便。连长又问他家里还有什么人。鞠有德说只有一个老娘。连长说，后方刚解放，巩固政权也需要人，你回去吧。鞠有德说，我在部队上干半年，买菜做饭，挑水洗衣什么的，没有功劳，也有苦劳，能不能给我个什么职务回去？连长说，这是应该的。我给你写个介绍信，让地方给你安排工作。鞠有德觉得划算，立马答应下来。

连长给他开了介绍信，鞠有德拿着介绍信就回来了。

来到昭阳岛，鞠有德把信交给殷连举。鞠有德相信，世界上没有不吃腥的猫。这天，他请殷连举喝酒，殷连举去了。鞠有德回昭阳岛之后，第一件事是买一艘新渔船，他要让昭阳岛人都知道，他是一个有能耐的人。他把殷连举请到船上，从康熙御膳房要几个菜和两个瓷鼓子，两个人喝了一夜。第二天，殷连举说，进民兵连吧，先在民兵连里干着，上面的待遇每月八斤小米，六块钱。鞠有德一听，恨不得趴下给殷连举磕头。为答谢殷连举，几天之后，鞠有德送给殷连举十块银圆。殷连举假意地说，你这是干什么？这可是最后一次。鞠有德说，现在不兴银圆了，你保存着玩吧。从此，鞠有德和殷连举越走越近，两人成了无话不谈的朋友。

又过了一个月，民兵连长王爬虾因滥杀通匪户，殷连举免了他的职务，鞠有德又到区部活动几次，请区长殷连举几场酒，又送份人事。数日后，鞠有德摇身一变，当上了昭阳岛的民兵连长。

当上民兵连长的鞠有德，一下子威风起来，他有事没事，扎着武装带，背着大枪，领着几个民兵，排着队在昭阳岛大街上走动。此时，鞠有德是有目的的，他想在昭阳岛上树起自己的威信，让昭阳岛人知道，这昭阳岛的天下是他鞠有德的，他一跺脚，昭阳岛四个旮旯都要晃荡。他这样做还有一个目的，是做给娃爷看，做给他老表黄松龄看，黄松龄娶了个日本女人叫薰子，长得漂亮，他本人又是端鼓腔的高手，靠唱端鼓腔吃喝不愁，还挣不少钱，买房子买地，日子过得殷实有味。娃爷靠排船、靠唱端鼓腔，日子过得也不孬。他两个儿子不在家，却养着两个儿媳妇，天下没不吃腥的猫，谁能保证夜里娃爷不偷嘴吃。鞠有德也想过上他们的日子，晚上有个称心的女人搂着，白天有个油炸鱼吃，有个地瓜烧酒喝。在昭阳岛，这是神仙一样的生活哩。一个男人不这样想，除非他没有蛋子，是个二鸡子。鞠有德当上民兵连长，背上钢枪，他是兴奋的，心情也是复杂的。心目中的女人，他也物色好了，首选是娃爷家的麻妮。银瓜去了台湾，他不会回来了，麻妮嫁人是必须的。娃爷这老小子若识趣，就该主动把麻妮送给他。他心里知道，他咋说也是娃爷的种。他这样做了，说明这个老小子还有点礼数。不管怎么说，他是鞠鲇鱼的儿子，名正言顺。娃爷是个流氓，当年勾引黄素秋，那时黄素秋已嫁给鞠鲇鱼。鞠有德突然为他爹鞠鲇鱼感到不忿，媳妇被勾引不说，还怀别人的孩子。他为鞠鲇鱼暗算娃爷几次感到高兴。一个男人就得这样，鞠有德觉得他爹当年做得合情合理，只是鞠鲇鱼

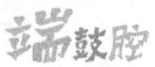

做得不够狠，他没弄死娃爷。鞠有德觉得有必要替他爹接着弄，直到弄死娃爷。想到这儿，鞠有德不自觉提了提肩膀上钢枪的背带。他暗下决心，要搞定麻妮，若娃爷阻拦，他便替鞠鲇鱼算旧账。

鞠有德一这样想，觉得已把麻妮搂在怀里，也剋上了。

2

麻妮走到大街上，感到有人盯着她，无论她走到哪儿，那眼光像黑色的鱼鳞一样，落在她身后。她感到有一种危险，像蛇一样，潜伏在路边的蓍子棵或者艾草里，随时可能袭击她。

这天，麻妮一大早起来织渔网。太阳刚爬上树梢，阳光里充满了鱼鹰的粪便味和水草气息。麻妮这时看到一个人沿着一米宽的木桥走过来了，麻妮不知道这个人叫什么名字，只见这个人背着一杆长枪。娃爷认识他，娃爷喊，王化你有事儿？王化说，没大事。娃爷问，吃饭没？王化说，没。娃爷说，没吃饭，在我家吃，我家今天用黄花鱼烧的鱼粥，里面放了小茴香，好喝。娃爷你这么一说，我就淌口水。现在鞠有德当民兵连长，民兵也有纪律，是他跟解放军学的，不拿群众一针一线，更不能到群众家吃饭哩。这不叫吃饭，到我家尝碗鱼粥能叫吃饭吗？娃爷你这样说，我就敢喝鱼粥了。柳叶看他要吃饭，便给他盛了一大碗鱼粥。刁哥端给他，他在院子里银杏树下的石桌上吃。麻妮把自己坐的一条木凳递给他。王化说，麻妮真好，娃爷有你这个儿媳妇，前世修来的福分哩。可惜银瓜不在家。也许我今天不该来。我问你有事呗，你说没事，看来还是有事。有事也不大，鞠有德这孩子派我来接麻妮到大队部去一趟。去干啥？他没说。一条大鱼在湖中的芦苇丛中游动，它身后跟着成群的红鲤鱼。去也没事儿，娃爷您放心，今天我跟着麻妮，咋接走的，我咋送来，谁敢动麻妮一根头发，我跟他拼命。有你这句话，我就放心了，让麻妮跟你去吧。

王化喝两碗鱼粥，打个饱嗝。今天的事包我身上。

王化说完，领麻妮去村部。娃爷、柳叶、刁哥他们出院子。柳叶说，保护好我家麻妮，婶子我做饭的手艺好，你饿了就到我家来吃，你娃爷叔也不会亏你。

王化点点头，一条鱼的困惑在他脸上迭起迭落。

昭阳岛民兵连的连部设在河神庙一间厢房里。鞠有德坐太师椅上，吃着一锅烟。他此时正哼着一首流氓小曲：小木人儿，蹦跶蹦跶要日人儿，先日凤凰台，再日孔雀台，日了河北，日河南，吓得家家户户都关门，一个大嫂没关跌，鸡巴子进去多半截，要问小木人有多厉害，光熊接了一洋盆。鞠有德正哼着，突然看到麻妮进来，他的眼睛眯缝起来，脸上出现了笑容。

找我有事？

想问问你娘家那边的事。

我爹是个石匠，我娘家几辈子是石匠。

石匠好啊，会做些什么？

石人、石马、石狮子、石牌坊。

我说嘛，你和他们不一样。

怎么和他们不一样？

院子里树上，几只乌鸦叫几声。湖中芦苇丛里，传来苇咋子的叫声。有些烦躁，也有些刺耳。

你是个美人，不是一般的美人，在咱昭阳岛多少辈子了，从没见过有你这么美的女人。

我美什么？粗老笨壮的农家女。昭阳岛有美人，高万斗家的女儿高菊花才是真正的美人儿。

鞠有德吃过一锅烟，烟锅在椅子腿上磕几下。这个嘛，我心里有数。你这么美的人儿嫁银瓜，不太可惜吗？银瓜跟着国民党去了台湾，他是个坏人，你还年轻，怎么不改嫁？

树上的乌鸦又哇地叫一声，飞走了。

不许你说银瓜是坏人。银瓜去台湾，你看见了？你什么时候看见的？银瓜在济南读书，他是个学生娃哩，咋去台湾？你说话可要凭着良心，不凭良心要遭天打雷劈。你找我也没有什么好事，黄鼠狼给鸡拜年，没安好心。要打坏主意去别处打，想打我的主意，你想错了。我回去啦。婆婆教

我织渔网，我还没学会呢。告诉你，以后没事少烦我。

麻妮说完，走出河神庙。院子里大榆树下，小六子光着脚，手里握着一管烟在那儿吃。见麻妮出来，小六子也跟着出来。

王化也从河神庙里出来，他依旧背着大枪。赶紧回家吧，这个鞠有德没安什么好心。麻妮你以后要小心。

麻妮回到家，两眼有些湿。柳叶在院子里老槐树下织网，屋墙那边的夹道里，一只蜘蛛也在织网。

他狗日的想欺负咱，没那么容易。柳叶说，不要怕。

娃爷织完一段渔网，从屋里出来，他蹲在槐树下吃烟。两只眼睛眯缝着，看着夹道里的蜘蛛网。

鞠有德是那个蜘蛛。

你骂粘不到他身上。

你看看它织网，它不知道要算计谁哩。那一年，他给土匪当底码，高万斗领人捂住他，把他活埋，也给昭阳岛除一害，结果让他跑了，留下祸患啊。我那时做错一件事，现在后悔也晚啦。他这会儿成了昭阳岛的红人，整个民兵连都是他的，长枪短枪二三十支，谁也惹不起他，他祸害昭阳岛早哩。

老头子，你别这么没出息。你的话别吓着咱麻妮。他没啥了不起，一个光棍汉子，还有一个只会唱几句端鼓腔的老娘，屋里四个旮旯。家里除老鼠之外，连个带毛的都没有，穷得那熊样，他成不了精。

他咋成不了精？你没见他刚买一艘新船，在昭阳岛上可是数一数二，这个王八羔子哪来的钱？他的钱肯定来路不正。不要小看他，他鬼道道不少。娃爷吃罢一锅烟，烟锅在裸露的树根上磕磕。女人知道啥，头发长见识短，鞠有德最近肯定有大动作，我们要小心点。

他又不是村长，他在村里是个民兵连长，老鼠尾巴上生疮，能有多大点脓水。昭阳岛上，他能兴风作浪？我知道你的老底子，黄素秋当年给你相好，这个鞠有德是你的种，你个老不正经，还念着旧情，护着他哩。

别胡说，你看他哪像我的种？

俺眼瞎行不？憨子也能看出来，鞠有德是你的种。

二十四把壶，就这一把是漏壶，你别提好不？是这样，凡事咱小心点，吃不了亏。

我今天一大早去摆渡，第一个坐船的人是鞠有德。不过老头子，你说的话也不全错，也不全是瞎话。湖里出现一条大红鲤鱼，鞠有德也看见了，他吓得脸色都青了。

船进湖心，鞠有德问我，你打死日本鬼子时害怕吗。我说鬼子是祸害人的畜生，杀几个畜生有啥害怕的。你一个女流能杀人，不简单啊。他这样说，还朝我笑笑。这有什么，遇上恶人，我还敢杀。我说这句话时，看到鞠有德哆嗦了一下。那条红鲤鱼尾巴的影子贴在他脸上，变成了扇风耳。

麻妮织渔网，阳光的嗡嗡声折磨着她。几片银瓜脸上的酒窝从她指缝里滑落，像一条小鱼，在浅水里游荡。

一家人各忙各的，一转眼到了夜里。夜深人静时，麻妮睡不着觉，她又给银瓜做鞋，衣柜里有她给银瓜做的十几双鞋。月光透过窗子，斜射进来，小银鱼般四处游动。野鸭群从湖面上飞起飞落的声音，如同嘈杂的集市。几只狗叫起来，像毛刀鱼的叫声，伴随着一个人的脚步，从湖边三棱子草和稗子草的缝隙里传来。一粒车前草种子落地的声音，像婴孩降生时的哭泣。麻妮想到娃爷说过的话，湖中四条腿的鱼怪有时候变成一个红胡子老头，谁家有灯光，他就顺着灯光去谁家，可不能给他开门，这四条腿的鱼怪变成的男人也糟蹋妇女哩。

数年前，有人在屋顶上埋伏着，明明看着他进院了，立马给他一鸭枪，好像是把他打伤了。等人下房捉拿他时，他借土遁走了。于是，昭阳岛又有一个四条腿的鲤鱼精会土遁的传说，且越传越神。那个打他一枪的人，数日后去湖里采莲，他采满一船舱摇船回来时，看到湖中一条红鲤鱼的脊梁隐藏在水葫芦秧子深处。他有些惶恐，还没来得及划船逃走，芦苇丛里有人向他打冷枪，这一枪好准，打在他脑门上，他栽倒在船舱里。绿色的莲蓬上粘满一摊猩红的血。这血浸在莲蓬上，如同受伤的獐鸡子，发出吱扭吱扭的呻吟声，蛇一般地爬向芦苇丛深处。

麻妮听到这神秘的脚步声，她吹熄灯，屏住呼吸，感到压力从门缝里挤进来，脚步声消失在屋后的艾草里。不久，这声音像一条红花家蛇，顺着泥墙爬向窗口。

麻妮，是我，我想你，你给我开开大门，让我进去好不？我忘不了你

的好处。

麻妮听清楚了是鞠有德，她手里攥紧一把菜刀。禽兽，快滚，鞠家咋有你这样的孽种，你不滚，我让婆婆用鸭枪打死你。

一提用鸭枪打他，鞠有德像一条蛇，瞬间消失在湖边的草丛里。

我是不会放弃的。芦苇荡里，鞠有德撂下这句狠话。

第二天，麻妮眼睛肿得红红的，她去湖边给牛割草。娃爷叼着长长的烟管说，别到剑茅滩那儿去，别走太远，有啥动静，家里方便知道。

柳叶从屋墙上把一杆鸭枪拿下来，在院中一棵香椿树下，她用油布擦，枪身乌黑锃亮。咱家这杆枪是个宝。当年，我给小六子的娘报仇，用这杆枪打死过一个鬼子。现在擦擦它，说不准哪天能派上用场。柳叶说完这些话，死亡的气息像黄菖蒲一样，梦幻般摇曳在香椿树上。她的记忆如同洋葱，一层又一层，伴随着湖底黑汁泥的气味儿，在娃爷一家人的思绪里，一块又一块，像胶泥瓣子一样，在地上翻滚。

柳叶说话时，麻妮背起粪箕子下坡。刚出昭阳岛，湖边老柳树上几只老鸹对着她啊一声，带着腐烂尸体的气息飞走了。

一群鱼雁在麻妮黄褐色的梦境里飞翔，飞过银瓜脸上一个又一个酒窝。

麻妮不害怕，继续往前走。她要给牛割一筐鲜茅草。

这时节岛上的麦子还没有收割。一个白花花的夏天，在地上炸开。地里的麦子，个子矮矮的，牛毛似的，细小杂乱，没有力气，也没有精神。麦田里，开花的茅茅芽、芦草、三楞子草、秃妮子顶、薯苗秧、猪芽子草，都比麦子高。薯苗秧疯起来，在刺眼的光线里打着呼哨，爬藤似的将麦子和其他野草缠住，触须在旷野的热风中伸向天空。紫罗兰色的薯苗秧花有着喇叭花一样的形状，晚霞似的一片，在翠绿的旷野里，在麦田的上空，编织一层火红的云。成群的蜜蜂发出闷雷似的声音，不知道从什么地方飞过来，它们落在湖堤的槐花上，落在薯苗秧花，还有沟畔那些不知名的野草野花上。蝴蝶渐渐多起来，最多的是叫黑妮子的蝴蝶，它们在麦田的上空盘旋，在热风划过一道又一道白色的气浪中，带着鱼骨庙里那两口棺材刺鼻的漆味，弥漫过岁月的暗影，在湖上一阵渔歌声里，向南，再向南。

这时候，刮起一阵风，是麻雀，成群的麻雀上下翻飞着，鸣叫着，歌唱着，向湖堤上槐树林和湖中的芦苇丛飞去，它们飞过的弧线留下瓷片碎裂的声音。

麻妮脚下，几只牛背鹭、草鹭、长脚秧鸡、菱角鸟，鸣叫着飞过，消失在麦田里。沟畔的葛八根和芦草绊她一下，麻妮差点摔倒。她借势朝前紧跑几步，湖畔野洋姜和金谷豆丛中，蚂蚱、蜻蜓、蟋蟀、小蜥蜴、青蛙、水蛇，惊吓得一阵乱飞乱窜。

麻妮弯下腰，开始割青草。这时，芦苇丛中蹿出来一个人，一双有力的大手从后面搂住她。

畜生，放开我。麻妮急得吼叫。

别这样麻妮，我相中你啦。昨天夜里去找你，你真无情，不跟我说话，也不给我开门。我等了好久，见你要拿鸭枪打我，我才走开。我喜欢你。

鞠有德你不得好死。你个野种。

一群野鸭子从芦苇丛里飞起来。

放开她！你还算个人？一个粗重的声音传来。

鞠有德松开麻妮。芦苇丛里闪出小六子，他手里握着一把镰刀，镰刀锃亮，一条红鲤鱼的眼睛在镰刀上流淌。

你打麻妮的坏主意不是一天了。

我打她的主意关你屁事？半路上杀出来个程咬金，你算啥？鞠有德搓下手，指着小六子的鼻子。你等着，早晚让你死我手里。骑驴看唱本走着瞧，我早晚让你小子知道。鞠有德说罢转身走了。

小六子背起麻妮割的一筐青草。我送你回家，以后单个人莫出来。

麻妮低着头。嗯。

麻妮平安回来，娃爷一家人总算放心了。柳叶发话，麻妮一个人再也不许单独出去了。

3

这年入冬的第一天，天上飘着雪花。柳叶又把鸭枪拿出来，黑黢黢的枪管里冒出一股死亡的气味。一群野鸭子从院子上空飞过。柳叶说给人做完摆渡，便去湖中打野鸭子。

这个季节野鸭子最肥。刁哥说，我也去打野鸭子，野鸭的肉香，我能吃上三大碗。娘啊，你让我也跟着你去吧。

麻妮听她这样说，笑笑。你去，我也跟着去。她笑时，一大朵雪花进了院子，接着是一个男人，他披着蓑衣，眼睛里流露出孤独的目光。这是一个高大魁梧的男人，站在院子里像一株红高粱。

是金瓜。柳叶喊，快去后院喊你爹，金瓜回来了。

我的亲人，刁哥哭了。这些年你去了哪儿？

柳叶抱住金瓜，刁哥忙着把金瓜身上的蓑衣取下来。

娃爷跑过来，大声嚷嚷，你们在雪地里弄啥？快到屋里暖和。麻妮，你去抱捆豆秸，给你哥烤烤火。都别愣着了，给金瓜做饭，你看金瓜瘦的。刁哥快给金瓜熬锅鱼粥喝，把家里的干鱼馏上一筐子。这些年，我心里一直坦然，就知道金瓜在外出不了事。

我去做饭，刁哥眼睛里泪汪汪的。

豆秸在堂屋当门点着，顿时，炸黄豆的香味弥漫在院子里，像湖中一群野鸭子飞过来。

饭很快做好，麻妮帮着炖两只野鸭子和一条红鲤鱼，又烧个瓷鼓子，切一大盘咸青皮，还蒸一笼螃蟹。刁哥在船头上熬好一锅鱼粥。

邻居听说金瓜回来，跟娃爷有味分的人，特别是黄松龄和薰子，给金瓜煎了一篮子晒干的咸鱼，还送来两坛子地瓜烧酒。

柳叶也没把他们两口子当外人，给他们拿碗筷，又给他们倒上酒。黄松龄喝了两碗地瓜烧，说家里有事，领着薰子回家去了。

邻居们来来去去，热闹到大半夜。邻居们走后，娃爷和金瓜继续喝酒。

这时，金瓜看下麻妮。这是谁？是咱什么亲戚？

哪儿是什么亲戚？这是你弟媳妇，银瓜家的。她叫麻妮。

一提银瓜，屋里的气氛又凝重起来。过了许久，金瓜说，嘘，关好门。我打听到一条好消息，当年在济南读书的那批学生真去了台湾，银瓜肯定跟去了，他肯定活着，活着就好，就有希望回家。麻妮你别灰心，你不会白等的。说不准哪天，咱们就把台湾解放了。

我昨天梦见银瓜了，他很好，他会回来的。

麻妮不说话，眼睛里有些湿。我去厨房给哥烧份草鱼摸锅饼吧。

这时候，小六子来了。他和金瓜从小是有话说的玩伴，一起光腚长大，一起捞鱼摸虾。小六子给金瓜送来一坛子酒。娃爷和柳叶对他不薄，平时也喊他到家里吃饭。虽说他在鱼骨庙里当一名小和尚，但鱼骨庙就他一个人，庙中东厢房的那两口棺材发出的响声，时常让他惊魂不定，他感到有一口棺材要把他装进去。这种恐惧的日子折磨着他，使他感到这和尚不当也罢。昭阳岛人也没人把他当真和尚，他是个假和尚，也吃肉，也喝酒。小六子像正常渔民一样，下湖捕鱼，养鱼鹰，织渔网。他不吃斋念佛，也不诵读经文。娃爷给家里人说，不管他，他折腾一阵子，自然就会娶媳妇成家。

小六子见到金瓜，拉了他的手，说他福大命大造化大。然后，天南地北，扯罗一馍馍筐子，陈年鼓破年年锣的旧事。直到半夜小六子才离去。

后半夜，风雪下得更大了。湖里有一种奇怪的声音传来。

湖里的鱼怪出现了。他上了岸，不知道又要祸害谁哩。娃爷吃一锅烟，到牛棚喂牛去了。他的小辫子在风雪里竖起来。

他走几步，回头说，老婆子带着你的鸭枪到麻妮屋里睡吧，这孩子胆小，害怕，她不像你这个母夜叉，天不怕地不怕。你娘这个母夜叉，亲手打死过一个鬼子。她年轻时，胆比我大。

别说了老东西，去喂牛吧。我一烦，夜里把你的辫子剪了。其实，我那一枪杀一个人，到现在心里也感到魔乱，只有每天做摆渡，做点好事，心里才平静。数年前，我做过这样的梦，最近又老是做这样的梦，我梦到小六子的娘翠莲，她告诉我，到湖边割草，什么草都能割，千万别割千屈草，我的魂儿就在那草上。

柳叶说着话，提了鸭枪，拉麻妮去东厢房。

厨房里只剩下金瓜和刁哥。金瓜吃饱喝足，打着响嗝来了困意。我睡哪儿？

你说睡哪儿？你跟我睡。刁哥说完，拦腰将金瓜夹在腋下，大踏步来到自己的房门。到屋里，给金瓜脱鞋，将金瓜平摆在床上。

我害怕，不敢跟你睡。

你不跟我睡，老娘咋给你家生娃？

我害怕你。

你害怕什么？没吃过猪肉，还没见过猪跑。小亲人，你甭嫌我长得丑，其实，我一点也不丑，你想溜？没门。你知道不，家有三宝，丑妻、薄地、破棉袄。要不是我长得粗糙，老蚂蚱还不把我给抢走了？哪像麻妮，细皮嫩肉的，见了你，哥哥喊得那个甜。麻妮是个狐狸精，哪个男人见她都馋得口水啦啦淌。小六子是个憨熊，让他替银瓜拜堂，你猜咋的？小六子这熊货发下毒誓，说这辈子再不和第二个女人拜堂成亲哩。小六子是个君子，别看他瞎字不识，重情重义着呢，他不打麻妮的主意，暗中保护着麻妮哩。不是小六子，她早着鞠有德的道啦。

老蚂蚱抓火头湾的两个村干部，把那两个人沉湖了，凶手听口音是鞠有德。

这话可不能乱说，传到他耳朵里，他会下手报复咱哩。以后要留点心，祸从口出，不是小事。哪个朝代都一样，防民之口，甚于防川哩。

刁哥说着话，三下五除二，解除了金瓜的武装，自己也火急火燎地钻进被窝。这一晚，金瓜把男人该做的事都做了。天快亮时，金瓜又主动找了刁哥。刁哥搂住金瓜的腰，嘴里喃喃道，我的小乖儿，以后我疼你，看你瘦的，我要把你伺候得胖胖的。

第二天，金瓜一大早爬上房顶扫雪。太阳悬挂在树梢上喘着粗气，冷风在昭阳岛四处游走。湖面上结了冰，积雪在上面堆了厚厚的一层，白茫茫一片，直和天的尽头相连。天空，野鸭子飞过，鸭群的叫声呼唤着鱼群的梦。

金瓜刚扫完房顶，鞠有德这时带着两个民兵来了。

鞠有德戴着一顶狗皮帽子，帽檐翻卷着，像乌鸦的翅膀子，忽闪忽闪地在阳光下跳动着。

此时，金瓜站在房顶上，他看到鞠有德站在院子里的老槐树下。这个鞠有德一看就是娃爷的种，鼻子、眼，特别是耳朵，一模一样。他鼻子冻得有些红紫。

金瓜你啥时候回来的？咋不给我打招呼？我听说你来，正找你哩。

找我弄啥？

当然，有要紧的事哩。

有啥事？金瓜从房顶上跳下来，落到鞠有德跟前。

好身手，看样子练了。

没练，胆大了。

娃爷从后院过来。有德吃锅烟。他不知道鞠有德打什么坏主意，决定先礼后兵。

吃我的。鞠有德掏出烟袋，捏一撮烟叶，划根火柴点上。是这样娃爷，我来也没别的事，上级说要大练民兵，我想让金瓜当民兵。

我没准哪天要到部队上去。我是部队上的人。

这不会影响你。民兵现在正缺人哩，你做个帮手吧。我在部队上也有关系，让他们提提你。那边还等着训练，你现在跟着我去。

金瓜有些犹豫，这时他看到远处有几个民兵背着枪，金瓜喜欢枪，他看到枪心里痒痒。

现在跟你去，发枪吗？

傻话，不发给你枪，让你去干什么。

我去。金瓜说完拍拍身上的雪，放下手中的活儿，跟着鞠有德就走。

刁哥起床后，发现没了金瓜，顿时有些急。

刁哥喊几句金瓜，没人答应。邻居说，别喊了，他跟着鞠有德去了。

他跟鞠有德去弄啥？

柳叶说，不会有事吧？

金瓜不会有事。娃爷说，他能对付鞠有德。

麻妮走出院子，她和刁哥站一块。有几只喜鹊从院子里老槐树上飞走了，娃爷看看天空飞的喜鹊，又吃了口烟。金瓜没事，绝对没事。你们没看到吗？从咱家树上飞的是喜鹊，一点也没有惊慌的样子，这说明金瓜没事。再说，另几只喜鹊还在银杏树上叫哩。

吃一顿饭的工夫，金瓜回来了，他身后背着一杆大枪。

是真枪，鞠有德发给我的。

刁哥和麻妮过来掂掂。好沉。

里面有火吗？

没火，火都在鞠有德那儿。他说练习打枪时发子弹。

金瓜在昭阳岛上当民兵，他和鞠有德相处时时留着小心。一晃一年，部队也没派人联系他。金瓜去找部队，出去一个月也没找到。当初的剿匪部队说是去了朝鲜战场。

金瓜无奈，也就安心在家过日子。

第二年春天，刁哥生下一个男娃。她生孩子这天，天上下起黑雨。这一天，娃爷听到湖底石磨转动的声音。娃爷惊恐万分，他不敢说。一只猫嘴里叼着一条鱼在屋顶上边吃边笑，猫的笑声像钢针，刺疼娃爷一家人的耳鼓。

孩子一落地，哇的一声哭，天上接着响一个炸雷。炸雷过后，整个微山湖都静下来。孩子也不哭了，黑雨也停了。

多少年没下黑雨了，这雨下得怪哩。

娃爷听到湖底石磨转动的声音，他心里明白，听到湖底石磨转动的人将是一个要死的人。娃爷想得开，他看淡了生死。

孩子赶在这时候生，不是个好兆头，起个啥名字，吉祥一些的。

娃爷说，叫小蝼蛄吧。天下黑雨，蝼蛄在泥土里淋不着雨，也安全，这个名字，我看可以。

这名字也行，让王半仙再给算算，然后按辈儿再给他起个大号吧，小蝼蛄是福字辈，看看起个啥。

金瓜认为这个办法好，他去找王半仙。手里提几条干鱼，还有一坛子地瓜烧酒。

麻烦您老人家给孩子起个大号，他是福字辈。我爹给他起了小名叫小蝼蛄。

什么名字不重要，重要的是防备一个人。

防谁？

天机不可泄露，这是天数。防好他就行，过了他这一关，孩子就没灾了。

防他到什么时候？

孩子十岁之前吧。十岁之后，我再给孩子起名字，看缘分吧。

怎么防？

让孩子不要见他，见他会生赖。

嗯。我知道了。

金瓜从王半仙家回来，说小蝼蛄这名字也没啥，但是起大号，瞎子王半仙不给起。他以前不是这样的，为啥连个名儿也不愿意给孩子起。他说孩子有灾，要躲着一个人，还要躲到十岁，他说这是天机。

王半仙有道道，他的话不能不听，改天咱们到湖东的山上给小蝼蛄找个替身，每年烧上香，敬敬这个替身，让他给挡挡灾。

娃爷吃着烟锅，他一连吃了三锅烟，说，是福不是祸，是祸躲不过。我这两天也听到湖底石磨转动的声音了，这不是个好事，咱家里人都留点心。我倒是不害怕，死活由它。根据以往的经验，咱昭阳岛上凡是听到湖底石磨转动声音的人，都活不长。我的事不叫事，你娘说得对，改天我划船，咱到山里给小蝼蛄找个替身，这是个大事哩。瞎子王半仙不给孩子起名字，这里面秘密大了，不是个小事，咱家要好好应付。

等刁哥过了满月，能出来走动了，娃爷划船带着一家人来到湖东的九仙山。金瓜对这一带熟悉，他在一棵老栗子树旁找到一块石头，刁哥给这块石头拴了红布，柳叶又摆下供品。娃爷在石头前面，插上三炷香。一家人跪下，给这块石头磕头。金瓜和刁哥又重重地许愿，这个事才算了。

一晃数年，什么事也没发生。娃爷一家人也渐渐地放松了警惕。

昭阳岛和其他地方一样，忙生产，忙着到湖里打鱼。这年，上面来了新精神，防止敌特搞破坏，加紧民兵训练。

这天，金瓜喝完两碗黄鱼汤，又吃了两块锅饼，就背着大枪去训练了。他一走出院子，老槐树上几只老鸹叫几声飞走了。

这狗日的老鸹，娃爷骂。他追出院子喊，金瓜，金瓜，我有话说。

金瓜脚下生风，出院子就没影儿了。

金瓜去了哪儿？

有人告诉他，金瓜去了剑茅滩，民兵要在那儿打靶，说是要玩真家伙。

娃爷一听不好，又急走几步，便撵上金瓜。空气的颜色像一罐子尿液一样浑浊，娃爷看到金瓜时，他急得差点要尿一裤裆。

在昭阳岛最东头湖滩上的一棵老柳树下，一群人正围着金瓜，大多是几个二马蛋子，还有几个小光腚孩。他们想摸摸金瓜手里的真家伙。铺天

盖地的麻雀鸣叫着飞过村头。金瓜的钢枪，在昭阳岛人眼里闪着乌油油的光亮。

爹，你找我？金瓜看见他爹在人群里。

我没事，你打枪时，要往后看。

众人大笑。打枪时，往后看，能打着敌人吗？

我知道爹，你回吧。金瓜有些不耐烦，感到他爹的话让他丢人了。

昨天夜里，我做一个梦，梦见你打枪时，后面有条黑花子蛇想咬你。娃爷掏出烟袋，点上一锅烟，慢慢吃着，方才往回走。几只龙虾从湖边淤泥里爬出来，跟着他的脚步觅食。龙虾的眼睛在娃爷的烟锅里燃烧着昭阳岛人的记忆。

湖滩那边，训练的民兵到齐，共计三十六人，金瓜过来当排头。有当过兵的，帮着训练立定、稍息和队形。几个人在剑茅滩上栽好打靶的木牌。

民兵训练的叫喊声，惊飞芦苇丛里的一群野鸭子。成群的鳝鱼在野鸭子的飞翔中，吐出向日葵的梦。没有风，空气里弥漫着烟草的气息，还有野兔子的粪味。野兔子啃食豆丝的声音，像是有人在拉锯，又像老嬷嬷纺棉。

实弹打靶开始，每个人打三发子弹。

鞠有德说，伙计们，先看我的。说罢端起枪，瞄准，射击，三发全中。

好枪法！

那当然，要不我这民兵连长咋当？好啦，该你们啦。给我长长脸，争取一发命中，这些子弹弄过来可不容易哩。

天上有一只野鸭子飞过。

谁能一枪把野鸭子打下来，枪法就练成了。

一个一个轮着来，看好靶心，打仔细。枪口要抬高一寸。

这些民兵平时摸的枪没子弹，第一次实弹射击，有点手忙脚乱，都打得差，三发子弹，乒乓一阵，全打光了，也没人能打中靶心。

最后一个打靶的是金瓜。他仔细，打两枪，也没打中靶心，他心里有些不服，想着第三发子弹一定要打中，免得让鞠有德笑话他。

鞠有德说，还得好好练，早着呢。

民兵的身后还竖着几杆大枪，所有民兵瞪着眼向前瞄准。一只漂亮的鸟向后飞走了。金瓜想那只鸟能飞哪儿，一扭头，看见鞠有德在三十米远的地方瞄他。他立马歪头侧身，鞠有德手里的枪响了，子弹从他颧骨边擦过去，将他的右耳朵打掉一块。

金瓜跳起来。你想枪毙我？金瓜抬手还他一枪。鞠有德惨叫一声栽倒在地。金瓜这一枪没把鞠有德打死，打瞎了他一只眼。

其他人围上来，将金瓜按住。

金瓜被捆绑着送到区部，民兵们把他交给区长殷连举。

怎么回事？

鞠有德从后面要杀我，我才还他一枪。

鞠有德不承认杀金瓜，他的眼睛上缠着纱布。他说，当时我去拿枪，不小心开枪走火。你当土匪还嘴硬，是你想杀我，你这个白眼狼，是我让你当民兵的。

这件事，公说公有理，婆说婆有理。殷连举也不好定案，鞠有德咬死口说金瓜是土匪，想借训练的机会枪杀村干部。要不然，打靶时，为啥枪里留一颗子弹。

殷连举这时候表现得非常冷静，他不说金瓜，也不说鞠有德。他把腰中的武装带解下来，放在右手里拿着，一直往左手心里敲。他在两个人身边来回踱方步。他腰带敲半天，突然指着金瓜的鼻子说，金瓜你小子听好了，表面上看，鞠有德开枪走火有这个可能。但是，你还他一枪，可是真要杀人。他的右眼废了，你让他今后咋找媳妇，他肯定要打光棍啦。金瓜你没个死罪，也要蹲一辈子小黑屋。先把金瓜关起来，等候发落。

殷连举这样一说，几个民兵过来，把金瓜押下去。他们把金瓜绑在碧霞宫一间厢房里。

殷连举这样做有他的打算。娃爷家境在昭阳岛也算殷实，把金瓜先关起来，娃爷这个老头子肯定来找他。当然，娃爷要给他送钱。只要给他钱，殷连举就决定对金瓜网开一面，然后装装样子，毕竟人命关天，关金瓜三月俩月，再揍他一顿完事。可殷连举等许久，娃爷一家人连个人影也没冒。这让殷连举十分气恼，他决定给娃爷点厉害尝尝，让他知道锅是铁打的。

殷连举正生气，鞠有德眼睛上缠着纱布来了。

你不在家养伤，晚上来找我干啥？你就是潘金莲的竹竿子，惹祸的根苗。

我的事还要区长哥给我打点。区长哥你咋骂我，打我都行。

我给你打点个熊。你小子太毒，我知道，你让金瓜当民兵就没安好心，阎王媳妇有孕，怀的是鬼胎。我没说错吧，你那点小九九能瞒过我的法眼？你就想害金瓜。

我也不辩白了，反正我跟这家人有仇。我的意思，哥也清楚。鞠有德说到这儿，他掏出十块银圆和一根金条放在殷连举跟前。区长哥爱喝个小酒子，平时那点俸禄哪够，还不够塞牙缝的。我把家底全送给哥，哥要给我做主出口气。

你小子是真人不露相啊，有道是露相也不真人，这个事你说咋整？

把金瓜送上面，让政府判，能杀就杀了。

殷连举两眼瞪着鞠有德。熊货，你够狠。乡里乡亲，得饶人处且饶人，你知道冤家宜解不宜结，做事也不要太绝。但我知道怎么做，让你小子吃不了亏。兔子急了还咬人呢，娃爷两口子可也是有胆子的人，他们连日本人都敢杀哩，这事儿，你是知道的。

区长哥训诫的是，凡事你来做主。

殷连举本想着，借这件事从娃爷身上再多揩点油水。金瓜关到第二天，娃爷果然来找他。娃爷给他提了一袋子晒干的鱼和一坛子酒。殷连举一看心里有点火。给我送这点东西，这不是蔑视我吗？我堂堂一个湖西区的区长，身价就值这点猴尿？他本想着大发雷霆，把娃爷骂出去，骂他拉拢腐蚀革命干部，可转念一想，娃爷毕竟是来送礼的。拳不打笑脸。娃爷一个渔民，一家几口子吃喝拉撒，破猪烂圈，又没啥家业，知道多少给送点礼物，也算看得起我这个区长了，这就不孬，这就算有觉悟。娃爷和鞠有德不同，鞠有德动不动银圆金条，他的钱财肯定是沾满了鲜血。这狗日的，谁知道他以前害过几条人命。殷连举想到这儿，于是拿定了主意。这个主意，让他有了一些善念。

金瓜跟土匪们混了半年，他说是卧底，又找不到证明人。现在，他借打靶的机会枪杀村干部，这是事实。就这一条，他吃枪子儿跑不了。

娃爷说鞠有德开枪在前。

这样吧。我给上面说说，金瓜死罪免了，活罪不能免，他要蹲几年牢。

娃爷忙给殷连举作揖。有您这句话，我这一辈子也忘不了您呐。我也没啥送您的，这些干鱼算是我的一点心意吧，以后我也忘不了您的好处。

我会想办法，从轻发落金瓜的。你放心回家吧。

殷连举几句话把娃爷打发走了。娃爷这时候感到殷连举这个人还算行。毕竟他手里有生杀大权，他说毙掉一个人，拉湖边就毙了。从殷连举的态度上看，金瓜没死罪了，这就好。

第二天，金瓜被抓走了。

这天，天有些凉，细雨斜织，成群的野鸭子黑压压地从昭阳岛上空掠过。金瓜被捆绑着，交到戴州城。

刁哥用扁担挑着两个篮子，前面篮子里放着男娃小蝼蛄，后面篮子里放着一些衣物铺盖。孩娃在篮子里哭，刁哥哄哄他，吃上一锅烟，细雨打湿了她的头发，她担起挑子，大踏步继续追赶。刁哥挑着担子，柳叶摆渡送她到西渡口，刁哥上了岸，沿着老渔洼村头的湖堤，一直追到戴州城。

刁哥在戴州待了一个月，最终也没看到金瓜的影子。娃爷和小六子怕她出事，便把她接回昭阳岛。

第五章

1

鞠有德当上民兵连长之后，更吃香了，也更厉害了。他成了一只狼。

在昭阳岛，鞠有德自己认为没有他弄不到手的女人，可他在麻妮面前栽了。

这天，鞠有德想拿娃爷的辫子说事，他把娃爷喊到大队部。娃爷不愿进屋，他在院子里树下接连吃了几锅烟。

辫子是自己剪，还是我帮你剪？你咋就这么顽固，啥时候啦，你还留着辫子？这不明摆着的，封建思想在作怪吗？

娃爷在裸露的树根上磕下烟锅。当初你参要害你，你外出逃活命时，借过我两块大洋，你还记得吗？你现在混阔了，也没还我的钱。两块大洋能买二亩地。要剪我的辫子，先问问你娘再说吧。

鞠有德在娃爷面前不敢动粗。他知道和娃爷的关系，他是娃爷播撒的种子，这一点他心里清楚。

鞠有德暗骂，这个熊老头子还怪难缠哩，他是一粒铜豌豆，油盐不进呐，我不从你身上下手，难道找不到下手的地方？鞠有德想到这儿，便给几个民兵说，你们把娃爷送走，把麻妮带来。

几个民兵不敢有违，他们押着娃爷去了。

这时候，下雪了。半个时辰不到，民兵将麻妮带到大队部。

鞠有德坐在太师椅上，玩着一把紫砂壶。

他不看麻妮，一只眼瞅着烟锅里的烟雾。他的眼光有些幽暗深邃。

知道为什么叫你来吗？鞠有德开口了。

不知道。

让你来，是问问你，你和台湾的男人是咋联系的。

我们没联系，你不要血口喷人。

你不说是吗？以前，我想沾你的光，没沾上。现在，一个反动家属，你脱了裤子，我拾个碗碴子给你盖上。白给我也不要了。你没看到，外村里的地主、富农、反革命分子、坏分子，都要挨批斗。咱村里也要掀起批斗坏人的高潮，麻妮你知道不？

要杀要剐随便。

你执迷不悟，我不能护你了，也不能对你客气啦。该几是几，对反动家属，我们有绝招，够你喝一壶的。

村里有几个瞎包孩子，还有两个愣头青，一个是鞠旱瓜，一个是鞠茛瓜。他们兄弟俩是村里斗地主的急先锋。鞠有德一招呼，两个愣头青闯进来，他们二话不说，按住麻妮，让麻妮跪在碗碴上。

麻妮的膝盖跪出血。

鞠有德来到麻妮跟前，说吧，咋和台湾联系的。

没联系。麻妮咬着牙。

好啊。来点更刺激的。

几个孩子过来，把麻妮的衣服扒了。麻妮身子白光光的，像雪。几个人把麻妮双手捆起来，把她吊在院子里旗杆上。

鞠有德吃着一袋烟，围着麻妮转一圈。当年的美人啊。那时，我想好事没想上，现在倒贴钱我也不想了。他粗糙的手在麻妮奶子上摸几把。老了，这皮都松了，可惜哩。在娃爷家守寡不嫁人，你这个人就是贱。你图个啥？空放一辈子葫芦秧子，连个鸟歪脖葫芦也结不出来，你说说图啥？

麻妮被高高地吊起来。

看见台湾的丈夫吗？

麻妮不说话。

还是低，再拉高一点。对头。鞠有德吃一锅烟。该看见了吧。

我看见你该死的老娘，为啥生你这个害人精。

绳子一下子松开，麻妮哇的一声惨叫，呱唧一声响，她掉在地上。

麻妮又被拉上去，然后哇的一声惨叫，还是呱唧一声响摔下来。后来再拉，再摔，摔倒第五次，麻妮躺在雪地上不动了。鞠有德让人提一桶凉水泼麻妮身上。

麻妮又醒过来。她两眼瞪着，已哭不出声来了。

这时候，娃爷又回来了，娃爷知道麻妮肯定要吃亏，但他的脚步没民兵走得快，他赶到大队部时，麻妮被几个瞎包孩子已折磨得不像样子。

娃爷的胡子飘起来，他眼睛里布满血丝。娃爷做出要拼命的样子。鞠有德手下的几个人一看，感觉要出人命，一个呼哨吓跑了。

娃爷将烟袋插腰里。鞠有德啊，你这个畜生，这是你做下的吗？

鞠有德坐在太师椅上吃烟。是我做的能咋？谅你阳沟里也翻不了船。

娃爷捡起地上的棉衣给麻妮穿上。鞠有德你等着，没你的好。你作到头了。

小六子这时候也来了。

你要是个爷们，今天晚上就在家等着，咱出去单挑。

好啊，我等着，不敢找我算孬种。

娃爷说救人要紧，先把麻妮背到家。小六子帮着把麻妮背到娃爷家。

麻妮醒来大哭，她发烧，不吃不喝，一连三天嘴里直说胡话。

娃爷去找瞎子王半仙，详细说了情况。王半仙叹息说，她这病是气恼伤寒，谁也没办法，受点委屈吧。你跟一个恶人拼命，他死了，你也活不成，你家就散了。所谓家破人亡，不就是这个事吗？要忍住，小不忍则乱大谋。天机不可泄露，日后自然明白。听王半仙这样一说，娃爷松一口气，不便再问。但娃爷私下里骂自己，鞠有德明明是我的种，没想到，他会坏到这份上。

瞎子王半仙给娃爷开了药方：

桂枝3钱、芍药3钱、炙甘草4钱、生姜2两、大枣10枚、大黄4钱、葛根4钱、杏仁4钱、柴胡3钱、酒生地6钱、干水蛭3个、猪苓4钱、车前子4钱、当归4钱。

他说你按方子抓五服中药，用水煎服即可。

娃爷不敢怠慢，去马家中药铺抓了药，熬好，让麻妮喝了，麻妮喝了五服中药之后，身体才慢慢好过来。

2

自从小六子和麻妮拜堂之后，他再也忘不了麻妮这个女人。他夜里睡不着觉，常常独自出来在湖边瞎逛。湖堤银杏树上的叶子落下的声音折磨着他，像是一只蚂蚁从他脸上爬过。月光清凉。他坐在一块石头上吃烟。他听着芦苇丛中野鸭的叫声，还有鱼群在湖面上飞起飞落的声音，痛苦感像湖中的野鸭子一样乱飞。他想不出这辈子为啥遇上麻妮，遇上这么好的一个女人，却和自己无分。

他想麻妮，天天想。他看到湖中的芦苇叶子上、荷叶上全是麻妮的影子在跳。这个世界生麻妮，不该生我小六子。如果有战争，小六子觉得该拿起枪去厮杀，血洒疆场，只有这样才能忘掉麻妮。

小六子受不了思念的啃噬，他出家到鱼骨庙里当和尚。当和尚的他，心依旧在麻妮身上。

这天一大早，小六子找到一把刀子，这是日本人当年的刺刀，有些钝。剑茅滩那边有一块石头，这块石头有三间房子大小，上面有许多野鸭粪和其他鸟粪。石头缝里长着几棵胡桃树，还有几棵蔷子棵，夏天能开出红色的小花。

小六子在这块石头上磨刀子。

他磨了一天刀子，刀子的寒光在冷风里像一条秋虫在叫。昨天，鞠有德在大队部折磨麻妮，小六子决定找鞠有德算账。他和鞠有德约好了，半夜里两人决斗。

这天深夜，下雪了。

雪花砸在小六子脸上，过去的记忆在他额头上变得冰冷。昭阳岛在灰蒙蒙的夜色里喘着粗气。一条红鲤鱼撞开冰面，用它坚硬无比的胡须，搜索着冰面上的人。微山湖底下的石磨转动着，轰隆轰隆的响声使他的思绪更加破碎。小六子知道，听到湖底石磨转动的人，快要死了。多少代人都是这样，凡是听到湖底石磨转动的人，用不多久就会死掉。小六子想听到湖底石磨转动的声音，他却听不到。他听到鱼在湖底淤泥中喘息，像雪花一样带着飒飒声。

那条红鲤鱼变成红胡子老头，他走在冰面上，脚步轻盈。芦苇在风雪中的沙沙声，是他的微笑。他手里提着烟袋，米黄色的玉烟嘴在雪夜里，闪烁着幽灵般的眼睛。

他悄悄地进村了。

家家户户都熄灯了，只有初级社的牛棚还亮着灯。低矮的窗口有几丝亮光射向饥饿的雪夜。

娃爷还没睡，小六子决定去牛棚坐会儿，他有一桩心事要告诉娃爷。

雪下了半尺厚，走在上面咔嚓有声。牛棚的木门外，还挂着几十斤重的草苦子，他费力地掀开草苦子，推开木门。

娃爷没睡，他在织渔网。银灰色的小辫子在灯影里晃荡着。现在忙破四旧，搞运动，无论怎么整他，他的小辫子还是留下来了。他见小六子进来，把渔网收起来。

外面还在下雪吗？

雪花有些是红色的，怪哩。小六子拍下身上的雪说。

吃锅烟吧。娃爷甩一下灰白的辫子。你看到什么？你肯定看到东西了。

我看到那条长着四条腿的红鲤鱼变成红胡子老头，他手里握着烟袋，米黄色的玉烟嘴还闪啊闪的。

是嘛，我早知道了。我还知道那玉烟嘴跟姚瘸子的一模一样。

娃爷又仔细打量一阵小六子，他的眼光一直盯着小六子的腰间，小六子腰里别着刀子。

你找我吃袋烟，还用带啥刀子？

我带刀子，要杀鞠有德。今天夜里，我要和他单挑。

你在剑茅滩磨一天刀子，鞠有德早知道了。他肯定准备好了，你不是他的对手。这个孩子心狠手辣，你半夜里找他决斗，他肯定先下手为强。他有枪，只要你敢进他家的院子，他会以半夜谋杀村干部为名，要你的命。或者，他已经找好了人手，等你上钩。这样的当，我们可不能上。麻妮受折磨，但麻妮毕竟还活着。这个事，拉拉硬功，做个拼命的样子，证明咱不服他，也只能这样了。胳膊拧不过大腿。他有股连举护着，谁动他也不容易。

你是说，这样算了？

算了吧。以恶对恶，吃亏的还是咱。留得青山在，不怕没柴烧。听人劝，吃饱饭，我说的话没错。

我听您老人家的。

那一年，他给土匪当底码，要是制住他，也把他活埋了。是我当时不忍心要他死，为黄二妮，我给他通风报信儿。今晚，你睡牛棚吧。拼命咱会吃更大的亏。

有几头老牛正卖力地反刍，嘴角里白沫子流淌着，穿着绳子的鼻孔里，往外喷着几年前的热气。黑色墙壁的暗处有几个用高粱秸做的鸽子窝，十几只鸽子正咕咕地梦呓着什么。鸽子窝里发出的鸽粪味，像一群鱼在金菖蒲丛中穿梭。

牛棚内弥漫着烤豆秸的香味，还有鲜牛粪的臊味。

今晚住这儿，住东面的草料间。我这儿牲口多，辟邪，啥邪气也不敢来，放心睡，甭出去。没准，那个红胡子老头正在雪地里溜达。他等着人呢，谁碰上他，他会吸掉谁的魂儿。这可不是玩的，更不是吓唬你。我年轻时，一天晚上，月黑头加阴天，我打鱼归来遇上这个熊老头子，他从荷叶上跳到我船上，他身上的鱼腥味像铁块一样掉在我船上。我认为没命了，遇上他还能有命吗？我手里攥着手叉，只要他对我下手，我就先下手为强。可这鱼怪没对我下手，他吃着烟锅，嘴里叨叨着说，你娶的媳妇子真毒啊，他用钗子针扎瞎我一只眼，要不是你祖上护着她，我非吃了她。娃爷你这小子，我说的是真话，你看看咋赔我的损失。你不赔我，我报复你们家早着呢。娃爷说你是大仙，我是草民，我咋赔你。你小子种的烟叶不赖，滴上香油，烘烤的烟叶有股子芝麻香味。我不害你，是你有这手绝活，不然早把你一家人灭了。娃爷感到四肢冰凉。我回去就烘烤烟叶，把烘烤好的烟叶半夜里放到剑茅滩那块大石头上。就这样，娃爷每隔三两个月，烘烤一捆子烟叶放到剑茅滩那儿。时间久了，昭阳岛人认为娃爷行为怪异，他没准是疯了，魔道了。哪儿知道，柳叶用钗子针扎瞎了鱼怪的眼，那鱼怪要娃爷用这种方式弥补他。

今天晚上，我杀了鞠有德，肯定也要被枪毙，你说是不？

娃爷摸一把银灰色的辫子，又去织渔网。咱说过了，不找鞠有德报仇，冤冤相报何时了。代价太大，不划算。好鞋不踩臭狗屎，他的报应还没到时候。

外面的雪停了。湖堤上，风将柳树枝折断的声音如同初春的庙会。几片红色的雪花从草料房的窗子里游进来，小银鱼般在谷草上跳跃。

小六子听了娃爷的话，决定不找鞠有德决斗。

鞠有德知道小六子为麻妮敢拼命，他也不敢再找娃爷家的麻烦。但鞠有德并没放弃他对娃爷的仇恨。娃爷毁了他娘的一生。他小时候受鞠鲇鱼的虐待，不也因为娃爷吗？娃爷欠他多啦，怎么对娃爷都不过分。

鞠有德本想把麻妮弄到手，没想到这个女人太刚烈，她以死相拼，这事儿让鞠有德感到棘手。何况半路上又杀出个程咬金，有小六子挡道。若老是用强，弄出人命来，自己也不好办，强扭的瓜不甜，我何不打高家的主意。高家才是我篮子里的菜。鞠有德决定放弃麻妮，他要娶另一个女娃，这女娃是高万斗的闺女高菊花。当初，高万斗抽老千，赢了鞠家的鱼行，狗日的胜之不武，就该遭报应。鞠有德决定对高万斗家下手，办法也想好了。

3

这天，鸡刚叫头遍，高万斗还在睡梦中，突然传来砸门声。这是谁呢，天还不亮就砸门。高万斗慢腾腾起来，拿起烟袋点上吃口烟。要是以往，谁敢天不亮砸保长家的门？现在不行了，高万斗被划成昭阳岛头号地主。自从鞠有德在村里当上民兵连长，他预感到不妙，预感到有大事发生。

那一年，鞠有德给土匪老蚂蚱当底码，是他领人去抓鞠有德，为此，他怕报复。划成地主的第二天夜里，高万斗收拾两个包裹，让两个儿子一人一个背上，他又倒两碗地瓜烧酒给儿子。他说，儿啊，咱高家马上要大祸临头，你们看到了吧，鞠有德这个黄子在昭阳岛赢食了，以后没咱的好。今天我得准信儿，老渔娃你表大爷是那一带有名的中医，一辈子积德行善，被划成地主，昨天夜里被民兵连长杨瞎子抓走，他儿子就骂了一句杨瞎子，几个民兵就把他儿子也抓走了，爷儿两个被带到湖边，杨瞎子和几个人一叽咕，他们就把这爷儿俩给枪毙了。在昭阳岛，这一幕我也不能不防，所以你俩快逃，去关外你舅爷家躲躲，我什么时候让你们回来，你们就回来。我有什么三长两短，你俩最好别给我报仇，咱的命比他值钱，咱不能拿咱的命给他换。切记，切记。高万斗两个儿子喝了酒，跪下给高万斗磕了头，然后从后门悄悄下湖。湖边上，高万斗早给他们准备好一艘木船。他这两个儿子上船，摇起橹进了芦苇荡。

送走两个儿子，高万斗才感到心里踏实许多。他也看开了，是福不是祸，是祸躲不过。

该来的还是来了。

高万斗拉开大门，顿时惊呆了，大门外站着几个举火把的人，身后都背着大枪。他们的脸色在火把下像湖中铁片鱼的颜色一样凝重。

这么早，你们这是干什么？

不要问这么多，到时候就知道了。

捆上吧。

不用捆，费那事干吗，我又不跑。六个手指头挠痒痒不多那一道子吗？

咱把他押哪儿？

别问那么多，沿湖堤往北走，去剑茅滩。

湖里芦苇丛中，野鸭群飞起来，惊醒了天上的星星。

高万斗又把烟点上。这两个爷们我咋不认识，你们是哪村的？

别废话，你是个话痨，不说话，也没人把你当哑巴。鞠有德说，到前面的剑茅滩停下来。他老是说话，让他说几句吧。

吃一锅烟的工夫，几个人到剑茅滩，村庄已远离他们。

高万斗你站好。知道你爱吃烟，让你吃最后一锅烟。

高万斗不知道是要枪毙他，点上一锅烟吃起来。你们也吃锅吗？

你吃吧，吃完再说。

高万斗吃完烟。芦苇的叶子在风里响起来，他感到不妙，鞠有德在举枪向他瞄准。你们这是干什么？

毙你。这几个人是火头湾的，前些年，土匪老蚂蚱从火头湾绑两个村干部，你知道吗？

我不知道，这和我有啥关系？

能没关系吗？有人说，那两个人是你杀害的，你把他们推下湖去，他们脚上还拴了石头。

哪有这事啊？你诬赖我。

鞠有德手里的枪响了。火光闪过之后，高万斗扭曲着倒下去，血淌了一大片，螃蟹般四处乱爬。

天亮时，鞠有德背着大枪到碧霞宫区部。区长殷连举斜挎着盒子炮，正蹲在地上吃一碗面叶子，还有两个通讯员，也在树下吃面叶子。树下还立着两杆长枪。区长殷连举吃面叶子时，一抬头看见鞠有德。

日您三熏熏。你这么早来区里做啥？看你穿的裤子，让露水弄湿啦。

昭阳岛地主高万斗，今早天一亮让我给毙了。

没公审就毙，该开个公审大会。以后，没上级允许不准你毙人。

不是说，村里有权枪毙地主吗？高万斗和土匪有勾结哩。那年，火头湾的两个农会干部，是他勾结老蚂蚱杀害的。枪毙不亏，他早该死了。

殷连举吃完面叶子，把鞠有德拉到一边。咱们旧事重提，金瓜的事，我调查清楚了。剿匪时，何连长是派他到土匪窝里当卧底，也是他在火头湾村头丢下一颗泥手雷，剿匪部队得到的情报。金瓜在监狱里劳动改造，他早晚还是要放出来的。当初他说，那天晚上杀害火头湾两个农会干部的人像你。你小子掂量着，真是你，你也要吃枪子儿。

怎么会是我？这事高万斗承认了，和我有啥关系？

高万斗的口供呢？

我识字不多，嫌麻烦没记。

有证人吗？

没哩。这家伙狡猾，有时候他啥也不说，这事前天晚上弄到半夜，其他民兵回家睡觉了，他才招的。

你该让他写到纸上，按上手印。

这样做有什么好，一个地主，还用这么麻烦？

这是证据，到时候说明你没问题。

我能有啥问题？

那个事要是你做下的，我会毙了你。不过你放心，给你口棺材。

鞠有德急了。我没做，我怕啥？

好了，没事啦，你回吧。回去之后，要配合村里，把工作抓好。停了一会儿，殷连举又说，你还没吃早饭吧，锅里还有面叶子，你愿意喝吗？

我不喝，我家还有半锅拽疙瘩。我再把吃剩的剁椒鱼头，放一块炖炖就行。

活要干好，别出错。滚吧。记住，没我的允许，再杀一个人，你要坐牢。

我不会辜负您的栽培，您擎好吧。

鞠有德昂着头，从区部回来，太阳爬上树梢，这时候他才感到松一口气。当初高万斗这狗日的不是要堵我吗？他当时抓住我，肯定没我的活路。三十年河东，五年就河西啦。高万斗啊，高万斗，你没要我的命，我把你的小命勾了。我下一步的目标，是你的女人和闺女。他想到这儿，这种感觉像从土匪手里接过几十块大洋那样兴奋。

街上一条小狗跟着他，他大步来到高万斗家大门口，扯开嗓门大喊。高万斗让政府毙了，尸体还在剑茅滩，万斗家里听好啦，去收尸吧，免得让野狗给撕扯碎了。

高万斗老婆和闺女高菊花，听说一大早把人杀了，哭嚎着去了剑茅滩。一同去剑茅滩的还有娃爷、小六子、黄松龄，另外还有几个民兵。高家的人弄口棺材，把高万斗装进去，抬着埋在高家祖坟。

事后，昭阳岛人都骂鞠有德，骂他歹毒。其实，高万斗是个好人，他在昭阳岛并没做任何坏事。当初，传言他抽老千赢了鞠家的鱼行，是真是假，也没人见。总之，在昭阳岛，人们还认为他做事公道。他有权有势，却从来不欺负穷人。一个活生生的好人，突然被枪毙了，昭阳岛人对他的怀念，像湖中的鱼群一样，游过来，又游过去。

4

高万斗被鞠有德枪毙之后，他老婆韩水月处理完后事，一病不起。昭阳岛的马家中药铺停了。几个开中药铺的有钱人在战争结束后，他们感觉到自己的命运不妙，卖掉铺子，收拾细软，带着老婆孩子跟着国民党南逃了。他们一逃，中药铺就关门了。

韩水月生病后，她女儿高菊花坐船到湖西老渔洼给她抓药。喝罢几服汤药之后，水月的病情渐渐有了好转。

这天，母女商定再到老渔洼中药铺抓几服汤药。临行前，高菊花把一服汤药煎了，滤去草药渣，端在她娘床前桌子上。

多喝几服，顺顺气，这病能除根哩。

韩水月点点头，拉着女儿的手舍不得松。路上要小心啊。

我知道，别忘喝药。高菊花从家里出来，又挂上门。

她回来时，走湖堤上的近路。为安全，她怀里揣了一把剪子。湖堤上的树，荫翳蔽日，一路上有数不清的老鸹在叫。高菊花来不及多想，她加快了步子赶路。黑老鸹的叫声，在她身后蹦着跳着，雨点般打在路边的槐树叶子上。

高菊花回到家，她被眼前的一幕惊呆了，她娘赤身裸体地躺在床上，已没了气息。高菊花的哀号声顿时从院子里传出来，像一阵烟雾，弥漫在昭阳岛上空。

村里人聚集在一起议论。憨巴子粑粑华一年四季光着脚，他头发蓬乱得像一窝稻草，手里拿着一根棍子，满脸污垢，只露着发白的眼睛。

粑粑华指手画脚说，高万斗家里，两个光腚压擦。我是从屋山头上阙屋眼里看到的。我想在屋山头上的阙眼里掏一窝麻雀，哪里知道，看见两个大人光着腚压擦。你们不信，可以爬上高菊花家屋山头上的香椿树，从树杈上能摸到阙户眼，也能看到屋里的场景。

你看见那个男人是谁了吗？

没看见，看上去像娃爷一样高大。那个人的脸背着阙户眼。

　　你别胡说八道，这个伤天害理的人，哪能像娃爷。

　　昭阳岛人马上明白了，这是强奸。大白天，有人把韩水月强奸死了。

　　粑粑华说的没错，凶手是一个像娃爷的人，不过不是娃爷，是鞠有德。

　　高菊花去抓中药，她走之后，鞠有德进了她家。他是翻墙头进来的。高菊花精明，临出门，她锁上堂屋门，把钥匙放在门脸槛上。

　　昭阳岛有个风俗，人们外出，都习惯把钥匙放门脸槛上面。

　　鞠有德找到钥匙开了门。他悄悄地进了屋。

　　韩水月认为是高菊花。回来了，这么快，莫非忘带钱？

　　是我。老嫂子，我是鞠有德，听说你病了，专门来看看你，我没啥恶意，你别害怕。

　　你来我家做什么？你滚。你不是人，是个畜生魔鬼。

　　嫂子别发火，有道是出拳不打笑脸，你说是吧？

　　我没病，用不着你看。高万斗女人说着，要坐起来。

　　躺着别动，我陪你说会儿话。鞠有德过去，又把高万斗女人按倒。

　　你想干什么？

　　我什么都想干，干事不重要，重要的是把话说完，不然会憋坏我的肚子，有些话是不能藏在肚子里的。你听我把话说完。

　　我们家以前亏待过你吗？

　　别这样问，新社会了不是。山中的石多真玉少，世间的人多君子稀，得势的狸猫欢如虎，脱毛的凤凰不如鸡。你是一只脱毛的凤凰，知道不？

　　恶有恶报。

　　对啊，你们高家以前作恶，所以才落到报应，不是吗？你们家的地，你们家的钱，不都是靠剥削、靠权力掠夺得来的吗？你们家的鲜鱼行是咋来的，难道你不知道？是高万斗和我爹赌，高万斗抽老千，赢了我爹对吧。他靠抽老千赢走我家的鲜鱼行，现在让你们偿还的时候到了。我不仅要干你，还要干你闺女哩。当年，你是昭阳岛最美的女人。日他三熏熏，高万斗不是地多吗？他能娶你这么一个俊女人，真是太有福了。我十五岁时，就想日你，你是我最喜欢的女人。那年夏天，你在院子里乘凉，头梳得光光的，盘了髻，头发上还插一根银簪子，簪穗上滴溜着的珠光，在夏日的黄昏里，像小星星闪啊闪的。你不用下湖捕鱼，也不用下地干活，脸白白的，你活得滋润啊。那个傍晚，你光着上身，你为什么光着上身？不怕别人看见吗？高万斗躺在一把竹椅子上，一手摇着芭蕉扇，一手捏着一把紫砂壶喝茶。我做梦也想过他那样的日子，日他的女人。你光着上身，乳房挺好看，白花花的一坨子肉，乳头像白面馒头上镶嵌的两颗小红枣，那个馋人劲，我恨不得吃上几口。你知道吗？我是从一条河沟游着过来的，你没看见我，我看见了你，从那时起，我就有要日你的想法。我夜里睡不着觉，做梦都想你。我没办法弄到手，躲到芦苇丛里，对着你家的院子用手撸，我撸出一股子又一股子，全撸在荷叶上。

畜生！魔鬼！

你骂也没用，今天谁也救不了你。我摆活女人，可是有一套的，当年我在妓院里睡十几个女人。你一个地主婆，被民兵连长睡，这是你的福分。地主富农的老婆闺女，哪一个不排着队等我鼓捣啊。

水月想坐起来，又被鞠有德按住。他用力剥光她的衣服，自己脱掉裤子，像条恶狼一样蹿上床。韩水月反抗一阵，没了动静，她睁着一双大眼，目光漂移在记忆的某个角落。她咬舌自尽了，临死之前，看到有一艘大船向南，再向南。

熊老娘们，你凭啥死？鞠有德说罢，在高万斗女人脸上打一个嘴巴。

鞠有德在韩水月尸体上又发泄一阵子，然后穿上衣服，吃锅烟。他看到八仙桌上，高万斗当年用的紫砂壶还在，顺手拿了，揣在怀里，翻墙跳出去。

高菊花抓药回来之后，发现她娘死了，很明显，她娘是被人害死的。她哭嚎一阵，到碧霞宫区部报了案。

办案的人跟着她一块来。这是一个四十多岁的退伍老兵，他先是在高家院子里转转，又到现场看看。

昭阳岛人将高家围个水泄不通，大伙伸长脖子等结论。最后，结论出来，高万斗老婆是被人强奸死的。

昭阳岛当年最美的女人，最后是这种结果。有人不免为她掉下眼泪。

这个凶手太没人性了，抓住他要大卸八块，千刀万剐。真想不到，咱昭阳岛上还有这样的坏人。

三天后，上面来两个挎短枪的人，他们在鞠有德等民兵的配合下，把捕鱼的小六子带走了。他被带到老渔洼。

娃爷知道这事后，大吃一惊。高万斗女人被人奸杀这天，小六子跟着他织了一上午渔网，他一步也没离开，怎么可能去干那事？这可是人命关天的事。

找一些人前去做个证吧。

娃爷拍下脑门。你看，我这脑子，咋没想到呢？

大船准备好了，刁哥、麻妮、高菊花等人也跟着上船，他们要到老渔洼，找到区里的人说明情况。

一个上午呢，地方没挪，怎么能犯下事哩？

高菊花说，我相信小六子，他不会做这样的事，他的人品我知道。

区长殷连举说，他若是无辜的，过几天把他放回去。有些事，我们还要问问。无风不起浪，我们咋不抓别人？抓他，有抓他的道理。我们又没赖他，只怀疑而已，你们放心，我会公正地处理这事，奸杀人命，这可不是小事，干这事的人丧尽天良。我不会冤枉一个好人，但也不会放过一个坏人。

你们不会杀他吧？

没有确凿证据，不会乱杀人。现在不是以前，要有证据。这案子是他做下的，他想活也活不成。

三天后，小六子被放回来，他的牙被打掉一个。

娃爷晚上管他一顿饭，给他熬鱼粥，炖一锅泥鳅。能活着回来这就好。

刁哥、麻妮陪着，小六子这个晚上喝了三大碗地瓜烧酒。

还好，小六子只被人打掉一颗牙。

谁打的？

一个打杂的，那孩子我认的，是老渔洼村的，外号叫麻五。

以后再给他啰啰。

你懂个啥，咱啰啰不起。我早说过，咱要小心，你们知道吧。要不是证着小六子和咱一起织渔网，他的命难保哩。昭阳岛没法平稳，事还是要出的。

老东西，你神仙啊。越说你胖，你越喘。

信不信在你。娃爷吃一锅烟，叹息着说。殷连举那样的坏孩子，当初要饭，想活埋他娘，结果没弄成，怕挨揍，跑出去当几年兵。这一回来，昭阳岛一带的天下成他的了。成他的也不要紧，他成了鞠有德的保护伞。以后，端起碗来掉泪别想馍了。他们一鼻孔出气，成了一股黑恶势力。

柳叶说，咱们也别灰心，这些坏蛋不会长，共产党还能治不了他们？我听人讲，湖西范家庄有个祸害老百姓的坏蛋叫杨瞎子，也是个民兵连长，就被抓起来了。

有道理，共产党的天下，早晚要扫黑除恶，是不会让坏人祸害老百姓的，也绝不会饶这些坏人。总有一天，会收拾他们！

5

半年后，高万斗闺女高菊花突然疯了。在人们的心中，引起不少猜疑，高万斗被枪毙之后，老婆韩水月被人害死，随后他闺女疯。在昭阳岛，风光一时的高家落到这一步，让人起了同情之心。奇怪的是高菊花怀孕了。

她怀谁的种？

问题很快有了答案，他成了鞠有德的老婆。

高万斗女人死后，鞠有德说，为防止高家的仇人对高家报复，要派人护着高家。他给高家派两个民兵夜里站岗，名义上是保护高家，实际上是控制住高菊花，鞠有德怕她跑了。

这天，鞠有德把高菊花叫到村部。几只乌鸦在乌桕树上难听地叫着，空气里弥漫着龟背竹的恶臭，鞠有德坐在太师椅上吃着烟锅，旁边一杯茶水正冒着青烟。

反省好没有？鞠有德吃着烟锅问。

我没犯王法，反省啥？高菊花瞪着双眼。

你们高家是老虎离山林，抖不起威风啦。观音菩萨骑马，云都驾完了。现在高家剩下你自己，饭店门前卖大饼，你还能成大气候？看你那表情，还不服气是不？卖切糕的掉进冰窟窿里，人倒架子不倒，是不？我会让你倒下的，会的。你爹那个老杂毛，当初在昭阳岛是个牛人，他贪污受贿，巧取豪夺，没少弄了家业。可惜，竹篮子打水一场空。

呸！高菊花朝他脸上吐一口。鞠家有你这样的野种，真是辱没你先人。你除会祸害人之外，还会什么？早晚你不得好死。

不得好死，那是以后的事，现在我是快乐地活着，在昭阳岛我想睡谁就睡谁，你知道不？放着糕点吃黄连，自找苦吃，不是憨熊吗？我告诉你，像你家这种情况，我完全能帮你把地主帽子摘掉，上面是有精神的，改造得好，可以摘掉地主富农帽子，你不为自己着想，为跑到东北的两个弟弟着想吧，地主子女跑到哪儿也翻不了身，讨不上老婆，最后枯水井里的竹竿，光棍一根，高家要绝后的，对吧。不过呢，你要答应我一个条件，我帮高家把地主帽子摘掉。我说到做到，我现在的地位办这事，简直是裤裆里掏屌手到擒来，不然就把你两个逃到东北的弟弟追回来。我的条件简单，你嫁给我做老婆，给我生下一堆孩娃。我一个民兵连长不嫌你家成分瞎，愿意娶你，这是高家的福分。秃子跟着月亮跑，你是沾我的光，不过话也说过来，我是个穷光蛋，咱俩正相配哩。你说是不？你要依我，鞠高两家都好，更重要的一点，你跑到东北的两个弟弟，那边来信调查，询问情况，我说句坏话，他们要被抓起来，我不打算这样做，是看在你的面子上。你答应我，这对高家是现成的好处。不然的话，黄鼠狼子剁了尾巴，难看在后头。黄鳝过河滩，不死也要落一身残。你啊，高菊花同志，萤火虫落在秤杆上，别以为是颗亮星啦。不是解放前了，对你们来说，好时候过去了。高家掏干油坛子煎豆腐，下尽本钱，只有你那一张脸哩。不是我看上你那一张脸，高家屁嘛不是。你是一条被捉上岸的鱼，能扑棱出个啥？要杀要剐，我想咋就咋。因为你现在没啥退路了，姥娘死儿没救（舅）了。谁也救不了你。你不依我，我也要睡你。

上有天，下有地，鞠有德你不得好死！你这个断子绝孙的坏熊！鞠家咋有你这样的野种，你当官今天害这个，明天害那个，你还有个完吗？看你那王八操的样，尖嘴猴腮，长着一对老鼠眼，从娘胎里就不是好种。你十多岁当土匪，杀人越货。你哪里有人性？你八辈祖宗也没干好事，出了你这个坏熊。不信，骑驴看唱本走着瞧，害人终害己，早晚你落报应，天打雷劈，死无葬身之地。老天爷爷正瞪着眼看着你哩。姓鞠的，你等着吧。

我不得好死又怎么样？你这个煮熟的鸭子还能飞了？你是沾满油的老鼠往火里跑，没你的好处。我现在把你干了，看你奈我何。

鞠有德说着，扑上去，将高菊花按住，用绳子捆住她的手和脚，又用毛巾堵住她的嘴。他把高菊花藏到壁橱里。他做完这事，出了村部，见四周没人。几只野鸭子和鱼雁在天上飞，成群的乌鸦在村部门口的乌桕树上，发出婴孩哭泣般的吵闹。湖面上，红鲤鱼出现了，一条红线劈开湖面，消失在茫茫芦苇丛。

昭阳岛古老的青石板路面上，一条鱼怪的脚步声，如同远去的帆船。

晚上没有月光，趁人不注意，鞠有德将高菊花扛到自己的大船上。舱里有一张低矮的木床，鞠有德把高菊花放进船舱的床上，然后将船舱的木门关好。他划着船，来到湖中最深处的芦苇荡。船翻动的浪花，不知什么时候变成了雷声。鞠有德的木篷船一停，一个炸雷在船顶上炸落，紧接着大雨从天上泼下来，轰鸣着，抽打着芦苇荡。

鞠有德点着船舱里的马提灯。他倚舱门上，吃了锅烟。

高菊花脸上布满泪水，她两只眼睛死鱼般地瞪着他。

别那样瞪我好不？活鲤鱼不吃，你非摔死吃。怎么也是我的人，何不痛痛快快。放心，这个地方没谁敢来。当年，我在这儿杀了一个人。那家伙人高马大，力大无穷，最后死在我手里。他打日本鬼子是个角，但却没斗过我，让我算计了。他叫贾凤雄，刚才打雷，我看到这湖面上漂着他的魂，我还看见他穿着蓑衣在荷叶上走动，还是临死前那个熊样，痛苦的样子像是死了爹。他是我打败的鹌鹑、斗败的鸡，他不敢来找我。我要干你十天半月，直到怀上我的种。

鞠有德把烟袋扔一边，米黄色的烟嘴在昏暗的灯光下发出幽光。他剥下高菊花的裤子。

她挣扎几下，又被鞠有德按住。他躬着腰骑在她身上。

这时候，鞠有德揪下堵在高菊花嘴上的布。我要听到高万斗家的千金，第一次挨弄是怎么叫唤的。他说着，用力拱进高菊花身体里。

高菊花尖叫一声，不吭声了，她咬破自己的嘴唇。这个晚上，鞠有德把高菊花的嘴亲了，两个乳头被他吃了半夜。

第二天，雨停了。天还阴着，一群红鲤鱼在湖面上跳。

鞠有德在甲板上生着了火，他炖好一锅鱼，鱼香味儿弥漫在芦苇丛四周。甲板上放着两坛子酒，鞠有德吃着鱼，一碗一碗地啃酒。

在昭阳岛谁是赢家？他敞开喉咙喊，是鞠有德，谁也玩不过我。

他又喊，高菊花是我媳妇了。

他吼几声，端一碗鱼和一碗酒进了船舱。木床上，高菊花赤身裸体地躺着，她面朝上，两只眼睛死鱼般地瞪着什么。

菊花，我一大早给你炖了鱼。吃碗鱼，啃碗酒吧。我的小人儿，以后我要好好待你。

高菊花不理他，两只眼依然瞪着什么。

我不信你不吃，鬼才相信你不饿。他把碗放一边，抱起高菊花去了船的后甲板，他把高菊花平放在甲板上。高菊花这时候看到湖里跳起跳落的红鲤鱼，还看到天上飞的一群鱼雁。

鞠有德此时又爬上来，蛇一样游进她的身体里。

咱们不回昭阳岛了，在这湖上住着。你什么时候怀上我的娃，咱们再靠岸。

三天后，高菊花喝了碗鱼汤。

你终于吃东西了，你吃东西说明你答应做我的媳妇啦。放心，亏不了你。我一个民兵连长，能亏自己的媳妇吗？鞠有德说到这儿给高菊花跪下。菊花，我知道我不是人，是畜生，不过往后我要对你好。东北那边，对你两个弟弟的调查，我要捡最好的说，他们毕竟是我的小舅子，你说是不？你放心，我发誓，我再也不害高家了。

鞠有德的船在剑茅滩芦苇荡里转，他带着高菊花捕鱼，捕一条又一条鱼，全是红鲤鱼。

几天过后，高菊花吃东西了，她大碗大碗地啃酒。

我早晚要杀你，我不自杀，是为了杀你。她这样说时目露凶光，鞠有德对女人第一次有了怯意。

我是个恶人，但我对你好。我要对你不好，不是人揍的。

高菊花不理他，她眼睛望着湖面上飞起飞落的鱼群。

高菊花在湖上跟着鞠有德漂了一个月。

这天他们回到昭阳岛上，高菊花怀上了鞠有德的种，她成了鞠有德的媳妇。走在大街上，许多人都替她惋惜，她目光呆滞，手里时常握着一把镰刀，见男人就说，我要割你的鸡巴，我要割你的鸡巴。

高菊花疯了。

黄素秋这时候主动站出来照顾她，带着她三天两头去湖西老渔洼看病，一日三餐做给她吃。

第六章

1

金瓜蹲十年监狱后回来。他头发凌乱，面色苍白，不像上次从土匪窝逃出来，一家人惊喜得如同范进中举似的。

邻居也不像上次来看望金瓜，像什么事没发生一样，只当金瓜出了一次远门。

这一次，一家人都没说话，娃爷用黑老鸹碗盛一碗炖泥鳅，蹲在院子里一棵槐树下吃。

他娘柳叶盛了饭，放在案板上不吃，坐在屋当门纺棉花，纺车发出的嗡响，像是湖中鱼群发出的喘息声。

麻妮在厨房里继续做饭。一家人不说话，她更不敢吭声。

刁哥把一碗炖泥鳅端到金瓜面前。金瓜从院子里的槐树上折断一根树枝，又从中间一折，变成一双筷子。他从刁哥手里接过碗，扑扑啦啦，一口气将一碗炖泥鳅吃完，放下黑老鸹碗却想起小蝼蛄。

小蝼蛄呢？十年了，他该长高啦。

挨饿那年，小蝼蛄失踪了。娃爷吃着一锅烟说。

一提小蝼蛄，刁哥捂住脸跑屋里哭了。

昭阳岛这么小，他会到哪儿去呢？

整个昭阳岛都找遍了。活不见人，死不见尸。

那一年，船被征去，我以为做什么用途呢，没想到是大炼钢铁，他们把许多船劈掉当柴烧掉了，家里门板也被摘去当柴烧了，锅被提走，砸烂炼钢去了。你想想，咱渔民没船就没活路，小蝼蛄饿得像竹竿挑着个脑袋，大人饿得水肿走不动路。小蝼蛄说要到湖边叉鱼，他提着鱼叉出去后没了影儿。

人饿成那样，为保命啥事都做得出，小蝼蛄会不会被人吃掉了？

人吃人的事，湖西老渔洼发生过，有人舍不得杀自己的孩子吃，送给别人杀了吃，换回别人的孩子杀了吃。这事儿有名有姓，老渔洼的杨金发和杨老鸹就这样做的。他们吃了小孩，也没得好报，后来两家生下的孩子又傻又哑。

在昭阳岛，能做出这事的只有一个人，这个人敢吃活人。当年，瞎子王半仙不给小蝼蛄起大号，他让咱们防着一个人，咱是没防住。

小蝼蛄会不会落他手里？小蝼蛄出门遇上他，也许着他的道儿。

人命关天的事，怀疑不要紧，就怕怀疑错。

在小蝼蛄失踪前，你爹还和黄素秋有交往，小蝼蛄失踪后，你爹和黄素秋再不搭腔了。

过往从院子的老槐树上掉下，哭泣着钻进泥土里。

小蝼蛄的笑容，还有他瘦瘦的样子，像一群鱼在水里游动。一家人想小蝼蛄时，小蝼蛄出现了，他左手提着鱼叉，右手提着一串黑鱼。他像十年前一样，光着脚，在树梢上走动。柳叶喊他一句，小蝼蛄不理她，向她挥挥手，像啄木鸟一样，从一个树梢跳到另一个树梢。小蝼蛄身后，留下哭泣的月亮和龟背竹的恶臭。

鞠有德的两个孩子，当初不傻，过了孬年头却傻了。后来又生下一个男娃，也是个憨子。这事怪着呢。

小孩吃人肉会变憨，他家的孩子没准吃了人肉。男人吃了人肉，生下的孩子是憨子。没准，鞠有德吃过人肉。

娃爷一家人，你看着我，我看着你，都张大了嘴。小蝼蛄没了，大家都这样猜，但这事没证据，告也没法告啊。

小蝼蛄的事不能算完，我一定要查出到底是咋回事。

娃爷把金瓜拉到一棵枣树下，看看四下里没人，天上有几只鱼雁飞过，鱼雁的叫声里撒满小蝼蛄的身影。小蝼蛄的事蹊跷着呢，我也心里有数。这些年我装糊涂，为啥来？是要保住这个家。我出事，刁哥、麻妮都在咱家待不住，所以我不能出事，就等你回来。你和刁哥还年轻，给我留个后吧。仇恨解决不了任何问题，只能给咱带来更大的灾难。你说是吧？你要给我多生几个娃。

爹的话有道理，我会给咱朱家留后的。不过，小蝼蛄的事，我也要弄清楚。

金瓜说到做到，第二天他去村里找剃头匠姚瘸子，剃了头，刮了脸。剃头铺子是个热闹场所，过往的闲人多。金瓜剃完头，见闲人都走了，他向姚瘸子打听当年的事，重点是小蝼蛄的失踪。

那时候大人饿死几十口子，比如说，银杏洲上的渔民没活下来几个，大人都饿得水肿，爬不起来了，谁也不会去注意一个孩子。

在昭阳岛，落水淹死也能找到，可小蝼蛄连尸首都找不到，这就奇怪了。

过这么多年了，还有啥希望？

希望肯定是没了，我想找找原因。当时，村里有什么议论吗？

没啥风吹草动。我听老年人讲，凡是吃过人肉的人，生了孩子，容易出憨子，准不准不好说。但有人也说，鞠有德把饿死的人扒出来挖心吃，说得血淋淋的，谁也没见过。

金瓜从剃头铺出来，正好到上午，有个放鹅的小姑娘在唱：

> 红花妮儿放白鹅，眼角里瞟着渔郎哥。
> 渔郎忙把苇笛吹，红花妮忙把鹅鞭扬。

金瓜心里有事，看着湖中的鹅群，感到每一只鹅都像他儿子小蝼蛄。鱼骨庙那边，端鼓腔兀地乍起。

金瓜这才想到，今天是九月十七，渔家要砸凌起草，鱼骨庙那边敬大王。每年砸凌起草敬大王，都要选一个人主持这事，渔人称被选中的人为草头，娃爷从年轻时当草头，在昭阳岛他当得最出色。

金瓜数年没见过他爹当草头的样子了，他决定去看看。所敬的大王是一条蛇，昭阳岛人称长虫，是黄色、方形头、隐约有王字的那种。这种蛇有些奇异，说变绿色就变绿色，说变红色就变红色。这种蛇必须在湖中的草里，不在草里不是大王。

接大王，用水瓢最好，没有水瓢，用头上的毡帽、棉帽也行。

要恭恭敬敬地问，您是大王吗？是大王，就到我瓢里来。

这条蛇听了，慢悠悠爬到瓢里。接着，人将大王捧于头顶。

鱼骨庙西厢房里，专门有一座大王殿供奉大王。人们在大王殿前，搭起香棚，点燃香烛。

香雾像暮霭的云，弥漫在昭阳岛上空。

这时候，村里端鼓腔开始了。嘭嘭嘭、咚咚咚，夹杂着噼里啪啦的鞭炮声，在昭阳岛上空响起。

昭阳岛人都停下手里的活计，来看这热闹场景。渔家人认为，谁看见大王谁有福分。因此，敬大王的活动都争着参加。

娃爷穿着一件干净衣服，跪在香案前，念叨着敬神的吉利话，虔诚地磕数个响头，奉上几把香。此刻，昭阳岛端鼓腔的名角黄松龄的鼓嘭嘭响起，他边鼓边舞，吼圆嗓子，唱起渔家的《百神赴号》。

黄松龄唱着，又把湖上所敬的水神都请个遍。随着热闹的乐声，供品摆上香案，有乌猪两头、白羊两只、芦花公鸡五只，还有五色鱼①、五斤高粱酒、油炸鱼丸子等。

娃爷又念叨，今天湖上的渔民百姓要砸凌起草，还要捕鱼猎鸭，敲星摘菱，所到之处望各路神仙开恩。暂奉双猪双羊，并让您听三天神戏。如果哪位神仙去赴王母娘娘的蟠桃宴，没赶上今天的香火和供品，我们昭阳岛人亏不了您老人家，有情后补哩。

娃爷说完跪下磕头，昭阳岛一大帮人也都跪下磕头。

一沓一沓的金元宝开始焚烧，烟雾弥漫。香火味像红旗飘扬，悬挂在昭阳岛四周的芦苇上。

金瓜随着众人磕头，在人群里，他没发现鞠有德。金瓜决定找他，问问小蝼蛄失踪的事，看他有什么反应。

金瓜这样想着，悄悄地离开鱼骨庙，顺着湖边来到鞠有德的家。篱笆院内的芦苇垛旁，他三个憨巴男娃在晒太阳，他们都耷拉着米黄色的

---

① 五色鱼：指鲤鱼、鲫鱼、鳊鱼、黄尾鱼、青鳝。

鼻涕。

嗡嗡声从东面厢房里传来，这厢房是两间低矮的草房。

黄素秋正坐在蒲团上纺棉。她右手摇着纺车，左手捏着一根棉棒，一根棉线在她的左手里忽长忽短。纺车发出古老又沙哑的声音，像鞠家先人走在青石板路上的脚步声。

大婶，我打听一下当年小蝼蛄失踪的事，您能提供点线索吗？

黄素秋摇摇头。这事儿你咋想起来找我？

我担心有人把小蝼蛄害了。

小蝼蛄走丢后，你爹到处找，我是知道的。

他会不会被人活活吃掉？

谁也没这个胆敢吃活人。黄素秋的神情有些异样。昭阳岛四周，沟沟岔岔，掉坑里壕里，啥事都有可能。我那时饿得两眼发黑，腿患水肿病，不能动，岛上的事儿我不清楚。

金瓜见从黄素秋嘴里问不出什么，出了鞠家，他刚转过湖滩的一处竹林，芦苇荡里蹿出一艘小木船。船的木架上站着几只肥大的鱼鹰，船舱里装满了鱼。

一个女人站在船头，是鞠有德的老婆高菊花。她看着金瓜过来，怪异地笑笑。她有些疯癫。

看得出，你这人鸡巴不小。我专割男人的鸡巴。

你知道鞠有德去哪儿了吗？

这个畜生天天想着祸害人哩，他和湖里四条腿的鱼怪混在一起。

金瓜笑笑。

你凭啥笑我，不信吗？我还知道你是在找人。

金瓜瞪大眼睛，我找谁？

你找不到，十年前就埋在那儿。高菊花说着，用手指了指昭阳岛北面的一处湖滩，那儿长着一片芦苇、金谷豆棵子，还有几棵老柳树。你去那儿找吧，在地底下。

金瓜一听，浑身发凉，他惊讶得说不出话，愣愣地呆在那儿。

高菊花摇着船桨，哗啦，哗啦，她嘴里唱着，顺着河道走了。她船上的鱼鹰瞪着星星般的眼睛，一如挨饿年代的岁月。

金瓜回到家，扛了铁锨到昭阳岛北面的湖滩，找到那几棵老柳树，挖了数锨，什么也没挖到。他有些不甘心，吃一锅烟的工夫，终于有了收获，他挖出一个鱼叉头。金瓜把它提出来，攥在手里掂了掂，感觉着这鱼叉头有些面熟。

傍晚，金瓜将鱼叉头丢在院子里。鱼叉叉在地上，叉烂了夜幕的一片黛蓝。

这鱼叉头是咱家的，那天小蝼蛄就是提着这杆叉出去的。

这鱼叉头埋在了村北的五棵老柳树下，是高菊花告诉我的。

鞠有德值得怀疑，小蝼蛄的失踪肯定和他有关。

不要打草惊蛇，鞠有德是个毒人，他不知道又生出啥法子害咱。小蝼蛄真是他害的，你这样寻根问底会惊动他。咱要防止他先下手。

金瓜看着院外飘来一片乌桕树叶子。这事儿，不能老是让他害咱，是该结束了。

第二天，高菊花又摇着船，带着鱼鹰下湖。金瓜在那五棵老柳树下等她。天阴着，空气沉闷。湖底淤泥的腥味折磨着昭阳岛人的鼻子。

一群鱼雁在天空盘旋着。

来了，来了，又来了。高菊花说。来到湖边趴下了，趴下爬起来又跑了，跑到那边被一条大鱼吃掉了。

我昨天在这五棵老柳树下挖了，找到小蝼蛄当年拿着的鱼叉。

你不用再找小蝼蛄。高菊花划着船进了芦苇荡。我实话告诉你吧，那一年，小蝼蛄被鞠有德杀了，吃掉了。这是真的，你别找他了。他的肉有一碗装在瓦罐里，埋在一棵香椿树下，或者是竹林里，一到下雨天，就能听到瓦罐里的哭泣声。还有两只盒子炮也装在坛子里，埋在了地下。晚上，这两支盒子炮会发出沙沙的响声，像响尾蛇发出的声音。响尾蛇，你知道吗？

高菊花又说几句疯话，划着船进了芦苇荡。她船上的几只鱼鹰飞起来，像岁月里几片黑色的梦。

高菊花消失在芦苇丛里，金瓜望着她的背影呆呆地站着，几只乌鸦和灰喜鹊从他头顶上飞过。它们的叫声在金瓜的记忆里，引起寒冰透骨般的回响。

他样子难看，蹒跚着回家。

刁哥一看他脸色不对，也不敢多问。金瓜走进堂屋，从箱子里取出一杆鸭枪。当年，柳叶和娃爷曾经用这杆枪打死过日本鬼子。枪身乌黑发亮，柳叶和娃爷宝贝似的保存着。

湖里要砸凌起草了，正是猎鸭的季节，打野鸭子，这杆枪再合适不过。

你不会拿它做别的吧。刁哥有些担心，她怕金瓜找鞠有德复仇。

金瓜怪异地笑笑说，我只拿它来打野鸭子，咱们要先过几年安稳日子。

2

小蝼蛄出事那天，太阳也饿了。

天下的事都一样，人要饿死了，太阳也快要饿死了，半天才爬上芦苇梢。阳光也不像从前那样暖和，蔫蔫的，像霜打的紫色茄子。

在昭阳岛最北端的湖边，小蝼蛄来了，他饿得直摇晃，看着天上飞的野鸭子，他口水咽得像放鞭炮那样响。他想叉住一条鱼或者一只野鸭。

小蝼蛄在湖边上转来转去，他转一个时辰，也没有发现一条鱼，野鸭子在深水里游，他根本无法捕到。一直到天快黑了，他还是两手空空。

这时，鞠有德来了，他一只手里握着一把手叉，另一只手里提着一团绳子，那团绳子展开有二十多米长。

小蝼蛄，你捕到了啥？

一天了，我拣到一条小鱼，像手指头似的。

小鱼呢？鞠有德瞪着饥饿的眼光问。

让我生吃了。

老子三天没吃东西了，真想吃点什么。

你的叉绳子长，可以叉只野鸭子吃。野鸭子的肉香着呢。

你咋知道野鸭子的肉香，你吃过吗？

以前吃过，现在吃不上了。

小蝼蛄，你鱼虾日的，你为啥提吃野鸭子的事，你不知道我饿吗？以前还能分到淀粉窝窝，还能分萝卜吃。萝卜尽吃，泡尽尿，想吃馍馍办不到。我这会不想吃馍馍了，我要吃肉。我脑子里有点怪想法，这想法有点那个。小蝼蛄你快点跑吧。

我提吃野鸭子的事得罪你吗？

得罪我了，你让我更饿了。我要吃肉。

小蝼蛄看到他的眼光，一种恐惧从脚底板子升到头顶，他提着鱼叉转身就跑，跑了几十米没跑掉。鞠有德赶上他，用鱼叉绳绊倒小蝼蛄，然后用绳子缠住小蝼蛄的脖子，一用力勒死了他。

树上几只乌鸦惊得啊啊飞走了。

这天晚上，鞠有德弄一碗肉端给饿得两眼发昏的黄素秋。她快要饿死了，但闻到一股奇异的肉香，便道，有德我的儿啊，这是啥肉？娘一闻，心里就打哆嗦，浑身发疼，这肉我不吃了，你端走吧。

今天，我在状元桥下的石缝里抠出了一条鲇鱼，这是鲇鱼肉，香很正常。你吃吧。

我吃不下，你端走吧。

这年头，活了今天没明天，我是啥都敢吃。

鞠有德走后，黄素秋沉默了一阵，对着天说，我作孽了。她把这碗肉倒在罐子里，闷上盖子。她抱着罐子，把罐子埋在湖边的一处竹林里。她跪下来说，饿死并不可怕，可这算啥死法。小蝼蛄啊，小蝼蛄，我可怜的孩子。这肉怪怪的，我也不知道是不是你，但愿不是你，是一条鲇鱼。如果是你，你的魂儿也不远，你投胎去吧，千万别托生人，这世上人是最痛苦的，人也是最毒的、最坏的。

小蝼蛄的肉，高菊花也没吃，她闻到这股奇异的香味之后，晕死过去。第二天醒过来，她两眼怔怔地对着鞠有德说，你弄的啥肉，我咋一闻就晕了。

我在湖边逮到一只水獭，这肉是水獭的肉，别胡思乱想，不吃裂熊，饿死活该。反正，我不会饿死。

鞠有德三个孩子吃了小蝼蛄的肉之后，他们变成了憨子。孬年头过去，黄素秋病了，她患上心绞痛，痛起来打滚。为克制住心绞痛，她不停地纺棉，不停地吃砂姜，她的胃充满了对砂姜的餍足感。

她和娃爷早年好过，到这时候在岛上见了面，黄素秋总是溜着墙根走，两个人低着头，谁也不跟谁搭腔了。一到深夜，埋着竹林地下罐子里的肉，像蚊虫般发出嘤嘤嗡嗡的哭泣，声音细微，却像根针一般刺扎着黄素秋的耳鼓，又像是一只牛虻趴在她耳朵上叮咬。

黄素秋偷偷到鱼骨庙里烧香，她跪下说，红鲤鱼老爷爷帮我做件事吧，鞠有德这个龟孙，我管不了他，你让老天惩罚他吧。天打雷劈，他真该死了。

<h1 style="text-align:center">3</h1>

一晃数年，刁哥又生下两个女儿、一个男孩。女孩取名家云、家华，男孩取名大山。

金瓜有了这几个孩子，他每天忙里忙外，下湖捕鱼捞菱。他脸上总是笑呵呵的，也经常光着脚背着渔网走在昭阳岛青石板路上，和每家店铺的老板打招呼。

谁也没看出来他心中还有心事。他经常站在状元桥上，看着水面上飞速捕食的水凫。看着，看着，就看到小蝼蛄在湖面的荷叶上走跳。金瓜想从状元桥上跳下去，去追赶小蝼蛄，但瞬间他又清醒了。他自言自语，小蝼蛄我的儿啊，爹不跟你去了，你自己玩吧，家里还有你弟弟妹妹要我照顾呢。

金瓜回到家，把在状元桥上看到小蝼蛄的事说了。

娃爷和柳叶都说状元桥下水深，也许小蝼蛄是从那儿饿昏了掉下水的。这些年，我们怀疑鞠有德害小蝼蛄，也许怀疑错了。

金瓜说，但愿是这样吧。有人把咱害苦了，说是自然灾害，其实收成蛮好，灾害是人为的。

娃爷说，这话在外可不能说，说了没准出事。

金瓜说我知道。但他没管住自己的嘴，这天他在状元桥附近的一棵糠椵树下，因感慨小蝼蛄的离奇失踪，他又说灾害是人为的。他说这句话时，正好鞠旱瓜和鞠茛瓜也在场，只是金瓜没想到他们俩后来会告密。

金瓜爱吃水蛋和水鳖子。这两样东西，昭阳岛没谁吃，只有金瓜爱吃，除此之外，金瓜还喜欢吃用鱼油炸的苲草丸子。

一晃又过了几年，这天鞠有德出事了。他从前外出，一般都是两个人，这次他去戴州开会，只他一个人。

鞠有德划着一条小船，哼着一首小曲。他划到离西渡口不到三里的地方，芦苇荡里兀地出现一艘小船拦住他的去路，他正要开骂，见一个人站在船头上，那人手里握着一杆鸭枪正瞄着他。

你开啥玩笑？我们并不认识，又没怨没仇的。

不是给你开玩笑，我要让你见阎王。

咱没什么深仇大恨，你凭啥这样？

你不知道我，但我知道你，我看不惯你这号人。

我咋了？

你没咋，我就想给你一枪。

报报姓名，你谁啊，替谁出头，让我死个明白好不？

亏不了你。实话告诉你，我是老蚂蚱的人，你没想到吧，老蚂蚱没了这么多年，他手下的人还活着。我专杀伤天害理的坏熊。

鞠有德船上也有一杆大枪，他猫身想去摸枪，却摸住他插在腰里的烟袋，他一只手死死地抓住了米黄色的玉烟嘴。这时候，他看到对面射来一朵火红的莲花，一团蓝色的烟雾包裹了他。他感到太阳的样子像大鱼的眼睛，四周全是猩红的颜色。

那人划船靠上他的船，见鞠有德躺在船舱里，他满脸是血，翻着白眼。他嘴里淌着血泡泡，他嘟囔着，贾凤雏，我知道今天你要来索我的命，你的两把盒子炮，我埋在了鱼骨庙的银杏树下。

那人不知道他说的贾凤雏是谁，也不知道两把盒子炮是啥缘故。

驴日的，没有盒子炮，我也能杀你。

那人点上烟锅，吃了一口，朝他笑笑，一口痰吐在他脸上。

也该着鞠有德命不该绝。那人看他还没死，刚要继续动手时，昭阳岛巡逻的民兵赶到了。民兵听到枪声迅速赶来。民兵的船上装了柴油机速度快。不等那人下手，民兵就吆喝起来。不许动，放下枪。

那人一看势头不好，迅速划船钻进芦苇荡，一转眼便没了踪影。

九仙山上的土匪还有余孽，专杀村干部，一时间这事儿在昭阳岛传开。

搜捕土匪余孽刻不容缓，昭阳岛上所有的民兵，还有附近村里的民兵，也动员起来了。这些人在王化的指挥下忙活了一个月，也没找到朝鞠有德开枪的土匪。

鞠有德没被土匪余孽打死，他怀疑这事和金瓜有关。这事儿过去一个月，世道突然刮起一股告密之风。为了报复金瓜，他想出了一条毒计。此时，他更加得意，头发梳得锃亮，并留起了大背头。他依旧自信满满，走起路来昂首挺胸，一副大难不死必有后福的样子。

这天晚上，他做的第一件事就是带着两瓶酒和礼物去了殷连举家。殷连举说，你把东西放橱子里就行。说来也怪着呐，土匪可是近距离朝你开枪，咋没把你打死？鞠有德说，他开枪那一瞬间，我感到一条大鱼飞过来，替我挡了枪。后来，我做梦梦见我爹，我小时候我爹可是没少打我。我爹说，以前打我，对不住我，他不愿看着我死在土匪的枪口下，所以挺身替我挡一枪。我爹在梦中还说，这是当年打我的补偿，以后就两清了，不欠我的啦。哎呀，我爹真是个好人，可惜他老人家死得早，我没法孝敬他了。殷连举说，是你爹暗中保护你，难怪你小子死不了。吉人自有天相，好好干，有机会我会替你说话的。

金瓜出事了。鞠旱瓜和鞠茛瓜兄弟揭发他当年在状元桥附近的一棵糠椴树下，把三年自然灾害说成是三年人为灾害。这话被举报到上面还了得？金瓜被民兵五花大绑带走了。

这天，在押送金瓜时，村里人在渡口给他送行。人们弄好吃的给他，有的端着红高粱酒，有的端着地瓜烧，金瓜这天真能啃，他一碗一碗地啃，一连啃了八大碗。

他上船时，村里人都落泪了，哭声四起。

柳叶和刁哥还有麻妮都哭得昏过去。

黄松龄唱一句，人生自古谁无死，留取丹心照汗青。他这句话啥意思，多年后，小六子也没琢磨透。他的理解是人死如灯灭，人生一世，草木一秋，早晚要死，死不可怕，只要死得甘心坦然，清清白白就好。

金瓜知道是去蹲监坐牢，可金瓜脸色一点都没变，他抬着脸望着天空，在他的视线里有一只鱼雁和鹧鸪鸟在飞，鸟的翅膀撕裂空气的声音，像打碎了一件汉代的古陶。

殷连举和几个民兵一起上船，他们押着金瓜。陪着金瓜的是娃爷和小六子。

小六子用篙磕一下岸上的石头，船进了湖。娃爷蹲在甲板上吃着烟锅，他一言不发。金瓜抬着头，没事似的，看着天上飞的鱼雁和鹧鸪鸟。

船到湖心，娃爷发话了。我劝过你不能说那句话，现在说啥都晚了。

到西渡口，县上的公安人员早在那儿等了，他们把金瓜带走了。

金瓜是个拧筋头，被抓走之后，到戴州一审他，金瓜死活不认错。

审他的人动手打了他。

金瓜骂他们，不讲真理不是人。

审他的人恼了。好小子，你等着，不信你有三头六臂。死不改悔，还敢唱对台戏哩。

半月后，金瓜被打成现行反革命，被判死刑，行刑地点在昭阳岛。

枪毙金瓜是初秋的一个下午，金瓜被五花大绑拉到昭阳岛西北角上的湖滩，那儿是一片红高粱地和豆地。高粱花子香喷喷的，红红的一片，像湖里的一群红鲤鱼。成群的鱼雁和鹧鸪鸟在湖面上飞，鸟儿的叫声像一阵黑色的雾，笼罩着昭阳岛围观的人群。

金瓜走在一片金骨豆附近站住。

这儿好，金骨豆花开得正旺。

你选好地方了吗？

选好了，就这儿。

这时候，金瓜看到有人举枪向他瞄准，那人戴着头盔，脸色有些苍白。金瓜朝他笑笑。我都不怕，你怕什么，打准点。你把白手套摘掉吧，不然血崩在上面不好洗。

你应该说一句二十年后我又是一条好汉的话。

那是操人的话，二十年后我成不了好汉，只能成为泥土，成为湖中的淤泥。

你还有什么要说的吗？

没啥可说的了。

小六子和娃爷提着一坛酒来了。他们想不明白，一句话咋就成了死罪。

他们给金瓜倒满一碗酒，端到金瓜嘴边。

金瓜一口气干了。

小六子哭了。

小六子，你哭个啥，你是个男人吗？是我死，又不是你死，看你没骨气的样子。早死也是死，晚死也是死，谁能不死，我早走一步。看你那熊样，一把鼻涕泪两行，你滚吧。

这时候，鞠有德也来了，他抱着一坛子酒。

鞠有德又给金瓜倒了三碗酒，金瓜啃了。

我以前太对不起你了，请你原谅我。

我把仇放下了，不是你的错。

行刑的人说，别说了，让他上路吧。

金瓜站在那儿，他的眼睛迷离着，他看到小蝼蛄跑过来抱住他的腿。该到读书识字的年龄了，却没让你读书，可惜了。小蝼蛄手里攥着一把狗牙子草、几只马尿花。金瓜不知道说什么好，他看着湖面一大群红鲤鱼吭哧吭哧打着喷嚏，从遥远的角落里游过来了。它们身上的鳞片像一株又一株红高粱穗子。昭阳岛下面的圆形木船起航了，黑色的帆下面站着一个红胡子老头，他脸上露出诡谲的笑容，如同昭阳岛所有人的眼睛，鱼骨庙里的钟声敲响了，咕噜咕噜地滚过来，在金瓜的耳朵里变成了湖底石磨转动的声音。

一声清脆的枪声响了，芦苇丛中野鸭子飞起来。苇咋子叽喳着飞走了，成群的麻雀像一张黑色的网，漫过昭阳岛人的记忆，嗡的一声，飞逝在云端里。一团粉红色的脑浆在空中飞舞着，落在翠绿的豆棵上。

金瓜的人生，在枪声里结束了。

金瓜死了，他的后事，鞠有德表现得异常积极。他让人把给一个五保户准备的棺椁抬过来，把金瓜放进去。

　　娃爷不愿发丧，也不愿让鞠有德插手。但鞠有德以村干部的身份，忙这忙那，他这时表现得比任何一个好人都好。娃爷一家人沉浸在悲痛中，也没谁说鞠有德什么。鞠有德尊重娃爷的建议，不给金瓜发丧，他领头给金瓜开了个追悼会。围观的渔民有几十口子，站在剑茅滩那儿有一大堆。

　　鞠有德说，金瓜这些年来在渔民队工作积极，任劳任怨，团结同志，尊敬领导。是谁不是熊，诬告金瓜有反党言论，让金瓜丢了性命。鞠有德说着金瓜的好，突然想到娃爷一家人的好，他情不能抑，哇的一声大哭起来，围观的人也都跟着哭起来。

　　哭了一大阵子，人们把金瓜埋在剑茅滩。金瓜的坟前有一片金谷豆和红高粱。

　　这天晚上，没有月光，刁哥在金瓜的坟上哭了整整一夜。

第七章

1

日军占领昭阳岛时，加腾光一喜欢端鼓腔。

在昭阳岛，加藤光一组建了端鼓腔戏班子，这个戏班子专门为加腾光一唱端鼓腔。加藤光一选人严格，他第一个选中的是黄松龄。后来，他又提着礼盒到黄素秋家，让黄素秋也加入他的戏班子。加藤光一想让娃爷加入，娃爷说嗓子让一根鱼刺扎坏了，唱不出端鼓腔的感觉了。加藤光一叹口气，向他摆摆手，这事儿就算了。

黄松龄唱端鼓腔时，认识一个日本女孩薰子，她和黄松龄年纪差不多，弹一手好琵琶。

薰子出生在日本的鹿耳岛。那年，一个傍晚，一家人正在院子里乘凉，美国人的飞机过来，一颗炸弹落下，正好落在她家院子里，她受了点轻伤，但她的父母和一个哥哥全被炸死了。这一年，薰子正读高中，无依无靠的她投奔了她的叔叔加藤光一。薰子对中国是了解的，当初她父亲是一个商人，曾带她在大连定居，一住就是十年。薰子在中国长大后回国，她会说一口地道的中国话。

加藤光一是个保守派，他一直反对和中国开战，但战争还是全面爆发了。加藤光一无奈，他跟着军队来到中国，临来之前他问薰子是否愿意跟着他。薰子喜欢她这个叔，一是她这个叔仁慈，二是她这个叔学识渊博，是个中国通。薰子中国话说得好，加藤光一想让她跟着锻炼一下，长大后留在部队上从事翻译工作。加藤光一说出自己的想法后，薰子答应了。这年，薰子跟着加藤光一来到中国。不久，他们来到昭阳岛。

薰子在昭阳岛交的第一个朋友是黄松龄。

这天，黄松龄给加藤光一唱完端鼓腔之后，他回去了。他刚走出碧霞宫，一个女孩喊住他。黄松龄回头一看，见是薰子，黄松龄站住了，他不知道这个女孩喊他有什么事。他一动不动地站着，两眼望着湖面上游动的鱼群。

女孩来到他跟前说，我叫薰子，今天你唱的端鼓腔真好。

你会说中国话。黄松龄面对这个穿着和服、长得像林黛玉一样的女孩，他脑子有点蒙，他读过《红楼梦》，小说里对林黛玉的描写用在这个日本女孩身上，一点也不为过。看看自己，鞋子衣服都有点脏，黄松龄有些自卑。

我在大连长大。读中国书，会写中国字。

黄松龄不知道说啥好。他看着天上飞的野鸭群，说，我想回家，准备渔网去捕野鸭子。

不要这么慌吧。我有东西送给你，日本糖块。她说着把一个精致的铁盒对着黄松龄亮了亮。

我不要，无功不受禄。黄松龄挠了一下头皮，他有些不好意思。

薰子把铁盒子塞在黄松龄手里。拿着吧。她说完拍下黄松龄的肩膀。

黄松龄向她鞠个躬，然后拔腿跑掉。

这天晚上，黄松龄没有睡着，他做了一个梦，梦见他爹黄海秋。爷儿两个坐在一条大鱼上追赶他娘，他娘在一条官船的后甲板上向他们招手。湖中的芦苇向后飞去。鱼雁的叫声，雾一般在湖面上漂。那条大鱼载着他们，向南，再向南。

黄松龄醒后，梦的启示他半天也没琢磨透，他感到他爹回不来了。果然，数日后，一个南方来的商人途经昭阳岛，给黄松龄带来一个口信。那人说，你爹不回昭阳岛了，他在南方一座寺庙里出家了。

黄松龄想去南方找他爹，但被娃爷劝住。娃爷说现在兵荒马乱的，你出去，万一被官府抓壮丁，当了炮灰，如何对得起你爹。再说，人海茫茫，你也难以找到你爹。昭阳岛安全，不如在家里等，说不准，你爹会回来。

说来奇怪，黄松龄每次想他爹痛苦时，看到薰子给的一铁盒糖块，难过的心绪就像一条鲫鱼游走了。他摸摸那盒糖块，小心翼翼地把它放到一个木柜里。

最初，黄松龄并不愿意给加藤光一唱端鼓腔，认识薰子之后，黄松龄愿意给加藤光一唱端鼓腔了。一年下来，黄松龄因唱端鼓腔，他和薰子成了朋友，他不再害怕薰子。有时候，他把晒干的鱼用油煎了，送给薰子吃。薰子吃他的鱼，也送给他一些日本礼物。

加藤光一在昭阳岛上一晃待了两年。这年秋天，他带着人马回戴州城去了。临走时，昭阳岛人在高万斗的带领下，上百人聚在渡口给他举行欢送仪式。加藤光一此时感到十分得意，他觉得自己在昭阳岛上赢得了民心，要征服中国，就要赢得民心，从小事做起，施惠于民。中国的老百姓被他们的统治者欺压得太苦了，稍微让他们生活得好一些，言论自由一些，他们就会归顺。加藤光一有了这个想法，决定写一篇报告，在其他日军占领区推广。

昭阳岛上不少人对加藤光一的离去，哭得呜呜滔滔。娃爷也在送行的人群里，他手里也提着一条干鱼。此时，他心里想着，快点带着你的人走吧，你们走了，我心里才踏实，我和柳叶偷袭你们的事才算了结，我们俩也没事了。

在送加藤光一的人群中，当然少不了黄松龄。薰子上船，在甲板上，她和黄松龄挥手告别，黄松龄手里举着一铁盒糖块，向她一次又一次挥手。

加藤光一进城后，局势对日本越来越不利，战事吃紧，加藤光一忙军务，对端鼓腔也不热了。偶尔让黄松龄带戏班子去戴州给他唱端鼓腔。黄松龄没有忘记薰子，他给加藤光一和薰子送了许多干鱼。他和薰子话不多，说上几句感谢的话，然后离开。后来，八路军攻打戴州城，黄松龄担心薰子，他几次想去找薰子，但都没有去成。这年春天，戴州城被八路军攻破。薰子是个日本人，黄松龄惦记着她的安危，他跟谁也没商量，一个人去了戴州。到戴州城一打听，他才知道，这次八路军攻打戴州城，得益于汉奸大队长黄瘸子献了西门。黄瘸子这个人鬼精，有个外号叫老鬼屌，他是老渔洼人，一句实话也没有，所以才落下这么个外号。他在村里名声臭，混不下去，找门子去戴州城投靠日本人当了汉奸。这家伙有种，打仗不怕死，

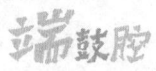

几年下来，他熬成汉奸队大队长。黄松龄和他是没出五服的本家，论辈儿，黄松龄要喊他爷爷。

黄松龄找到黄瘸子，向他打听加藤光一的下落。

八路军围城之前，加藤光一去了济南，他从济南回日本了。

黄松龄又问，是否带走了他的侄女？

没有，他走时说半个月内回戴州。现在戴州是八路军的地盘，他还能回来个屁。他侄女是个美人，戴州被打破之后，我听说一个当官的看上她，想霸占她，这个女孩死也不从，这个当官的一气之下把她送到窑子里啦。

黄松龄一听十分吃惊，他在戴州找，找遍了戴州所有的窑子，也没有找到薰子。黄松龄一天到晚呆呆的，又在戴州停留数天，直到身上分文没有，他才回到昭阳岛。

黄松龄回到昭阳岛之后，他还惦记着薰子。这年八月份，日本人投降。

日本人投降这年秋天，微山湖游击队在单县东鱼河一带俘虏一队日本兵，这队日本兵被押往济州，途径昭阳岛时，有个日本俘虏背着个麻袋。

一个游击队员上前把麻袋夺下来。

这个游击队员骂，娘日死，还想把抢的东西带着，这可不中，把抢的东西给老子留下。中国的东西咋能让你带到日本去。

这个游击队员骂一阵日本俘虏，夺过麻袋扔在一边。那个日本俘虏没有系鞋带，他敞着怀，两眼流露着烽火岁月的迷茫。他没敢抗争，也没敢说什么，低着头，随着俘虏队伍走了。他走时看看天，天上有几只野鸭子在飞，他的眼神充满恐惧和绝望。空气稀薄，散发着尿骚味儿。

日本俘虏走后，游击队打开麻袋一看，麻袋里是一个女子，她骨瘦如柴，样子凄楚。她会说中国话。细问才知道，这个女人叫薰子，她是一个日本女人。

游击队把这个日本女人关在昭阳岛碧霞宫，如何处置这个日本女人，是杀是放，游击队员们都动了一番脑筋。

有人说，一个女子，杀她干啥，放吧。

有人说，鬼子在中国干缺德事太多，杀个日本人也没什么大不了的。

最后，游击队长殷连举拍板说，活埋吧，我爹是鬼子活埋的。我爹那天去昭阳岛赶集，他和岛上的娃爷是朋友，娃爷是个好客的人，他在昭阳岛康熙御膳房酒馆请我爹喝二斤地瓜烧，吃一锅泥狗、一盘大虾，酒好菜也好，我爹喝醉。他没回家，躺在鱼骨庙后面的银杏树下睡着了。岛上巡逻的日本兵发现我爹，把他抓走，说他是八路的探子。我爹根本不是探子，一问三不知。鬼子烦了，活埋了我爹。这个仇，我一直记着，并发下毒誓，要亲手活埋一个日本人。今天正如我愿，天助我哩。

这天，冷风悬挂在树梢上。一队大雁排着整齐的队形，朝南飞去。一只孤雁在微山湖上空徘徊，它的叫声沙哑，飘落着一股子苦杏仁味儿，让人心里直发毛。

游击队员们背着长枪，将薰子带到剑茅滩。

2

黄松龄家住在昭阳岛马公桥北头。这座桥是康熙三十年戴州知县马得祯修昭阳大堤时建的长桥，后来叫马公桥。这座桥把昭阳岛和野狼沟村连起来。桥两头全是青石路面，每遇水涨，一桥横卧湖中，推车的、挑担的，来来往往，人走在桥上，像行走在水面上。各种鱼儿，从湖中跳到桥上，又从桥上蹦到湖里。

有时候，黄松龄不愿去湖里捕鱼，鸡一叫，他早早起来，天亮前，从马公桥上走两个来回，能捡一拤篮各种鱼儿，有黑鱼、草鱼、青鱼、鲤鱼、大虾、螃蟹之类的。

黄松龄在湖边有一所小院，是他爹靠卖鱼和唱端鼓腔给他留下的家业。

他搭救薰子这天，一大早，炖好一锅草鱼。他刚要吃早饭，高万斗老婆正好划船从他家门口经过。

有件事你知道不？游击队抓住一个日本娘们要活埋呢。你不去看看？

真的？

这还能有假，剑茅滩那儿恐怕坑都挖好啦。

还有这事。黄松龄一听，放下手里的筷子和碗，撒腿就往剑茅滩跑。跑到那儿一看，要杀的女子是薰子。

昭阳岛上的老百姓，在娃爷的招呼下，过来一群围观的人。这些人都表情凝重，如同塑像。

游击队长殷连举指挥着人在剑茅滩挖好坑。

薰子哭喊着被推下坑去，她的哭声像一阵黑色的雾，在人们记忆里翻滚，天上似乎有无数的星星，像鱼叉一样叉下来。

你们不要杀我。

我们也不想杀你，你是日本人，日本人杀我们多少人。

我是女人，你们不杀我，我愿意给你们做老婆，生一大堆孩子。

娃爷听后，心软了，他给游击队长殷连举跪下。饶她吧，一个女娃，杀了可惜。看在我和你爹是朋友的份上，饶她吧。

围观的人听了娃爷的话，都给殷连举跪下。

这时候高万斗也来了。他是昭阳岛的保长，在昭阳岛威望最高，无论是谁，都要给他个面子。他也出面讲情，说一个女娃，放她吧，这小日本女人怪可怜的，给她留条活路吧。她不像坏人。冤有头，债有主。你爹又不是她杀的，你拿她出气，不像个爷们。放了她，让她给谁做老婆也是好的，积点德，行行好，放吧。

看在乡亲们的面子，那好。谁愿意领这个小日本娘们做老婆？要是喊三声没人答应，我们还活埋她。这可不说着玩的，大家听好了。

黄松龄在人群里，他眼光如同两支点燃的蜡烛。

不等殷连举喊第三声。我要她。声音洪亮，像一群蓑羽鹤从头顶上飞过。

殷连举心里猛一惊，仔细一看，见一个青年后生站在他面前。这个后生，十几岁光景，浓眉大眼，身材细高，皮肤黑里透红，像是秋天里的一株红高粱。

好家伙，两年不见，真长高了。你真要娶她？你找不到老婆了？亏你还会唱端鼓腔。你也不看看，这个小日本娘们瘦成这熊样，浑身拆巴拆巴，都拆不出二两肉，你咋跟她睡，你魔道了是不？话说出，收不回啦，你把她领走之后，要不娶她做老婆，老子知道，也要活埋你哩。

游击队里站出来一个人，他叫狗剩子，他说，还有啊，你知道我爹是怎么死的吗？你忘了。三年前，我爹去湖里捕鱼，撞上日本人的汽船，我爹划船想跑，但没跑了，日本人从汽船上用机枪打死了他。我爹身上被他们打穿了七个窟窿。我爹是个老实巴交的渔民，他死得太冤。他一死不要紧，我们家塌天了。为报这个仇，杀个日本女人算啥。我埋第一锨土。我劝你打消娶这日本女人的念头。咱昭阳岛上有个名角，他家有个闺女长得俊，你小子请我吃条大鲤鱼，管我场好酒，我去给你说媒，没有十成把握，也有七成。

这个人说完看看高万斗，高万斗看看黄松龄。他的眼光像鲇鱼一样在湖边爬行。

问问小六子的娘是咋死的，不也是日本鬼子杀的。

我不想让你们害她。你们杀害一个弱女子，太残酷了。我是要娶她。

你敢要日本娘们做老婆，还说老子残酷，你是老母猪掘土豆，全仗嘴硬是不？天上没有掉馅饼的事儿，你想旱地里拾鱼，白捡个媳妇，拿舌头舔剃刀，吃亏的是你自己，你得付出代价。这个代价够你喝一壶的。殷连举本想着让黄松龄剁掉一条手臂，这个代价，他才觉得开心。但刚才他的队员一句话刺疼了他，狗剩子说他爹被打了七个窟窿。殷连举立马想到，当初翠莲在银杏洲，日本人在她身上穿了七刺刀，也算是七个窟窿，殷连举突然仇恨起自己来，要不是他想占翠莲便宜，翠莲根本死不了。他有些忏悔，心一软，对黄松龄要求放宽了。

啥代价，说吧，用我的命换她的命也成。

你想要这女人，割掉一只耳朵，砍掉一个手指头。这两样任你选。

我割一只耳朵。咱要说话算数。我把手留着，编织渔网，下湖捕鱼用得着。

割吧。割完这女人是你的。

黄松龄从狗剩子手里要了一把刺刀，他攥在手里，掂掂刺刀的分量。刺刀上的青光，流淌着一股龟背竹般的气味。有一只苍蝇飞过来，寻找着刺刀上数年前杀人的记忆。这把刺刀在阳光里呼唤着野鸭子的叫声，呼唤着湖底淤泥的呻吟。黄松龄左手揪住自己的耳朵，右手握着刺刀，在左耳根上，狠狠锯了几下。一股鲜红色的血从他脸上流下来，像一条蚯蚓朝他脖子里爬去。像铁片鱼一样的紫色耳朵，便攥在黄松龄左手里。

他松开手，他的耳朵又像一只刚出壳的粉红色鱼鹰，在他手掌心里蠕动。他把自己的耳朵扔在游击队长殷连举跟前。那耳朵掉在地上，泥鳅般跳动几下，突然发出青蛙被蛇缠住一样的惨叫声，红蜻蜓似的飞进湖边的金谷豆和蓖麻丛里哭泣起来。最后，一只老鹰飞过来衔走了它。

为搭救薰子，黄松龄割掉一只耳朵。娃爷心疼他，从湖边找来一把蒌蒌芽，捂嘴里嚼巴嚼巴，吐出来抹在黄松龄耳朵上，帮他止住血。

狗日的没看出来，有种。这日本女人归你了。殷连举说完这句话，他感到翠莲的影子在他眼前闪了闪，他脑袋里嗡的一声响，头开始疼起来。

黄松龄二话没说，从土坑里拽出薰子就走。他们走在阳光里，像一对跳动的金鱼。他身后邻居们都跟着，娃爷、柳叶、黄素秋、姚瘸子，还有大闺女、小媳妇，他们都拥到黄松龄家，帮着黄松龄拾掇这拾掇那。渔民们热情，他们以最快的速度帮着黄松龄拾掇好一间婚房。

薰子三天没吃东西，她见到一锅炖鱼，马上用勺子舀一碗。她狼吞虎咽吃起来，她的吃相像一头饿疯的狮子。

这个女人好可怜。不过，她的命也算好，遇上好人了。天下还是好人多，是黄松龄救了她。

瞎子王半仙来了，他带着纱布，把黄松龄耳朵上的蒌蒌芽洗掉，给他上药，又用纱布给他缠上。

3

黄松龄娶了薰子。有了她，黄松龄就有干劲和动力。薰子是一个善良能干的女人。娃爷对黄松龄不错，他和媳妇柳叶经常来黄松龄家看看。他们给薰子送来一些吃的、喝的，还有用的。柳叶是个能人，她会编织渔网、做渔家虎饰、编织苇席。没事时，柳叶带着两个儿媳妇来黄松龄家串门。她们帮着薰子，教她学会了渔家的活儿。

黄松龄端鼓腔唱得好，跟他学端鼓腔的人越来越多。在昭阳岛，以黄松龄为首的端鼓腔班子，深受微山湖一带渔民的欢迎。他和薰子的日子红火起来。翌年，薰子给黄松龄生下一个女儿。薰子说，你为我丢掉一只耳朵，我经常做梦，梦见你的耳朵，像鱼一样在湖面上跳，这孩子叫梦耳吧。

后来，薰子又一口气生下男孩大蕴、二蕴、泥鳅和小女儿金英。

在微山湖一带，黄松龄端鼓腔是一绝，名声一大，请他唱端鼓腔的多了。特别是微山岛上的大户，还有大船帮上的有钱人，都争着请黄松龄唱端鼓腔。唱完端鼓腔，主家有的给赏钱，有的给米面，有的给干鱼。黄松龄靠着端鼓腔发了财，挣下不少钱。黄松龄不吸不赌不嫖，挣的钱全部用来购置田产，两年光景，他在昭阳岛火头湾一带购买了八十亩好地。

这一年，黄松龄又买了两条渔船。

黄松龄一家好日子刚开始。这天，一队人马住进昭阳岛，领头的人是殷连举。他带人住进碧霞宫，第一件事先把高万斗看管起来，紧接着他宣布要成立新政权。

他在讲台上讲，台下面的人骂，这个人当初要活埋他娘，这昭阳岛的天下咋成了他的？

世道变了，他手里有几十条人枪，没人敢反对他。

殷连举来昭阳岛没三天，他提拔王怀瑾当官，这人外号叫王爬虾，让他当了昭阳岛的民兵连长。他提王爬虾，是因这天晚上王爬虾老婆杏花给他送了两块银圆。殷连举收下钱，又看到杏花两个奶子大，屁股也大，一股欲望像螃蟹吐着气泡泡钻出来。他先是动手摸杏花，杏花半推半就，殷连举一看这事成，拉杏花去房间，没有任何障碍把火泄了。事后，殷连举说回去让王爬虾积极点，昭阳岛上谁是地主，让他琢磨个名单。

王爬虾老婆是个三角眼，长得挺俊，在城里干过窑姐。一年前，王爬虾挑着一担鱼，给窑子送微山湖鲤鱼。那阵子，王爬虾是个光棍，送完鱼，领完钱，杏花让他花钱做那事。此时，王爬虾三十多岁，还没摸过女人。杏花提出来，王爬虾答应了。两个人做完，王爬虾说真好，比推土牛车都累。王爬虾又说给我做媳妇吧。你丢下这窑子的活计从良，跟俺到昭阳岛上成家，在昭阳岛顿顿有鱼吃。我跟你去昭阳岛做媳妇，你待俺不好咋办？我若待你不好，是大围女揍哩。王爬虾发了毒誓，杏花信了，收拾细软体

已偷偷到昭阳岛，跟王爬虾做了夫妻。

　　王爬虾和黄松龄是邻居，老辈里也有点亲戚。他一开始日子拮据，吃的喝的，黄松龄没少接济他。薰子大方，柴米油盐，王爬虾家缺啥，只要黄松龄家有的，薰子便送给他。黄松龄家有多余的船，也有牛马，农忙时王爬虾要借，黄松龄就把牛马借给他。王爬虾识趣，过意不去时就给黄松龄家帮几天工，做点晾晒渔网、补补渔船、喂喂鱼鹰的清闲活儿。实事求是，他算是帮工，但王爬虾为了爬上去，讨好殷连举，他作了证人，硬说是黄松龄家的雇工。雇工和帮工是两个概念，家里有雇工，划地主就跑不了。家里有雇工是划地主的首要条件。黄松龄有口难辩，叹口气，命该如此啊。若论地的亩数，黄松龄只有八十亩地，在昭阳岛属于一般的富户，根本够不上地主的条件。

　　这年，因王爬虾作证，黄松龄被划成地主，戴上地主帽子。

　　昭阳岛上还有两家被划成地主。他们被划成地主，一点也不亏。一家是高万斗，家中有两处鱼行、一处钱庄、十几艘大船、三千亩湖田、牛马驴骡共计八十头，同时还雇着百十号人。另一家就是王汉福，他是国民党，是昭阳镇的镇长。家中也有两千亩湖田，大小渔船三十多艘。昭阳岛另外一些大户看出风向，早把家产、土地卖光，收拾金银细软跟着国民党去台湾或者香港，继续过有钱人的日子去了。

　　黄松龄被划成地主以后，他和薰子经常挨批挨斗。这时候，鞠有德虽然和黄松龄是老表，他在民兵连也是个吃香的角色。他给解放军抬过几个月的担架，又做过几个月的饭，回到昭阳岛，便以功臣自居，他会来事，不但和王怀瑾处好关系，也和殷连举对把子。斗地主王爬虾积极，鞠有德也不含糊。他们手下的几个二马蛋子，更是各有手段，特别是牵着黄松龄游街时，鞠有德本家的两个侄儿鞠旱瓜和鞠茛瓜，将两块薄锤挂在黄松龄脖子上，头上给他扣上高高的大纸帽子。他们牵着黄松龄两口子游街，一游就是一个时辰。

　　这种批斗隔三岔五来一次，黄松龄两口子也就习惯了。

　　人善人欺，马善人骑。黄松龄夫妻太善良，常遭人欺负。别人欺负他们还好说，最可恨的是王爬虾两口子欺负他。王爬虾当上民兵连长之后，在昭阳岛青石板路上走跳，膀子乱晃不说，他老婆杏花更是不得了，当初在窑子里的毛病全暴露出来。一是好吃懒做，二是指使黄松龄夫妻帮她做这做那，略不顺心，不打即骂。黄松龄和薰子简直成了她家的用人。黄松龄家喂的鸡鸭，只要被杏花看中，抓来便煮了吃。后来，黄松龄和薰子实在受不了，两家关系破裂。这天晚上，黄松龄对薰子说，你要做好最坏的打算，这日子没法过了，越怕越有鬼。明明是杏花偷黄松龄家晾晒的干鱼，但杏花泼，在街上打滚吆喝。杏花一撒泼，逼着王爬虾去打黄松龄，王爬虾听媳妇的话，不敢不去。杏花骂，你今天要不给黄地主拼命，就是泻熊、孬种，老娘跟你这个泻熊干什么。两条腿的蛤蟆不好找，两条腿的男人还不一抓一把。你王爬虾背着钢枪在大街上人五人六的，其实你是驴屎蛋子一面光，豆芽子一搂粗也是个菜货。老娘算是看走眼了，打一辈子大雁，没想到让大雁啄了眼。

王爬虾脸上挂不住，说看我去杀了黄松龄。王爬虾提着大枪就去黄松龄家，大老远他对着薰子就开一枪。这一枪没打准，子弹顺着薰子的头皮飞过去了，她脑门上被子弹蹭破一点皮。黄松龄一看拼命了，他抄菜刀冲过去，朝王爬虾脸上就是一刀，顺手夺下他的枪。眼看要出人命，这时候娃爷赶来，娃爷领人拉开他们。

为大事化小，小事化了，娃爷给黄松龄出主意，留得青山在，不怕没柴烧，拼命的事少干。你用刀砍王爬虾，又夺枪，可不是小事，定个罪下来，你要蹲监坐牢。黄松龄说，我知道殷连举吃礼，见钱眼开，娃爷您帮我打点吧，钱我出。黄松龄拿出五块银圆塞给娃爷。娃爷去找殷连举，他见到银圆，眼睛一亮。娃爷说出来意，殷连举装着余怒未消的样子，大骂一通黄松龄，说他夺枪是死罪。但娃爷出面，娃爷和殷连举的爹当年是朋友，乡里乡亲的，谁也别真弄死谁，结个大仇疙瘩，以后也是个事。殷连举接了钱，第二天去王爬虾家，对着王爬虾一顿臭骂，我日你祖宗，你给老子惹事是不？你凭啥拿枪去杀人？你手里的枪是共产党的枪知道不？媳妇让你杀人，你狗日的就杀人。你媳妇是个窑子货，这样的女人不能要，趁早休了她。王爬虾被黄松龄砍伤脸，他用纱布包着。他说我也是一时兴起，使了性子。殷连举说不是骂你，你是没良心，黄松龄当初没少帮你，你咋恩将仇报哩？王爬虾说您别说了，他砍我一刀，我也不要求他包工养伤，我俩算清了，谁也不欠谁。杏花你这个熊娘们别站着，去准备几个小菜，我和殷领导喝点。杏花不敢怠慢，去船舱拿出干鱼之类。男人说着话，杏花把菜做好了。王爬虾和殷连举喝酒喝到三更方休。王爬虾不是殷连举的对手，他被殷连举灌得烂醉如泥。看看王爬虾醉了，殷连举喊杏花过来，先搂住亲一阵嘴。杏花说你喝的酒味太浓了，我受不住，你别亲了。殷连举褪下她的裤子，杏花撅着屁股，她的屁股滚圆，白白的，像个冬瓜。杏花一只手扶着船舱的门，另一只手摸殷连举，殷连举从后面要了她。事后，殷连举美滋滋地从王爬虾家的船上跳下来。走过一片杨树林，他摸摸口袋里那五块银圆，硬硬的还在。几年前，五块银圆能买二亩好地。这狗日的黄松龄，瘦死的骆驼比马大，看来他家底厚实，手里有货。殷连举把五块银圆从兜里拿出来，在月光下往空中抛了抛又接住，一连抛了三次。他心中很受用，想到当官有权真好，只要有权啥时候都有钱花。他正得意，抛出去的银圆有一枚落在地上，他马上弯腰去捡，那枚银圆钻入草丛不见了。他梳理完每一棵草，也没有发现那枚银圆的影子。直到天亮，太阳升起来，他又找一阵，还是没有见到那枚银圆的踪影。丢一枚银圆，他心里像死爹一样难受。红颜祸水，肯定是杏花这个窑子出身的娘们妨的。他丢银圆的地方在一棵枫杨树下，他想着吃完饭再来找，找不到就把这个枫杨树伐了。

翌日，殷连举果然又来了。他依然在草丛里找。一枚银圆个头并不小，咋就没了呢？殷连举不信邪，他回忆着昨天晚上和杏花办事时，杏花根本没接触他的衣服。一怀疑杏花，他眼前马上出现杏花的影子，杏花指着他的鼻子骂，遭天杀的直娘贼，你日完再想从老娘身上发财，揩油水弄钱花，没门儿。老娘可不吃你这一套，大不了鱼死网破，我死也要拉你垫背。殷连举自言自语，我干你了哪能亏你，一枚银圆的事我没赖你，我哪敢赖你啊。殷连举这样胡思乱想着，他找来镰刀开始搂草，搂完草一点点地刨地皮。刨着刨着，就刨出一领苇席，殷连举二话没说，就把苇席拉开了。我的天，下面躺着二十多个人，都是殷连举活埋的。殷连举记得很清楚，是把他们活埋在单县东鱼河畔，他们怎么会跑到昭阳岛。那些被活埋的人表情怪异，有的张着嘴还朝他笑。殷连举像被蝎子蜇了一般，发出杀猪一样的叫声，他扔下镰刀就跑。他跑到家，躺在船上一病不起，后来肚子胀，屙下一罐子生血方愈。这个病他带了多年，凡有病，必须屙一罐子生血。

许多年以后，他官当大了，到城里当了教育局的局长。这年夏天，他到银杏洲检查工作，据说夜里喝酒喝醉之后，躺在一片千屈草草丛里，醒来之后看到一个非常漂亮的女子。那女子一招手，他掉魂似的跟过去，来到一处粪坑旁，他一头栽下去喝了几口粪水，呛死了。后来，有人说那个漂亮女子就是翠莲的魂儿，她在千屈草上潜伏了二十多年。

黄松龄的大女儿梦耳，是在挨饿那阵子出的事。

那天，一点也不像出事的样子，初春的太阳有些暖意。人们期盼着有野菜能够长出芽来，野菜在黑暗的泥土中，被人们的期盼惊吓得瑟瑟发抖。它们躲避人们的眼光，就像青蛙躲避蛇一样。

这一年，梦耳八岁，她跟人一起挖芦根，不知什么时候她往湖里一看，湖水一片黛蓝。黑黢黢的黄芏草间，鱼的眼睛正窥探着人的秘密。芦苇还没有长起来，她看到那矮矮的芦苇丛中漂浮着一条一米多长的死鱼。

不等第二个人看见，梦耳脱掉鞋子像狼一样扑向那条死鱼。

这个举动惊动了其他挖芦根的人，他们也看见那条死鱼，扑通一阵也跳下水，拼命去争夺那条死鱼。在争那条死鱼时，梦耳不小心将脸撞在一个人的鱼叉上。她被鱼叉刺瞎眼睛，一股子血从梦耳眼睛里流出来。另外，村里一个叫三妮的十二岁女孩，在争那条死鱼时被人踩在水里淹死了。那条鱼还没有拿上岸，在水里被人争着抢着，你一抓住死里咬一口，他抓住也拼命往嘴里填，一阵风卷残云，人们在水里把这条死鱼抢吃了。

梦耳没抢到鱼吃，她蹒跚着爬上岸。有人把梦耳送家里，黄松龄和薰子都饿得水肿，大儿子大蕴也饿得奄奄一息。黄松龄蹒跚着去孔雀台村请来瞎子王半仙，王半仙给梦耳上药，把她的眼睛包好。

王半仙临走时，从怀里掏出两个菜团子塞给黄松龄。

让孩子垫垫吧，撑到哪儿说哪儿。

岛上大人孩子饿死几十口子，我这孩子恐怕也保不住，你老拿回去吃吧。

先饿死我这样的，也不能先饿死孩子。王半仙说罢摇晃着走了。他走路的样子像一条瘸腿的野鸭子。他身后饥饿的阳光像一条细长的蛇，在灰褐色的土路上游走。一条大鱼游动的身影折磨着昭阳岛每一个人，他们水肿的身躯上开始长满苔藓。水肿病像瘟疫一样，弥漫在昭阳岛四周。

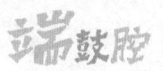

黄松龄和薰子捧着菜团子，看着瞎子王半仙瘦弱的身躯，他俩呆呆地站半天，树皮、草根、湖中茭草的味道，在空中像鱼雁一样飞起飞落。

要是有艘渔船就好了，可惜都给毁掉了。黄松龄说，炼钢铁，现在人快没饭吃了，钢铁再也炼不成了。殷连举这个狗熊，他出的馊主意，这个断子绝孙的人，咱家多好的一条船，让他们弄去当劈柴烧了。

别提了，不光烧咱的。遇上这世道，没办法，活一天算一天吧。

两个人无力地说着话，梦中饥饿的小鱼从他们胃里游出，带着湖底痛苦的往事，向昏黄的天空飞去。

梦耳吃了王半仙给的菜团子，勉强活下来。这天梦耳眼睛上的纱布还没有解下来，她突然说道，我能看见东西了，明天从微山岛那边飞过来一只鱼鹰，这鱼鹰好大，它的翅膀有两丈长，它是来接我的，大鱼鹰要带我去一个有食物的地方。

梦耳是在一棵歪脖子枣树下说这句话的。没谁相信她。

几个老年人躺在残墙下，他们都饿得不能动弹，脚脖子肿得像透明的辣萝卜。透过皮肤，似乎能看到一群鱼在他们的血管里游动。

水肿病像夏天的芦苇，在昭阳岛上疯狂地生长，带着湖底淤泥的腥味，风一般漫过微山湖。

这女娃怕是饿糊涂了。哎呀，这年头百年不遇哩，咋让咱们摊上啦？有条渔船哪能饿死人，可惜没船了，该着咱们倒霉吧。

第二天，太阳出来了。患水肿病的人像一条条爬虫，蠕动在大街上。

梦耳从家里出来，她走在稀薄的空气里，像一张薄纸。她出来时，吃了一小块菜团子。她吃的野菜是素苗秧和秃妮子头，从她口中流露出青涩的苦杏仁味儿，这种苦味驱赶着水肿病疯狂生长的触须。

梦耳走在大街上，仿佛能够看清东西一样。芦苇打着呼哨，它的触须封住了通往湖里的所有渡口。

岛上走出来寻找食物的人，他们目光呆滞，如晒干的鲫鱼。

一只鱼鹰飞来了，谁也想不到，它展开翅膀像当年日本人的铁老鸹一样，带着湖中的水草气息，在微山湖上空盘旋几圈，落在梦耳跟前。

梦耳向昭阳岛上的人招手，向父亲黄松龄和她娘薰子招手。

黄松龄和儿子大蕴没能拦住梦耳。她骑在鱼鹰身上，双手搂住鱼鹰的脖子，鱼鹰带着她，先是在昭阳岛上空，贴着岛上的皂角树梢飞了几圈。她和所有认识的人都打了招呼。

鱼鹰带着她飞走了。阳光的鳞片从天上撒落，上面充满无数个鱼鹰的影子。

昭阳岛人激动了，谁也没见过这种事。他们纷纷跪下来，向上苍祈求，祈求梦耳能够平安回来。梦耳飞走之后，再也没回来。多年后，人们将这一节编成端鼓腔，一代又一代人在微山湖里述说。

4

梦耳被鱼鹰带走，黄松龄和薰子难过数天，最后还是薰子想得开，她对黄松龄说，梦耳能跟着鱼鹰飞走，这是她最好的归宿，总比在咱家饿死强。说不准哪一天，咱们都会饿死。

没办法，活一天算一天吧。

日子又恢复了老样子。

这天，天还没明时，薰子蹒跚着起来，她想出去挖野菜。一开门，发现门口有一只野鸭子。更令她吃惊的是两只黄鼠狼子在她门口，见她出来并不害怕，也不躲闪，反而站起来向她作揖，然后朝湖边泪水汪汪的红月亮奔去。

薰子赶紧叫黄松龄，他俩对着湖边磕几个响头。有野鸭子，却没有锅，锅都在大炼钢铁时被上面搜走了。黄松龄找来一个土盆当锅。还好，家里不缺盐。黄松龄小时候，他爹黄海秋就告诉他，无论什么年头，家里都要多准备一罐子盐，只要有盐就饿不死人。黄松龄一直记着他爹的这句话，床底下贮备了一罐子大盐疙瘩。黄松龄找来柴草，架起土盆，烧热了水，将野鸭毛褪去。清洗干净之后，放在土盆里煮，薰子又放进去一个大盐疙瘩。天不亮时，野鸭子就煮熟了。黄松龄赶紧把大门关紧了。

有这只煮熟的野鸭子，黄松龄的孩子就有活路。他先是让大蕴吃一块肉，又撕一块给不满两岁的二蕴，然后又揪一块给薰子。薰子说你吃吧。

黄松龄说我还能撑。老婆孩子有这顿饭，黄松龄也来精神，天一亮，他就出去挖野菜了。他回来时，篮子里有装满萋萋芽和素苗秧，黄松龄将野菜放到土盆里，又将吃剩的野鸭骨头放进去，煮熟后，一人家人又吃。这时，黄松龄吃完一小碗野菜，他把野鸭的骨头嚼碎吃了。

第二天半夜里，黄松龄和薰子又发现几只黄鼠狼给他们送来野鸭子，还有几条小鱼。后来，那两只黄鼠狼每天都给他家送一只野鸭和一些鱼。

薰子善良，她看到谁家大人孩子快要饿死了，偷偷送给人家一些野鸭子肉和鱼吃。这天晚上，他们想到娃爷，薰子和黄松龄揣着一只野鸭子来到娃爷家，娃爷一家人正坐在厨房里愁眉苦脸地落泪。娃爷看着黄松龄和薰子送来的东西，说留着你们吃吧，我这一家人横竖都要饿死的。黄松龄说有口食就能活命，留着吧。柳叶、刁哥和麻妮都说，早有这只野鸭子，小蝼蛄也许不会出事。小蝼蛄出了什么事？他出去一天没回来，我们找遍昭阳岛也没见他的影儿。有这事，我们一起出去再找找。娃爷一家人每人啃一口煮熟的野鸭子，他们身上都有了力气，马上站起来，娃爷举着火把走在前面，他们围绕着湖边找。

小蝼蛄。柳叶扯破喉咙喊。

小蝼蛄。麻妮也扯破喉咙喊。

小蝼蛄，回家啦，你在哪儿？刁哥的喊声凄厉吓人，如同一头荒野的狼在叫。

他们找到半夜也没找到小蝼蛄。

深夜，红月亮从芦苇丛上空升起，夜莺的叫声像巫婆的咒语。米黄色的梦境，贴在黄松龄和娃爷发红的鼻子上。嗡嗡声从地下传来，像湖底石磨转动的声音，嗡嗡嗤嗤，折磨着娃爷一家人长满苔藓的思绪。

第八章

1

鞠有德当上大队长，他对黄松龄有些烦，原因是黄松龄不买他的账，也不巴结他。鞠有德认为，普天之下莫非王土，率土之滨莫非王臣。你个黄松龄就会个端鼓腔，有啥能耐，竟然敢不服我。那好，我非让你服气。这天傍晚，他领了几个瞎包孩子到黄松龄家找碴。

黄松龄对着鞠有德和几个瞎包孩子说，我是地主，你们愿怎么斗就怎么斗，我吃颗枪子也就这么一痛。不要逼我，也不要欺人太甚。

他说罢举起切菜刀，咔嚓一声，剁掉小手指头。

他拿着那颗小手指头在他们面前晃晃，那血流出来的声音，吱吱有声，像一群鱼雁在叫。血滴在地上形成一朵又一朵梅花，最后变成一群小银鱼，在地上乱蹦乱跳。在暮霭的黄昏里，这群小银鱼打着呼哨，向湖中飞去。

鞠有德和那些瞎包孩子惊得脸色有些惨白。他们从来没有经历过这种事，一种不祥的预感随着湖底石磨转动的声音，碾压着他们的神经。这天夜里，一个跟着鞠有德做过坏事的人，夜里在一棵臭椿树下解溲，湖底石磨转动的声音像一个熟透的甜瓜，流淌着清香味儿，在他脚下滚动。他听到湖底石磨转动的声音。第二天，他死了。他临死之前说，向南，再向南。又过了数日，另一个跟着鞠有德干坏事的人也听到湖底石磨转动的声音，也死了。他临死之前说的话也是向南，再向南。昭阳岛人有点恐惧，谁也弄不明白向南再向南是啥意思。但没人敢再提斗黄松龄的事了。

　　黄松龄有胆有种，鞠有德有点怕，但鞠有德对黄松龄的仇更深了。这种仇，他还不敢报。鞠有德知道他有仇人，这个人就是金瓜。他和娃爷家的仇做深了，做大了。他明白，他身上流淌着娃爷的血。他和娃爷的关系，昭阳岛人都知道。他们共同的一红一黄的耳朵，就是最好的证明。鞠有德仇恨自己的耳朵，因他的耳朵，他从小受尽了鞠鲇鱼的虐待。这种虐待，他认为都是娃爷给他的。有时候，他对吃掉小蝼蛄心生忏悔。忏悔时，小蝼蛄的哭声就在他血液里流淌。这种流淌的血液，像蒌蒌芽、仙人掌一样长满了刺。这天，这种刺在他腿上形成了一块牛皮癣，奇痒使他一夜又一夜难以入睡。他不相信因果报应，他是个无神论者，他满脑子打倒一切牛鬼蛇神。他感到与天斗其乐无穷，与地斗其乐无穷，与人斗其乐无穷。当年，他十二岁当土匪时，他就干过一件让他十分吃惊的事。这天，他跟随的一窝子土匪驻扎在九仙山罗汉村一个破庙里，晚上他偷偷跑出来告密。后半夜，官兵把破庙给围了。土匪头子怀里揣着半袋子银圆，还有几根金条，带着他突围出来。他们藏在一个山洞里，这个土匪头子受伤，躺在一块石头上，他身体发烧，神智有点乱。他哀求鞠有德，小老弟下山，弄点水给我喝吧。鞠有德这时看看他，看到他枪也丢了，刀也没了，防身的家伙全丢了，唯一没丢的是半袋子银圆和金条。鞠有德说，你发烧了，我下山，一是弄水和吃的，二是也要给你弄药。土匪头子说，你对我忠心，以后再拉起队伍，你小子就是个副官。鞠有德说，我不当副官。土匪头子还没明白，鞠有德为什么不当副官。鞠有德乘他不备，掏出匕首，一刀刺在他心窝上。一声惨叫，土匪头子从石头上滚下来。他身子蜷曲起来，像个大虾。鞠有德从他身山搜出那半袋子银圆和金条。他感到带着这些钱财也是祸，便抓一大把银圆和金条揣怀里，剩下的银圆便埋在一块大石头下面，并做了暗记。当初，他靠着这些银圆和金条给殷连举送礼，买了条命。但他背后也暗骂殷连举，说这个狗日的太黑，我舍命得来的钱财几乎让他全讹了去。如有一日风雷动，得借风云上九重。哪一天，我混得比他好，也绝对不能饶他。

　　鞠有德能在昭阳岛吃得开，他认为一切都在于他手中的权力。他明白枪杆子里面出政权，只要握住枪就翻不了船。所以，对于仇人金瓜，他也并不胆怯。只要金瓜有算计他的苗头，他就想着先下手。黄家对他威胁小，用不着先下手。鞠有德像一只螳螂，躲在树叶的暗影里，对他的对手算计又算计。

2

鞠有德一开始想制服黄松龄，惧怕黄松龄给他拼命，没成。这天早上，他从院里一棵歪脖子枣树下吃饭，他娘黄素秋把一盘清炖草鱼端上来。

他用筷子尝一口，放下筷子说，日他三熏熏，有了。这回准跑不了他。

他娘吓一跳。你一惊一乍的，吓死我了，你有了什么？这些年你没做过几件善事，死不改悔，将来会落下报应。俗语说，菜里虫，菜里死。瓦罐不离井上破，将军难免阵前亡。小心驶得万年船。不听老人言，吃亏在眼前。说不准哪一天，你要栽跟头。

我是福大命大造化大，吉人自有天相。谁能奈何了我？谁想打我的小九九，要掂量掂量。麻雀肚里找蚕豆，根本没这一回事。在我一亩八分地里，谁也没这个本事。

黄素秋有时也纳闷，为什么这个恶儿子没人能治的了。她有些想不通，想不通时，胃里对砂姜的需求就强烈起来。

鞠有德笑笑。老娘啊，你老嬷嬷懂个啥。昭阳岛碧霞宫里还有几箱劳什子哩，我要把那几箱劳什子烧了，免得封建残余阴魂不散。制不服他，我还不裂个小罐子啦。在昭阳岛，要树立我的权威，我的地盘我说了算。我不是小黄狗爬到墙头顶，早晚会掉下来，我掉不下来。我是小辫子上拴秤砣正打腰。

黄素秋正在撵鸡，有一只鸡从盘子里叼走一块鱼头。唱戏用的几件破衣服，还不早让老鼠咬了，值得吗？再说，你们是老表，你少去招惹黄松龄，免得让人笑话。你要有人味，不能六亲不认。可惜你舅这个人，为一个女人在南方出家当和尚。他要在家，一棍子砸断你的腿。你舅他端鼓腔

唱得好，武术也好，像你这样的，十个也近不了他的身。

高菊花说，昭阳岛的鞠家早晚要断子绝孙的。黄鼠狼生老鼠，一窝不如一窝，没一个好种。早晚被人打一枪，眼一闭腿一蹬，裂个小舅子孙子啦。

熊娘们你也敢瞎骂，还反了你啦，待会我揍扁你。我的主意拿定了，治不闭气黄松龄，我还能在昭阳岛混？我能混出个啥豆来？顺我者昌，逆我者亡，古人早说过哩。无毒不丈夫。

知道你是这样的人，当初该把你按在尿罐子里浸死你。鞠家有你，挨骂早哩。你没看见昭阳岛，谁家还给咱搭腔。湖西渔王寨，村里一个队长老是欺负一个地主，地主的儿子大了，也娶不上媳妇，当不了兵，上不了学，地主家的儿子恼了，把支书、队长两家人共计十几口子，一个晚上全杀了。兔子急了也是要咬人的，你要小心，凡事不要做绝。

不用你管，我做事从不打翻巴。对敌人要狠，打翻在地，再踏上一只脚。

吃过早饭，鞠有德把这差事交给他的两个侄儿鞠旱瓜和鞠苠瓜。

谁知他们一进碧霞宫，半路上杀出个程咬金。黄松龄的大儿子黄大蕴正手握标枪，守在碧霞宫门口，用怨毒的眼光看着他们。

这天一大早，黄大蕴听说鞠旱瓜他们要来烧毁那些唱戏的道具，他拿了标枪在那儿看守。黄大蕴端鼓腔唱得好，他也爱惜唱端鼓腔的道具。他从十岁学端鼓腔，年龄虽小，但记忆力惊人，一学就通，他唱腔标准，整个微山湖一带人都夸黄松龄有个天才儿子。可惜唱完《海瑞罢官》，上面传下话来，什么戏也不让唱，端鼓腔班子解散了。人们都对大蕴感到惋惜，不让唱端鼓腔，白瞎他这样一个人才。

但黄大蕴喜欢唱端鼓腔，有时候他怕唱端鼓腔让人听见，就划船到几里深的芦苇丛，放开喉咙拼命唱上一个时辰。青年人血脉旺，底气足，附近几个小岛上的人全听到了。他们听到大蕴唱，都忘了手里的活计，有的从屋里跑出来伸长脖子听，有的划船从芦苇荡里钻出来，他们望着天上飞的鱼雁，寻找着黄大蕴的身影。微山湖上的鱼鹰、鱼雁，听到他唱端鼓腔，都一齐朝他飞去，黑压压的，在他头顶上盘旋，遮蔽了整个天空。

在昭阳岛，谁都知道黄大蕴是个端鼓迷。

鞠旱瓜和鞠苠瓜踯躅了，过一阵，他们醒过神来。

怎么？你黄大蕴竟敢阻拦抓革命、促生产、破旧立新、解放思想。

谁想毁这些东西，我手中的标枪不认人。

甭拿枪头子吓唬人，你根本不敢。屎壳郎踢飞脚，你想露露你的黑腿是不？

鞠旱瓜说罢领人往上冲。他们仗着鞠有德是大队长，既凶又横，在昭阳岛上人人都怕他们。

黄大蕴想用标枪吓他们，他们不害怕，冲上来夺下标枪，对黄大蕴是一阵拳打脚踢。几个大人打一个少年，一会儿工夫，黄大蕴被打得鼻口流血，倒在地上不能动弹。

他死过去啦，这点小道道还拿标枪唬人哩。银样镴枪头，中看不中用。你爬起来，跟我们较量较量，过上几招嘛。背起磨石唱戏自讨苦吃。哈巴狗戴铃铛，还假充大牲口哩。我呸！

鞠旱瓜指着黄大蕴说，我们捍卫毛泽东思想，破旧立新，你小子老鼠枕着猫蛋睡，越混越大胆啊，敢当反动派。他骂着又朝黄大蕴肚子上踢了几脚。

有人说，别打了，再打把他打死了。他毕竟是鞠有德的表侄，两家有亲，虽说关系不睦，但恼皮不恼瓢。咱先放他一马，去烧那些劳什子要紧。

地主的儿子，揍死也没啥大不了的。谁叫他羊屎蛋子钻天能豆一个，他认为学过端鼓腔就不得了啦。走，上楼去，把那些劳什子全烧了。

碧霞宫有数百年的历史。这些年，昭阳岛很少有人到碧霞宫去。不让唱古装戏了，黄松龄把那些唱戏用的道具都放在碧霞宫二楼。

碧霞宫大殿是一座两层的木楼。鞠旱瓜在前面领头，他刚沿着木梯子爬上二楼，突然惨叫一声。我的娘，救命啊。喊罢，一骨碌摔下来。

他看到什么谁也不知道，下面的人不敢再上。咋回事？出了啥幺蛾子？

不知道，看来上面有古怪，惹不起，还是躲躲吧。反正，鞠大队长又没来，没谁怪罪我们。

一会儿工夫又来了很多人，你看看我，我看看你，谁也不说上楼的事。

先救人要紧，鞠莨瓜说，有德叔是个神人，秉气硬，鬼啊怪啊见他都怕，改天让他来。他说完，指挥着几个壮汉架走了鞠旱瓜。

鞠旱瓜口吐白沫，昏迷数天不醒。他一直高烧不退，嘴里直喊，红鲤鱼老爷，你饶了我吧，我再也不敢到碧霞宫来了。我发誓，我若再来，天打雷劈，不得好死，生个孩子没腚眼。

鞠有德请医生给他看，怎么都看不好，最后到鱼骨庙烧香磕头，许愿一生要做一百件好事，他的病才好。命是保住了，却落下嘴歪眼斜的怪病，看人时眼睛像一对鱼眼。

从此，没谁敢再去碧霞宫。那上面唱戏的道具也就保存了下来。

鞠有德本想趁这个机会找黄松龄算账。因黄大蕴被鞠旱瓜打个半死，他又没理由找黄松龄了。他恁得了怪病，他把仇恨记在黄松龄身上，想着另觅一个适当的茬口修理一下黄松龄。

黄大蕴被打伤，住了一周的医院，病好之后他对黄松龄说，爹，我要出去闯闯，这昭阳岛没法混了。鞠有德这个恶人，上面有殷连举，下面又有一帮人跟他混，他已经形成一股黑恶势力，一时半会儿，没人能扳动他。都说金瓜要找他报仇，其实金瓜没胆，他吃小蝼蛄也白吃了。

报仇容易，关键是杀人偿命，对鞠有德这样的人，不划算。天无绝人之路，闯关东吧。关东有个远门亲戚，你到他们那儿落脚吧。娃爷的养子小六子也准备闯关东，你们俩关系不错，正好是个伴。去找他吧，你们俩商量一下。

大蕴觉得有道理，这天傍晚薰子给他做鱼油丸子，又给他做了几条油炸鲂鱼，将它们放在白柳条篮子里。黄松龄又放篮子里一桶地瓜烧。大蕴提着来到小六子家。

黄大蕴进院子时，小六子正修补一条地笼。他院子里，两棵枫杨树之间拴的绳子上，穿着一串晒干的蚂蟥。几只鱼鹰伸长脖子在叫。一条小船横泊在湖边，一只小狗在船头上呼呼入睡。小狗做着鲤鱼变成蝴蝶的梦，小狗的嘴里流淌着数年前一条穿枪鱼的眼泪。往事青蛙一般在枫杨树叶子上跳动。

他们把你打了，有啥说法？

我能讨啥说法。人在屋檐下，不能不低头啊。今天为这事儿来的，咱喝酒谈。黄大蕴将酒菜放到院子中的石桌上，找来两个黑老鸹碗倒上白酒。

说真的，我是想出去闯闯，见见世面。一天到晚待在昭阳岛，啥时候是个头啊。再说，这岛上有鞠有德，让人烦。他像鸡冠子花，眼下正红。

他抱上殷连举的粗腿了。你烦也没法，他的权势大啦。

两个人举杯，一口干了一碗地瓜烧。

说真的，我也想去关东。听人说，我爹还活着，他在北大荒开荒。有人见过他，说他蓬头垢面的，混得差。见过他的人说，解放前，他是不简单的，杀过一个日本人，替我娘报了仇。他杀日本人之后，逃到关外当兵。有人说他熬到团长，也有人说他熬到连长。朝鲜战争爆发后，他去了朝鲜，不幸的是他成了战俘，战争结束后，他在北大荒种地。有人说他还活着，有人说他被迫害死了，也有人说他被秘密枪毙了。这些都是传闻，我也不清楚哪个是真的。我去关东，也是想找找他，见他一面，毕竟他是我爹。

好人有好报，没准他活得很好。在外面有家室，又有一窝孩子也有可能。

我现在走不开，我在等一个人。这些年，我一直为这个人活着。我说这个人你知道，可是呢，感情的事就是怪，我想寻找一份情。

小六子叔等谁，我知道，你在等麻妮。麻妮也真是的，嫁你算了，她却要等去台湾的银瓜。银瓜在台湾，还不早娶妻生子啦。她都没见过，还傻等，天下没有比她傻的人。娃爷是个好人，多少年了他一直撮合着你们俩。我觉着够劲，你也别等她了。你等她，说明你也傻。

我走到这道上啦，没有回头路了。我爱麻妮，爱一个人实在是没办法，我愿意为她去死。这样吧，我暂时去不了东北，你先去，去满洲里投奔我姑姑，有机会找找我爹，或者帮我打听一下我爹的下落。

大蕴答应下来，三天后，他去了东北。

第九章

1

数年后，端鼓腔又让唱了。

这天，戏棚两边的高杆上各挂着一盏明亮的汽灯。昭阳岛湖滩上挤满看戏的人。锣鼓声、梆子声、喇叭声、二胡声，像一群金色的蝴蝶，在人群里奔走如梭。湖边的空气散发着鱼腥味，还有从驴粪、马粪、牛粪中蒸发出来干草的酸臭气息。

昭阳岛周边渔村的人，还有大船帮上的人，趁着这个热闹做起了生意。卖西瓜、甜瓜、西红柿、黄瓜、四鼻孔鲤鱼、甲鱼、田螺、麻鸭、青虾、水貂、菱芡、苦江草、苇编草编、渔家虎饰的，在古运河河堤上摆满一长溜。

五香大螺蛳，三毛钱一斤啦。

鱼油炸的、刚出锅的野鸭子，先尝后买，知道好歹，走过路过千万不要错过，过了这个村没这个店。湖里的野鸭子越来越少，买几个吧，一块钱一个。回家当酒肴，喝二两地瓜烧，那是神仙的日子哩。

人们的嚷嚷声、叫卖声，像黎明前的薄雾，从芦苇叶子的罅隙中滑出，一下子将昭阳岛笼住。

大运河哗哗地流水，从昭阳岛穿过，往东流向微山湖。在昭阳岛东面有两个大村庄，运河南岸的叫孔雀台，运河北岸的叫凤凰台。两村人，孔雀台村多数姓黄，凤凰台村多数姓王，两村各有数千人口。此时，两村男女老幼，有的挤在船上，有的挤在河滩上看端鼓腔。

当初，黄松龄在昭阳岛成立的端鼓腔社团，在"文革"时期被解散了。"文革"结束，古装戏解禁。本来，孔雀台和凤凰台两村可以合作，组织个像样的端鼓腔班子，但因两村很多年前闹过矛盾打过架，因此两村端鼓腔人马无法团结在一起。

凤凰台人认为，那些唱端鼓腔的道具，他们也出了不少钱，理当分一份。他们找来唱端鼓腔的老人黄素秋和娃爷，让他们主持公道，将唱端鼓腔的道具四六分成。孔雀台保管唱端鼓腔的道具有功，拿六成，凤凰台拿四成。

前些年，上面不让唱端鼓腔，只允许唱样板戏，现在又让唱端鼓腔了。这个消息一传出来，湖上的枪帮渔民、网帮渔民、罱帮渔民，划着船奔走相告。

端鼓腔让唱，娃爷和黄松龄景得①鼻涕往上流。他们的水平半斤八两，旗鼓相当，外出唱端鼓腔都能晃两膀子。

为争第一，两村决定进行端鼓腔比赛。

黄松龄的端鼓腔在昭阳岛是老大，无人能比。他得到黄海秋的真传。

别这么说，最好的是娃爷，他徒弟三马狼，年轻，嗓子好，不在黄松龄之下。信不信，两个村比过就知道。

孔雀台和凤凰台两村都认为自己的端鼓腔在微山湖一带是最棒的，是正宗的。两个端鼓腔班子，谁也不服谁。

两村都放出风来，要把对方镇了。双方互不服气，只能比试比试。

两村比唱端鼓腔的消息一放出来，湖中渔村和大船帮上的人都沸腾了。

南来的北往的，数不清的商船、渔船，都停下来听端鼓腔。在大运河里，密密麻麻，挤在两个戏台附近。船的桅杆上挂的灯也换了汽灯。有的小船上挂着鱼油灯，鱼油的香味像湖中的水蛊，在船与船之间的缝隙里游走。水蛊的梦悬挂在听端鼓腔人的脸上，一如过去的沧桑岁月。

有好戏看，你们等着瞧。

两个村攒多年的劲，都拿出看家的本事，使出吃奶的劲，好看是一定

---

① 景得：喜得。

的，谁也不想砸自己的锅。

第一天，两村约好，同唱《陈州放粮》。

隔着大运河看到两个包公，他们穿同样的官服，画同样的黑脸，留同样长长的黑色胡须，用同样的动作摇动端鼓，捏着胡须，唱啊唱的，唱得十分认真、十分卖力。他们的声音高亢浑厚，热情奔放，使燥热的空气里充满了火辣辣的气息。

端鼓腔唱到热闹处，两个包公一甩胡须和袍袖，带走昭阳岛人所有的贫穷和烦恼，带走许多年前充满青皮苦瓜味道的二胡声和唢呐声。喝彩之声像一阵阵蝗群，从微山湖东岸飞过来。湖边金菖蒲、水葱、芦草、三棱子草等，在端鼓腔的欲望里疯狂地生长。野草的思绪沾满湖底淤泥的哭泣。

这两个包公，一个是黄松龄，一个是王化的儿子三马狼。

端鼓腔唱到高潮时，湖里鱼群出现了，是一群红鲤鱼。它们从四面八方扑向昭阳岛，湖面上像是燃起一层大火。天是红色的，湖水是红色的，端鼓声、二胡声、喇叭声、钵声、铙声都成了红色的。天上，像飘下一场红色的大雪。红鲤鱼的胡须，像夏天里湖边盛开的喇叭花和野菊花，一匝又一匝，缠绕在昭阳岛老槐树的叶子上，变成昭阳岛一代又一代人不幸的往事。昭阳岛上一个不孝的中年女人，她是当初渔霸王结实的女儿。这天她嫌老婆婆满脑子端鼓腔，编织渔网太慢，朝老婆婆脸上扇了两个耳光。晚上，她被红鲤鱼的胡须缠住影子。第二天，这个女人预感到不祥，她娘家在银杏洲，她想去娘家躲躲，便摇着双棹出发了。湖面上像往常一样没有任何异样，谁也没想到湖中突然从黄苲草深处蹿出一条穿枪鱼。这条鱼飞过来，正好撞在她胸口上。她娘哎一声惨叫，像被水蝎子蜇了一般，扑通一声栽到湖中，等人们捞起她，人已死了。昭阳岛人弄不明白，这个女人的死法为啥和当年的她爹王结实一样。

红胡子老头又来了，他站在一条红鲤鱼脊背上。他吃着烟锅，米黄色的玉烟嘴在炙热的阳光里闪耀着青蛇一样的眼睛。他额头上的皱纹里，端鼓腔的声音随着汗珠流向湖中。在湖中，流动的汗珠变成一群游动的水蚤和水黾。

红鲤鱼游到碧霞宫渡口，红胡子老头像坐船一样，走下红鲤鱼的脊背，然后看看天，又看看湖里的鱼群。天上一群野鸭子，在他头顶上飞。他伸个懒腰，打个喷嚏，把手背在身后，迈着八字步上岸。他戴着瓜皮帽子，上身穿鲁锦做的黑色大褂，一条蓝色条带束在腰间。有时候，他喜欢干卖戏票的活儿，昭阳岛人知道他的底细，给他搬来竹椅子，他在一旁坐着，从怀里端出一把宜兴紫砂壶，咕咕品茶，品完茶，接着吃烟锅。

这红胡子老头，除喜欢吃卤熟的野鸭子、喝地瓜烧之外，还喜欢昭阳岛上的小吃，特别是茴香苗包子、武大郎烧饼、昭阳岛火烧、罗汉参，还有一家单县人做的油茶。有时候，他背着褡裢，褡裢里装着花生、核桃，遇上衣衫褴褛的小孩，他给小孩花生吃。他手伸出来，手臂露出红红的鱼鳞，没人害怕他。他手里攥着一把苦江草，在大禹庙和文公祠里转，有时候也去河神庙里看看，但他最常去的是鱼骨庙。

昭阳岛上的鱼骨庙里供奉着红鲤鱼的塑像，香火缭绕。红胡子老头经常来这儿，他每到鱼骨庙，脸上堆满笑容，像枣树花开的日子，树上成群的黑蝴蝶乱飞。他在院子里转转，摸摸院子里的木瓜树和银杏树，有时候他捡起地上的树叶顺手一扬，树叶如同银白色的鳊鱼，飞落在房顶上，一眨眼，鳊鱼变成青灰色的瓦片。瓦片的沟槽里，亘年的雨珠像鲫鱼的眼睛一样在跳动。

心到神知。滴水之恩，当涌泉相报哩。红胡子老头在鱼骨庙里自言自语，看着碗口粗的鱼骨头愣神。有时他在鱼骨庙对着两口会飞的棺材说，耐心，耐心，还不到时候。他说完这句话，那两口会飞的棺材就老实了，什么声音也没有，它们安静地停在鱼骨庙东厢房里，默默地等它们要等的人。

昭阳岛只要唱端鼓腔，红胡子老头准来。

红胡子老头听端鼓腔的样子，像孙猴子听菩提祖师讲经，抓耳挠腮，听到佳处，拍手喝彩，叫几声好。他叫好时，有数条红鲤鱼像跨栏一样飞过状元桥。红鲤鱼透明的鳞片在阳光下，随着端鼓腔，变成湖滩上望不到边的金谷豆和月光花。

昭阳岛人都知道他是红鲤鱼精，他不害人，也没人敢害他。他在昭阳岛上有个朋友，是算卦的瞎子王半仙。红胡子老头听完端鼓腔，去找瞎子王半仙喝酒。他走路的样子像鸭子，跛啦跛啦的。他走在青石板路上，有数不清的泥鳅和螃蟹从湖边泥缝里钻出来，跟在他身后乱蹦乱跳。渔村晾晒的干鱼在他身后变成活鱼，鱼们挣断铁丝和绳索，从屋檐下飞向湖中。鱼的影子像风筝一样在天空中摇摆不定，在岁月的轮回里思念着渔网。

看着这一幕，红胡子老头笑笑，说给大家开个玩笑，渔家人风里雨里捕鱼捞虾不容易，我怎么能坏人生计。古人说得好，勿以善小而不为，勿以恶小而为之哩。红胡子老头说完就走了。第二天，凡是背后没说红胡子老头坏话的人家，他们飞走的干鱼又回来了，晾晒干鱼的铁丝和绳索也自动接上了，而且干鱼的数量比原来多了数倍。那些背后说红胡子老头坏话的人家就没这么幸运了，干鱼变成活鱼飞走后，再也没有飞回来。

2

孔雀台和凤凰台，他们的祖先是两村公认的，来自山西洪洞县老鸹窝。据说，他们的祖先用担子挑着两个箩筐，这两个箩筐一前一后放着两个男娃。从洪洞县向东，一直走到昭阳岛火头湾渡口，在那儿坐船上昭阳岛。在昭阳岛上，吃了渔家人做的老鳖，又喝了渔家人做的鱼粥，感到昭阳岛是个好地方，于是在昭阳岛东面的一棵老槐树下，用芦苇和泥巴搭造了三间简陋的茅屋，躬耕湖坡荒地。从此，繁衍生息，定居下来。

两个男孩长大成家立业，一个在老槐树南面的孔雀台，一个在老槐树北面的凤凰台。在凤凰台成家的男孩入赘到王家，他的后人便改姓王。

孔雀台和凤凰台之间有三里路，是两座土台子，每座土台子高几十米，方圆数百米，上面庙宇巍峨，红檐绿瓦，十分气派。孔雀台上面的庙叫女娲庙，凤凰台上面的庙叫伏羲庙。民国年间，这两座庙香火都十分旺盛。

为什么南面的叫孔雀台，北面的叫凤凰台？是孔雀台上孔雀东南飞，还是凤凰台上凤凰游？后人不得而知，也说不出子丑寅卯。老年人一辈一辈往下传，说当年的远祖女娲娘娘和伏羲就出生在这儿。当初这两座台子上还有祭祀他们的庙宇。孔雀台用来祭祀女娲娘娘，凤凰台用来祭祀伏羲。村名也因这两座土台子而起。

　　两村人都知道，他们祖先来这儿时，这两座土台子早有了。

　　黄姓人家，祖祖辈辈都是以打鱼为业，日子殷实的人家也请私塾先生教孩子读书。黄海秋和黄素秋都在昭阳书院读过三年私塾。早期学《三字经》《百家姓》《颜氏家训》等，后来学唐诗宋词、四书五经。

　　黄海秋因熟背了一篇文章，无意中成了教书先生老郝的女婿。

　　老郝家在昭阳岛西北老猫窝，家中无甚田产，又不事农桑，也不愿下湖捕鱼捞虾当个标准的湖猫子。他热衷仕途经济，梦想着朝为田舍郎，暮登天子堂。读书做官，妻妾成群。他二十多岁中秀才，没想到第二年，科举制度作废了。老郝听到这消息如丧考妣，大哭三天，弄了条木船，载数坛地瓜烧，独自一人在湖上漂月余，每天喝得酩酊大醉。从此，染上酒瘾，更是借酒消愁。只因贪酒，落下酒晕子的名称，因此前程无望，人生黯淡。老郝曾娶妻王氏，生有一女，小名儿紫娟。老郝时运不济，紫娟长到十多岁，王氏去剑茅滩采鸡头米，一不小心陷入沼泽，尸体也没能捞上来。一到晚上，老郝喝酒解闷之时，剑茅滩那片沼泽地里，他老婆又探出头来大号，老郝救救我，老郝救救我。他老婆的声音，黏糊糊、毛茸茸的，像无数条鲇鱼，带着湖底黑汁泥的呛人气息，在昭阳岛的青石板路上蠕动。老郝在夜晚被他老婆的呼号惊醒，他脑袋炸裂，像是有一棵芦苇从脑袋里拱出来。老郝光着脚，左手握着一条油炸鱼，右手提着酒壶，东奔西跑，大呼，我可怜的妻也，阴阳两隔，你让我如之奈何。

　　老郝没了老婆，更加嗜酒如命，岛上请他教书的人少。他有个习惯，教学生必须在船上，他有一艘船是祖上留下来的，也是他唯一的资产。这艘船不大，仅能容三五个学生，他把学生安置在船舱里，然后之乎者也地教。教到兴头上，掏出酒葫芦，一仰脖子，咕咚咕咚就是几口地瓜烧。喝酒需要菜肴，老郝有时带着学生捕鱼，名义是他的学生，实际上是帮他干活。老郝自称是大文学家郝质玙的后人，郝质玙写过《游昭阳湖记》。

　　老郝喝酒喝到高兴处，坐在船头上摇头晃脑地背这篇文章。

　　黄海秋跟老郝当学生，拜师礼交了四十斤干鱼。他是学生中拜师礼交最多的，不是因他给老郝的干鱼多，老郝喜欢他，他跟老郝读几遍《游昭阳湖记》，几遍下来便能熟背，老郝大为惊讶，因此喜欢黄海秋。

　　老郝做梦想考取功名，也想让黄海秋考取功名，谁承想科举取消，一晃许多年，民国对科举也不感兴趣，也不恢复科举，乡村也开始兴办新学，读四书五经没出路了。这船上私塾更是清汤寡水，大有无人问津之势。

但老郝也有私心，他因膝下无子，想招个养老女婿过活，暗中考察，发现黄海秋性情温厚，颇有仁孝之心，老郝便在康熙御膳房请了高万斗和辛庆义喝场酒。喝酒间，老郝说了女儿的婚事，又说了黄海秋如何好。高万斗是个聪明人，他说，这事你还用愁，你有现成的人选呢，黄海秋最适合，他姊妹俩从小没爹没娘，七八岁时黄海秋就带着他妹妹靠打鱼过活。这孩子天生是咱渔家人的好手，不但能养家，还能带着个女娃读私塾，可不简单，这样的人将来能成气候。另外，他人才一表，品性也好，近水楼台先得月，你想招他做个养老女婿，这媒我包了，准成。辛庆义也说，成人之美的好事，我敲边鼓，老高唱主角。

第二天，黄海秋正在家捻船。辛庆义和高万斗找上门。黄海秋知道他们有事，从屋里端出烟筐子。海秋你小子走狗屎运了，难得辛队长到你家来，他可是咱昭阳岛的军政一把手。他到你家来，这可不是小事，你要把家中好吃的好喝的拿出来。今天辛队长在你家喝酒，要给你说媳妇哩，保你小子景得满头大疙瘩。让他猜猜，咱要给他说谁家的闺女。一群灰雁从头顶上飞过。他们说着话，放鸭子的赶着几百只翘鼻麻鸭、赤麻鸭和斑嘴鸭走过，鸭子群的鸣叫声带着一股糟鱼般的腥臭气息，在黄海秋院子里牛虻般乱飞。嘿嘿，我也猜个差不多，你们是给紫娟说媒。你小子聪明，紫娟可是十里八村出了名的小美人。紫娟的爹是你先生，有道是师徒如父子，亲上加亲，你入赘到他家，紫娟给你当媳妇生孩子，这好事天底下打着灯笼都难找哩。我先生是个酒晕子，紫娟也有点爱打扮，我怕以后伺候不好他们，反而伤师徒感情。前怕狼后怕虎，哪儿像个爷们，三晃两晃不就打光棍了吗？这茬口行，女方主动提出来，你可别犯傻哩。好啦，我应了。黄海秋这句话还没落地，娃爷提着一桶酒和一条大鲤鱼过来了，他身后跟着柳叶。

娃爷早已听出了大概。可喜可贺，正好我提来了一条鲤鱼，是清蒸，还是红烧，还是麻辣？

麻辣吧。我能吃辣，再喝上几杯地瓜烧，过瘾，解馋。

我的厨艺好，麻辣鲤鱼这道菜我来做吧。牛逼不是吹的，泰山不是垒的，我做的麻辣鲤鱼绝对好吃。

柳叶说，我烧锅，你们到船上喝茶，这顿饭我俩做。

娃爷和柳叶干活利索，辣椒炒鸭蛋、腊菜炒虾米、清炝藕片、炖干梅豆角。一会儿四个菜弄齐，说媳妇讲究六六大顺，黄海秋又到康熙御膳房要了一包卤好的野鸭子，加上麻辣鲤鱼，正好六个菜。黄海秋怕酒不够喝，又从马家老酒坊抱来两坛子地瓜烧。

辛庆义和高万斗两人见黄海秋和娃爷他们既懂事又殷勤，喝起酒来也开心，他们从中午一直喝到深夜月亮从湖里升起来。

翌日，黄海秋和紫娟举行了定亲仪式。到年底的腊月六日，经瞎子王半仙看了时辰，按湖上渔人的风俗，黄海秋娶了紫娟，他入赘在老郝家。

黄海秋曾和娃爷等人跟着丁前溪学过端鼓腔，他端鼓腔也唱得好，遂以端鼓腔为生，闲暇之时进湖打鱼。后来，紫娟给他生下儿子黄松龄。

本来该有好日子可过，叵耐紫娟有点水性杨花。当初，苏州到济州贩布的商人老吴途径昭阳岛，有时到黄海秋家落脚，黄海秋对他礼数不薄，谁知这老吴是个奸诈小人，一见紫娟貌美便动了淫心，私下勾引，每经昭阳岛便给紫娟一些礼物，紫娟贪财，招揽他在家。天长日久，紫娟对他有情了。

这日，黄海秋外出捕鱼，回来见没了紫娟，只见黄松龄一人在皂角树下抓着几只螃蟹把玩。那螃蟹的眼睛酷似老吴。一种不祥的预感像一枚皂角树叶子在黄海秋眼前飘落。皂角树叶在地上滚动几下，随即变成一只散发着腥臊气味的尿罐子。

你娘呢？

我娘跟老吴去康熙御膳房说给我买烧饼。

黄海秋一听不好，赶紧去找，到康熙御膳房一问，紫娟没有来过，再问渡口上撑船的艄公，艄公说见紫娟跟着一个商人笑嘻嘻地乘船沿运河往南走了。

黄海秋一听便回了家，将孩子黄松龄安置在娃爷家里。自己驾船，一路南追，追到扬州也没追上，最后追到杭州，一路打探，说从来没有见过一个姓吴的商人。黄海秋无奈，从杭州回来，失魂落魄，大病一场。幸亏有娃爷和柳叶帮他照顾孩子和家里的经济。

　　老郝自从女儿跟老吴走了之后，见不着女儿，也日夜想念。他经常站在湖边，望着茫茫湖水发呆。黄海秋没了女人，日子过得不顺心，有时难免要刺挠一下老郝，大意是嫌他对女儿娇生惯养，才使她爱慕虚荣，不守妇道。老郝读了半辈子圣贤书，没想到结局没得到女婿的认可，更是心灰意冷，心下想罢了，我女儿不在，跟着女婿遭他白眼，这人生还有什么意义。他虽然不是故意撵我，但不经意一句不睦的话，我哪能受得了。主意拿定，这日给女婿留下一封书信，收拾了随身衣物，去五台山出家，当和尚去了。

　　第二天，黄海秋见没了老郝，去他屋里一看，见到书信，书信上写了《金刚经》上的几句话，一切有为法，如梦幻泡影，如露亦如电，应作如是观。黄海秋方知道老郝已出家了。他握着书信大哭一场，他的病又加重了。

　　两年后，他才慢慢恢复过来。他好之后做的第一件事就是把端鼓腔传给儿子黄松龄。

　　黄松龄长到十五岁，已是端鼓腔的名角。作为混饭吃的营生，绰绰有余。

　　这日，黄海秋对黄松龄说，你娘一晃走了数年，我要出去找她，把她找回来。我知道老吴是江苏人，老家是扬州江都的，我去江都找找看。

　　我懂事了，爹放心去吧。

　　黄海秋离开昭阳岛，去江南找紫娟，他直接去了扬州江都县。经多方打探，才知道老吴带着紫娟到温州做生意去了。黄海秋又去温州找，找遍了温州的大街小巷，他沿街乞讨，也没打听到老吴和紫娟的任何消息。这天，他住宿在一家破庙里，急火攻心，又一病不起。幸亏有个老和尚不嫌弃他，给他熬了几服汤药，让他身体慢慢康复。同时，老和尚又天天开导他，黄海秋顿时萌生要拜老和尚为师的想法。这天，庙里钟声响起，黄海秋听了感觉自己身体透明，一身轻松，毫无牵挂之意。他这时才明白，他老岳父为啥去当和尚了。人的梦想，在现实中无法实现，也只有走进佛门，让生命再去一次轮回。这是命。黄海秋想我是一个草民，如草的生命，只有佛才能拯救自己。他从此住在这破庙里，跟着老和尚种菜种地，夜里抄写《金刚经》。许多年后，老和尚死了。全国大兴摧毁寺庙，黄海秋所在的寺庙被拆掉，砖石建了厂房。黄海秋没了落脚的地方，但天无绝人之路，在黄海秋认识的香客里面有一女子，是个中学老师，看着黄海秋为人正直，便把他接到家去，并认作义父，一日三餐把黄海秋当作生父赡养。黄海秋十分感激，也铁了心，跟着这个义女过活。这女子的丈夫是个煤矿工人，家里有两个孩子，她的孩子和丈夫都把黄海秋当亲人。时间久了，他也记不起紫娟是啥模样了，亲生的儿子黄松龄，他也懒怠想了，更不愿回昭阳岛了。每个生命的来处，虽然不一样，但归途都是一样，在皇宫还是在草棚，最终不免归于沉寂。时间是杀死一切最好的方式，也只有时间才能杀掉一切，忘掉一切。

3

孔雀台和凤凰台两个戏班，这天唱完《陈州放粮》之后，但听端鼓腔的人还兀自不肯散去，人们听端鼓腔的热情，像五黄六月喝到香甜可口的西瓜。端鼓腔的声音，像面瓜一样糊在他们脸上，使这些渔民流露出发甜的幸福。

银杏洲上的网帮渔民干脆把锅灶搬来，在河滩上生火做饭，这样吃完饭，听端鼓腔方便多了。大部分人吃黑窝头、喝鱼粥、吃鱼油丸子。杂面窝窝蘸辣椒，越吃越上膘，渔家人喝鱼粥、吃鱼油丸子更有精神。还有人做了草鱼抹锅饼，放上茴香，把草鱼炖得清香四溢，浓浓的鱼香味随着微山湖刮过来的热风，从人们记忆里穿过。

没端鼓腔的日子，孔雀台和凤凰台人最喜欢看的当然是电影，不过看电影不容易，一两个月昭阳岛才能放一次。有时候，听说外村放电影，哪怕二三十里水路，孔雀台和凤凰台人也要划船赶过去。一部电影片子，几个渔村连夜轮着放。那时，村里没电，放电影的人专门用木船带着一部发电机，说不准发电机什么时候出故障。这边电影看得有滋有味，那边发电机嘎巴停啦。看电影的人中间也有坏孩子，吹起口哨，或者嗷嗷乱叫，闹腾一阵子就静下来。管发电机的人用一根绳子猛拉启动器，用脚一踏，发电机嘟嘟几声又停了，再拉，再停。折腾半夜才折腾好，看电影的人期盼着修好发电机，一个也没少，大人小孩，老的少的，一个也没走。灯一亮，蚊虫、蛾子之类的扑过来，嗡嗡声响成一片，像孬年头爆发的蝗灾。看电影的人哪顾这许多，只顾着荧幕上的人物。

电影看完，这一夜没白熬，畅快的心绪跟着野鸭子在微山湖上空盘旋。其实，那年代电影也少，除样板戏之外，就是《地道战》《地雷战》，还有《沙家浜》《红灯记》。

在湖里，上级又让唱端鼓腔了，渔民能听上古装戏，昭阳岛人兴奋得简直是瞎子害眼没治。

4

当年，南方一艘唱端鼓腔的渔船停靠在昭阳岛码头。

昭阳岛上原本有一家戏楼，是岛上的大户王家所开。这戏楼隔三岔五有戏上演，有端鼓腔、渔鼓腔、京剧、河南坠子、山东梆子、皮影等。上演时，岛上各街巷贴满海报，戏楼不售票。门口，搁着一个白柳条编织的簸篮。

这时候，昭阳岛和四周的小岛上，渔家人纷纷划船来听戏。进大门，朝簸篮里扔点零钱即进，不扔零钱也能进。

端鼓腔一般在船上唱，主要是为方便湖上的渔民。

这次南方来的端鼓腔戏班子选了戏楼，唱端鼓腔之余，戏班的主人在岛上选了几个会唱端鼓腔的人。这几个人是黄海秋、黄素秋兄妹俩，还有娃爷。他们和这三个人联合，又丰富了端鼓腔的曲目。

问及三人的师傅，黄海秋说是丁前溪。

戏班的主人以前也认识丁前溪，两人在洪泽湖里大船帮上合伙唱过端鼓腔。戏班的主人想见丁前溪，丁前溪在昭阳岛上待数年之后，不习惯岛上的生活又外出云游，当一个流浪端鼓腔艺人去了。据说他去了济州。

唱端鼓腔的南方渔船在昭阳岛唱了一个月。他们走后，黄海秋兄妹和娃爷都学会了《状元媒》《刘文龙赶考》。

后来，娃爷和黄素秋有了那事，鞠鲇鱼知道后和娃爷成了仇家，娃爷不便再和黄素秋联合演唱端鼓腔。日子照旧，各过各的。

娃爷在昭阳岛野狼沟村、凤凰台村教徒弟，传授端鼓腔。多年后，凤凰台村的支书王化突然提着地瓜烧和二斤烟叶来见娃爷。王化说小儿子三马狼对端鼓腔感兴趣，想学端鼓腔，愿意拜娃爷您为师。娃爷不想教三马狼端鼓腔，想让他学捻船，可三马狼只愿学端鼓腔，娃爷无奈收了三马狼这个徒弟，也是他的关门弟子。娃爷把他的端鼓腔绝活全部传给了三马狼。

因此，娃爷的徒弟中三马狼的端鼓腔最好。

黄海秋的儿子黄松龄端鼓腔唱得好，在微山湖一带颇有名气。他十四岁这年唱端鼓腔《百神赴号》，因他把这出戏唱响了，一举成名。十五岁这年，他成立端鼓腔戏班子。这戏班子从日本人占领昭阳岛就唱，直到唱完《海瑞罢官》被解散。当初，黄松龄想不明白，唱个端鼓腔能有啥罪，他不愿解散戏班子，便背着干粮和几条油炸鱼上了岸，他去戴州问了几个分管剧团和文化的干部。有人说，破四旧，你敢不听？又有人说，不怕打成地富反坏右，你就唱。不让唱就不唱，这个端鼓腔能当爹当娘？你这事都想不通，不魔道吗？

黄松龄一听，知道不是好话，胳膊拧不过大腿，不唱也罢，遂收拾行李走出戴州城。在回来的路上，他正好遇上一辆牛拉的轱辘头大车。这赶大车的老头听过他的端鼓腔，认识他，便邀他上车。黄松龄说了几句感谢的话，爬上轱辘头大车，在大车上他骂了一阵子不让唱端鼓腔的人。赶大车的人劝他，不让唱，就别唱了。你也别骂了，要是有人检举你，把你打成坏分子反革命什么的，轻则坐牢，重则杀头。昭阳岛上的金瓜不是一个例子吗？说三年自然灾害是人为的，打成现行反革命被枪毙了。老渔洼有一个会使牲口的老头，路上一头老牛撒尿，他说你这熊牛随便撒尿，给谁请假了吗？因这句话被人告了，这个老头成了坏分子，天天把他斗得哭爹叫娘。咱昭阳岛一带，十里八村谁都知道这事。这个人现在有点魔道了，在他面前你不能说撒尿两个字，你一说，他马上吓得尿一裤裆。小老弟，还是那句老话，端鼓腔不让唱，就别唱了，免得引火烧身。让唱也没啥意

思，不让唱更好。

黄松龄听了沉默不语。一路上，轱辘头大车吱吱扭扭。空气里布满兔酸子草的气味，让黄松龄有些倒牙。这赶大车的老头是火头湾人，到了火头湾渡口，黄松龄想请他坐坐，喝杯闲酒。那人不肯，赶着大车，唱起一首《渔歌》：

　　　金七月啊，银八月，莲子熟，菱角落，大肚子媳妇钻苇棵。

那人唱罢，头也没回，进村去了。

黄松龄从火头湾渡口坐船回来，把唱戏用的道具全部装箱，一共装满七个箱子。昭阳岛碧霞宫是个两层楼，黄松龄将这些道具放在二楼一个暗间里。他怕有人破坏，又在箱子上放了一些杂物。

多亏黄松龄保存这些道具，端鼓腔一开禁，这些道具立马派上了用场。

5

月亮升起来，整个湖面上漂浮着成串的红色月亮。红月亮有风圈，十分贪婪地亲吻着湖面，使整个湖面金光闪烁。

谚语说，月亮戴风圈，一连刮三天。

风不大，风里弥漫着槐花香，还有端鼓腔青皮苦瓜的味道。湖畔青蛙、蝉，还有各种小青虫的叫声，如梦如幻。萤火虫在湖边的水草中成群结队，它们密密麻麻像星星一样闪亮。

孔雀台和凤凰台两村的人依然在比端鼓腔。

凤凰台那边戏班领头的叫三马狼，他年龄虽小，但端鼓腔唱得棒，是个天生唱端鼓腔的好料子。

黄松龄也欣赏他，认为他拜在娃爷门下亏，没学到精髓。娃爷老了，娃爷唱端鼓腔已没了锐气，他做不到字正腔圆。

三马狼唱完《陈州放粮》，没压住孔雀台村，心里打碎了酸辣缸，啥滋味都有。我不信邪，不信战不过孔雀台。不能停，还得再比，是骡子是马遛到底。谁也不能挂免战牌，不然算泻熊，直到分出个公母来为止。

黄松龄也不服输。你说咱咋玩吧。再来一场，听端鼓腔的人去你那边的船多，算你赢。唱哪一出，你挑，我擎着。把你拿手的曲目亮出来。

唱《穆桂英挂帅》。你老别不服气。我是娃爷的弟子，娃爷的本事，昭阳岛谁不服气。

君子一言，驷马难追。话已出口，哪能更改。按你说的唱这个。

为啥三马狼要比《穆桂英挂帅》，他拿手的绝活是演杨宗保。这下可难坏了孔雀台村，没办法，黄松龄便出马迎敌。

黄松龄唱一场，身体不撑，实在不能再唱，他硬挺着。

黄松龄一共有四个孩子，大儿子大蕴去了关外，小儿子泥鳅是个残疾人。他有个心愿，培养二儿子二蕴和女儿金英学端鼓腔。黄金英学端鼓腔学得快，她能上台唱了。她最喜欢演的角色是穆桂英。

二蕴学端鼓腔三年，仍不入门，大路边的台词也记不住。

6

二蕴这年十八岁，他喜欢一个叫杨梦瑶的女孩。

这天，他在端鼓腔戏班里干了一天活。晚上，趁指挥戏班的黄松龄一分心，他从人群里溜出来，去找杨梦瑶。红月亮的嗡嗡声，像一群蟋蟀跟着他乱蹦乱飞。

二蕴划着小船，沿着大运河到运河闸下船，他朝杨梦瑶家走去。

四周蛙声一片。湖底黑汁泥的气息，在夜幕的笼罩下，像一群苇咋子在叫。

孔雀台的戏台上，一个小丑在唱，二蕴认识这个小丑，他叫张小五。他们一块儿长大，一块儿学戏。张小五聪明好学，半年下来能上台唱了。

因张小五，二蕴没少挨黄松龄的骂，动不动拿他跟张小五比。张小五学啥都快，二蕴脑子不听使唤，不是他脑子笨，而是他被杨梦瑶迷住了，一天到晚他满脑子都是杨梦瑶的影子。他的世界除杨梦瑶，啥也没有。杨梦瑶的影子像只蟑螂，钻到他脑子里了。

黄松龄先是劝他。你最好跟张小五学学，给自己挣口气，给我这个爹争口气。劝几次，见劝不动。你是猪脑子，端鼓腔学不成拉倒吧，你爱干啥干啥。

这破端鼓腔，你还想着老猫尿屋檐，辈辈往下传啊。我是根不红，秧不正，结个葫芦歪着腚，根本就不是学端鼓腔的料。你逼我学，我可不逼我儿子学，所以端鼓腔后继无人是必然的。再说，我脑子没张小五好使，不让我学端鼓腔，让我干啥都行，我每天多割两捆青草喂牛行不？还有啊，我喜欢去湖里打鱼，娃爷是个捕鱼下网箱的好手，我跟他学会下网箱捕鱼，每天多捕一些鱼卖钱不好吗？

你是瘸子的腿就筋了，出窑的砖定型了。学端鼓腔的希望，我交给金英，你小子面朝黄土背朝天地干吧。这样好，老子英雄儿好汉，老子卖葱儿卖蒜。龙生龙，凤生凤，老鼠的儿子会打洞。我鼓捣一辈子渔船，你也想弄一辈子渔船。接这个班，不用走门子、拉关系送礼，你小子干啥都不是来头，我操心多，也是瞎子点灯白费蜡。养儿不在屙金尿银，全在触景生情，你小子反而是个让我夜夜愁的夯货。难道你不羡慕外面的世界？想像我一样一辈子窝在昭阳岛？你窝在这个岛上，能有啥出息？

癫蛤蟆学端鼓腔就能成精？西瓜皮砸鞋掌，我不是那块料。别说你那破端鼓腔，咱村里学渔鼓腔的也不少，还有学京戏的，没谁能成气候。

你小子胡说，张小五学端鼓腔就有出息了，戴州剧团看上他，这孩子懂事，争气。你是三个小钱买的蛤蟆，越看越瘪。古诗里有句话，少壮不努力，老大徒伤悲。这句话有道理，你现在后悔还来得及。

我什么时候都不后悔，我不愿学端鼓腔，别拿我跟张小五比，他学端鼓腔，是挑水的遇上个买茶的，人对桶也对，正好相配。我呢，脑子笨，让我学端鼓腔，不是逼着张飞、李逵学绣花吗？我可不想一辈子沿着牛车盘走路，走来走去还是老路。我对端鼓腔没兴趣，啥年代了还让我学端鼓腔，学到胡子白是个老头，啥出息也没有。

黄松龄找出一个旧作业本，撕下一张纸，揉成一个长条，从烟包子里捏一撮子烟叶，双手一捻，卷成一根旱烟，用指甲从牙缝里抠出点牙垢涂在纸上，又伸出舌头舔了纸边，噙在嘴里，摸出火柴，在粗布裤子上划几下，刺啦一声响，火柴头冒出青烟，一股硫黄味弥漫开来，像一只螳螂从他鼻尖上跳过。他歪着脖子，眯缝着眼，把烟点上，嘴一吸溜，咳嗽一声，露出的黄牙像香椿树的枝杈。人算不如天算，若是你哥大蕴在家，你想学端鼓腔，给我提鞋我都嫌你手指头粗哩。你别心里没数，没点熊魂。人这一辈子，是骑在老虎身上玩把戏，错一步也不行。儿大不由爷。那好，看你以后能成个啥料儿。

　　父子争吵完，黄二蕴还是老样子，对父亲的劝告，就是响当当、硬邦邦的一粒铜豌豆，百毒不侵，油盐不进。黄松龄无奈，只好由他。

　　那个叫张小五的小丑，依然在台上认真地唱：

　　　　我家在山西蛤蟆洼，
　　　　我的名字叫牛金嘎。

　　二蕴听张小五唱时，心里不舒服，也不服气。他暗骂张小五，有啥能的，熊货，不就是嗓子好吗。什么山西蛤蟆洼，你张小五是昭阳岛附近一个渔村人，祖祖辈辈是纯种的湖猫子，岸上连个草棒也没有。你家那个破渔村就叫蛤蟆洼。蛤蟆洼里的男人，解放前干好事的不多，湖中几个有名的老榷就是蛤蟆洼人。有一个老榷就是张小五的叔。他叔是老榷，他能好哪儿去？娃爷那泥巴蛋子眼，一看谁会唱端鼓腔就眼睛放光，他把孙女朱家云许给他做媳妇。他仅花一百多元的定金，买了两身嘉祥粗布鲁锦，这亲就定了。这事容易得像老母猪生崽一样，看不出里面有多少难度。不过，张小五是个陈世美，他有点小名气之后，就把娃爷的孙女朱家云给蹬了。另外，县剧团看上他，他能吃上公家的饭，他凭啥走了狗屎运？谁都能成精，我成不了精。二蕴心里一路骂着，他像一条黑鱼一会儿便游到杨梦瑶家门口一棵楝子树下。树上马嘎子①的梦呓，正散发着苦苦菜的味道，二蕴的心跳像一条鲇鱼，在落满星星的荷叶上滑行。

───────

① 马嘎子：喜鹊。

7

杨梦瑶的爹杨金东，是昭阳岛上的泥塑匠。解放前，昭阳岛上的庙宇多，他靠给庙里塑神像维持生计。后来，因昭阳岛上的庙多需要拆。那天拆完关帝庙之后，杨金东就出事了。

关帝庙里，关老爷的塑像是杨金东塑的。负责拆庙管事的人是昭阳岛的支书王化，王化找他三天，费了吃奶的劲，在鱼骨庙附近的一只渔船上找到他。当时，杨金东醉醺醺地躺在甲板上睡觉。他穿着短裤，前开门敞着，露出黑乎乎的一片毛，家什向上翘着。甲板上晒着草鱼、鳊鱼、刨花鱼、大头鱼、泥古丁、餐条、朱红、马狼、噘嘴鲢子，白花花一片。苍蝇嗡嗡作响，鸭粪味像夏季湖畔的北瓜秧子，在草丛里打着呼噜疯狂地生长。

王化和杨金东有点驴尾巴吊棒槌的亲戚，论辈儿，杨金东要喊他叔。

啥熊货啊，原来你喝醉酒躲在这儿快活，让我老人家好找。你除了喝酒，还知道个屁，酒是你爹还是你娘，你这么喜欢酒。

王化骂罢，朝杨金东屁股上踢一脚。醒醒，你害死我了，找你干点熊活，你让我转了八圈子。

杨金东忽地醒了。他胡子拉碴，嘴里淌着口水，伸开右手，往后背上挠几下。刚才让一个龟孙牛虻咬死我了，你知道不，那是一个绿色的牛虻，咱微山湖上我第一次见这么大的牛虻。娃爷曾经说过，这样的牛虻是死人变的，被它咬了不吉利，我正为这事烦。想着睡醒之后，到鱼骨庙里烧上一炷香，给红鲤鱼爷爷磕几个头呢。绿色的牛虻在他记忆里，像一条大鱼游来游去，直到这条大鱼衔走了那年春天大饥荒时期的一个苲草团子。我感觉你就像那个牛虻，你找我准没好事，有好事你也不会找我。你说是吧？杨金东说这话时，一只独角仙在关帝庙前的老柳树上发出咔嚓咔嚓的哭泣声。

有正事，上面来精神了，要把关帝庙拆了。

拆庙？谁磕的坏点子？这庙能是乱拆的吗？以前拆庙，现在咋还拆庙？

岛上想建个招待所，不是没地方吗。再说，这个昭阳岛巴掌大的一块地，你数数多少庙，这庙那庙，用不着这么多庙。拆一个，也没什么大不了的事。

这和我有啥关系，一毛钱关系也没有。谁拆找谁，找我干啥？

哪能说跟你没有关系，解铃还须系铃人哩。当年关公的塑像是你弄的，你去拆，名正言顺，出师有名。

给和尚借梳子，你找错人了。这个活我不干，谁愿意干谁去干。

为啥不干？

那尊关老爷，我塑得不孬，打心里喜欢。让我去毁它，我下不了手。

拆一尊塑像，又不是让你去杀人，有甚要紧？你若不去，让鞠有德来与你理会。惹恼他，可够你喝一壶的。活鲤鱼不吃，摔死再吃，你不是憨巴子吗？

王化一提鞠有德，杨金东立马软了。鞠有德在昭阳岛可是个响角。

我拆便是，也需有个条件，对吧。没多有少，要划个道道。这个力我不能白出，要正儿八经地出点血。

二十块钱、二十斤红高粱酒，要不二十斤地瓜烧。这个熊酒劲大，罢，你喝正对路。这个条件是我争取的，我看行。

我愿意喝罢的，地瓜烧吧。要不是你找我，这事我才不干哩。

二十块钱先不给你，捕鱼要交税，从你税里扣吧。

我同意了。到时候你别打翻巴，说话一定要算数。

熊货，不相信姨夫我，我给你写条子。你不想想，在昭阳岛我坑过谁？

还吹哩，人家都说你戴着草帽子日驴，说人话不办人事。先兑现我的好处，再说干活的事。免得事办完了，答应我的事又泡汤，这事多了。仨瓜俩枣的，我可不想跟在你屁股后面，像要小鸡子账似的。我做事讲究干净麻利快。

全包在我身上，你干就是。还有啊，那些敢背后骂我的人，熊嘴该把牙打掉。在昭阳岛，不是我喷空，我一跺脚，四个旮旯都晃荡，你信不？我不学鞠有德暗下口，谁要跟我有仇，摆桌面上明挑。我最烦有人背后叽叽喳喳。

我信，老天爷爷是老大，你是老二，在昭阳岛没谁敢不服。

鞠有德在我面前也不敢吆五喝六。我做事光明磊落，他有短在我手里，他敢操我，叫他吃不了兜着走。

当然，当然。杨金东拍了一阵王化的马屁。昭阳岛上你绝对老二。

这天上午，杨金东亲手砸毁关帝的塑像。下午，他从昭阳岛状元桥上路过，一条黑鱼从河里蹿上来，呱唧一声响，落在他脚下。杨金东一看，好大的一条黑鱼，足有十几斤重，在他跟前活蹦乱跳。杨金东大喜，我的娘，今天该着老子走运，二十斤地瓜烧有了，就缺菜肴了。这条大黑鱼扒皮切下一块来，足可以做一锅酸菜鱼，或者做一锅麻辣鱼。我喊上王化，再邀上几个喝家到我家船上弄顿，也显显俺的能耐。杨金东想到这儿，不敢怠慢，放下手里提的锤子、凿子，一个虎扑直奔那条黑鱼。黑鱼见有人来捉它，摇动尾巴拼命往前蹿。这黑鱼滑，杨金东按几次黑鱼尾巴没按住。

这时，娃爷从桥下划着小船正好路过这儿，看到了这一幕。杨金东，还亏你从小在船上长大，你真丢人，连条蹦出水面的黑鱼都按不住，你就会塑个泥像，其余的都不是个料。掐黑鱼的头啊，掐头。这鱼你要抓不住，你去跳蚂蚁窝吧。

娃爷船舱里装满苦江草和鸡头米。一片米黄色的阳光悬挂在他脸上。

跑不了它，煮熟的鸭子还能让它飞了？杨金东回娃爷一句。一躬腰按住黑鱼的头，谁想这黑鱼劲大，又一个摇摆，杨金东猝不及防，脚下一滑，一头从状元桥上栽下来，扑通一声落在河里。那条黑鱼三蹦两蹦，蹿入运河没了踪迹。

娃爷一看杨金东落水了，骂了句，黑瞎子的奶奶也没这么笨。马上摇动双棹划船过去，顺手从船上握了根竹竿，递给在水里挣扎的杨金东。

杨金东抓着娃爷的竹竿，像条落水狗一样爬上岸，他蹒跚着溜到一棵老柳树下。一只手扶住树身，哇的一声吐了数口绿水，紧接着便在一块汉碑上坐下。这下要我的命了，我不是栽下去的，有人推我，这人的力气好大。娃爷你上岸吧，咱说会儿话，今天多亏了你。没你，我淹死啦。娃爷你给我袋烟抽。

娃爷上岸，给杨金东一袋烟。他抽完烟又说，我摊上瞎巴事了，我不该贪图二十斤地瓜烧，还有二十块钱。这一会儿的光景，我感到腿木，也感到头有点发烧。娃爷你好人做到底，找人把我扶到家去吧，我走不动了。

娃爷说我扶你。

不，你岁数大了，还是找几个人吧。

娃爷见他说得认真，知道他是惹着什么东西了，也不敢怠慢，喊了粑粑华的爹王汉杰、光棍老周头、孙十一、民办教师王黑三、小六子、练拳的麻五。他们都给娃爷面子，娃爷一吆喝，他们都来帮忙。

几个男人一起动手，把杨金东抬回家。到家之后，杨金东开始发烧，口吐白沫子。娃爷一看不是小事，又让孙十一去请瞎子王半仙。他去了多半天，瞎子王半仙敲着一根竹杖来了，竹杖上系着一个红葫芦。来到杨金东家，王黑三给他提马扎子坐下。瞎子王半仙从竹杖上解开酒葫芦，先是咕咚一声喝口地瓜干子酒，接着给杨金东梳理经脉，用热毛巾捂在他头上，又是叫魂，又是念佛，折腾半天，杨金东还是不醒。

这时候，王半仙的朋友红胡子老头来了。

我找你喝酒，没想到你在这儿，让我一阵好找。

这儿正有一件棘手的事，还望老兄高抬贵手救治则个。您望望，我这乡贤不小心从状元桥上跌落河中，淹得人事不省，咋让他醒来？

这事却也不易，这个混蛋得罪谁不好，好端端的，砸什么关老爷，不是找死吗？幸好杨家和当年的马家有旧，这马状元现在给关二爷当差，在关二爷面前说了诸多好话，关二爷才既往不咎，放了杨金东这货。不过呢，死罪免了，活罪难逃，关二爷罚他当马状元的替身，一天到晚在昭阳岛上背诵马状元的文章，以激励警醒后人。

红胡子老头说完，趴在杨金东脸上吭吭咳嗽两声，将一口浓痰吐到杨金东嘴里，杨金东迷迷糊糊咽下，又喝半碗掺狗尿的湖水，慢悠悠醒来，第一句便问，康熙爷走哪儿了？

什么康熙爷，你是泥塑匠杨金东，祖祖辈辈都是昭阳岛人，知道不？你是从状元桥上摔下来的，是红胡子老爷救了你，你还不赶快谢恩哩。

杨金东爬起来，跪在地上，给红胡子老头磕了头。是哩，谢谢红胡子老爷爷。我要天天朗诵马状元的文章，这个马状元，你们知道是谁吗？是我，你们知道不？

杨金东从此有点神经不正常了。他每次进湖捕鱼站在甲板上，总是能听到船上木板纤维和水底黄芣草打架的声音。他有些恐惧，认为是湖底石磨转动的声音，昭阳岛人都知道，生活在微山湖的人，只要听到湖底石磨转动的声音，也就活不长了，也就需要安排后事了。杨金东想到后事开始发毛，他感到船在牛毛芣和红根芣中间蠕动。他回想起昨天的梦，梦中有一个红脸大汉告诉他，你毁了关老爷的法身，你要塑一千座关公像，还要背一万遍马状元的文章，才能平安无事。未来是一条没有希望的路，每一步都荆棘丛生。湖底石磨转动的声音，像牵牛花一样在他眼前盛开，他预感到自己的生命不会太长。回首望去，衰败的残荷上，两只鹧鸪鸟突然变成了他的爹娘。他爹娘是饿死的，在他的记忆中，他娘是没裹脚的，湖上的女儿如果裹脚在船上站不稳。杨金东想不明白，他爹娘为啥能在荷叶上走动，他们提着口袋，口袋里装着数个世纪前的莲子，他们手里握着一把鸡头米。他们说，我们家的船要是不被征去劈掉当柴火烧，我们哪能饿死。他们大炼钢铁，他们屁也没炼成，却毁掉了我们家的船，让我们无法进湖逃生路。我苦命的儿啊，娘在湖中给你打了这些莲子，孬年头你好救急。杨金东说，我过上好日子啦，每顿有地瓜烧酒喝了。没事啦，孬年头过去了。杨金东的爹娘有些迷惑，残荷一样的脸色充满了当年的饥饿。患水肿病的心绪，像一群野鸭子飞起来。杨金东好久没有见到爹娘了，今天见到，认为是来领他的前兆。他还想再说句什么，他爹娘却踏着一朵又一朵荷叶，说了句向南再向南，在一群蓑羽鹤飞翔的暗影里，消失在茫茫微山湖深处。

杨金东回到家，他患有哮喘病的媳妇扶着湖边的老柳树，在拼命地咳嗽。她把带血丝的痰吐在水葫芦上，然后自己傻愣愣地欣赏，她从带血的程度上，估算着自己寿命的长短。一群餐条鱼在水葫芦附近游动。小鱼的眼神在岁月的轮回里，期盼着这个岸上的女人回到水中。湖底才是她最后的归宿。

见到杨金东，她说，我跟你多少年了，你还记得我们之间都发生了啥？我咳出血了，活不长啦。湖底有响声，像是石磨转动的声音。

杨金东骂她，你瞎啰啰啥。你给我当媳妇二十年了，共给我生了五个孩子。前两个因为穷，你没奶喂，饿死啦。后来三个都好好的，记住了没有，这就是你的功劳哩。十年前，你也咳出血，说自己活不长，可你活得比兔子都欢。倒是我快要死了，在湖中我见到了爹娘，大白天我见到死去的亲人，这可是不大吉利，他们说向南再向南，这话什么意思，我也不清楚。另外，我还听到湖底石磨转动的声音了。

那是船被苲草缠住了，没事。娃爷说，湖底石磨转动发出的声音，像黑鱼子一样在湖面上漂。黑压压，疙疙囊囊，没这种情况就不是。

杨金东嗯了一声，放下手里的活计，就到院子后的湖边塑关公像。这些天，他塑了三十多个关公像。

杨金东没死，他媳妇这年冬天死了，她临死这天似乎知道自己的死期。她告诉杨金东，我知道你爹娘说的向南再向南是啥意思了。你先去湖里打鱼吧，等你回来，我会告诉你的。杨金东出去了，他媳妇就在家里打扮，她把当初收集的一些红色的荷花从船舱里搬出来，荷花在坛子里碎了，有一股子甜味。杨金东媳妇捏了一小撮红泥，涂抹在嘴上和眉心，这是她自制的口红，然后她又自己用一根白线绞脸，把那些皮肤上的汗毛拔掉，以便涂上脂粉。这一切都做完，她就穿上衣服，平静地躺在船舱里。

杨金东回来后，她告诉杨金东，三天后我将死去，你把我埋在剑茅滩就成。死亡并不可怕，我把从小到大的事情回忆了一遍，想想没啥可留恋的，又没啥可遗憾的。杨金东问，我爹娘说的向南再向南是啥意思？屋梁上的白醭子，一阵又一阵飘落。向南再向南，这句话的背后是说咱女儿有灾，这灾还不小，女儿十八岁这年夏天，你要好好照顾她，免得她被坏人害了。

杨金东没把他媳妇的话当真，认为是一个人临死之前的糊涂话。

果然，三天后，杨金东媳妇死了，像一片树叶，从尘土中来，最后归于尘土。杨金东媳妇死后，撇下一个闺女两个男娃。女孩就是杨梦瑶，这两个男娃分别叫杨铁三和杨铁四。两年后，他们俩跟着亲戚去了关外。十年后，他们又从关外回来，这兄弟俩打打杀杀都是好手，最后他们成了微山湖上最响亮的人物。

8

二蕴对杨梦瑶有意思，杨梦瑶却没看上他。

杨梦瑶今年十七岁，她是昭阳岛上出落得最喜人的女孩。当初，杨金东因为穷，没让杨梦瑶上学，杨梦瑶在家里看两个弟弟。她十岁这年，背着弟弟杨铁四，在河神庙院子里晒荷叶。这时候的河神庙已改成学校，学校里开音乐课，有时老师教学生唱歌，在教电影《洪湖赤卫队》里面的一首歌曲时，里面有句歌词：月儿弯弯照高楼，高楼本是穷人修。

杨梦瑶听到这首歌，心里有点发颤发痒。上学原来如此有趣。她开始渴望上学了，可是家里不让她上学，没办法，她一有时间就背着弟弟到学校里玩，她站在窗外听老师讲课。

这是一所小学，教课的老师叫王黑三，家是孔雀台人。他高中毕业，是个民办老师。

王黑三一看杨梦瑶在窗外听课，仔细打量她一番，问她，你想上学吗？

杨梦瑶点点头。

你学会了些啥？

我会唱歌。

你唱唱，我听听，看你够料不。

杨梦瑶把电影《洪湖赤卫队》里的歌曲唱一遍。她唱的和电影里几乎一样。王黑三一听相中了。

你是个天才，不上学亏，上学吧，学费我给你交。晚上我到你家去趟。

王黑三说到做到。他在学校里吃了晚饭，手里拿着一把蒲扇，顺着老运河，走过状元桥，来到杨梦瑶家。

那时候，杨金东还没出事，他媳妇还活着。

杨金东和媳妇一看王黑三来了，知道他有事。女人拿竹凳让座，杨金东又搬烟叶筐子让王黑三吃烟。湖边，他家的水泥船上烧着茶水，杨梦瑶把一壶开水提过来，她给王黑三倒上一碗茶。

你家梦瑶是个有天赋的女娃，你不上她上学亏哩。

在咱湖里，认字和不认字一样。会捕鱼虾，会织渔网，长大说个婆家行了。

话不能这样说。你家经济不宽裕，杨梦瑶的学费我出。王黑三知道杨金东是个酒晕子，有钱喝酒，也不舍得让孩子上学。为让杨金东吐口，他主动承担杨梦瑶的学费。

话说到这份上，杨金东就放顺水。让你出钱，这多不好。

我不想埋没杨梦瑶这个人才。

第二天，杨梦瑶入学了。学费、书籍费都是王黑三出，一晃五年过去，杨梦瑶小学毕业。本来她可以再读初中，但受家庭条件所限，她辍学了。辍学的她对端鼓腔不感兴趣，对渔鼓感兴趣，她跟着昭阳岛上一个会唱渔鼓的老艺人学渔鼓。

杨梦瑶学会渔鼓后，靠唱渔鼓腔挣钱养家，有能挣钱的女儿，杨金东越来越懒。他一天到晚盘算着咋将杨梦瑶嫁给有钱的大户人家。当初，红脸大汉在梦中交给他塑一千尊关公像的任务，他也怠了，背诵马状元文章的活儿也放下了。他告诉昭阳岛人，我媳妇都没了，两个男孩子去了关外，我还啰啰什么鸟劳什子。

黄二蕴和杨梦瑶是小学同学，但杨梦瑶看不上黄二蕴，他家成分不好，是地主。黄二蕴在读小学时是个混混，除调皮捣蛋，他成绩倒数。虽然上过初中，但没毕业就辍学了。他读到初一时，还能跟上趟，读到初二时，数理化全不通门，什么也听不懂，什么也学不会。后来，只能听听语文课，书包里也没书和本子。有时候他书包里装条蛇玩，他玩蛇也不要紧，这天他把一条蛇装进娃爷的孙女朱家云的书包里，这个朱家云一掏书，里面爬出一条蛇，吓得当场昏死过去，急得老师王黑三又蹦又跳。王黑三小学教得好，教育组又把他调到了中学，后来他又是中学的语文老师了。王黑三折腾半天，才把朱家云救醒。第二天，王黑三做出决定，本来该开除，想到二蕴长大还要说媳妇，干脆勒令退学，就这样黄二蕴辍学了。

黄二蕴被勒令退学的事，杨梦瑶知道了。她看不上这样的人。

黄二蕴喜欢上杨梦瑶，一门心思想追她，但是杨梦瑶不理他。黄二蕴

不死心，他决心继续追。

这天晚上，黄二蕴在街上什么也没遇到，除了小青虫和蝉的叫声外，街上什么也没有。杨梦瑶家住在凤凰台一条胡同里，胡同里的夜色悠长而又遥远。

二蕴来到杨梦瑶家门口，隔着竹篱大门，他看到有个人影在院子里晃动。他悄悄溜进去，杨梦瑶在院子里的枣树下正用木盆洗澡。

月光下，她像一条美人鱼，身子一片银白。

杨梦瑶一抬头看见黄二蕴，她吓得惊叫起来。

梦瑶你别怕，我不会伤害你。

你快走，要不我喊人啦。

我想和你一块儿去听端鼓腔。

我不听端鼓腔，你快走。

梦瑶，你不知道，我心里喜欢你。咱俩做朋友吧。

我真要喊人了。你是个被学校开除的坏孩子，我不跟你做朋友。

我没有什么坏想法。

我在洗澡，你偷看我。杨梦瑶不再说什么，她站起来往屋里跑。

月亮升起来，挂在树梢上。二蕴感到没意思，匆忙扭身出院子。他感到失望。毛茸茸的月光，洒在残墙的荒草上。残墙上面的丝瓜秧，划破了二蕴的脸。他用手擦一下，顺着老运河的青石板路回家去了。一路上，老运河里的萤火虫发出的亮光，像针一样刺疼他的神经。

第二天，孔雀台发生一件令人吃惊的事，杨梦瑶失踪了。整个村里人都帮着找，也没能找到。谁也不知道她去了哪儿。昭阳岛人都为杨梦瑶捏一把汗。

昨天晚上，二蕴去找杨梦瑶，被昭阳岛上的憨子粑粑华看见。那时，他也没去听端鼓腔，他沿着昭阳岛湖边抓爬叉猴，路过杨梦瑶家门口时，看见二蕴进杨梦瑶家的院子。

岛上，孙十一、老周头、王黑三、狼嘴三等人，在鱼骨庙前的银杏树下议论杨梦瑶失踪的事，粑粑华正好赶到。他手里握着一条从湖边捡来的小鳊鱼。空气里散发着油炸花椒的气息。粑粑华的鼻子哼了两声，将流出来二指长的鼻涕吸进去，又抠了块鼻屎填嘴里。他想说除黄二蕴外，还有一个人去了杨梦瑶家，是那个人杀了杨梦瑶。当初，他是记住了，但一转脸，他把那个人忘了，他只记住了黄二蕴。那个真正的凶手，像条绿色的青蛙，在他记忆里跳动。一下又一下，跳过往年的荷叶。粑粑华觉得这只青蛙想吃天上的青玉米。青玉米有什么好吃，荷叶刚冒出的尖儿，散发出来的清甜气息，好闻又好吃。粑粑华脑子里，青蛙、黑鱼、弹弓、小鸟、杨梦瑶的白光腚、鞠有德发黄的牙、娃爷的烟袋、高菊花在湖边芦苇地撒尿时发出的嘻嘻响声，诸多杂乱的记忆，像一群黄马蜂，飞过来要蜇他。粑粑华有些紧张，脸涨得像是霜打的茄子，经过一阵细想，他终于梳理清楚了一条明确的信息。

二蕴昨天晚上进了杨梦瑶家的院子。

粑粑华你要是胡说八道，当心活剥了你的驴皮。

我说的是实话，干吗剥我驴皮。我是亲眼看见的，那时候，月姥姥亮着呢，我看得清清楚楚，二蕴进去了。

听的人明白。这叫线索，这一线索很快传遍孔雀台。

第二天，警察带着警犬找到杨梦瑶。她被人奸杀了，尸体藏在凤凰台村后面湖中一个涵洞里。那个涵洞连着一个养鱼池，距离昭阳岛有二里路。

人们都怀疑是二蕴干的，他被警察带走了。警察是开着汽船来的。

二蕴被带走时，哭着喊，我没有杀人，我没杀人啊。

带走二蕴的汽船，开得快，嘟嘟几声响，肚子一冒烟，哗哗几声，拨开水面，就消失在茫茫微山湖中。

粑粑华站在湖边一棵金谷豆旁大呼小叫。我要喝脑子，我要喝脑子。

这时候，他爹王汉杰来了。王汉杰手里拿着槐树条子，走到粑粑华跟前，劈头盖脸朝他头上一顿猛抽。我叫你吱歪。你早该死了，咋还不死。死我前面是你的福，死我后面谁管你。

粑粑华被抽得躺在地上翻白眼，昭阳岛人看不下去，王汉杰往死里打憨儿子也没多大意义。人们劝住了他。

他是个傻子，你打死他也没用。王汉杰你省点力气，多活几天吧。

这个憨子活四十多年了，他咋还不死。老天爷长长眼睛吧，让他死吧。我是弄不动他，我若弄动他，早把他扔湖里喂鱼了。

王汉杰烦透了憨子粑粑华，决定晚上杀了他。以前，他也有杀掉憨儿子的念头，但是没杀。

到了晚上，月亮从湖中升起来。粑粑华喝完一碗鱼粥，找鞠有德的三个憨巴孩子玩去了。王汉杰说，你一天到晚出去干啥，就不能老实地在家待会儿。王汉杰一边说粑粑华，一边在湖边老柳树下磨一把刀子。他磨刀子的声音，像是湖底黄苲草在叫。粑粑华出去了，一个时辰才回来。他回来时，手里多了一条油炸的咸鱼。王汉杰问他哪儿来的，他说康熙御膳房一个老头吃剩的。王汉杰说你吃吧，你吃完我有话说。粑粑华蹲在一棵楝子树下吃。这时候，王汉杰看到一个女人从湖面上走过来，快到岸边上时，王汉杰看清是自己老婆。她身后背着一袋子活屎壳郎。王汉杰激动得不行，提着刀子跑过去迎她。他跑到湖边的一棵老柳树下，只见半袋子屎壳郎放在地上，他老婆却没了踪迹。他清楚地记得三十年前，他还在镇公所跟着王汉福当兵。那一年发生瘟疫，他老婆感染霍乱死了。三十年过去了，他对老婆那份情依然还在。后来，一件事改变了他，他想不出当时为什么举刀砍掉了周桐的手臂。但这个举动给他带来的恶果是，一到夜里他就做噩梦，梦见没有双手的周桐举着血淋淋的双臂站在他跟前。周桐说，你走到天涯海角，我也要跟着你。王汉杰说，你跟着我也没用，反正是把你杀了。周桐说，杀人偿命，你要付出代价。当初，我知道你最害怕屎壳郎，今后你想不做噩梦必须吃屎壳郎。王汉杰一开始不接受吃屎壳郎这个现实，但后来他变了，改变了对屎壳郎的恐惧，他开始喜欢屎壳郎。每遇到屎壳郎，他的饥饿感就来了。他抓住屎壳郎捂嘴里，嚼巴嚼巴，囫囵吞下，吃下屎壳郎，他夜里就能睡个安稳觉。除此之外，他没有任何办法。时间久了，他身体里形成了对屎壳郎的依赖。活吃屎壳郎，成了他生活中的一个重要环节。老柳树下的袋子蠕动着，王汉杰提了提，沉沉的，不用说，里面的屎壳郎全是活的。这些活物，足够他两三个月的口粮。还是媳妇好，媳妇死了三十多年还惦记着他。他望着茫茫微山湖，给媳妇磕了两个头。只听见一片荷叶下面有他媳妇发出的声音，你磨刀子想干啥？想杀儿子对吧。他虽然呆傻，你还有儿子，你杀了他，以后就孤苦无依了。当初，你砍下周桐的双手落了报应，罚你活着吃屎壳郎。你再杀了亲生儿子，这报应大了。儿子呆傻不错，但这孩子心地善良，说不准哪天就不呆不傻了。王汉杰想了想也是，儿子呆傻是他五岁那年，下着大雨跑出来玩时被雷电击昏，醒来之后变成了傻子。说不准什么时候，机缘巧合，他会好的。想到这儿，他原谅了粑粑华喝王汉福脑浆的恶行。他把磨好的刀子扔进湖中，那把刀子在湖面上漂了一阵，月光下变成一条鲢鱼游走了。

从此以后，王汉杰放弃了杀掉傻儿子的念头。

二蕴被抓走，薰子哭了三天，黄松龄一下子也没了精神。他一生耿直，从未背着良心做对不起他人的事，没想到儿子让他失望，让他没脸见人，他感到对不住杨梦瑶一家。

这天上午，黄松龄光着膀子，背着一捆枣树条，来到杨梦瑶家门口跪下。

他小儿子叫泥鳅，从小得婴儿瘫成了拖巴子，也爬在后面跟着他。

孔雀台人似乎都懂，他们从《将相和》的戏里知道，这是最隆重的赔礼方式。

杨梦瑶的爹杨金东在院子里晾晒干鱼，他一边干活，一边跳着早已失传的鲫鱼舞。

这鲫鱼舞是红胡子老头教的。

跳罢鲫鱼舞，他又指手画脚，嘴里嘟囔道，我是昭阳岛状元马西华。

黄松龄给杨金东磕了头，见他疯疯癫癫，一肚子赔礼的台词像小鱼一样，游到湖边草丛去了。

杨金东疯癫数年，这年他塑完一千尊关公像，背完马状元的一万遍文章，于是感到身体轻松，他有一种看破红尘的感觉。打听到湖东九仙山要重建千年古寺，那古寺原有八百多尊罗汉像，他要把这八百多尊罗汉像重新塑起来。心中拿定主意，他便背一个小包投湖东九仙山去了。他离开昭阳岛，从此再也没有回来。

9

当初，抗战胜利后，王汉福带着人马又回到昭阳岛，他继续当昭阳镇的镇长。昭阳岛又成了他的天下。昭阳岛解放那年春天，一开始没有抓住镇长王汉福，他失踪了，谁也不知道他去了哪儿。那时，殷连举、王爬虾等人怀疑王汉福藏身湖中芦苇荡，或者跑到湖东山区当了土匪。他们组织民兵每天夜里在昭阳岛四周巡逻。结果一晃数月，也没能抓住王汉福。他是国民党的镇长，活要见人，死要见尸。这是上面的要求。因他在做镇长时，手上有血债。解放前夕，他杀害了昭阳镇的文书、地下党人周桐。

周桐是老周头本家的弟弟，当时淮海战役正酣，国民党在鲁西南一带的政权陷入风雨飘摇之中，周桐作为昭阳镇的文书，身为一名地下党员，他潜伏了数年，看清国民党必败。昭阳岛驻扎着国民党地方武装一百多人，这些人都归王汉福管。他立功心切，想着争取王汉福带队伍起义。周桐认为小时候和王汉福是同学，又都是昭阳岛人，同时还有点拐弯抹角的亲戚关系，即使暴露身份，王汉福也不至于杀他。但是周桐想错了，他低估了王汉福。

这天一大早，枪炮声像打雷一样传来。周桐穿着一身军装，走进碧霞宫王汉福的办公室。王汉福有个习惯，喜欢上午读《诗经》。他见周桐进来，给周桐让座，周桐拉一把太师椅坐了。这时，房间里还有两个人，是王汉福的两个卫兵，一个是王汉福本家的弟弟王汉杰，一个是大个子闫二。周桐说，让两位老弟先回避一下，咱们商量点事儿。王汉福挥下手，两个卫兵出去了。说吧，啥事儿？时局不妙，我徂东山，慆慆不归啊。鸡糠烘的臭味，像数只蟋蟀在碧霞宫内走跳。鱼鹰鱼雁的叫声悬挂在屋檐上，一如过去岁月里风干的鲤鱼。镇长你看这一战，是我党赢，还是共党赢？你认为谁会赢？依属下看，共党赢。共党的土地政策深入民心，老百姓铁心跟他们。按你说的，咱们该怎么办？这一战，谁胜谁得天下，镇长您要心中有数啊。我心中当然有数，不过要等等看，不见兔子不撒鹰。依我之见，要当机立断，站队。你让我背叛党国？天下大势已定，识时务者为俊杰，趋吉避凶者为君子。看来，你是铁心跟共党走对吧？你要背叛党国是不是？我不是要背叛党国，说实话我是一名共产党员。好啊，来人。王汉杰和闫二忽地跳进来。周桐这小子自己招了，他是共产党。狐狸尾巴终于露出来了，他要策反我背叛党国。两个卫兵立马按住周桐。怎么处置他？还用说，先把双手剁掉，让他招出同伙，不招拉出去活埋。砍手，这活让王汉杰干，他以前杀过猪，会砍。又过来几个人按住周桐，他们把周桐的胳膊按在桌子上。有人递给王汉杰一把大刀。不是我心狠，说吧，谁是你的同伙，供出来，给你留个全尸。要杀要剐随便。王汉福你听着，我以老同学的名义再劝你一次，以后可没机会了。你们今天杀我，明天有人给我报仇，至少要十个垫背的。不要听他啰唆，下手啊，你个憨熊王汉杰。咔嚓一声响，周桐的两个手臂被砍下来。血崩了几个当兵的一脸。周桐一下子晕死过去。还问口供吗？问他，他也不会说，喝了共产党的迷魂汤，不认爹和娘，他们这种人一是死硬，二是有种。别浪费时间了，拉出去活埋吧。

王汉杰和闫二架着没双手的周桐，后面跟着王汉福和一帮镇公所的兵，几十个人一起来到剑茅滩。他们挖好坑，又喊来昭阳岛周家的人，周家在昭阳岛人口不多，稀稀拉拉就十几口人。其中，老周头领头。王汉福告诉老周头，今天我们把周桐埋这儿啦，以后你们愿意起坟也知道地方。王汉福说完，几个兵把周桐推坑里。铁锹一阵响，便把周桐给活埋了。埋完之后，王汉杰和闫二又在周桐坟上踩了踩。闫二说，踩结实点，免得周桐这小子醒之后再拱出来。

周桐和老周头有味分，他时常接济老周头。周桐被王汉福残忍杀害，老周头便想着给周桐报仇。淮海战役结束之后，国民党的达官贵人，跑的跑，颠的颠，昭阳岛上的兵一夜之间也作鸟兽散。这一切，老周头看在眼里，记在心里。他暗中观察着，没看见王汉福逃走。数个月过去了，昭阳岛上翻个底朝天，也没见王汉福的影子。老周头坚信，王汉福没离开昭阳岛。他猜得一点也没错，王汉福就躲在家中的地洞里。这天，老周头去王汉福家借箩，实际上他想去王汉福家查看情况。他先是敲门，敲一阵子门，王汉福媳妇才出来。老周头借了箩，马上跑到碧霞宫报案。他说王汉福家情况不正常，需要好好翻翻。

此时主持昭阳岛工作的是殷连举，他一听，立马让昭阳岛的民兵连长王爬虾带人去搜查。王爬虾喊上鞠有德，又叫上几个人，背了钢枪，大步流星朝王汉福家走来。一路上，王爬虾告诉民兵，堵住王汉福在家，他肯定要抵抗，他有短枪，也有手榴弹之类的，两个人一组，大家掩护着上。事情和王爬虾判断的正好相反，他们一进王汉福家的院子，就看见王汉福披着夹袄坐在院子里。他在一棵皂角树下的捶布石上等着。他身前的地上放着一把手枪和八颗手榴弹。王爬虾等人看到这情况，吓得娘哎一声就往后退。停一阵，醒过神来。王爬虾喊，汉福叔，您老人家可别开枪。王汉福在院子里笑笑说，我开什么枪，枪和手榴弹都扔在地上了。我就等这一天。躲着藏着，也不是法，早死早托生。汉福叔，您老要这么说，你就举起手，走出来吧。王汉福披着夹袄，两眼无神，举着手走出来。他一出大门，藏在一旁的鞠有德一棍砸在他腰上，接着把他扑倒了。几个壮汉一起上，五花大绑把王汉福捆个结实。王爬虾让人捡起王汉福的手枪和手榴弹，押着王汉福来到碧霞宫。对于鞠有德的勇敢，殷连举表扬了他。

对王汉福的审问非常简单，殷连举只问了几个问题。周桐是不是你杀的？是我让活埋的。周桐的手臂是谁砍下来的？是我亲手砍的。有人说是你本家的弟弟王汉杰砍的。他在镇公所是一个做饭的，没他的事。参与活埋周桐的人都是有谁？王汉福说十个人。殷连举说这十个人，最坏的一个是闫二，一个也不饶，全毙了。参与活埋周桐的人当中，是不是还有王汉杰？有他，这小子胆小，既没挖坑也没填土。

本来数月之前，王爬虾抓住王汉杰。审问他时，王汉杰吓得屙了一裤裆。他说自己是个做饭的火头军，什么坏事也没干。殷连举半信半疑，王汉杰又说，有重要情况需要单独说。殷连举支走其他人。王汉杰说我家里有祖上留下来的一锭金元宝，我要送给您，望您法外开恩饶恕则个。殷连举说那好，不带第二个人，你要耍滑头，我今天毙你。这天，王汉杰从家中柜子里取出金元宝送给殷连举。殷连举见到金元宝眼睛一亮，心想，革命为啥，不就是为钱和女人吗。人为财死，鸟为食亡。这锭金元宝足够我今后娶媳妇盖房子。想到这儿，殷连举把金元宝一把夺过来。算你小子的孝心，今天的事，天知地知，你知我知，你要说出半个字，我也要毙掉你。又说现在是风头上，你干过镇公所，命给你留下，你也需要到农场里劳改。王汉杰当即趴下给殷连举磕头，心花怒放，满意地到农场劳改去了。

王汉福被抓第二天，殷连举宣布枪毙他。这消息，老周头第一个知道。他告诉王汉杰的憨儿子粑粑华，喝人脑能治你的憨病，以后还能娶上媳妇。

老周头这样做的目的，是想着彻底为周桐报仇。

王汉福在地洞里躲了几个月，被枪毙时他脸色苍白，如同一张白纸。在观看的人群中，粑粑华挤在人群的最前面。

这王汉福也是一条汉子。

第一枪，王汉福没有死，枪一响，他头一低，子弹擦着他的头皮飞去。第二枪用的是炸子，枪一响，那边王汉福的脑袋炸开了，一团粉红色的脑浆飞出去。

粑粑华扑上去，捧起在地上流淌的脑浆往嘴里捂。他喝完王汉福的脑浆，依然憨，憨得几乎连猪屎都吃。

数年后，王汉福的女儿王英花因一件事被斗死。这事说大也大，说小也小。其实，也不是什么大事。这年，王英花二十四岁，人不丑不俊，瘦高个。像昭阳岛上很多女孩一样，除跟着大人下湖捞菱采莲、下网捕鱼之外，她还会做点渔家虎饰卖点小钱。她普通得像湖边的金谷豆一样，谁也不会关注她。她和母亲相依为命，住在火神庙附近的湖边。那时，她家财产全部分给穷人，只给她家留下一艘小船，还有三间长工住的泥巴屋。她三岁时，她爹被枪毙，她娘从此一言不发，再也不说话。

昭阳岛上，到她家串门的只有娃爷。娃爷当年和王汉福是朋友，当初给王汉福收尸的人也是娃爷。念着一份旧情，娃爷时常照顾她们母女。

一晃多年，王英花渐渐长大。这天，娃爷来到她们家给王英花说婆家。他说，男方是湖西范家庄的，这个庄上的老户人家也是地主。咱这一带，他的名气不小，叫范怀古。他的孙子睿民，这个小孩可不错，高呱的个，黑璨里，大眼鲁睛，双眼叠皮，有才分，双手还会写梅花篆字。娃爷将条件摆在桌上，王英花没说什么，她娘也没说什么。第二天，范怀古领孙子来昭阳岛见了面。两个孩子彼此中意，这婚事当天订下。

王英花定亲，心里有说不出的喜悦，她想着把家里弄得干净一些。她找来一些报纸糊在船舱里，恰巧一张报纸上面有领袖的像。船舱本来就小，王英花睡觉时也许把脚伸在报纸上。本来这也不是个事，但是这天王英花的好友三妖怪来串门，她看到床头上的这张报纸，感觉领袖像被弄脏。于是，她告密，她告诉别人也许没事，大事化小，小事化了，可她第一个告诉给鞠有德。鞠有德是个吹着醭土找裂纹的人，当下一听，这还了得，带民兵，背着几杆钢枪去抓人。到王英花家船上一看领袖的像被弄脏了，鞠

有德立即断定是王英花睡觉时故意用脚踹领袖的脸。鞠有德说，你对领袖怀着刻骨仇恨，你爹是被政府镇压的，你不仇恨政府才怪呢。你表面上积极，背后还包藏祸心哩。你小小年纪，还会明里一套暗里一套哩。

王英花被送到戴州，她被打成现行反革命。

她被红卫兵拖出去批斗，有时候被吊在孔雀台村支部的屋梁上，用皮鞭抽打。这天，鞠有德找来几只破鞋挂在王英花脖子上，让王化的儿子三马狼，还有狼嘴三等人，领一帮小孩牵她游街，从碧霞宫到鱼骨庙，从火神庙到关帝庙，在昭阳岛上走了三圈。

王英花一个大姑娘，哪里受得了这般侮辱，当天晚上便投湖自尽了。她死后埋在孔雀台南面的剑茅滩。

第十章

1

当年，孔雀台和凤凰台两村在挖老运河时结下疙瘩。

那一年大旱，河干了，湖也干了。

那时候，老运河要拓宽加深，两村各分一百米宽的地段，孔雀台村人挖河比较实在，按上级划的石灰线挖。凤凰台人就不同，挖河时他们给孔雀台村多留一米宽。

这种事儿，孔雀台人当然恼，这不是明孬种，欺负人吗。孔雀台的几个鲜亮角色和黄松岭等人一叽咕，说想操咱，甭理他们。他们留下一米宽的地段，谁愿挖谁挖。

挖河的日子，对湖区每个村的人来说都很苦，村里人连饭都吃不饱，但工地上每天都人欢马叫，红旗飘飘。数万民工用土筐、地排车、独轮车将泥土一点点运往河堤。他们在河滩上搭窝棚，吃住在河滩上。每个村庄各有各的工地，工地与工地之间出现墙头也属正常。孔雀台和凤凰台不正常是因为出了人命。

那时，昭阳岛凤凰台村支书王化家有一辆自行车，也是昭阳岛唯一的一辆自行车。

王化年轻时在昭阳岛当民兵，后来在民兵连当班长、排长，再后来就在凤凰台村当大队长兼支书。王化有三个儿子，大儿子在外当兵，是1971年走的兵。二儿子叫二马狼，他在枣庄煤矿上做工，他手里有钱，能买得起自行车。二马狼骑自行车要到孔雀台看他未过门的媳妇。本来，他推着

车子从那一米宽的土墙上走过去，也不会弄出人命来，可他非要骑过去，他骑车的水平高，铃声一响，随着孔雀台和凤凰台人的喝彩，二马狼骑车从北岸到南岸，他像一只黑色的蝴蝶飞过去。

在掌声里，二马狼有点得意。

我再给大伙表演一趟，让大家开开眼界。这回我给你们表演大撒把。

天上有一排大雁飞过，叫声撒下一堆红鲤鱼的眼睛。

孔雀台有个人叫喝喽三。他说，行啦，别露能味。你露啥能味，大家都知道你家有辆洋车子。这堵墙两边挖得不浅，几米深呢，到胶泥瓣子啦，摔下来，你的百拾斤就完熊啦。你走吧，谝什么能。你爹能，那叫真能，你甭跟你爹学。

喝喽三这人论辈儿，二马狼还要喊他叔。但不是本家的叔，是驴尾巴吊棒槌，八竿子也打不着的一个叔。

二马狼斜着眼，望望天，天上有几只鹧鸪鸟飞过。二马狼对他这个叔不感兴趣，嫌他这个叔有事没事去他家船上吃白食。即使不空手，也是提一条死鱼，或者提一只獐鸡子，还有鱼油丸子什么的。总之，他来王化家船上没带过值钱的毛。他是个酒晕子，酒量大，待在船上一喝就是一天，王化也不好意思撵他。酒喝到掌灯时分才散场，然后下船晃荡着回家。他前脚走，王化媳妇把他提的东西便扔湖里。

别理他，你这个熊叔看不起你的飞车绝技，这堵墙一米多宽可以啦，你们在城里看过杂技电影吗？有人在钢丝上骑自行车还大撒把哩，我看得一清二楚，是个娘们。那才叫高板哩。咱二马狼在枣庄矿上混阔事，见过大场面，本事大，哪像你们土包子，狗眼看人低，你们知道个鸡巴毛。别理他们，拿出你的看家本领给他们点颜色瞧瞧，让那些看不起你的鸟人，知道锅是铁打的。

听到有人这么说，二马狼是山羊羔子拉犁来了羊劲。牛逼不是吹的，泰山不是垒的。让你们开开眼界，瞧瞧我二马狼的能耐。

他说罢，骑着洋车子，从一处土坡一个俯冲飞下来。

他这次表演不成功，只听一声惨叫，像当年王汉福一样，王汉福的惨叫声又一次重演，像飞翔的鱼鹰带着腌制的咸萝卜味和辣椒粉的呛味，撒落在河底胶泥瓣子的碎块里。

二马狼连人带车一头栽进湖底的淤泥中。正午的阳光洒在人们的脸上，全部变成胶泥瓣子颜色。

二马狼没有栽在凤凰台那边，栽在孔雀台这边。

人们迅速围上去，发现他的头插在泥窝里，人已断气。

两个村的人围过来，大家都帮着救人。

王化听说儿子出事，大步流星，像兔子一样跑过来，一见二马狼的惨状，他的哀号像绑在案子上待杀的羊。

王化死了儿，他把怨恨全部发泄在孔雀台人身上。他认为那一米宽的土墙，还有孔雀台人不怀好意的喝彩，是他儿子丧命的原因。

他见到黄松龄，什么也没说，挥手给他两嘴巴。

你咋打我？我给你没冤没仇，你凭什么打我？

我打你，因为你高头，你是地主成分，认为会唱个端鼓腔在昭阳岛就高人一等。两村挖河，留下那一米不挖，说是你出的馊主意。秃子头上的虱子，明摆着的事儿，你甭装孬。

那一米是你们村的，你们怎么不挖。你们要挖，你儿子还能出事？

你放屁拉骚，那一米的地段怎么是我们村的？你领头叽咕，故意偷懒磨滑才出现墙头。是你害我儿，怎么不认账？我儿子骑车子过来，你们凭啥喝彩，你们不知道在上面骑车有危险？

咱说话要凭良心，我们村是按石灰线挖的，一点也不少。你儿子骑车露个能味，有人喝彩，我也管不着啊，你说是吧？看你死了儿子，你打我嘴巴算我倒霉，咱什么也不说，你去料理你儿子的事行不？如果人数不够，我也帮你。

不行。王化说罢，又打黄松龄一个嘴巴。我要打你，替我儿子报仇。

你得寸进尺是不？你这人好没道理，凭啥找我报仇？

我就是要得寸进尺，就要找你报仇。

越怕越有鬼，今天我豁出去我这一百零七斤。黄松龄说罢，和王化厮打在一起。黄松龄一拳砸在王化脸上，王化也不示弱，摸起铁锨要铲黄松龄。黄松龄唱端鼓腔，经常扮演武生，多少也会点，他顺便操起一根铁棍，当的一声砸飞王化的铁锨。黄松龄见他没家伙，也弃了铁棍，两个人拳来脚往打在一起。

　　两村人一看两个人干上，跟王化近的本家加入战团。另外，一些外姓人想在王化面前表现表现，也加入护驾的行列。护驾有功，今后在支书那儿，啥事儿吃不了亏。

　　黄松龄虽然是地主，打狗也要看主人的面，凤凰台这么多人欺负他，孔雀台人一看也不认了。另外，黄松龄人缘好，挨饿的年月里不少人得到他的接济，这些人向着黄松龄，也愿意帮他打架。两村人黑压压地厮打在一起。

　　时间不长，凤凰台人占了上风。他们村有习武之风，不习武的多少也会两手，凤凰台村赢得轻松自然。孔雀台人被打了个落花流水，有几个人爬不起来，他们的胳膊和腿有的被打断了。孔雀台一个叫王六郎的人，被凤凰台人打瞎了一只眼，孔雀台人同情他，让他高中毕业的儿子王黑三当了村里的民办教师，算是村里给他的赔偿。

　　两村从此结下仇疙瘩。

2

　　运河挖好之后，河南岸河滩上那几十米宽、几里路长的河滩之地，还是凤凰台的。有了河，给他们的耕种带来不便。凤凰台人无奈，坐船到对岸种地。天有不测风云，这年夏天，一条载人的木船因载人太多，到河中心翻了，淹死二十多人。从此，凤凰台人对南岸的那些滩地失去兴趣。又过数年，因雨水勤，湖水暴涨，那些滩地是湖坡洼地，长年淹没在水中，稀疏地长满一片片芦苇、杞柳、千屈菜、水葫芦、凤眼莲，除此之外别无他物，凤凰台人逐渐把那些滩地忘了。

　　岁月荏苒，一晃数年过去。

　　这年，黄松龄因二蕴的事把端鼓腔撂了。其实，他不想撂端鼓腔，一唱端鼓腔就想起二蕴被冤屈的样子。他也不相信二蕴是凶手，但是杀害杨梦瑶的凶手会是谁呢？黄松龄想不出，除鞠有德之外，这昭阳岛上的坏人还有谁？在杨梦瑶出事那段日子，鞠有德在外地，凶手不可能是他。黄松龄也试图寻找真正的凶手，然后替他儿子洗清冤屈。他的鼻子像狗一样，在昭阳岛上四处乱嗅，他试图嗅出一点蛛丝马迹，但他努力了许久，仍一无所获。

日子平静如水，他想唱几句端鼓腔，试试，像鸭子叫，没一点感觉，从此也没唱的欲望了。

黄松龄一撂端鼓腔，孔雀台端鼓腔班子顿时散板。有些会唱端鼓腔的，也加入外地的端鼓腔班子去了。

金英端鼓腔唱得好，在家却闲起来。

凤凰台村的端鼓腔班子，在三马狼带领下唱出名头。他端鼓腔班里缺一个好女角。三马狼想到在家闲着的黄金英。

这天晚上，他来找黄金英。

三马狼说，金英妹子，我有件事想给你商量。

你说吧啥事儿。

你也是知道的，我们戏班里没有女主角。想唱《穆桂英挂帅》《花木兰》什么的，没人能挑得起。

这和我有什么关系？

当然有关系了。在咱这一带，你唱得最好，你在家里闲着不太可惜吗？

黄金英不说话。

你们村端鼓腔班子一散，人都走了，再成立也难。你加入凤凰台端鼓腔班子怎么样？我们不会亏待你。到外面唱端鼓腔，每一场不少挣钱，挣了钱大家分。你扮穆桂英最合适，我们村端鼓腔班子就缺你这样的，你看怎么样？

你们端鼓腔班里不是有一个人能扮穆桂英吗，她唱得也好，在你们村也是出名的美女，叫三妖怪，她不行吗？我要去了，不是去争人家的饭碗吗？

她哪能跟你比，她如同湖边的臭蒿棵，或者兔酸子草。再说，她的水平是姜姜芽开花到顶啦，咋能和你比。她现在不能唱了，回家生孩子去了。我们现在端鼓腔班子里正缺人，求求你帮帮我们吧。

行。问问我爹，我爹答应就跟你去唱。

黄金英把这事跟她爹一说，黄松龄沉思片刻。不经常登台，也学不出端鼓腔，去吧。什么事都要多个心眼。

薰子也说，你年龄还小，出门别贪小便宜，别谈恋爱，婚事还要爹娘把和着好。做事儿千万要有分寸。

我知道。从此，黄金英去了凤凰台的端鼓腔班。

三马狼和黄金英两个人在戏台上，一个扮杨宗保，一个扮穆桂英。他们在外唱了一年多端鼓腔，每一次两个人在台上都扮夫妻，扮时间长了，两个人扮出了感情。

这年春天，三马狼带着端鼓腔班子来到微山岛，岛上的人非常热情，给他们炖了十几只野鸭子，还有两条七八斤重的四鼻孔鲤鱼。晚上，吃罢饭，黄金英出来遛遛。凉风习习。金英喜欢看书，她读过《诗经》，站在湖边，听着张良墓前那些柏树上的乌鸦在鸣叫。她突然想起《诗经》里一句话，所谓伊人，在水一方。想到这句诗，她的心热起来。

这时候，芦苇荡里有打鱼晚归的妇女，她们在唱民歌《送郎赶考》：

> 姐在房中绣芙蓉，
> 情郎赶考要进京。
> 满怀情义说不尽，
> 手拉手儿送一程。
> 送郎送到一门东，
> 顶头遇上二叔公。
> 操操罗裙遮粉面，
> 管你叔公不叔公。
> 送郎送到庄北坡，
> 顶头遇上大伯哥。
> 看见就当没看见，
> 量他有话不敢说。
> 送郎送到小清河，
> 三婶气得把嘴哚。
> 赌气俺俩亲个嘴，

气她肚痛屁打锣。

送郎送到泉水崖，

小姑迎面走过来。

眼馋俺俩多恩爱，

叫声小姑你学学。

黄金英听到这首情歌，她心事多起来。这时，她想到三马狼，他的影子像在湖面游动的一条大鱼。湖边四爪船上炊烟生起，一股清炖鱼的气息，像雾一样浓。三截杆子船、大粮划、大船、小船挤在岸边，湖中远远望去，蚂螂网、竿子箔望不到边际。

黄金英想三马狼时，三马狼来了。他来到金英背后，脱下上衣给金英披上。湖边水汽重，别凉着。

谁要你关心，人家都说咱俩闲话，知道不？我跟你弄这端鼓腔没挣着钱，名声却瞎了。

谁说的，你名声好好的，咋瞎了？

你也不替我想想，我一个女孩子出来跟你混，从昭阳岛到微山岛，吃住都在岛上，一住几天，回家之后我咋跟家里人说？

三马狼是个聪明人，把金英请进端鼓腔戏班，两人处了几次，他感觉金英是不错的，心中暗暗对金英有了情谊。吃饭时有好的总是先让着金英，有时还往金英碗里添饭加菜。

金英吃过饭，三马狼总是问她，吃饱没有？你这个小瘦妮，还长个子呢。跟哥出来，要让你吃饱。不然，你回家，你家人见你饿得精瘦，会把我骂个狗血喷头。

金英见三马狼这般呵护她，心中早有他了。有时候，一眼见不到三马狼，便问端鼓腔班子里的人，他人呢？

端鼓腔班里的人跟金英开玩笑，你俩好比鸳鸯鸟，比翼双飞在人间呐。啥时喝你们的喜酒？

金英见人这样说脸就红了。

这天晚上，刚吃过饭，金英一出去，其他人对三马狼说，湖边柳树底下，多好的地方，她去了，你要赶紧跟上。

　　三马狼跟上金英，见金英有心事，他不知道怎么劝说金英才好。最后，三马狼终于向金英求爱了。

　　咱俩学《朝阳沟》的栓宝和银环吧。咱俩好吧，我喜欢你，也爱你。

　　金英扑哧一声笑了。什么栓宝银环，咱俩谈呗。金英笑得前仰后合，她倚在湖边一棵大柳树上。

　　三马狼上前抱住金英亲她。他们俩拥抱在一起，三马狼感到金英的一对乳房，像两条装在布袋的鱼要游出来了。

　　你这样做像个流氓，我可不愿嫁给像流氓一样的人。

　　金英这句话让三马狼停住了。

　　好啦，听你的。放心，我会对你好，回昭阳岛之后，我托人向你家提亲。

　　黄松龄对女儿的感情比较尊重。你俩自谈，我不再说什么。王化这人是支书，在村里霸道，这事你要想好啊。

　　薰子听黄松龄的，他不反对，薰子也没多说什么，只说了句，他要真心对你好，嫁他也成。咱家的条件不如他，攀他家的高门头，会不会受气？

　　我想好了。

　　薰子又说，开弓没有回头箭，这一步迈出去，可是一辈子的大事哩。

　　薰子说这句话，她从心里不想让金英嫁三马狼。薰子有她的想法，二蕴还在监狱里蹲着，从监狱传出好消息，说二蕴杀人罪还没定，这个功劳论说还要归粑粑华。有一天，粑粑说，二蕴是去杨梦瑶家的院子，二蕴后来走了。他走后又去了一个人，但不是二蕴。这话一出不是小事。黄松龄、娃爷和殷有德、王化等人，立马带着粑粑华去监狱，粑粑华把话又说了一遍。

　　鞠有德又以村干部的身份担保，上面说，这事还需要好好调查。

　　监狱的警察把他们的话都做了笔录。

　　管事的告诉黄松龄，这事就等上面的意见，需要重审，审完，如果二蕴无罪，马上让二蕴回家。薰子也感觉二蕴快要回来了。回来能怎么样？毕竟在监狱里待了数年，名声瞎了，说媳妇肯定没戏。薰子不想让二蕴打光棍。她脑子里有这样一个想法，鲁西南一带兴换亲，换亲不大好听，转亲可行，三家转或者四家转。薰子在中国半辈子了，她懂得不孝有三，无后为大的道理。咋也不能让儿子打光棍。她把这想法给黄松龄说过，黄松龄说别向一个误一个了，一辈子不管两辈子的事，顺其自然吧。薰子见黄松龄这么说，叹口气，我不是为黄家着想吗？

我什么都认了，就他了。金英对自己的婚姻立场坚定。

黄松龄和薰子见女儿坚决，便同意了女儿的婚事。他们不再说什么，忙自己的事去了。

但是孔雀台村的王化对儿子的婚事倒有些挑三拣四，拿弯捏邪。

王化认为他是凤凰台村的支书，官不大，也不是个赖当当，在昭阳岛一跺脚是个旮旯都晃荡的人物。黄松龄家算什么呢，他二儿子黄二蕴是个强奸杀人犯，还在监狱里蹲着，说不准哪天被拉出去一枪毙了。另外，黄松龄娶的媳妇是个日本女人。这老小子，难道当初找不到媳妇，非得娶个日本女人不可？据说还是窑子里的女人。我呸，这样的女人咋能跟我做亲家。三马狼这个憨熊是个神经病，啥样的媳妇找不到，给我找个这样的货，简直是丢人现眼。二分钱买个羊架，贱骨头哩，让老子威风扫地。昭阳岛周边十多个小岛，十几个村庄，谁不知道黄松龄娶了个窑子的日本媳妇。我若跟他成亲家，在这微山湖中，我这老脸还算个啥。这样的人家，他们的女儿如何要的？退一步说，我们王家根红苗正，啥样的女娃娶不到手，为啥非得娶她？这个三马狼，不是故意给我出难题吗？

王化直截了当对儿子说，这事甭瞎鼓捣，另打锣鼓另开戏，再找一个吧。门不当户不对，黄松龄这个货配不上咱家。你爹咋说也是个党员，也是个支书，从解放前到现在，我啥错没犯过，啥样的运动都经历过，我千锤百炼出深山，烈火焚烧若等闲，清清白白身不怕，我图的就是有个好名声，要留个好名声在昭阳岛哩。你给我弄个这样的儿媳妇，让我这个支书还出门见人不？

三马狼瞪瞪眼，你只我这一个儿在身边了，你破坏我的婚姻，我打八辈子光棍不找了，让你成老绝户头。你不是一天到晚吹牛逼吗，你绝户了，有啥牛逼可吹？传宗接代的活，我撂挑子，不给你干啦，你爱找谁找谁，我不找媳妇了行不？

三马狼这席话把王化给唬住了。他大儿是 1971 年的铁道兵，那一年，山西的铁道兵出事了。大马狼所在的汽车连在冬天拉练时，一辆汽车出了事故，滑入山谷，有几个解放军牺牲了，里面就有王化的大儿子大马狼，他那时当兵还不到一年。大儿子没了，二儿子二马狼这年死于挖掘新运河。现在他只有三马狼了，对三马狼他不敢用强。

你小子，别跟老子较真，我劝你看看有更好的呗，咱这家庭在昭阳岛数一数二，啥样的媳妇都能找到，咱要挑挑拣拣，你知道不？更重要的一点，咱们还要讲究门当户对，是不？我不说金英这娃不好，我是嫌她娘是个日本娘们，当初还是什么来着，慰安妇你知道不？这和窑子里的货不一样吗？昭阳岛虽然是个岛，但是岛上也出过贤人，也是圣人来过的地方，讲究礼仪，讲究面子，你这么一整，咱家的声誉就裂茄子啦。

我不挑不拣就黄金英了，其余的我都看不上。

儿大不由爷，你甭后悔，天下没有卖后悔药的。

我后悔啥？金英不孬，我愿意娶她。

王化被气个倒仰，长叹一声，我的娘，什么事哎。我这辈子非让你弄砸不可。不听老人言，吃亏在眼前。我这辈子算完了，儿子都不听我的啦。起早贪黑，破烂一堆，你弄家来个啥。好啦，好啦，依你啦。你肯定是嘴馋，先把小妮给那个了，这事就这样，你那个完了甩不掉。真这样的话，你也别耍流氓，咱娶人家就是。也别那个了，这个月就让你们俩成亲。

王化骂罢之后，不再阻拦三马狼的婚事。彩礼看看黄家要多少，有啥要求让黄家提提。自谈归自谈，也不显好听。娶媳妇，还是要明媒正娶。我给姚瘸子说声，让他去黄家跑一趟，这个鲤鱼还是他吃，这样显好看。婚姻自由，父母支持，也显着我这个支书明理。

我就知道你不会阻拦，昭阳岛人都知道王化支书刀子嘴豆腐心，王化支书是个好人哩。

滚，狗日的。我好我孬，还用你这个二马蛋子拍马屁。王化扔下这一句，提着烟袋找姚瘸子去了。

姚瘸子一去提媒，黄松龄和薰子都放了顺水。很快昭阳岛上都知道，黄松龄和王化成了亲家。

这年，三马狼和金英结婚了。

3

黄金英和三马狼结婚第二年，她生下一个女孩。她坐月子期间，三马狼外出唱端鼓腔。他吸烟喝酒，两样都有瘾，南来北往的，交的酒肉朋友多。吃喝需要一笔钱，没钱就想出去挣。金英不想让他去，原因是昭阳岛上三妖怪也唱端鼓腔，但三妖怪的名声不是太好，三马狼跟她在一块，金英怕着了她的道儿。金英也知道，男人都花，哪有不吃腥的猫。

这天，三马狼外出唱端鼓腔，他家有艘大船，他在船头上唱。走到昭阳岛渔王村，船泊在码头边，船头掉转过来，桅杆上挂上马蹄灯。四周的渔船一看这阵势，就知道唱端鼓腔的来了。晚上，渔民们便来听端鼓腔。

黄金英在家坐月子，不能出门唱端鼓腔，三妖怪成了端鼓腔的女主角。黄金英不想让三妖怪跟着三马狼混。端鼓腔班子里有这么个瞎女人，肯定会乌七八糟。

三马狼对黄金英发誓，脚正不怕鞋歪，身正不怕影子斜，我哪能看上三妖怪。现在端鼓腔不是从前，后继无人，找不到合适的女主角，凑合着用她吧，我绝对不会和她有染。她这种人，也就毛二热她，外人都说毛二的活不行了。

正是男人不行，三妖怪才在外面瞎搞。她外面的头不少。

放心，我绝对看不上她。臭鱼烂虾，她不是我盘子里的菜。三马狼这样一说，黄金英信了他。

不过三马狼说话不算数。第二天，端鼓腔班子来到渔王村，这儿离昭阳岛三十多里水路，村庄是个十几户人家的小岛。这天没事，端鼓腔班子的一些人上岛游玩，船上只剩下三妖怪和三马狼。在后舱，三妖怪化妆时，她一对乳房故意露出来，三马狼不看则已，一看魂儿立马飞了。

三马狼盯着三妖怪的乳房怔半天，愣在那儿不动了，两个眼珠也不动了。

你看啥？

你的乳房真美。

滚，看你媳妇去。

你的乳房是世界上最美的，大，白，饱满，里面青筋都露着，我真想吃一口，摸一摸。

滚，瞎包。谁让你摸。

三马狼上前抱住她，一头扎在她怀里，搭嘴含住她的乳头，他使劲吸吮起来。

三妖怪是个风月场上的老手。三马狼身高一米八多，皮肤微黑，不胖不瘦，长得一表人才。她加入端鼓腔戏班，早想搞定三马狼，没想到三马狼这么经不起诱惑，她只裸露半个乳房，就顺利拿下了他。

三马狼一边吃她的乳房，一边捏，三妖怪忍不住叫起来。这晚，三妖怪把一个美得像月牙儿一样的身子送给了三马狼。

有了这次，他们两个一到夜深人静便偷偷溜到船后舱幽会。不久，端鼓腔戏班里全知道了他们的关系。

后来金英知道了。告诉金英这事的不是别人，是三妖怪的丈夫毛二。

这天，毛二来找金英。你男人勾引我老婆，让他小心点。

没根没据的，你不能乱说。

我抓住把柄，用刀劈了他。

他和你媳妇有一腿，我也饶不了他。不过呢，毛二我说句心里话，你作为一个男人也要管好你老婆。像这样的媳妇，你要是个爷们就揍她个半死，让她知道当破鞋就要挨揍。

我也想揍她个半死，但一看到她的小脸荷花样，粉嫩嫩的，我就下不了手啦。

金英听他这样说，骂句，毛二你比武大郎还窝囊，在昭阳岛你还让人看得起你不？你刚才说要用刀劈三马狼的，你去劈吧。这阵子，他们两个说不准在船舱里干得正带劲呢，你去找找吧。

金英这样一说，毛二没话说了，他耷拉着脑袋向自己的餐馆走去。一路上，三妖怪让人搂着干那事的声音，像鱼刺扎在他喉咙里，咽不下去，吐不出来。

黄金英抢白走毛二，她沉住气，一点不露声色。每次三马狼回家，金英还像往常那样，没显出来。她装着什么也没发生，日子照过。

这天晚上，三马狼说出去有点事，黄金英没吭声，由他去了。他走三分钟之后，黄金英把孩子交给婆婆，说到娘家有点事，她偷偷溜出来，跟在三马狼后面。三马狼是沿着老运河走的，他过了状元桥，下河滩，那儿有一艘木船。金英看见船舱里有一个女人向三马狼招手，这个女人正是三妖怪。三马狼上船，他们向湖里划去。

后半夜，三马狼回来，他和三妖怪一上岸，看见岸上站着一个人，这个人正是金英。

你还有什么话说？

我能有什么话说，我们去湖里一个叫调嘴的小岛，商谈唱端鼓腔的事，回来时，在湖里遇上鬼打墙，差点命都没哩。还能有什么事，金英你不要多心好不？

你把我当三岁小孩哄是吧？早听说你跟她有一腿。

谁说的，你看见了？

金英这样跟三马狼一闹，三妖怪不愿意了。骚娘们，你凭什么胡说八道。她说完和金英厮打在一起。金英不是三妖怪的对手，瞬间三妖怪占上风，她把金英扑在地上，双手使劲撕扯金英的头发。

三马狼自知理亏，上前把三妖怪拉开。他生拉硬拽，架走了金英。

三妖怪站在一棵老柳树下，指着金英的背影骂，你个没本事的熊货，你男人就让我用啦，有本事你管好你男人啊，是他找我，不是我找他。三妖怪这样骂着，昭阳岛上看热闹的人都嘻嘻哈哈，说这说那。毛二也来了，毛二说别骂了，人家笑话哩。毛二想拉三妖怪走，三妖怪不走，她还是对着金英的背影骂。

这时候，鞠有德来了，论辈儿，三妖怪要喊他爷爷。

鞠有德骂一句，还要脸吗，滚。

三妖怪见鞠有德这样骂她，便不敢吭声了。

毛二将三妖怪拽到家。三妖怪余怒未消，不行，我要到金英家去骂，我要去撕烂金英的嘴。毛二说，看你能的，知道啥叫丢人吗？我丢人咋啦，碍你屁事，大不了不过啦，我去东北找头。毛二最烦她说这句话，不等三妖怪再说下句，呱唧一声，清脆响亮，毛二重重地朝三妖怪脸上掴了一巴掌。好啊，你敢打我，你个老熊老棺材瓢子。我就要跟他，给他生娃过日

子。这婚，你毛二离也得离，不离也得离。反正，我不跟你过啦。我把跟三马狼的事公开，让昭阳岛的人都知道，我怀了三马狼的娃。我要给他生下来，让你个老龟孙戴绿帽子，我非气死你个小舅子孙子。你打我啊，你敢再打我啊，三马狼知道你打我，非活劈了你个老熊。不信，你试试。

这一夜，三妖怪闹到鸡叫头遍才停下来。

经过这一闹，金英和三马狼感情有了裂缝。两个人，三天一小吵，五天一大吵，日子过得越来越没味。

三马狼说，你过烦了，咱就离婚。

金英说，你想得美，我不离婚，你也不能跟三妖怪有来往。

吃馍馍也掉馍馍丝儿，一个男人在外面打两个黑老鸹碗算个事儿吗？

人要脸，树要皮，没脸没皮啥东西。

这时候，王化也帮着金英。他说，金英管你是对的，一个男人一旦在作风上守不住底线，这辈子啥事做不成。我在昭阳岛上当一辈子支书，靠的就是威信。大闺女、小媳妇，我对谁也没动过心。为人不做亏心事，半夜不怕鬼敲门。你小子要拇量拇量，咱昭阳岛这几个小村要整合成一个大村，我想着让你以后当支书，你当了支书，这昭阳岛还是咱的。所以呢，你不能乱来。三妖怪那样的女人，像臭鱼烂虾似的，一百个头都不止，你还当香饽饽，你还有点出息不？男人一辈子，啥叫出人头地，当上官才叫出人头地，才叫光宗耀祖。以后，凤凰台的支书如果落到外人手里，爹丢人不说，咱家在昭阳岛上的威望也完啦。趁着我说话还算数，你小子抓紧把入党申请书给我写了。你入了党，才能当支书，不入党，你咋当官？好啦，政治课不给你上啦，不要再跟三妖怪这娘们扯罗了，她影响咱的前途。你先当上咱村的支书，然后去管区当差，再到镇上当差，以后说不准就能混上去。当大官的，哪个不是一步一个脚印熬出来的。卖糖稀的盖大楼，靠的就是一个字，熬。陈永贵不就是大寨的村支书吗，人家后来当上了副总理，不熬上去了吗。你现在才二十郎当岁，正是干正经事的好时候，一是不能学瞎，二是不能热长头发，不然你这一辈子就废了。人过留名，雁过留声，咱图的是个好名声。家里什么都有，你又不缺什么，以后就别那个了。

第十一章

1

黄二蕴坐了三年牢，这天他出狱了。他确实没杀人。粑粑华最后一次口供也帮了二蕴，新法律一出台，疑罪从无，他被放出来。

他出狱后找不上媳妇，谁愿跟他呢？他是个穷光蛋，又蹲过监狱。他娘又是个日本女人，谁家女娃愿意让一个日本女人做老婆婆呢？这话好说不好听哩。还有，二蕴有个弟弟，二十出头，从小得婴儿瘫，是个拖巴子。当初薰子还想用金英给二蕴转亲，如今金英嫁给三马狼，黄松龄和薰子感到啥指望也没有了。黄松龄说，认命吧，古人说得好，一命二运三风水，四积功德五读书。孔夫子说了，不知命无以为君子，三十而立，四十而不惑，五十而知天命。芸芸众生，各具其命。有道是人比人该死，货比货该扔，顺其自然地过吧。

薰子也说，比起挨饿的年头好不少了。

黄二蕴家在昭阳岛状元胡同尽头，靠着湖边有三间破旧土屋，院子倒也不小。这所院落是从前长工家的院子。

他家从前的院子是青砖灰瓦的四合院，土改时充公分给了湖里的几户渔民。

另外，他家连件像样的桌凳也没有，值钱的东西在黄松龄挨批挨斗时，有的分给穷人，有的让人拿走。家里只有一条小船，在大炼钢铁时又被上面收去劈碎当柴烧了。

黄二蕴回来，他床上也没个像样的席子，别人穷得光腚打凉席，他穷得光腚打苇薄子。

一家人的生活，除渔民队的福利分红之外，靠他在湖里捕鱼卖钱为主。他家没大船，亲戚送他家一条小船，他家有几张破渔网。有了这些东西，黄二蕴靠勤劳也捕不少鱼。那时有水就有鱼，鱼多不值钱，薰子把吃不了的鱼用盐腌了，晒干。这是他家没有粮食时，度过饥荒的口粮。院子里乌桕树上，一道又一道，拴满麻绳，这是晒鱼用的。一到夏天，整个状元胡同都布满晒鱼干的腥味。这腥味，如同漫天飞舞的蝴蝶。

这天夜里，为给二蕴说上媳妇，黄松龄和薰子决定到瞎子王半仙那儿给二蕴算一卦。

在昭阳岛，瞎子王半仙的卦最灵。这一点，谁也不用怀疑。

黄松龄和媳妇薰子去找王半仙算卦，走在昭阳岛青石板路上，天上下着细雨。成群的鱼雁在天上飞，野鸭子的叫声漂在湖面上，如梦如幻。

街上除了烂棉花套子的气味之外，空气里还有一股瞎大蒜和瞎洋葱的味道。一只螃蟹在石板路上孤独地爬行，它追逐着龙虾的梦，像去微山岛的水路一样悠长。蜘蛛在每家店铺上方编织成的蛛网，拦住了干鱼飞向湖中。鱼贩子的鱼篓里，无数条鳝鱼发出不怀好意的笑声。

瞎子王半仙住在河神庙附近的一棵老皂角树下，黄松龄夫妻俩见到他时，王半仙正捏着一只鸭爪喝酒。他三间破旧的泥巴草房，屋当门放着一张小桌，桌上放一壶地瓜烧，几条油炸丝光片子鱼，几个黑乎乎的酱辣椒，一盘卤熟的鸭爪。

王半仙吃得津津有味，每喝一口酒，漱一下手指上的鱼油。他嘴里不停地发出啧啧的响声，像成年的黑鱼在梦中和它的同类求欢。王半仙屋里，墙壁上的鱼鳞在各种腌酸菜的气味里，形成世界未来的图案。

听见有人来，王半仙终于放下酒壶，用一块沾满鱼油的粗布擦下手。

我听脚步声，没猜错的话，你黄松龄到了。

哪儿的话，我一出门，你老人家就看见我了。

昨天夜里，我梦见一只甲鱼爬到我屋里来。我掐字一算，十有八九落在你身上。所以呢，也没外出走跳，乐得自个儿在家晕二两小酒子。说说看，你两口子有啥事儿能用得上我这个瞎子。多少年啦，我愿意为你们帮忙。

　　无事不登三宝殿。我前两天去济州小南门卖鱼，从竹竿巷里顺便给你老人家买二斤烟叶，让你尝尝。是这样，我儿子二蕴今年二十一岁，你老算算，他啥时能成上家，给他提亲，啥样的好成。

　　瞎子王半仙沉吟半晌。二蕴出生在哪一年啥时辰，知道不？

　　昭阳岛上饿死很多人的第二年，日子刚刚好过，那年春天我女儿梦耳骑着一只鱼鹰飞走了。那年好像闰八月。我家还住了兵，二蕴生在八月三，不是前八月，是后八月。都说闰八月不好，毛主席他老人家走也是闰八月。

　　瞎子王半仙伸出手掐着指头。后八月三，我给你算算。金、木、水、火、土。《易经》上说，鼓之以雷霆，润之以风雨。日月运行，一寒一暑。乾道成男，坤道成女。这和二蕴命里相和，他姻缘在西方，而不在东方。微山湖以西，西山窝里女娃准成。湖里来提媒的，一定要拒绝。千万不要去见面，你去就没回头路了。有湖西来提媒的，就答应下来，准没个跑。

　　一开始，黄松龄还有点半信半疑，也没把王半仙的话放心上。一晃数月。这天，一个瘸腿、肤色微黑的老嬷嬷来到黄松龄家，张嘴给黄松龄要酒喝。她说我来给你儿子说媒的。黄松龄不敢怠慢，马上从船舱里取出一坛地瓜烧酒，薰子又从厨房里拿黑老鸹碗。

　　黑老嬷嬷不愿意进屋喝酒，她说，你的屋子低矮，像张渔网。我认识你们昭阳岛上的娃爷，你的屋子像他的网。

　　不进屋就在院子里的皂角树下，有阴凉，也有石桌石凳，凑合着吧。

　　黄松龄夫妇把酒倒上，薰子切几个熟好的咸鸭蛋，又从咸菜缸里捞出几条腌好的梅豆角子。两个小菜，不是待客之道。薰子想去做些油炸丸子，或者煎两条鳊鱼下酒。

　　不必客气，我不吃鱼，吃素，这几条梅豆角子就够了。黑老嬷嬷说罢，从狗头包囊里掏出烟袋，先吃一锅烟，然后端起黑老鸹碗把酒喝了。

　　我提的这媒没外人，是我侄女儿。今年二十一，是个丧偶的。她男人是个开鲜船的，你们也知道，开鲜船的没几个好人，靠湖吃湖，他们在湖上都有势力，做事儿横，说话牙床露在外面，要吃活人似的。这天因一桩生意没谈妥和人磨牙，被一个愣头青用鱼叉叉死了。死就死了，端的不让人心疼却苦了我这侄女儿，她可是仙女似的，这般年纪守了活寡，却也命苦。好在她孤身一人，也没个拖油瓶儿累赘，若把她娶到家来，生孩子干活，下湖捕鱼采莲，她却是把好手。渔家的活儿，她是样样精通哩。

这女娃条件也成，媒成之后，我咋谢你？咱们打开窗子说亮话，先小人后君子。你老开个价，我照办就是。

黑老嬷嬷吃起烟锅，琢磨半晌。我烦娃爷这个熊人，他下网箱、下箔害我子孙不浅，孩子们出出进进的，全着了他的道儿。这媒成时，你用镰刀把他的网箱箔儿全削掉吧。这个伤天害理的糟老头儿，我烦他捕鱼，他的路数太毒。你帮我拆他捕鱼的家伙，烧了更好。最后呢，一坛地瓜干子酒，二斤烟叶，算是我的辛苦钱。

黄松龄笑笑。他认为黑老嬷嬷肯定和娃爷有什么过节，也不便细问。你提的条件小菜一叠。好事成双，事儿成了，我给你老送四坛子地瓜烧，四斤上好的烟叶。另外，给你老做身暖和的冬衣。

黑老嬷嬷见黄松龄答应了，叨叨起来没完，薰子听着笑笑，给她倒酒。黑老嬷嬷酒量不小，薰子给她倒一碗，她喝一碗，她一口气喝了十八碗，把一坛子地瓜烧酒喝干了。

黄松龄不敢怠慢，又去船舱里搬来一坛子地瓜烧。这坛地瓜烧不是一般的酒，是一坛地瓜烧原浆酒。

黄松龄心里琢磨，这个又黑又瘦的老嬷嬷为什么这么能喝酒，不信罐不醉她。

薰子也看着她太能喝，又从邻居家借来一碗青豆和一碗蚕豆，给她配着辣椒炝熟。有这两盘菜肴，黑老嬷嬷的酒兴更高了，她又喝了四大碗。这时候，她抹下嘴。今天吃好了，也喝好了。好酒好菜，这媒我包了，准成。明天去见面，这微山湖里银杏洲有个泉水崖，我住那崖上，崖上有三间茅屋，屋前有两棵树，一棵是桂花树，另一棵也是桂花树。我侄女儿跟我过活，我的话她听。我是轻易不给人说媒，早先也是爱听端鼓腔儿，对你两口子为人处世知根知底，为我侄女寻个安乐窝，我才亲自跳出来走这一遭。

黑老嬷嬷有些醉意，一高兴把胳膊袖子往上一撸，她胳膊上露出鱼鳞来。这时候，黄松龄一家人才知道，这黑老嬷嬷是一条黑鱼精。知道她的底，黄松龄两口子不敢说破，照样劝她留下来喝酒。

黑老嬷嬷也不客气，又一腚拍下来继续喝。

酒喝到日落，一坛地瓜烧原浆又喝干了。

这时，天黑下来，湖面上一片黛蓝，一群鱼鸥从湖面上飞过。黄松龄假意让她住宿一晚，黑老嬷嬷不肯，非要回银杏洲泉水崖。

提亲的事成不成，酒两瓶，这是昭阳岛上老辈子人兴下的规矩。我家里还有一坛子地瓜烧老酒，二斤烘好的烟叶，你老回去带着。

事儿八字还没一撇，要东西有些不合适。无功不受禄，暂时放你这儿吧。

这样说见外了，一点心意。

黑老嬷嬷站起身往外走，薰子到屋里给她收拾了礼物。

黄松龄一家人把她送到湖边。一看，吃惊不小，湖边根本没她的船。

我用不着船。黑老嬷嬷说罢，从湖滩掐一片芦叶往湖面上一抛，湖面上顿时有一条大木船过来。黑老嬷嬷上船。薰子把一坛子酒和二斤烟叶给她放船上。

黑老嬷嬷给黄松龄作揖道，我明天在银杏洲泉水崖备好酒菜，你们两口子一定要过来，见见我侄女。

黑老嬷嬷走后，薰子擦把汗。我的娘，王半仙算得真准，这个黑老嬷嬷家的侄女儿，咱可惹不起。她住在银杏洲泉水崖，那地方和剑茅滩一样，谁敢去？听人讲，当年娃爷的娘是在银杏洲附近落入湖里，一眨眼的工夫就被一条黑鱼精吃了，这黑老嬷嬷说不准是当年的黑鱼精。

一家人越想越害怕，最后去鱼骨庙烧炷香，给红鲤鱼祈祷一番，让他说说情，得罪黑鱼精的地方，要让她高抬贵手。这亲黄家不敢高攀了。

遇上这样的事，黄松龄和薰子方才记起瞎子王半仙的话，湖里有人提亲，千万不要去。两口子想起这一节，觉得王半仙有先见之明。蒸一笼干鱼，买八只卤好的野鸭子，抱了坛酒，送到王半仙家。

见王半仙，两口子二话没说，先给他磕头。

起来，起来，这可要不得。

二人起来找木凳坐下，方谈起昨天的事儿。谈黑老嬷嬷如何提亲，喝酒如何厉害，最后谈到她胳膊上的鱼鳞。

王半仙半晌不语，最后才说，幸亏你们看破她，也没怠慢她，总之，礼数尽啦，也没的说。这种成精的鱼怪，说好，她能帮你，一念之差，她也能害你。总之少去招惹，你们真去银杏洲泉水崖相亲，到她的一亩八分地，发生什么事我也说不准。不过，你们没去，这就好。你们又到鱼骨庙烧香，一切事儿都逢凶化吉了。这微山湖，一句话，还是红鲤鱼的天下，他是微山湖的保护神哩。

从瞎子王半仙家回来，黄松龄没领二蕴去银杏洲泉水崖，黑老嬷嬷也没来找他们。奇怪的是，黑老嬷嬷在昭阳岛上再没出现过，她不像红胡子老头隔三岔五在昭阳岛上逛逛。他提着烟袋，串串门，拉拉家常，溜达溜达，溜累了就到娃爷家，或者瞎子王半仙家里去喝酒。

2

又过半月，天气渐暖。昭阳岛上空的鱼鹰、鱼雁、野鸭子多起来。渔民们忙着下湖捕鱼，没空闲时间，提亲说媒的人少了。

外人不想着二蕴的婚事，金英一直想着。这天，金英打听到一个合适的茬口，托了媒人，来给黄二蕴说亲。这媒人是湖西老渔洼有名的媒婆老飞风。因她说媒能跑腿，成功率也不高，便得了这个绰号。

这天，天上下着蒙蒙细雨。老飞风来了，她四十多岁，脸上有几颗麻子，长着一颗不太难看的龅牙。三年前，她丈夫在湖里捕鱼，在剑茅滩附近，渔船沉没，老飞风的男人淹死了。老飞风是个能干的人，她腿脚麻利，操起说媒的生意。湖东湖西，她哪儿都去。老飞风走进黄松龄家的院子，她手里打着一把油伞。

一进院子，她骂，啥熊黄子天呐，这恶应人的雨，要下就下，不下散熊伙。一天到晚，狗吃糖稀，沥沥拉拉，弄得路上泥头败脑，走跳不便。家里鱼多，吃不了，卖不掉，鱼干又晒不成，臭鱼烂虾味儿把我的脑子都熏喝齉① 个小罐子了。摇摇头，我感到脑袋里真如烂瓜、瞎柿子哩。再连阴几天，我就疯了。

放心吧，熏不喝囊你的脑子，你也疯不了。黄松龄在一棵皂角树下织渔网，皂角树下的地皮还是干的，黄松龄坐着马扎子，他嘴里噙着一根普滕烟。他和老飞风熟，左手两根手指夹了烟，一张嘴把老飞风的话茬接过来，朝她笑笑，得空了，我正盼着你来呢。

薰子见老飞风进家，知道她是说媒来的。话还没出口，脸上的笑先像一朵荷花砸在老飞风脚下。我的娘，下着雨，您老人家咋来了？屋里坐吧，别淋着。

没事，没事，没点事。我有雨伞。不进屋了，这皂角树真好，遮雨。在树下说话吧，树下谝亮。老飞风说话像机关枪，嘟嘟一阵，又嘟嘟一阵，别人插不上话。

等老飞风说完，薰子转身进屋，她拿一个木凳让老飞风坐下，又转身进屋，给老飞风倒茶水。

黄松龄家的这棵皂角树有年数了，有一搂多粗，荫翳蔽日，树下的地皮稍微有点潮湿，一群蚂蚁正在树下忙碌，它们在拖一只死去的蝉。树上的蚂蚁也上上下下忙个不停。

老飞风看了一眼树上的蚂蚁。别给我倒茶，倒碗白开水，我说媒，忌讳喝茶，茶和差壶②的差一个音，犯忌讳。说媒，讲究一个字，成。忌讳差壶，一差壶，事儿泡汤了。无利不起早五更，我忙活半天，满锅里捞不出个豆来，你说说，我图个啥。不如闲着，看蚂蚁上树，看日出湖东、日落湖西。

放心，放心，你们的行规我懂。干啥指望啥，卖啥吆喝啥，走哪条街铺哪条路，明人不用细讲。事成，一丈布票，十斤粮票，十斤干鱼，一坛地瓜烧。事儿不成，一坛地瓜烧，二斤烟叶。

这时，薰子进屋给老飞风端一碗开水。她客气几句，接过开水，放在身边的石桌上。

---

① 熏喝齉：熏成糨糊。
② 差壶：把事办砸。

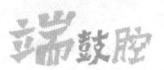

老飞风也抽烟，也喝酒。黄松龄从屋里拿出一盒客人吸的白莲烟，给老飞风点上，又从船舱里搬出一坛地瓜烧。

老飞风说媒有个讲究，一讲究坐下来吃根烟，二讲究坐下来喝三杯酒。她还有一个讲究，喝酒从不吃菜，不需要菜肴，叫干别。

别下三杯白酒，言归正传，老飞风发话。她从怀里掏出一张女孩的黑白照片。

您望望，这个女孩长得标致吧，咱昭阳岛上十里八村的，还真没这么个人。咱们大船帮、枪帮渔民队里，真没这么好看的媳妇儿。

是不赖。浓眉大眼的，双眼皮，扎根大辫子。这么好的女娃，能看上我这破家烂院吗？

听我说哎，女孩叫廖庭筠，今年才十八，带着个一岁半的女孩，男人去年死了，她男人在山里打石头，放炮时，他管点炸药。那天开山，他男人点完炸药在山下等着，等半天不见动静，又等吃一袋烟的工夫，还是没动静。后来，她男人刚上去，炸药响个龟孙了。这女人就这么个命，你们看行不？女方的要求，人老实可靠，能出力干活，养家糊口，没啥负担就行。小媳妇长得没的说，小脸花似的，身段也好，像仙女一般，没出门时，在娘家有个外号叫七仙女。

黄松龄和薰子毫不犹豫地应下来，说，这茬口行，带着个闺女也没啥，将来也多一门亲戚，这是个好事哩。

带个女娃行，要是带个男娃，我要掂量掂量，男孩子长大，最后还是要认祖归宗，我白给别人拉帮套。这赔本的事，我可不干。别人的儿子，不能当自个儿子养。别人的闺女，能当自个闺女养。这是个风俗，也是个理儿。

你们认可这条件，我回话了，让人家后天来看家。她说罢，又在薰子耳朵边唧唧咕咕一阵。最后，看泥鳅一眼，拔腿离开黄松龄家。

老飞风走后，黄松龄全家确实高兴了一阵子。

女人带着孩子不好找，咱得想想办法留住她。这是一个茬口，平时这样的茬口，我们到哪儿去找。

女方说不要什么负担。

咱家有啥负担？这样吧，把咱家大柳条筐粮囤，底下垫些柴草，中间加张席，上面弄满粮食，他们一看咱家粮食多，够吃的。你把粑粑华家的八仙桌借来，去狼嘴三那儿向他借身像样的衣服穿。我看齐了。薰子说罢，看看泥鳅。

泥鳅吓一跳，有人给二蕴说媒，他挺开心的，不过这次他有点害怕。

薰子说，到明天，泥鳅你到湖堤上住两天吧。那儿有个土屋，队里不是让你在湖堤上看树吗？不让你住长，等你哥相完亲。你要是在家的话，人家看见你，我怕你哥的媒再黄了，你哥二十多啦，耽误不起。你爹能陪你的话，我让他陪你，可他晚上还要给生产队看水稻哩。

娘啊，那土屋多邪啊，从那儿路过，头发梢都夯起来，有人从那儿说是见到鬼。狼嘴三媳妇是在湖堤上吊死的，我不想去那土屋，我怕吊死鬼。这样吧，我到村里牲口屋里去住，和老周头凑合两天。老周头平时对我还不错，他和我爹的关系也好。我去他那儿。

行。你这两天别进家，我给你送饭，我把两条鲇鱼炖给你吃。

你别想三想四。我找媳妇找这么多年，八字没一撇，这是有枣没枣打一杆的事，干慌不如冷等，我是瞎慌慌。这事过后，我把身上穿的条绒褂子给你。泥鳅你得听话是吧，你不小了。

我知道，这事不为哥好，我还是个人？

这才是好弟弟，我的条绒褂子一定给你。

3

一家人安排好泥鳅。黄二蕴出去借东西，他先去狼嘴三那儿借衣服。出了院子门，胡同里春光明媚，有几只麻雀和鹧鸪鸟在香椿树上叫。阳光照在胡同两边的墙壁上，像跳动的鱼。数年前，墙壁上残留着警船的汽笛声，像发黄的柳叶在地上飞起飞落。街上的青石板路有些温热，杨梦瑶的影子依旧在二蕴眼前晃动。二蕴想不到是谁害了梦瑶，如果知道是谁，二蕴想着杀了他也不解恨，最好再大卸八块。那个晚上，月光清凉。杨梦瑶若不把他骂出来，她肯定不会被坏人害死。二蕴心里说，梦瑶，你不知道，我心里有多爱你，多疼你。我要好好照顾你，不让你受任何委屈，如果你有一天残废了、瞎眼了，像我弟弟一样拖巴了，我也不变心，也会爱你、疼你，我愿意为你去死。哎，你却看不上我，丢了性命。无可奈何也，这天下没了你，我还能再爱谁？你在地下若有知，若有难处，就托梦给我吧。还有，那个害你的坏人，你也托梦给我，我帮你报仇。二蕴想着，就有了要哭的感觉。几年过去了，杨梦瑶毕竟也没托梦给他。

在昭阳岛，任何一件小事传得比风都快。黄二蕴说媳妇的事，大伙很快知道了。早有一群小孩等在胡同口，还有几个光棍也在那儿站着，他们眼馋得要死，嫉妒得要命，都想从黄二蕴嘴里弄点最新消息。

那群小孩喊，二蕴你有媳妇了，快给糖吃，快给糖吃。

黄二蕴要找媳妇了，几岁的小孩喊他的小名，这使他觉着有些不对劲，回过头来嚷小孩，再胡喊，割你们的小鸡鸡。

那群小孩吓跑了。他们边跑边喊，二蕴你个老处屌，八辈子也找不到媳妇。

站在胡同口的几个光棍之中，有和二蕴好的二牤牛。

女方后天来相家是不？多准备点好酒好菜，见老岳父、老岳母，小牛要捡大的吹，吹晕他，吹得他不知道东西南北，他就把闺女许给你了。千万不要甲鱼头老鳖一，死抠烂抠。那都不是办事的衙役，不是办事的来头，要拿出程咬金的三斧子，啪啪啪，把他们全放挺。这事儿要放我身上，保准没个跑。

二蕴听他这样说，便有了驴打滚、猪撒欢一样的心情。

二牤牛嘴皮子功夫还行，一搞实弹演习，他就蔫了。五年前，他有幸娶到一个老婆，不知啥原因，跟他过了一个多月就跑了。有人说他冬天尿床；还有人说他夜里把女人折腾得太狠，女人受不了，跑掉啦；还有人说他折腾女人，不是他厉害，是因为他不厉害。二牤牛的家伙根本不管用，聋子的耳朵虚摆设，听他几次房，女人急得哇哇叫，说你急死我了，管劲啊，可他就是进不去。他那银样镴枪头，中看不中用。时间久了，二牤牛有点性变态，他掐女人咬女人。这样的男人，当然没女人跟他。还有人说，他是鞠有德本家的兄弟，跟着鞠有德跑腿，拍马屁、当舔腚官，不扎尾巴① 的事也没少干，他打光棍是天意。

还有一个姓孙的光棍和黄二蕴好，因他大拇指上多长一个小手指头，人们给他起个外号叫孙十一，他个子矮不说，还胖，木木墩墩的。他二十六了，还没人给他提亲。他羡慕黄二蕴，眼巴巴看着黄二蕴走过去，他没说话。别人跟他说话，他听起来也费力，他有点聋。他和谁说话，都用手捂住耳朵，努力地去听。但有一点，只要谁骂他，他立马能听清楚。

是死是活，屌朝上，没有过不去的火焰山，做事儿要像个爷们，别小气。

黄二蕴心里有点畅，嘴也稀溜起来。那当然，我要出点血，流点脓。

二蕴，你是老鼠尾巴上生疮，有脓也多不吧。二牤牛说，日您三熏熏，到时候让我陪个酒吧，我早想喝点了。你别死抠，咱俩是玩光腚的伙计，狗肉汤子老味了。

你哪儿配喝酒，你媳妇跑之后嫁给一个瘸子，她给这个瘸子生个大胖小子。当初，你说你媳妇是个二鸡子，跟别人却能生娃，这样看来是你二牤牛的家伙不管用。一天到晚，你还吹吹呼呼，你吹啥？你知道丢人几个钱一斤？

你是个稆生② 子货，你爹是个差半车麦秸，生下你也半生不熟，一点气不透。

那也比你强，你是个带犊子，你爹是谁，你知道吗？你还在大街上说话，人五人六，人模狗样，也不撒泡尿自己照照。我告诉你吧，湖西老渔洼那个挑着挑子走街串巷、扯着公鸭嗓子吆喝卖小鸡的黑脸罗锅子，就是你爹。听人讲，他当年用四个贼蒜窝窝，从黄河北讨饭的一个老头手里买下你娘，那时候你娘就大肚子了。

两人对骂一阵，翻脸要动手。

孙十一从一家店铺门口，顺手扯下一条干鱼，这是一条半米长的鲤鱼，他举起来砸向二牤牛。

二牤牛侧身躲过，也抢晒干的一条黑鱼当作家伙，两眼一瞪，举起干

① 不扎尾巴：不靠谱。
② 稆生：野生。

鱼要打孙十一。腔锤子上擦香油，不值一文（闻）。脚扎痒痒成手啦，大闺女尿血块不是孩的货。聋着个耳朵，鼻齉鼻齉，呲毛撅腚那熊样，连屌带噎，还敢跟我裂哩，不是我脱了裤子晾你，你一窝子全上，我也能包圆。你还拧筋头哩，早晚给你打上鼻橛，你就老实，侃不成凉腔了。

屎壳郎爬鞭梢，光知腾云驾雾，不知死在眼前。浑身拆不出二两肉，蹿三蹿够不着一块砖，蹦三蹦够不着蚂蚁腚，你活着干吗？还不一头扎到牛逼里死去。看你的小样，老光棍汉子一条，除自己涮锅攘灶之外，你能哩啥，娘那脚。

二人骂着还要打。这时候，看热闹的人多起来，有个捣子喊，乐耶，鸡不打死他俩，鸡不斗死他舅①。这个人喊黄二蕴叔，黄二蕴骂他，滚一边去，你别煽风点火好不？二蕴眼快，上前抱住二牦牛。你们别打架，改天我请你们去船上喝地瓜烧，咱们炖条青厚，再炖一锅泥狗，这样行不？

两人见二蕴这样说，都放下手里的干鱼。一个说，不是看二蕴的面子，我今天饶不了你。另一个说，别弄那事，你是瞎异歪②，凭你那两下子，还敢在昭阳岛当异歪头哩。我倒背着手尿尿不扶你。你是墙头上犁地没几招（遭），枣核子截板没几句（锯）。

就这吧，别真动手，都是从小玩光腚的伙计。瞎骂胡呛，没点人味。我说话绝对算数，一句话砸个坑。黄二蕴说完，跟着湖中漂来黄苲草的腥味走了。他走路的样子，像一只肥硕的鸭子，甩啦甩啦的。

黄二蕴走后，人们议论起来。听说女的才十八，人长得蛮俊，啥人啥命，摔倒趴在牛逼上，该着二蕴吹。

二蕴也不容易，要不是在号子里待过，他能找个更好的媳妇，起码能找个大闺女。这女的好是好，可惜跟过别人，是个二婚头。不过也有个好听的词儿，叫梅开二度。

咱昭阳岛上的杨梦瑶，多好的闺女，在咱岛上数一数二的，不知道让哪个不扎尾巴的坏熊给祸害了，抓住他活剥了也不解恨。那个小妮可是个俊妮，长相不次于麻妮。麻妮是个妖精，这么多年了，她还不老。二蕴追

---

① 鸡不打死他俩，鸡不斗死他舅：怂恿别人打架。
② 瞎异歪：霸道，不讲理。

梦瑶，她若是答应二蕴，就不会被别人害了。真是可惜一个美人坏子。害她的人早晚跑不了，可惜二蕴背几年黑锅。

这事是这样，对二蕴来说，蹲过号子的人找媳妇不是难吗，幸亏他出来得早，这年龄也正好，若再蹲两年，过了二十五，老石牛打栏一过杠，还不标准的光棍啦。有道是男人无妻不成家，女人无夫浪里沙。二蕴家这条件，有个二婚头就不错啦。一年后，捏巴一窝小狗出来，热汤热水，好歹也是一家人啦。孔圣人说得好，不孝有三，无后为大。人一辈子不就图个下辈嘛。

4

狼嘴三家在村东头的湖边上。他家门口有一棵老柳树，树下经常泊着数艘渔船。

黄二蕴从心里并不愿意给狼嘴三借衣服，他心里烦狼嘴三。最主要的原因，"文革"期间狼嘴三跟着鞠有德没少整人。另外，他打自己媳妇，媳妇被他打绝望了，在湖堤一棵老槐树上吊死了。

黄二蕴边走边胡思乱想，又想起跟狼嘴三借衣服的事，不跟他借跟谁借。村里人数他最阔，最有钱，最人五人六。其余的男人都邋里邋遢，窝窝囊囊，拿不出门去。

黄二蕴又想，不管怎么说，狼嘴三是个有本事的人。他有一个长处，做事儿不祸害本地人，兔子不吃窝边草。他不像鞠有德这个熊货，他是兔子专吃窝边草，他没本事祸害外面，专会把着门框撑劲，在昭阳岛上窝里横。

另外，狼嘴三是第一个见队长鞠有德不下车子的人。他家族虽小，凭狠制住鞠有德。那一年，他刚下火车，回家过年，鞠有德想找几个民兵把他送上面去。我借给你个胆，你都不敢，你一家几口老小活够了是不？他说罢掏出刀子来，插在自己大腿上。村里人看见他腰里有刀子，心里就发怵。不过他从不欺负本村的人，谁求他个什么事，他觉得是高看他一眼，他乐意帮忙。鞠有德知道他走的是黑道，当没有这号人在村里。狼嘴三的爹和爷爷解放前都当过土匪，手里有人命，都狠。前些年，鞠有德和狼嘴三个人关系并不差，因一件事两人不睦起来。在昭阳岛，严三妮是个瞎包货，狼嘴三开始跟她混江湖，两人吃住都在一起。狼嘴三成家后，跟她交往的少了，她又和鞠有德好上。这天晚上，狼嘴三喝醉酒，到严三妮船上想弄那事。他刚上船，正好看见鞠有德提着裤子从船舱里出来。鞠有德有些不好意思，没和狼嘴三搭腔，低着头走了。狼嘴三虽然没和严三妮结婚，但在狼嘴三心里严三妮就是他的女人，谁也不能动，可严三妮却让鞠有德动了。背着他，不知道动了多少次，属于自己的女人被别人动了，心里总是恨恨的，像一根鱼刺卡在喉咙里不舒服。狼嘴三扳不动鞠有德，因为鞠有德的靠山殷连举在县上混大了。狼嘴三窝着气走到船舱里，看到头发凌乱的严三妮，呱唧给她一个嘴巴，然后下船扬长而去，狼嘴三和鞠有德从此有了隔阂。鞠有德也想治狼嘴三，想几次，觉着理亏，也没敢动手。

二蕴走进狼嘴三家的院子，狼嘴三正在家里炖鱼。他有个爱好，喜欢吃清炖鱼，特别是丝光片子鱼。狼嘴三的厨艺还不错，他炖的鱼出奇地香，鱼香味像一群螃蟹在院子里四处乱爬。

你钩槐花了。他看着黄二蕴头上还粘着两粒槐花。那两粒槐花像两粒雪白的鸟屎。狼嘴三心里有点得意，他知道二蕴来，必然有事求他。

湖堤上的槐树开花了，蒸着吃，好吃哩。

听说有人要给你日鼓个媳妇是吧。二十多了，是要找个媳妇了。

黄二蕴咧咧嘴。是，我为这事来的。无事不登三宝殿，昭阳岛人都知道你是及时雨宋江。二蕴知道他喜欢戴高帽，先把高帽给他戴上。一般的事，狼嘴三都能两肋插刀。

你找媳妇，关我啥事。想请我第一夜尝尝鲜是不是？狼嘴三见二蕴给他高帽戴，脸上流露出像面疙瘩一样的表情。舒坦的心情像一条小银鱼，在水中放一个屁又一个屁。

我想借你一身衣服穿穿。

这还不是蚂蚁的小鸡鸡，你自己屋里拿吧。我衣服你穿身上绝对俊男，人是衣服马是鞍，相亲准成。事成之后，别忘请我喝酒。

这还用你说。这亲若成，你功劳大大的，我还能亏待你？黄二蕴说完这句话又后悔了，马上想到他娘是个日本女人。他说日本话，是给人一个小日本鬼子的印象。小时候，也有不少玩伴笑他，日本鬼是你舅。一说日本话，或者听到日本鬼三个字，黄二蕴脑子里就感到有一只毛毛虫爬过，爬过的痕迹有些发痒。

院子里弥漫着清炖鱼的香味，狼嘴三炖了满满一锅鱼，有鲇鱼、泥狗、餐条子、丝光片子鱼，也有草鱼头子。大茴香、小茴香，各种炖鱼的料子都用齐了。

我捕鱼不少，不过还没吃过这样的炖鱼，把料子使得这么全，又炖得这么多。我吃这么香的鱼，三碗五碗，那是搭头。狼嘴三这小子就是狼嘴，过日子大手大脚，干什么都狠。黄二蕴心里暗骂，你个熊狼嘴三，可真舍得吃啊。

吃不穷喝不穷，不会算计才受穷。

二蕴心里骂狼嘴三一通，嘴里却说，你该为孩子着想了，别成天跟着放鹰的瞎转了，见好就收吧。你有钱，东一斧子，西一榔头，也就败坏了。到时候，吃亏的还是你，你孩子不受罪吗？

你求菩萨保佑，倒担心起菩萨来了。

俗话说良药苦口，忠言逆耳，我又不图你仨瓜俩枣。别忘了，咱俩是玩光腚的伙计。我小时候可没少跟着你玩，给你当跟屁虫。你的本事太大了，有朱元璋的能耐。现在的社会不是古时候了，若是在旧社会，你绝对能领一大帮子人，打天下准管，这天下也说不准就是你的。看你印堂发亮，面南背北，还真有几成哩。

好啦，别舔腚了，再舔挨揍了。二蕴你跟谁学的，油腔滑调，你不是见人说人话、见鬼说鬼话的人，你小子也学滑了。你在里面蹲了三年，没白蹲，说实在的，监狱也锻炼人。我没有瞧不起你的意思，咱爷俩打开窗户说亮话，我知道你是冤枉的。你是个怪孩，但不是坏孩，捣个蛋这事不够干的，但要说奸杀人命，我们都不会做。要是我啊，冤枉了这几年，我可不认，我要找出真凶来，给自己平反昭雪。别看咱昭阳岛不大，离奇的案子不少。比如说，第一个离奇的案子是高万斗媳妇韩水月的死；第二个离奇的案子是娃爷的孙子小蝼蛄神秘失踪，小蝼蛄的案子现在也是一个谜；第三个案子是杨梦瑶，这个闺女真是不孬，文静贤惠，人也长得荷花

似的，她被谁害了呢？你说说咱昭阳岛上，谁是可能的恶人。这岛不大，鼓鼓牛不少。四十多年的时间里，就有这三桩人命大案，可也不是玩的。

这些日子，我也在找真正的凶手，只是没什么可以怀疑的线索。日子还得过，这事就算了吧。万幸的是，他们没有把我当凶手毙了。在这事上，我有种，枪毙我可以，不是我做下的，我绝对不承认。不过我相信，凶手是谁，早晚狐狸尾巴还得露出来。

好啦，不说这些了，打人不打脸，说人不说短。这个事儿，我也暗地里留心着呢。另外，我媳妇不愁，后面跟一堆，蚂皮似的，打都打不掉。我现在给饭店里送鱼，钞票大大的有，不信咱骑驴看唱本，在昭阳岛这小窝窝壳篓里，谁也看不上我的笑话。

黄二蕴到他屋里拿一身中山装，出来笑着说，谁也没你屌能。但愿这是真的，你是蚂蚁钻进磨盘里，清楚里面的道道，你的本事我信，要不你咋是咱昭阳岛上的牛人。

第十二章

1

在二蕴相亲那天晚上，泥鳅出事了。

第二天早上，昭阳岛上拾粪的老头杨守业发现了他。泥鳅躺在地上嘟噜白沫子。

那天泥鳅想到牲口屋去住，喂牲口的老周头没收留他。在昭阳岛，喂牲口当饲养员的有两个人，一个是老周头，一个是娃爷。他们一人一个星期，轮流值班。

马不吃夜草不肥，人不得外财不发。老周头说，这牲口主要靠夜里吃草，你没来过这儿，是外人，牲口夜里一见外人，吓得不敢吃草。还有去年咱队里那头花石牛死了，剥它时从它胃里剥出两根大洋针，都是新的。你说是谁这么坏，对集体有意见就害集体的牛，搞他妈破坏，那是一头正干活的牛，多可惜。因这个，晚上牲口吃草，我谁也不让来。爷们，不好意思了，你到其他地方找个窝吧。昭阳岛鱼骨庙那儿，唱整夜的端鼓腔，你去那儿听端鼓腔吧。

老周头的话像湖面上的凤眼莲一样，红的、白的，啥色彩都有。泥鳅感觉像水葫芦秧子在湖面上漂。鱼鹰的粪便味弥漫在整个昭阳岛，让泥鳅有些头晕。

泥鳅想说句什么，他没来得及说，一条黑色脊梁的大鱼从他脑子里出现，大鱼的眼睛像成群的水鳖子，在昭阳岛的青石板路上爬行。

老周头不留他，没法，泥鳅背着铺盖爬到湖堤上的土屋。这两间土屋，

因狼嘴三的媳妇吊死在这土屋附近的槐树上，早没人敢住了。

泥鳅爬进屋，从口袋里掏出半截蜡烛，他划根火柴刺啦点上。屋里蝙蝠扑扑棱棱乱飞，蛛网残缺不全，上面粘着狼嘴三媳妇的哭声。

土屋里，过路人尿过尿，还拉了屎。泥鳅用破锨头，爬着把屎铲出去。

屋内有一张土炕，泥鳅把铺盖放上面。

湖堤上，夜色清凉。毛茸茸的红月亮，挂在湖面上空。水里也有一串红月亮，鱼儿一样游动。在月色朦胧的光影里，渔船一队一队地划过，渔歌阵阵，折磨着泥鳅的耳鼓。

湖堤上的树丛里，槐花香伴随着潮湿的雾气，缠绕着星空。夜莺的叫声、夜猫子的叫声挤压在一起，像昭阳岛上瞎子王半仙算卦时的咳嗽声。不远处，一棵高大的槐树上有一根枯枝，一只夜猫子正虎视眈眈地望着这边土屋，它的眼睛像星星一样闪亮。

一个火蛋子咕咕噜噜从湖堤上向剑茅滩方向滚去，几只白兔子跟在火弹子后面奔跑。

泥鳅知道是鬼火。这鬼火，他见得多了。

曾经在一个夜晚，他爬着从湖边的野洼回家，就遇到这种鬼火。以前，他半夜里爬着到湖边放羊，偷啃生产队的麦苗。他身边不知什么时候出现两只白兔，他听老年人讲，遇到这东西别理它，这玩意儿也是邪气所化，你不理它，它就没脾气了。

这时候，剑茅滩那儿又冒出一股黑气，惊得那儿的苇咋子乱飞乱叫。剑茅滩是个乱葬岗子，埋死人无数，那儿的芦苇乱响乱倒。一道黑气冲着他过来了，泥鳅只感到一个东西像条蛇缠住了他，他吓得昏过去。

泥鳅出事了。

人们向那土屋奔去。有的给泥鳅掐人中，有的给泥鳅喂开水，弄了好大一阵子，泥鳅才悠悠醒来。

人们问泥鳅怎么回事，发生啥事儿。

有条黑花大蛇盘住我，要吃我。

村里人吃惊起来，泥鳅被蛇盘了，再一次证明昭阳岛确实有一条大蛇。这条蛇，拾粪的老头杨守业见过，他见后也是大病一场。人们这时想起三年前的一件事。那时，上面来一个地质勘探队在昭阳岛上勘探，他们用船运来一大堆设备，架起三脚架，竖起钻井。钻井钻到第三天就出事了，钻出来的全是血水。昭阳岛人吓毛了，啥玩意的血有这么多，拿到医院里化验，说是蛇的血。后来，勘探队专家说，这微山湖底下不仅有煤层，还有蛇层。这一层蛇有多少，谁也说不清楚。万一这蛇层的蛇醒过来，跑出来，可也不是玩的。钻井队也害怕了，不敢来了，昭阳岛人也都知道微山湖下面有蛇层。但愿这些蛇永远睡着，不会出来，也许是这些蛇在推动着湖底石磨的转动。

人们怀着对蛇的恐惧，劝二蕴说，不能为娶媳妇，连弟弟都不要吧。

二蕴吞吞吐吐，半天也没说出什么来。他背着泥鳅往家里走，背后有人议论他的这场婚事。

那女人叫廖庭筠，她来这儿吃顿饭，她吃饭的样子很害羞，吃猫食似的，只吃几小口就不吃了，弄得陪客的几个娘们，刁哥、麻妮、晴雯三个人都没吃饱。最后，她什么话也没说，拍下屁股颠了。

廖庭筠的爹娘围着二蕴家的院子转了转，说，咱这儿的干鱼好，家家户户都有那么多的鱼晒，村子里鱼腥味好闻。还说这媒愿意不愿意，几天里给个话。

这不是个推话吗？看样子，二蕴这媒是李双双死男人，没希望了。

二蕴找媳妇有点舍近求远，晴雯也是个小寡妇，他该找晴雯。

他们有亲戚，不合适。

亲上加亲，不更好吗？

托人给晴雯说过，知根知底的，晴雯看不上二蕴。

二蕴把泥鳅背回家，薰子也没说什么，给泥鳅烧了两碗热白汤。

二蕴到屋里，从纸箱子里把叠好的条绒褂子拿出来，给泥鳅披上。

哥，我不要了。

你穿吧。我说的给你，哪能哄你呢。

数日后，一家人正感到这媒黄了，没啥戏唱时，廖庭筠那边突然给回话，说廖庭筠愿意嫁过来，订婚的日子让男方选。

薰子和二蕴买二斤好烟叶一起去找瞎子王半仙，让他给选结婚的日子。

夜长梦多，这事得抓紧办。薰子说，遇上这样的茬口不容易。

瞎子王半仙掐着手指头说，根据《易经》的卦辞，阴历的五月十八，或益之十朋之龟，弗克违，永贞吉。王用享于弟，吉。这个日子实受其福，是个好日子。正好还有十天，啥事还来得及准备。

薰子对这些话听不太懂，但她认定五月十八是个吉祥日子，给二蕴办婚事就定在这一天。

2

从瞎子王半仙家回来，薰子呆呆地发愣，黄松龄问她愣个啥，有啥心事。薰子说没心事。她愣到夜里，加班干活，不弄别的就只是烙饼。

泥鳅问，娘，你烙这么多的饼干什么？

薰子不说话，在一边烧鏖子的二蕴也不说话。

第二天早晨吃饭时，薰子说，她跟咱了，一看家里这情况，她说抬身就抬身，咱啥法还是没有。她说这话时，看看泥鳅。

泥鳅感觉有一股凉气从头直灌到脚。从前，有给二蕴提媒的，娘仁便不说话，泥鳅总是端了碗偷偷在旁边吃。现在他懂事了，知道因他二蕴才娶不上媳妇。他在湖堤上过了一夜，有一次奇特的经历，把什么也都看开了。

娘，为俺哥，让我喝敌敌畏，我喝就是，我知道不能老是连累俺哥。我出去要饭吧，去城里。我在家确实是个累赘，害俺哥说不上媳妇。

别胡说，谁这么心狠，让你喝敌敌畏。

去吧，哪儿的黄土不埋人啊，在外要饭的多了。你先在外面混一段日子，你哥把媳妇娶家来，看她心眼脾气啥样，能不能容下你，到时候再说。这会儿，啥都得为你哥着想。他先成家，这一点比啥都要紧哩。

我吃了饭走吧。

别急，我下两碗面疙瘩，你喝了再走。昨晚，我烙的饼，你也看到了，把它带路上，让二蕴骑车子送你。

泥鳅喉咙里似乎有什么似的，老从鼻子里往外流，他攥一把鼻涕，爬着去了厨房。

这边，薰子的眼也有点湿。不要让你爹看见，要不然你咋走。

二蕴在矮墙下抽烟叶，他一口一口地吸。

不这样啥法。十个手指头，我咬哪个不痛啊。

泥鳅喝完面疙瘩，从厨房里爬出来，不知是他爬得快，还是脑子不听使唤，他手上沾满了鸡屎。

二蕴过去，给他用纸擦擦。泥鳅别急，天还早呢。说罢，从堂屋里推出一辆破大金鹿车子，他把泥鳅的行李挂在车把上。

他们的一举一动惊动了邻居，邻居们围上来。这是哪儿去？

二蕴不说话，邻居们也明白八九分，用怪异的眼光看着他们。

湖里有的是鱼。泥鳅在家，多一双筷子的事，还能饿着他？

不是一双筷子的事，新媳妇来家，怕嫌有个累赘。

薰子把烙的大饼拿出来，装在口袋里，又把煎好的咸鱼给他带上几条。

泥鳅喊一句娘。二蕴把泥鳅抱上车子，一蹬车腿，他低着头，呼呼喽喽出了胡同，吃袋烟的工夫就到了码头。

娃爷的媳妇柳叶岁数大了，还做摆渡。二蕴把自行车推木船上，泥鳅爬上船，他不说话，两眼望着湖面上的鱼鹰，傻愣愣的，半天说出一句话，湖面咋那么多面面乎子①在飞。

哪有什么面面乎子？是你看错了，那是鱼雁。

柳叶把他们俩送到西渡口，二蕴要给柳叶五毛钱，柳叶坚持不要。

我谁的钱都没要过，也不能要你的。

二蕴把钱又放口袋里，推着车子上湖堤。堤上大槐树荫翳蔽日，树丛里有各种鸟在叫，二蕴感到烦烦的，他驮着泥鳅，一句话也不说，破车子一路哗哗啦啦响着，在土路上咯咯噔噔颠着，两三个时辰来到济州火车站。

火车站附近，各种要饭的有好几个。

---

① 面面乎子：蝙蝠。

　　像你这种情况的不少，你先在这儿待上一段时间，到时候我来接你回家。你在城里要饭，也比在家里好。

　　我知道，哥你回吧。

　　二蕴掏出身上的五块钱递给泥鳅。我给你五块钱，没吃时买点吃的。他说罢，鼻子感到一阵酸涩。

　　我不要，你给咱娘花吧。

　　你留下吧，家里我再想办法。他说完推车子往回走。

　　泥鳅看着他哥的背影，感到二蕴像昭阳岛上一只鱼鹰。哥，你骑车走吧。

　　二蕴骑上车子，晃晃，喝醉一样地走了。

　　泥鳅一直看着他哥的背影发呆，直到他哥的背影消失在布满灰尘的人流里。

3

　　从济州回到昭阳岛，二蕴依旧是坐柳叶的船。一上岸，二蕴奓拉着头骑车子，没想到鞠有德在村头大运河边叉鱼。

　　他手里拿着鱼叉，在运河边上来回走动。

　　二蕴没有看见他，骑车子从他身边过去。

　　在昭阳岛孔雀台村，除狼嘴三见鞠有德敢不下车子外，其余的村里一千多号人谁也不敢。这规矩从前定下了。鞠有德说，没有规矩就没有方圆，什么事不乱套了吗？

　　二蕴没有看见鞠有德，鞠有德却看见他。他骑车过去，鞠有德看他一眼，继续叉鱼。

　　村北头的小石桥上聚满了人。

　　在桥头旁，憨子粑粑华光着脚丫子在踢水玩耍，桥下的水汩汩地流着。

　　粑粑华一边踢水一边唱：

山中的石多真玉少，

世间的人多君子稀。

得势的狸猫欢如虎，

脱毛的凤凰不如鸡。

这几句顺口溜是民办教师王黑三教他的，粑粑华竟然会背了。

粑粑华上过小学，他到处乱写乱画，公厕、鱼骨庙、河神庙的墙上，都有他写的句子：一斤胡萝卜等十斤穆桂英挂帅。

民办教师王黑三参加过两次高考也没考上，因他爹当年在跟凤凰台村的冲突中被打瞎了一只眼，村里为了照顾他，让王黑三当了民办教师。他爱写诗，也爱写小说，称自己是本世纪最优秀的诗人，他说要写出中国的《荷马史诗》。

村里人弄不懂，说，别写河马了，咱这儿鱼多，你写微山湖里的鱼吧。鱼写不好，你就写猪圈里的猪吧。

他每天都有一肚子怀才不遇的情绪。这天他抒完情，对着湖中的荷花、鱼群，高声朗读他的诗作，鱼们听不懂，人们也听不懂，但他懂自己的诗。朗读完之后，把酒临风，喜气洋洋，半斤地瓜干子酒下肚，有些飘飘然，他晃荡着来到石桥边。

他对粑粑华在墙上写的那些话做了权威性解释。

你们知道粑粑华为什么老写穆桂英等一斤胡萝卜吗？从性心理的角度上讲，他认为穆桂英是最美的女人，他把穆桂英当成心目中的偶像。他想干穆桂英，想用一斤胡萝卜把穆桂英弄上床。在昭阳岛，唱了几场端鼓腔，扮穆桂英的三妖怪把他迷住了。也就是说，粑粑华也想三妖怪的好事。

他敢想三妖怪的好事？不三不四，就想天鹅屁吃，也不撒泡尿照照，他还想三妖怪呢。

粑粑华虽然是个憨巴子，说不准哪根神经有时又管用了。知道人们嘲笑他，他踢罢水，洗完脚想走。

你的歌好听，给我们唱首歌吧。到时候，大家帮你说媳妇。

粑粑华斜着眼说，谁唱给你们听。他丢下这句话，光着脚丫子走开了。他爹王汉杰吃活屎壳郎的气味折磨着他，使他走路的样子像一只蟾蜍在跳。记忆中，他爹的白屄毛像一窝郎茼毛樱子，一匝又一匝，缠住了他的脚，也缠住了他的思绪。

人们笑着时，二蕴正好骑车子过来，他怀疑人们在嘲笑他，头也不抬，想骑过去。

这时候，二牤牛抓住他的后车坐。大怪① 给你姨夫捎来什么好东西？

二蕴烦了。他想骂句什么，但没骂出来，脸急得通红。

二牤牛看他急了，心里不高兴。你急个啥？你骑着破车子哐哐当当，没准把队长鞠有德的鱼给吓跑了。他叉鱼遛一大阵子啦，吃一袋烟，外加和老娘们干一把的工夫，连一条鱼还没叉上来呢。

二蕴回头望去，看见鞠有德在那儿叉鱼，在夕阳暮霭的黄昏里，鞠有德像一个幽灵，手里握着鱼叉来回走动。

二蕴消气不说，还立即蔫了。他结结巴巴地说，队长在那儿叉鱼，我忘下车子了。

众人一听吃惊不小。在昭阳岛谁也不敢得罪鞠有德，得罪他，他会想法弄你，他是你表叔也白搭。鞠有德可是六亲不认。

孙十一说，你完了，鞠有德记住你了。他记不住谁对他好，但能记住谁对他孬。这个熊货。五七年发洪水，洪水过后，咱运河闸北边不是修排灌站吗，那时鞠有德还是个民兵连长，下机坑干活可是个危险的事儿，鞠有德和他本家的一个叔不睦。说来话长，那个叔在他小时好像骂过他是娃爷的种，鞠有德记住他了。他当民兵连长分管派活，第一个就派他本家的叔下机坑，也该着他本家的叔倒霉。他刚下去，往上拉地排车的钢丝绳咔吧就断了。地排车装着一车胶泥瓣子，直接栽了下去。那力道可不是玩的，招着谁谁就完活。这地排车像长眼睛一样，正好把鞠有德的叔压底下。连反应也没反应，鞠有德本家的这个叔便没啦。这是鞠有德干的好事。你说是故意杀人吧，不是，派谁去都有可能摊上这事。排灌站修好后，黄素秋看排灌站，可也别说，黄素秋是个好人，人也厚道。

可别乱骂，鞠有德的耳朵可是个顺风耳。他听见了，会剥了你。

---

① 大怪：《墙头记》中不孝的典型。其弟，二怪。

他听不见，但他看见二蕴是真，你表叔看见你了。

这下，二蕴马泡擦腚苦门了，见鞠有德不下车子，不打招呼请安，够你喝一壶的，你看咋办吧。你等着吧二蕴，得罪鞠有德，你麻烦大了。

二蕴这家伙，麦糠擦腚不利索，你也不想想，鞠有德是那样人高马大的一个人，你从他眼皮底下过，我不信你看不见，你看不见他，你那眼还不是泥巴蛋子捏的。要不，你脑子出症了，耙耙华似的。你不仅吓跑队长的鱼，还见他不下车子，你这是大逆不道，存心造反，队长鞠有德肯定会把你拉出午门外，嚓嚓两下，让你死拉死拉的。

你是老鼠枕着猫蛋睡，越混越大胆了。

二蕴争辩道，我确实没有看见鞠有德。

别瞎争，也别妄议鞠有德了，趁他叉鱼还在兴头上，你去给他赔个礼。

二蕴听了，扔下车子，蹑手蹑脚朝鞠有德走去。

他偷偷来到鞠有德背后，他本来腿有点罗圈，现在哆嗦得更厉害了。

他知道见鞠有德不下车子，这个罪不小，鞠有德得罪他了？当然不会。一个堂堂的队长，放个屁，他裤裆里都能吓出一泡屎尿出来。鞠有德想弄谁是不露声色的。

民办教师王黑三说，得罪了支书没法活，得罪了队长派重活。

派重活倒不怕，这些年，挖河打堰、筑土垒墙、扫厕通沟、夜里打更、使牲口犁地耙地、去湖里捕捞、跟着商船南里北里跑，这些粗活、累活干得多了。

他是鞠有德的臣民，鞠有德说，不仅要当好臣民、顺民，也要当好一个大大的良民。他在鞠有德一亩八分地里，在鞠有德手里攥着，鞠有德愿意什么时候捏就什么时候捏，愿意什么时候修理他就什么时候修理他。

他站在鞠有德身后，腿打着哆嗦，小心翼翼地低声喊，有德叔。

鞠有德没有听到他说话，也没有看见他，仍然认真地叉鱼。他刚来时，是在芦苇和蒲草之间发现一条鱼，这是一条大黑鱼，足足有六七斤重，它领着一群小黑鱼。不知怎么搞的，他盯得死死的，一会儿工夫反而看不见了。鞠有德有些急，生气骂句，狗日的黑鱼。

二蕴在鞠有德身后，吓了他一大跳。见二蕴不下车子，他记仇了，他

骂黑鱼，不骂二蕴，算是给足面子了。

二蕴在鞠有德身后小心地又喊队长叔。

鞠有德回过脸来，看见是二蕴。你吓跑我的鱼了，你小子八格牙路。你嘟嘟囔囔个鸡巴啊，敢到我威虎山上来找事，胆不小哩。

二蕴一听，鞠有德学了《智取威虎山》里的座山雕，心里踏实了。鞠有德爱学座山雕的口气，村里人妇孺皆知，只要鞠有德一学座山雕，这说明他心情好，不计较什么的。比如说，谁家的猪羊啃了队里的庄稼，他说敢到我威虎山来吃草，这猪羊的主人顶多被熊一顿，他不学座山雕，说句巴勾他个小舅子孙子，不管是谁的猪羊，非砸死不可。

我站在你身后，想给你做警卫员。二蕴知道鞠有德当过民兵连长，也知道部队上做官的带着警卫员，那个八面威风。

鞠有德晃晃手里的鱼叉，我还用你当警卫员，我有鱼叉。

那当然，表叔，你早练了一身好武艺。

你小子不是骑车子走了吗？回来是为当马屁精。

叔，是这样的，我刚才骑车子没有看见叔，这不是正想给您赔个不是吗？

噢。你小子绝对是威虎山上的良民。

叔，这是条什么鱼？劳您这么当真。

是一条大黑鱼，它还领了一群小黑鱼。鞠有德说罢指了指，在那儿。

它跑不远，你想它孩子在这儿，它会远吗？要是咱的话，咱也不会走远。

鞠有德每次叉鱼，一看见它，他的鱼便跑了，他烦它，决定结果它。鞠有德的叉法在昭阳岛无人能比，他瞄也没瞄，把鱼叉嗖的一声投过去，鱼叉杆在水里晃动起来。

叉着了，叔。

鞠有德有些得意，我是叉着了。

这种情况，不能让鞠有德扑下水，把大鱼抱上岸。二蕴正想表现，他脱衣服扑下水去，游到芦苇丛那儿，把鱼叉抱上来。一看，脑袋嗡的一声蒙了。

叉着的是一条黑花大蛇，二蕴惊叫一声。魂都没了，他爬上岸来，坐在地上直喘粗气。我的娘，吓死我了。

你不是要给我当警卫员吗？一条蛇把你吓成这样，看你那胆，熊样、窝囊废。

鞠有德说罢，从怀里掏出一颗普腾烟扔给他。普腾，好吸，吸颗烟就好了。

我一见到蛇就麻爪啦。不知道为啥，我从小怕蛇。这世道为啥有蛇，它没胳膊没腿的，还这么吓人。

你还没见过四条腿的蛇呢。瞎子王半仙说，我的前世是个四条腿的蛇。

哇，你是蛇精哩，怪不得昭阳岛人都敬畏你哩。

二蕴说完这句话，心里骂，昭阳岛人私下里议论，挨饿那阵子你把娃爷的孙子小蝼蛄给吃了。娃爷一家人怀疑你，但啥证据也没有。有证据，好你个鞠有德，政府要砍你的脑袋。但又一想，也该娃爷倒霉，鞠有德是娃爷的种，德行一点不像娃爷。娃爷和善，鞠有德恶毒。二蕴又想半天，得出结论，娃爷当年的种子转贯个小舅子了，鞠有德是个转贯头。

小石桥这边的人一看到二蕴扑下水去，知道鞠有德叉着一条大鱼了，一窝蜂似的拥过来。

鞠有德的鱼叉是拴了绳的，人们帮着把鱼叉拉上来。那是一条凶蛇，它缠在叉头上，还张牙舞爪的，人一多，也不怕它了。生活在昭阳岛的人几乎天天到湖里去，天天坐船打鱼，要怕这玩意，还有个完吗？

人们用树枝泥块几下子将那条黑花大蛇砸死。鞠有德说，打蛇不光打七寸，要把它的头砸烂，不然它还能活过来。

孙十一提着榔头，照着蛇头呱唧呱唧就是一阵，蛇头烂成了饺子馅。鞠有德这时候突然感到孙十一用榔头砸在他头上，他有点头疼难忍。行啦行啦，孙十一，你那么狠弄啥，砸两下子不就砸死了吗，你干吗那么凶？

对于二蕴的勇敢表现，鞠有德做了简单的口头表扬。二蕴是个良民，他娶媳妇，这个大总理我这个表叔当，出不了漏子。

那条死蛇被孙十一用树枝挑着，搭在鱼骨庙附近一棵一搂多粗的桑树权上。

一周后，这棵桑树头开裂了一条二指宽的缝，不久桑树慢慢死去。

鞠有德害怕这条死蛇。这天，他从这棵桑树下走过，感到有人突然给他一砖头，砸在他后背上，疼得他七窍生烟，仔细看看又四下无人，桑树上那条死蛇还在，干干的，像条灰布拉条子。

鞠有德骂几句，一瘸一拐地走开，后来他躲着这棵桑树。躲总不是法，这天鞠有德买烟叶，带一桶地瓜烧酒，又买四只卤熟的野鸭子，送到瞎子王半仙那儿，请瞎子王半仙给他破灾。

这事你来得太晚了。你早些年有这个觉悟，你结局会好些。

我听您老的，您老让我做什么，我就做什么。

这好说，从现在开始你做够一百件好事，你的命运就能改变，这叫救赎。所谓好事，就是要做积善成德的事。你的名字叫有德，这名字里面已告诉你了这个秘密。你坚持住，坚持下来，放下屠刀，立地成佛。

鞠有德嗯几声。我是要救赎自己，这一百件好事我做。

从瞎子王半仙家出来，鞠有德感到做第一件好事就是给二蕴当大总理。他叼着烟卷去黄松龄家，黄松龄和薰子虽然多年不和他搭腔，但见他主动上门，也不敢薄他面子。薰子搬一个板凳让他坐下，黄松龄把烟筐子端出来，让他卷旱烟抽。鞠有德先发话，他说，二蕴要成亲了，这事呢，我这个表叔也不能寒碜，松龄你说是不？以前我们有过节，不过呢，没有过不去的火焰山，一切都会好起来。二蕴结婚，我添点箱，没多有少，一百块钱。另外，我跟殷连举这层关系，你们也知道，我们是铁杆老仁，虽说不是一个娘的孩子，但比一个娘的孩子还亲。他说给送三十捆棉城老窖过来，喜酒咱湖上的人都能喝，这个酒好喝，三十捆，够了。这个酒不用我花钱，也算我添箱。鞠有德说完，从口袋里掏出一百元钱放桌子上。

一百块钱是个大礼，又三十捆棉城老窖。黄松龄夫妻感到耳朵听错了。马上说，这怎么行呢？我们受不起。黄松龄两口子不敢要。鞠有德说，别客气了，这些年我也对不起你们。这点礼物算我的一份心意吧，还有一点，二蕴结婚这天，大总理我来当吧。

当大总理不是个好活，一般的没谁敢接这个活。鞠有德主动提出来，黄松龄夫妻客气了几句，也就答应下来。事儿说好了，鞠有德也不便久留，他说，你们俩继续准备吧，缺啥，不好办就找我。

　　鞠有德走后，黄松龄两口子十分惊讶，这是咋啦，太阳从西边出来了？鞠有德咋突然变这么好？是黄鼠狼给鸡拜年吧。先依他，看以后再说。他有关门妙计，咱有越墙之法。怕他个啥，不过呢，这两天要多加提防，你也多个心眼，找咱的亲戚专门看着饭菜，别让鞠有德在饭菜里下了毒。至于那个大总理，他愿意当，就让他当去。

第十三章

1

自从金瓜没了之后，娃爷家的生活平静了两年。

这天，柳叶突然对娃爷说，家里儿媳妇麻妮一直等银瓜，银瓜啥时候来也没个准，咱们也别指望了，跟麻妮商量商量让她嫁人吧，留在咱家里不耽误她一辈子吗？

娃爷吃着烟锅不说话，柳叶问到最后，他才说，当初那个晚上被我一刀劈倒的那个人现在怎么样了？

老疯子，你扯哪儿去了？那个人的头让你削掉半边，还能活个屁，多少年了，你老是问这做什么，还有完吗？

娃爷吃一口烟。这些年，我一闭上眼睛，感到那个人血淋淋地站在我眼前。我告诉他，那个事可不怪我，是你端着刺刀要捅死柳叶，我要慢一点，柳叶就没命了，你挨刀是自找的，我说的对吧。那天晚上，我在湖边的枯井旁，看到他拿着自己的另一半脑袋用井里的清水冲洗。他还很有办法，用湖边的葛巴根草把脑袋捆一起了，他还说，你看看，我能吃饭，能说话呢。

我知道了，那个被你劈死的人在阴间又缺钱花了，你到湖边给他烧刀火纸，再到鱼骨庙里给红鲤鱼神仙敬上一炷香，磕几个响头，让红鲤鱼神仙给你通融一下，也许那个被你劈死的人不会再来找你了。好了，咱俩先不提这事，商量一下两个儿媳妇的事吧。

这事也没啥难的，让麻妮走吧。刀哥带着三个孩子，她守着三个孩子，以后有盼头。麻妮就不一样了，银瓜死了，麻妮也没盼头。银瓜活着，他有文化，在外面也找了。麻妮是咱定下的亲，银瓜又没见过麻妮。老嬷子，咱用笨法子想想，银瓜在外面能不找媳妇吗？以后，苦的还是麻妮。

我意思也是让麻妮嫁人。

招个上门女婿。小六子是咱从小养大的，他最合适。

我觉得也行。

两个人商量好了，吃晚饭时像往常一样，娃爷东扯葫芦西扯瓢，就是不提让麻妮嫁人的事。娃爷饭量大，他吃两条油炸鳊鱼，又喝两碗鱼粥，同时又吃一碗苲草丸子。吃完这些，娃爷问今天是几了。

四眼狗不咬装什么呆啊。你昨天刚从昭阳集上买一捆烟叶，昭阳集是六，今天不是七吗？你这个人属老鼠的，丢爪就忘。

娃爷磨蹭一阵子，从口袋里掏出烟纸，从烟筐子里捏一撮烟叶捋捋，用指甲从牙龈上刮些饭渣。大拇指和中指一撮，一根手指头长短的烟就卷成了。娃爷划根洋火点上烟，狠狠吃一口。烟雾立即笼罩了他。平时他是抽烟锅的，一般不卷纸烟，今天他却卷了纸烟。柳叶猜不透他的心思，也不便把话先说出来。柳叶心疼麻妮，她怕麻妮受不了，想着这个黑锅还是让娃爷背。

麻妮的事，娃爷是说还是不说，他也拿不定主意。现在他和老周头一起在生产队当饲养员，晚上要到牛棚里住，他决定回牛棚想想。

柳叶想知道娃爷这个闷葫芦里装的是啥。她到晚上去生产队的牛棚问娃爷，说好了的，你咋不开口？你个老东西，平时小嘴不是叭叭的吗？

娃爷吃着一锅烟，舍不得吧，说要让她走，我下不了狠心，多一双筷子的事，顺其自然吧。

在这次晚饭上，娃爷没提让麻妮嫁人的事。但娃爷似乎有什么话要说的样子，刁哥早就看在心里，刁哥知道娃爷一直嫌弃她。娃爷抽烟沉闷的样子，让刁哥想很多，刁哥对未来也有自己的打算。

她看上小六子了。小六子是个光棍，为人厚道。金瓜被枪毙头一年，刁哥对男人一点想法也没有，心境平和得像湖底的苲草。第二年，她身体出现变化，想金瓜而无奈的时候，她乳房开始胀疼。有一次，和生产队的几个妇女进湖捞菱，她把乳房胀疼的事说了，几个妇女嘻哈一阵，说这不

是病，但也是病，是欠男人的病，只要有个男人摸摸，揉捏一阵，然后让男人骑身上，像猪一样撒几个欢，像驴一样打几个滚，这乳房就不胀疼了。说一千，道一万，女人不是水做的骨肉吗，欠那个事不行哩，刁哥你改嫁吧。刁哥说你们这帮浪货没个正形，说骚包呱，一个赶十个，比男人的嘴都臭。

刁哥嘴硬，但夜深人静之时，她睡不着就想小六子。在昭阳岛，她只看上小六子一个人。每当这个时候，她披着衣服出来，坐在院子里一棵石榴树下吃烟。烟丝燃烧的声音，像湖中红鲤鱼的喘息。红月亮的嗡嗡声，折磨着她的耳鼓。一滴露水落地的声音，像蚯蚓啃噬着泥土，欢乐地钻入地下，随即变成无数个小六子的笑容。她惊讶地发现，她真的喜欢上小六子了。

红色的月夜里，野鸭子做着变成人的梦。

夏季来临，空气的燥热使刁哥身上热起来，两个乳房胀得有些酸疼。

前几天，刁哥和村里几个女人一块去湖里捕鱼，在湖上她们碰上小六子。此时，小六子光着上身，古铜色的皮肤下肌肉隆起。小六子还是个单身，几个女人见他马上乐开了。

小六子，有人给你说媳妇吗？

小六子笑笑，没回答。

你的鸡鸡再不叨米吃，时间久了，就不会吃了。

小六子你这个憨货，不娶媳妇算啥男人。

小六子划船想跑，一个女人将竹篙一横，拦住他。

一个女人说另一个女人，你男人抓在手里，两头不露影的小个个，蹦三蹦够不着蚂蚁腔，看小六子这块头，你跟小六子当相好吧。

别说俺，你老头子好吗，害白疕病，一个人活脱脱得像扒皮的泥鳅。不，更像扒皮的癞蛤蟆。他咋搂着你睡，你和他晚上难说有心情比比点、对对火。我看啊，让小六子给你对对火算了，小六子还是个童蛋子哩。

这些女人忙着插科打诨，乐得刁哥吃着烟锅直笑。她块头大，身子重，木船一晃荡，刁哥掉进水里。

不好，刁哥落水了。小六子喊一句，一个猛子扎下水。

他在水下先摸到刁哥的两个乳房，把刁哥给抱住，两个人浮出水面。

另外几个女人把他们拉上船。

刁哥一屁股坐在甲板上，哇哇一阵，吐出几口湖水。

她浑身湿漉漉的，该凸出的部位更加凸出。一个女人说，看刁哥这身材，乳房大，屁股也大。麻利大嫂，一年俩小。一年抱一窝娃出来，蒸笼里抓馒头稳拿的事。小六子救你一次，刁哥你给小六子做媳妇算啦。两个人都年轻力壮，四十郎当岁，都如狼似虎的年龄。蚂蟥叮住鸳鸯的脚，两下里着急。你俩快刀快斧，对伙成一家人算啦。

刁哥又吐一口湖水。你们瞎说啥，狗嘴里吐不出象牙。我不像你们几个浪货，马还没跑呢，蹄子就乱了。我啥时候马跑蹄子都不会乱。

哎哟，您望望，鸭子煮熟了嘴还硬哩，没个男老爷们双手箍着屁股睡觉，你一个熊人，虾米似的，蜷着腿睡啥味儿。你和小六子成亲，是挑水的娶个卖茶的，人对桶也对，正好相配哩。天底下哪有这样合适的茬口，给娃爷提提，他们两口子恐怕乐得屁都不在腔里。

这事过去之后，刁哥对小六子更想了，金瓜让她做女人的感觉渐渐远去。那天在水中，小六子抓她的乳房，还搂她，她感到那一刻浑身酥软。

从那天落水之后，她关注小六子的一举一动，小六子住在鱼骨庙附近，他院子里有一棵高大的银杏树，就在湖边上。不知道什么时候，有人在这儿放了块大石板，昭阳岛上的妇女经常在这块石板上洗衣服。刁哥对小六子有意思之后，她天天来这儿洗衣服。她洗衣服是假，想看到小六子是真。是个男人就想那事，我不信小六子不想那事。刁哥主动跟小六子搭腔。小六子，你这个熊货，看看你穿的衣服脏得还能见人不，脱下来，我给你洗洗补补。小六子笑笑。谢谢大嫂，我自己洗洗补补就行。这还算个事吗？小六子看看天上飞的野鸭子，划船进了芦苇荡。他一进湖就是一天。

刁哥越想小六子，小六子反而离她越远，有时候还故意躲着她。

刁哥被自己的暗恋折磨着。夜深人静的时候，她就偷偷地哭。

数月下来，刁哥不撑了，她感到头有些晕，看东西模糊，她感到被掏空成了一张皮。一条红鲤鱼咕噜咕噜在她肚子里游荡，耳朵里除苇咋子的叫声，就是野鸭子的叫声。有时候，眼前发黑。眼发黑时，看到地上到处都是小六子的影子。金瓜站在一棵白蜡树上笑话她，小叔子你也下手，太丢人了。院子里猪芽子草、水洋姜棵子，散发着金色的光芒。眼睛闭一会儿，静静神儿，世界才恢复原来的样子。夜晚，月光的嗡嗡声让她有些心烦。白蜡树上，金瓜的影子也没了，那上面只有一只张飞鸟在跳。地上的斑蝥放一个响屁溜走了，使刁哥迷失在生漆味的记忆里。

这天刁哥去湖里采莲。她采完莲又捕起鱼来，她一网又一网地撒，什么鱼也没捕到，到最后一网捕上来一条大鱼。但是，打开网一看，吓得她一屁股拍在船头上。这条鱼，她叫不上来名字，奇丑无比不说，它的眼色像鞠有德的眼神，也长着娃爷和鞠有德一样的耳朵。

把我放湖里，你这人没事干了，胆子不小，敢用渔网捕我，改天当心我收拾你。

刁哥一听几乎吓掉魂。愣愣神，夕阳落在湖中，望不到边的荷花丛上空，成群的鱼雁在飞。看看自己的渔网，干干的，还在船舱里放着，这一天她一网没撒，怎么感觉像是捕了一天鱼。刁哥虽想不通，但她感觉出不祥。她到鱼骨庙上一炷香，这天鱼骨庙东厢房里的棺木没有声响，她才有点放心。从鱼骨庙里出来，刁哥决定再探探小六子的底，真不行，便断了对小六子的情思。

刁哥知道，小六子的心思在麻妮那儿。麻妮这个狐狸精，当年鞠有德就想霸占她。她有什么好，这会儿病病恹恹，瘦得干鸡似的。不知道她得的是啥病，婆婆经常给她熬中药喝，她是个小药罐子。男人也怪，偏喜欢她那味儿。

小六子也感到刁哥对他有别的意思。为躲刁哥，小六子以家里房子漏雨为借口，搬到生产队的牲口屋，他和娃爷住在一块，这样刁哥没法找他了。另外，小六子害怕白天遇上刁哥，他以捕鱼为由，划船在湖里漂着。

刁哥也划船去湖里找小六子，小六子看见她的船，像老鼠见猫一般，转身划进芦苇荡，半天不出来。

刁哥一连数月看不着小六子的影儿，她脾气变得有些暴躁，烟管摔断一杆又一杆。

她每摔断一杆烟管，柳叶就去昭阳岛一家商店给她买一杆过来。但柳叶不知道刁哥的心事，麻妮知道刁哥的心事，但麻妮却不敢说破。

柳叶认为刁哥是个拧筋头，她认准的理儿，十头骡子也拉不回来。劝她遇上啥事儿甭疙燥，耐心理顺，一切都会好起来的。你不为自己，也要为三个孩子着想。柳叶感觉到刁哥心里肯定有事了，她还感觉到一条黑花大蛇在湖中某个角落里正窥视着他们家。

娘，你说的啥？我能有什么事儿，我心里没事。

等等看，有合适的茬口，我做婆婆的，会像嫁闺女一样当个事哩。

我不改嫁，你老人家别想把我赶走。我有三个孩子，我哪儿都不去。

2

小六子晚上住在生产队的牲口屋，娃爷在柴油灯下织网，他也织网。

他躲着不见刁哥，刁哥也不好意思去牲口屋找他。

刁哥对小六子又暗示了几次好。小六子不理她，说上一句话，就荷叶包鳝鱼溜了。

刁哥见圈不住小六子，把怨气撒在麻妮身上。越怨越深，怨深就恨。为啥有这样一个狐狸精来家，她咒麻妮生病，生大病，变成个丑八怪，让所有的男人看见都躲，没有一个男人再跟她说话。她认为昭阳岛的男人没一个好的。这麻妮细皮嫩肉，只要她出来，男人螃蟹般的眼珠子能瞪出来掉地上。麻妮从不打扮自己，可她走到哪儿，都有男人主动给她打招呼，问长问短。她心里像打碎了酸辣缸，说不出啥滋味。

刁哥觉得自己除脸上有几个麻子之外，人不丑。以前，有人嫌她脚大，觉得她丑，二十年过去，脚大又成优点啦。

刁哥这天来到湖边，湖底石磨转动的声音像一头牛在喘息。她听到了，也想开了。那天，她在幻觉中捕上来一条会说话的怪鱼，她就预感到自己的时间不多了。这是命。她终于开悟，只有死亡才是最好的解脱。死亡，是生命的开始，是生命的新篇章。

她决定告别这个世界。她觉得金瓜在那边更苦，更孤单，更寂寞。小六子不是她的人，只有金瓜才是她的人。她决定去伺候金瓜，去和金瓜在莲子的梦中重新开始。

　　昭阳岛北面的剑茅滩，有一处邪乎的沼泽地，名叫魔鬼沼。一般没人敢去，传说进去的人活着出来的少。那里面鸡头米、荸荠、莲蓬多的是。还有人说，以前一帮湖匪抢劫了一批宝藏，途经魔鬼沼时被沼泽吞没了。有时候，沼泽地里会出现金元宝，金光闪啊闪的，引诱着湖中船上的渔人。三年前，昭阳岛上的一个光棍，叫丁铁片，去魔鬼沼摘鸡头米，陷入沼泽中没了。数日前，一个越狱的逃犯逃到昭阳岛，想着再往外逃，路经魔鬼沼时，也丢了性命。有这几桩子事，魔鬼沼越传越奇，谁也不敢靠近魔鬼沼。刁哥对自己的想法感到恐惧，她向不少人询问关于魔鬼沼的事，最后得出的结论，冒气泡泡的地方是最危险的地方，十有八九能致人死命。

　　这天晚上，刁哥做了一个奇怪的梦，她梦到金瓜在剑茅滩那儿捕鱼，带着她进沼泽地，她见到那些数不清的鸡头米和荸荠，还有一群蟾蜍在一处冒着气泡泡的地方大呼小叫。她看到草丛里有一锭金元宝，金子发出的光呼唤着打着喷嚏的一群红鲤鱼。她走过去捡到金元宝时，脸像荷花一样舒展开来。她陷入沼泽中，气泡泡咕噜咕噜，像开水一样翻滚着，把她淹没了。

　　第二天，太阳爬上芦苇梢，野鸭子和水鸟一群又一群在湖面上飞。它们的叫声在昭阳岛上留下一堆鸡糖烘的臭味。刁哥吃过早饭，望着冒白烟的湖面，一群红鲤鱼像一条红练一样，在水面飘忽不定。

　　去捕鱼吧，我昨天夜里做了个好梦。

　　你做什么好梦，没准捡了金元宝吧。麻妮说。

　　你咋知道的？

　　我也做了一个捡金元宝的梦。去剑茅滩那儿吧，那儿鱼多。

　　两个人说说笑笑，要上湖边停着的木船。

　　柳叶跟在她们后面。一大早，两个儿媳妇爬起来叽咕，柳叶认为她们叽咕的没道理。凭她多年的感觉，柳叶认为这不是一个好兆头。

　　天咋晴这么好哩，按说红鲤鱼群是不会出来的，我眼皮跳得厉害，你俩不要去吧。

　　村里媳妇们不都在湖上捕鱼吗？别担心，没事，我们俩会小心的。

　　我摆渡回来做饭等你们。

柳叶担心是对的，她隐隐约约感到这个家要有新的灾难发生，她提心吊胆守护着两个儿媳妇，唯恐她们出什么差错。今天，昭阳岛外出的人不多，柳叶在渡口等一阵子，才见瞎子王半仙拄着一根竹杖来了。

您老来了，去哪儿？

火头湾。有个朋友生病，让我去洒洒。

柳叶把木船固定好，双手搀扶着王半仙上船，等他坐好，柳叶用竹篙磕一下岸上的青石，船倏地蹿出去。柳叶放下篙，摇起橹，木船像一枚芦叶，在湖面上游动起来。

柳叶把瞎子王半仙送到火头湾。

船一停，柳叶说，我今天眼皮老是跳，您给俺算算，会有啥道道。

王半仙问她生辰八字，伸出手指头一开算，说，泽无水，困。今天正是初六，入于幽谷，幽不明。

柳叶不明白是啥意思，问，咋说？

卦象可是不好，赶紧回去，你家中可能要有大事哩。

柳叶听瞎子王半仙这样说，顿时惊出一身冷汗，她赶紧回来。一上昭阳岛，她顾不上回家便问养鱼鹰的人，俺两个儿媳妇，刁哥和麻妮捕鱼去了哪儿？

那人说她们俩去了剑茅滩。

柳叶一听，感觉更不妙，嗓子里的火几乎要冒出来。她一刻也没犹豫，摇橹朝剑茅滩赶来。大老远的，她看到麻妮蹲在一片苇地上哭，四周正是一片沼泽地，稀疏的地方有几处灌木丛，还有几棵老柳树和老棠梨子树，一大群乌鸦在树上鸣叫。柳叶把船划过去，她上了岸。

这地方是魔鬼沼，谁让你们来的？

是刁哥，她说这沼泽地里鸡头米和荸荠多，想打一些带回去。

刁哥呢？

麻妮哭着不说话。

你哭啥，发生啥事，我问你，刁哥呢？

麻妮指着沼泽地说，那一汪浑水长着一些苲草的地方，在那儿，她陷进去了。她是自杀的，我用树枝拉她，她拒绝了。

是福不是祸，是祸躲不过，真是躲不过去啊。我早看出来了，刁哥身上有灾。这是她的劫数，她躲不过去，咱也没法。

娘俩正说话间，村里知道刁哥陷入沼泽地的消息，小六子迅速带着十几艘大船来了。几十号人围上来，早准备好救人用的抓钩绳索，十几斤重的铁抓钩扔到刁哥沉没的地方，这样钩，那样挠，连刁哥的一根头发丝也没找到。几十人捞到太阳偏西，也没能将刁哥的尸体捞上来。

晚上，一家人依旧是哭号连天，跟娃爷不错的邻居也哭了。刁哥走了，撇下了三个没爹没娘的孩子。昭阳岛人都说，刁哥不该走这一步，人活一辈子到底图个啥？刁哥有三个孩子，孩子长大，她日子一定会好起来。圣人喝盐卤，明白人办糊涂事。没个男人不照样吗？

第十四章

1

二蕴娶媳妇这天，红胡子老头来了。

他穿着一身粗布衫，干净利落，像个说书艺人。

他一来到黄松龄家，先是唱个大喏。人们见到他，知道他来历，纷纷给他让道。在他身后，几只螃蟹吐着气泡泡跟着。

黄松龄把红胡子老头让进屋，薰子端出一盘子花生和一盘子罗汉果，还有瓜子糖块。她先招待红胡子老头。

吃块喜糖吧，您老人家坐媒人席。

红胡子老头也不客气，捏过一块糖，去了皮，慢慢放嘴里。好吃，好吃。今天是个好日子，王半仙这家伙算得不错。他说完，从褡裢里掏出一沓民国时期的老票子，上到账桌上。记账的人也明白，他的钱不能花，但依旧按照实数给他入了账。

不等红胡子老头说完，黄松龄让人给红胡子老头搬来一坛上好的地瓜烧酒。酒坛子盖一打开，一股浓浓的酒香味弥漫开来，像成群的野鸭子在天上飞。您老人家闻闻，这个酒啥样。红胡子老头用鼻子嗅了嗅，说好酒，好酒。

端鼓腔响起来了。孔雀台和凤凰台在二蕴结婚这天联合举办了一次端鼓腔，这次端鼓腔意外成功。

娃爷、三妖怪、金英、三马狼，会端鼓腔的全来了。他们唱了一段端鼓腔，然后陪着红胡子老头又坐了媒人席。三妖怪虽然和金英是情敌，但二蕴结婚，她也来捧场，还上份礼。金英恨她，但看她上礼的份上，也主动给她搭腔。

姚瘸子来了，他目光如同一只螃蟹，脸色发黄，像立秋的丝瓜叶子。他和红胡子老头也熟，两人一见面有话说。姚瘸子的话题是关于银杏洲上的千屈草成精后变成一个美貌女子的故事。

他没完没了谈千屈草的话题，使天上下起了蒙蒙细雨。昭阳岛人不得不想起，当初在昭阳岛上，牛逼哄哄的人物殷连举在人民公社时期当过昭阳岛的革命委员会主任，后来到县上又混大混阔了，当上教育局局长。谁也想不到，他去银杏洲上检查工作时，喝醉酒跌入粪坑溺亡。这个事儿蹊跷，他死前肯定看到了啥。据说，他看到千屈草成精的女子。

殷连举溺死粪坑，使昭阳岛人发黄的思绪粘满粪坑的恶臭。成群的鱼鹰、鱼雁飞翔在昭阳岛人痛苦的记忆里。结婚是个好日子，谁也不会在意殷连举的死活，他毕竟在昭阳岛上没干过好事，威望远不如王汉福和高万斗。对他的死，人们喜笑颜开。他早该死了，这货年轻时逃荒，曾经想活埋他娘。喝酒，拉笑话，借着二蕴的婚礼算是庆祝。吃喝声、打闹声、端鼓腔、渔鼓腔，雪片一样在湖面上漂。

娃爷见姚瘸子，本来想问个好的，不等他开口，姚瘸子端着一碗地瓜烧敬他。

娃爷拗不过，多少年了，娃爷一直和他是好味。

红胡子老头说，今天是二蕴的婚宴，咱们都沾点喜气。

这时候，媒人席的菜端上来了，黄松龄要面子，媒人席是昭阳岛最好的席——十三太保席。

红胡子老头说，喜酒不醉人，喝吧。

大家一听红胡子老头发话，感到肚子也饿了，于是一起举杯，先敬天地，又敬红胡子老头，放下酒杯，拿起筷子开始吃菜。一时间，风卷残云，将一张八仙桌子上的菜扫荡一半。这次，每个人都喝得尽兴。

红胡子老头喝一坛子地瓜烧之后，说，我还要送点东西给松龄。你们给我找几口大缸过来，能找多少找多少，没有到邻居家去借。

二蕴娶媳妇，鞠有德主动当大总理，他这时候立即跑过来。这活不难，来几个年轻的，去看看谁家的水缸大，抬过来便是，咱们红胡子老爷有用途。红胡子老爷的话，句句是真理，一句顶一万句。

鞠有德一发话，没人敢不听，几个年轻后生兔子一般，猪撒欢似的跑去。

吃袋烟的工夫，他们抬来三口大水缸。这三口水缸，全是生产队牲口屋里的，平时每口水缸能盛八挑子水。

红胡子老头说，用布盖上吧。

缸口太大，没合适的布。薰子知道，红胡子老头要施展法术，她不敢怠慢，从屋里拿床被单把几口缸盖上。

红胡子老头围着三口大缸转一圈，往缸上泼杯水。我已酒足饭饱，有事先走了。我走之后，你们把布掀开。他说着，吃着一锅烟，笑眯眯地走了，他沿着石板路，又向鱼骨庙方向走去。他身后，几只螃蟹跟着他，吐着梦一般的气泡泡。金菖蒲的鲜嫩气息，抹平了他的脚印。

黄松龄让人掀开盖缸的床单，只听一声水响，三口大缸里全是鱼，一缸红鲤鱼、一缸青厚子鱼、一缸鳜鱼。

这些鱼儿在水缸里扑扑啦啦，急着要往外蹿。

这下可有吃的啦。赶紧放鞭炮。顿时，鞭炮声四起，端鼓腔四起。

一院子人，黑压压跪下，对着红胡子老头的背影磕头。

2

昭阳岛上有个风俗，谁家娶媳妇，结婚三天前后，乱新媳妇是不分辈分、不论大小的。鞠有德也来乱新媳妇了，他在新媳妇的大腿和屁股上摸几下。这使许多人要在新媳妇大腿上摸一把，摸得廖庭筠有些招架不住，躲到屋里不出来。那些乱新媳妇的人到十点多不肯散去，一些小孩硬是不走。

薰子等这么多年终于把儿媳妇娶到家，她心疼儿媳妇，想让儿媳妇早些休息，便拿葵花秆哄赶那些小孩，那些小孩喊叫着，新媳妇不新啦，两个妈妈半斤啦。喊完，一哄散了。

其实，他们没有走远，都躲到房屋的后窗，在那儿还藏着几个大人。

月亮从湖中升起来，昭阳岛安静下来，偶尔从湖边的芦苇丛传来几声野鸭子的叫声。

新媳妇和新郎上床了。

他们先是听到新郎和新娘说话。新房里的烛光摇曳着一缕鱼油香。

我是结过婚的，带着个油瓶，你以后不嫌弃我吗？

不会。

你以前谈过恋爱吗？

没。

你喜欢过女人吗？

喜欢过。

谁？

梦瑶。

说说看，她嫁人没？

她嫁给鬼，早让人害了。

我听说，你因她坐了几年牢。她是咋死的？是谁害了她？

这话问的，知道谁害她，我还用去坐牢。

她长得啥模样？

她是昭阳岛最漂亮的女孩。

害她的人肯定瞅准她了，也不止瞅三五天。

你说的有道理。警察调查多年，这个案子也没破。依我看，当初梦瑶被害前几天里，凡是来昭阳岛的外地人都值得怀疑。娃爷的老婆从昭阳岛西渡口来回送人，她那儿说不准有线索。

一个老嬷嬷给人摆渡，人来人往的，她哪能记得住。好啦，时候不早了，咱们睡觉吧。

睡觉，我要吃肉肉。

一阵吱吱呀呀亲嘴之后，新娘说，我让你吃肉肉，你吃我吧。

不好了，要吃人了。

什么吃人。小鸡巴孩还听房，懂啥。回家睡去。

这时候听到房子的木床响起来，咯咯吱吱的，像是微山湖中的一条小船，迎着大风大浪划啊划摇啊摇的。

许久，听到女人说，用裤头擦擦。

又过了一会儿，新郎说，他们把尿罐子钻了个眼，这尿罐子不能用啦。这些熊孩子们真差劲，弄得被窝湿答答的，咋睡哩？

没事，咱俩睡那头，这边用破衣服垫上。我上次结婚，他们乱得才离谱呢，几个坏孩子藏在床下。我和俺那位正办着事儿，他们从床底下钻出来，拉了我俩的光腚。

哪位？哪位？别忘了，你现在是俺媳妇。

我没忘。你再上来吧。

二蕴爬上去，木床又咯吱咯吱响起来。

第二天，新郎和新娘都有了外号。男的叫我要吃肉肉，女的叫用裤头擦擦。他们走到大街上，一群小孩这样乱喊。

廖庭筠说，我把你们屁股打烂。

那群小孩叫唤，打烂屁股不要紧，用裤头擦擦就好了。

二蕴结婚这几天，鞠有德说话算数，他给黄松龄弄来三十捆棉城老窖，昭阳岛上的渔民习惯喝地瓜烧，鞠有德提供的酒没用。他在昭阳岛跟王化有呱拉，金英出面，让公公王化把三十捆棉城老窖又退给鞠有德。鞠有德说，嫌我的酒孬，还是看不起我？王化听他这样说，便把三十困棉城老窖全部留自己家。王化说酒放我家，你来喝就是。这个酒我喝着对路，不孬。王化把酒又放船上几捆子。鞠有德没事便找王化喝酒，王化媳妇弄几个菜，两个人在船上喝，东扯葫芦西扯瓢。每次鞠有德都喝到后半夜才离去。鞠有德走后，王化媳妇说，他在昭阳岛上这辈子恐怕只有你这一个真心朋友吧。王化说，屁，面子上的事，我跟他没真味。他这号人，咱不得罪他就是了。只是他这些年干了不少好事，比原来强了。不是看他变好，我会跟他一起喝酒？我没鼻擤了。

3

第二年，人民公社改成乡，昭阳岛上的大队全都改成了村。孔雀台

大队改成村之后，鞠有德靠着铺下的关系，摇身一变，成了孔雀台村的村主任。昭阳岛还是像往常一样，太阳每天从湖中升起，落入湖西的芦苇丛中。

这年，廖庭筠生了个女孩，她把原来的女孩抱来一块养着。二蕴按双胞胎给两个孩子报户口，起名字，大的叫金花，小的叫银花。

家里多两口人，小孩的花费也不少，本来紧巴的日子更加紧巴了。

这年六月，昭阳岛上正忙麦收。

孔雀台村的大街上，这天来了一位走街串巷的货郎挑。这货郎挑是个瘸子，手里拿着拨浪鼓，用沙哑的声音悠长地喊，拿烂鞋底来换花米团和猴拉稀①，拿费铜烂铁来换洋瓷碗。

他喊着，鬼鬼祟祟走进二蕴家的胡同，看四下没人，钻进二蕴家的院子。

有人把这件事报告给鞠有德，说这个货郎挑瘸子以前在咱昭阳岛转悠过。他看上二蕴的媳妇，想打二蕴媳妇的主意，看来是个流氓。今天他又来了，已进入二蕴家的院子。他想狗起秧子，搞破鞋。

鞠有德一听火了。敢到孔雀台撒野，他活腻了。说罢丢下活，朝二蕴家走去。

小瘸子进入二蕴家院子时，廖庭筠正织渔网。他们是一个村的，从小认识，还有点驴尾巴吊棒槌的亲戚。论起来，廖庭筠要喊小瘸子表哥。小瘸子叫孙西军，他从读小学时就喜欢廖庭筠，也一直追廖庭筠。

廖庭筠见他找上门，十分惊讶，但对他依旧以礼相待。

两人先是说了几句不疼不痒的话，接着小瘸子说话下桥。

我想你，想得好苦哩。你知道吗，这些年我一直喜欢你，在找你。

不要这样说，我有家了，以后你甭来我家。你快走，免得让人看见说闲话。

廖庭筠正撵小瘸子，鞠有德突然闯进来。

你们干的好事。

小瘸子站起来，脸上赔笑。我是走亲戚的，什么坏事也没干。

---

① 猴拉稀：用糖捏的猴子。

什么亲戚？

他是我远门的表哥。

胡说八道，你根本没什么表哥。袖筒里藏个鬼，还哄我哩。我吃二亩地豆叶的老蛐子啦，谁还能瞒我。这个小瘌子心术不正，他是来打你主意的。馋猫鼻子尖，廖庭筠嫁到昭阳岛，你也敢找过来。天下没有不吃腥的猫，我让你吃腥。

鞠有德力气大，他说完这句话，把小瘌子提起来摔在地上。

你以后敢再进昭阳岛孔雀台村一步，我把你撕两半。这昭阳岛以后你小子不要再来了。看着你鬼鬼祟祟，一点也不尴尬。这岛上数年前有一桩人命案，一个如花似玉的大闺女叫杨梦瑶，让坏人好端端害死，这个案子还没破。有人说，你小子以前在昭阳岛上瞎转悠，没准这命案是你犯下的，你难逃干系，对吧。要不，让警察问问你。

鞠有德一席话，小瘌子顿时汗流浃背，他吓得哆哆嗦嗦。我来看看廖庭筠。人命关天的事，这玩笑开大了。我以后不来就是。

你小子家是哪里的，报个字号。以后，我好派人前去调查。

我是西山窝牤牛蛋村人，姓孙，名西军，单字一个庆，又有人叫俺孙庆。

好个孙庆，俺记下了，改天派人到牤牛蛋村查你的老皮根子，你小子在家等着，老实点。

好好，我可以走了吗？

滚吧。

小瘌子走后，鞠有德指着廖庭筠，大忙季节，你不下地搞生产，却在家里搞破鞋，要是让民兵把你送乡里，让你挂牌子游街，让你正儿八经地丢丢人，看你的脸往哪儿搁。没想到，你是表面上好看，驴粪蛋子一面光，趁二蕴不在，还想打野食吃哩。

廖庭筠理直气壮地说，叔，啥叫搞破鞋。

她说话时，两个硕大无比的奶子晃动两下，她的屁股丰满又圆润，如同梦幻般的一轮圆月。

鞠有德在这轮圆月里，如同进了广寒宫一样。他骨头里那种欲望的气浪，像微山湖那边刮过来的一阵热风。这阵热风像火，要把他烧焦，把他烘干，把他从这儿的小渔村里彻底蒸发掉，使他的生命连一张渔网、一艘破船、一只鱼篓都不如。但他的箭已在弦上，他眼里露着狰狞的血丝，他拉满弓。在鞠有德的记忆里，这种饥饿在干高万斗老婆时有过，在想强奸麻妮时有过。如今多少年过去了，这种饥饿的感觉又回来，像一条黑鱼在他欲望的血管里游弋。他曾经想过做一百件好事，也曾经熄灭过各种欲望的火花。但今天见到廖庭筠的奶子和屁股，他骨头里的一条蛇又出洞了，又窥伺着外面斑驳的世界。

鞠有德刚生邪念，他的脑袋嗡的一声响起来，好像有一只蟑螂钻进他脑袋里，让他疼痛难忍。他把欲望克制住了，转身出了二蕴家的门，他朝鱼骨庙大步跑去。到庙里，他跪下来，给红鲤鱼磕了九个响头，这时候才感到头不疼了。

廖庭筠被鞠有德的眼神吓了一跳。她正想着如何对付鞠有德的时候，鞠有德却走了。他身后有一股旋风跟着他。

4

小瘌子孙庆刚出村头，还没到渡口便被人们截住，拳头雨点般落在他身上。

二牤牛第一个出手。他说，这个瘌子，他一下渡船上昭阳岛，公鸭嗓子一亮，我就知道他不是个好鸟。他围着二蕴家的胡同转，明摆着的，潘金莲给武松敬酒不怀好意，黄鼠狼给鸡拜年没安好心。看他那熊样，鸡骨头蛤蟆腔，贼头贼脑。癞蛤蟆扎痒痒小骨头小架。他这副德行，还想着来昭阳岛打野食吃哩。二蕴的爹娘忙着在湖里下网箱，二蕴这小子也是一天到晚待在湖里，家里小俊媳妇闲着没人看顾，这瘌鸟便惦记上啦。我告诉你，我和二蕴是拜把子老仁，他的家事也是我的事，你打他媳妇的主意，我不能不管。

我们有亲戚。

屁亲戚。二蕴结婚时，你来喝喜酒了？那时候你没来，什么熊亲戚，你打二蕴媳妇坏主意是真。我要给你点厉害尝尝，让你来昭阳岛搞破鞋。

二牤牛左手提着一条死鱼，这是一条白鲢鱼，鱼的眼睛像小瘸子的眼睛。他右手拿着一根槐条，一抬手，朝小瘸子身上抽一下。

你们仗着人多是吧？把着门框撑劲哩，算啥好汉，有本事咱单挑。

你来昭阳岛作恶，还想发卡①是不？你有啥道理发卡？我让你发卡。二牤牛骂罢，一条死鱼呱唧一声甩在小瘸子脸上。噼噼啪啪一阵，狠揍了小瘸子一顿。

想要我的命啊，今天豁出去我这一百零一斤。小瘸子说罢，扑上去和二牤牛厮打。

二牤牛手里握着一根槐条，小瘸子哪儿能近他半尺，呱唧一下，又呱唧一下，又有孙十一打几下黑拳，踢几下黑脚。一会儿工夫，小瘸子脸上头上是青一块紫一块。

众人你一拳，我一脚，把小瘸子打了个落花流水。

小瘸子吃大亏，蹲在地上抱头大哭。

这时候，二蕴骑着大金鹿车子，哗啦哗啦过来。他去老渔洼给村里买渔具，刚从西渡口上岸就看到这一幕。

孙十一跑过去告诉他，这小瘸子专门来咱村勾引你老婆。这小子，村主任说让狠揍，揍完送派出所。

二蕴来了，大家别打了，冤有头，债有主，咱们让二蕴出出气吧。二蕴把他的老二割掉吧，他没准把你媳妇干了，给他割了喂狗。

孙十一举着镰刀说，我有镰刀，给他割吧，这种下贱坏子该割哩。割了没事，反正死不了，太监不是都割了吗。

这时候，老周头牵着他的两只红羊和一只母羊从这儿进村。

二牤牛说，乖乖，有戏唱了。这小子到咱昭阳岛来搞破鞋，属于伤风败俗，派出所就不送了，但是得给他点惩罚，叫他知道锅是铁打的。刚才他还不服气，给我支架子哩，你能裂过我？

他不是贱吗，老周头有只母山羊，让这个小瘸子制制，制完羊放他走。

---

① 发卡：逞能。

瞎操啥。老周头对二牤牛说，你这孩子是人不？没点熊正形。啥大不了的事，让人家走吧。十里八村的，低头不见抬头见，不要把事儿做过。你这样羞辱他，不是丢咱昭阳岛的人吗？

老少爷们，把他放了，让他走吧。二蕴说，给老周头个面子吧。

二蕴啊，我们替你出气，你发什么神经啊？

杀人不过头点地，咱这么多人收拾一个小瘸子，人家外村会咋看咱？

我没有勾引她，我们有亲戚，我是来看她的。

二蕴你的耳朵塞驴毛了吗？你没听见吗？你一张嘴，他还敢给你填个蚂蚱喂喂你呢，看你咋办吧。日他舅家，你就是个戴绿帽子的货。

你不要再来，不然没你的好，你走吧，我媳妇没你这号亲戚。

哪有你这样的老泄熊。他来勾引你老婆，你不搂他。

行了，行了。让他走吧。

那小瘸子一瘸一拐地走了。他回头瞪着二牤牛。我不知道你叫什么熊名，但我记住你那牛蛋眼，早晚遇上，白刀子进去，红刀子出来。你等着。

不用等，我去找你。昭阳岛上一桩命案还没破哩，我领警察去探探你的底，我知道你几年前在昭阳岛上转悠过。你这一把角也干不了什么鲜亮事，你不服气，跟我去派出所啰啰。

小瘸子一听，挑起挑子，嘴里却说，靠着人多，打我一个残疾人，你们还要脸呗。他说完，一瘸一拐，向渡口走去。

小瘸子走掉了，人们把话题转向二蕴。

咋样？娶个俊媳妇，容易后院里起火，对吧。你要好好请我们，不然你媳妇的光腔让人搂了，这可不是小事哩。

二蕴，你成个家不容易，回到家里别打媳妇，女人说不准什么时候，鸭子钻阳沟认门，你越打她，她越往别人怀里钻。

女人当家墙倒屋塌，管不了媳妇还行。这媳妇该搂。

别瞎吹，你还不如二蕴呢，咱都是枯水井里的竹竿，光棍一根。咸吃萝卜淡操心，有啥用？说句屁不打屁的话，这不是廖庭筠的错。媳妇还是不能打，打跑她，再让她回来难了。你们这些鸟人可不能乱教他，二蕴日鼓个媳妇不容易哩。当初，我就是打媳妇，露个能味，在外人看来是把媳妇降住了，降住她有啥用，她是个大活人，一抬腿走了，倒霉的还是我啊。一到晚上，胳膊搂着格拉摆子睡，饱汉子不知饿汉子饥，谁能体会到打光棍的难处。现在我明白了，好媳妇是疼出来的，好孩子是夸出来的。二蕴你回家，当啥事不曾发生，还是好好疼媳妇。这才是一个男爷们的正办。

太阳西出落到东，满天的月亮一颗星。剃头铺子关门不简单（剪蛋），二牤牛这货会说人话了。会说人话，就会办人事，以后有福报哩。

人长大了，成熟了，有点人味了，也长人心眼了。二牤牛这货确实比以前强多了。

你们是夸奖我，还是骂我啊？谁不嫌酒孬，到我船上喝去。

5

二蕴回到家，什么也没说。

廖庭筠以为二蕴知道这事，人们在村头揍小瘌子的事已传到她耳朵里。她后悔让小瘌子进门，惹得满城风雨。

她巴不得二蕴狠狠揍她一顿，二蕴揍她，她像模像样地哭一场，把自己的经历哭出个九曲十八弯来，她才感觉这样好受一些。

谁知二蕴来到家里，他一身汗味，头发凌乱，脸上布满灰尘。他从一只土盆里掬一捧水在脸上胡拉两下，又从水缸里用葫芦瓢舀半瓢凉水，咕咚咕咚，一口气喝下去。

他看着廖庭筠像往常一样。多少年了，太阳还是那个太阳，天上飞的野鸭子和鱼雁还是老样子。

做啥饭？

你今天想吃啥？还没做呢。在这一刻，廖庭筠感到眼前这个朴朴实实的男人，这个粗壮、头发有点凌乱的男人，真真正正是她的依靠，是她的一切了。

她扑倒在他怀里，有了要哭的感觉。

今天的事，我知道了，你是个好女人。

你没打他吧？

看他那样子，也不容易，我能打人家吗？

你真是个好人。

咱家没啥好吃的，今晚喝北瓜糊涂，再炖一锅鱼吧。

我也想这样做，孩子也喜欢喝。

我烧锅吧。用稻草烧锅不好，火往外窜，我怕燎着你的头发。

夜里，廖庭筠主动找二蕴，二蕴搂紧她，像搂着一只狐狸，唯恐她跑了。

都是我不好，你跟我，吃的穿的都不是最好的。以后，我要拼命挣钱养你，让你过上最好的日子。

别这样说，鞠茛瓜那货的媳妇陆小凤，长得那熊样，在地里干活解完大溲都用卫生纸，什么时候你混得让我屙泡屎擦腚时不用泥坷垃头就行了。

二蕴一听廖庭筠提鞠茛瓜，心里凉半截。二蕴知道，当年他家受气，他哥哥大蕴为保护唱端鼓腔的几件劳什子，被鞠旱瓜和鞠茛瓜毒打了一顿，大蕴气不过独自一人闯关东去了。他在关外混得啥样，家里人不知道，只知道他在关外还没成上家。想到这儿，二蕴不免叹息几声。

廖庭筠不知道二蕴想什么。你个闷葫芦，叹息个啥，有话就说吗。

你嫌我穷吗？

我要是嫌你穷，还跟你？早跑了。

你跑到天边，我也能把你找回来。

几个孩子了，我往哪儿跑？我哪儿也不跑，不想跑了。

你真好。我要待你好。

一年之后，廖庭筠又生了，她生了男孩。在重男轻女的昭阳岛，让二蕴一家人兴奋一大阵子。

二蕴希望将来儿子有能耐，他给儿子起个响亮的名字，叫顶天。有顶天，也属于超生，村里罚二蕴三千元。二蕴没钱，东借西摸，好不容易打兑好三千元钱，交上罚款，昭阳岛上的大喇叭才停止喊二蕴的名字。

6

数年前，二蕴将泥鳅送到济州城火车站，让泥鳅在火车站要饭。二蕴刚走之后，过来两个残疾人。这两个人都蓬头垢面，头发长长的。

一个是瘸子，一个是憨大个。瘸子拄着拐，手里拿一份报纸。憨大个手里提着一根木棒，他嘴咧得像农村老头的棉裤腰。

你是从哪儿来的，懂规矩呗。不懂规矩，大爷给你上上政治课，这济州古城，虽说不大，在道上混的，老子说了算，不大不小，老子也算个小国王、地头蛇，说揍谁揍谁。说说你的路数吧，不然别怪老子不客气，你从哪儿来滚哪儿去。

我是刚来的，家在昭阳岛。

在济州有亲戚没？

没有，我是来要饭的。在家是个累赘，出来混口饭吃。

你懂不懂这儿的规矩？

什么规矩？我不懂。

告诉你，这是我们的地盘，你在这儿行乞，要先交投名状。

啥是投名状？

这还不懂，你没看过《逼上梁山》这出戏？乡巴佬，泥腿子。对啦，你是昭阳岛的，当然知道咋打鱼，你是湖猫子吧。做湖猫子不孬，日它狗哥，坐在船上，在湖面上漂，炖几条小日本浪鱼，喝上二两猴尿，吃饱喝醉睡一觉。湖里的荷花香，像小虫子往鼻孔里爬。那滋味儿不是神仙吗？你这个鸟人，端的不会享受，出来要什么鸟饭。有福不享，出来受罪，憨嘎一个哩。

你们知道个啥。不是这样，你们哪里晓得湖里的蚊子，有的个头像老虎蜓，咬人一口，起个像鸡蛋大小的红包。能在岛上混，谁闲得蛋疼出来要饭。有道是在家千日好，出门当时难哩。

哎哟，这个拖巴子敢给咱们带口头语哩，你活够了？打你的熊嘴。

打嘴事小，投名状事大。这投名状是给我们交一份人事。

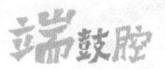

啥人事？

你听不明白是吧。说白了，叫入伙费，也叫保护费。

我没钱。我一个要饭的，哪儿有什么钱，我也不懂什么保护费，我不用你们保护。

没钱，有东西也成。你小子出来混，总不会是白手起家吧，难道你没点救急的家当？

我就一条矮木凳，也没东西。

这也没，那也没，你凭啥在我们地盘上混？从哪儿来，滚哪儿去。

这不是公家的地方吗？

屁公家，这是我们的地盘。

你们不要讹人。

我们不但讹人，还搂人。你要在这儿混，每月交五块钱的保护费。

我不需要你们保护。

让不让保护，不是你说了算。你说没钱谁信，翻翻你，看你翻出来咋说。

泥鳅不让他们翻，可他哪儿是那两个人的对手，他们把泥鳅搂一顿，又抢走泥鳅身上仅有的五块钱。

瘸子带着憨大个走时，回过头来说，你小子当心点，要害怕赶紧滚蛋。我这憨兄弟好久没开荤了，他喜欢办那事儿，鸡奸，你小子懂不？叫操干腚。他在监狱里蹲过，是个鸡奸犯。你不走，他晚上过来，鸡奸你个小黄黄，让你尝尝挨制的滋味儿。

泥鳅没被瘸子吓住，他对着那两个残疾人的背影骂，早晚你们两个要遭天打雷劈。泥鳅不明白城市里咋还有这样的坏人。泥鳅决定留下来，他没走。

7

城里人对泥鳅这样的人，是厌恶和害怕的，泥鳅无论走到谁家门口，人们像躲避瘟疫一样躲他。肚子饿时，他在饭店门口等，吃人家往垃圾桶扔的剩饭。

夜里，他睡在屋檐下，有人赶他走。理由充足，一个讨饭的花子在屋檐下睡一晚也没啥，万一有病，死在别人家门口，这不是晦气吗？

这天晚上泥鳅睡得正香，突然浑身一疼，猛地醒来，发现躺在车斗里了，这是一辆垃圾车。泥鳅大声叫喊，没人理他。垃圾车是辆破车，喘着粗气，三拐两拐，一个小时之后到了一所无人处。

这时候，驾驶室里跳出两个壮汉，这两个壮汉从垃圾车后面抓住车帮，一个翻身跃上车，一个抓泥鳅的手，一个抓住泥鳅的腿。

你们要干啥？你们这是干什么？

别害怕，想把你扔这儿，免得你在城里影响城市形象。你这号人活着干吗？不如死掉。

我活着碍你们什么事，你们真是没爹。

他敢骂咱们。

给他点狠的，猛一点。伙计你别怪我们，要像个爷们。

大锅里炖老鳖紧你混腾了。预备，一，二，扔。

呱唧一声响，像一条鱼落在石头上。泥鳅惨叫一声，像荒野里猫头鹰的叫声，铁丝般缠绕在枯树枝上。

泥鳅蠕动两下，没动静了。

摔死了？

没事，走吧。摔死活该，别少咱俩的钱就行。

两人说着，每人点上一颗烟，打火机微弱的火光里，露出一对兔子般的眼睛。两人抽口烟爬上垃圾车，嘟嘟一阵，消失在裹尸布一样的黑夜里。

第二天，泥鳅醒来，发现被扔在垃圾堆里，他头摔破了，血液凝固在他脸上，几十只苍蝇围着他团团转。泥鳅伸下胳膊，还好，他的两只手还能用，他用手扔掉盖住他的垃圾，慢慢地从垃圾堆里爬出来。

这时，他要做的第一件事是寻找住处。四眼望去，到处都是建筑垃圾，塑料纸四处乱飞。有一处河沟里面没水，泥鳅马上判断有沟就有桥，桥下没水就能住下来。

这天，他发现一个住处，一个破旧的涵洞里面干燥又暖和，不过里面有一条小瞎狗住着。他的到来把小瞎狗吓跑了。直到有一天，突然下起牛毛细雨，那条小瞎狗又回来了，它浑身湿漉漉的，不敢进洞，只在洞口徘徊。它在离洞口不远的一棵老柳树下站着，可怜兮兮的，希望泥鳅能够收留它。

涵洞附近，成片的蓼草和芦草在风雨中摇曳着红鲤鱼的梦。

泥鳅同情它，觉得抢了它的窝，良心上过不去。不管怎么说，这地方由谁住，总有个先来后到吧。

泥鳅唤它进洞，小瞎狗饥寒交迫的，嘴里吱吱扭扭。泥鳅把一包鱼骨头给它吃，它有些胆怯，后来摇摇尾巴，表示感谢和友好。

从此，这条小瞎狗跟了泥鳅。这是一条母狗。泥鳅外出要饭带上它，他们出则成双，入则成对。

转眼到了冬季，夜里寂寞时，泥鳅和小瞎狗说话。

他说，你之所以出来受罪，是你长得不好，你不瞎的话，也许很多人愿意养着你。像我，不拖巴的话，说不准也能娶上媳妇，我拖巴了，在家里是个累赘，害我哥找不到媳妇。我哥找到媳妇后，又怕因我让媳妇跑了，所以把我扔了。他们不要我了。瞎狗，说说你的经历吧。

瞎狗不说话，涵洞外面下起雪。寒风乍起，有几片树叶和一团雪被风吹进洞里。

下雪之前，泥鳅拾了一些干柴，现在洞里冷，他在洞里生起火，火不大，猩红的火光照亮他和小瞎狗的脸，泥鳅怕冻坏小瞎狗，用纸片子盖在小瞎狗身上。

泥鳅捡到不少东西，有一天，他在马路上捡到一条军大衣，这条军大衣帮了他大忙，成了他冬天的被子。他用一条沙发垫子当床。

涵洞的另一头堆满东西，别人扔掉的水果、成袋的方便面、半袋子馒头，还有几瓶子从小餐馆捡来的别人喝剩的戴州老窖、义河特曲之类，有吃有喝，泥鳅感到日子过得不孬。

啥人啥命，我就是过这种日子的命。泥鳅给瞎狗说了这句，还觉着不过瘾，他心里有个秘密，他想把秘密说出来，说给瞎狗听。

我这秘密说给你，觉得有点丢人呢，丢就丢吧。泥鳅说完，爬着拿过来半瓶义河特曲。他没菜肴，只有半截胡萝卜咸菜。

有胡萝卜就够了。你吃咸菜吗瞎狗？

泥鳅说着咬下一块咸菜，填在瞎狗嘴里。瞎狗嚼嚼，吧嗒几下嘴咽了。

酒不给你喝了，你喝酒没意思，谁家的狗也不会喝酒对吧。不是我苛待你，哪有让狗喝酒的，北京到南京，讲的是个理。好啦，听我讲故事吧，我没啥好故事，给你讲讲我喜欢女人的经历吧。注意，我开讲啦。我家不是昭阳岛吗，我给你讲讲昭阳岛上的女人。我们那儿漂亮女人多，比如说杨梦瑶，她是个好女孩，俊得一掐一股水，可惜她被人害了。当初有人怀疑是我哥，我哥喜欢她，才不会害她呢。好啦，不提杨梦瑶了，提提三妖怪吧。三妖怪不是凡人，她是昭阳岛上最漂亮的女人。她的大腿白得像雪，走起路来，两个乳房晃晃的，像两只鸽子要从怀里飞出来。她嗓子也好，会唱端鼓腔。三妖怪十八岁这年，嫁给昭阳岛上开饭店的毛二。毛二有什么好，一个四十多岁的半截老头，一个鳏夫，一个老狗。不过，毛二有优势，他开饭店，有钱。在泥鳅心中，三妖怪是个好女人，是他做梦都想的女人。他觉得能和三妖怪好，也不枉这辈子做个男人。

泥鳅清晰地记得，数年前一天上午，天上还下着小雨，他坐在毛二饭店门口，在一棵皂角树下看湖中的鱼雁和野鸭子飞。看着看着，到了饭点。

他正要走，三妖怪过来，她左手里端着一碗鱼，右手里拿着两个武大郎烧饼。

泥鳅哥，晌午过了，你在这儿吃吧。

三妖怪喊他哥，声音甜甜的、细细的，像慈母的手抚摸着他的心灵。泥鳅感到三妖怪喊他一句哥，这辈子死了也值了。泥鳅感动得要哭了，可他一句感谢的话也说不出来。

吃完把碗放地下，我来拾。三妖怪说完这句话扭身走了。她穿着红裙子，前面套着一块蓝布围裙，她走路的样子像湖中微风里摇曳的一朵荷花。

这个晚上，泥鳅失眠了。能替三妖怪死，泥鳅也心甘情愿。这时候泥鳅想，如果三妖怪的眼睛瞎了，我愿意把视网膜捐给她。她的肾不好，我

愿意割一个肾给她。人的肾能换，民办教师王黑三说他从报纸上看到，美国的医院能换肾了。日他姨，美国人就是能。他们的医院能换肾，他们的能耐真是瞎子害眼没治了。

一晃三年过去，泥鳅始终忘不了三妖怪，人生没几个三年，三年能再见三妖怪一眼，死也值。泥鳅有了这种想法就想着回昭阳岛。但转眼一想，我回去做什么呢？还不是家里的累赘吗？我不要回去了，死在外面算啦。但在死之前，一定要见一眼三妖怪。

泥鳅这样想，但接下来发生的事是他怎么也想不到的。

泥鳅住的涵洞远离城市，从涵洞往东三里有一家路边店，叫张三炖鸡店，过往的行人都在那儿歇脚吃饭。这家饭店生意兴隆，拿手菜除炖汶上芦花鸡之外，羊肉串烤得好吃。店后面是几间茅舍，里面放着数张方桌。

泥鳅在讨饭时，结交了几个朋友，他们有的智商低下，有些痴呆；有的像他一样，是拖巴子；还有的是瞎子。有个瞎子是嘉祥大青山人氏，姓武，外号叫武大胖，他会唱瞎腔，靠着这点手艺，衣食不愁。他和泥鳅关系不错，泥鳅本来要拜他为师，学个混饭吃的营生。这天，武大胖来看望泥鳅，中午两人谈得投机，喝了点白酒，但没过瘾。傍晚时，武大胖说，我口袋里还有点钱，我到张三炖鸡店要点羊肉串，咱哥俩再接着喝，要喝酒，就喝个痛快。泥鳅不想让他去，但武大胖还是去了。之后泥鳅一等二等，他没回来，直到半夜还没回来。泥鳅想，也许武大胖中途变卦先走了，也许借故买羊肉串不愿在这涵洞里逗留，径自去了。泥鳅这样想，那样想，想到天明，武大胖也没回来。

第二天，泥鳅决定去张三炖鸡店问问。他爬半天，到那儿一问，一个狐媚的女店员说，什么瞎子瘸子的，我们从来没见过。

泥鳅有些不信，刚要走时，发现水沟里有武大胖走路用的竹杖。泥鳅明白了，武大胖的竹杖在这儿，他人也一定在这儿。

泥鳅有些理直气壮，又去店里问，他说，我朋友的竹杖在水沟里，他人能去哪儿？他说好的，要来炖鸡店买几个串，是谁把他的竹杖丢水沟里的？

吵闹声惊动了饭店老板，他叼着一根黄锡包出来。这人有点瘸，头发稀疏，没有眉毛，长着一对三角眼。他一眼认出了泥鳅。

是你？好小子，你还活着。

泥鳅也认出了他。泥鳅刚来济州时，就是这个瘸子和一个憨大个跟他要保护费，并抢走他身上仅有的五块钱。

嗯，我活得好好的。

你来这儿做什么？

找我朋友，他说过的，要来这儿买串。

滚，别影响我的生意。你在我这儿嚷嚷，我的生意要泡汤，休怪我收拾你。看你这副德行，把我的客人都吓跑了。

这时里面出来个漂亮女人。你们嚷嚷啥，折点剩饭剩菜给他，打发他走算了。

泥鳅一看没有道理可讲。好汉不吃眼前亏。他没要瘸子老板的钱，扭头爬着走了。

这天晚上，泥鳅睡不着，正想着武大胖走失得蹊跷，小瞎狗突然凄厉地叫起来。泥鳅警惕，感到不妙，还没等他穿上衣服，一个人闯进涵洞，冰凉的刀子架在他脖子上。黑夜里泥鳅认出这个人，是张三炖鸡店的憨大个。

小拖巴子，今晚我要干你。

憨大个说罢，把刀子插在一边。按住泥鳅，就脱他的裤子。

这时候，小瞎狗帮了泥鳅的忙。他像一只恶狼，呜的一声扑上去，一口咬住了憨大个的右手。

泥鳅虽然是个拖巴子，腿小而细，没有一点力气，但他双臂的力气却出奇大。泥鳅和憨大个厮打起来，憨大个手里没刀子，加上小瞎狗帮忙，泥鳅顿时占上风。

泥鳅用胳膊勒住憨大个的脖子，憨大个越挣扎，泥鳅用的力越大。不一会儿工夫，憨大个没了动静。泥鳅摸摸他的鼻息，他已经死了。

泥鳅有些害怕。他对小瞎狗说，这事儿咱咋办？

小瞎狗呜咽着，咬着泥鳅的衣服往外拉他。

泥鳅明白了，这是让他跑。三十六计，走为上策。

这时，泥鳅收拾点东西，唤了瞎狗，趁着黑夜往昭阳岛爬去。

他双手抱着个小板凳，不敢走大路，沿途要饭，风餐露宿，爬了一个多月，才爬到火头湾渡口。

昭阳岛上，娃爷的老婆柳叶依旧做摆渡的活儿。见了泥鳅，二话没说，让他上船。柳叶送他到岛上，泥鳅喂的那条小瞎狗在后面跟着他。

泥鳅来到家，他对杀人的事一字不提。他心里想着，警察不抓他，他就不把真相说出来。

8

泥鳅的到来使二蕴家的空气突然紧张起来。泥鳅住哪儿成了一家人头疼的事。

薰子和二蕴害怕廖庭筠生气。当初，廖庭筠不知道家中还有一个残疾人，一个拖巴子弟弟。他们偷偷给泥鳅做工作。

薰子哭着说，听娘的，走吧，别要这个家了，哪里的黄土不埋人啊。

黄松龄吃着一锅烟，蹲在院子里的槐树下不说话。天上的鱼雁在飞，鱼雁的嘴里吐出来一团湖中淤泥的气息。

下雨了，湖边的金谷豆传来哭泣声，像红胡子老头吃烟锅的声音。

二蕴吃着一颗烟，他像一只不胜霜雪压迫的秋虫。一条采沙船上的红旗，在他眼睛里摇曳着红鲤鱼的尾巴。

泥鳅，也不是当哥的赶你走，我啥都好说，你有小侄，他不能没有娘啊。你嫂她这人要多好有多好，进咱家门，一不嫌咱穷，二没和咱娘拌过一句嘴，三不嫌咱家成分孬，和村里人都处得好，村里人没有不夸你嫂的。以前咱骗了她，咱说过咱家没负担，如今你猛不丁地劈空冒出来，你那俩侄女都害怕，我也害怕伤害你嫂，为你小侄，你走吧，越远越好，别回来了。再说，你来了，咱家住房紧张，你住哪儿，给你腾不出房间来。

哥，我走，我不会连累你们。泥鳅说罢，双手拿板凳，他唤一声瞎狗。

咱走吧，瞎狗。他说着，就要往外爬。此时泥鳅心里凉凉的，他感到自己在这个世界上是个多余的人。老天爷不长眼，既然生他，为何让他成个残疾人，在人间受尽这般冷暖。泥鳅觉得已不是这个家庭的一员了，他和这个家，和昭阳岛，没半点关系。自从那天夜里，干掉憨大个，他的心硬了，冷了。我这就走，不用你们撵。

这时候，廖庭筠打鱼从湖里回来。她把船停泊在湖边一棵老柳树下，把打的鱼掏出几条扔给喂养的鱼鹰。她走进院子。我都听到了，你们咋能这样做呢？她对着薰子说，娘，这是你的不对，就是一条狗，是咱家的，也不能让它在外面冻着饿着，别说是一个人了，他是三叔，这个家有他的份，你们把他撵哪儿去。他残疾不错，那是没法的事，咱不能那样对他。

嫂你真是个好人，我在外面可好啦，我能养自己，我会走的。

你不能走，家里住不下，咱再想法。

有嫂这句话，我去住湖堤上的土屋也不害怕了。其实，泥鳅心里早有打算，他回昭阳岛是想见一个人，这人是三妖怪，见她一眼，该放下的就放下了。

这时候，村里人听说泥鳅回来了，都想看看泥鳅在城里混得啥样。

泥鳅胖了，白了。看样子，在外面还是蛮享福的。

他们叽叽喳喳，议论一大堆。

<h2 style="text-align:center">9</h2>

薰子是信佛的，不让信佛的日子，她在家里偷偷信。这天，她到鱼骨庙里烧完一炷香。鱼骨庙东厢房里会飞的棺材，经常飞起飞落，很多年了，人们都习惯了这种现象。这天，薰子刚烧完香，许下愿，她转身还没出鱼骨庙的院子，一口棺木飞过来，像一只紫红色的大鸟落在她跟前。这时，棺木的盖子打开了，里面空空的，散发出紫罗兰一样的香味儿。薰子有些惊讶，她绕过棺木跟跟跄跄来到家。一种不祥之感像鱼一样游过来。家中的柜子里有声音在响，她打开柜子，发现一只精致的铁盒。那是她几十年

前送给黄松龄的糖块，黄松龄没舍得吃，一直保存着。薰子很感动，她来到黄松龄跟前，抚摸他的脸，抚摸他耳朵留下的疤痕。薰子趴在黄松龄怀里哭了，她说，我舍不得你。黄松龄被薰子的情感冲动弄蒙了，他拍下薰子的肩膀说，好好的，你哭啥？你这样让儿子儿媳妇看见，笑话咱们。我不怕他们笑话，我心里对你突然有了牵挂。

这说明咱俩老啦。黄松龄这样一说，薰子又笑了。对薰子的异常反应，黄松龄没在意。

薰子和柳叶是有呱拉的朋友。柳叶会绞脸，还会做渔家虎饰，她把做渔家虎饰的手艺传给薰子。薰子手巧，一学就会。后来，薰子在昭阳岛做渔家虎饰出了名。她做的渔家虎饰，有时在昭阳岛上卖，有时去湖西老渔洼集市上卖。

薰子这天出事了。

她去老渔洼集市上卖渔家虎饰的前两天，黄松龄生病了。以前，黄松龄喝鳝鱼汤，一点事也没有。这天，他喝了两碗鳝鱼汤，拉起了肚子。按说，拉肚子也不是什么大病，可是这次黄松龄拉肚子却不同以往，他吃西药不管用，又吃中药，吃了几服瞎子王半仙开的药，也没治好。

薰子又找昭阳岛上另一个有名的中医，吃了几服药，也没效果。

薰子告诉黄松龄，我去老渔洼吧，那儿是个大集，我卖点渔家虎饰，那儿有个姓闫的中医看拉肚子的病，据说一看一个准。

他老了，很少再给人看病，你若去，不知道能不能遇上他坐诊。

我下午去，天黑之前赶回来给你煎药。

我不能陪你，让你一人外出放心不下。

我也好久不曾外出走跳了，十年九不遇的，外出走走吧。

我心里打怵，昨天晚上我做一个梦，这梦不好，在梦中我听到湖底石磨转动的声音了。谁听到这种声音，谁就要死了。还有，昨天夜里，一只猫头鹰在湖边一棵老柳树上叫，我是听到了，不知道你们听到没。

少说这不吉利的话，娃爷说听到湖底石磨转动的声音十次也不止，他也没死，还像兔子的爹一样，活蹦乱跳的。前些日子，那个演幻戏的贾凤雏来了，娃爷胆大，还演幻戏哩。老家伙多大岁数了，谁也说不准，他是真耐活。

　　黄松龄看看湖面上飞的鱼鹰，看着看着，那些鱼鹰变成一群黑老鸹，黄松龄想说句什么。

　　我早去早回。人一病就这样，自己吓唬自己。薰子说完提布兜出了院子。这次薰子没有找柳叶摆渡，她摇着一艘木船从近路直接去老渔洼渡口。

　　在湖面一处金菖蒲和水葫芦密集的地方，她遇上了红胡子老头，这老头也划着一艘木船。他嘴里叼着烟袋，遇上薰子，他还客气地跟薰子打招呼，他告诉薰子船应当往东划。薰子想笑，往东划，不是离老渔洼越来越远吗？红胡子老头又说一句，黑狗送猪。薰子听不懂，她一心想着给黄松龄抓药的事。红胡子老头诡谲地笑笑，一瞬间，他连人带船不见了。不远处的湖面上，一条数米长的红鲤鱼露着脊背，正向深水游去。

　　这时候，薰子又看到当年黄松龄割掉的耳朵在湖面上漂，这耳朵越来越大，像一艘小船一样大了，上面还站满了鱼鹰，那些鱼鹰会说人话，它们叽喳着说，向南，再向南。薰子眨眨眼，她一眨眼，黄松龄漂浮的耳朵又没了。

　　红胡子老头对薰子的警告和暗示，薰子没有会意，她在老渔洼街上出事了。那时候，太阳刚刚落下，西边的残阳如血。她卖完渔家虎饰，在闫家中药铺抓了五服中药，正往家赶时，突然听到身后有人大喊大叫，马惊了，快闪开。

　　薰子回头一看，见几匹黑马拉着耙狂奔而来，村头的大柳树那儿，一个小男孩正躺在树下睡觉，那几匹惊马拉着耙正向那棵柳树奔去。

　　薰子脑子里闪过一个念头，救人。她跑过去，刚拉起这个小男孩，她却被马撞倒了。马拉的耙从她身上挂过去，把她拖了十几米远，有一根耙齿在她胸口上穿了一个洞。她死了。

　　消息传到昭阳岛，黄松龄听到后，当场晕倒了。

　　薰子死了，昭阳岛人突然想起她的好处，不必说挨饿那阵子，她救了二十八个人的命，她的针线活好，无论谁有求于她，她都乐意帮助。就连王爬虾的老婆，后来也主动找她认错，赔不是。

　　人们为薰子的死感到惋惜，她本来可以不死，红胡子老头警告她让她往东去，那意思是不让她去老渔洼。薰子没听明白，不理解红胡子老头话中的机关。另外红胡子老头说黑狗送猪，黄松龄是属狗的，薰子按年龄推算属猪，薰子死了，黄松龄为她发丧送葬。这个事儿，昭阳岛人也只能理解到这儿了。

黄松龄想花大钱给薰子做副棺材，还没等他动手，奇迹出现了。鱼骨庙里的那两口会飞的棺木，其中一口一大早便落到黄松龄家。棺材盖自动打开，昭阳岛人明白了，马上往棺材里放被褥和鲜花，然后又把薰子放进去。这口棺木像长了腿一样，自己走过去停好了。

昭阳岛人惊讶之余，想到鱼骨庙里的另一口棺木，这口棺木不知道留给谁，总之，这两口棺木经常一起飞出来飞进去的。有人用这一口，看来很快就有人用那一口棺木了。想到这儿，昭阳岛人立即跪下来给薰子磕头。

薰子的丧事是昭阳岛这些年办得最隆重的。人们以真诚的心祭奠这位善良的女人，昭阳岛上所有的人都到黄松龄家吊丧。

响器班是从微山湖东面马坡梁山伯和祝英台故里请来的，也是微山湖一带最有名的祝家响器班。

鞠有德平时和黄松龄不睦，但论到这事上，他的大总理却当得一丝不苟，有条有理。黄松龄家的丧事上，他忙里忙外，一脸和善，和过去完全像两个人似的。他的言谈举止和中年时期的娃爷一样，几乎是当年娃爷的翻版。不少人都认为，是娃爷年轻了，回来了。

天热，灵堂扎在村头湖边空地上，二蕴和泥鳅日夜为他们娘守灵。

这天夜里，从湖中升起的红月亮，湿漉漉的，刚挂在灵棚上空，一个所有昭阳岛人谁也不曾见过的场面出现了。数以万计的黄鼠狼子、野狐狸之类，它们都从芦苇丛里钻出来，聚集在灵堂前，对着薰子的灵位磕头，嘴里还发出呜呜的悲鸣声。守灵的人看到这场面，惊骇得心都快跳出喉咙来。还没等人醒过神来，又一个奇怪场面出现了。这次，出现在灵棚前面的是蛇群，粗的、细的、长的、短的、大的、小的，什么样的都有，这些蛇聚集到灵棚前，迅速地缠在一起，拧成绳，缠成团，一共缠成九个碾盘大小的蛇团。这九个蛇团围成圈，在薰子的灵位前滴溜溜转了九圈。人们没有看到它们是怎样离去的，一阵烟雾没了。

黄松龄突然明白了什么，大叫，快叫响器班奏乐。

祝家响器班炸豆般一阵齐鸣。渔鼓腔、端鼓腔同时响起，各种音符缠绕在一起，像天上飞的野鸭子。

二蕴领队，亲朋好友跟着，他们一起来到湖边摆上三牲供，烧上九炷香。

鞠有德用木碗从木桶里舀出九碗酒洒在湖里。感谢各路神仙前来吊唁。他撕破喉咙喊，薰子一路走好啊，一路走好。

随后，人们黑压压地跪倒，对着湖，对含着泪水的月亮叩首。

第十五章

1

刁哥出事后，麻妮哭了半月，她感觉对刁哥的死负有责任。人死不能复生，你哭也没用。柳叶这样劝她。你若真有妯娌情义，耐心帮她养孩子吧。家华、家云，还有大山，他们失去父母，是几个苦孩子哩。

麻妮认为婆婆说得对。出来参加生产队的劳动时，她红肿着眼睛，和村里其他妇女一起给生产队编织苇席。

除此之外，她还会用芦苇织苇箔，摇动纺车纺麻绳，箔锤是圆柱体的石头，每块有七八斤重，织苇箔要用七八块箔锤。麻妮干活认真，织完苇席织苇箔，她将箔锤拿上拿下，得心应手，一点也不闲着。

昭阳岛上，女人的嘴泼辣，没有她们说不出来的脏话，也没有她们说不出来的呱。

这天，性格内向、从不见笑容的麻妮，被村里一帮妇女逗笑了。

女人们见麻妮笑，胆就大了，把话题扯到小六子身上，说麻妮是小六子的心上人，可惜这心上人是个冷美人，颜若冰霜，小六子不敢下手。

刁哥死了，在昭阳岛像飞走一只野鸭子，多一只，少一只，谁没感到难过，议论三五天，日子照过。

女人的话题转移到小六子身上。

小六子和麻妮是笋壳套牛角，再合适没有。有人这样说。

听到这话，麻妮的脸红了。她说，你们这帮老娘们，个个黄鼠狼，都放不出好屁来，这鸳鸯谱能是乱点的？俺和你们一样，是有男人的，俺男人叫银瓜，你们不知道吗？

几个女人一阵哈哈大笑说，远水不解近渴，你一个人黑灯笼里点蜡烛，有火发不出。银瓜这辈子不来，你像葫芦一样放空秧子，连个葫芦也不结。一个美人坯子，这辈子不可惜吗？

麻妮笑笑，没给她们搭腔。一连十几天，麻妮跟着这几个女人给生产队编苇席织苇箔。

这几个女人的话题依旧是男人和女人之间的事。她们活得简单，似乎男人和女人活着，就为那一点房事，为生儿育女。她们哈哈一阵，又哈哈一阵。

麻妮偷着笑，后来跟着她们笑，笑到最后，她感到燥热，趁机摸一把自己的乳房，脱掉褂子，露出雪白的胳膊和膀子来。

几个女人一见，苍蝇般嗡的一声围上来。

我的娘，白玉一样的皮肤，麻妮，你不会是个妖精吧？

麻妮的心情好起来，她把刁哥的事忘在一边，麻妮脸上一挂笑，娃爷家的院子里顿时有了声色。

几棵槐树、枣树、榆树上，乌鸦不来了，常有喜鹊在树上鸣叫，有啄木鸟在榆树上梆梆地敲，每一声响，麻妮都不感到厌烦。她的心放宽了，像蜻蜓的翅膀一样透明，像湖边水面上的水黾那样轻轻滑翔。

看到麻妮笑，柳叶把饭菜烧得更精致了，她炖一盆鲤鱼，香喷喷地端上来。

辛苦一天的渔民从湖里上岸，一踏上昭阳岛就能闻到柳叶炖鲤鱼的香味。

刁哥的三个孩子，从湖边玩了一个下午，这时也都回家了。岁月把失去爹娘的痛苦打磨掉了。人的痛苦，像荷叶上的水珠，遇上太阳就没影，或者一摇摆就掉，老是在身上粘着也没意思。柳叶时常这样劝她的家人。

柳叶这样劝家人时，鞠有德的三个憨儿子拿着破碗，藏在房子后面的竹林里，他们鬼头鬼脑地朝娃爷家窥视。

朱家云和朱家华看到鞠有德的三个憨儿子，抄葵花秆想打他们。

别打他们，这几个憨子也够可怜的，咱打他们，让外人看见，会把咱们家说得一文不值。

柳叶让麻妮用勺子分别舀给他们一人一碗鱼。

三个憨子吃着碗里的鱼，指着湖面游动的红鲤鱼，呜哇呜哇，发出一阵又一阵怪叫。

柳叶把饭端上来，先让孩子们吃，他们吃完去找朋友玩。柳叶、麻妮和娃爷，他们再吃。自从没了金瓜和刁哥，这种生活形成了习惯。一转脸的事，孙子们都读初中了。

娃爷最近没喝酒，这天晚上他从牲口屋回来，一抬头看到麻妮的笑。

爹，麻妮又这样喊他。

这喊声像春风一样，在他血管里漂流，一颗被压抑多年的心加快跳动，仿佛有一股力量注入他身上，让娃爷浑身有说不出的劲儿。

柳叶发话了，老东西，好久没让你啃一顿了，家里有一坛子地瓜烧，你啃吧。

听了柳叶的话，麻妮抱出一坛子地瓜烧酒，拿黑老鸹碗倒满一碗端给娃爷。

柳叶说，再拿两个碗，咱三口人都啃碗。

麻妮倒三碗酒，娃爷端起碗来，像敬红鲤鱼一样认真地敬柳叶。

这是一对十分恩爱的老夫妻，从麻妮进娃爷家的门，她就知道家里鸡毛蒜皮、油盐酱醋，啥事儿都是柳叶说了算，娃爷像磨道里的驴，叫咋干就咋干。她从没见过娃爷对柳叶红过脸，瞪过眼睛。生活在湖上的人都有酒量，娃爷啃三碗酒，柳叶和麻妮也啃完一碗。

我们不啃了，你也别多啃，再啃两碗差不多了。晚上你还要喂牲口。

娃爷又啃两碗，似乎还有些没过瘾的样子。

麻妮笑了。爹，我再给你倒一碗吧。

娃爷把眼来看柳叶。

能啃，再倒一碗吧。

麻妮给娃爷倒满一碗。他端起来，咕咚咕咚，几口啃干，坐在院子里的石凳上吃烟锅。

三人说一阵话，等家云、家华、大山他们都回家了，便各自回房睡觉。

柳叶对娃爷说，上半夜在家里睡吧，免得让人碰上说你是个酒晕子，下半夜再去牲口屋也不迟。

麻妮回到自己屋里躺下，她躺一阵，睡不着，披衣服出来，坐在院子里。她听到湖中芦苇丛里鸳鸯说话的声音，也能听到野鸭子在睡梦里的鼾声，以及夜莺在树上的鸣叫。小青虫的叫声，细细的，铁丝般从地下钻出来。堂屋里也有一种声音传出来，是木床的咯吱声，细弱蚊蝇，听到木床的咯吱声，麻妮感到脸红了。

麻妮原以为公公和婆婆早没那事了，没想到他们到晚年还弄那事。麻妮的脸热辣辣的，回到屋里，躺倒在床上，麻妮长喘一口气。这时候，两个乳房胀得有些酥痒，有些疼。鱼骨庙院子里，几个骚娘们的荤呱，红鲤鱼般在床前跳动。欲望像一条红鲤鱼游过来，一瞬间，又游走了。

这一夜，麻妮失眠了。

2

第二天，娃爷喂完牲口，他去剑茅滩附近的水域捕鱼。娃爷有个习惯，捕鱼去剑茅滩，他觉得这茫茫湖面上剑茅滩并不可怕，其他水域远不如剑茅滩鱼多。这种现象，昭阳岛没人说得清。像很久以前那样，捕鱼下箔，是他的拿手好戏。

到中午吃饭时，箔还没有下完，按照往常都是柳叶来给他送饭。两个青皮、一碗米饭、一瓦罐鱼汤和几条咸鱼，还有一瓶地瓜烧酒。今天，天气炎热，柳叶没来，他儿媳妇麻妮来了。

麻妮摇着橹，嘴里唱着"洪湖水呀浪么么浪打浪啊，洪湖岸边是呀么是家乡啊"的曲子。

娃爷听了，第一感觉是麻妮唱错了，这儿不是洪湖，是微山湖。

麻妮昨天夜里没睡着，眼圈儿有些发乌。中午，柳叶做好饭，把给娃爷准备的饭菜盛好。

我身子软软的，有些累，怕是伤风感冒了，你去给老东西送饭吧。

麻妮把饭菜装进篮子里。她家的船在湖边一棵老柳树下拴着，平时柳

叶用它给人做摆渡。麻妮沿着一块木板，摇摇晃晃上船。她摇船朝剑茅滩驶去。没有风，空气燥热，芦苇的叶子在烈日下卷起来。

麻妮来到剑茅滩，大老远看到娃爷光着上身下箔。苲草下面的湖水发浑，鱼群的影子在水草下穿梭。娃爷站在水里，皮肤在烈日下闪着黝黑的光泽。从背后看，他一点也不像一个老人，一米八多的大块头，显出男性的魁梧和魅力。娃爷的皮肤是结实的，没有一点老年的斑痕。他牙齿整齐，又完整，一颗也没有掉。

麻妮看着看着，就想多了。她十七岁进娃爷家的门，这个公爹对她像亲闺女一样好，关怀着她，呵护着她。麻妮感到欠这个男人的情，正胡思乱想，两个乳房又胀痛起来。麻妮感到脸有些发烫。她把船摇到娃爷身边，娃爷上船。

他一脚踏在甲板上，船晃动起来，麻妮眼看要摔倒。娃爷伸出一条胳膊揽住了她的腰，麻妮倒在娃爷怀里。

爹。麻妮趴在娃爷怀里哭了。

麻妮不哭，有啥心里话给爹说。

麻妮擦干泪，在甲板上给娃爷收拾饭菜。

小六子对你行，嫁他吧。他看上你，没看上刁哥。

麻妮不吭声，最后说，我啥时都是银瓜的人。

娃爷叹口气。人就是命，也许缘分还没到吧。

远处湖面上，鱼群出现了，全是红鲤鱼，跳起跳落的水浪声，闷雷一般，从湖底苲草丛里传过来。

娃爷突然想到，许多年前在这剑茅滩附近，他和黄素秋好过，他记忆最深的是黄素秋两个巨大的乳房，像两个紫色的茄子，在热风里晃动。那时候，他感到身体里像有一口深深的泉眼，黄素秋柔软的肚皮怎么都吸不干他的泉水。

吃袋烟的工夫，娃爷吃罢饭，看看四周，芦苇丛里青烟直冒。麻妮用碗舀了水，她刷干净碗筷。

娃爷吃了锅烟，说，回吧妮儿，我再下一阵箔。回去沿着河道划，说不准，你婆婆在等你啦。娃爷说完跳下船。

麻妮看娃爷两眼，摇船回来。回到家，她帮着婆婆洗衣服切菜。没有刁哥了，她最爱坐的磨盘还在，刁哥懒，洗衣做饭的事都由麻妮来做，她习惯坐在磨盘上吃烟锅，裹脚布耷拉着。

这天黄昏，麻妮刚把饭做好，刚走出厨房却看到刁哥坐在磨盘上吃烟锅。她脸色苍白，捏着烟锅的手臂上缠满湖底的苲草，她衣服湿漉漉的，几条小鲤鱼儿从她衣服上滑落。她把目光锁定在曾经住过的东厢房。

麻妮想跟她说上几句话，一眨眼睛，刁哥不见了。麻妮把饭菜端到院子里的石桌上，停下来，用手拍自己的脑门。

柳叶看到她有异样，从后面扶了她。

我没事。刚才我看到刁哥来家了，她坐在磨盘上吃烟锅，她样子好吓人哩。是我不好，当初我不该同意去剑茅滩捕鱼，更不该同意她去魔鬼沼打鸡头米、荸荠之类的。

不要抱怨自己，刁哥的事，村里没谁怪你。

这天夜里麻妮睡觉，又梦见刁哥，她说，湖边有一场大火等着你，你要小心哩。刁哥说完不见了。

麻妮醒来，她闻到湖底苲草的腥味，还有湖里鼠耳草的腥味。

3

这天夜里，麻妮睡得正香，一个人从床底下钻出来，一张嘴贴在她脸上，和她亲上嘴。

这个人是小六子。什么话也没有，小六子爬上床。麻妮这时正做一个梦，她梦到一群红鲤鱼，梦到银瓜回家，银瓜的小酒窝还是那样好看。银瓜亲她，拥抱她，她感到浑身舒痒。银瓜想弄那事，麻妮也想，她把腿松开，感到下身一疼，银瓜进来了。她顿时感到一种久违了的棕色的渴望弥漫开来，欲望像一群小银鱼从骨头里钻出来，在月光的缝隙里飞翔。

麻妮幸福地想喊，她却不敢喊，不敢出声，她感到堂屋里的婆婆在梦境里正寻找着什么，婆婆身后跟着七只硕大的螃蟹和一条狗。婆婆走在院子里，眼睛的绿光正搜索着东厢房，她脚步轻盈，走起路来像两片落地的

榆树叶子。

小六子办完事，还想再亲麻妮，麻妮反手给了他一巴掌。我插着门，你是怎么进来的？

我是白天趁你不注意藏在你床下。这辈子我不能没有你，为你，我快要想死了。

你以后不要再来了，再来，我杀了你。麻妮恶狠狠地说，你快滚，我什么时候都是银瓜的人。

第二天，麻妮像以往那样，早晨起来打扫好庭院，做好早饭。

她看着婆婆起来，又去堂屋把她的尿罐子端出来，倒完尿放在屋山墙下晒着，又在陶瓷盆里洗手。

娘这一觉睡得可是好哩。

啊，你爹这个老东西来了吗？

他一早划着船上湖了，我爹真能干。

是能干，中午包水饺犒劳犒劳他。

中午吃饭，娃爷回来了，他手里提着两条白鲢和一兜小鱼。像往常那样，娃爷回到家找条咸鱼，一边吃，一边啃地瓜烧酒。娃爷啃完酒，麻妮把水饺给他端上来。

老头子，你别低着头光吃，咱合计一下麻妮的事吧。

嗯，把小六子接家来。

昨天晚上的事，爹、娘你们知道了？

嗯，是我和你爹的意思，是你爹把小六子喊来的，你们拜过堂，做夫妻是合情合理的事。这样，你们两个都不苦了，以后生儿育女，过正常人的日子吧。

这怎么能行？我是银瓜的人，你们逼我走，好，我走。

麻妮哭了。她感到像做了一场梦，在梦里，她看到刁哥的眼睛，刁哥的眼光充满怨毒，她坐在院子里磨盘上吃烟的样子有些凶。

她又想到剑茅滩那儿的芦苇，似乎听到苇咋子、野鸭子的叫声。她想到昭阳岛发生蝗灾的那一刻，蝗虫铺天盖地，蝗虫翅膀发出的喀喀声，折磨着昭阳岛人的耳鼓。发生蝗灾是哪一年，麻妮记不清楚，蝗虫吃光湖中所有的芦苇，吃光昭阳岛所有的庄稼和树木，昭阳岛大街小巷像下一场黄色的雪，整个昭阳岛上覆盖着半米深的蝗虫。后来，蝗虫说走就走了，它们抱成团滚在一起，蝗虫团越滚越大，每个团都有三间房屋大小，这样的蝗虫团在昭阳岛上有几十个，它们滚动着来到湖边，泗水渡过微山湖，向湖西的戴州飞去。这一刻，麻妮感到蝗虫吸干了她的血液。

这天晚上，麻妮又做了一个梦，她梦见银瓜回来了，银瓜是坐一艘会飞的圆形木船回来的。他穿着一双胶鞋，身上背着一个小帆布包。他来到家，和谁都招呼，就是不理麻妮，麻妮想哭。银瓜劝她，你不是我的人，哭什么哭。你连身子都没守住，还哭个啥。

麻妮跟小六子有那事之后，她感到十分内疚，感到对不起银瓜。

麻妮想变成一只鱼鹰飞离昭阳岛。她有了这种想法，麻妮收拾一个小包袱，没和婆婆打招呼，也没和娃爷打招呼。这天天一亮，她坐船离开了昭阳岛。

不过，麻妮不像高菊花那样决绝，一去不复还。麻妮去了娘家。她爹娘不在了，三个弟弟在那年春天饿死了。从她十七岁嫁到昭阳岛，她很少回娘家。大饥荒过后，她知道娘家没人了，便一次也没回来过。她娘家在湖西大山深处一个叫罗汉峪的山窝里，她家有三间石头屋一个小院，坐落在一米多宽的小巷尽头，这条巷子有一百多米长。家中什么人都没了，院子里长满荒草。门窗没人打理，有的地方都腐烂了。窗子的木棂上还挂着几把生锈的镰刀，麻妮取出一把，掂手里试试，感觉还能用。她弯腰割院子里的蓄子棵和艾草，用了一个时辰，她把院子打扫干净。这时，她推开屋门，屋中的霉味像一群蝙蝠飞起来。屋里能用的东西，几乎被人拿空了，只有墙上的一幅画还在。麻妮知道这是幅古画的来历。她临出嫁之前，他爹本是罗汉峪东大院，也叫麻家大院的长工，那年村里人发疯一样把麻家抢了。东家老麻半夜里来家，他怀里揣了这幅画，他说这幅画是元代王蒙画的，他祖上和王蒙是朋友，得了这幅画，一辈辈往下传，现在赶上孬年头，好东西也保不住了。麻妮快要出嫁了，这孩子我打心里喜欢，她出嫁，我也没啥给她添箱，送她这幅古画，让她保管。她不是嫁一个学生娃吗？读书人都知道元代的王蒙，也知道王蒙画的价值，在咱手里握着，万一哪一天让那些泥腿子给烧了怪可惜的，我咬牙给麻妮当嫁妆吧。多少年过去了，这幅画还在墙上挂着。那东院的麻家曾经显赫过，一家共有六个儿子，当年在战场上被日本人打死三个，后来的三个都是国民党的军官，内战时又在战场上被打死了。麻家被划成地主，地被分了，东西也被抢了，从此衰败得一塌糊涂。地主老麻和麻妮的爹关系不错，在麻妮的记忆里，地主老麻是个和善的老头。一切都将过去，一切都将成为泥土。麻妮这次来家，就是想看看她家的老宅，看看她当年的嫁妆。这幅画是她的嫁妆，他爹听老麻说，这是一件值钱的东西，他没舍得让麻妮带走，麻妮的爹不想给她，麻妮便没要。本来麻妮的爹想着把这件古物给他的儿子们留着，咋也没想到数年后他的儿子全饿死了。家里没人了，按理说，这幅画还是她麻妮的。麻妮把这幅画取下来卷好，和包袱放在一起。

这时，麻妮感到口渴，她刚要喝水时，院子里进来一大帮子人，有男有女，他们听说麻妮来了，都来喊麻妮去他们家吃饭。走在最前面的是罗汉峪支书两口子。支书和麻妮同岁，他们小时候一起到山上砍过柴，一起放过羊，那时的支书就很照顾麻妮。支书见到麻妮，寒暄几句，说，别在这儿发愣了，到我家去吧。支书媳妇也说，可也巧，我这两天眼皮直跳，人说眼皮跳，客来到，还真有道理。正好，家里一只落窝的母鸡，肥疯了，也不下蛋了，让我杀啦，咱家还有北瓜，北瓜炖鸡，然后焖一锅米饭。你支书哥爱吃这一口，到我家尝尝吧。有人说，麻姑今天在支书家吃，明天到我家去吃吧。我家喂的兔子多，本想今天想杀一个，你到我家吃饭，我杀俩。麻妮这时感谢的话还没说完，就被支书的媳妇拥着去了她家。支书媳妇说，您望望我的娘啊，俺这个姐姐也快五十岁的人啦，还跟个二十多岁的小闺女一样，真是个仙女下凡哩。

俺姑这么俊，我还真没见过这么俊的人。到我家去吃饭吧。

你不能喊姑，你爹来了，也要喊姑奶奶。知道不，熊憨黄子，这是你老姑奶奶，别喊错了。辈都论不清，你算个啥。还有啊，你媳妇去了茅房不洗手，接着和发面蒸馍馍，她啦啦嚓嚓，是个啦嚓货，她做的饭谁吃？我才不舍得让你老姑奶奶去你家吃饭呢。别听他的，还是去我家吃炖鸡。

麻妮无奈便去了支书家，在支书家住了数日，支书两口子把家里最好的东西拿出来招待麻妮。数日后，又有人轮着请麻妮吃住。麻妮捡合适的，也就答应下来。麻妮走到哪儿，哪儿就有一帮人跟着，他们喜欢看麻妮，麻妮论年龄四十多岁，可她的身材、面相和二十岁的女孩也没啥区别。这一点，罗汉峪的人十分好奇。另外，罗汉峪的人还喜欢听麻妮讲昭阳岛上的事，讲微山湖里的事。

一晃一个多月，眼看到了冬季，麻妮说要回婆家。支书和他媳妇苦留不住，要送她东西礼物，麻妮也不要。麻妮说自己什么也没带来，也没啥值钱的东西留下。麻妮看看那幅古画，她说，这幅画在我家挂了很久啦，万一老房子倒塌，这幅古画也就糟蹋啦，你是支书，你留着吧。麻妮说罢把古画交给支书。支书媳妇说，你回家总要带点什么吧。麻妮说，带什么呢，我已选好一样东西，我家窗棂上还挂着一把生锈的镰刀，我带上它就行。支书两口子听她这样一说，都惊讶得伸出舌头。

麻妮走了，罗汉峪的人把她送到村口，麻妮脚步轻盈，她走在凉风里像一只仙鹤。

送走麻妮，支书两口子回到家。支书说，我这姐姐也是不容易，出嫁了一辈子，也没见过自己男人，可惜啦，她这么俊，改嫁不好吗？在我这一生当中，怕是再也见不到比她更俊的人了。

支书媳妇不说话，她把古画拿到厨房里烧了。等她烧完画，支书醒过神来骂，你这个熊货，这幅画不能烧，这是当年地主家的一幅画，该留着。

留啥？不吉利，这是死人的东西。

你胡说啥，麻姐刚走，你这样咒骂她，她得罪你了？

她没得罪我，你没看出来，麻妮活不长了，我对她这么客气，因她快要死了，同情她，才对她好。

你胡说，她好端端的，凭啥死？

你个狗熊，是你懂，还是我懂？我看她走时带走一张镰刀，我就知道毁壶了。你是个猪脑子啊，用笨法子想想，你多大了，麻妮多大了，你的模样都成老头子啦，麻妮四八年春天出的嫁，三十多年了，那一年她十七，现在她多大了你心里没点数啊。你看她的样子，跟二十岁的小闺女有啥区别？一个农村的女人，不涂脂抹粉，她凭啥不老？这里面有道道。

你越说越玄乎，别吓唬我好不？

我不是吓唬你，麻妮是个花姑子，你知道不？

花姑子，我听说过，不太好。

花姑子遭了男人你懂不？必死无疑，无药可救。

麻妮没见过她男人，她是个处女身。

她哪儿还是个处女身，她破相了，你知道不？你们男人看不出来，我们女人可是一看一个准哩。她额头上出来一道男人线，小时候我奶奶是我们村的半仙，她教我的，她说，一个女人跟几个男人睡过，额头上会出现几道那样的线，被三个以上的男人睡过，女人那额上的线就乱得毛包。你懂吗，这叫面相，我一看麻妮的面相，就知道她破相了。她这一去，怕是活不长了。

支书叹了口气。咋还有这事？真是好人不长寿哩。

不信，你瞧着。

麻妮在娘家待一段时间又回了婆家，不过她没回昭阳岛，而是在昭阳岛附近的剑茅滩住下来。

剑茅滩上有生产队看鱼塘废弃的茅屋，茅屋下面三米远是湖，麻妮将船泊在茅屋下，将茅屋打扫干净，她在茅屋里住下来，这所破茅屋成了她的家。

娃爷和柳叶得知这消息，摇着船要把麻妮接回家。

我出来了，再也不是朱家的人了。麻妮把镰刀放脖子上，你们若逼我，我这就抹给你们看。

柳叶哭泣一阵，怎么都劝不通麻妮，娃爷不吭声，吃烟锅，老两口从上午求到晚上，也没能打动麻妮。没办法，只好回来。

第二天，小六子又来劝麻妮，麻妮仍然不愿回昭阳岛。

一晃过数天，天冷了，北风刮起来，湖面上结了冰。麻妮这天把她从娘家带来的那把镰刀磨得锃亮。麻妮看看这镰刀，笑笑，走出茅屋，她出来割苇子，割了一捆又一捆，她把割的苇子垛在茅屋四周。

这天，下大雪了，天上飘着鹅毛般的雪片，麻妮扛着一捆苇子向茅屋走。突然，有人从她肩上把苇子接过来。麻妮扭过头来，见是小六子。麻妮不说话，继续朝前走。

小六子扛着苇子跟着她到她住的茅屋，把苇子垛好。

你为啥来了？

我是来看你的，我也要住下来。

你还是回吧？我不需要你。

我来了，没想着回去。

你知道，我割这么多的芦苇做啥用？

猜得出，我想好了。咱俩是拜过堂的夫妻，我不想让你走到那边孤单。

麻妮不说话，吃过饭后，又掖着镰刀出门。小六子在后面跟着，帮着她捆，帮着她扛回来。几天下来，麻妮住的茅屋四周垛满一捆又一捆苇子，麻妮的茅屋隐藏在芦苇垛中。

麻妮还嫌不够，她继续割芦苇，小六子帮她往回扛。这样一晃又是数天，转眼到了腊月底，昭阳岛上鞭炮声响起，年味儿来了，人们准备过年。这天，麻妮说，小六子哥，你帮我不少忙了，回家过年吧。

小六子摇摇头，我来找你，想跟你在一起。

你不后悔吗？

我后悔个啥。小六子说完，将麻妮搂怀里，他紧紧地抱着她。我能和你好一次，死也甘心了，我陪着你。他说得决绝。

我只能用死证明我的清白。

这个晚上，月明星稀。几只被惊飞的野鸭子，在冰面上滑翔。远处传来枪声，是枪帮渔民在捕野鸭。火药味儿浓浓的，雾一般覆盖整个湖面。

渔歌声传来，像天上飞的大雁，划过一年又一年的暗影。从芦苇荡里，四处弥漫带着潮湿的鱼腥味儿，让人有些头晕。

后半夜，湖中的红鲤鱼摇动它的尾巴，将一片火红撒向半空。

谁也没想到，麻妮的芦苇垛着火了。大火一起，湖面上的风也跟上来，火借风势，火苗蹿出十几丈高。芦苇丛中的各种鸟儿惊得乱飞乱叫。

第二天凌晨，娃爷带着昭阳岛上的一些人，他们砸开冰，来到剑茅滩。麻妮住过的茅屋只剩下一片冒着热气的灰烬。人们从灰烬里找到麻妮和小六子的尸体，小六子的尸体被烧焦了，麻妮的尸体还完好无损。麻妮怀里还有一个包袱，包袱里装着她给银瓜做的新布鞋，里面还放着一张银瓜的照片。银瓜笑眯眯的，脸颊有一对好看的小酒窝，他的眼像是望着昭阳岛上的所有人。

凡看到的人都落下了泪。

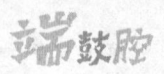

这时候，天空发出奇怪的响声，像一只大鸟飞来。近了，昭阳岛人才看清楚，那是一口棺材。

是鱼骨庙里的棺材，难怪以前总是发出响声，也会飞来飞去，原来这口棺材是为麻妮准备的。这天下的事原来都是个定数。数之所在，理不得而夺之。命之所在，人不得而强之。古人说的话，什么时候都有道理。娃爷叹息一阵。

那口会飞的棺材飞到剑茅滩，它落在娃爷的船上。娃爷指挥着，从船上搬下来这口棺木。

人们将拥抱着的两具尸体，装入棺材。有人说，他们是天生的一对，他们可是挺般配的。麻妮憨，她认准银瓜，非银瓜不嫁，这也算世间的一个奇女子。

大凡刚烈的女人都这样。娃爷吃着烟锅说，他的小辫子在寒风里一甩一甩的，像一只灰色的鱼鹰在飞。

说啥都晚了，把他们埋在这剑茅滩吧。也许是我害了麻妮，我对不住这个儿媳妇。银瓜这孩子没见过她，这是个没福的孩子。娃爷说着，老泪横流起来。

柳叶也来了，柳叶哭得死过去，又活过来。

麻妮刚下葬，这时湖中的残荷又绿了。一个炸雷响过，荷花全开了。腊月里荷花开，昭阳岛人第一次见到，人们都跪下来为麻妮祈祷。荷花香像下一阵细雨，打湿了昭阳岛人所有的心头往事。

第十六章

1

　　多年后，对往事的恐惧，依旧像微山湖里的水蛇，一天到晚缠绕着泥鳅。最近，昭阳岛上有点乱，有人偷湖堤上的树。为保护树木，村里派泥鳅到湖堤上看树。湖堤上，那三间破旧的土屋又成了泥鳅的家。泥鳅外出几年，在涵洞里住着，对鬼啊怪啊的，不害怕了。让他害怕的是人。那个憨大个被他干掉了，但他的鬼魂却一直跟着泥鳅，泥鳅一到晚上就梦到那个憨大个。

　　他把憨大个杀了，毕竟他也是杀人犯，杀人是要偿命的。泥鳅这样想，他不知道是自卫。另外，他还想到，一个杀过人的泥鳅，爬在昭阳岛的大街上，人们会怎么评价他。每个人见他都会躲着他，他将成为昭阳岛上一个恶人。别人怎么说他，他都不在乎，在乎的是三妖怪对他的评价。像他这样的人，手里有人命，在三妖怪眼里还算个啥，还不如湖边上一坨牛粪、一棵稗子草。

　　他天天这样想，这样想时他就看到憨大个在荷叶上跳，他从微山湖东边过来，跳过一个又一个荷叶，他神色诡谲，手里还是握着刀子。泥鳅感到浑身冰凉，一股死亡的气息如同湖底淤泥的腥味，在野鸭子的叫声里笼罩着他。

　　你死怪不着我，是你们祸害人。

　　憨大个跳下荷叶，他提着刀子，奔向泥鳅。这时候，湖面突然响起一个炸雷，有人炸鱼。随着巨响，白花花的鱼在湖面上漂起来。憨大个被一

声巨响震蒙了，他的刀子掉在地上，随即变成一只白兔子，一眨眼消失在槐树林深处。

湖底石磨转动的声音响起。泥鳅听得清楚，像是婴孩在哭，也像娃娃鱼在叫。是福不是祸，是祸躲不过。泥鳅这时又淡定了，什么事都看开了。

泥鳅决定在灾祸降临之前，见一见三妖怪。只要见上她一眼，死又算得了什么。早死早托生，早死早超脱，没啥大不了的。

三妖怪变了，她不如从前了。看到泥鳅在饭店门口徘徊，理也不理他。

泥鳅有些惭愧，感到自己的形象吓着了她。泥鳅搬着木凳，坐在一棵老柳树下，偶尔向毛二的餐馆窥探。

毛二认为泥鳅有些不尴尬，他提来一条黑鱼，又拿来两把刀，一把大刀和一把小刀。

杀鱼还用两把刀？

瞎问啥。你不去湖堤上看树，在我这儿出踉什么？你是个出踉子货。

出踉这个词，在昭阳岛是句骂人的话，专指动物寻找食物之类。毛二骂罢，大刀一挥，咔嚓一声，一条数斤的黑鱼的头被剁下来。

毛二你爹才出踉呢。泥鳅不敢骂出来，只在心里骂。泥鳅又在心里骂，整个昭阳岛谁都知道你媳妇三妖怪被三马狼那个了，你毛二有能耐，也是个戴绿帽子的货。泥鳅骂到这儿，又觉着他姐夫三马狼是个瞎包货，对不起他姐黄金英。

你不走，当心把你的头砍下来。看着你像个癞蛤蟆，待在这儿怪烦人的。

我的头不值钱，没用途。泥鳅想多磨蹭一阵子，以便引起三妖怪的注意。

谁说没用处，夜里能当尿壶。毛二用小刀唰唰一阵，几分钟光景就剥下黑鱼的皮。你赖我这儿有事？想吃鱼？

没事，在你家这棵柳树下歇会。我喜欢这棵柳树，小时候，我最大的愿望是爬你家这棵树。那时候你家这棵柳树上有天牛、知了，树下有爬叉猴。我还记得，树上有马蜂窝，马蜂蜇了鞠有德的眼，给他蜇瞎另一只眼才好呢，这个狗熊。

鞠有德和你家有亲戚，他是你表叔。

他是屁。

你敢当面骂他，他会把你的蛋子捏淌。毛二说完这句不说话了。

几只蓑羽鹤从头顶上飞过去，叫声像几片雪飘落在柳树下。

来年春天，柳树发青，我要用柳枝做一只笛子，我会吹笛子。

你会爬树折柳枝儿，还能落到今天？毛二又用两分钟，哗哗几声，把黑鱼镟成鱼片。炒鱼片，做酸菜鱼，你小子吃过吗？

没。我烧着吃过一条火头，那火头少说也有一斤多重。我小时候胃不好，常犯胃病，我娘把一条火头杀掉，把鱼肠子扔掉，里面装进一些绿豆，用旧报纸裹了，又用湿泥巴裹上，放在地锅里烧，熟之后扒出来吃。我吃完这条火头之后，胃病就好了，你说神奇不？

当然神奇，你娘死了，没人这么疼你了。你娘吃鱼的这法子是日本人的吃法，知道不？

我也快死了，我觉得活着没意思。前几天，我听到湖底石磨转动的声音了。

别说这些不吉利的话。

我到那边能见到你爹和你娘，他们是孬年头饿死的，那时候岛上饿死不少人，湖西一带饿死的人更多。那三年庄稼还好，都烂到地里了。

别说这些，你说这些有用吗？

那年头咋会这样？

这样那样，都不是你想的事。我们都是草民，就像湖里的小鱼小虾，活一天赚一天，你知道不？你个小熊泥鳅，我走的桥比你走的路都多，我都没想明白，你指望啥？你知道马嘎子几个牙？

这时，三妖怪出来了，她手里拿着夹饼，里面放了辣椒炒肉，还有一些鱼子。三妖怪想着泥鳅不走，是想着要点吃的。

泥鳅你吃完去吧，你老是跟他说话耽误他干活，今天镇上有喜事，要做十几份酸辣鱼哩。

泥鳅接过三妖怪的夹饼，看三妖怪一眼，说，吃上三妹的夹饼，死也没啥可后悔的。泥鳅说完这句话，他边吃夹饼，边爬着离去。他的眼睛里

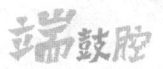

有些湿了。

他咋说这话？

也许是真的，他听到湖底石磨转动的声音啦，快要死了。生活在微山湖上的人，大家都懂得，谁听到湖底石磨转动的声音，肯定活不长。

三妖怪的眼睛瞪成黑鱼的眼睛。泥鳅这人怪可怜的，他的眼神是有点呆滞哩。也许他真的活不长了，主要是他娘一死，没人照顾他了。

泥鳅爬在昭阳岛青石板路上，他逢人便说，我听到湖底石磨转动的声音了，俺娘在那边等我，她说她有钱能治好我的腿，我什么都不想，就想站起来。我站起来之后，要在这青石板路面上来回走跳，我要每天走一百趟。

廖庭筠见他说得离谱，劝他，泥鳅，可别想不开，我和你哥都疼你，天底下残疾人多了，还能都去死？人家都活得有滋有味。再说你在湖堤上是看林员，这活不容易找，鲜亮着呢，你别想三想四的，好死不如赖活着。

泥鳅笑笑，他笑得有些怪异。他喂的瞎狗，在他身后，走一步跟一步，像他的影子。

泥鳅预感自己的生命已到终点，见到三妖怪，他知足了。

这天傍晚，泥鳅正在院子里一棵槐树下乘凉。树林里，突然蹿出两个人，他们扑向泥鳅，三下五除二，立马制住他。这时，槐树后面又走出一个人，他一瘸一拐的。

你小子，没想到吧，这么快就找到你。你真有本事，能杀憨大个。

他死活该。

你非死不可。这个瘸子说罢，从口袋里掏出一个药瓶子。

泥鳅说，你们害死我，也走不出这剑茅滩。

什么剑茅滩，老子要怕就不来了。

一个壮汉用大手揪住泥鳅的头发，瘸子把药灌进泥鳅嘴里。一会儿光景，泥鳅软下来，瘫倒在地上蜷曲着，像一只湖虾不动了。

瘸子把药瓶扔地上。这小子，根本不配这瓶药。瘸子骂罢，三人一转眼消失在树林深处。

泥鳅说的一点也不假。这三个人来到湖边，他们的船停在一棵杞柳下，这是一艘用柴油机做动力的船。三人上船,一个人摇动柴油机,领头的瘸子点着一颗烟抽上。这个熊货真是个混蛋,害我们跑这么远来找他。船在湖里转一圈,又一圈,到后半夜月亮下去了。开船的人说,邪门,我们又回来啦。这时候,三个人看到一个人在荷叶上飞奔。邪气怕光,用手电筒照他。于是一个人掏出手电筒照过去。他们看清楚了,这不是一个人,是一条长着四条腿的红鲤鱼。这条红鲤鱼喘息的声音,像一头老牛的咳嗽。三个人不看便罢,看完之后,哪儿还有魂儿,扑通几声,全掉进水里。第二天打鱼的人,在芦苇丛中发现三个人的尸体。没人知道他们是谁,他们身上的衣服被鱼撕扯烂了,脸上的肉也被鱼吃光了。

泥鳅死了。

第一个发现泥鳅出事的人,是昭阳岛上拾大粪的老头杨守业。他每天都起得早,他起来之后先到剑茅滩那儿转一圈,在剑茅滩埋着他老婆和两个孩子。杨守业先前在岛上也风光过,挨饿的年月里他在村里当会计。杨守业的女人是个过日子的好手,过日子比什么都切。

这年夏天,湖里鱼群出现,杨守业的女人带着孩子,什么话没说就撑船下湖,去了剑茅滩。那是一块邪水域,水深,水也馋。许多船都在那儿出过事,这块水域每年都淹死几个人,是个典型的事故多发水域。

杨守业老婆不管这些,她认为大白天的还能有啥邪乎事,于是划船进了芦苇荡。她在湖里遇上鬼打墙。这种事,不光在陆地上有,水里也有。遇上鬼打墙是件麻烦事,要么被其他船看见领出来,要不然会出危险,人转晕了,会从船上掉下来淹死。

杨守业老婆捕满一船舱鱼,她找不到回家的路,湖上起风了,她的船晃起来。她这时看到一条大鱼,黑色的脊梁像一棵粗大的橡树横卧在湖中。这条大鱼摇动尾巴,把她的船掀翻了。

湖中打鱼的人去救他们时,杨守业老婆和两个孩子都被淹死了,尸体漂起来,在湖面上像漂着的死鱼。一大群鱼雁在他们的尸体上空乱叫。

人们把他们打捞上来。杨守业和王化一商量,便把他们埋在了剑茅滩。

失去老婆和孩子,杨守业无限怀念起热汤热水的日子。那时候,燥热的夏季,从微山湖东部吹过来的热风带着一丝丝凉意,一家人在院子里老槐树下吃饭，媳妇给他炖上一锅草鱼。不过，杨守业喜欢吃丝光片子鱼和铁片鱼。每次媳妇给他炖鱼，都放足了小茴香和鲜嫩的花椒叶子。鱼香味像下一阵雪，覆盖住他家院子四周。每当这时，杨守业习惯地松松腰带，鼻子翕一翕。对生活满意的笑容，蝗虫般在旷野里乱飞。昭阳岛上的人特别能喝酒，杨守业的女人经常为他准备一坛又一坛烧酒，直喝得他浑身发红。在昭阳岛，除鞠有德、王化等人的生活好之外，第三个就数他。每当吃罢饭，他听着老婆孩子吃撑的肚子放出一阵阵响屁，他才得意满足，他感到没亏过老婆孩子的肚子。自己老婆那清脆响亮的一阵阵响屁，便是对他最好的赞美。

自从他没了老婆孩子，杨守业蔫了。他每天早起到剑茅滩那儿，一是拾粪，二是看看他娘几个。他每天站在老婆的坟前说，孩子他娘，我知道过日子啦，也变得勤快啦，你看看我啊。我每天一大早起来拾粪，我拾很多粪。以前没有化肥，你总嫌我懒，嫌种的菜没有肥料上，让我出去拾粪。当时我想，一个村里的会计去拾粪，多没面子，我没有听你的，你还骂我摆谱。现在想起来，让你骂的滋味，心里真好受。我粪拾得不少了，别说你压一沟葱，你再种上几沟茄子和辣椒，再撒上几席子芹菜和菠菜，也够使的，你怎么用都用不完。

每一次杨守业在他老婆坟前念叨完之后，他来到湖堤上的土屋，看看是否有人在土屋里屙屎。土屋四周，除野胡桃之外，长满水苲棵和野金菊，还有一些蓖麻。

他这天早上见到的不是一泡屎，是一个死人。这人是泥鳅。

对于死人，杨守业并不害怕。当初，日本人在微山湖杀人，他帮着埋。孬年头，闹饥荒，饿死数不清的人，他也帮着埋。埋死人的活他干多了，他不怕死人。

杨守业丢下粪箕子，拔腿往村里跑。他气喘吁吁地跑到二蕴家，正好赶上二蕴一大早起来倒尿罐子，那尿罐子里还泡着一个长条子带血的卫生巾。

我告诉你二蕴，出事了，你弟弟泥鳅喝药死了。

二蕴哭了，他像老牛似的哞哞大叫。

廖庭筠从屋里跑出来说，你哭有什么用，快找人去救泥鳅啊。

二蕴你别急，我给你喊几个人去，先喊二牤牛、孙十一他们吧。

杨守业去了，他岁数大，走路有点弓腰。他来到街上，正好碰上鞠有德。鞠有德从家里出来，要到湖堤上散散步，他迈着四棱子步，刚走在大街的青石板路上。杨守业认为和鞠有德关系不错，他对鞠有德不是十分敬畏。杨守业手里握着鞠有德的短。那一年，他当会计时，鞠有德借了生产队共计两千五百块钱，鞠有德是打了借条的，也按了手印，但一直不还。这笔账如今成了死账、烂账、糊涂账。鞠有德官并不大，但他的官样十足。民办教师王黑三背后给鞠有德编了几句顺口溜，说他，官不大，派不小，鸡巴子不大，毛不少。杨守业想，这个评价还欠点，应该加上句，头顶上生疮，脚底根流脓，坏透个小舅子孙子了。但是，鞠有德有时也做好事，这一点让杨守业想不明白，他为啥是个两面人。

鞠主任，泥鳅喝药了。

真的吗？喝药死了。这熊货，死啥？

千真万确，我亲眼见的。

鞠有德敞开喉咙喊，大伙都去湖堤上帮忙，泥鳅喝药死了。他喊完敲响了河神庙门口悬挂在老柳树上的大钟。钟声响起，带着黑褐色的光泽，像一群蝗虫飞起来。

瞬间，一群人拥上湖堤。

鞠有德的话管用，叮叮当当的太阳刚从湖面上升起，人还没有吃完早饭。他们当中，有的趿拉着鞋，敞着怀，一手端着碗，一手拿着胡萝卜咸菜，咯噜咯噜地啃着出来；有的左手提着酒瓶子，右手拿着油炸的小咸鱼，喝一口酒，咬口咸鱼，鱼香味像金菖蒲的叶子，缠绕着他们的脸。

泥鳅喝药死了，你们谁有空帮着料理料理？泥鳅死得可怜，不火化了，给他在剑茅滩选个地方，埋在剑茅滩算了。

人们问二蕴咋办，二蕴也说，埋在剑茅滩吧。

二牤牛、孙十一、杨守业他们找铁锨朝剑茅滩方向去了。

给泥鳅弄个棺木是不可能的，二蕴从家里找了一领破苇薄子席。他来到剑茅滩时，二牤牛他们几个人已挖好坑。

几个人把泥鳅用破席卷了，放在坑里，最后填土。

这时候，泥鳅喂的那条小瞎狗不知从哪儿过来，它跳下坑去，趴在泥

鳅身边不起来。

二蕴跳下去，把它提上来，扔一边。

这边，二犍牛、孙十一他们呼哧一阵子，很快把土填上了。

那条小瞎狗又跑回来，它趴在小小的坟头上哼哼唧唧的，样子十分可怜，它把脸贴在湿湿的泥土上，仿佛那一堆泥土还是它的依靠，还是它的家。

这时候，天空有一大群乌鸦从微山湖那边飞过来，乌鸦的叫声像下了一阵暴雨，又像飞过一群野鸭子。

二犍牛说，要是有个女人像这条小狗一样对我好，我把眼珠子挖给她也愿意。

死了好，不受罪了。人死如灯灭。三寸气在千般用，一旦无常万事休。

狗通人性，这是一条有情有义的母狗啊。泥鳅叔死了，有这么一条母狗真心真意地跟他，泥鳅叔死了也值。

七天后，二蕴领二犍牛一块给泥鳅圆坟，他们走到坟前一看，那条小瞎狗趴在坟上死了。

一条有情有义的狗，是条好狗。

这狗确实重情重义，比人都强。

他们给泥鳅圆坟，把那条小瞎狗埋在泥鳅旁边。二蕴在泥鳅坟上又插了几棵柳枝。

2

这年，黄二蕴家取消地主成分，生产队也解散了。

昭阳岛这年分地，湖区的水域能分的分，不能分的被人霸占。

集体的财产都分到个人手里，一家一户也分不了多少东西。对搞单干，昭阳岛人并没有多少热情，几十年的集体化思想在他们脑子里已扎根，突然又兴单干了，人们的表情像干鱼一样，并没有多少喜悦。

世道变回去，谁知道未来是个啥样子。

啥样子不重要，吃上饭就成。各人养各人的鱼，各人捞各人的虾，各人种各人的地，不瞎掺和，好事哩。撑死裂熊，饿死活该，谁也赖不着谁，谁也管不着谁，这才是咱们渔家人要过的日子哩。黄二蕴逢人这样叨叨几句。

娃爷也赞成这个观点。他说新办法比老办法好，老法子不转圈了。

分集体财产时，生产队分成十个组，每组十户人家，二蕴所在的组分到一头小叫驴。这头小叫驴再分要抓阄，二蕴运气好，他抓阄抓到了。二蕴按事先说好的价格，补给其他九户每户五块钱。

分到最后，孔雀台生产队还剩下一瓶香油。鞠有德让他们的队一家派一个代表来喝，孔雀台村一共一百来户，这瓶香油喝了一百来口。在这件事上，鞠有德表现出了他的公正。最近这些年，鞠有德在昭阳岛做了不少好事，但他的威信一点也没提高，他借生产队的几千块钱可不是个小数目，他有钱也不还，也没谁敢提这事儿。

黄二蕴分毛驴来到家，被廖庭筠说了一顿。

分牲口，你要毛驴有啥用？

你不懂。我要毛驴准备拉脚挣钱，我要多挣钱，让你过上好日子。我合计好了，挣够一定的钱，咱买一条大船，像狼嘴三一样，往城里送鱼，去南方拉货。水路上的生意有赚头，不过呢，那个本投资太大，咱先来小的。

廖庭筠笑了。别吹牛吹崩了，咱渔家人的本事是在湖里混，你却想着到岸上从那些人手里抢食，我看够呛。

别看不起我，咱湖里的东西总是要往外运的，干鱼、菱角、鸡头米、莲蓬，不拿到岸上去咋换钱。

两口子夜里睡在船上，听着湖中水鸟的叫声，又叽咕到月亮偏西，方才睡去。

第二天，黄二蕴决定进城拉脚，对于城市，他印象是模糊的。数年前，他把泥鳅送出来，去过一次济州火车站，那地方在城市边上，现在也忘得差不多了。

中秋节前后的黎明，寒气浓重，二蕴披着一个小薄棉袄，踏着浓重

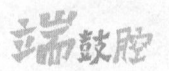

的雾气朝渡口走。天上的星星还没有退去，凉风在野鸭子的梦呓里飘游不定。

渡口没人，一条公用的木船还在一棵老柳树下停着，这条船上装着一台小柴油机，开船的人是黄二蕴的好友孙十一。他在船舱里睡着，二蕴喊他几声，也没把他喊醒。船舱四周弥漫着一股炖泥狗的气息，湖面上漂浮着地瓜烧的味道。孙十一的呼噜声，像几十个青色的野鸭蛋堆积在一起。

这时候，黑暗的夜色里，二蕴感到鞠有德的影子在晃，鞠有德好像在老柳树下摆活一支驳壳枪。他老了，秃脑壳上有几只小银鱼在跳，一只独眼，鬼火般跳动。

二蕴对鞠有德充满恨意，因为鞠有德有血腥的发家史，二蕴知道他早年曾经杀害过一个八路军排长，可他现在还当官，活得好好的。

鞠有德这个老杂毛。有枪，我一枪巴勾他；有刀，我嚓嚓嚓；有锤，我砸扁他。黄二蕴脑子里出现了许多种杀掉鞠有德的画面，这些画面像湖边的三棱子草，疯狂地在他记忆里生长。

顺着夜风，黄二蕴想痛痛快快地骂几句鞠有德，但这样他觉得又太便宜鞠有德。报复鞠有德的方式，他在夜里就想好了。黄二蕴准备了刷子和石灰水。

黄二蕴仇恨鞠有德还有一个原因，他打过薰子的主意，薰子刚烈，鞠有德一看不是自己盘子里的菜，便打消了念头。

黄二蕴又喊了几句孙十一，他还是不醒，二蕴把地排车推船上，又把毛驴牵过来。他摇动柴油机，嘟嘟几声，船向对岸老渔洼驶来。半个小时，黄二蕴离开昭阳岛，到了湖西岸的老渔洼。

在老渔洼渡口处，湖堤上有一户养鸭场，早不养鸭了。养鸭场的墙壁上，除粑粑华写的穆桂英是十条季花鱼之外，什么也没有。

二蕴上岸收拾妥当。他套上毛驴车，拿刷子提石灰水，朝院墙走去。院墙一人多高，几十米长，能写不少东西。

鞠有德害过八路军。鞠有德是娃爷吃毛撅腚的一泡尿。黄二蕴写完又觉得不过瘾，对鞠有德还要再写。他又写道，鞠有德是恶霸地主胡汉三，他把小蝼蛄吃掉了。

写完，黄二蕴感到十分舒服得意，什么亲戚不亲戚，先骂了再说吧。

回到毛驴车跟前，二蕴要走，又想起一件事。二蕴又回去写道，鞠有德日死丈母娘。

这时候天还没明，几只鹧鸪鸟的叫声像梦一样悠长。多少年了，他没有唱过端鼓腔了，这时候终于有勇气唱出来：

> 临行我喝罢一碗酒，
> 浑身是胆雄赳赳。

他赶车来到一座石桥，顺手将盛石灰水的小桶，还有一把刷子，扔在桥下。他听到这些东西落水的声音，像鞠有德在跪地求饶。

这时黄二蕴有说不出的快意，心中的恶气像一条黑鱼从身体里游走了。

第一次进戴州城拉脚干活，又苦又累，在干活时，二蕴认识了几个光棍。中午主家问干活的人愿意吃啥饭。

多给钱，饭不吃了吧。

那些人嘲笑二蕴，小小的驴，大大劲，少吃草，多屙粪。你小子这样最好。

干活的钱一分不少，饭也得吃，说好的管饭。

简单点，来碗羊汤，每人二斤油饼吧。

咱们喝单县羊汤。主家领他们到一家单县羊汤馆。要十碗羊汤、二十斤油饼。

羊汤馆老板把羊汤端上来，二蕴喝一口，感到羊汤真好喝，戴州城的人原来这么享福，有这么好喝的羊汤。想到这儿，二蕴给羊汤馆老板要塑料袋。

二蕴，你咋不喝？这汤不好喝？

不是，这汤好喝。我家里老婆孩子从来没喝过这么好的汤，我不喝了，把这一份带给他们尝尝。

二蕴真是一个百年不遇的好人，这么疼媳妇，这样吧，凭这一句话，羊汤该怎么喝你就怎么喝，能喝几碗就喝几碗。我日他帽子，今天我请客。好人做到底，管饱你，只管使劲喝。你喝得多，也不会喝到肚子外面去。

伙计，辣椒油随便放。

这么好喝的汤，我能喝五六碗。我会唱端鼓腔，唱得不好，是个半拉子，以前只喝鱼汤，没喝过羊汤。我喝完羊汤，给大伙来段端鼓腔。

这个倒使得。抓紧喝，喝完就唱。

二蕴，你可不如我们了，我们是一人吃饱全家不饿。那几个光棍说。我们知道你的老皮根子。湖里这几个村，哪个岛上有几根芦苇，我们都清楚哩。要说端鼓腔，昭阳岛上谁也不如你爹，他的水平和娃爷抗膀。

羊汤馆老板给黄二蕴一碗一碗地盛，他一碗一碗地喝。二蕴一口气喝了八大碗。

那些同二蕴一起干活的人，看着他喝羊汤，都惊呆了。

二蕴，你的肚子不是无底洞吧？

这有啥，以前挨饿时，昭阳岛上的娃爷一顿吃了八斤莨瓜。莨瓜，你们吃过吗？这种瓜压饿，硬硬的，像笋瓜。

那时候真是奇怪，微山湖里鱼多的是，为啥湖里还能饿死人？

不光饿死人，还人吃人哩，鞠有德把娃爷的孙子小蝼蛄吃了。

把他抓起来，枪毙。

没那么容易，谁也没证据。

二蕴，你不是说喝完羊汤，给我们唱段端鼓腔吗？牛吹下了，制段呗。

制段就制段。二蕴相信，大路边上的唱词，他还是会的。他把一块油饼卷了卷，掖进嘴里，脖子一挺，咽进肚子里，像一只鱼鹰艰难地咽下一条大鱼。二蕴想唱，一张嘴，一股羊汤的膻味从喉咙里喷出来。

众人看他要吐的样子，说，歇会吧，别唱了。你这个熊货是饿死鬼托生的。除憨吃滥喝，就是憨吃滥喝，没第二个心眼子。

黄二蕴下午回到家黑天了，他把从城里带来的羊汤交给廖庭筠。

戴州城里的人真享福，他们的羊汤好喝。我下辈子能托生到城里，一天三顿羊汤。

你就这点出息吗？别寒碜自己。廖庭筠生气了，这样会让外人看不起你，尽做掉价的熊事儿，哪像个爷们，以后在外面要挺起腰板。

黄二蕴不敢再说，喝完汤，来到昭阳岛最热闹的地方状元桥，桥上坐满了人。他一声不吭，偷偷夹在人们中间，挨着民办教师王黑三坐下。

在桥上闲坐的人，正在议论一件昭阳岛上的大事。

这家伙真是吃了熊心豹子胆，敢在墙上写那么多骂鞠有德的话。鞠有德要知道是谁写的，非弄死他不可。那墙上的话把鞠有德的老皮根子全揭出来了。有人若报官，也够鞠有德喝一壶的。

该骂，骂得好，骂得畅快。鞠有德这样的人早该死了。恶有恶报，不是不报，时候未到。头顶三尺有神灵，老天爷爷看着他哩。

民办教师王黑三说，咱昭阳岛什么都不缺，就缺陈胜和吴广。

我对陈胜和吴广知道一点，好像是两个领头造反的人。你是说咱昭阳岛缺人领头造反。

别这么说，想造反的人一大堆。这年头，不是一刀一棍的年头了，造反是要被杀头的。最好有人造鞠有德的反。

有人把鞠有德祖宗八辈都骂了，字在墙上，已造鞠有德的反了。

你们不能乱说，不知道这方面的厉害，说要命就要命。在墙上乱写的人，不知道厉害就是了。鞠有德查出来是谁，能轻饶他？那一年，在咱昭阳岛湖边上有一条破旧的木船，咱村的来福高中毕业没推荐他上大学，他怀恨在心，在木船上用粉笔写了一句话打倒谁，他写完又后悔了，马上擦掉了。但这几个字还是隐隐约约留下点痕迹，第二天恰巧被拾粪的老头杨守业看到。这杨守业是个混蛋，从年轻时喜欢打个小报告，日本鬼子占领昭阳岛时，他跟着日本鬼子干，八路军的行踪他知道一点点，马上告诉日本人。解放后镇反时，该敲他反而没敲，不光没敲，他还成地下工作者。杨守业这老小子，把看到木船上骂谁的事告诉鞠有德。这下事大了，鞠有德又往上报，把事弄得更大，整个岛上逐个排查，没几天查出是来福写的，结果都知道，来福被打成反革命，他运气不孬，没枪毙他，只让他蹲了三年监狱。来福出狱后，疯了，魔道了，现在跑哪儿去了，谁也不知道。这也是鞠有德干的好事。

老周头你是怵鞠有德了，那年因一句话，他还斗过你哩。

老周头一听有人说这一节，他又害怕了，突然感到有一泡屎尿要蹿出来。他的肚子疼起来。他说，谁都有败走麦城的可能，说不准哪一天这昭阳岛来场地震，岛沉湖里没影了。这了吧，那了吧，大家都找平啦。老周撂下这句话，起身到树后解溲去了。

人们议论那墙上的字是谁写的，最后大家得出结论，肯定是外村人写的，想挑拨咱们和鞠有德不睦。兵书上说，这叫离间计。

这事看鞠有德啥态度，他把这事不当个蛋玩，那是大伙的福，他要恼了，咱大伙都跟着倒霉。

鞠有德让人那样骂，这人丢老鼻子啦。

这是个开始，横的怕愣的，愣的怕不要命的。这样谁也没法，像狼嘴三一样，鞠有德也没哈着人家一根屌毛哩。跟他玩命，他也没熊法。小六子跟他敢玩命，他却从来不敢欺负小六子。有很多人是杠铃头，弹簧腰，头上戴着风向标，见风使舵。所以啊，这些人受气早哩。鞠有德的霸是大家捧起来的。

话也不能这样说，鞠有德这人毒，谁要得罪他，他背后下手，这一点，他哪像是娃爷的种。娃爷那人江湖仗义，他可是咱昭阳岛上的爷们。

人们正说着话，街上突然骚动起来。孙十一老娘的哭嚎声撕裂了夜空，惊飞了湖中芦苇丛中的一群野鸭。

咱们去看看。

人们赶过去，黄二蕴也跟着人群在青石板路上跑。他在夜色里跑起来的样子，像一条鳝鱼在沙滩上游动。

黄二蕴跑到一大堆人跟前，挤进去一瞅，看到一个女人赤身裸体在街上大喊大叫。孙十一的媳妇神经病犯了，把自己四岁的男孩按在洗脸盆里淹死了。孙十一揍她一顿，她扒光腔在街上乱跑。

她原来在城里教育局干临时工，这一犯病，光着身子躺在地上直喊，局长哥哥，我把你儿子掐死了，你这个流氓。你说把我弄成正式的教师编，却不给我弄了。

孙十一媳妇在大街上闹腾一阵子。有人给她喂半碗温开水，又掐一阵子人中，孙十一拿来衣服给她穿上。

她醒过神来，坐在一棵金谷豆旁，喃喃地说，我这辈子造孽了。

好了，没事了，大家都回家吧。孙十一你回家给你媳妇熬碗黄鱼汤，喂喂她，她咋说也是个人哩，又不是牲口。你对她好点，她就不犯病了。

黄二蕴劝孙十一明天去医院给她看看，她长得标致，要不是得了这病，哪能落你手哩。这事出了，你打死她也没用，不如给她看好病，让她再给你生孩子。

孙十一说，那天我在湖边遇上红胡子老头，我给他烟，他说这几天让我小心看好自己的孩子。我这脑子像猪，没点记性，生生忘了。我命该这样。

众人说着，劝着，月亮带着梧桐树根的苦味爬到头顶。雾气有些凉，人都慢慢散去。

黄二蕴又安慰几句孙十一，看帮不上什么，便回到自己的家。在院子里，他看到泥鳅在厨房里喝凉水，他喂的那条小瞎狗依然跟着他。

泥鳅看到黄二蕴，没跟他说话，他喝完凉水，爬着从厨房里出来，把一串螃蟹放在院子里的石桌上。他用眼望望二蕴，眼睛里一片凄迷，什么也没说，带着狗爬着出去了。

黄二蕴提起那串螃蟹，那串螃蟹突然变成麻妮割芦苇的一把镰刀。这一晚，他昏昏沉沉睡去。他有些发烧，还做了噩梦，梦到了数年前被鞠有德叉住的那条黑花大蛇，还有被那条蛇毒死的老桑树。他还梦到了火，大火不知是从什么地方烧起来，火焰又高又猛，夹杂着西北风，噼噼啪啪一阵暴响。

第二天，太阳从东面升起来，数缕阳光从窗户照到床前。

廖庭筠起来一个时辰了，她做好饭在院子里喂鸡，她咯咯咯地唤着一群鸡。那群鸡里面有两只鸡不听她的。那两只鸡发现墙缝里有一只硕大无比的蝎子，便咯咯地向同伴发出信号。

廖庭筠想这两只鸡叫啥。她走过去一看，吓一跳，是只大蝎子，有一大乍长。

太阳出老高啦，晒腚了吧。你还不起来，咱院子里有一只大蝎子。

二蕴听到喊声，蹒跚着起来。啥大蝎子？

你看，在墙缝里。

他走过去一看。这么大的个？是个蝎子精。

二蕴用一条树枝把那只大蝎子挑出来，一只母鸡看得准，奔过来，在蝎子头上啄了一口，把蝎子给啄死了。

这蝎子是鞠有德变的吧，把他叨死了。

廖庭筠刚要说什么，鞠有德一步来到院子里。鞠有德是喝了酒来的，他的生活好，一天三喝，还都是好酒。他酒量大，每顿半斤八两，他爱喝金贵酒，他家的院子里酒瓶子一大堆。

鞠有德没醉，他眼睛好使，大老远看见那只蝎子。

快赶鸡，别让鸡把蝎子叼走了。

二蕴听到鞠有德说话的声音，吓了一跳。山东地邪，说谁谁到，还真不能乱说哩。二蕴这样想着，不知哪来的一股邪劲，一脚把那只母鸡踢开了。

鞠有德走过来，用两个小木棒夹了大蝎子。你小子功劳大大的。这只大蝎子是我的啦。威虎山的栋梁啊，二蕴。

你要它有用途？

我要拿它来泡酒喝，补肾的。

你把鸡踢得不下蛋，我饶不了你。

什么事？我劝你以后不要对二蕴横鼻子拉脸的，你不想当五好家庭了？

没事。我没管劲踢它，不会影响它下蛋。

半吊子二百五，你个熊货。

你这法子不行，男人是你随便骂的。

廖庭筠不敢使性子，她躲到屋里去。她本来想说，瞎狠、秃愣、瘸子手里害命，一想到鞠有德是个独眼龙，这句话就不敢出口了。

二蕴掏出烟叶让鞠有德吃，他不吃，他给二蕴一颗大鸡烟。

咱爷俩关系啥样？我亏待过你不？可别忘了，我是你表叔，亲表叔。

没有啊，没有。二蕴心里有些发怵，也有些心虚。

这就好，我要派给你个事。

二蕴听他这样说，才松了一口气。什么事？

最近，有人在墙上到处乱写乱画，要图谋造反，他们写了很多骂我的话，我要知道是谁，非剥他不可。明里不行，暗里剋死他。

是谁这么大胆，敢骂您，他不想活了？

你别声张，私下里看看，谁对我有意见，谁背后骂我，我心里好有个谱。我经历的大风大浪多了，谁也算计不了我。想算计我的人，都要比我死得早。

你够狠。

不狠不行啊。

你的事，我留心。

这事帮我弄清楚之后，我亏待不了你。鞠有德说罢走了。

二蕴看着他的背影走得远了，说，我没鼻擤了，我会打别人的小报告吗？

你看吧，鞠有德活不长了，看面相，他像个死人。他身上的气味也难闻，一进咱家的院子，就有一股子臭豆腐的气息。那天，我还看到一只夜猫子在他头顶上飞。看来，他的阳寿到头了。

第十七章

1

昭阳岛上，最先富起来的是狼嘴三，他这年靠偷采湖沙卖钱发了。

当初，渔民队解体后，狼嘴三靠狠和人拼刀子，在湖里圈了不少水田。后来，他又接管湖中四大金刚圈的五千多亩水田。有这些资产，他成了微山湖中的一个人物。

那时候，微山湖中银杏洲上一个蹲过监狱、外号叫四马嘎子的坏孩子，网罗了三个外地来的打手。这三个外地人，光头文身，都是蹲过号子的，个个是狠角色，他们和四马嘎子在银杏洲号称四大金刚。他们在湖中横行霸道，强占渔民承包的水田。他们在湖中圈地，说哪儿是他们的，哪儿就是他们的。

这年夏天，昭阳岛上出来采莲的寡妇晴雯，在自家水田里采莲，被四大金刚盯上。晴雯颇有姿色，四大金刚看上她，先是发生口角，四大金刚让晴雯离开，晴雯不肯，四大金刚借故扣住晴雯的船。他们将晴雯弄进芦苇荡，在一艘大船上轮奸了她。轮奸完晴雯之后，这四个人并不放晴雯走，他们在船上赌，谁赢了，谁就干一把晴雯。这样，晴雯在这艘大船上被折磨了三天。这天，晴雯趁着四大金刚喝醉酒，她跳下大船，找到自己的小船，划着小船逃回昭阳岛。

这个事儿像个炸雷一样，在昭阳岛传开了。

晴雯的婆家在昭阳岛势单力薄，但她和黄家有点拐弯抹角的关系，按辈她喊黄二蕴表哥。晴雯先把事儿给黄二蕴说了，要黄二蕴给她出主意，是报官，还是私了。

一定要给你出这口气。这几个该死的东西，要好好收拾他们。

黄二蕴为给晴雯出气，他去找狼嘴三。

他把事情的经过告诉给狼嘴三，狼嘴三一听拍下大腿，说，晴雯这个小媳妇不孬，见了我就喊哥，哥长哥短的，咱也要讲个义气。她被人欺负，咱要帮她出这口恶气。这四个狗日的，真是活够了，我早想会会他们，没想到他们敢欺负昭阳岛人。天作孽犹可违，自作孽不可活。这几个鸟人，他们活到头了。我挑头干死他们，到时候蹲监坐牢，我全揽着。

二蕴说，还需要报官吗？

报官麻烦太大了。四马嘎子老家是银杏洲人，后来跟着他爹去济州，仗着他爹是个局长，开了个歌厅，既组织卖淫，也贩卖毒品，他跟人打架斗殴，手里有人命，枪毙十次也够，但他蹲五六年就出来了。在济州混，有点扎眼，便跑到银杏洲，这家伙可不笨，他也是看上咱微山湖底的湖沙，要不他咋有意在银杏洲附近圈几千亩的水田呢。这个小子毒，他把银杏洲上的渔民撵出来不少。你说报官，报官有用吗？他的后台靠山不是咱想象的。经了官，不但给晴雯出不了气，也除不了害，凡是跟晴雯沾亲带故的，说不准都要受到报复哩。这个事需要快狠稳，快是快刀快斧，快刀斩乱麻，干净利索；狠就是下手要狠，毫不留情，据说四马嘎子手里有枪，短枪说不准，双管猎枪是准有；稳就是突然袭击，十拿九稳。

这事，找你找对了。我不主张暴力复仇，你看还有更好的招数吗？

别婆婆妈妈，他有初一，咱有十五。农夫和蛇的故事，你不懂吗？

二蕴不说话了。

第二天一大早，狼嘴三一招呼，三马狼喊一帮人，鞠有德也带他本家一帮人，孙十一、二牤牛、娃爷、姚瘸子等人也参加，昭阳岛集合了几十口子人。为安全，狼嘴三还喊来老渔洼煤矿周边的一帮坏孩子，狼嘴三告诉他们，只让他们在外围观敌压阵，准备好真家伙，只要四大金刚敢动枪，昭阳岛人吃亏，他们立即就上。

狼嘴三安排好这一切，日头刚跳出湖面。这时候，狼嘴三站在船头上，十几艘大船直扑银杏洲。

银杏洲上，四大金刚赌得正欢，昨天赌一夜，现在还没散场。四个人做梦也没想到有人敢来攻击他们。

四马嘎子出来撒尿时看到十几艘大船，船上的人都握着鱼叉，有的端着鸭枪，这些船围过来，他感觉不妙，立即上小船，向芦苇荡划去。在四马嘎子心中，他不怕警察，他怕手握鸭枪、敢和他拼命的渔民。他哪能走得了，大船上的人看到他，十几杆鱼叉带着湖底淤泥的腥味向他飞来，其中有杆鱼叉叉在他后心上。他忍着剧疼，将小船划进芦苇荡，大船进不去无法追赶，四马嘎子在芦苇丛里转几圈，一头栽进水里。

另外三大金刚更惨，他们醒过神来已无处可逃。他们想捞家伙，几十个人围住他们，并不答话，也不给他们机会，举起鱼叉投向他们。

狼嘴三叉法好，他用的是手叉，嗖嗖几声，准确地叉在一个人大腿上，那人倒下了。另外两个，也身上中叉，倒在地上，杀猪般叫唤。

狠揍，要让他们知道锅是铁打的。

除恶务尽，休要啰唆，大事不能含糊。这几个货，不是很凶吗？

一个也不能饶，狠揍，往死里揍。这几个坏熊早该死了。

这三个人跪在地上喊，别打了，饶了我们吧，坏事全是四马嘎子干的。

你们三个都祸害了晴雯，还想抵赖。怕了，知道有今天就甭作恶啊。

人们又向他们投掷一阵鱼叉。这三大金刚的惨叫声，随着烈日的白烟，弥漫在芦苇上。三大金刚躺在地上不动弹了。

这时候，人们上来，不管死活，又是一阵棍棒齐下。三个人裸着上身，他们身上文的蛇啊虎啊的，都被血迹染红了。肋骨被打断的声音，像是折断了一根又根苘麻秆。一会儿光景，这三个人全被打死了。

有人把四马嘎子从芦苇丛里拖过来。他后心挨一叉，血水咕咕直冒。我要死了，你们快把我送医院吧。他说完这句话，两个眼珠子翻瞪着，栽在地上死了。

这四个人死了，我们要坐牢吧。这事日鼓大了。有人后悔了。

狼嘴三，你说的，打死人算你的，你要把这事撑起来，像个爷们一样地撑起来。你爹当年是咱微山湖上的第一条好汉。你把这事儿撑下来，名声也和你爹一样哩。

我说话，一个萝卜砸一个坑，绝不打翻巴。但咱们丑话说前头，四条人命也不是小玩意儿，我吃枪子儿，谁愿意陪着弄个无期。

狼嘴三这样一说，银杏洲上立马静下来了。天上有几十只鱼雁在飞，空气里弥漫着浓浓的水草气息。四大金刚的惨叫声，依旧像银圆一样，在人们的脚下滚动。

我一人担着啦。

嗯嗯，你一人担着吧。

我一人担着，这四大金刚霸占的湖田全都是我的，谁也不能分，有意见不？谁有意见，陪着我一起上刑场吃颗枪子，黄泉路上我也有个伴儿。我不怕死，头掉碗大个疤，我绝对像金瓜一样有种。

众人不响。

你们没话说，这湖田都是我的啦。

我们多三十亩五十亩的水田，也富不了，你说是你的就是你的吧。

我们不眼热这个，你吃了枪子儿，这湖中的水田都是你儿子的。

今天的事，我全揽下了。出了人命，上面调查，大伙儿要实话实说。

放心。狼嘴三，你小子行，不比你爹差，是个爷们。说这话的是娃爷，他没动手打人，过来帮个人场。

有人报案，派出所的民警过来。以前，四大金刚无恶不作，也不把民警放眼里，他们被人干掉，民警也松了一口气。调查是必须的，到昭阳岛一问才知道，先是四大金刚轮奸了寡妇晴雯。民警暗想，打死活该，也省了政府几颗子弹。又问是谁打死的，许多上年纪的渔民说，几十口子都动了手。

是谁挑的头呢？

有人想把狼嘴三说出来。话到嘴边，觉着不妥，又咽回去。

娃爷这时候说，没谁挑头，这事儿一出来，昭阳岛上的人都气得跺脚，招呼一声就下趟子了，那还客气啥，一照面，一阵鱼叉就飞过去了。

黄松龄也说，这些坏蛋平时凶神恶煞，末日一到，也是吓孬种了，跪下喊爹，喊爹也白搭，一阵棍棒下去，熊脑袋被砸喝麤里个小舅子① 了。

一个警察做完笔录，说，这几个坏孩子作死了，没心事了。他说完这

① 喝麤里个小舅子：意思是烂透了。

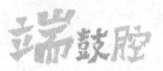

句话，上汽船走了。

法不责众，这事儿拖着，三拖两拖，没了动静，也就不了了之了。

打死四大金刚后，狼嘴三在外面躲了两年，见没动静又回到昭阳岛。根据事先的口头协议，四大金刚霸占的水田都是他的。水域太大，狼嘴三忙不过来，有人进去捞菱采莲，打些鸡头米之类，狼嘴三也不介意。

湖面上的东西不值钱，湖面下的东西值钱，湖底下有沙。狼嘴三买采沙船，偷偷采沙卖钱。沙子贵，正赶上南方城市建设大量用沙。浪嘴三一年下来，奇迹般地发了。

他发之后，又买了三艘五百吨的钢壳大船往南方运沙。

他跑船、贩煤、办公司，成了昭阳岛最有钱的人。

早先，他和鞠有德还有点顶牛，鞠有德也曾经和严三妮有一腿，两人为此还争风吃醋，也暗斗过一段时间。狼嘴三干掉四大金刚之后，声名鹊起，鞠有德便主动巴结上他，并且成为他家的座上客。还有附近老渔洼煤矿的矿长，也经常来狼嘴三家喝酒。因为老渔洼煤矿附近也有一帮坏孩子，霸揽煤矿上的生意，狼嘴三出面，见到坏孩子的头之后，两人谈条件，这个坏孩子要价高，狼嘴三烦了，一个虎扑就将这个坏孩子扑倒了，然后掏出刀子，嗤嗤两声，将这人的两个耳朵割掉。这人一看，来真的了，马上求饶。后来，这事私了，狼嘴三包赔这人八十万。但这个钱，老渔洼的矿长给狼嘴三垫了。从此，老渔洼煤矿的矿长成了狼嘴三的朋友，狼嘴三的狼名出去了，更响了，也没有坏孩找老渔洼矿的事了。

狼嘴三进出昭阳岛都沿着运河堤去渡口。每一次他都要经过晴雯的家门口，他经常看到晴雯坐在院子里，有时做渔家虎饰，有时晾晒干鱼，有时织渔网。晴雯头发长长的，像一条黑色柔软的瀑布。她的脸十分光洁白皙，乳房大，屁股也大，夏天晴雯穿着裙子走动，露着雪白肥硕的大腿。狼嘴三看了，心里便产生了一种要拥有晴雯的欲望。他主动向晴雯示好，给晴雯买这买那，还帮着晴雯干活。这天，狼嘴三感觉在晴雯身上下的本不少了，想占有晴雯应该是水到渠成的事。他把想法告诉晴雯。晴雯正色道，你是想玩玩还是想娶我，你若娶我就明媒正娶，你若想玩玩就看错人了。我把你当哥，也希望你尊重我。狼嘴三说好啊，我娶你。男人无妻不成家，女人无夫浪淘沙。咱俩也很般配。

浪嘴三说完离开晴雯家，他找姚瘸子说媒，姚瘸子一听，立马就去晴雯家，这样那样说了狼嘴三一堆好话。狼嘴三有钱，给晴雯的婆家买了一艘木船，又把晴雯婆家的房子翻新一下。表面文章，狼嘴三做到有情有义。晴雯毕竟年轻，嫁人是必然的，他婆家的人看到狼嘴三去找晴雯，也心知肚明，狼嘴三是个啥人，晴雯的婆家也知道，也不敢得罪，但担心晴雯没个好结局。不过晴雯愿意嫁给狼嘴三，她婆家没话可说，见好就收，放了晴雯的顺水。

狼嘴三娶晴雯，一年后，晴雯给他生下一个男孩，取名德娃。

狼嘴三这年在自己水田里用挖掘机挖土，堆成岛，在上面盖饭店，又圈了几十亩地的鱼池。到济州，请一个叫姜大瓜的书法家给鱼池题了名，叫孔雀台渔村。

2

富人在城里吃腻了山珍海味，吃高了血压、血脂、血糖，一梦醒来，发现昭阳岛是个好地方。狼嘴三的鱼池那儿，经常有城里人过来。一些花花绿绿的女人都年轻貌美，这些年轻美貌女子又诱惑着昭阳岛上的女孩出去见外面的世界。

孔雀台、凤凰台，还有野狼沟都是昭阳岛上的大村，在昭阳岛上，耕地是最多的，因采煤挖沙，耕地塌陷的越来越多，没地种的人除弄养鱼池之外，就外出打工。

转眼过了数年，二蕴的大闺女金花、二闺女银花初中毕业后，都没考上高中，她们在家闲着没事做，想进城打工。

二蕴不想让她们去。二蕴说，城里太乱了，女孩子在外面闯，挣不到多少钱，也不安全。现在风气变坏了，有人说城里的那些个红毛女、黄毛女没几个好人，她们都是鸡。

你想让我在船上憋死啊，天天去湖里捕鱼下网箱，你乐意了，是吧。我告诉你们，我可不想一辈子待在这个小岛上。

金花一席话，二蕴不敢搭茬了。

银花也说，出去的女孩子多了，还能都学坏？

廖庭筠说，去吧，总不能让孩子老闷在家里吧。去城里长长见识，但要走正路，不能把头发染成黄毛毛。

金花说不染头发。

这天，金花、银花的小学同学来找她们，一个是磕头虫，她是鞠莨瓜的女儿。她个子不高，小时候生病，刻板住了，十八岁了也就一米四多。一个是拼三妮，他是昭阳岛上三妖怪的女儿。这两个女孩上学都不是料，一个上课就打瞌睡，所以有了外号叫磕头虫。另一个女孩拼三妮，曾经跟男孩子骂架，她骂过一句，我日您爹。因这一句话，她得了外号拼三妮。这两个女孩在城里一家商场卖东西。

廖庭筠觉得有两个女孩跟金花、银花做伴，想去城里闯闯就去吧。闺女大了，也该挣钱养活自己了。

廖庭筠一做出决定，不等家里给她们操办衣物，金花、银花咯咯笑几声，提个小包，跟着磕头虫和拼三妮跑了出去。她们一阵风，登上去城里的客船。

二蕴望着她们的背影，感觉她们像几只野鸭子，怪里怪气，一种不祥的念头像一条黑鱼，在二蕴脑子里游动。

这几个女孩在戴州城一家私人办的纸箱厂做工，才做了一个月，银花就跟着一个熟人跳槽去了南方。

3

二蕴的儿子顶天，这一年读初一，学习成绩在班里一直是拔尖的。后来，他跟娃爷的孙子大山玩到一块。大山这些年打架斗殴，进派出所七八次。顶天和他在一起几天就玩野了，他跟着大山捉青蛙、掏鳝鱼卖钱。

有点零花钱，顶天更不愿上学，他辍学了。

二蕴想把顶天再送学校里去，不过，顶天成了一匹野马，勒不住了。

他跟着大山整天东游西荡，连家也懒得进。有时爷俩一见面就吵架，二蕴要揍他，他从怀里掏出敌敌畏瓶子。

你不要逼我，我又不做坏事。我爷爷当年让你学端鼓腔，你咋不学？你学了端鼓腔，还能进监狱？

进过监狱，这是二蕴的短板，顶在的话像一记耳光打在他脸上，他顿时没脾气了，像霜打的茄子般蔫了。

二蕴叹口气说，人家能得吃不了，你别能得不够吃。我是教你学做人。

大萝卜是用尿浇的吗？你不用教我。这话，我爷爷当年也给你说过。混好混孬，我绝对进不了监，坐不了牢。我继承你老人家的优点，就是不上学。

顶天，你听爹一句，青蛙和鳝鱼咱不抓，行不？特别是青蛙，这玩意多可怜，你捕得太多，它不是益虫吗？

是益虫，在饭店里吃它的都是有钱的人。昭阳岛很多人都弄，一年弄六七千块，能买辆崭新的摩托车。我想跟他们学，犯法了吗？

没犯法。你跟他们学不要紧，抓鳝鱼，不抓青蛙。

这个我能做到，除抓鳝鱼，螃蟹、泥狗、老鳖也抓。这年头，南蛮子还来湖上收购天龙哩，他们说是饭店里要，油炸，好吃。这东西像屎壳郎，居然也有人吃。熊蛮子们，没东西吃了。粑粑华的爹王汉杰，为什么活吃屎壳郎？

不太清楚，他早年在国民党乡公所干过，有可能做过伤天害理的事情。咱不啰啰他，你小子听好啦，抓鳝鱼时，你不要到剑茅滩去。

为什么？

那个熊地方，多少年了，无端死了不少人。邪，知道不？

你是不是脑子出了问题？婆婆妈妈的，没完没了。

这天中午，大山喊顶天，他们要一起到湖边掏鳝鱼。

二蕴正在家里给猪圈砌墙，他本不想让顶天去掏鳝鱼，话还没说出来，两个孩子走远了。

一个时辰后，街上突然有人乱叫起来。孙十一跑来找二蕴，他结结巴巴地说，不好了，顶天在剑茅滩那儿掏鳝鱼被蟒蛇咬住胳膊了，蟒蛇咬住顶天正往洞里拖呢。

二蕴一听魂都没了，他本能地摸起鱼叉，朝剑茅滩奔去。廖庭筠也哭着跟在后面跑。

剑茅滩那儿围满了人，村里很多男人都来了。顶天趴在沟里，他的胳膊还伸在一个洞内被蛇咬着。娃爷的孙子大山也在那儿，不过他被蛇盘了一下，吓得口吐白沫，不省人事。

顶天趴在那儿惨叫着。他的叫声如同一阵黑色的雾，笼罩着每一个人的心。

快把他拉上来啊。

鞠有德指挥人拉顶天，几个男人一起用力，只听咔嚓一声，顶天的胳膊袖子烂了，胳膊上有几个血口子。那条大蛇逃进了洞里。人们拉上来了顶天，他疼得昏死过去啦，廖庭筠见状嚎得没了人腔。

快把两个孩子送医院抢救。

孙十一和老周头他们开来三轮车，把顶天和大山架车上，一溜烟奔渡口去了。

二蕴拿着鱼叉往洞里看看，他看到一条大蛇要往外蹿。他使出所有力气，向蛇头叉去，鱼叉杆剧烈地摇晃起来，紧接着又有几杆鱼叉叉过去。

有个爆破筒最好，一下结果它算了。

对，用炸药。

先叉住它。鞠有德说，谁去我家把炸药和雷管拿来？那东西都在里间屋的柜子里。鞠有德和煤矿上的包工头关系好，包工头存了些炸药和雷管在鞠有德家里。事儿一急，他说出家有炸药。

二牤牛说，我去拿。

四毛懂爆破，让四毛也跟着，看都需要啥玩意，一块弄来。

工夫不大，两人回来了，他们还拿来电绳子和几节大电池。二牤牛把鞠有德家的十几斤炸药全抱来了。

为制造土爆破筒，有人把自己家里的铁筒子拿来。

四毛最喜欢爆破，这下可派上用场。四毛是独臂，他是鞠有德本家的弟弟，那一年，他在微山湖炸鱼，炸药没弄好响了，炸掉了他一条胳膊。

四毛见铁筒子更来精神。这下够它喝一壶的。这玩意弄成爆破筒，炸坦克也管，别说这蛇窝了。都往后撤，统统后撤。

鞠有德留下几个大胆的，帮着四毛填炸药。

四毛弄好爆破筒，又制两个炸药包，他把雷管放好，人们把爆破筒和炸药包塞进蛇洞里。四毛拎着电绳子向后撤，撤几十米之后，四毛拿出电池来，他们趴在沟底下，引爆了爆破筒和炸药包。

炸雷般的几声巨响，连泥带水抛向天空。天上像下了一阵血雨。

过一阵子，人们才敢走过去。蛇洞那儿，被炸成一个大坑，满是血水的大坑里，漂浮着八九个血肉模糊的蛇头。每个蛇头都跟小碗似的。天空中布满了死蛇被烧焦的腥味。

剑茅滩这儿经常有怪事情发生，说不准都是这窝蛇精搞的鬼。这时候，昭阳岛人又想起，许多年前，一帮地质勘探队的人在这儿钻井，后来，井里抽出来的全是蛇血，他们钻到了蛇层，害怕出事不钻了。看样子，从那以后，这地下的蛇是有一部分跑出来了。

半夜里，下起细雨。人们在睡梦里，又是一阵劈劈啪啪的爆响，人们惊魂未定，爬起来。火光映红半边天，映红了人们古铜色恐怖的脸膛。

孔雀台村有数百年历史的孔雀台着火了。没有人放火，是天上的雷电，把孔雀台上的庙给点燃了，大火里夹杂着难闻的腥臭味。

有人喊着要去救火。他们拿盆的拿盆，提桶的提桶。

这时候，瞎子王半仙出来了，他穿着一件黑色的大褂子，边走边嘟囔着，断竹，续竹，飞土，逐肉。谁也不能去，都别动，那儿有危险。

大火燃烧到早晨方熄，人们围上去看时，这座台子上的古庙已烧成一片废墟。更让村人惊讶的是，古庙后面的黑龙潭一向是深不见底，这天却变成一潭血水。

瞎子王半仙说，土反其宅，水归其壑，昆虫勿作，草木归其泽。从此，昭阳岛再没蛇患了。

瞎子王半仙的话，昭阳岛人听不明白。但听懂了一点，昭阳岛没蛇患了。

昭阳岛有蛇患，影响最大的是二蕴。顶天被蛇咬住，咬伤一只胳膊，他因流血过多，住了几个月的院。其次是娃爷，大山虽然保住命，醒过来之后，有点和以前不一样了。

对这事，昭阳岛人做出总结，说，这两个孩子落到这一步，也不亏他们，这都是他们捕青蛙的报应。你想想，一袋子一袋子的青蛙往饭店里送，多伤良心啊。也有的说，是蛇对他们的报复。人们想起那一年，鞠有德叉鱼，曾经叉死过一条黑花大蛇，那条黑花大蛇说不准是这帮蛇的老祖宗，蛇是会记仇的，要不它们咋老是逮住二蕴家不放，先是缠过他弟弟泥鳅，后来又是儿子顶天，也许下一个是鞠有德。

娃爷为治好大山，天天到鱼骨庙里，又是烧香，又是磕头，折腾半年，大山的病才好。大山好了之后，赶上煤矿上招掘进工。

大山报了名，他去煤矿当工人去了。数年前，大山的两个姐姐家华和家云都嫁到矿上，她们在矿上有人脉，大山后来在矿上也混成了一个人物。

4

二蕴的爹黄松龄，自从没了老婆薰子，变得有些孤僻。他一天到晚唠叨端鼓腔，逢人便问，是不是愿意跟他学端鼓腔。孙子顶天出事后，对他打击更大。孔雀台上的庙宇毁于大火之后，他在上面搭建一间茅屋，从早晨到黑夜，只要他不睡，就在孔雀台上唱端鼓腔。

昭阳岛上，只有一个人搭理他，这人是娃爷。娃爷有时候，找他唱段端鼓腔。两个老掉牙的老家伙唱完端鼓腔之后，每人还能喝数碗地瓜烧酒。

昭阳岛人同情二蕴，不少人请他到家里吃饭。

这天，娃爷也请二蕴吃顿饭。他让柳叶去喊二蕴，柳叶围着村子转了一圈，最后在一堵断墙下找到二蕴。深秋的残阳，将断墙涂成深褐色。墙缝里塞满了发霉发绿的端鼓声。

二蕴蜷缩在断墙下，像一条没有家的狗一样。他头上有了白发，比实际年龄要大十岁。尘土的腥味包裹着他，他的神情如同一条离开水的鳊鱼。

你到我家吃顿饭吧，娃爷让我喊你喝酒。你咋在这儿躺着，这儿多凉啊。

我不去了吧。

你不去不行，要不娃爷又骂我了，你去吧。我下了一大锅水饺，你多吃几碗，我还炖了一锅龙虾，够吃的。娃爷你是知道的，他和你爹、你爷爷，都是有话说的朋友。

好吧，我去。这些日子脑袋里像灌了铅，总是迷迷糊糊的。

粑粑华在娃爷家玩，鞠有德的几个傻儿子也在他家玩。他们在院子里弄鸡屎玩，他们手上脸上都沾满鸡屎。他们把鸡屎和泥巴混在一起，捏成泥人，泥人有两个大耳朵，有点像鞠有德，也有点像娃爷。

柳叶看到他们身上全是鸡屎。我的娘，这是从哪儿弄的？你们几个拼种黄子，愁死了。她说完拿荷叶给他们擦。

二蕴咱喝点。娃爷说，你爹那端鼓腔神了。你别认为他疯，他一点也不疯。现在端鼓腔派不上用场了，要是旧社会，他这手端鼓腔走南闯北，到哪儿都能抗两膀子。

我什么也没给你带，我该给你带点什么。

你这孩子，憨了是不？你给我带什么，我什么都不缺，家里吃的、喝的，啥都有。

柳叶将一筐子茬草丸子端上来，还有一盘油煎咸鱼，又盛几碗饺子过来。

娃爷把酒倒上，两人喝起来。廖庭筠还好吗？几天没见她了。

为治好顶天的胳膊，她回娘家借钱去了。顶天这小子不听我的，要听我的，哪能出这熊事。我现在这样子，真是卖了秫秸买秆草，越叨登越短了。

不能服输，人都有走背字的时候。十年河东，十年河西，早着呢。我早听到湖底石磨转动的声音了，我还不服输，你怕个啥。咱湖里的人，命硬，命也贱，像湖边的水草。人生一世，草木一秋，转眼过了，滋啦就完。像我和你柳叶奶奶，当年的事还在脸前头，可是呢，我们都老啦，孙子大山都到说媳妇的年龄。咱们摊上啥事也别烦啦，认命吧。也许，前世里我

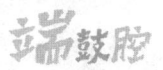

们有什么地方不对，也许做错了事儿。总之，有因就有果，因果报应，咋也逃不过去。

二蕴知道娃爷命硬，一般人听到湖底石磨转动的声音会死，为啥娃爷不死？

带着娃爷为啥不死的问号，二蕴想说句什么。这时候，在老皂角树下，二蕴看到一个人在那儿徘徊。那人身材魁梧，头顶上戴着干荷叶当草帽，那是娃爷的大儿子金瓜。金瓜不说话，他在皂角树下擦一杆鸭枪，那杆鸭枪被他擦得剔明锃亮。金瓜的眼神充满孤独和困惑，他在皂角树下绝望地徘徊。他的脚步声，在昭阳岛上每一个角落都沙沙作响。

让他一起来唷一碗吧。

不要管他，他心里不舒坦，这阵子他又想小蝼蛄了，也许他还想着替小蝼蛄报仇。我多次劝他，报啥仇，放下吧。他口头答应了，心里咋想，咱琢磨不透。结果他因一句话丢了命，赶上这世道，谁也没办法。说到这儿，娃爷和二蕴举起碗来，喝干了一碗酒。

小蝼蛄跟着贾凤雏混，他们那个幻戏能挣钱，吃喝不愁。

娃爷，你不是演过几场幻戏吗，有啥感觉？

幻戏也是戏，换换角色，咱都是幻戏里的人。

有机会，我也演场幻戏。

不急，你已在幻戏中了。

5

微山湖底的石磨转动着，碾出的死亡气息像无休止的秋雨。有时候，这种气息像一群黑色的蝴蝶，在二蕴家院子上空乱飞。这些年，二蕴被这种死亡气息折磨得睡不着觉，心里像打碎了酸辣缸，说不出个啥滋味。阳光带着湖底淤泥的腥味，悬挂在院子里的老榆树上。他预感到一种不祥，蛇一般爬进院子。

是福不是祸，是祸躲不过。他心里总这样想。

刚入冬这天，他终于等到了消息，这是一条坏消息。

从戴州城里打工回来的人说，油篓巷胡同一家发廊里，有一个女孩被人杀了。这消息像一个炸雷，立即传遍了昭阳岛整个孔雀台，村里人都为二蕴捏了一把汗。昭阳岛人都知道，二蕴的大闺女金花在戴州一家发廊里干理发生意。

二蕴知道这消息时，正在院子里给牛铡草，湖底石磨转动的声音使他的铡刀迟钝了。老榆树上掉下来他女儿金花的身影。有两个警察走进院子，警察走路的样子歪歪斜斜像诗，也像两只青蛙。

戴州城油篓巷发廊里，一个女孩被杀了，她是你的孩子，叫金花。

二蕴没吭声，他看什么东西都发黑。石磨转动的声音也变成黑色的，像湖边的黑鱼子，挡住了他的眼睛。寒风吹落几片榆树叶子，划过他捞鱼摸虾的岁月。从孔雀台上，滑落的端鼓腔声像一群螃蟹，在往他家里爬。鱼群打着呼噜，朝他院子撞来。端鼓腔的声音像刀子一样，割断他通往未来的路，使他的记忆鱼子般回到鱼肚里。

廖庭筠听了晕死过去。顶天受伤的胳膊还没好彻底，他用另一只胳膊扶着她。

黄松龄也得到消息。她跟我学端鼓腔哪有这事儿。说完这句，又说向南，再向南。谁也听不懂，大家以为他迂了。

鞠有德派二牤牛、孙十一进城，他们帮着二蕴处理后事，二蕴没有哭。这结局我早看到了。二蕴说这句话时，白头发长长的，贴在他脸上。

入冬的夜晚十分寒冷，北风吹得老梧桐树叶子哗哗地响，像是有人在另一个世界里哭。

鞠有德召集几个人来到二蕴家，他们商量怎么安慰二蕴。二蕴将烟叶筐子端出来，人们都卷烟叶吸。烟雾笼罩着每个人的脸，屋内烟味浓浓的，弥漫在每个人记忆的角落。

他们一边吸烟，一边咔咔地吐痰。凉风直往屋里挤。

多吃锅烟吧。

岛上的人，夜里没啥事干，几个对脾气的大老爷们难得聚在一起，他们只要一碰头，东扯葫芦西扯瓢，老雕叼着个蒜臼子，云里雾里乱榷。

鞠有德现在待人接物也客气多了。自从红胡子老头警告他要做一百件好事以来，他经常做好事。比如，谁受气了，找到鞠有德，他就帮着给人出气。谁家穷了，有病看不起，鞠有德主动把钱送给人家。昭阳岛上的婚丧嫁娶，红事白事，他都挑头帮忙，还随个大礼。走在大街上，他见大人小孩也客气很多。有时候，他也到鱼骨庙里烧香磕头。平日里，在他这个村主任面前，大伙都是闷头哼，谁也不敢满嘴喷粪，更不敢持着鼻子上头，撅着尾巴上天。鞠有德放个屁，也能吓得他们屙绿屎。鞠有德上面有人，阴招也多，谁敢跟他立愣八歪，简直是自找苦吃。

鞠有德又吃完一锅烟，然后又把一锅烟点上，他点烟锅时，火柴的光亮让他的白发和皱纹格外醒目，岁月不饶人，他也老了。

三斤的鸭子，二斤半的头，你们都有一张好嘴。你们说一大堆屁打不着鼻梁的话，咱谈正事吧。来二蕴家，不是为吹牛逼，是为把二蕴的事办好。黄鼠狼专咬病鸭子，二蕴这年吧，事儿有些不顺当，越不顺当，越摊事儿。人的命天注定，不信命运真不中。

湖中芦苇丛里，传来野鸭一片惊叫声。不知道是谁在打野鸭子，我待会给他们要几只，咱晚上炖炖吧。在二蕴这儿炖，二蕴今天买了酒，咱们斯喂斯喂①。

野鸭子飞走了，扇动空气的声音像有人在尿尿，又像老鼠啃食东西的声音，在某个角落里回响。

不能让孩子出去打工。

现在的小孩，大人的话都听不进去了。

城里人的生活好什么，门都像碉堡似的，为什么这样弄，他们生活不安全。还有城里那些十几岁的中学生，他们厉害得很，打架都用刀劈。我亲眼见过，在网吧里，一个上网的小男孩被另一个小男孩用刀给劈死了，据说是两个人在网上骂，骂恼了。

廖庭筠提着一壶开水进来，她说，都是我的错，是我让她们出去的。外面再好，也没在家里好，金花出事了，外面还有银花，我看银花在外面也跑野了，几个月连个电话也不打，二蕴咱得想法把她找回来。

鞠有德吸着烟说，大伙合计一下，看看需要帮什么忙。

———————

① 斯喂斯喂：指做什么事。本处指喝酒。

帮我打听一下银花吧，银花出去的年数也不少了。这个妮子也不听话，今天说在青岛，明天说在深圳，她到底在哪儿？一句实话也没有，她的同学说她在南方跟着做传销。看看，咋把她弄回来，说个婆家嫁出去算啦。一个小女孩在外跑野了，也让人揪心哩。

6

数日后，杀金花的凶手抓到了。

让昭阳岛人吃惊的，凶手竟是狼嘴三的小儿子德娃。

这消息在昭阳岛像响了个炸雷。杀金花的不是德娃一个人，还有他的同学胡志。胡志是昭阳岛胡主任的儿子。

这个事一出来，第一个来黄二蕴家的是晴雯。晴雯和廖庭筠是有话说的朋友，她和二蕴家也有点亲戚。另外，女人和女人有话说，也是冲着男人的面子。二蕴和狼嘴三关系不错，二蕴从不说狼嘴三坏话。在昭阳岛，狼嘴三也知道这一点，他在家没少夸奖二蕴。是亲三分向，两家的关系走得近。狼嘴三有钱之后，到南方做生意，经常带来南方的一些特产。晴雯是个大方人，她不护东西，吃不了的，用不着的，就往二蕴家里送。廖庭筠感觉过意不去，便帮着晴雯做点家务，有时候还给晴雯当和事佬。狼嘴三去二蕴家喝酒，喝到兴头上，就说在外面睡了哪个女人，这女人如何皮肤白、屁股大、奶子大之类。每当他在船上喝酒，说得吐沫四溅，眉飞色舞时，廖庭筠说，你在外面可不能乱来，晴雯是个好女人，又给你生了男孩子，你要善待她。不要在外面拈花惹草，这样可是对不起晴雯哩。晴雯不孬，长得漂亮不说，人也贤惠，老实可靠，吃饱睡觉，又没散事，你比她大一旬，属于老牛吃嫩草，她不嫌你老，不给你戴绿帽子，你该知足。我当然知足，我是家中红旗不倒，外面彩旗飘飘，晴雯正宫娘娘的地位，谁也动摇不了。

晴雯来二蕴家串门时，对狼嘴三在外乱搞，廖庭筠守口如瓶，半点信息不提。有时候，晴雯哭哭啼啼，来找廖庭筠诉苦，说狼嘴三在外又包养女人。廖庭筠劝她，你又没亲眼见，何必当真。他在外跑生意，难免接触人，一个活人，你又不能把他拴在腰带上，睁一只眼，闭一只眼算了。这时候，二蕴也劝晴雯，现在的社会，女人也放开了，见有钱的男人都拉不动腿。狼嘴三不找她们，她们也找狼嘴三。现在的女人只看钱了，哪儿还有廉耻。

黄二蕴和狼嘴三两家，他们的孩子却互不认识，昭阳岛上的小学、初中，老师一直发不下工资，老师也没啥干劲，他们有点空便跟着渔民进湖打鱼，他们的教学水平也稀松平常。狼嘴三在戴州有房子，德娃从上幼儿园，狼嘴三就把德娃送城里。二蕴闺女金花从小在昭阳岛上长大，德娃不认识她，她也不认识德娃。

德娃和胡志杀害金花之后，晴雯第一个来到二蕴家。晴雯提来了两大包东西，二蕴掉着泪珠儿接待了她。

此时，廖庭筠躺在床上，晴雯一进屋抱住廖庭筠就哭了。我的亲姐姐，你看我的命好苦也，咋摊上这档子事哩。

廖庭筠不说话，她躺在床上发呆。她的眼睛无神，像两只晒干的鱼眼。

晴雯哭一阵，又干号几声。二蕴劝她，你也别哭了，也要保住身子。

晴雯说，我能不哭吗？我就这一个儿。第一次结婚，一天好日子没过，他家穷得叮当响，跟他过三年，当牛做马，省吃俭用，除还债就是还债。跟着狼嘴三，刚说过上好日子，谁又想到德娃把天给戳个窟窿。杀人偿命，他吃枪子儿跑不了。他十八啦，到够枪毙的年龄，五花大绑，押赴刑场，一声枪响，脑袋开花。我忙活这些年，却养个害人精、讨债鬼，我这心里苦啊。

廖庭筠躺着还是一言不发。晴雯魔魔道道说了多半天，说累了才回家。

这天晚上，月光很好，粑粑华领着鞠有德的三个憨儿子在街上唱：

太阳西出落到东，
满天月亮一颗星。
小麻雀向南飞尾巴朝东，

有一天刮起了拧劲子风。

他领着唱时，正好碰上孙十一的媳妇，一听粑粑华这样唱，她的病又犯了，她把粑粑华当成被她溺死的儿子了。

她撵着粑粑华喊，我的儿啊。

我不是你儿，我是你爷爷哩。粑粑华骂一句，领着几个憨子跑了。

她的喊叫声十分凄惨骇人，人们听了后背发凉，头发梢都立起来。

二蕴在家也听到孙十一媳妇的喊叫声。他院子里一棵皂角树下横着一根榆木梁头，二蕴坐在上面慢慢吃烟。深秋的夜晚十分寒冷，天上的星星用冰冷的目光瞪着昭阳岛上每一个渔村，北风吹得树叶哗哗作响。

这时，王黑三领着狼嘴三父子来了。

王黑三今非昔比，他当民办教师转正后，去乡里当秘书，两年光景，现在熬成了副乡长。院子里散发的干鱼味，像是乌鸦的翅膀子，在众人面前晃动。

狼嘴三领两个儿子一进二蕴的院子，三个人一起就给二蕴跪下了。

二蕴爷爷，对不住你老人家，我们来给你磕头了。

狼嘴三说，又拼种了你俩，该喊亲爷爷。你亲爷爷有大号叫天祥。

对对，你爷爷的大号很响，南宋有一个叫文天祥的人，是个牛人。

二蕴想不出南宋离现在有多远，也想不出那个叫文天祥的人是弄啥玩意的。他牛，我一点也不牛。我只是个渔民，除了打鱼，我啥也弄不好。总之，他感到这天祥两个字跟他没有关系了，很多年没人喊他天祥了，有时候他都忘了自己是叫天祥的。人若想忘记痛苦，最好先从忘记自己的名字开始。想到这儿，二蕴说，起来吧，地上凉。

他们爬起来，狼嘴三挨着二蕴蹲下。他说，你亲爷爷二蕴是个传奇，当年领着昭阳岛几十号人，灭了霸占银杏洲有两年之久的四大金刚。狼嘴三把当年的血腥场面讲述了一遍，把二蕴的大胆，冲在最前面，描述得非常生动。

二蕴听了，感觉十分舒服，不过他想，那是我吗？他清楚地记得，当初，他和娃爷在一个船上，他们的船在最后面，他和娃爷上岸后，还没来得及动手，四大金刚就已经喵呜了。

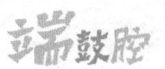

　　二蕴吸着烟叶不说话。他没反驳狼嘴三，但心里还是挺受用的。

　　天祥爷爷，这事反正是出来了，我们是啥法也没了。看看下一步咋往好处想。我们愿出钱，您老人家开个价，多少钱能摆平这个事儿？

　　院子里的空气静静的，十分潮湿，一伸手，像能抓住一条湿漉漉的鱼。有一种清冷的感觉，像湖里的螃蟹，在泥巴窝里蠕动。

　　憋了吃一袋烟的工夫，二蕴终于说话了。这两天我心里满满的，什么事儿以后再说吧。钱的事，二蕴没搭茬。

　　屋里又传来廖庭筠的哭声，随着凉风，直往人骨头缝里钻。

　　他们围着二蕴说这说那，许这许那的，二蕴一句腔没搭，他们直说到月亮西坠。

　　这时候，二蕴低着头，随便哼上一句，算是敷衍他们。

　　狼嘴三父子觉得说多了也没意思，话儿也停下了。

　　二蕴见他们不说话了，他说，我今天喝多了，脑子蒙蒙的，心里也乱，这事明天再议。

　　狼嘴三父子把二蕴扶屋里，二蕴屋里飘落着许多年前的端鼓腔。

　　廖庭筠坐在床沿上不说话，她的眼睛瞪得大大的，像一只瞅着老鼠出洞的猫。

　　狼嘴三父子扶二蕴躺在床上，才从他家里出来。湖面上的风刮过来，寒气十分逼人。狼嘴三说，二蕴这小子，我以前跟他关系不错，事儿出来了，咱先来看看他，本想听听他有啥要求，没想到他是个闷头葫芦，连个屁也没放出来。二蕴是个直肠子，没多少坏心眼，只要坏人不教唆他，估计一切都在我的计划之中。农村的规矩兴这个，错在咱，咱先磕头赔礼，然后答应他们的一切要求。慢慢来，事儿会有利于咱的。

7

　　第二天上午，狼嘴三想找二蕴私了的事，让鞠有德知道了。在孔雀台附近一棵老菩提树下，他和二牤牛、孙十一商量。

他说，杀了人，想私了，那还管？这事想私了，要多出血。

杀人偿命，欠债还钱。狼嘴三有姜子牙的本事，也难救他儿子的命。

不好说，有钱能使鬼推磨，狼嘴三认花钱，保住他儿子的命有戏。

狼嘴三花三万块从深圳请来律师，律师说这事得看二蕴啥态度。二蕴要为死去的人报仇，要求严惩凶手，他们非偿命不可。二蕴发发慈悲，不要求凶手偿命，只要赔钱，凶手的小命还可能扒拉出来。

这样看来，狼嘴三儿子的小命还在二蕴手里攥着。还是向活的，不能向死的，才十七八的孩子，毙了怪可惜的。

他作事了，法律不讲这。

狼嘴三想和二蕴私了，这看狼嘴三愿出多少钱。

我们的话在二蕴那儿算个屁，您老人家去说准管。

我向理，不向人。二蕴有理，狼嘴三甭想瞒天过海，你们放心，逃不了他。

鞠有德说完这句话来找二蕴。一群野鸭子从他头顶上飞过，屙下几十年前的鸭屎，像小蟪蛄的身影，在他眼前晃动。鞠有德心里猛一怔，仿佛对面有一缕火光向他射来。

他定了定神，什么也没有，鱼骨庙里传来的钟声依旧，像隐藏在荷叶底下的一群鲇鱼。鲇鱼的胡须，使他的心情有些痒。

鞠有德挤巴着一只眼来到二蕴家时，二蕴正在院子里晒地龙。地龙里一些黄苲草中，没有收拾的水虾和水鳖子在阳光里蠕动。

有事？

当然，为你的事。你不能胳膊肘子往外弯，一条人命最少给他要三十万。没三十万，要求抵命，反正狼嘴三心疼他这个小儿。德娃是他跟晴雯生的。以后的日子，他全指望德娃，他大儿子有心脏病，听人说治不好，棺材瓢子吧。他二儿子小时候就搞女人，十六岁这年把一个市人大副主任的闺女给强奸了，这个人大副主任是个黑社会头子的保护伞，派杀手把狼嘴三第二个儿子的家伙一刀给剐啦。传宗接代的事裂熊了，只一个希望在德娃身上。德娃有事，看他咋整。

我听您的。

听我的好说，放长线钓大鱼。啥事都别吐口，要有耐心，等等看。

二蕴就等，等数天，终于有了动静。

这天，王黑三又到二蕴家，他来商量私了的事，问问二蕴想要多少钱。他说狼嘴三不是从前，他钱不多了，日子也不好过。

他这样说时，正好老周头也在场。他的日子不好过，也比咱们强吧。他现在还养着东北的小姐王玉。

把这事摆平，能把他儿子的命弄出来，说不准还不如咱呢。他已经卖了城里的一套房，在昭阳岛的鱼池说是也要卖给鞠有德，他们正谈价呢。

不管他咋说，最少赔二蕴三十万。

我来时，狼嘴三给我交了底，看看二十万行不。

一条人命，三十万少点行，要不让法院里判吧。

老周头说，狼嘴三有的是钱。他去济州，在一家饭店里看上一个小媳妇，他为了得到这个小媳妇，一甩手给这个小媳妇十万。据说，这个小媳妇只跟他睡了一夜。

这都是别人对狼嘴三的演义，演义能当真吗？我是乡里父母官，这个家我当了。到时候，你别要求让人抵命。

人死不能复生，我让他抵命，我家金花也不能复活了。他多赔钱行。

这样说定了，三十万，我去回话。

8

这天，在狼嘴三家里，胡志的爹娘来了。

王黑三告诉胡主任，事情摆平了，二蕴要三十万。这小子胃口不小。

咱给他三十万就是。

胡主任说完，马上掏出三十万放桌上。

把钱收起来，还用你掏这个钱吗？

狼嘴三上前，把钱又装进胡主任的提兜里。

这个数可以，以防夜长梦多，要及时搞定他。

他不是说三十万少点也行吗？

给他二十八万吧。

不知谁给他出的点子。二十四拜都拜了，别在乎这一哆嗦了。

今天去把这事说死，免得他今后嫌钱少后悔。

咱这就去。狼嘴三说完，拿出一个三十万元的存折，他吸着雪茄来到二蕴家。

他们还带一份协议，二蕴也读得懂，大体的意思是经济上的补偿。

二蕴签字按了手印。

就这样了，到时候你要按我们的要求去说。

行。到时候，我按你们的说。

咱爷俩啥味分，你最清楚，你可不能听人家的，把我往火坑里推啊。这事完之后，咱还像以往那样，该怎么着，就怎么着。

我知道。

晴雯也跟来了。她说，二蕴哥，这事一是一，二是二，看在亲戚的分上，可不能打翻巴哩。

这些人走之后，廖庭筠越想越不对劲，她大骂二蕴一通。就该要命，不要钱。这家子龟孙，就该毙他，让昭阳岛人出口气。

二蕴说，我也想让他们抵命，不过人死不能复生，医生说要彻底治好顶天的胳膊，十万都不一定够，那蛇毒，咬人之后，顶天胳膊上的肉老是痒，这不要命吗？我也是为了孩子。要点钱，给顶天在戴州买个门面房，让他做个小买卖，看看能成个家呗。

廖庭筠一听为给顶天治病，为儿子未来设想，她不吭气了。沉闷半天，说了句，这都是前世的冤孽，咋摊到咱身上啦？

赔钱的事，不知什么时候传到管区信贷员小刘那儿，他像猎犬似的，闻着味来了。他给银行拉存款，指标还没完成，完不成指标，就领不到工资。他要求二蕴把钱全存他那儿，二蕴不同意，他死缠硬磨，二蕴答应存他那儿五万。

第十八章

1

狼嘴三把鱼池三十万卖给了鞠有德。为留住儿子的小命，他能找的关系全找了，送出去五十多万。

这天晚上下雪了，雪不大，夹杂着雪床子。

二蕴还没有来得及做饭，鞠有德到他家来，他身后还跟着一个碧霞宫酸枣门外饭店的小二。小二左手提着一个饭盒，右手提着酒。

二蕴很惊讶，不知道鞠有德为什么要请他喝酒。一向威严的鞠有德，为什么在他面前表现得谦和起来。鞠有德什么时候来家，廖庭筠都很少理他，鞠有德也不怪她。鞠有德后来得了一种怪病，他不能招女人，只要和女人有了那事，他就尿血。他得了这病，怎么治也治不好。昭阳岛上的女人听说他得了这病，见他也就不怕了。其实，鞠有德年龄大了，他患上这怪病之后，也不敢轻易想女人了。鞠有德对女人不感兴趣，他对钱感兴趣了。

鞠有德到二蕴家，他是为钱来的。他临来时，他侄儿鞠莨瓜给他说，别看着二蕴憨头憨脑，其实他一点都不憨，他什么都懂，什么都知道，你不一定能哄着他。就像金花被杀这件事，他狠着呢，给狼嘴三要三十万，人家都说他和狼嘴三是好味，啥鸡巴味分，狗头子屁。

我先对他客客气气，不信借不出钱来，把钱借出来就好办了。

他会借给你吗？

在我一亩八分地里，他敢不借给我吗？除非他不想在昭阳岛混了。

看到鞠有德进院子，皂角树上几只灰喜鹊飞走了。

二蕴说，你到我这儿带酒又带菜，是损我哩，我还能没酒？

我是你亲表叔，我能胳膊肘子往外弯？咱爷俩啥关系，多年的狗肉汤子老味了。今天咱爷俩喝喝，我有点事要求你呢。

两人倒上酒喝起来，鞠有德这回带来的是五马金贵酒。

五马金贵不孬，但这个名不行，让人想起五马分尸。我喜欢绿金贵。

我对酒没兴趣，说说，你有啥事？

二蕴这么一说，鞠有德向二蕴诉苦。我把三个憨儿子的病治好，需要一大笔钱，我买了狼嘴三的鱼池，钱还没给他。我想鱼池那儿，让你投点资，咱爷俩赢利，四六分成。你要不愿意合伙做生意，借我几万也行，你有三十万，这个数字可不少，先借我十万吧。我一定还你，你不相信我，也得相信咱村一级人民政府吧。我这个村级政府首脑，信誉还是有的。

钱都让管区小刘捉窝了，狼嘴三给罢钱刚走，前脚跟后脚，他就来了。

他娘的，馋猫鼻子尖，他的手脚真快啊。总不能都捉窝了？

一点不剩，都捉窝了。

不会操表叔吧。都让他捉窝了，我咋治？

孩子拿命换的钱，本来我想暖暖的。这小子死缠烂打，我就中招了。

不可能，你甭袖筒里藏鬼来唬我。我是吃八亩地豆叶的老蛐子，啥事还能看不透。你小子，孙猴子坐金銮殿不像人君，说出话来，一听就是假的。你不想借给我，对不？你搁着这么多熊钱，让它抱窝，是不？我借你的钱，又不是不还，我给你高息，按银行利息的两倍，好不？

二蕴喝下一大杯酒。我没说不借，你得让我跟小刘交涉一下，缓缓空。谁知道你老人家缺钱，像猴腔里抹蒜一样，这么急。

二蕴，我知道你小子是个爷们，我威虎山也不会亏待你。不过你要快点，可别超过一个星期，我急着用。你给小刘说说，他会给我个面子的，我也用不长，顶多三个月。

二蕴心里骂，装什么座山雕，其实你鞠有德连座山雕鸡巴子上的一根毛都不如。他不相信鞠有德没钱，村里那么多的地卖给矿上，这些钱，村民一个都没有到手。因挖煤村里有的地方塌陷了，煤矿上补给村里的钱也在他手里攥着，鬼才相信他没有钱呢。这昭阳岛上，三个大村，孔雀台、凤凰台、野狼沟三个村的村主任，谁会没有钱。

鞠有德喝完酒，又吹一通牛。临走又说道，我安排你的事，可别不当个蛋玩。泥水匠整耗子，敷衍（眼）了事。我今天吃你一个枣，明天还你一兜子枣，你信不？你不信，我那鱼池往西，剑茅滩往南，二十亩水域全归你，这一大块地每年种莲蓬卖钱，也能挣个十万八万，别说弄网箱养鱼了。咱们有亲戚，我不是向着你吗。

鞠有德刚走，还不到五分钟，二蕴在院子里的一个枣树旁撒了一泡尿。他尿完尿，打了一个激灵，感到有股子寒气袭来，浑身不由自主地哆嗦了几下，刚要回屋去睡。一转脸，看到孙十一来了，他走路的样子像一只袋鼠，一蹦一蹦的，在雪地上嚓嚓有声。

他要给老婆治神经病，想从二蕴这儿借点钱。

外面寒风乍起，他穿着小棉袄。二蕴把烟筐子端出来，让他吸烟叶。

孙十一是个老实人，他话平时不多，也不会花言巧语。他是来借钱的，却不提借钱的事，他只提小时候的事。你忘了，那一年，咱们俩在鱼骨庙附近的湖边，逮到一条二十多斤重的黑鱼。那是一条受伤的鱼，要不然我们真玩不转。还有，那一年，咱哥俩从苇棵里凫水，去摸苇咋子，苇咋子这玩意儿出熊奇，它白天叫，晚上也叫，叫得还响，要多烦人有多烦人。咱那天摸苇咋子差点出事，你还记得不？有一条红花大蛇在苇咋子窝附近的芦苇上盘着，它吐着红信子，操它的，吓死我了。你在我后边，也许没看到，那蛇想咬我。若是条毒蛇咬了我，我就完啦。二蕴啊，你在这世上就少了一个铁哥们哩。

二蕴不答话。外面飘起雪叶子。苇咋子的叫声粘在雪叶上，随着凉风挤进屋里，与烟草的气息融合在一起，在屋子里弥漫。

我一年在湖上漂三个月，打鱼也卖不上几个钱。龙虾以前没人吃，现在龙虾成好东西了。据说老周头快蹬腿了，他那天在状元桥上说听到湖底石磨转动的声音，他跟在红胡子老头屁股后，摸了红胡子老头悬挂在腰间的酒葫芦。他走路的样子，像一只瘸腿鸡。谁都知道，他年轻时是个捣包，娶过四个媳妇，一个也没落住。第一个媳妇跟着黄河北逃荒的走了，第二个媳妇送给了开鲜船的鱼霸，第三个媳妇让他在老渔洼集市上换了一头毛驴，第四个媳妇带孩子走了再没回来。老周头晚年变好了，他除教昭阳岛上一帮小孩下象棋，就是教他们钓鱼。老周头院子里也晒不少鱼。那天，红胡子老头来他家，两个人三说两说，抬起杠来。红胡子老头走时，老周头晒的干鱼变成鲜鱼，跟着红胡子老头飞走了。

孙十一说了两个时辰，就是没提借钱的事。他不提，二蕴也不提，廖庭筠也不提。

孙十一说累了，二蕴说，你困得不行了，回家睡吧。

我还能再撑会儿，还有一个人的故事没讲完，你知道吗？狼嘴三早年的相好严三妮出事了，她不是开一艘赌船吗，这些年在湖上她也挣了不少巧钱。人就要干正经事，不干正经事就要落报应。这不，严三妮的报应来了，她的赌船失火了，烧死了三个人。有人说，严三妮涉嫌谋财害命，她被警察抓去了。

有这事？这个娘们是个瞎包，她落这一步是早晚的事。

今天就拉到这儿，改天再拉吧。金花没了，我和媳妇心里都不好受，你让我们俩静会儿吧。

孙十一有点不情愿，站起身往外走。岁月不饶人，他头发掉不少，露出秃脑壳，背有点驼。下半生的不容易，像条黑鱼，在他脚下游来游去。

送走孙十一，二蕴把门刚关上，这时又有人敲门。

又来一拨人，这些人都不是本村的，一个是凤凰台的孬蛋，另一个是老渔洼的秦鲤鱼，这两个人都是他本家的老表，以前很少来往。他们的处境来意，二蕴猜个差不多。他们是踩着雪来的，鞋上沾满了泥巴。

孬蛋三个孩子读高中，他连咸菜几乎舍不得吃，每年学费他到处借。

秦鲤鱼状况更糟糕，他地少，又种不好，也是三个男孩子，都到说媳妇的年龄，屋子还没有盖起来。他们都是刮人的刨子，都穷得要吃活人。

那一年，孬蛋为给孩子筹学费，没筹齐急得喝农药。幸好那农药是假的，他想死都死不了。

你们咋走一块啦？

想一块来看看你。

你俩也是想跟我借钱吧。

两人抓耳挠腮了一阵。也算是吧，也算不是。你说是就是，说不是就不是。

这是孩子用命换的钱，让我暖暖再说吧。

秦鲤鱼说，胡主任找我们了。

他找你干吗？这事跟你俩有啥关系？

你不知道吗？这关系大了。

不知道。

孬蛋说，不知道也不告诉你。

我也不想知道，找你也没啥好事。

不是好事，是恶应人的事。

你俩无论摊上什么鸟事，总比我心里舒坦。

我俩一点也不比你舒坦。

话可不能这样说。

到时候，你就知道了。

二蕴不说话了，他依然吃着一颗烟。

其他人也不说话，他们都各人怀着心事，都大口大口地吃烟。

黑夜里，纸烟的火亮起来，忽明忽暗像鬼火。

最后，他们谈了一些不痛不痒的话题，谈到月亮升到树梢上，才若有所失地离去。

二蕴把他们送出大门外。

出了大门，孬蛋才说，孩子的事，开庭那天，我们俩去。

不用，我自己去。

有人让我们去，我俩和个稀泥。

用不着你俩。

这事儿和你不搅。一网是一网，各是各的。刚才想说这事呢，没说。

你说吧。

不说了，到那天你就知道了。二蕴我们是老表，到时候你要向着我们。

这时候，二蕴看到粑粑华爷俩也在大门外站着。粑粑华的爹拄着木棍，他八十多岁了，腰弯得像一张弓。他靠吃活屎壳郎维持生命，身上充满一股子粪味。

有什么事? 你老人家这么晚不睡。

我们爷俩刚才看着你屋里人多, 没敢打扰。等你有空, 我们再来吧。没啥事, 就想跟你说说话。

2

杀害金花的案子开庭了。

法庭上, 二蕴终于明白, 那天夜里, 两个老表为啥嘴里一半, 肚里一半了。

法官让被告做陈述时, 二蕴突然发现是他们俩。他豁地站起来, 愤恨地说, 你们两个太混蛋了, 还是人吗?

有人来制止二蕴。

二蕴大叫, 凶手不是他们两个, 凶手是德娃和胡志, 胡志是胡主任的儿子。

法庭马上乱了, 法官提出休庭。

夜里二蕴回到家, 王黑三早在家等他了。

还不等二蕴开口, 王黑三张口就骂, 二蕴, 咱做人可要讲诚信。一句话砸个坑, 你狗日的咋回事?

我咋不讲诚信了?

狼嘴三给你钱了, 你咋不按人家的意思说? 你怎么半路上打翻巴?

我咋打了翻巴?

法庭上你说啥?

明摆着的, 凶手不是孬蛋和秦鲤鱼, 这我还能不知道。

我也知道不是他们。不管是谁, 这牢都是要坐的。狼嘴三给你的钱没少吧。

二蕴转不过弯来, 他想了一大阵子。他给了我钱, 他儿就不进去了?

你脑子没进水吧? 狼嘴三往你身上花钱, 把折子给你, 是念着乡里乡亲的旧情, 要你嘴巴按他的说按他的做。你一打翻巴, 这事就不好办了,就麻烦了。你想想，那些钱是白给你的吗？让法院公正地判，附带民事赔偿，给你的钱也很少。这样私了，你落下了钱，这有什么不好？凶手是谁，这不重要，关键是你落下了钱，孩子没有白死。你那两个老表为啥愿意承担这事？他们容易吗？孩子的事都压到头上。什么都不缺，就缺钱。狼嘴三想让他们替罪，给他们一说，他们俩感谢得都跪下了。他俩说，只要多出钱，枪毙也行。狼嘴三说，死不了，但要坐牢。不过呢，我不会让你俩白坐牢，你俩在牢里，我每人每年给你们四万块钱。你们也知道，每年给四万块钱意味着什么。一个在城里打工的农民，一年能挣几个钱，这钱一直给到你们俩出来，咱就谁也不欠谁了。两人问，能坐多少年牢？狼嘴三说，坐不长，十几年吧。两人说，少点，我们要坐二十多年不成吗？狼嘴三说，法律是公正的，法律的威严谁敢践踏。两人激动得直哆嗦，说狼嘴三是再生父母哩。为啥？有了钱，孩子的问题都解决了。二蕴你可不能犯傻，要向孬蛋和秦鲤鱼学学，咱可不能人财两空哩。

我有钱心里也难受啊。

我苦口婆心，啥都说给你了。你要不听，可是你的事了。

王黑三说完，离开了二蕴家。他身后，湖中一条大鱼的影子跟着他，直到他消失在一片芦苇的叶子里。

二蕴看着王黑三的背影。狗日的神气个啥？杀人不坐牢，让人替，有这事吗？

二蕴对这事不服气。我日他娘，我当初没杀杨梦瑶，却白坐几年牢，谁给我钱了？这世界咋这样了，杀人是个啥名声，孬蛋和秦鲤鱼为了钱，却主动承认杀人，这是命案，他们却揽在自己头上，这钱能挣吗？

这天夜里，二蕴和廖庭筠睡得正沉。

门突然被撞开，闯进几个人来。他们二话不说，扑进屋将他们捆起来，塞上毛巾。几个人架着他们出了院子，将他们扔在一艘汽船上。

汽船驶出昭阳岛，在微山湖里也不知道走了多远，停在一处荒岛附近。

那几个绑匪下船，抬着二蕴夫妻俩准备扔在荒岛上。

这样能把他们弄死吗？

上头没说弄死的事，只说扔到荒岛上，越远越好。

这地方够远的了。

把他们嘴里毛巾拿下来吗？

算我们积德，给他们拿了吧。

有人上来，给二蕴夫妻拿下嘴里的毛巾。

你们想干什么？

我们什么也不想干，就想把你们拉出来，扔这儿。

三更半夜的，你想冻死我们啊，你们这也是杀人。

放心，冻不死，我们不想杀人，想杀你们，还让你们活到现在？

你们不想杀我们，就是想冻死我们，是不？

那要看你们的运气了。

你们这样害我，我跟你们有啥仇？

仇是没有。使人钱财，替人消灾。

你还啰啰什么熊仇。下次再绑你们出来，坠上石头，沉湖。你们的脑子没出问题吧，杀害金花的就是孬蛋和秦鲤鱼，知道不？

这帮人说着笑着，上汽船走了。荒岛上留下一团寂静和黑夜。

天亮时，打鱼人发现二蕴和廖庭筠，把他们送回了昭阳岛。

二蕴家里被人翻了底朝天。幸好那个存折还在，二蕴把它放在门后面一块烂砖下。有惊无险。二蕴和廖庭筠沉默了一阵，两人合计，狼嘴三老辈里就是土匪，啥事都能做出来，当年四大金刚都死在他手上，胳膊拧不过大腿，咱认输吧。咱和他斗，最后说不准人财两空。事不宜迟，闺女用命换的钱，惦记的人可不少，咱要抓紧时间花出去。到戴州城里，买套住房，买套门面房，给顶天准备着。二蕴和廖庭筠商议之后，收拾了行李，带了存折。他们自己划船到了西渡口，然后坐车到了戴州。二蕴在戴州也有几个朋友，二蕴提出来买房，他们马上张罗，带着二蕴看房源。二蕴买了一套门面房，又买了一套四合院。一天光景，除了信贷员小刘那儿的五万块钱，二蕴把二十五万全花了出去。

钱花出去了，二蕴和廖庭筠感到胆子大了。没钱了，谁算计他们也没用了。这天晚上，二蕴两口子回到昭阳岛，他把黄松龄从孔雀台上接到家，又喊来娃爷，他们喝酒喝到半夜，这期间鞠有德也来过一趟，一看娃爷在二蕴家，二话没说扭头走了。

第二天，王黑三又来了。二蕴和廖庭筠都说，孬蛋和秦鲤鱼这两个混蛋该死。王黑三笑笑，他们确实该死，法律很公正，放心判不轻他们，杀人偿命，欠债还钱，自古以来就这样的。金花的案子这么快就破了，法律会给金花报仇的，你两口子好好过日子吧。王黑三说了这些，抽了几颗中华烟，又拉了一阵子闲呱，方才离去。他走出院子数米远，又回头给二蕴说，想开点，大度点，明白吗？千万不能再打翻巴了。二蕴说，知道了，孬蛋、秦鲤鱼这两个熊货该死。王黑三又接了一句，何止该死，活埋了也不亏。说完这句，王黑三就消失在湖边的树林里。

数日后，又开庭了。这次，无论法官问什么，二蕴都按狼嘴三说的来做。

案子顺利地进入尾声，法官宣判，某年月日，犯罪嫌疑人王孬蛋、秦鲤鱼去运河之都理发店理发，因理发价格同黄金花发生口角，最后演变成肢体冲突，在冲突过程中，王孬蛋和秦鲤鱼失手，用水果刀将金花捅死。最后，孬蛋被判了无期徒刑，秦鲤鱼被判了十二年。

秦鲤鱼有点不服，当场问法官，人是我捅的，凭什么他是无期，才判我十二年，十二年太少了，多判几年不成吗？说好的，也是狼嘴三许给我的，最少十八年，咋成了十二年？

法庭上的人都瞪大眼睛望着他。

法官说，你可以上诉。

最后，秦鲤鱼也没有上诉。

3

这天，鞠有德又找二蕴谈借钱的事，二蕴仍然没借给他。二蕴说，钱是真的一分没了。鞠有德气得撅着胡子走了。二蕴你个小黄黄，咱骑驴看唱本，走着瞧。在威虎山上敢跟我作对哩，没你的好，你日本娘的小浪浪，绝对没你的好。

鞠有德走后，二蕴吓得脸色有些发黄。廖庭筠说，这个人渣，我闺女用命换的钱，也好意思借，名义上是借，其实就是抢夺。村里的钱都让他贪了，地让他卖了，钱呢？吸血鬼。二蕴你个脓包，夹尾巴狗，看你见他吓的，他不就是个假座山雕吗？都法治社会了，怕他个啥？你啥时候成了他打败的鹌鹑、斗败的鸡？窝囊废。挺起腰来，像金瓜一样给他拼。这个王八孙子，他活不长了。他的口头禅，骂别人小黄黄，这个小舅子孙子，孬屄日的，他才是小黄黄呢。他算个什么熊东西，他是娃爷的一泡驴屎尿。娃爷这个老家伙一辈子也没得好报，关键是这一泡驴尿尿错了，他尿出个害人精，能不落报应吗？

行了，嘴下留情，黄素秋毕竟是我姑。二蕴突然有了胆，我知道了，咱绝对不怕他。

这天夜里鞠有德出事了，他不会找二蕴借钱了。

事情要从东北的王玉说起，王玉跟狼嘴三闹翻了。狼嘴三说要娶她当小，最后又不娶她了，王玉因此恼了。

那天，在鞠有德的鱼池里，狼嘴三摆了个庆功酒，主要是庆祝德娃和胡志成功躲过一劫。

这天晚上的酒场，王黑三来了，胡主任也来了。

出事前，王玉是鞠有德鱼池饭店的大堂经理。这天晚上，厨房里人手不够，王玉说，我也下厨帮着炒个菜吧。大厨看着王玉漂亮，也不好拒绝她。王玉说，我就献丑吧。她拿手的一道菜是炒鳝鱼段。鳝鱼必须是活的，大厨切好的鳝鱼段，王玉看不上，也没用。她觉得要做一道菜，就要从零做起。厨房后面放着几个大水缸，里面全是各种鱼，有一个水缸里面养着鳝鱼。大厨知道，这水缸里养着的是望月鳝，有剧毒，和一般的鳝鱼不一样。王玉不知道，就把几条望月鳝拿到厨房，开膛剖腹，剁头剁尾。炉火正旺，厨房里耗油香四溢。王玉干净利索，将半盆望月鳝倒锅里，十几分钟，这道异香可口的炒鳝鱼段就出锅了。

王玉将这道菜端上餐桌，大家马上掌声一片。这些人都知道王玉的身份，她是狼嘴三不在编的小媳妇。她亲自下厨炒的菜，大家都争着尝尝。

微山湖里的野生鳝鱼，好吃没的说。

王玉是个绝世美女，没想到她炒的鳝鱼也是一绝。

庆功宴喝完，这些人没走，又开始打麻将。麻将没打两圈，所有吃王

玉炒鳝鱼的人都发病了。

狼嘴三、王黑三、鞠有德、胡主任、王大瓜，几个人都口吐白沫子，倒在地上不能动了。

大厨吓坏了，他一看厨房后面的水缸，望月鳝全没了。

大厨说，王玉，我的亲姑奶奶，这事大了，那水缸里的望月鳝是有毒的，我养着几条是当药材用的，这下好啦，要出人命了。

王玉吓哭了。那咋办？

快拨打 120 啊。

半小时不到，来了艘汽船，将这几个人送到西渡口，一辆救护车在那儿等着，这些人很快被送进戴州第一人民医院。

第三天，狼嘴三因抢救无效，中毒死了。其他人都没事，胡主任、王黑三、鞠有德、王大瓜，住几天的院就出来了。

出了人命，大厨第一时间站出来，说这鳝鱼不是王玉炒的，是他炒的，要蹲要罚他都听着，没王玉的事。王黑三和胡主任精明，怕事儿闹大，传出去坏了名声，影响仕途。不声不响，把大厨撵走了事。这王玉感恩大厨仗义执言，遂将狼嘴三平时给她的细软体己，收拾一下，跟着大厨走了。

鞠有德中毒不轻，一开始拉肚子，后来上吐下泻，高烧不退。拉进医院住了两周，出来之后，像是得了遗忘症，再也不提跟二蕴借钱的事了。村主任也不能干了，他走路的样子也变了，像螃蟹一样横着走，他成了一只真正的螃蟹。

这天，鞠有德外出看病时出了事。他划船去火头湾渡口，在一段狭窄的水路上，两面全是茂密的芦苇。这时，他看到芦苇荡里闯出两条小船，截住了他的去路。小船上站着两个人，他们手里都端着鸭枪瞄他。鞠有德感到一个人是金瓜，金瓜喊来了帮手。鞠有德认为他们还是白搭。金瓜你找来了帮手，还贼心不死哩。鞠有德大声嚷嚷起来。

我们不是金瓜，狗日的，今天让你死个明白。你看我们是谁。

不是金瓜，是哪来的野种，敢拿枪瞄俺哩。

昭阳岛上的高家，你不会忘了吧。

这样一说，我明白了，你俩是高万斗的两个儿子。咱们有亲戚，我是你们的姐夫哩，不要开玩笑，把枪放下，去家里喝酒聚聚。我把家里的芦花公鸡给你们杀了吃。

你害我们家好惨，我们会喝你的酒？你个婊子养的，死期到了。

别慌开枪，有话好商量。

鞠有德刚说完这句话，又一条小船划过来，是高菊花，她靠上来，手里端着一杆乌亮的鸭枪。

鞠有德愣了神，什么也没有，没有金瓜，也没有高家的人，刚才的一幕是幻觉。这时候，他听到了湖底山阳古城有人在敲鼓，红胡子老头坐在大堂上点他的名。鞠有德脑袋突然清醒了。我不能让别人杀掉，死并不可怕，人总是要死，我要自己了断。荷叶上，他爹的影子在晃，当年被他杀掉的土匪、高万斗的老婆、贾凤雏、小蝼蛄，他们都站在荷叶上向他挤眉弄眼。鞠有德说，你们不要再缠着我了，我要到微山湖底去推石磨，推一千年来赎我的罪。到时候了，我该走了。

他说完这句话，便一头栽到了水里。

鞠有德死了，他的船在那儿一圈一圈地转。鞠家的人赶来了，他们知道那是鞠有德的船，他们也知道鞠有德出事了。鞠家的人用拖网打捞了一阵子尸体，也没打捞上来。人们很快想起来，几十年前，鞠有德的爹鞠鲇鱼在剑茅滩那块水域落水之后淹死了，尸体也没能捞上来。现在鞠有德自杀死了，尸体也捞不上来。他们父子的结局咋这样巧合，谁也说不清楚。

鞠有德自杀了，有人把这个消息传给黄素秋。

黄素秋说，他死了活该。我早知道有这一天，其实他早该死了。

在昭阳岛，鞠有德死了，他确实死了。本来是冬季，但湖上剑茅滩那儿的一块水域，残荷突然变成碧绿的荷叶，荷花盛开了，无边无际，望不到头。昭阳岛上的人，除了惊奇之外，都在岛上观望，没人敢去摘荷叶荷花。数年前，娃爷的儿媳妇麻妮死时，也是冬天，湖中的荷花也盛开了。昭阳岛人弄不明白这是为什么，弄不明白也就不去想它，一切顺其自然。

这时候，人们看到一艘木船在荷花丛中游弋。船上没人，这艘船在荷叶中间进进出出，船靠近岸边，人们才发现船上有个鬼影。昭阳岛上的人突然想起来了，这是鞠有德的船。当初，他开着这艘船，把高菊花弄到船上，在湖里待了一个多月。没人敢动鞠有德的船，到了晚上，这艘船自动停泊在西渡口的一棵老柳树下。人们发现，这时候鞠有德出现了，他浑身

长满青苔，两手在身上不停地抓挠。他抓破皮肤的声音，克咯克咯直响，像湖中的鳜鱼在叫。

4

高菊花嫁给鞠有德之后，一共生下三个男孩子。不过，这三个男孩子都是憨子。

鞠大憨长到十多岁光景，见老母猪躺在圈里，裸露出两排斗斗。有人说，老母猪的奶能治疗你的憨病。鞠大憨扑过去，趴猪身上喝斗斗。他虽痴傻，但在水里却无人能比，一个猛子下去，老牛大憨气，吃袋烟工夫上来，面色不改，气也不喘，总能从湖底摸上大鱼来。

昭阳岛去火头湾渡口附近有一处水洼，芦苇茂密，半夜常有鬼魂哭泣，没人敢去。这天，有几个泼皮捣子怂恿鞠大憨，比画着说，那儿常有鬼哭，水下大鱼有的是哩。鞠大憨信以为真，划船来到那水洼，鞠大憨潜下水去，半天没动静，几个泼皮捣子慌了，刚要离去，见鞠大憨爬上船，他怀里抱着一副骷髅。鞠大憨回到岸上，脸色铁青，嘴里呜呜呀呀，发出一阵咒骂，骂罢仍不解恨，找来石块，将那骷髅头砸碎。骷髅头上缠有一杆烟袋，也被鞠大憨一同捞上来，经水冲洗，那米黄色的玉烟嘴在阳光下鲜艳欲滴。

几个捣子一见，顿时想起什么，一吆喝，跑得没了踪影。鞠大憨将烟袋拿回家，高菊花见了，一怔，端在手里的碗掉在地上，当的一声碎了。她什么也没说，收拾了点东西，背了包袱就出门而去。

她出门时，黄素秋正在东屋里纺棉花，线断了，她怎么也接不上。正发愁，见高菊花站在门口。

我走了。我和鞠家再也没了瓜葛。

撇下这三个孩子咋办？

这是你们鞠家的种，你看着办吧。

她说完撇下三个孩子，孤身一人划船去了湖东。

高菊花去了哪儿？昭阳岛人谁也不知道。一说她去东北投他两个弟弟去了，二说她打听到黄松龄的儿子黄大蕴在东北的住址，她投奔他去了。据说，黄大蕴在东北也没成上家。其实，高菊花早想走了，但她没走，她一直忍着。有一次，她在湖边遇上红胡子老头，高菊花知道这个老头是微山湖里的保护神，她给他跪下了，她问红胡子老头，我该怎么办？红胡子老头一脸严肃，他在高菊花脸前晃一晃他的烟袋说，等到这天，你大儿子拿回家这杆烟袋，你就去湖东渡口，有人在那儿等你，你是他的人。你和他尘缘未了，还要给他当媳妇生孩子。红胡子老头说完这句话，一转身就不见了。高菊花惊讶了半天，突然明白，红胡子老头说的他是谁了。

高菊花走了，养三个孩子的事儿都落在黄素秋身上。她老了，每天除纺棉之外，靠做渔家虎饰卖点钱养家。她年轻时的泼辣劲没了，性格被岁月雕琢得有些沉闷。埋藏在竹林底下的罐子，半夜里发出的哭泣声，折磨着她被红鲤鱼啃噬烂的神经。有时候，她领三个孙子外出要饭，在状元桥上遇上了娃爷。对于小蝼蛄的死，娃爷早知道，他对鞠有德下不了死手，他心软。

黄素秋和娃爷碰上面，两个人无路可躲时，黄素秋发话了。你那一泡瞎熊，弄出个孽种。这下可好，养下一窝子累赘。

娃爷吃着锅烟，低下头，什么也没说，走过去了。

这三个累赘是你的孙子，早晚是你的事，你要揽过去。

娃爷不搭茬，他的背影消失在湖边的竹林里。

自从黄素秋将那个罐子埋在地下，她感到造孽了，生下个孽种，害了小蝼蛄，还有高家。每想起这些，黄素秋带上香来到鱼骨庙，她跪在红鲤鱼像下面。神坛上的木雕红鲤鱼，有两米多长，斑驳的红漆宛若落入湖中的夕阳。

红鲤鱼老爷，您开开恩吧，要惩罚，您惩罚我吧。一切罪孽，都是我造下的。

黄素秋在鱼骨庙里哭泣一阵，回到家，拉三个孙子四处乞讨。

当初，鞠有德买下狼嘴三的鱼池，但他一个月也没撑住，在赌桌上就输给了王大瓜。鞠有德像他爹鞠鲇鱼一样，在死前输光了全部的家产和积蓄。在他出事前，他想借黄二蕴的钱，再赌翻本，黄二蕴死活也没借给他。他死后，他娘也只好带着孩子要饭了。要饭归来，她住到排灌站上。集体

化时，上级为灌溉农田，在老运河上建了一座排灌站。看排灌站的活儿，当初殷连举说了算，他把这活儿交给了黄素秋。

昭阳岛上，即使在炎热的夏季，谁家有个喜事或者丧事，吃剩的饭菜都倒进一口大缸里，里面多是鱼骨头、鱼刺。本该扔掉，黄素秋拿了篮子，用笊篱捞去，回到家里用水煮了，再加些土豆炖炖，给她的三个孙子吃。

有时候，这折来的剩饭、剩菜，一顿吃不完，一过夜就馊了，散发着腐烂的气息，并且长满蛆虫。尽管这样，黄素秋仍不舍得倒掉，她用凉水泡泡，将蛆虫滤掉，再用水煮，加上盐和白菜叶子，娘几个继续吃。

黄素秋的这种日子让娃爷的老婆柳叶看到了。娃爷年轻时和黄素秋有过风流事，柳叶也早有耳闻。后来，两家结下仇恨就互不搭腔了。当柳叶看到黄素秋带着三个孙子乞讨，柳叶对鞠家的仇恨突然放下了。

不能怪她啊。柳叶这样想，她对黄素秋有了同情之心。她给人做摆渡，是不收钱的，有好心人看她老了，不忍心白坐她的船。再说，从火头湾渡口或西渡口到昭阳岛，这段水路有五六里，谁好意思让一个老女人白辛苦呢。没多有少，湖里的民风淳朴，爱占便宜的人少之又少。人上岸，掏出一些零钱给柳叶。柳叶坚持不要，人家说拿着吧，岁数大了，有用钱的时候，攒点吧，攒点钱养老。这样，柳叶攒下了一点钱。

夏季的一个黄昏，柳叶将积攒的五百块钱揣怀里，她手里摇着一把芭蕉扇，来到黄素秋家。

柳叶的到来，让刚吃过晚饭的黄素秋感到惊讶。许多年了，没人到她家来串门。一是嫌她家阴气重，怕有晦气。二是鞠有德作下的恶，让活着的人都远离她家三分。躲都来不及，谁还去她家串门儿。

柳叶是第一个。黄素秋赶忙找来一个小木凳，让柳叶坐下。

给人摆渡这活儿可不轻，也多亏你有力气。黄素秋终于找到一个话茬。

柳叶没答话，她望着院子外湖边一片竹林。那竹林里有人，是谁家孩子在竹林里哭？

那片竹林里，夜里常闹鬼，到晚上，我也不敢靠近。风一吹，竹叶子响动的声音，就像孩娃的哭声。

这昭阳岛上，邪怪事太多了。柳叶说完这句话，转了话题。她说，我看你带着三个孙子不容易，我有点钱，暂时花不着，你拿着吧。柳叶说完，掏出钱来往黄素秋手里塞。

这怎么能行？

拿着吧，给几个孩子弄点衣服。

黄素秋低下头。说真的，我这辈子造孽了，生下个孽种害人害己，咱姊妹俩可是亲哩。

远亲不如近邻，谁家都有个困难，你领着三个孙子过活，又守着一个排灌站，我有些不忍。上级也是，你看排灌站这么多年了，上级也没说法，也没点补贴给你。

上级早把俺看守排灌站的事忘了。还有啊，那一年，俺得病，是娃爷给俺十块钱看好的，这个钱俺没忘，俺却拿不出钱来还。

多少年了，还提它干啥。

鞠家欠你们太多。

别这样说，一切都是命里注定。柳叶说完这句话，感到竹林里哭泣声折磨得她有些头疼。她说了几句客气话，就赶忙回家。从此，湖边竹林里的哭声，像蛆虫在她脑子里乱拱。

第十九章

1

鞠有德死后，孔雀台村一时没了村主任，麻烦事一下子就多起来。

原因是戴州拨下一笔款，在大运河上架起了一座石拱桥。石拱桥如同一道长虹卧在大运河上。孔雀台和凤凰台两村走动方便了，但事也来了。

凤凰台人突然想起几十年之前的旧事。这大运河的对岸河滩上还留有他们的土地，那几十米宽、几里路长的河滩全是他们的。近年来，因干旱湖滩上的那些土地，除去芦苇、蒲草、矮灌木之类，已能耕种。

鞠有德当村主任时，将河滩上那些土地承包给他本家的兄弟二牤牛。二牤牛雇人把那些荒地开垦出来，在湖滩上种柿子树、桃树、苹果树、杏树、葡萄等，还在树林里养鸭、养鹅、养鱼鹰。几年下来见效益了，每年都收入数万元。他给村里承包金不多，根据协议承包期限三十年。

隔着河，凤凰台人看着对岸那些果树上的果子，长得鲜嫩肥美。二牤牛雇人在河滩上弄活，鸭叫鹅鸣，弄得有滋有味。这凤凰台人心中有些痒痒，也有些难受。

狗日的这算啥。那地以前是俺村的，凭啥好了二牤牛。有人心里不忿，去找村主任三马狼。

凤凰台村的端鼓腔班子红了几年之后也衰败了，不唱端鼓腔，三马狼凭着他爹的威望，在村里当了村主任。三马狼当村主任之后，端鼓腔班子即作鸟兽散。

经常有人找三马狼，说大运河南岸河滩的事。

三马狼叼着香烟，告诉他们，慌什么，还不到时候，到时候再要。

那些找他的人说，你要是没本事把地要过来，这届村主任你干完，我们大伙联名选歪脖三爷几个，他们心狠手辣，能干大事。

心急不能吃热豆腐，烂巴眼子不能看飞机，你们急个瞎屁啊。先礼后兵，要先来文的，后来武的。你们懂吗？

你三马狼能把大运河对岸的地要过来，没的说，下届村主任绝对是你的，我们大伙都选你。

谁能要河对岸的地，我们就选谁当村主任。

也巧，这一年凤凰台村要换届选举。村人一致认为，谁能把大运河南岸的滩地要回来，谁就是村主任。这是当村主任的硬条件，这点小事都日鼓不了，还当什么村主任，不笑话吗。

三马狼还想做凤凰台村的村主任，他决定向孔雀台村要回河滩上的土地，他不能在村民面前丢了面子。

鞠有德死了，三马狼松了一口气，他知道鞠有德心狠手毒，不好惹。他狗日的一命归西，孔雀台村剩下的男人都拿不成个，没一个是咬狼的狗，老头子的屌全完熊。这个节骨眼上，要地的事就有希望。他决定趁着孔雀台还没有选出新村主任，把这事做完。

这天，他领着凤凰台村委一班人，来到大运河南岸的湖滩上。

二牤牛在果园正给一棵苹果树施肥，他嘴里还哼着一首小曲。

三马狼对二牤牛说，这地是我们凤凰台的，甭种了，我们要把这地要回去。

他说这话时，一条大鱼翻个大花游走了。

这是一条啥鱼？最少有十斤八斤。

阳光从苹果树、梨树的叶子上滑落，带着甘草味弥散在四周。

我们啰啰事，你别扯什么熊鱼好不？

二牤牛根本不把三马狼的话放在心上，心里骂，你三马狼算老几？你说不种就不种，这地我是签了合同的。

你们是开国际玩笑。

不是玩笑，我们是认真的。你看，我们班子成员全在，这是全体村民的意思，你的明白。凤凰台村的文书，一边学鬼子的腔调说话，一边看天上飞的一群苇咋子。

我们村当初到河这边来种地，还淹死过一船人，这事没错吧？

错是没错，不过这地是我们村的啦。上级定的，两个村以河为界，没说这边的河滩是凤凰台的。以前的老皇历，谁还看。沙皇侵占中国多少领土，给咱了？你能要回来？这都是老皇历，你瞎扯什么鸡巴蛋。

什么老皇历不老皇历的。地是我们村的，你总不能像鞠有德那样不讲理吧。

我怎么不讲理，我有承包合同。这地我种了这么多年了，你说要就要？

地，你必须给，不给的话，你看看。

三马狼说，二牤牛老哥，两个村亲戚礼道的，我不难为你，以前你收成多少，我们也不给你要。从今年，我们村要接管这些地。先来通知你，我们给乡里打过招呼了，认可地是我们村的。他说完这些话领人走了。

他们身后苇咋子的叫声一片金黄，像湖边的通泉草、牛筋草和野老鹳草一样散发着浓浓的野草味。

这帮熊人不讲人话，他们是吃了草来的，一股子畜生味。二牤牛看着他们的背影骂。

2

三马狼找二牤牛一闹腾，二牤牛心里像吃一个不掐爪的屎壳郎一样挠心。

这天吃午饭，他老婆把炖的一盆草鱼端上来，又给他倒一碗绿金贵。二牤牛的这个老婆是四川的，是他从人贩子手里买的，却死心塌地跟着他，把家弄得井井有条。他们日子红火，在昭阳岛，二牤牛现在过得殷实。

媳妇倒上酒，二牤牛端起来喝一大口，听到一群野鸭子从头顶上飞过，二牤牛把酒碗放下，他感到野鸭子的叫声像三马狼说话。

这酒不合口味？

不是。日他二大爷，今天有点邪。

啥子事，说说看。

多少年前的旧账了，现在又翻出来了。

啥子意思？

三马狼给咱要地。咱们承包的河边滩地，他们村想要回去。

有这事，凭啥？

这地以前是他们村的，他们村不要归咱村了。以前水多，那儿只长些芦苇、蒲子、三棱子草、猪拱豆之类。后来，湖水变少，能种庄稼了，他们眼红要翻旧账。

这个事不是小事情，咱们要慢慢想对策。

想什么对策？

这还不容易吗，三马狼不是黄松龄的女婿吗，先让黄家说说情。

没看出来，你个老母驴肚子里还有几个心眼哩，这事完之后，咱上济州去给你弄套戒指项链，犒劳犒劳你，让你这个老娘们开开心。

这些都不重要，关键是把事儿做周全。

二犸牛本想找黄松龄从中说情，但转眼一想，黄松龄疯疯癫癫，除在孔雀台上唱端鼓腔之外，他们什么事情也做不了，能替他说话的只有二蕴。

这天，他搬一箱金贵酒到二蕴家，想让二蕴出面说说情。

二蕴因金花的事烦心，一天到晚不出门。

二犸牛来到黄家，他看到黄松龄和二蕴正在院子里编织渔网。有头小猪在屋墙下拱扔掉的土豆吃，还有一只刚下蛋的母鸡兴奋地叫着。他家院子里的鱼腥味浓浓的，像蚊虫的叮咬一样，让他浑身有些痒。

墙角下的鸡冠花开得正猛，二犸牛感到二蕴的名声将来一定会火起来。几片苇咋子的叫声，在温暖的阳光里，悬挂在皂角树的叶子上。

二蕴哥，得闲呗，咱哥俩啃几碗。

你没见我在弄渔网。前些日子，啥活没干，这渔网要修修补补。

日鼓这活没早晚，咱们喝点吧。

廖庭筠在湖边的渔船上做饭，她在炖鱼。二犸牛闻到鱼香味，就咽了下口水。

有炖鱼就成，我是奔着炖鱼来的，嫂子的炖鱼就是拿手。

你没别的事，不是来借钱？

别隔着门缝看人，我的钱还花不了呢。

这几个月，我让上门借钱的缠昏了脑袋。

二蕴说完这句话，才想到，他已不是原来尿床的二牤牛了。自从承包湖滩的荒地，每年收入可观，现在腰包鼓起来了，说话也有了力度，在昭阳岛没人再小瞧他了。他生活好起来，一天三喝，不喝散酒，喝瓶装的金贵。在昭阳岛上，他成了一个人物。

两个人正说话时，院子篱笆墙外面进来一个人，来人穿着唐装，戴着眼镜。他的脚步声轻盈，如泥鳅的梦。二蕴想半天，把湖边的一片鸡冠花都想蔫了，也没想出来他是谁。

最后是二牤牛提醒，他是县剧团张团长，以前唱端鼓腔的张小五。

啊，是五哥，十几年不见，你胖得我不敢认了。

张小五当初端鼓腔唱得好，现在是县剧团的团长了。他手里提着一兜金贵酒。碧霞宫那边，酸枣门外，开饭店的毛二派一个小厮，提两个大食盒，里面有清蒸鲤鱼、鱼头炖豆腐、清炖季花鱼、油炸丝光片子、辣椒炒河蚌、红烧鳝鱼段、炖泥狗、荷叶丸子、油炸螃蟹、凉拌茵陈，另外是两个瓷鼓子，一个是甲鱼汤，一个是莲子羹。食盒上面用荷叶包着七八个武大郎烧饼。

吃的喝的全有了，你想想，看看还邀谁不？

不邀了。邀这个，得罪那个。人多了，也乱哄，说话不方便。

咱们慢慢喝。毛二这小子做鱼的手艺不赖，咱们尝尝。

这货一手做鱼的厨艺，窝在昭阳岛上亏了。他该到城里当大老师。

他不敢去城里，在昭阳岛上他还看不住媳妇哩，到城里他更管不住三妖怪。城里是个花花世界，有钱的人多，有权的人也多，毛二的绿帽子能拉一火车。

他现在滋润了，鞠有德的三个憨儿子，还有粑粑华，经常帮着他熬鹰。他一高兴，带着鹰，猎几个野兔子炖炖。他比咱们会玩。

不说这些，咱们快刀快斧喝酒，别用杯子啦。几瓶白酒，咱们手把一算了。

好，手把一。哪儿有怯姑子的和尚。

几个人闲侃几句，就摆酒菜。

席间，张小五说，我下一步能到中央台文艺晚会上亮相，还能在一部叫《竹竿巷》的电视剧里当男主角。我最喜欢的角色是胡管家，他有个漂亮媳妇。在济州，他是个角色，他一跺脚，四个城门都晃荡。

二犄牛确实不是从前，他说话一是有心计，二来呢，也比较谨慎。他早知道张小五在城里混大发了，是昭阳岛混出来的响亮人物。他也想着巴结，却一直没有机会，今天正好碰上。二犄牛琢磨着怎么样讨好他。张小五带着吃的喝的来找二蕴，里面肯定有道道，二犄牛想到这儿，便沉住气，察言观色，看张小五想屙啥屎。

最后，张小五说，我在城边上办了快活林，里面有钓鱼池、餐馆、歌厅、舞厅。城边上有几个小混混，属于《水浒传》中泼皮牛二之流，看我挣两个钱有些眼红，经常去找事，闹腾闹腾的。二蕴哥小时候就讲义气，我想让二蕴哥出马，去镇镇那些泼皮无赖。他们一见二蕴哥，肯定要给二蕴哥一个面子。为啥呢？这里面有说法，据说那个领头的和二蕴哥认识。

二蕴不说话。

二蕴哥，那个领头的混混叫王二捣，我盘过他的老底，他八十年代初也在鲁南监狱蹲过，他在酒桌上说，二蕴哥和他是老仁哩。王二捣当年是个无期，后来改成有期，他出来没几年。

啥屎老仁，没影的事。这么多年，也没来往过。

一提监狱，二蕴很不是滋味，他无奈，但那是事实。监狱两个字，在二蕴骨子里是个忌讳。二蕴说，我跟这个人不熟，你的忙，我恐怕帮不上了。

二犄牛看出来二蕴不悦，忙给张小五解围，说，别光拉呱，咱啃一个吧。

三个人碰完杯，都将一黑老鸹碗酒喝干。

张小五是个精明人，一看二蕴不愿出面，他也不好意思再提，他马上自我解嘲，我刚才说的事让二蕴哥笑话啦。这个事先打住，不提了，我和二蕴哥是玩光腔的伙计，也是从小学端鼓腔的同学。咱喝酒。

二犄牛这时看出来了，张小五这个熊人就是人品有问题，二蕴也不景他。想想看，这么多年了，你去戴州混阔事，没好有孬，也不请兄弟们吃顿抹抹嘴头子，也算是个情分。中国人做事简单，讲情谊，有情在里面，有味分，啥事都一句话。你张小五在城里待着，跟老爷似的，平时瞧不起我们。回到昭阳岛，又大门不出，二门不进。他心里没把这些穷哥们当个蛋完，用着人朝前，用不着人朝后，现屙屎现找茅子。临时抱佛脚不晚了吗，说不准，你帮了他，他以后还过河拆桥哩。看他的劲头，高谈阔论，吹吹呼呼，一副小人得志的样子。他正是那种面相，龟背蛇腰不可交，瞟眼看人不用刀。这样的人，我等还是远离为妙。更何况，这货还是个陈世美，没吃国家粮时，追娃爷的孙女朱家云，托这个说媒，托那个说媒，后来吃了国家粮，立马毁约悔婚了，把朱家云蹬了，这人无情无义，看看吧，摊上事儿啦，提着东西来找二蕴。二蕴都不认识你啦，你还找二蕴干吗？二蕴还是有主见的，不接你的棒。看来，这人不行，我巴结他也没啥油水，反让他小看了我。他说他的事，我说我的事。我不能让他，把我的事耽误了。想到这儿，二牤牛说，我也有一件事，想请二蕴哥出面。

你不会给我出什么鼓鼓牛吧？

倒不是什么大事，我承包河滩上的地种那些果树，现在见点小钱儿了，凤凰台想要回去，我想让二蕴哥出面，找三马狼说说。那滩地几十年前是凤凰台的，不过后来归咱村了，他们怎么说要就要。

该找他说说，金英一直受他的气，我听说他对金英不太好。这小子也该给他点颜色看看，让他知道锅是铁打的。

我早晚要找他的，这熊货不往人路里走。

咱村里也有不少眼红的，也有不少人早算计我的地了，他们巴不得河滩上的那些地让凤凰台人要去。

这样吧，你先别去，让老爷子去蹚蹚路。

我爹魔道了，天天在孔雀台上日鼓端鼓腔。啥年头了，他还迷端鼓腔。

别瞎说，老爷子咋就魔道了。他老人家是微山湖一带最正宗的端鼓腔传人，他对端鼓腔执着。

我给他说说，他老了迂了。

3

二蕴不肯为张小五帮忙，他倒愿意为二牤牛帮忙，他把二牤牛的事告诉黄松龄，黄松龄答应为二牤牛跑一趟。

第二天一大早，黄松龄喝一碗鱼粥，吃两个油炸餐条，又吃两个茳草丸子。抹下嘴，捋下胡须，便到女儿金英家去。

日头毒毒的，大地有些发烫。大运河的水哗哗地淌着，湖里芦苇丛上空，蒸气缥缈，如梦如幻。

黄松龄到金英家时，三马狼不在家，就金英一个人在家。

三马狼呢？

他一大早被人请去喝酒了。是几个在湖里开船偷沙的人。

大运河一修桥，听说三马狼领人跟二牤牛要地。他咋想的？

村里要换届选举，他还想干村主任。村里人达成协议，谁把地要回来，谁就是村主任。

这村主任不当也罢。

他可不这样想，官在他眼里比什么都重要，他放不下。你不知道，这村里歪脖三爷几个刚从东北回来，都没地，他们得吃吧，没地，他们吃什么。还有王麻子家那一班，计划生育严时，他们都超生，罚完之后，村里也都把他们的地要回来了。乡里计划生育突击队把他们的房子也推了，他们在河滩上盖几间茅屋住着，有时候住在一条破水泥船里，这哪是长法。再说，这两家都几十号人，能帮他们弄到地，也就多了几十张选票。这村里一个叫黑驴的，也想当村主任，也拉一帮人，又是刀，又是棍的。他当过几年兵，外面有几个坏孩子帮他，他也想和三马狼争村主任。三马狼为再当村主任，才想法子把以前的地要回来。

噢。他要有这想法，让他回头却难。

他看着女儿，发现女儿的腮帮有些浮肿。怎么，他又打你了？

金英脸色有些抑郁。没啥。

听说他在城里又包养了一个，真他娘的下三烂，不像话。

　　有钱的男人都这样，我也管不了，也不想再管。一管就生气，何苦来，只要他不离婚就行。

　　我让二蕴管管他，这狗日的。

　　家丑不可外扬，我是打了牙往肚里咽。

　　他对我也不敢太过分。为孩子，过一天少一天吧。

　　张小五现在也发了，他想让你弟弟给他做事，我有些担心你弟弟。

　　张小五从小就鬼，我弟弟最好别跟他搭茬。地的事，你老人家这么大岁数了，别多问这闲事了，他们愿怎么闹就怎么闹吧。

　　黄松龄回来时，正好碰上王化，他划着一艘小木船刚从湖里捞菱回来。王化看见黄松龄，想跟他说句什么。

　　黄松龄还想着当年的那两个嘴巴，感到不好受。另外，金英嫁到他家，三马狼无端揍媳妇，你当公公的为啥不管管，为啥不主持个公道，却让我女儿受气。黄松龄越想越不是滋味，他没和王化搭腔便回到孔雀台。

　　那王化也老了，他的头发已掉光，目光浑浊，走路有点瘸。他从年轻时，跟着鞠有德当民兵，后来当民兵连长，再后来就是队长支书，他当了一辈子官，在昭阳岛上，哪个人见他都恭恭敬敬的，就连鞠有德都不敢欺负他，都要让他三分。为啥？王化家有势力，家族大，人多。王化是王家的族长，王家人都听他的，他也有个好处，当村干部多年，既没欺负过谁，也没搞过女人，公家的钱财他也没贪没沾。在昭阳岛上，他的威信还算不错，他还算是个好官。王化也以好官自居，他喜欢受人恭维。黄松龄见到他，没理他，抬着头走了，在他心中像是遭到了雷击一样。他叹了口气，老啦，不行啦。不当官了，退下来了，人走茶凉啊，像黄松龄这户不就是会个端鼓腔吗？端鼓腔算个屁，他还一天到晚热得跟裤套似的。走路的样子，熊头拧拧的，娶了个日本娘们，没点出息头，根本不配给我做亲家。这熊货见了我还给我不搭腔哩，我呸！我去巴结你个熊社员？我是支书，你算啥？算老几啊？给我做亲家，你给我提鞋，我都嫌你手指头粗哩。

　　王化嘴里嘟囔着，骂了黄松龄一阵子，便回家了。

4

二牤牛想让黄家出面，给自己和稀泥，事儿砸锅之后，他又想出一个办法。

孔雀台村的几个响角，像杨梦瑶的两个哥杨铁三、杨铁四，前些年都从东北迁回来啦，他们都没能分上地。微山湖里的水田，一块一块的，也都有主了，他们什么也没分上。为这事，他们恼得蛋疼。兄弟俩进湖捕鱼，经常跟人打架，只要动手，杨铁三、杨铁四喜欢动鱼叉。他们的狠名在昭阳岛上超过了狼嘴三。

他们对二牤牛承包的河滩之地，眼馋得像黄世仁热上喜儿。

二牤牛决定将河滩上那些不好的、果树苗没长成的地方，让给杨铁三和杨铁四每人几亩，让他们对付凤凰台的三马狼。

二牤牛想出这条计策，便传话给杨铁三、杨铁四兄弟俩。二人一听说二牤牛想让给他们几亩地，喜从天降，马上弄了酒菜到他家里。

二牤牛说，咱们两家从老辈里关系就不错，是不？

论辈儿，二人得叫二牤牛叔。那当然，老辈里就是好味。

三人酒过三巡，二牤牛有点喝多。话也越说越多，老鹰叼着个蒜臼子，云里雾里乱榷一通，就是不提地的事。我会活鲤鱼不吃，摔死了再吃吗？

二人听不懂。你喝多了，叔。

我没喝多，我喝多也不要紧，我是马跑蹄子不乱。

二人有些发急。二牤牛叔，只要在咱孔雀台，有谁敢欺负你，有谁敢说你一个不字，有俺哥俩在，说砸挺他们，就砸挺他们。

二牤牛此时借着酒劲说，没两位爷们，我量谁也不敢。你们平时都看到了，王黑三乡长隔三岔五到我这儿喝个小酒，我没薄他。我经常给他这个，你们懂不。这个好。二牤牛说罢做了个捻钱的动作。

二人让他给忽悠迷了。二叔神通广大，法力无边，我们哥俩自愧不如哩。

二牤牛感觉火候差不多了，说，明天你们俩砸橛子吧，最东面的，每

人五十米，你叔我够意思不？

二人来时，感觉二牤牛能拿出五十米就顶天了，没想到他一张口就给一百米，二人激动得屁滚尿流。

叔够意思，亲生父母不过如此。我们哥俩给叔满上敬个酒，以后有啥事，叔你就擎好吧。

二牤牛这样做，是想让杨铁三、杨铁四给他当挡箭牌。他知道凭他一人之力，无法抗衡凤凰台的三马狼。拉上杨家兄弟这两个狠角，二牤牛感到自己有胆了。

这天，三马狼领着歪脖三来找二牤牛时，在二牤牛的果园里，他们大战了一场。

三马狼对二牤牛说，地你必须退回，你的损失我们凤凰台给你补上。

杨铁三和杨铁四兄弟俩溜过来。你们要地有什么依据吗？

歪脖三听了这话很不是滋味。关你什么事？你是哪家的鸡？你算老几啊？

你要再骂我一句，把你熊头砸肚里。你那熊嘴，会说人话不？不会说，把牙打掉。

三马狼摇摇手。你们别先抬杠，咱先说理。在挖这段大运河之前，地是我们的，我们村还淹死过人，你们一定知道吧。

后来，两个村以河为界，你们也是知道的。

我是讲道理，该几是几。

不管你怎么说，想要地，比登天还难。

这么说，你们是不想给了？

不给你能吃人？

老子就要吃人。

杨铁四说，你吃屎。说罢拾起一块泥巴砸过去，正好砸在歪脖三脸上，血一下子流出来。

他先动手。上，揍他。三马狼还有其他人一拥而上。

双方马上厮打在一起。

二牤牛大叫，别动手，别动手。前后两村，低头不见，抬头见的。他心里巴不得让杨铁三和杨铁四把他们砸个半死。

这回凤凰台村的几个人没防备吃了大亏。歪脖三躺下不会动了。

隔着河,凤凰台人一看这边打起来。一声呐喊,群情激愤,几十个人手握鱼叉、棍棒冲过来。

二牤牛一看势头不好,喊着杨铁三和杨铁四,拔腿往村里跑去。

这边凤凰台人一看,歪脖三被打得血流一地,凤凰台人从古到今哪里受过这种窝囊气。他们把二牤牛的果园连砸带砍折腾了半天。

三马狼说,只要参加打架的,都有资格分地。这地大伙分了吧。

这地本来是我们的,我们怕他个鸡巴啊。

这天夜里,打架吃亏的凤凰台人并没有善罢甘休。他们趁夜深人静时又组织了三十多人。当然,想分地就得出人。

他们悄悄地溜进孔雀台,为歪脖三出气。歪脖三因流血过多,已住进医院。

他们要教训的目标,是孔雀台的杨铁三和杨铁四两人,这两人又凶又横,会点功夫。他们认为把这两人砸趴下,夺回河滩之地易如反掌,二牤牛有几个鬼点子,但打架绝对不行。其余的人都是蚂蚁的鸡鸡,虼蚤的屁本事了了。

他们去孔雀台打人时,月光清凉,深蓝色的月光在他们脸上流淌,像一群小银鱼游走在荷叶上。

这些人是练过武术的,他们翻进胡同,分成两组,直奔杨铁三家和杨铁四家。

奔杨铁四家的一帮人摸错了门,他们摸进了二蕴家,二蕴离杨铁四家不远,他们一不小心就弄错了。

此时,二蕴和廖庭筠正弄那事。凤凰台人摸进来时,他们还在兴头上,两个人好久没有体验这种事了。一会儿和风细雨,一会儿大刀阔斧,突飞猛进。二蕴把廖庭筠收拾得呻呻吟吟,缠缠绵绵。

好戏还没结束,门被推开,蓦地闯进几个人来。他们把二蕴拉下床就是一顿拳打脚踢。

廖庭筠吓得大叫,被一个人一巴掌打倒在地。有人趁机摸了她的奶子。

二蕴想爬起来摸家伙,他哪里还有机会,被几个壮汉拖到院子里,凤凰台人对他又是一阵拳脚。

这些人打完二蕴，一声呼哨，便消失在夜色里。

5

第二天，孔雀台的人也火了。

凤凰台人竟然夜里偷袭孔雀台，还打错人。让人气恼的是，凤凰台人在三马狼的带领下，将大运河南岸河滩上的地分了。

二牤牛这天本来想到二蕴家哭诉一番的，一看二蕴被打得不轻，就没什么话了。

这事你告吧，不要顾及什么面子，该几是几，你找政府吧。

二蕴被打得躺在床上起不来。我好之后饶不了他们。

廖庭筠也恼得不行。哪有这样的熊事。

河滩之地被凤凰台人夺去，孔雀台人确实咽不下这口气。

杨铁三让凤凰台人打断双腿，他舅爷王爬虾敲着锣，在村里走了几趟，老家伙八十岁了，还很有精神，他要把青年人组织起来，扛着鱼叉、鸭枪，到凤凰台村讨个说法。

老家伙是孔雀台年龄最大的人，从年轻时，王爬虾就喜欢出风头，鞠有德活着时，他没机会露脸。现在鞠有德死了，他说句话也管用了，也没谁敢挡他了。他认为他的胆识和谋略有用武之地了。姜子牙八十多岁才出山，他认为自己八十多岁在昭阳岛也能重振雄风，再晃两膀子。像当年毙掉通匪的渔民那样，只要他王爬虾一出阵，保管凤凰台那帮鸟男女吓得屙绿屎。

我连小日本都不怕，难道怕凤凰台人？他们要不讲理，咱们非给他拼了不行。

黄松龄此时在村里，虽然被人认为是个神经病，他除了唱端鼓腔之外，什么也不干。但他凭自己的威信，制止了村民的鲁莽。王爬虾是个啥料，他心里最清楚。从划地主成分那天算起，黄松龄就看不起他，认为他不是人。

咱们不能感情用事，这事要慢慢来。

你和凤凰台有亲，你当然向着他们。

我向理不向人。

依你咋说吧。

咱村里没村主任，选出村主任，让村主任来办这事，他说咋办就咋办。

这倒是个好办法。但有一条，谁能抢回那河滩之地，帮村里出这口气，谁就是村主任。

这地要回来之后，不能让二牤牛一人承包，这地大伙分。这叫有福同享，有难同当。

王爬虾爷爷说得对，我们都听您的。村里有人开始起哄。

6

二蕴被打之后，他住了一个多月的院才把伤养好。

这天，金英带着女儿还有一位老人，来家看二蕴。

黄松龄一看认识，是解放前的老朋友，外号老包。

老弟来我家，有什么事？

想老哥哥了。

不光这点事吧？

我就直说吧。三马狼让我来的，冤有头债有主，凤凰台村里来打人，是针对杨铁三、杨铁四来的，他们摸错了门，打了二蕴。三马狼让我来替他道歉，真是对不起二蕴啊。让我带来一万块钱，是二蕴的药费。

你来了，我能咋说。第二个人拿来两万，我也不依。二蕴被他们打得不轻。

二蕴头上还缠着纱布。打我的那些人让我碰上，我非剥了他们。

消消气，有啥要求，跟我提。

我啥要求没有，就想活剥他们。这些狗熊。

杀人不过头点地，你找人打他们，你也犯法。三马狼说了，所有药费

凤凰台全出。

金英站在一边不说话，等老包走之后才哭着说，这日子没法跟他过了。

二蕴一看知道金英挨打了，她脸上青一块紫一块的。他外甥女哭得泪水汪汪。

这狗日的又打你了？

这日子咋过？他又从城里弄来个小的，当着我的面，他们就弄那事，一点都不避讳我，我一说他，他就往死里打我。他说坚决不要我了，要和我离婚。

离就离，我找他去，我不信他有三头六臂。他玩黑的，咱也玩黑的。

你最好不要去，他现在像狼一样了。

他不和你离婚，欺负你还有情可原，要和你离婚，欺负你不能饶他。我不信这个邪。

什么事都瞎在三妖怪这女人手里，原来三马狼不是这样的人，唱端鼓腔时，三妖怪也扮穆桂英，她嫉恨我端鼓腔比她唱得好。这个浪货主动勾引三马狼，后来她有了身孕，怀孕四个多月时，她找我打架。结果孩子流了，是个男孩，这孩子是三马狼的。因这，三马狼没给我一天好日子过。

当初，我感觉就有这一天，你俩自谈，到这一步，只能怪你自己。

我一点错也没有。

两个人没感情，不是谁对谁错的事。

我知道，是我没生男孩子。

没生男孩子的多了，都离婚了吗？

我现在咋办？

我去找他一趟，看他咋说。能过就过，不能过就散。

让二蕴摸个底吧，咱以后就心里有数了。

你去之后，千万别打架。

不会。

在大运河的河堤上，二蕴碰上本村的二牤牛和杨铁四他们。

咋样？乡里啥说法？

杨铁四说，别提了，我日他老妗子。

二牤牛为河滩之地到乡里去告。告之前，有人给他出主意，说，今天有市里领导来检查工作，你可以趁此机会递上状子，现在是和旧社会差不多的，要告什么必须递状子。

来乡里检查工作的是刘书记。刘书记刚下车，二牤牛打出横幅标语，请青天大老爷做主。紧接着跪倒在刘书记跟前，大叫，青天大老爷在上，小民有冤情似海，望青天大老爷明察。

这几句台词，是孔雀台的民办教师在他们临来时教的。

刘书记还没弄明白怎么回事，王黑三乡长让几个民警把那些上访喊冤的人弄走了。

中午，刘书记说什么也不留下来吃饭。王黑三乡长急得孙猴子一般抓耳挠腮，他突然想起昭阳岛一中的崔校长和刘书记是同学。让老崔来留，就不信刘书记不给面子。

王黑三乡长找来崔校长说，我不管你用什么法，你得把刘书记留下来吃顿午饭，喝二两小酒子。

这还不是毛二要日三妖怪，说办就办的事。

当刘书记再次提出要走时，崔校长说，老同学几年没见了，简单地吃顿便饭吧。到湖里的船上去吃，有几样东西，你是绝对没吃过。

我有事。

有事也得吃饭啊。

不行。

老同学一混阔就不和伙计们玩了。

你操啥。

是不是嫌我们这儿不够档次，嫌我们这儿没有漂亮妮。

操啥，熊货，越说越不靠谱。好啦，依你，菜不好不要紧，酒别孬了就行。

王黑三乡长马上让办公室主任去安排。拣最好的饭店，酒要用茅台。

席间刘书记又问，那上访的几个人是咋回事？

在酒桌问这，王黑三乡长少了一份担心。

那是孔雀台村的几个人。没什么大事，前几天他们村里打架了。农民现在比以前刁多了，鸡毛蒜皮的一点小事也打架，也上访，有的上访都吃

到甜头了。

这事要处理好。很显然，刘书记为告状的事不悦。

刘书记走后，王黑三乡长什么也不问，让人揍了二牤牛他们一顿。

在回来的路上，杨铁四问，二牤牛叔，你不是说王黑三跟你不错吗，怎么今天一点面子也没有？

谁知道他狗日的，白眼狼吧，我平时可是没少填还他哩。你看了吧，凡是当官的人，关键时都是六亲不认，乌纱帽比他爹都重要。

二蕴在河堤碰上他们时，他们如同丧家之犬，灰溜溜的。

二蕴你去做什么？

我要去凤凰台找三马狼，他狗日的老打金英。我去给他个警告，让他知道锅是铁打的。看看他到底是啥想法。

二牤牛说，你去了也不见得能说服他。他打金英，干脆你找几个哥们砸巴他一顿算了。没个来回点，一味忍让，金英受气早着呢。这个孩子啥也不欠，就欠揍。

我不去，金英太委屈了。我去趟，回来再说揍他的事。

凤凰台打你的事，咱们不能给他算完。

当然完不了，我瞅着呢。进我院子的，有一个叫张黑驴的人，我只要制住他，就把他弄湖里淹死，谁也找不到尸首，保准让公安破不了案。

二蕴到凤凰台时，很多人都和他搭话，都知道他是三马狼的小舅子。

他来到三马狼家，正赶上三马狼和派出所的几个民警喝酒。

二蕴对民警有着一种特殊的畏惧，他一看到警服心里就发毛。

三马狼说，有事？

有事，是金英的事。

不是我赶她，是她自己走的，她早晚都得走。

你打她，要和她离婚，金英有对不起你的地方吗？

这是我们两口子的事，我用你来教训？一个杀人犯，好人了是不？

那几个民警说，自己人，坐下来喝酒吧。

和警察一起喝酒，你问他敢吗？

你敢和金英离婚，我掐死你狗日的。

三马狼也不示弱。这儿没有杀人犯说话的地方，你滚。

好，咱骑驴看唱本走着瞧。

我骑的是五百吨的大船，你撵不上，回去该干吗干吗。我这婚离定了，你能管得了？

二蕴感到有人打了他的脸，恨不得学土行孙钻入地下。

他回来后，金英问他，怎么样？

这狗娘养的是吃秤砣铁了心啦。

二蕴说罢，出去找老民兵连长王爬虾去了。二蕴知道，王爬虾这个老家伙狠。当年，他当民兵连长时，指挥着民兵枪毙了二十多个通匪的渔民。

王爬虾住在湖边一条破旧的木船里。他年轻时娶了一个窑子里的女人杏花，这女人后来给他生下五个孩子，可他们两口子一个也没拉巴活，除了第一个孩子在那年春天饿死之外，其余的不是病死，就死溺水而亡。岁月无情，一晃几十年过去，他老婆也死了，就剩他一个人，他过日子也懒了，能卖的全卖掉，先是卖了祖上留下的一处老宅，后来又卖了两处湖田，他把所有的钱都用来买酒喝。他说人死如灯灭，吃了喝了是赚的。他只给自己留下了一艘破木船，养了两只鱼鹰给他捕鱼之外，他一无所有。有时候，他夜里睡不着，总是梦见那些被他枪杀的通匪户。那些人捂住伤口来找他，有的还把血洒在他脸上。他喝醉后，莫名其妙地满脸是血，他走在昭阳岛青石板路上，一边晃晃荡荡，一边嘴里嘟囔着，我没做过错事，我是积极，是先进，赶上现在的年头，我照样枪毙你们。昭阳岛没人听得懂他说什么。王爬虾喝醉，有时找不到家，他三转两转来到鱼骨庙里，突然杀猪似的嚎几声，然后就老实了，躺在茅厕旁的一处断墙下睡一觉。醒来之后，耷拉着鼻涕，一瘸一拐地又回到他的船上。没人同情他，因他年轻时作了大恶，落个报应是正常的。世界就是怪，人生有时是现世报。

孔雀台人摊上事儿，急需一个恶人或者狠人出来挑头。王爬虾自告奋勇，呼啦一下子，想浑水摸鱼捞好处的人都跟着他。不少人见了他，就给他敬烟，王爬虾多少年没有这种待遇了。他说，我这条老命，就是孔雀台老少爷们的，我豁出去了，也要把咱孔雀台人的利益保住。我日他老妗子，我八十多了，还怕个啥。我就羡慕娃爷这个熊货，他能听到湖底石磨转动的声音，为啥我听不到。

　　二蕴要当村主任，是想给金英出气，给自己出气。

　　孔雀台要当村主任的人多，二蕴要和他们竞争。同时，需要选出村主任的事十分紧迫，立秋后，凤凰台人在那些滩地种上庄稼。这么一来，你中有我，我中有你，就不好办了。

　　二蕴找到老民兵连长王爬虾。选村主任的事，我也报个名。

　　你和凤凰台有亲，到时候，你能撕下脸皮？

　　为了咱村，到时候撕也得撕，不撕也得撕。

　　好小子，有性格，比你爹强。你爹是个面叶子耳朵，他啥事也干不成。

　　傍晚，一缕血色的残霞摇曳在湖边的芦苇上。在孔雀台一棵老糠椴树下，王爬虾不再敲锣，他敲响一口闲置多年不用的铜钟。王爬虾排行老五，人们都称他五爷，但他从心里喜欢让人喊他民兵连长，因民兵连长是个官差。

　　古老的钟声在大地上回荡，钟声随风漫过茂密的芦苇，在村人的记忆里变成了黑色的蝴蝶，满天飞舞。

　　孔雀台人心里明白，村里又有一件大事要发生了。到了紧要关头，他们应当团结起来。每家每户的男丁都到悬挂铜钟的糠椴树下集合，人们需要共商大事。

　　王爬虾说，今天让大家来，是为村里决定一件大事。有谁能把滩地从凤凰台人手里夺回来，谁就是我们的村主任，空口无凭，咱们画押按上手印。你二牤牛领人夺回来，地是你的，村主任也是你的，其他人夺回来，地吗，村里要分了它。

　　我们愿听五爷的。

　　杨铁三、杨铁四、二牤牛、二蕴，你们谁有本事领人夺地？他连问了几遍，没人搭腔。

　　最后，二蕴说，我能领人把地夺回来。

　　王爬虾说，就这样了。

　　黄松龄也来了，他不想让二蕴瞎掺和。二蕴你个熊黄子，你知道个瞎屁啊。就凭你那猪脑子，能把地夺回来？黄松龄因为当年划成地主时，王爬虾是使了坏的，他不想让二蕴跟王爬虾掺和。

　　为了金英，我蹚这个浑水。

黄二蕴没听他的，黄松龄感到无奈。这天他找娃爷喝了一场酒，他说，我有感觉了，我比你要走得早。你和我爹年轻时就有味分，昨天我梦到我爹了，他还不错，寿终正寝。他死了，有人给他发丧，葬礼比咱昭阳岛上还隆重。落到这一步，他也值了。他跟我说，千里搭凉棚，天下没有不散的筵席，劝我去找他，他说一条大鱼会来接我，我骑上大鱼，向南，再向南，就能找到他。娃爷说，你胡说个啥，你活早呢。黄松龄说，你哪儿知道，我的命早就注定了。果然，黄松龄回家之后，他就听到了湖底石磨转动的声音。

黄松龄知道，这也是他在昭阳岛最后的末日。他逢人便说，末日无法改变，谁也改变不了。我的端鼓腔再也没用了。

三天后，他死了，昭阳岛人给他举办了隆重的葬礼。安葬黄松龄这天，天上下着细雨，成群的蓑羽鹤在湖面上飞，鸟们的叫声像端鼓腔。令昭阳岛人谁也想不到的是，薰子的墓自动开了，一股子青玉米的香味四处弥漫。人们把黄松龄的棺椁放下去，薰子的墓又自动合上了。

人们敬重这一对有情人，立马跪下给他们磕头，烧纸。

7

二蕴做了代村主任，第一件事是让人往运河桥头运砖头，一连运了两天。王爬虾被蒙在鼓里，他不明白二蕴为啥拉砖头。

二蕴啊，咱搬砖头做啥子用？

和凤凰台的人迟早要有一场恶战，不准备行吗？

王爬虾恍然大悟。你小子还真有两下子，把村子交给你还真行。

从明天开始，咱村里人上桥，全村男青年分成三个组，轮流值班。不是凤凰台的人，就让他们过桥。是来滩头种地的、捕鱼的，就不让他们过，不听就用砖头砸回去。用这个办法绝对能制服凤凰台人。

妙计，妙计。我打日本鬼子时，都没人出这么好的妙计。

五爷，你明天领人重新把滩地分了吧。

老民兵连长王爬虾对出风头的事特别热，二蕴一说，他又找杨铁三、杨铁四一合计。

别管那么多，先把地分手里再说。

本来鞠有德当村主任时，这滩地让二牤牛承包，村人不忿。如今，终于有机会把地给分了。分地时，杨铁三、杨铁四比谁都积极。

二牤牛对他们俩说，你俩也参与分我的地，真没良心啊。

叔，这地哪还是你的？是村里人从凤凰台夺来的。

二牤牛的老婆看到自己的果园被人分来分去，果树上的果子还不熟就被人砸个一干二净，她气得疯了。

天啊，这算王八日的啥事。二牤牛也心痛地坐在地上哭。

那些分到地的人说，二牤牛，你别不知足，鞠有德不当村主任，这地你能承包？你交给村里几个承包费，你别心里没数。你非法霸占集体土地，大伙不追究你就不错了。

地是咱打鱼人的命根子，你也不想想，谁愿意常年在湖上漂。这些年，你也捞个差不多了，想想那些没地种的人，总不能让他们饿着吧。干脆，你二牤牛也别想地的事了。地一日归我，我一日当家。不如断了你的想头，另打锣鼓另开张。

那些分了地的人，把所有的果树全砍了，他们要把滩地整平，养鹅鸭、养鱼鹰之类的。

隔着河，凤凰台人看到孔雀台人在河滩上折腾，他们有些气愤。凤凰台的张黑驴想竞选村主任，他也想表现表现，露下能味，没和别人商量就领着歪脖三他们冲了过来。

他们一上桥，在桥头上，孔雀台人和凤凰台人就干上了。

杨铁三对二牤牛说，这地是你的，你起来跟他们打啊。你不敢跟他们打，以后别提这地的事了。他说罢飞快地跑上桥头。

孔雀台的人早有准备，一阵乱砖头把凤凰台的人砸回去。这下不要紧，整个凤凰台像被炸开的马蜂窝。张黑驴本来要逞能的，没想到孔雀台来真的，他头被砸个口子，鲜血直流。

凤凰台村主任家聚满了人，他们都找村主任商量对策，三马狼吸着烟沉思着。

孔雀台领头的是二蕴。他现在是代村主任，这熊货跟姐夫对着干。

是他，我们才要多加小心。

众人问，为什么？

蹲过牢的杀人犯，大多都心狠手毒。我们也要先准备一下。谁拉一车砖到桥上一百元，谁到桥上骂一天三十元。另外歪脖三你要组织夜袭队，按老办法把孔雀台的主要人物揍趴下，把二蕴这狗日的废了。

一连三天，凤凰台的人，除骂之外，运了几车砖，就再没动静了。

王爬虾来找二蕴说，我估计凤凰台的人今晚可能要闹腾闹腾。

那咋办，五爷？

我有个办法，当年打鬼子时，不是用过鸭枪吗，我现在还珍藏着两杆鸭枪，要不今晚拿到桥头上去。

狗日的用上吧，他们晚上敢偷袭，咱就给他两枪。

狗日的小日本，当年都怕这玩意，我不信凤凰台人不怕，看他们还敢夜里出来打人。

双方气氛是傍晚突然紧张的，原因是孔雀台的憨巴子粑粑华怀里揣着砖头，到对面桥头去砸人。

我砸死你们，砸死你们，我要喝脑子。

凤凰台的人没有认清是傻子粑粑华，当场给了他一阵砖头。砖头像一阵风刮来，粑粑华不知道躲闪。有一块砖头飞过来，正好砸在他头上。

粑粑华倒在地上晕死过去。过了半天，粑粑华也没爬起来。

不好啦，出了人命啦。他们把咱村的粑粑华给砸死了，咱们要给粑粑华报仇。

二蕴和老民兵连长王爬虾急忙赶过来，他们吆喝着，别怕，用整砖砸他们，咱也要砸死他们这帮驴熊。

砖来了，咱们有的是。

天黑下来，刮起了风。凤凰台的人趁天黑冲过来。

是他们先砸死了咱村的人，要给他们点厉害瞧瞧。别用砖头了，用鸭枪，给他们两枪再说。

不等孔雀台人用鸭枪，几个穿制服的民警及时赶到了，民警朝天鸣枪示警。参加斗殴的双方人马看到警察来了，哄的一声各自散了。

孔雀台人抬下粑粑华，他头被砸破了。这时，他醒了，第一句话问，是谁用砖头砸我？

众人说，因为你两个村差点要大干起来，你小子成事不足败事有余哩。

8

翌日，这天正好立秋。

三马狼因组织村民斗殴被民警带走了。后来，又查出他偷采湖沙、涉黑、贪污，他被判了十年刑。

二蕴也因组织村民斗殴，使用枪支，被民警带走了。不过，这天孔雀台人都出来了，村里的人不让带走二蕴。

老民兵连长王爬虾被人架着，哭哭啼啼地说，二蕴啊，你放心去吧，我让村里人挨个儿按了手印。你什么时候回来，村主任就是你的。

双方僵持不下时，从渡口那边过来一帮贵人，他们衣着华丽，是乘坐一艘豪华游船来的，他们上了岛，直奔二蕴家门口。

这群人里面，有一个花枝招展的年轻女人。这年轻女人不是别人，是二蕴的二闺女银花，她看到自己家门口围满了人，不知道发生了什么，只见她妈妈廖庭筠泪水汪汪的，迎上去问，妈咪，你怎么了？我是银花。

廖庭筠一醒神，看见银花，她背后还站着一个穿着体面的人，那人她认识，是当年的小瘸子孙西军。

银花笑眯眯地说，妈咪，这是我丈夫孙西军总裁。银花说罢，上去给孙西军一个吻。

廖庭筠突然明白了，她感到十分恶心，朝银花脸上就是一巴掌，骂道，给人做小，你光荣啦是不？你这些年，为啥从不跟家联系，你在外面都做了些啥？你还有脸回来，呸。看你跟着这个人在一块，也肯定没鲜亮事儿。

妈咪，你哪儿晓得，我在深圳做销售时就给自己发下誓，混不好不回来，没钱不回来，我现在有钱了，可以回来了，这不是好事吗？

啥好事，我觉得丢人。你找对象领家这么一个人，我这个老脸在昭阳岛上还要吗？

老妈你怎么这样说？银花不叫妈咪了，改叫老妈，她一脸的困惑。

碧霞宫那边又走过来一帮人，走在最前面的是王黑三，他身后还跟着一个穿西装革履的半截老头。王黑三升了副县长，刚当上副县长的他，满脸挂满了酒肉的气味。他走到廖庭筠面前解释说，这是全国著名企业家孙西军总裁，他这次携夫人一行，和副总裁来我县投资，我们要把他当成贵宾啊。廖庭筠你可是咱昭阳岛上最懂道理的人，咱昭阳岛招商引资可不容易哩。这位副总裁还是我们的昭阳岛人哩。

他的话还没有说完，粑粑华就冲上来了，凤凰台人的那一砖头将他砸得晕死过去。不过，出奇的是，他醒来后病好了，不憨了。

他冲上去抓住孙西军，大声说，是你，就是你，是你那天晚上杀了杨梦瑶。

孙西军此时脸色煞白，喏喏地说，你这个疯子。

粑粑华说，扒了皮，我也能认到你骨头里，我疯子，我是华子良啊。

这时候，孔雀台上突然有人在唱渔鼓腔，那声音空旷凄凉，是金英在唱：

> 辕门外三声炮如同雷震，
> 天波府里走出我保国臣。

天空阴着，从微山湖那边压来一阵黑云，要下雨了。

今年的秋天比往年凉得早。

今天的事儿突然有了翻转，粑粑华的话，王爬虾第一个就听到了。他立即吆喝了几声，抓紧，有坏人，昭阳岛上的民兵全体集合。

一帮年轻人听他这样喊，跑到他身边。来了，来了，哪里有坏人，您老吩咐。

当然有啦，你们没听到粑粑华的话吗？当年杀害杨梦瑶的凶手就在眼前，还不快点把他绑了见官。这个坏人就是那个小瘸子。

人命关天，王黑三也不好意思插手了。

几个青年拧住了孙西军的胳膊。粑粑华指着他的鼻子，我现在清醒了，错不了，人就是你杀的，我作证。

孙西军跟着二蕴一起被带走了。到了公安局，当年的案子卷宗还保留完好。当年杨梦瑶身上的犯罪嫌疑人的残留物还在，经过 DNA 对比，确认是孙西军无疑。在证据面前，孙西军供述了当年的杀人过程。

昭阳岛这件二十多年前的旧案，终于真相大白。令人惊讶的是，当年的凶手已是腰缠万贯，成了一家上市公司的老总，同时还是全国人大代表。

第二十章

1

幻戏演到最后，有人向贾凤雏建议，再看看娃爷的幻戏。

贾凤雏说，大同小异，不要再让娃爷受伤害了。

娃爷说，洪水要来，昭阳岛将要沉没，大家抓紧时间准备逃命吧。幻戏结束了。幻戏是个啥，以后没人再见到了。

黄二蕴的媳妇廖庭筠在二蕴又被警察抓走之后，他带着儿子顶天，还有金英娘俩，去了戴州。她在戴州有住房和门面，廖庭筠和金英一起帮着顶天开了一家服装店，他们做起了服装生意。二蕴被拘留了三个月，出来后，便去了戴州找媳妇过日子。他起早贪黑帮着儿子进货，昭阳岛的家，他再也不愿意要了。

廖庭筠的二女儿银花在昭阳岛上待了两天，她被孙西军包养过，廖庭筠怎么都不原谅她，母女二人遂反目成仇。银花觉得在昭阳岛上多待一天也无趣，于是在黄松龄和薰子墓前磕了三个响头，拉了行李箱，自己坐船又回了南方。她走时，廖庭筠看看她，理也没理，照旧洗她的衣服。她也知道，也许十天，也许半月，这个岛就从地球上消失了，这个家也不存在了。没了家，人和人之间必将生分，所谓亲人也就形同陌路了。

三马狼入狱后，三妖怪也没了想头，她同毛二又和好了。对她的过去，毛二原谅了她。毛二对朋友说，娶小媳妇的人，哪个不戴几顶绿帽子。他想通了，日子照旧。这天，他把贵重物品装船上，准备到日照开一家餐馆。临行，他也带走了几个关系好的人，其中就有孙十一。毛二还想带上二犊牛两口子。二牤牛说，我跟着娃爷，娃爷去哪儿，我去哪儿。毛二没说啥，笑笑，开了船，带着一帮人走了。

粑粑华清醒了之后，转眼之间已到不惑之年。一切都过去了，人生一世，草木一秋，岁月不饶人。他望着大湖，突然大喊了几声，我是谁。烟波浩渺，蒹葭苍苍。微山湖没回应，粑粑华想到了娃爷，他想问问娃爷，以后他该怎么办。这时，他又想到他爹王汉杰，粑粑华回到家，却没有发现他爹的影子，他想不出这个吃活屎壳郎的爹能去哪儿。昭阳岛待不住了，要往哪儿搬，他想问他爹。院子里空空，房子里空空，他家的一艘木船上亦空空如也。粑粑华习惯地看看院子里的一棵榆树，榆树上也没他爹。这时候，茅房里传出了声音。我在这儿。儿啊，你走吧，不要管我了，我哪儿也不去，我不走了。粑粑华看看茅房，那儿并没他爹，只看见一个硕大无比的屎壳郎从茅房里爬出来。我就是你爹。粑粑华不相信自己的眼睛，他的腿软了。别害怕，有人告诉我说，你犯下的罪恶已被刻在石碑上。我不能忘记过去，忘掉砍去周桐的手臂。忘记历史，篡改历史，美化历史，是为了掩盖所犯下的新的罪恶。粑粑华说，那时都怪你，你就不该砍下周桐的双手。活埋完他之后，你还在上面踩了踩，踩了几脚，你还说怕他拱出来。王汉杰说，错误无法改变，只能牢记过去。我去做吃屎的屎壳郎了。忘记过去，就意味着背叛，我不想再背叛了。

这只像小黑老鸹碗大小的屎壳郎，向粑粑华爬去，粑粑华醒过神来，拔腿就跑。他嘴里大叫，我爹变成屎壳郎了，我爹变成屎壳郎了。他的叫喊声在昭阳岛的青石板路面上，像刷了一层绿漆。屎壳郎身上的粪臭味追逐他。

粑粑华去投娃爷，娃爷收留了他。

阳光像很多年前一样和煦，湖中的红鲤鱼群飞起飞落。地下过度采煤，昭阳岛开始塌陷，房屋全都出现裂缝。昭阳岛上最古老的建筑鱼骨庙也坍塌了。有人说，昭阳岛地下采煤，挖到下面的红鲤鱼，把红鲤鱼的尾巴挖断了，红鲤鱼十分恼火，一个浪从昭阳岛下面走了。昭阳岛没了保护伞，大雨洪水一来，昭阳岛随时都会被淹没。洪水涨，昭阳岛也涨的故事，将是一个令人难忘的童话。鱼骨庙坍塌时，庙里红鲤鱼尾巴掉了一块，这就是证明。

昭阳岛在下沉，岛上的人没办法，有的搬迁，有的立即逃命去了。

这时候，娃爷表现得异常冷静，人都走了，他把鞠有德的三个憨巴儿子揽过来。这三个憨子和娃爷配合得十分默契。娃爷是昭阳岛上排船的能手。时过境迁，水泥壳的大船和钢壳大船不用木料，娃爷排船的手艺落伍了，没人找他排船，久而久之，人们忘记娃爷会排船的事。娃爷一家不愿搬迁的原因是他有自己的打算，娃爷家祖祖辈辈都在微山湖上生活，他不愿意离开微山湖。更重要的一点，他还想再排一艘船，最后一艘他满意的木船。他决定有所创意，排一艘传说中的圆形木船。搬迁走的人家，房屋上废弃的木料不值什么大钱，娃爷挨家挨户，把他们不用的木料全买下，当然也包括昭阳岛上的一些树木。为排好自己满意的木船，娃爷准备了许多年，他早备好柏木，木船的壳子最好的料子还是柏木。

排船时，鞠有德的三个憨巴儿子表现出来的智力，让娃爷惊讶，他们什么都懂，好像生来就是给娃爷排船当下手的，他们正是青壮年，只要吃饱，浑身有的是力气。

昭阳岛上的渔船，按大小，分为榴子、划子、三截杆、四棹船、大网船等不同类型，但构造上大同小异，一般都由底、站、梁、拉口、船头后凹、舱楼子、桅杆等构成。

排船共分十多道程序。

首先是解料，把选定的圆木按排船所需的尺寸解成木板。这个活在娃爷的指导下，三个憨巴小子还有粑粑华，数日就解决了。

排船的第二步，线头放线。娃爷早年干这个活，十里八村的，谁家排船，放线都是他的活。放线是排船的基础，也是最关键的一个步骤。

这天，娃爷选择良辰吉日，开始放线，他划船底的中心板材。这板材是长短厚薄合适、耐浸泡腐蚀、质地坚硬的柏木板。

娃爷放完第一道中心板材的中心线，柳叶把一只咯咯叫的红公鸡递过来，娃爷右手握着斧子，左手抓住红公鸡的两条腿，一斧子见血，他将鸡脖子割破后，把鸡血绕中心板材的中心线滴一周，鸡者吉也。娃爷又设香案，摆供品，点香烛，放爆竹，祭祀龙王和鲁班神灵。

这时候，娃爷率领柳叶和鞠有德的三个憨巴儿子一起跪下，叩三个响头。娃爷注视着中心线虔诚地祈祷，龙王保佑，黄金铺底，鲁班显灵，顺风大吉。

柳叶知道，在娃爷祈祷七遍前，是不能有女人在场的，娃爷一祈祷，柳叶旋风般离开了。

接下来是铺底，也叫生根。娃爷指挥着三个憨子铺底，铺底所用木板必须是奇数，不能用偶数。《易经》上说，奇为阳，偶为阴。铺底的另一个讲究是，船底各块木板连接在一起时，只能用木质或者竹质穿连，这叫缝头。缝头忌讳用铁钉，只有做棺材的才用铁枣核钉穿底。昭阳岛上的渔人认为，用铁钉，船主会不顺，甚至要遭殃倒霉。铺完底就是截梁，要把船体的横梁缝上。截梁前，娃爷先下了太平线，俗称闭龙口，他用麻丝捻成一对龙须，这对龙须系在船的中心线上。

娃爷这时候，又掏出一块银圆来，放在龙须之间，他两手作揖，念叨着：

> 太阳出来圆又圆，
> 师傅（鲁班）命我来下太平钱，
> 太平钱下到龙口中，
> 富贵荣华万万年。

接下来，奇迹出现了。三个憨子不用娃爷指挥，他们啥都会了。上料，铺匾杆，钉面梁，转棹，钉舱廓，钉棹窝。

没赶上好时候，还兴排船的话，这几个娃真是块料。娃爷吃着烟锅说。

他们本来就是你的后，能不是块料吗？柳叶有些嘲笑娃爷。

半月不到，娃爷的圆形木船龙骨就扎起来了。

2

这天，贾凤雉和小蝼蛄来找娃爷。

这是我见到的最好的圆形木船。贾凤雉说。

老了，没机会再排船了，这是最后一艘，我多费点心思，因是个圆的，我把船后凹取消了。

创意啊，娃爷你确实有创意哩。七天后，下大雨发洪水，我们也要离开昭阳岛，需要坐你的船哩。

你们要到哪里去？

四海为家，我们也要靠演骷髅幻戏为生哩。

这天上午，柳叶抱来两坛子地瓜烧。排船是个累活，不唪碗酒哪成。

娃爷请求贾凤雏一起喝酒，贾凤雏没有拒绝，他一连唪了三碗酒之后，抓起柳叶烙的几张大饼，站起来说，这几张饼真好，在离开昭阳岛之前，我们最后要除掉这一害。他来了。

娃爷一阵惊讶，他不明白贾凤雏说的谁来了，四下里看看，并无人影，湖面上，有红鲤鱼的尾巴在拍打着水面。

贾凤雏拿着几张饼吃了几口，来到坍塌的鱼骨庙废墟下，他蹲在地上，向废墟里吹了一口气，紧接着，从废墟里芦苇丛中爬出来一条黑花大蛇。它一见贾凤雏，翻着白色的肚皮，在地上打滚。贾凤雏提着这条蛇的尾巴，扔在娃爷跟前。他说，这就是鞠有德，他的鬼魂变成了这条蛇。它潜伏在鱼骨庙里有年数了，它在这儿修行，成精后还想着害人哩。鱼骨庙不倒，我也抓不到他。今后，他再想阳沟里翻船，是没有机会了。

小蝼蛄这时抱来了一堆木柴。

娃爷说，咋收拾这条蛇？

贾凤雏说，要烧，把它烧成灰。

娃爷将木柴点着，柴火顿时燃烧起来。贾凤雏将黑花大蛇扔到火堆里，又往火里扔进一道纸符，纸符上面密密麻麻写满了像蝌蚪一样的文字。黑花大蛇在火中挣扎了一阵子，它探出头想蹿出来，但大火瞬间将它烧焦了，最后这条黑花大蛇变成了一块石头。贾凤雏将石头装进一个瓶子里，他说，这蛇精以后再也不能害人了。鞠有德害人，多是着了这蛇精的道儿。

小蝼蛄点点头。大害已除，咱也该走了吧。

咱是该走了，要跟着你爷爷的船走，等你爷爷把船造好之后吧。

娃爷唪一大口酒，望着天上飞的鱼雁，笑笑。他的小辫子仅剩下最后七根白头发，在阳光里飘啊飘的。你听见了吗，这条黑花大蛇就是鞠有德死后变的，他要修成精，不知道还要祸害多少人哩。

第二天，太阳从湖里呱唧一声跳出来。娃爷加快了排船的进程，二牤牛两口子也来帮忙了，他们帮着柳叶做饭。

鞠有德的三个憨儿子捻船。这是个细活，他们三个憨子干得认真仔细。他们用凿子和斧头把泥子砸进船上各条木板之间的缝隙中去，以防渗水。捻船用的泥子是用桐子油、滑石粉、麻刀捻和而成。

三个憨子干起这活来，既有耐心又有兴致。柳叶从他们小时就没少照顾他们，哪个憨子吃不上饭，只要跑到柳叶家里来，柳叶都管他吃饱。捻船这活儿，尽管几个憨子听不到，也不会说，但他们有统一的意念，能敲打出统一的节奏。这统一的节奏，渔家人称之为打排斧。

娃爷看到三个憨子把节奏调好了，他也来了精神，几根头发竖起来，把烟锅插腰里，唱起了《凤凰三展翅》《老虎大龇牙》《狮子大偎窝》等渔家歌曲。

        船捻三遍，金殿不换。
        船捻四茬，拿烟端茶。

当然，这三个憨子对烟茶没有兴趣，对酒感兴趣。柳叶把几坛子地瓜烧酒全抱过来，黑老鸹碗放在一块石头上，三个憨子心里明白，这是让他们啃酒哩。紧接着，呜哇一阵扑过去，每个人一口气啃了七八碗。

这时候，娃爷吃着烟锅，看着三个憨子啃酒，得意地笑笑。他们一点也不憨。

船捻完之后，娃爷领着三个憨子刷了三遍油漆，又晾晒数日。

娃爷问贾凤雏，你看咱哪天下水？

在下大雨之前吧。

为啥要在下大雨之前？

贾凤雏笑笑说，在船头上挂上几尺长的红布吧。

挂红布的事交给你了。娃爷也说。

柳叶回到家，把早准备好的红绸子挂新船上。娃爷又领着三个憨子和柳叶给新船磕了头，放了一串足有三米长的鞭炮。

下午，天边的乌云上来了，雷声也轰隆轰隆从天边炸响，闪电出现在昭阳岛上空，成群的野鸭子、鱼雁被惊得四处乱飞。

贾凤雉告诉娃爷，新船该下水了。

娃爷指挥着，他喊着号子，喂啊喂，一溜溜，二溜溜，三溜溜，拉下船去喝烧酒啊。

娃爷的嗓门浑厚圆润，像炸豆般，火辣辣地在昭阳岛上空炸响。这个老熊，他又像年轻时了。

三个憨子，还有贾凤雉、小蝼蛄，他们撬的撬，拉的拉。新船蠕动着庞大的身躯慢慢向水边滑去。

娃爷站在船头上，高声唱着下水歌：

> 新船下水亮堂堂呦嗨，
> 大桅竖立在当央。
> 两边都是八仙路，
> 当中坐着个状元郎。
> 状元娘子插金花，
> 插出个刘海戏蛤蟆。
> 刘海好比湖上仙，
> 行走不住地撒金钱。
> 金钱落进大舱内，
> 耀得满舱金灿灿。

娃爷在船头上刚唱完，柳叶用簸箕向舱内泼洒五谷杂粮，还有生姜、大枣、葱、蒜、制钱等，祈求今后船上的生活富足，早生聪明的、能写会算的后代。

圆形新船下了水，三个憨子又帮着柳叶把家里的日用品搬船上，大船就成了他们的家。娃爷捋着胡子笑一大阵子，他连吃两锅烟，捋起袖子，端起黑老鸹碗，一连啃了三碗地瓜烧酒。

娃爷站在船头上说，啥都准备好了，只要洪水到来，我们就走人，向南，再向南。

七天后，洪水果然来了，乌云盖住昭阳岛，雷声的触须缠住昭阳岛上

的芦苇。一阵闪电过后,几声炸响,大雨从天上泼下来,湖上的巨浪像万马奔腾,冲向昭阳岛。一开始,在风雨里,还能看到昭阳岛上的树木,后来,一声轰鸣,昭阳岛沉下去了。

新船上的人没谁说话,娃爷看着这一幕,他脸色铁青,吃着烟锅的嘴好久动都没动。

圆形木船晃动一下,漂在微山湖深处。此时,红鲤鱼群又出现了,尾巴呱唧呱唧地拍着水面,在浑浊的浪涛里,竖起一堵又一堵红色的墙壁。船上的人,娃爷、柳叶、三个憨子、贾凤雏、小蝼蛄、粑粑华、二牤牛两口子,他们相互注视着,笑笑,随着红鲤鱼群,在水天一色的茫茫湖面上,顺着微山湖,圆形木船向南再向南驶去。

这时,贾凤雏来了诗兴,他高声吟诵起清代罗正的一首诗:

> 绕岸秋深野色苍,一帆归来晚风凉。
> 暮鸿散乱归前渚,宿鸟分飞过别塘。
> 村墅砧声催短景,烟波渔唱动残阳。
> 江湖千里闲云水,坐听离歌归思长。

2020 年 3 月 26 日第 9 稿写于大连。
2020 年 11 月 7 日第 10 稿写于济宁清颖轩。
2022 年 8 月定稿于济宁清颖轩。